MARY WILLIS
WALKER

Der rote Schrei

MARY WILLIS
WALKER

Der rote Schrei

ROMAN

Aus dem Amerikanischen
von Anke Caroline Burger

Bechtermünz
Verlag

Die Originalausgabe erschien unter dem Titel
»The Red Scream« bei Doubleday, New York

Genehmigte Lizenzausgabe für
Weltbild Verlag GmbH, Augsburg 1999

Einbandgestaltung: Peter Gross, München
Umschlagmotiv: Composing aus Baum (Peter Gross, München) und
Landschaft mit Haus (The Stock Market, Düsseldorf)
Gesamtherstellung: Ebner Ulm
Printed in Germany
ISBN 3-8289-6673-X

Amanda und Suzanna
für immer

Danksagung

Für großzügige Hilfe und Beratung von Herzen kommender Dank an Liz Cohen vom Texas Resource Center, Charles Brown vom Texas Department of Criminal Justice, Steve McCleery von der Staatsanwaltschaft Travis County, Linda Cooper vom Austin Police Department, Mike Cox vom Texas Department of Public Safety und ganz besonders an die »Trashy Paperback Writers«: Dinah Chenven, Susan Cooper, Susan Wade und Jody Berls.

Kapitel 1

Nichts ist umsonst
Glaub mir
Sagt mir mein Daddy
Gibt mir mein Leben
und einen Dolch dazu –
Das war's gewesen.
Er raus zur Tür
Bettelarm sind wir.
Fünf Frauen und ich
Und sicherlich:
Nichts ist umsonst.

LOUIE BRONK
Todestrakt, Ellis I Unit
Huntsville, Texas

Für diese Aussicht ließe sich sterben, entschied Molly Cates – eine lange Front der herrlichen texanischen Hügellandschaft, durch die sich das glitzernde blaue Band des Colorado River zog. Weit unten schwebten drei Gänsegeier in den Aufwinden des Spätnachmittags über der Abbruchkante, ohne ein einziges Mal mit den Flügeln zu schlagen. Dieses Grundstück hatte die beste Lage von ganz Austin, ein Schmuckstück erster Güte, der höchste Punkt im Umkreis von mehr als zwanzig Meilen. Es war herzerfrischend festzustellen, daß es immer noch Texaner gab, die sich solch ein Leben leisten konnten.

»Nicht übel, die Aussicht, was? Sie sollten es mal erleben, wenn ein Nordwind aufkommt.« Die Stimme hinter ihr war tief und rauh, mit einem gemächlichen, langgezogenen Tonfall, genau die Art Männerstimme, die Molly am vertrautesten war und die sie am meisten mochte. Wenn sie ihre Augen schloß und sich in der Zeit zurücktragen ließ, hätte es ihr Daddy sein können, der da sprach.

»Auf jeden Fall. Wirklich nicht übel«, sagte sie und drehte sich vom Fenster fort, um ihn anzusehen, während sie ebenfalls in die breiten Vokale seiner westtexanischen Mundart einstimmte. Was ihr nicht schwerfiel, es war ja auch ihre Muttersprache.

Langsam verzog sich sein Mund zu einem Lächeln, während er mit beiden Händen ihre ausgestreckte Hand ergriff. »Es ist mir eine Freude, Miß Cates. Ich weiß es wirklich zu schätzen, daß Sie mir die Ehre erweisen und mich besuchen kommen.« Warm drückte er ihre Hand und schaute ihr unverwandt in die Augen. Seine Hände waren immer noch rauh wie einstmals, als er noch einfacher Arbeiter gewesen war. Charlie McFarland war von beeindruckender Statur, fast zwei Meter groß, sein Körper noch immer muskelbepackt, obwohl er um die Mitte zu erschlaffen begann. Er trug ein rotes Karohemd, ausgebeulte alte Jeans und teure handgefertigte Cowboystiefel.

»Es ist wirklich sehr freundlich von Ihnen«, sagte er. »Ich weiß doch, wie gut Sie sich an meine vielen Absagen erinnern können.«

Er hatte recht; sie erinnerte sich allerdings. Damals, als sie vor zehn Jahren für den *Austin-American Patriot* über den Prozeß berichtet hatte, und dann später, als sie an dem Buch gearbeitet hatte, hatte er sich hartnäckig geweigert, selbst ihre Anrufe entgegenzunehmen, geschweige denn ein Interview zu geben. Natürlich gewöhnte man sich in ihrer Branche daran, daß Leute den Hörer aufknallten, und sie nahm diese Verweigerung nicht persönlich. Aber sie hatte es bestimmt nicht vergessen.

Ohne sein Lächeln zu erwidern, sagte sie: »Wenn mich mein Chef um einen besonderen Gefallen bittet, Mr. McFarland, versuche ich ihn zu erfüllen.«

Das Grinsen ließ leicht nach. »Jawohl, Ma'am, ich mußte Richard ein wenig beknien, damit er Sie darum bittet. Ich wollte sichergehn, daß Sie kommen würden. Das werden Sie mir doch hoffentlich verzeihen.« Er hob seine schweren graurötlichen Augenbrauen, um anzudeuten, daß er eine Frage gestellt hatte.

Sie behielt ihren neutralen Gesichtsausdruck bei; wenn er Vergebung wollte, sollte er sich ruhig noch etwas mehr anstrengen.

»Hat er erwähnt, daß dies unter uns bleiben soll?«

Molly nickte.

»Gut. Ich möchte nichts davon gedruckt sehen.« Er deutete auf sein enormes Ausstellungsstück von einem Wohnzimmer und sagte: »Meine Frau ist gerade damit fertig geworden, hier neu einzurichten. Als Hochzeitsgeschenk durfte sie frei schalten und walten. Die einzige Frau, die ich kenne, die ein unbegrenztes Budget überschreiten kann.« Er schmunzelte. »Allerdings wurde es diesen Monat in *Southern Living* vorgestellt, es ist also vermutlich was geworden.«

Molly hatte nicht gewußt, daß er wieder verheiratet war. Sie sah sich schnell in dem Raum um. Der haferflockenfarbene Berberteppich, die zwei Seiten aus solidem Glas, die beigen Sofas aus Veloursleder und Stahl, der weiße Flügel. Keine Bücher oder Zeitschriften, kein Nippes, keine Familienfotos. Kalt. Keine Vorhänge vor den Fensterflächen, nachts würden sie ein riesiges schwarzes Loch hinaus ins All sein.

Sie schaute ihm in die Augen und ging das Risiko ein. »Hübsch, aber ich würde mich hier sicher nicht so wohl fühlen, daß ich gerne die Schuhe ausziehen und die Sportseiten lesen möchte. Wo ist das Zimmer, in dem Sie wirklich *wohnen*?«

Sie wurde von einem Lachen aus vollem Hals belohnt – ein tiefer Whisky-und-Sex-Männerklang, der sie an Kneipen und Jagdlager und Ölbohrtürme erinnerte, die sie vor so vielen Jahren zusammen mit ihrem Daddy besucht hatte. »Richard sagte schon, daß Sie nicht gerade ein Blatt vor den Mund nehmen.«

»Richard ist auch nicht gerade ein Waisenknabe«, antwortete sie und wurde von Minute zu Minute gespannter, was dieser Mann von ihr wollte. Was es auch sein mochte – ihr war klar, daß er sämtliche schweren Geschütze auffahren würde, die Beziehungen zu ihrem Chef inklusive, um es zu bekommen. Das machte sie nervös, da Richard Dutton, Herausgeber des *Lone Star Monthly*, einer der wenigen Menschen in der Welt war, der ihr etwas zu sagen hatte.

Charlie McFarland streckte den Arm aus und berührte sie am Ellbogen. »Gehen wir zum Reden zurück in mein Büro, Miß Cates.«

Als er voranging, sah sie mit Erstaunen, wie langsam und mühevoll er sich bewegte. Sein Schritt war ein langsames Schlurfen, und seinen Rücken hielt er kerzengerade, als hätte er einen Rohrstock verschluckt.

Sie folgte ihm durch einen Flur, der als Bildergalerie diente, in dem die Gemälde dicht an dicht hingen – alles Landschaften, die meisten texanische Szenen voll blauer Lupinen. Molly mochte Lupinen wie jeder andere Mensch auch, aber, um Himmels willen, sie war es leid, überall die ewig gleichen Bilder der verdammten Dinger zu sehen.

An der offenen Tür am Ende des Flurs trat er zur Seite. Als sie eintrat, konnte sie ein befriedigtes Lächeln nicht unterdrücken. Es war genau die Art von Raum, die sie für einen vom Lande aus West Texas, der es ganz nach oben geschafft hatte, vorhergesagt hätte: ein großes, dunkel getäfeltes Arbeitszimmer mit einem Zehnenderhirschkopf über dem steinernen Kamin und einem Hirschsteiß über der Tür. Ein Gewehrschrank mit facettierter Glastür stand rechts vom offenen Kamin. Eine Wand war überladen mit eingebauten technischen Geräten: Stereoanlage, Großbildfernseher, Videorecorder und anderer Schnickschnack. Auf dem Tisch stand ein IBM-Computer mit einem Einundzwanzig-Zoll-Farbbildschirm, den sie am liebsten auf der Stelle mitgenommen hätte; er war groß genug, daß man zwei komplette Seiten mit einer Vierzehn-Punkt-Schrift nebeneinander sehen konnte.

Die Aussicht durch das Fenster wurde von einer dicht geschlossenen Jalousie verhindert. Wie erfreulich, dachte Molly, so reich zu sein, daß man Hunderttausende von Dollars für die beste Aussicht in ganz Zentraltexas bezahlen konnte und die dann verdeckte.

Er ging zu einem abgewetzten Lehnstuhl aus Alcantara, stützte sich auf den Lehnen ab, um sich langsam in den Stuhl hineingleiten zu lassen. Mit einer Kopfbewegung wies er sie zu einem Sessel mit Überwurf, der mit einer Jagdszene bedruckt war. Molly sah mit Wohlgefallen, daß die neue Gattin, die das Wohnzimmer ausgestattet hatte, sich hier nicht hatte äußern dürfen.

Sie setzte sich und wollte gerade die Beine übereinanderschlagen, als sie innehielt und eine heiße Welle vom Hals in den Kopf aufsteigen fühlte. Auf einem Beistelltisch neben seinem Sessel lag ein Exemplar ihres Buches *Blut schwitzen*. Es war ungefähr in der Mitte aufgeschlagen, der grelle, orangerote Einband nach oben. Irgendwie hatte sie nie die Möglichkeit in Betracht gezogen, daß dieser Mann es lesen könnte. Und einen Augenblick lang, hier in diesem Haus, kam ihr der Einband plötzlich so geschmacklos, so sensationsheischend und billig vor, daß sie eine heiße Röte in ihren Wangen spürte – eine Reaktion, die ihr in all den vielen Jahren des Daseins als Kriminalreporterin noch nie untergekommen war, obwohl sie oft die Regeln des guten Geschmacks verletzte.

Die Umschlaggestaltung hatte ihr von dem Moment an gefallen, als der Verleger sie ihr vorgelegt hatte, weil die Aufmerksamkeit sofort gefesselt wurde. Das gemalte Bild stellte ein verlassenes Stück Highway dar, neben dem eine Frauenleiche im Graben lag; aus der Leiche floß Blut und überzog den gesamten Einband, vorne und hinten, mit einem lebhaften, glänzenden Rot. Ihr war sofort klar gewesen, daß es den Verkauf fördern würde. Es war kommerziell, ja, sogar sensationslüstern. Aber das war nun einmal das Wesen von Büchern über wahre Verbrechen, und sie hatte nicht vor, sich dafür zu entschuldigen.

Natürlich hatte sie sich beim Schreiben mit dem Problem auseinandergesetzt, das darin begründet lag, Unterhaltungslektüre zu verfassen, die auf den persönlichen Katastrophen anderer basierte. Und vor ihr saß ein Mann, der von der Gewalt, die sie so sorgfältig recherchiert und dargestellt hatte, selbst hart getroffen worden war. Der Stelle nach, an der das Buch aufgeschlagen war, ging sie davon aus, daß er die drastisch geschilderte Szene der Ermordung seiner ersten Frau und die kalte Beschreibung der Tat, die Louie Bronk bei seinem Geständnis der Polizei gegeben hatte und die er wiederholte, als sie ihn im Gefängnis interviewt hatte, bereits gelesen haben mußte. Elf Jahre waren seit dem Mord vergangen, das stimmte, und McFarland hatte beim Prozeß alles des öfteren gehört; doch es gedruckt zu sehen, lebendig dargestellt, war eine andere Sache. Die Lektüre mußte verdammt schmerzhaft für ihn sein.

Sie zwang sich, von dem Buch wegzusehen und schaffte es endlich, ihre Beine übereinanderzuschlagen.

Charlie McFarland hatte sie beobachtet. Er legte seine dicken, schwieligen Finger über dem Bauch aneinander, schloß die Augen und atmete tief durch. »Haben Sie Töchter, Molly?«

Sie war froh, daß er sie jetzt mit Vornamen ansprach. »Ja, Charlie. Ich habe eine Tochter. Sie ist vierundzwanzig.«

Er nickte und öffnete die Augen, als ob ihm dies ermöglichte fortzufahren. »Dann wissen Sie also, daß es praktisch nichts gibt, das man für seine Tochter nicht tun würde. Alison ist jetzt zweiundzwanzig. Sie ist ein großer Fan von Ihnen und liest alles, was von Ihnen erscheint. Vielleicht wissen Sie das ja schon, da Sie mit ihr in Verbindung stehen.« Er sah sie durchdringend an, als erwarte er eine Antwort.

Molly schwieg; sie wollte abwarten, worauf er hinauswollte.

Er streckte den Arm aus und legte eine Hand auf das offene Buch neben sich. »Das Kind liest zuviel von diesem Zeug, wenn Sie mich fragen – immer schon. Ich kann mir nicht vorstellen, daß es gut für sie ist, besonders bei ihrer Vergangenheit.« Seine sonnenverbrannte Stirn runzelte sich. »Also, ich hatte nicht vor, auch nur einen Blick in dieses Ding zu werfen – das bringt doch nichts, aber sie hat ein Exemplar gekauft, noch an dem Tag, an dem es in den Läden auftauchte, und ist die ganze Nacht wach geblieben, um es zu lesen. Dann hat sie es mir gegeben. Hat gesagt, daß die Lektüre mir vielleicht helfen würde, alles hinter mir zu lassen.«

Er ließ die Hand auf dem offenen Buch liegen und trommelte mit den Fingern darauf. »Sie machen Ihre Arbeit wirklich gut, und das bewundere ich. Es ist offensichtlich, daß Sie Ihre Hausaufgaben machen; Sie sind gründlich, aber«, er begann, den Kopf beim Sprechen langsam hin und her zu schütteln, »ich kann mir einfach nicht vorstellen, warum irgend jemand sich so etwas antut. All die Zeit, die Sie mit ihm verbracht haben«, er verzog angewidert den Mund, »ihn derart nah kennenzulernen, zu versuchen, ihn zu verstehen«, jetzt schüttelte er wütend den Kopf, »und dann diese Gedichte. Nein, ich versteh's absolut nicht, aber das kommt vielleicht, weil ich persönlich betroffen bin. Ich wünschte, ich könnte das Ganze einfach vergessen, aber es kommt immer wieder zurück.«

Molly dachte an ihre eigenen Erfahrungen mit gewaltsamem Tod, der einen ganz persönlich betrifft. Sie seufzte und sagte: »Ich glaube nicht, daß Vergessen möglich ist, Charlie. Und ich glaube, Alison hat nicht unrecht. Manchmal kann es helfen, wenn man sich die Sache genau ansieht und zu verstehen versucht... naja, vielleicht ist das nur eine Entschuldigung für das, was ich tue, aber ich bin überzeugt, daß es dazu beitragen kann, der bohrenden Erinnerung etwas von ihrem Schrecken zu nehmen, wenn man sie im hellen Licht des Tages betrachtet.«

Als sie aufsah, bemerkte sie, wie er ihr Gesicht mit wachsendem Interesse betrachtete. »Im Buch beschreiben Sie mich als kleinen, aber wachsenden Austiner Bauunternehmer. Was wissen Sie jetzt über mich?«

Mein Gott, dachte sie, war das nicht wieder typisch für uns alle – aus einem vierhundertseitigen Buch suchte er sich den einen Satz heraus, der von ihm handelte. »Sie gründeten McFarland Construction mit nichts als zwei Baggern und einem mexikanischen Maurer«, sagte sie, »und Sie haben es zu einem Unternehmen aufgebaut, das hundert Millionen Dollar im Jahr macht. Und Sie sind eine der wenigen Bau- und Erschließungsfirmen, die den Immobilien-Crash nicht nur unbeschadet überstanden hat, sondern währenddessen sogar noch gewachsen ist. Kürzlich haben Sie den Zuschlag für ein neues Bürohochhaus in der Innenstadt erhalten, und Sie sind dabei, einige ökologisch bedenkliche Neuerschließungen vorzunehmen.«

Er nickte. »Das trifft alles zu, nur die Zahlen sind zu niedrig gegriffen.« Er grinste sie an. »Meine Firma hat dieses Jahr einen Umsatz von fast zweihundert Millionen gemacht.«

»Tja, da war ich nicht ausreichend informiert«, sagte Molly. »Herzlichen Glückwunsch. Es beeindruckt mich, daß sich im Baugewerbe überhaupt noch jemand halten kann.«

»Mich auch, mich auch. Es war nicht einfach.« Er räusperte sich und sah fort von ihr.

Jetzt würde er zur Sache kommen, dachte Molly, was es auch sein mochte, das ihm wichtig genug war, seinen nicht unbeträchtlichen Einfluß auszuüben und Richard Dutton zu bewegen, sie zum ersten Mal im Leben um einen Gefallen zu bitten – »Molly«, hatte er gesagt, »könntest du etwas für mich tun? Wenn Charlie McFarland anruft, und er wird dich anrufen, tu einfach freundlich, falls du das schaffst. Hör dem Mann zu.« Charlie hatte tags darauf angerufen, und sie hatte sich bereit erklärt, ihn in seinem Haus aufzusuchen. Natürlich hätte sie auch ohne Richards Eingreifen zugestimmt; das Buch war abgeschlossen, doch ihr Interesse an dem Fall Bronk sicherlich nicht. Sie wollte immer noch hören, was dieser Mann zu sagen hatte, selbst wenn es vertraulich war.

McFarland war mittlerweile in seinem Sessel zusammengesunken und starrte in den leeren, geschwärzten Kamin. Sie sah es nicht zum ersten Mal – daß Leute nicht wußten, wie sie anfangen sollten. Wenn man über Verbrechen schrieb, traf man auf Menschen, die schreckliches Leid durchgemacht hatten, und sie hatten oft Probleme, Worte dafür zu finden.

Sie saß und wartete und betrachtete sein Gesicht. Obwohl sie ihn bei der Aussage vor Gericht vor zehn Jahren beobachtet und seitdem sein Gesicht in den Wirtschaftsseiten der Zeitung wiederholt gesehen hatte, hätte sie ihn auf der Straße vermutlich nicht wiedererkannt. Sie wußte, daß er zweiundsechzig war, aber er sah älter aus. Der kräftige Knochenbau seines Kiefers und der römischen Nase war noch da, aber das vergänglichere Fleisch hatte schon nachgegeben. Geschwollene Tränensäcke unter den Augen schienen das untere Lid herunterzuziehen, und Lagen von Fett unter seinem Kinn verdeckten fast den breiten Hals. Die Schwerkraft hatte vor diesem Mann nicht haltgemacht. Kummer hatte vermutlich das Seine dazugetan.

Schließlich hob er den Kopf. »Sie müssen sich ja denken, daß ich ein verrückter alter Esel bin, bei dem eine Schraube locker ist. Die Sache ist, daß es sich um eine sehr delikate Angelegenheit handelt; ich muß Sie um einen Gefallen bitten, aber ich möchte Sie nicht beleidigen.«

Molly merkte, wie ihr Interesse an dem, was er zu sagen hatte, schlagartig wuchs, genug, um ihm ein wenig auf die Sprünge zu helfen. »Würde es Ihnen leichter fallen, wenn ich verspreche, nicht beleidigt zu sein, egal, wie unmöglich es ist? Wenn ich Ihnen schon mal im voraus Absolution erteile?«

»Ja, Ma'am, das wäre sicher nicht schlecht. Aber darum geht es hier nicht; sehen Sie, es ist etwas, über das ich so lange nicht gesprochen habe, daß ich fast vergessen habe, wie es geht.«

Sie hoffte, daß er jetzt keinen Rückzieher mehr machen würde; sie konnte schon spüren, wie sich die empfindlichen, haarähnlichen Antennen in ihrem Hirn aufrichteten, die ihr die Nähe einer guten Story ankündigten.

Er richtete sich in seinem Lehnstuhl auf und stützte die Hände auf die breiten Knie. »Mein Problem ist folgendes.«

Molly machte es sich zum Zuhören bequem.

»Alison macht gerade eine schwere Zeit durch. Sie studiert jetzt wieder, an der Universität, nachdem sie einige Zeit ausgesetzt hatte. Sie hat eine Menge Grips, Molly. Klassenbeste beim Abschluß an der Austin High, National Honor Society, in der

Endrunde beim National Merit und so weiter und so fort. Seit zwei Jahren geht sie zu diesem Psychiater, weil sie Alpträume hat und ... äh ... Ängste. Sie ist zu dem Schluß gekommen, daß es alles mit dem Tod ihrer Mutter zu tun hat. Sie war damals erst elf. Sie wissen ja alles darüber – daß sie dabei war, als es geschah, und vor Gericht ausgesagt hat und das alles. Jetzt habe ich mitbekommen, daß sie sich bereit erklärt hat, für den Artikel, den Sie schreiben, mit Ihnen zu sprechen; sie hat es mir erzählt. Und in dieser Sache wollte ich Sie um den Gefallen bitten.«

Mit einem schnellen Augenaufschlag sah er sie an und senkte dann den Blick. »Ich möchte Sie bitten, nicht mit ihr zu sprechen. Als ihr Vater bin ich restlos davon überzeugt, daß es ihr im Moment nur schaden würde. Eine zu große Belastung. Und ihrem Bruder würde das alles ebenfalls nichts Gutes bringen. Er macht seinen Facharzt in Unfallmedizin. Das letzte, was er gebrauchen kann, ist Ablenkung durch erneutes Herumstochern in diesem ganzen Grauen.«

Er preßte mit dem Handballen seiner rechten Hand gegen seine Stirn, als fühlte er Kopfschmerzen aufziehen und könnte sie so zurückdrängen. »Und außerdem möchte ich Sie bitten, nichts mehr über den Mord an meiner Frau zu schreiben.« Er streckte die linke Hand aus und legte sie auf das Buch, als wolle er es segnen. »Steht hier nicht alles drin? Es soll das letzte Wort sein.« Er hob das Buch mit einer Hand hoch und klappte es zu. »Genug.«

Es war nicht das erste Mal, daß jemand sie bat, eine Geschichte nicht zu schreiben, auch nicht das erste Mal, daß das Wohlergehen eines Kindes als Grund angegeben wurde. Doch sie spürte hier einen Unterschied: Charlie McFarland würde es nicht bei der Bitte belassen.

»Charlie, ich habe den Bronk-Fall elf Jahre lang verfolgt, und ich werde bis zum Ende dranbleiben. Das letzte Wort wird gesprochen sein, wenn Louie Bronk hingerichtet worden ist.«

Er atmete tief ein, bevor er den Mund öffnete. »Dieser Artikel, den Sie schreiben wollen, ist also aus Anlaß von«, sein Mund zog sich zu einem bösen Schlitz zusammen, »Mr. Bronks angesetzter Hinrichtung. Meine Quellen meinen, daß sie diesmal tatsächlich stattfinden wird, da er alle Berufungsmöglichkeiten ausgeschöpft hat.«

»Ja«, sagte sie. »Ich halte Ihre Quellen für korrekt. Das texanische Berufungsgericht hat keinen Spielraum mehr, und die Gouverneurin wird nicht eingreifen.«

»Man hat mir auch gesagt, daß er um Sie als Zeugin gebeten hat. Bei seiner Hinrichtung.«

»Ja. Ich habe vor, hinzugehen.«

Die schwarzen Augen blinzelten voller Leben in seinem schweren, unbeweglichen Gesicht. »Haben Sie schon einmal eine Hinrichtung gesehen, Molly?«

»Nein, das habe ich nicht.«

»Ich hätte angenommen, daß eine Journalistin, die über Verbrechen schreibt, so etwas ständig tut.«

»Na ja, bei manchen ist das so. Aber ich –«

»Ich weiß«, sagte er, die Mundwinkel nach unten gezogen, »Sie und die ganzen anderen Linken bei Ihrer Zeitschrift sind dagegen. Sie halten es für unmenschlich.«

Molly seufzte; auf diese Diskussion wollte sie sich wirklich nicht einlassen. »Ich bin allerdings dagegen, daß der Staat sich als Mörder betätigt.«

»Doch Sie müssen zugeben«, sagte er, »wenn wir es schon tun, ist die Todesspritze eine einfache Art, abzutreten.« Er bohrte einen Finger in seinen dicken Unterarm.

»Verglichen mit dem elektrischen Stuhl zum Beispiel, ja. Menschlicher.«

»Menschlich? Es erstaunt mich, daß Sie in Zusammenhang mit Mr. Bronk dieses Wort gebrauchen können.« Seine Stimme schwoll zum ersten Mal zu einer herausfordernden Lautstärke an.

»Ich meine nicht in Verbindung mit ihm, Charlie; ich meine in Verbindung mit uns. Der Staat tut es im Namen seiner Bürger. Ich will nicht, daß jemand in meinem Namen tötet, aber wenn es getan wird, sollte es besser schnell und mit so wenig Leiden wie möglich geschehen.«

Er zuckte die Achseln. »Für mich hört sich das nach Erbsenzählerei an. Mir ist scheißegal, ob sie ihn in Öl sieden oder hängen oder erschießen oder seinen kranken Kopf abhacken. Es kommt mir vor, als ob ich jedesmal, wenn ich die verdammte Zeitung aufschlage, wieder von einem Mord lese, verübt von irgendeinem Louie-Bronk-Klon, der auf Bewährung draußen ist. Wir lassen diese Kerle raus, und sie lauern unseren Familien auf. Und das finden Sie richtig, Molly?«

»Nein, finde ich nicht. Ich meine, daß man Gewohnheitsmörder wie Louie Bronk lebenslänglich einsperren sollte.«

Seine Stimme dröhnte. »Lebenslänglich? Nach Ansicht der Deppen von der Berufungs- und Bewährungskommission ist das Leben ungefähr zwölf mickrige Jahre lang. Das ist einfach unglaublich.«

Molly mußte zustimmend nicken.

Seine Brust hob und senkte sich, als sei er gerannt. Er atmete einige Male tief durch. »Egal, dieses Thema bringt uns nicht weiter. Alison ist es, um die ich mir Sorgen mache. Ich glaube nicht, daß sie weiß, was momentan für sie am besten ist. Ich bin ihr Vater, und ich weiß, daß es schädlich für sie sein wird, die ganze vermaledeite Sache wieder aufzuwärmen.« Er suchte ihren Blick. »Molly, ich würde mir wirklich wünschen, daß Sie es sich noch einmal überlegen, bevor Sie diesen Weg weiter verfolgen.«

»Gegen jeden Artikel, den ich schreibe, Charlie, hat irgend jemand Einwände. Wie kommen Sie darauf, daß ich mir diesen von Ihnen ausreden lassen könnte?«

Er ließ den Kopf zurück in den Lehnstuhl sinken und schloß wieder die Augen. »Weil Sie auch eine Tochter haben.« Er machte eine Pause, um das wirken zu lassen. »Weil es da draußen keinen Mangel an Verbrechen gibt, über die man schreiben könnte.« Er hob den Kopf, öffnete die Augen und sah sie direkt an. »Und weil ich Ihnen sehr weit entgegenkommen kann, wenn Sie mir hier entgegenkommen. *Sehr* weit.«

Vor Überraschung blieb ihr die Spucke weg. Noch nie hatte jemand versucht, sie zu bestechen, und sie konnte sich nicht vorstellen, worauf es hinauslaufen sollte, wenn nicht auf eine Bestechung. »Wie könnten Sie mir entgegenkommen?« fragte sie vorsichtig.

»Wieviel haben Sie letztes Jahr verdient, Molly?«

Molly lächelte und schüttelte den Kopf. »Warum sollte ich Ihnen das sagen?«

»Weil ich es sowieso weiß. Sie haben letztes Jahr fünfundvierzigtausend verdient – dreißig von der Zeitschrift und den Großteil vom Rest aus dem Vorschuß für *Blut schwitzen*. Das beste Jahr, das Sie je hatten. Trotzdem mußten Sie am Jahresende Geld leihen, um Ihre Steuern zahlen zu können. Sie können nicht besonders gut mit Geld umgehen, Molly, aber dafür sind Sie auch Künstlerin.«

»Sie scheinen ja ausgezeichnet über meine Finanzen unterrichtet zu sein.«

Er machte eine wegwerfende Handbewegung. »Teufel, das ist einfach. Das wissen Sie auch.«

Ja, sie wußte es. Sie hatte selbst schon die Nase in die Finanzen anderer Leute gesteckt – oft; aber daß es jemand bei ihr tat, machte sie verdammt wütend. Ihre eigene Widersprüchlichkeit schien keine Grenzen zu kennen, dachte sie.

Er fuhr fort: »Ich habe immer schon ein Herz für die Künste gehabt – das Ballett, die Symphonie – alle kriegen sie etwas von mir. Ich weiß, daß Sie die Zeitschriftenartikel des Geldes wegen schreiben müssen, und das macht es Ihnen schwer, sich genug Zeit zum Bücherschreiben zu nehmen.«

Er beugte sich vor, und Molly sah an der Grimasse, die er zog, daß es ihm Schmerzen bereitete. »Was ich also vorhabe, ist, einen jährlichen Preis zu stiften, den derjenige in Texas erhalten soll, der... äh, sich am stärksten um die Kriminalreportage verdient macht – Sie wissen schon, die Öffentlichkeit über Gefahren aufklärt und so etwas. Und Sie wären die erste Preisträgerin. Einhunderttausend Dollar in bar, Molly – genug, um davon leben zu können, während Sie Ihr nächstes Buch schreiben – egal über welches Thema auf der Welt, außer meiner beschissenen Familiengeschichte.«

Molly saß stocksteif da. Dieser beschränkte, neureiche Bauernarsch dachte wohl, er könne alles kaufen.

Charlie mühte sich aus seinem Lehnstuhl. »Ich sehe schon, daß Sie dabei sind, Ihr Versprechen zu brechen und beleidigt zu sein. Warten Sie vorher noch einen Moment. Ich zeige Ihnen was.« Er schlurfte zum Bücherregal hinter seinem Schreibtisch, das nur wenige Bücher, aber Unmengen gerahmter Fotografien enthielt. Er nahm einen silbernen Rahmen und brachte ihn ihr. Er enthielt das Bild eines blassen Mädchens mit dünnem, hellbraunem Haar, farblosen Augen und einem verschreckten Gesichtsausdruck. »Das ist Alisons Abschlußfoto von der Austin High vor vier Jahren. Sie war Klassenbeste, von dreihundert Kindern, und Sprecherin bei der Abschlußfeier – ich glaube, das sagte ich Ihnen bereits.«

Überrascht schaute Molly noch einmal das Gesicht auf dem Foto an. Sie hatte das Mädchen erst einmal gesehen, vor zehn Jahren im Alter von zwölf, eine Hauptzeugin beim Verfahren gegen Louie Bronk. Das Gesicht starrte zurück wie ein Kaninchen, das von einem Rudel Jagdhunde eingekreist war.

Charlie McFarlands Kopf zuckte hoch, als er das Summen einer Alarmanlage und das Öffnen einer Tür hörte. Schnell nahm er ihr die Fotografie aus der Hand und stellte sie zurück auf das Regal. »Das wird Georgia sein, zurück von der Fitnessfolter«, sagte er. »Ich habe ihr nicht verraten, worüber ich mit Ihnen sprechen wollte, also sagen Sie bitte nichts davon. Das ganze Thema regt sie nur sinnlos auf.«

Eine Tür wurde zugeschlagen, und ein paar Sekunden später erschien eine schlanke blonde Frau in violetten Stretchhosen, einem geblümten Gymnastikanzug und Sonnenbrille in der Bürotür. Eine sehr gut erhaltene Fünfzigjährige, schätzte Molly.

Lächelnd trat die Frau ein. Bevor sie Molly begrüßte, durchquerte sie den gesamten Raum hin zu Charlie, der an seinem

Tisch stand. Als sie näher kam, richtete Charlie sich auf und strengte sich offensichtlich an, seinen Bauch einzuziehen. Er ist verliebt, dachte Molly.

Langsam lehnte Charlie sich vor, um die Frau zu küssen. Sie schob die Sonnenbrille hoch auf ihren Kopf und legte ihm die Arme um den Hals. Es war nicht der beiläufige Begrüßungskuß, den man sonst bei Paaren in ihrem Alter sah, sondern ein warmer, aufrichtiger Kuß mit erotischer Absicht. Molly war beeindruckt.

Den Arm immer noch um ihre Taille gelegt, sagte Charlie: »Liebling, das ist Molly Cates. Ich habe mit ihr darüber gesprochen, ob sie nicht einen Teil der Öffentlichkeitsarbeit für die Firma übernehmen könnte, aber Molly ist scheinbar nicht korrumpierbar; läßt sich nicht in die Niederungen der Firmenkämpfe locken, wo sie jetzt eine berühmte Buchautorin ist.«

Molly stand auf und streckte die Hand aus.

Georgias Lächeln verblaßte ein wenig, als sie den Namen hörte und den Zusammenhang erkannte, doch sie nahm Mollys Hand und schüttelte sie. »Sehr erfreut, Sie kennenzulernen, Mrs. Cates. Ich bin Georgia McFarland.«

Molly sah sich die zweite Mrs. McFarland genau an. Ihr kurzes blondes Haar war raffiniert geschnitten, so daß es den schlanken Hals unterstrich, und die Wangen waren leicht gerötet, als wäre die Gymnastik ein Aphrodisiakum für sie. Sie hatte eine zierliche Stupsnase und leuchtendblaue Augen. Die einzigen Anzeichen von Alter waren ein paar schwache Falten um die Augen. Charlie hatte eindeutig ein gutes Auge für Frauen.

Molly fragte sich, was Alison über sie denken mochte.

Als Georgias Blick auf das Buch neben Charlies Sessel fiel, erlosch ihr Lächeln. Sie sah Molly an. »Ich habe Ihr Buch nicht gelesen und werde es auch nicht tun. Es ist solch ein unglückliches Kapitel in meinem Leben. Ich kannte Tiny – wir waren Freundinnen im College – und ich will nicht mehr daran erinnert werden. Keiner von uns kann noch mehr von dieser schrecklichen Sache gebrauchen. Gott sei Dank ist es vorbei.« Sie sah augenblicklich betreten aus, als ob sie irgendwelche Regeln südstaatlicher Weiblichkeit und Gastfreundschaft verletzt hätte. Um die düstere Stimmung zu vertreiben, die sie heraufbeschworen hatte, gab sie ein perlendes Lachen von sich und sagte: »Mrs. Cates, ich wette, daß Charlie Ihnen nichts zu trinken angeboten hat, der Rüpel, stimmt's?«

»O nein, danke«, sagte Molly. »Ich muß sowieso gleich wieder los.«

Georgia fragte, während sie sich aus Charlies Arm befreite, aber seine Hand noch festhielt: »Schatz, fühlst du dich gut genug für das Abendessen mit den Merrimans um sieben?«

»Und ob«, sagte er. »Ich habe in der letzten Zeit Ärger mit dem Rücken gehabt, Molly. Muß vielleicht operiert werden. Zu langes Sitzen fällt mir schwer.«

»Du wirst dich umziehen müssen«, erinnerte ihn Georgia. »Anzug und Krawatte. Sie gehen mit uns zum Headliners.«

Er seufzte.

»War mir eine Freude, Mrs. Cates«, sagte Georgia und verließ das Zimmer.

Als Molly sich wieder Charlie zuwandte, sah er freudig gerötet aus. Er wartete, bis die Schritte seiner Frau verklungen waren, bevor er sagte: »Molly, Sie brauchen mir jetzt keine Antwort zu geben. Warum lassen Sie sich nicht Zeit, um darüber nachzudenken? Gehen Sie einfach nach Hause und –«

Molly streckte abwehrend die Hände aus. »Halt, Charlie, halt. Nun machen Sie mal halblang. Es tut mir leid, daß Alison Probleme hat – wirklich leid, und Ihre Sorgen deswegen genauso, doch nach solchen Gesichtspunkten entscheide ich nicht, über was ich schreibe, und durch Geld lasse ich meine Meinung ganz sicher nicht ändern.«

»Jetzt beruhigen Sie sich mal, Molly. Beantworten Sie mir nur diese eine Frage. Als Sie beschlossen haben, über Mr. Bronk und seine Untaten zu schreiben, da haben Sie das doch auch als Story mit Absatzchancen angesehen, oder? – Ein Serienmörder, jahrelang unbehelligt, der Frauen abschlachtet und weiß-Gott-was mit ihnen macht, texanische Ranger auf seiner Spur, fünf Gerichtsverfahren über den ganzen Bundesstaat verteilt – ziemlich aufsehenerregende Geschichte. Diese Entscheidung haben Sie doch auch mit einem Auge aufs Geld getroffen, oder?«

Sie schwieg und wollte es gerne abstreiten, doch von Anfang an hatte sie in Louie Bronks fünfjährigem Amoklauf und den folgenden Geständnissen eine Story gesehen, die man als Buch verkaufen konnte. »Natürlich«, sagte sie.

Das knappe Nicken seines Kopfes deutete an, daß die Sache damit entschieden war. »Nun, ich bitte Sie um nichts weiter, als nochmals die Geldfrage entscheiden zu lassen. Es gibt doch genügend Gewaltverbrechen da draußen. Suchen Sie sich eines davon aus und lassen Sie sich von mir bei der Finanzierung des Projektes helfen. Himmel, Sie können sich bei mir revanchieren, indem Sie mir das Buch widmen.« Er schmunzelte und streckte die Hände mit einer bittenden Geste aus. »Was sagen Sie, Molly?«

»Ich sage, daß ich mich nicht bestechen lasse.«

»Bestechen! Verdammt noch mal, Sie haben versprochen, nicht beleidigt zu sein, und jetzt hören Sie sich an wie eine beleidigte Leberwurst.«

Das Echo seiner Stimme hallte in ihrem Ohr, und sie wußte, daß er recht hatte. Entspannter ließ sie sich zurück in den Sessel sinken und lächelte zu ihm hinauf. »Es ist nur so, daß noch nie jemand versucht hat, mich zu bestechen, Charlie. Wahrscheinlich fühle ich mich deswegen auf einmal ganz wichtig und selbstgerecht, weil es mich glauben läßt, daß es irgendeinen Arsch juckt, was ich tue.«

»Sie glauben doch nicht ernsthaft, daß ich versucht habe, Sie zu bestechen, Molly? Absolut nicht. Sie sollten sich geehrt fühlen. Ich möchte nur gern ein Mäzen der Künste sein wie damals diese alten, reichen Italiener, die Michelangelo dafür bezahlten, daß er sie porträtierte. Nur daß ich Sie dafür bezahlen würde, uns *nicht* zu porträtieren.«

»Ich glaube nicht, daß Michelangelo sich von so etwas geehrt gefühlt hätte.« Molly sah auf die Uhr und erhob sich. »Ich muß mich auf den Weg machen, Charlie.«

Als er sich humpelnd auf die Tür zu bewegte, verzog er schmerzhaft das Gesicht. Am Türrahmen angekommen, lehnte er sich dagegen und holte tief Luft. »Tja, ich vermute, daß ich Sie kein bißchen beeindruckt habe«, sagte er und drehte sich zu Molly.

Sie schüttelte den Kopf. »Ich lasse mich nicht so leicht beeindrucken.«

Er sah mit zusammengekniffenen Augen auf sie herunter. »Dann möchte ich Sie um etwas anderes bitten. Wenn Sie entschlossen sind, diesen Artikel zu schreiben, warum interviewen Sie dann nicht mich statt Alison und Stuart? Ganz offiziell.«

Molly senkte den Blick, um sich etwas Bedenkzeit zu geben. Das war ein Bestechungsversuch, der verlockender war als der erste – ein Bestechungsversuch, auf den sie eingehen könnte. Nachdem er elf Jahre lang nicht ein öffentliches Wort gesagt hatte, bot er ihr ein Interview an. Und sie hätte immer noch gerne gehört, was er zu sagen hatte. Sie merkte, wie der kalte, journalistische Teil ihres Hirns zu rotieren begann, dieses kühle Kombinationsvermögen, das alle Möglichkeiten abwog. Auf der einen Seite war der Ehemann, der elf Jahre lang stoisch schweigt und schließlich aus Anlaß der Hinrichtung des Mörders seiner Frau den Mund aufmacht. Und der Ehemann ist ein reicher und mächtiger Mann, wie er im Buche steht. Das könnte eine Wahnsinnsstory abgeben.

Auf der anderen Seite war die Reportage, die sie geplant hatte, die über das elfjährige Mädchen, das im Haus war, als ihre Mutter ermordet wurde, die den Mörder im Auto davonfahren sah, und ihren älteren Bruder, damals vierzehn, der nach Hause kam und seine Mutter tot in der Garage fand. Was war aus ihnen geworden? Wie hatte dieses Ereignis ihr Leben verändert? Und was dachten sie über die bevorstehende Hinrichtung des Mörders ihrer Mutter? Das war *wirklich* eine Story.

Sie sah hoch in Charlie McFarlands breites, sorgenvolles Gesicht und sagte: »Sie würden sich bereit erklären, über den Mord und Ihre Meinung zu dem Ganzen heute zu sprechen?«

Er starrte über ihre Schulter hinweg in sein Büro. »Ja, wenn Sie versprechen würden, meine Kinder nicht zu interviewen.«

Molly spürte ein prickelndes Gefühl der Selbstverachtung in ihrer Brust, aber sie wußte aus Erfahrung, daß sich das bald legen würde. Seit zwanzig Jahren schrieb sie jetzt über Verbrechen; es war ihr Beruf und ihre Leidenschaft. Sie war selbsterwählte Botschafterin der schlimmsten Nachrichten, die die Gesellschaft zu produzieren vermochte; bisweilen war die Botschaft scheußlich und schmerzhaft für die Überlebenden, doch es war ihre Arbeit, und um diese gut zu machen, mußte sie alle Möglichkeiten beim Schopfe packen.

»Lassen Sie mich darüber nachdenken, Charlie. Ich sage Ihnen morgen Bescheid«, teilte sie ihm mit.

Er trat zur Seite, um sie durchzulassen, und folgte ihr den von blauen Lupinen gesäumten Flur entlang zur Eingangstür. An der Tür tippte er einen Code in die Schaltkonsole in der Wand, um die Alarmanlage auszuschalten. Dann zog er einen Schlüsselring aus der Tasche und bückte sich, um eine Kollektion von Schlössern aufzuschließen. Diese Vorsichtsmaßnahmen kamen ihr keineswegs übertrieben vor, fand Molly, bei jemandem, dessen Familie schon die Bekanntschaft von Gestalten wie Louie Bronk gemacht hatte.

»Wie lange wohnen Sie schon hier, Charlie?« fragte sie, um das Schweigen zu brechen.

»Ich habe dieses Haus direkt nach dem Prozeß bezogen, ungefähr vor zehn Jahren. Ich konnte die Vorstellung nicht ertragen, weiterhin in dem alten Haus zu bleiben, und ich dachte, hier wäre es vielleicht sicherer – in der Nähe der Stadt, mehr Nachbarn. Und ich dachte mir, ein Ortswechsel könnte Alison und mir helfen zu vergessen.« Er richtete sich auf und öffnete die Tür. »Hat natürlich nicht das geringste gebracht. Beide konnten wir nicht vergessen, und jetzt ist sie ausgezogen. Aber Georgia gefällt's hier.«

Molly drehte sich um, um sich zu verabschieden, doch er trat vor ihr hinaus auf den Hof. »Ich bringe Sie zu Ihrem Auto«, sagte er.

Schweigend liefen sie in Charlies langsamem Gang über den backsteingepflasterten Hof zu ihrem Chevy Pickup, den sie nahe am schmiedeeisernen Tor geparkt hatte. Molly schloß die Tür ihres Autos auf, und er half ihr hinein.

Doch als er die Sonderausstattung im Inneren sah mit den gemütlichen Ledersitzen, dem hölzernen Armaturenbrett, Telefon, eingebautem CD-Spieler und Stereoanlage, pfiff er überrascht durch die Zähne. »Verdammt noch mal, von außen sieht's aus wie ein normaler alter Chevy Pickup, und innen wie ein deutsches Luxusauto.«

»Tja«, meinte Molly, »ich fahre schon immer Chevy Pickups, meinem Vater zu Ehren, der sie für die große Offenbarung hielt. Aber jetzt, wo ich älter bin, brauche ich ein bißchen mehr Komfort als der, mit dem sie aus der Fabrik rollen.«

Er grinste und drückte die Tür zu.

Molly sah zum offenen Fenster hinaus. »Weiß Richard Dutton, was Sie mich fragen wollten?«

»Nein, Ma'am. Ich habe nur gesagt, daß es eine private Angelegenheit wäre.« Er faßte durch das Fenster und nahm ihre Hand in seine beiden. Er drückte sie freundschaftlich und sagte: »Vielen Dank, daß Sie gekommen sind und mich angehört haben, Molly. Denken Sie darüber nach. Ich warte darauf, von Ihnen zu hören.«

Sie sah in sein breites, gramzerfurchtes Gesicht. Er lächelte, und um seine Augen waren Lachfältchen, doch sie war sicher, daß dieser Mann nicht klein beigeben würde, bevor er nicht seinen Willen bekam, wie warmherzig er auch scheinen mochte. Tja, wenn sie in all den Jahren etwas gelernt hatte, dann jedenfalls, nicht klein beizugeben. »Ich melde mich, Charlie«, sagte sie.

Als sie den Motor anließ und Gas gab, fühlte sie ihr Herz schneller schlagen. Vor diesem Besuch war sie nur mäßig begeistert gewesen, noch etwas Neues über Louie Bronk zu schreiben, aber jetzt konnte sie nicht mehr abwarten, sich an die Arbeit zu machen. Nichts auf der Welt spornte sie so an wie Widerstand. Das war ihr persönlicher Sirenengesang. Es erinnerte sie daran, wie ihr Daddy sie damals ermahnt hatte, niemals, unter absolut keinen Umständen, auf die Wiese zu gehen, wo der alte Bulle graste. Das führte nur dazu, daß sie ihr Pferd auf direktem Wege auf diese Wiese trieb. Natürlich war sie aufgespießt worden – sie hatte die Narbe am Schenkel als Beweis, und ihr Pferd war gerade noch so mit dem Leben davongekommen. Es war kindisch gewesen, voll bloßem Widerspruchsgeist, doch selbst mit zweiundvierzig war sie noch nicht dem Impuls entwachsen, auf die Wiese zu reiten.

Als sie zum Tor hinausfuhr, erkannte sie in der Ferne die Geier, die immer noch träge über dem Abgrund kreisten.

Kapitel 2

Als ich fünf Jahr' alt war
Eine Riesen-Kinderschar
Mußte selber kommen klar.
Ganz allein.
Half mir kein Schwein.

Dann war ich sechs
Und steckte im Dreck
Mama, die schob 'ne Nummer
Mit jedem Typ.
Das war nicht lieb.

Ich wurde zehn
Sie starb dahin
die alte Henn'.
Der Schwestern vier
Die hauten mich viel.

Dann mit vierzehn
Was waren die fies
Bis zum Hals war ich im Dreck
und wollte nur noch weg.

Louie Bronk
Todestrakt, Ellis I Unit
Huntsville, Texas

Als sie aus der Einfahrt bog, warf Molly einen Blick auf die imposanten Villen, die in dichter Folge am Berggrat standen, jede ein bißchen näher am Abgrund als die nächste, wie reiche Matronen, die sich mit spitzen Ellbogen nach vorne drängeln, um eine bessere Sicht zu bekommen, und sie mußte einfach an Geld denken. Wie kam Charlie McFarland darauf, daß sie sich kaufen lassen würde? Und so billig! Wenn sie käuflich wäre, würden mickerige hundert Riesen nicht reichen.

Als könnte sie jetzt aufhören, so kurz vor dem Ende.

Immerhin hatte sie die Chronik des erbärmlichen Lebens Louie Bronks und seiner Verbrechen geschrieben, von seiner traurigen, unehelichen Geburt in Laredo über seine zwölf Jahre im Gefängnis in Oklahoma wegen Totschlags der ältesten seiner vier Schwestern, über seine Verurteilung für fünffachen Mord in Texas bis zu seinen zehn Jahren in der Todeszelle. Die Todesspritze nächste Woche in Huntsville würde das Ende eines Falls darstellen, der sie vor elf Jahren unwiderstehlich in seinen Bann gezogen hatte, an jenem unerträglich heißen Julitag, an dem Louie Bronk in Fort Worth festgenommen und nach San Marcos gebracht worden war, wo man ihn in der Mordsache Greta Huff verhören wollte. Mein Gott, Ewigkeiten war das her.

Molly schaltete die Radarwarnung ein, die an ihrer Sonnenblende befestigt war, und drückte das Gaspedal durch, als sie in den Mesa Drive einbog und zu ihrem Reihenhaus zurückfuhr, zurück zu der unbeendeten Reportage, die dort auf dem Computerbildschirm auf sie wartete. Wie üblich stand ein Abgabetermin kurz bevor, und trotz der zweiundzwanzig Jahre im Geschäft bereiteten Termine ihr immer noch Kopfzerbrechen.

Vor elf Jahren, damals, als sie in die Verhaftung von Louie Bronk hineingeraten war, hatte sie nicht gewußt, daß die Sache sich zu einem langen und aufreibenden Serienmordfall ausweiten würde, der all ihre Aufmerksamkeit fesseln sollte. Zu jener Zeit war sie Polizeireporterin für den *Austin-American Patriot* gewesen, und als sie im Presseraum der Austiner Polizeiwache vorbeigeschaut hatte, hatte es nach einem Tag ohne aufsehenerregende Neuigkeiten ausgesehen, selbst für Verbrechen zu heiß, die üblicherweise gerne bei Hitze geschahen.

Gus Drysdale, Chef des Morddezernats in Austin, hatte ihr das Gerücht ins Ohr geflüstert. Da war dieser Landstreicher, sagte Gus, der unten in Hays County wegen einer Mordsache an einer alten Frau vernommen wurde, für die er kleinere Aushilfsarbeiten erledigt hatte. »Einen Mord hat er schon abgesessen, früher, in Oklahoma. Hat seine ältere Schwester abgemurkst und ihr die Haare vom Kopf rasiert. Dann hat er sie vergewaltigt – in dieser Reihenfolge. Erinnert dich das an was?« fragte er mit vor Aufregung lauter werdender Stimme.

Molly hatte sich zu ihm gewandt und geflüstert: »Der Skalpierer von Texas?«

»Schon möglich«, hatte Gus gesagt. »Allerdings fährt dieser Kerl hier keinen weißen Mustang. Überhaupt kein Auto – er war zu Fuß unterwegs. Man munkelt, daß er jedem, der es hören will, gesteht, mehr als dreißig Frauen ermordet zu haben, die meisten in Texas, und meistens nahe an der Autobahn. Wir schicken jemand runter, um ihn in der McFarland-Sache zu verhören.« Gus grinste sie an. »Und wenn das alles noch nicht pervers genug für dich ist, hier kommt etwas, was einem Schreiberling wie dir sicher Spaß machen wird. Er macht oft Gedichte über seine Verbrechen. Selbst wenn er nicht unser Skalpierer von Texas ist, gibt er doch mindestens eine gute Meldung ab. Fahr schnell runter, Molly, vielleicht kannste ja was dabei rausholen.«

Sie hatte Gus einen Kuß auf die Wange gedrückt, an ihrem Arbeitsplatz Bescheid gesagt und ihr Auto Richtung San Marcos in Bewegung gesetzt in der Hoffnung, daß sie den dortigen Staatsanwalt interviewen und vielleicht etwas vom Verhör mitbekommen könnte.

Sie betrat das Gerichtsgebäude von Hays County gerade noch rechtzeitig, um zu sehen, wie drei Texas Ranger und ein Vollzugsbeamter einen Mann den langen, dunkel getäfelten Gang entlangführten, der mit Handschellen und einer Kette um den Leib gefesselt war. Weil sie, aus dem grellen Sonnenlicht kommend, gerade in den dunklen Gang getreten war, konnte sie zuerst kaum etwas erkennen. Sie folgte ihnen, bis sie stehenblieben und vor einer geschlossenen Doppeltür mit der Aufschrift »Gerichtssaal Vier« warteten.

Wie er so dastand und wartete, war ihr erster Eindruck von ihm der eines kleinwüchsigen, unauffälligen Mannes, der leicht amüsiert war, als ob nichts von alledem ihn etwas anginge. Der in Ketten gelegte Häftling war Mitte Dreißig, schätzte sie, kurz und drahtig, doch mit einer häßlich aussehenden harten Wampe, die sich über seinem Gürtel wölbte. Seine sehnigen Arme waren mit primitiven blaugrünen Tätowierungen bedeckt, wie sie im Gefängnis gemacht werden, und sein schütteres Haar war mit Pomade angeklatscht. Die kleinen, dunklen Augen standen sehr dicht beieinander. Das graue T-Shirt, das er trug, hatte dunkle Schweißflecken unter den Armen und auf der Brust. Damals wußte sie es noch nicht, doch Louie schwitzte immer. Selbst bei kühler Witterung, und sogar frisch aus der Dusche, roch er wie ein Mann, der sich in seinem Leben noch nie gewaschen hatte.

Einer der Ranger drehte sich um und sagte zu ihm: »Soll ich Sie noch mal auf'n Pott begleiten, bevor wir reingehen, Louie?«

Als er den Mund aufmachte, um zu antworten, wich Molly ein wenig zurück. In seinem Unterkiefer drängten sich die schiefstehenden, spitzen Zähne nur so. Es sah aus, als hätte er doppelt so viele wie für den schmalen Kiefer vorgesehen waren. Es war ein Schock, als ob man angeln ginge und denkt, man hat einen Barsch gefangen, doch wenn man das Maul öffnet, um den Haken herauszuziehen, merkt man, daß man einen Piranha an der Angel hat, der noch quicklebendig ist.

Ohne lange zu überlegen, zog sie ihre kleine Nikon aus der Tasche, in dem sicheren Gespür, daß dies ein wichtiger Augenblick war, und schoß ein Foto. Als der Blitz durch den dunklen Gang zuckte, wirbelte der Mann zu dem Licht herum, mit einer Bewegung, so schnell und instinktiv wie das Züngeln einer Schlange, die nach einer möglichen Beute wittert. Er starrte sie an. Dann brachte er ein Zucken des Mundes zustande, das manche vielleicht als Versuch eines Lächelns bezeichnet hätten, das Molly jedoch als etwas völlig anderes identifizierte. Noch einmal hob sie die Kamera und drückte ab.

Dieses zweite Foto stellte sich als das beste heraus, das sie jemals gemacht hatte. Es war im ganzen Land von *Associated Press* verbreitet worden und war unter den Bildern, die schließlich in *Blut schwitzen* abgedruckt wurden. Was es zu solch einem guten Foto machte, das war ihr klar, war, daß es das hinterhältige Grinsen voll amüsierten Wissens einfing, mit dem Louie Bronk alle Frauen betrachtete. Der Gesichtsausdruck, mit dem er Molly an der Kamera vorbei direkt ansah, ließ vermuten, daß er in der Lage war, Dinge über sie zu wissen, von denen sie selbst nicht die leiseste Ahnung hatte. Später, als die Einzelheiten über Greta Huff, Rosa Morales und die anderen herauskamen, wurde ihr klar, worin diese Dinge bestanden, und daß er recht hatte –

sie würde sie nie über sich selbst wissen, denn wenn sie ans Tageslicht kämen, würde sie tot sein, oder dem Tode nahe.

Während der zwei Jahre, die sie zum Schreiben des Buches gebraucht hatte, hatte sie einen Abzug dieses Bildes an die Pinnwand über ihrem Tisch geheftet, zusammen mit den Autopsiebildern zweier von Louies Opfern – Tiny McFarland und Rosa Morales. Damit sie nicht vergaß, worum es in dem Buch ging.

Als sie an dem Briefkasten vor ihrem Haus ankam, manövrierte Molly das Auto so nah wie möglich an ihn heran, ohne den Rückspiegel abzufahren. Sie lehnte sich aus dem offenen Autofenster, holte ihre Post heraus und fächerte sie vor sich auf, so daß sie auf einen Blick sehen konnte, ob der Scheck, auf den sie wartete, dabei war – der vom *Texas Law Enforcement Quarterly* für den Artikel, den sie zusammen mit Barbara Gruber vom Amtsarztbüro über die neuesten Daten von Amokläufern geschrieben hatte. Natürlich nicht. Verdammt, aber es war eben ein nicht gerade pünktlich bezahltes Gewerbe. Man konnte verhungern, während man auf die Bezahlung von Arbeiten wartete, die man vor Monaten abgeschlossen hatte. Sie seufzte, ließ die Post in ihren Schoß fallen und fuhr in die Garage, während sie auf die Fernbedienung an ihrem Armaturenbrett haute, um das Tor zu schließen. Sie stellte den Motor ab und sah die Post durch: etliche Rechnungen, die Broschüre eines Selbstbewußtseinstrainings für Frauen, ein Brief von ihrer Tante Harriet, einer von ihrem Agenten in New York und ein fadenscheiniger weißer Umschlag mit bleistiftgeschriebener Adresse, abgestempelt in Austin und ohne Absender.

Sie riß den Briefumschlag von ihrem Agenten in der Hoffnung auf ein lukratives Angebot von Film oder Fernsehen auf – einer ihrer geheimen Träume. Aber es war nur eine Nachricht, daß er mit einem Verleger in Japan über die japanischen Rechte an dem Buch verhandelte. Scheinbar fuhren die Japaner gerade auf Serienmörder ab. Da könnte eine schöne Summe dabei herausspringen, meinte er.

Sie ließ den Brief in ihren Schoß fallen und schnappte sich den bleistiftbeschriebenen Umschlag, riß ihn auf und zog einen Pakken gefalteter Blätter heraus. Sie sahen wie bedruckte Seiten aus, die aus einem Buch herausgerissen worden waren. Gerade als die Zeitschaltung das Deckenlicht ausgehen ließ und die Garage in völlige Dunkelheit tauchte, erkannte sie diese als Seiten aus *Blut schwitzen*.

Neugierig hastete sie ins Haus und ließ die übrige Post auf den Küchentisch fallen. Die zwölf Seiten waren tatsächlich aus *Blut schwitzen* herausgerissen worden. Es waren die Seiten mit dem Mord an Tiny McFarland.

Sie setzte sich an den Küchentisch und blätterte sie durch. An der letzten Seite klebte eine gelbe Haftnotiz, auf die ein Gedicht in kleiner, zusammengedrängter Schrift mit Bleistift geschrieben war. Es lautete:

Frau Autorin, du sollst es wissen:
Wie Louie soll auch mich die Muse küssen.

Deine Beschreibung seiner Taten
Soll meinem bescheidnen Gedicht zur Quelle geraten.

Dein Buch, das lob' ich sehr
Dir den Ehrenpreis und noch viel mehr.

Jetzt ist Louie schon fast drüben
Da will ich mich in seinen Künsten üben.

Nun sag mir eins: Wann
Und wer ist als Nächstes dran?

Mit Gruß und Kuß
Und was ich noch sagen muß: Hier bin ich der Meisterdichter.

Molly faltete die Arme fest vor ihrer Brust und hob den Blick von dem Blatt. Dann lehnte sie sich zurück und starrte aus dem

Küchenfenster, wo die Gruppe knorriger immergrüner Eichen im Licht der untergehenden Sonne rosa glühte.

Was sie jetzt brauchte, war einmal tief Luft holen und sich wappnen – hart machen. Da war er: der erste der unvermeidlichen Briefe eines Geisteskranken. Als sie ihm erzählt hatte, daß sie das Bronk-Buch schreiben wolle, hatte Richard sie gewarnt, daß es die Bekloppten so magisch anziehen würde wie der Mist die Fliegen. Nicht, daß sie die Warnung gebraucht hätte. Über die Jahre hatte sie schon ausreichend Briefe und Drohungen von Wirrköpfen erhalten. Und, rief sie sich in Erinnerung, nicht einer von den verdammten Dingern hatte je irgendwelche Konsequenzen gehabt.

Sie könnte ihn wegschmeißen und vergessen; immerhin mußte sie sich an die Arbeit machen – übermorgen war Abgabetermin des Artikels für den *Lone Star Monthly* über den Engel von Abilene, die Pastorin einer fundamentalistisch-christlichen Sekte, die gerade schuldig gesprochen worden war, weil sie ältere Gemeindemitglieder dazu überredet hatte, ihre irdischen Güter der Kirche zu vermachen, um sie dann zu vergiften. Molly hatte zwei größtenteils nervtötende Wochen in Abilene zum Recherchieren verbracht und Sektenmitglieder und Angehörige der Opfer befragt. Schon möglich, daß es eine interessante Geschichte war, aber sie war nie wirklich von ihr begeistert gewesen, und es war ihr nicht leichtgefallen, all die religiösen Extremisten, päpstlicher als der Papst, zu verkraften, mit denen sie zu sprechen hatte. Sie mußte sich an den Schreibtisch prügeln, doch sie war fast fertig. Jetzt fehlte ihr nur noch ein gutes Ende.

Sie sah sich noch einmal das Gedicht an. Eines war sicher: Es stammte nicht von Louie Bronk. So etwas hätte er nie im Leben schreiben können. Sie hatte genügend seiner Werke zu Gesicht bekommen, um seinen Stil zu erkennen. Während der Zeit des Interviews mit ihm, als sie nach Huntsville fuhr, hatte er ihr Seite um Seite mit Versen gegeben, die er am laufenden Band produzierte – alle in seiner runden Kinderschrift auf breit liniertem Papier. Ob sie das für ihn veröffentlichen könne, wollte er wissen, nicht in einer Zeitschrift, sondern in einem richtigen Buch. Sie hatte versprochen, es jemandem zu zeigen, und hatte ihren Agenten tatsächlich überredet, sie mit dem Vorschlag an einige Verlage zu schicken, eine Gedichtsammlung von Todeszelleninsassen daraus zu machen. Obwohl Molly die Idee nicht schlecht gefunden hatte, *Gedichte vom Abgrund* hätte sie es genannt, war sie einhellig auf Ablehnung gestoßen.

Statt dessen hatte sie, mit Louies Einwilligung, einige seiner Gedichte in *Blut schwitzen* verwendet, um ein größeres Verständnis für Louie und seine Geschichte zu ermöglichen. Sie hatte ihm eine einmalige Summe von tausend Dollar gezahlt, die auf sein Gefängniskonto zur Verwendung in der Verpflegungsstelle flossen und seine Versorgung mit Zigaretten und Cremetörtchen für ein Jahr sicherstellten.

Molly kannte Louie Bronks Dichtung also nur zu gut. Der Verfasser dieser Zeilen war bei weitem wortgewandter.

Sie legte die Fingerspitzen auf die erste der ausgerissenen Seiten und streichelte langsam das schwere weiße Papier. Der Druck war gestochen scharf, so daß man das Gefühl hatte, man müßte die Buchstaben ertasten können. Obwohl sie ihre Worte seit zweiundzwanzig Jahren gedruckt sah, war dies doch das erste Buch, und die Seiten schienen weniger vergänglich, als hätten sie mehr Autorität. Doch aus einem ihr verborgenen Grund hatte Molly nicht einen Blick in *Blut schwitzen* getan, seit sie vor mehr als einem Jahr die letzten Korrekturen vor Drucklegung vorgenommen hatte. Als sie vor zwei Wochen ihre fünfzig Autorinnenexemplare erhalten hatte, hatte sie nur eines in die Hand genommen und ihren Namen auf dem Einband lange angestarrt. Immer hatte sie ein Buch schreiben wollen, und da war es nun endlich. Dann hatte sie den Einband geöffnet, um das Foto auf der Innenseite zu betrachten. Doch sie hatte es nicht weiter aufgeschlagen, um darin zu lesen. Vielleicht, weil sie genau wußte, daß sie Fehler entdecken würde und es zu spät war, noch etwas daran zu ändern.

Jetzt nahm sie die ausgerissenen Seiten auf, beginnend mit

einhundertachtundneunzig, und las, was sie über den Mord an Tiny McFarland geschrieben hatte.

Für den nächsten Mord, den, der am neunten Juli 1982 begangen wurde, kann man sich kaum ein unwahrscheinlicheres Szenario vorstellen.

In den sanften, zedernbedeckten Hügeln der Balcones-Villensiedlung im Westen von Austin, mehr als neun Meilen von der nächsten I-35-Abfahrt entfernt, lebte die Familie McFarland in einem großzügigen Natursteinhaus, umgeben von sechzehn Hektar naturbelassenem Land. Die McFarlands wohnten gerne dort, weil es friedlich und ungestört war, ideal für die Kinder – wie geschaffen für sie zur Hundehaltung, zum Fahrradfahren, für Schießübungen und doch nur zwanzig Autominuten von Charlie McFarlands Büro in der Austiner Innenstadt entfernt.

Einen größeren Kontrast zu den Straßengräben, Parkplätzen und heruntergekommenen Wohnwagensiedlungen entlang der Autobahn, die Louie Bronk bisher als Jagdgründe gedient hatten, konnte man sich kaum vorstellen. Und dieses Mal war das Opfer ein ganz anderes als die dunkelhaarigen jungen Anhalterinnen und Serviererinnen, die normalerweise seine Beute darstellten.

Andrea Wendell McFarland, Spitzname »Tiny«, weil sie nicht mehr als einen Meter zweiundfünfzig maß und weniger als fünfzig Kilo wog, war eine siebenunddreißig Jahre alte Mutter von zwei Kindern mit kurzem honigblondem Haar und helleren Strähnen im Deckhaar.

Als das verwöhnte einzige Kind von Stuart Wendell, Besitzer einer texanischen Kaufhauskette, hatte sie staatliche Schulen in Austin besucht, aber statt anschließend an die University of Texas wie die meisten ihrer Freundinnen zu wechseln, ging sie an die Ostküste aufs College – nach Vassar, wo sie im Hauptfach Kunstgeschichte studierte und ihr drittes Studienjahr im Ausland, in Florenz, verbrachte. Nach dem Abschluß in Vassar kehrte sie nach Austin zurück und arbeitete im Geschäft ihres

Vaters als Einkäuferin. Ein Jahr später lernte sie Charlie McFarland kennen und heiratete ihn, einen vierzehn Jahre älteren Bauunternehmer.

Tiny McFarland hatte ein reges Interesse an Kunst, insbesondere Malerei und Musik. Sie engagierte sich für die Austin Symphony, das Laguna Gloria Art Museum wie auch im Verein zur Förderung der Künste, und sie tätigte ihre eigenen Investitionen, die einen beträchtlichen Umfang hatten, da ihr Vater fünf Jahre zuvor verstorben war und ihr seinen gesamten Besitz hinterlassen hatte.

Ihr Leben lang begeisterte Sportlerin und Weltreisende, war sie gerade erst von einer dreiwöchigen Jagdsafari in Botswana zurückgekehrt. Bei keinem Wohltätigkeitsball fehlte sie und war schon mehrmals in der Liste der bestgekleideten Frauen von Austin geführt worden.

An diesem Julitag war ihr Mann, Geschäftsführer eines von ihm selbst gegründeten Bauunternehmens, um sechs Uhr dreißig aufgestanden und zur Arbeit in sein Büro in der Innenstadt gefahren. Mit einundfünfzig war Charlie ein Geschäftsmann, der sich aus eigener Kraft emporgearbeitet hatte und durch den Bau von Einfamilienhäusern und kleineren Bürogebäuden während des texanischen Immobilienbooms zu mäßigem Wohlstand gelangt war. Die Auftragslage war in diesem Jahr gut, und er machte häufig Überstunden, so daß er das Haus um sechs verließ und nicht vor achtzehn oder neunzehn Uhr zurückkehrte.

Tiny McFarland, die von ihrer Urlaubsreise her noch unter der Zeitverschiebung litt, hatte an jenem Morgen nach Aussage ihrer Tochter lange geschlafen. Die elfjährige Alison war zum Frühstücken mit ihrem Vater aufgestanden und hatte dann allein ferngesehen. Alisons älterer Bruder, der vierzehnjährige Stuart, war mit dem Fahrrad zum zirka fünf Meilen entfernten Haus seines Cousins Mark Redinger gefahren, wo er den Tag verbringen und übernachten wollte.

Als Tiny um zehn Uhr aufstand, kleidete sie sich in ein ärmelloses weißes Leinenkleid mit engem Rock und weiße Ferragamo-

Schuhe mit sieben Zentimeter hohen Absätzen. Sie trug ihren üblichen Schmuck – eine goldene Rolex-Armbanduhr mit Diamanteinfassung und große goldene Ohrringe. Sie hatte vor, an einem Lunchtreffen des Damensymphonieclubs teilzunehmen und dann in der Innenstadt Bankgeschäfte wahrzunehmen.

Ungefähr um elf Uhr war Alison, müde vom frühen Aufstehen, auf dem Sofa vor dem Fernseher eingeschlafen. Ihre Mutter war in den Garten hinter dem Haus gegangen, um Blumen zu schneiden, was sie fast an jedem Morgen tat. Tiny liebte frische Blumen im Haus.

David Serrano, einundzwanzigjähriger Au-Pair und Haushaltshilfe der McFarlands, war in seiner Unterkunft über der einzeln stehenden Garage, die sich ungefähr zehn Meter vom Haus entfernt am Ende einer langen gewundenen Kiesauffahrt befand, beim Lernen. David, Teilzeitstudent am Austin Community College, hatte einen Sommerkurs in Buchhaltung belegt und verbrachte jede freie Minute über seinen Hausaufgaben.

Das letzte Mitglied des Haushaltes, der fünfundneunzig Pfund schwere Deutsche Schäferhund der McFarlands namens Mauser, war für ein Flohbad beim Hundezüchter. Charlie McFarland hatte den Hund an jenem Morgen auf dem Weg zur Arbeit dort abgeliefert. Acht Jahre nach dem Mord sagte eine alte Freundin der Familie McFarland mit Tränen in den Augen: »Es wäre alles nie geschehen, wenn Mauser dagewesen wäre; er war der beste Wachhund, den ich je gesehen habe, solch ein fürsorgliches Tier. Er wäre mit Tiny zusammen in den Garten hinausgelaufen und hätte einen Krach geschlagen, den Sie sich nicht vorstellen können, als die alte Schrottmühle von einem Auto vorgefahren kam.« Es war nur einer in einer ganzen Serie von unglücklichen Zufällen, die zu der Tragödie jenes Morgens beitrugen.

Es war erst fünf Tage her, daß Louie Bronk die achtzigjährige Greta Huff in San Marcos ermordet hatte, und er war wieder auf der Autobahn unterwegs, auf dem Weg nordwärts von Corpus Christi, von wo er direkt nach dem Mordfall Huff geflohen war. Acht Jahre später beschrieb er es in einem Interview im Gefäng-

nis so: »Ich bin halt so rumgefahr'n, Sie wissen schon, immer unterwegs, und der Mustang fährt erste Sahne, ohne jede Probleme schnurrt der die Autobahn hoch, aber auf der ganzen Strecke – Corpus nach San Antone, San Antone nach Austin – gab's nicht eine beschissene Gelegenheit – ich halte nämlich immer Ausschau nach einer Gelegenheit – außer einer einzigen, und das war eine alte Fettel mit grauen Haaren und Brille, die mit einem Platten am Straßenrand stand. Die versuchte doch tatsächlich, mich anzuhalten. Ist das nicht was? Aber die war nicht gut genug für mich, absolut nicht. Wissense, mit so was hab' ich mich noch nie zufriedengegeben.

Seit zwei Tagen war ich so ziemlich die ganze Zeit am Bechern gewesen, und diese Sachen gingen mir durch den Kopf, die ich versuche wegzudrängen, aber diese Scheißbilder, diese ganz schlimmen, haben sich einfach in meinem Kopf breitgemacht, und ich hab' diese Sachen ganz deutlich in meinem Kopf geseh'n, wie so ein knallbunter Farbfilm, immer und immer wieder, und als ich endlich nach Austin komme, brauche ich unbedingt was und halte Ausschau, einfach nach irgendwas, und mittlerweile bin ich auch nicht mehr wählerisch, so wie ich sonst manchmal bin, und wünschte nur, ich hätte mich bei San Antone mit der alten Kuh zufriedengegeben. Wäre ihr recht geschehen, wenn sie so was Bescheuertes macht wie einen Fremden ranzuwinken.«

Bronk hatte eigentlich nicht in Austin anhalten wollen; er war auf dem Weg nach Fort Worth, doch weil er nach der Überquerung des Town Lake in die falsche Spur geriet, war er gezwungen, vom Highway abzufahren, und fand sich in Austin auf der FM 2222 in westlicher Richtung wieder. Er wollte umdrehen und auf den Highway zurückkehren, doch dann entschied er abzuwarten, wohin ihn das Schicksal bringen würde. Er hatte kaum noch Geld in der Tasche und beschloß, nach einem Haus zu suchen, das er problemlos ausrauben könnte.

Nach ungefähr fünfzehn Minuten fand er sich westlich von der Stadt wieder. »Wissen S', ich hab' mich immer am liebsten in der Nähe der Autobahn gehalten, aber diesmal dacht' ich mir, jetzt probierst'e mal was Neues. X-mal war ich schon durch Austin durchgefahren und hatte es noch nie richtig gesehen, und die Gegend gefiel mir echt gut – die ganzen grünen Hügel und so. Da hab' ich diese Straße gesehen, irgendwas Park Road, die nach links abging, und ich weiß nicht warum, sie hat mir einfach gefallen, als ob man da einen Sonntagsausflug hinmachen würde oder so, also bieg' ich ein und fahr' ungefähr eine Meile bis zu dieser Auffahrt, die einen Hügel hochging. Geschottert. Ein Briefkasten mit einer Nummer drauf war da, das weiß ich noch. Also, fahr' ich hoch, nur um zu sehen, was dahinter kommt, und dann komm' ich an diese Garage neben einem fetten Steinhaus.

Weit und breit ist kein Schwein zu sehen, aber es war klar, daß da reiche Leute wohnen. Ich seh' sofort, da gibt's was zu holen. Ich zur Tür hin. War nicht abgeschlossen, als warten die nur auf mich, ich also rein und greif' mir einen kleinen Sony-Fernseher aus der Küche und eine silberne Schale und dieses Schnitzmesser, ein hübsches Dingelchen mit so einem weißen Griff, was aussieht wie aus Knochen. Die Sachen schlepp' ich gerade raus zum Auto, da seh' ich eine Frau in der Garage stehen, und die Tür war offen. Jawoll. Mrs. McFarland – das war eine von meinen, allerdings. Sehen S', ich kann jede Tussi kriegen, die ich haben will. Jede. Sie war ganz in Weiß, nirgendwo das kleinste Fleckchen auf ihr, mit einem Strauß Blumen – diese hübschen roten Blumen. Jawoll. Bei den Reichen ist es auch nicht schwieriger als bei denen, die man an der Straße aufsammelt. Wenn's zur Sache geht, sind sie alle gleich.

Gut, daß ich die kleine .22er Saturday Night Special hatte, die ich mir unten in San Marcos für fünfundzwanzig Kröten geholt hab'. Die hatt' ich unterm Hemd in der Hose stecken. Ich laß' das Zeug fallen, das ich in der Hand hatte, und bin auf sie zugerannt. Sie war poplig klein, schon klar, warum sie sie ›Tiny‹ genannt haben, aber Kräfte hatte die, die hat sich gewehrt wie eine Wildkatze. Hat mich geschubst und wollte wegrennen, also mußt' ich sie erschießen. Ich hätt' ja lieber mein Messer benutzt oder sonstwas, aber sie ließ mir keine Wahl. Sich so zu wehren und wegzurennen. Sie ist hingefallen, und ich habe gleich geseh'n, daß sie tot war. So schnell geht das.«

Dann zog er sein altes Rasiermesser aus der Tasche, dasselbe Rasiermesser, das er bei Rosa Morales, Lizette Pachullo und Greta Huff benutzt hatte – das Rasiermesser, das er für seine erste Anstellung als Barbier in Oklahoma gekauft hatte, nachdem er aus dem Landesgefängnis entlassen worden war, wo er die Ausbildung zum Barbier durchlaufen hatte.

»Ich klapp' mein Rasiermesser auf und mach' mich an ihren Haaren zu schaffen. Diese Sache von wegen Skalpierer von Texas – na ja, das hab' ich nicht immer gemacht, nur manchmal. Als ich fertig war, habe ich dran gedacht, ... na ja, Sie wissen schon, sie zu vögeln. Ich hab' ihr das Kleid ausgezogen und sie angeguckt. Aber diesmal war mir klar, daß es nicht klappen würde. Ich weiß nicht, ob es wegen dem ganzen Bier war, das ich intus hatte, oder wegen der verdammten Hitze oder dem schnieken Schuppen, alles so anders, oder vielleicht weil sie blond war – die haben mir einfach noch nie gefallen. Irgendwie sehen die so ... unfertig aus. Also schnapp' ich mir ihre Uhr und die Ohrringe, weil die aussahen, als würden sie Kohle bringen, und ich steig' ins Auto und fahr' weg. Und das war's, nichts weiter als ein kleiner Abstecher von der Straße, auf der ich unterwegs war. Die ganze Sache dauerte wahrscheinlich nicht länger als drei, vier Minuten.«

In einem seiner Geständnisse erzählte Bronk dem Sheriff Dwayne Gaskill in Hays County, daß er die Pistole und die gestohlenen Gegenstände auf verschiedenen Flohmärkten und bei Pfandleihen zwischen Austin und Fort Worth noch am selben Tag verkauft habe. Er präsentierte noch weitere Versionen, was er mit den Gegenständen getan habe. Vor Gericht sagte er aus, daß er Angst bekommen und sie außerhalb Austins in einen Fluß geworfen habe, sich an die Stelle aber nicht erinnern könne. Keiner der Gegenstände ist je wieder aufgetaucht.

In einem Geständnis sagte er, daß er das Kleid des Opfers mitgenommen und auf den Rücksitz des Mustang geworfen habe. Als er das Auto über eine Klippe in den Eagle Mountain Lake bei Fort Worth gestoßen habe, sei es noch drinnen gewesen. Obwohl der See zweimal durchkämmt wurde, wurde der Mustang nie gefunden.

Was die Haare betrifft, die er von dem Kopf Tiny McFarlands und seiner anderen Opfer schor, war Louie Bronk nie dazu zu bewegen, über ihre Verwendung zu sprechen.

Nachdem er an jenem Tag zurück auf den Highway gelangt war, fuhr er weiter nach Fort Worth, wo er ursprünglich hatte hinfahren wollen, bevor er in die falsche Spur geriet, die ihn zur Abfahrt zwang, die ihn auf die FM 2222 führte, die ihn in die Hügel lockte, welche ihn auf die City Park Road brachten, wo ihn die Kiesauffahrt anzog, die an der Garage der McFarlands an jenem heißen Julimorgen endete.

Molly hob die Augen von der Seite und dachte an das Interview mit Louie, als er die Einzelheiten des McFarland-Mordes vor ihr ausgebreitet hatte. Wie üblich hatte sie keine Miene verzogen und war in ihrem Verhalten ermutigend geblieben. Sie hatte sein Geständnis gelesen und dann vor Gericht alles noch einmal gehört, wo er erfolglos auf verminderte Schuldfähigkeit plädiert hatte. Doch es aus seinem eigenen Mund zu hören, während sie nur wenige Zentimeter voneinander entfernt im Besucherraum von Huntsville saßen, nur von ein bißchen Maschendraht getrennt, war etwas anderes gewesen – seine abgebrühte Erzählweise, ab und an unterbrochen von einem Lächeln oder einem Kopfschütteln über die Ironie des Schicksals. Damals hatte sie nur zugehört und alles in sich aufgenommen. Doch jetzt, wo sie die Worte las, fragte sie sich, wie sie das Zuhören hatte ertragen können.

Sie las weiter auf der Seite:

David Serrano lag in seinem Zimmer über der Garage auf dem Bett und las in einem Unterrichtswerk über Buchhaltung. Er trug nichts als ein Paar Boxer-Shorts, da sein Quartier im Ge-

gensatz zum Haupthaus nicht klimatisiert war und es sehr heiß war, um elf Uhr morgens schon dreiunddreißig Grad Celsius.

Er vernahm ein Geräusch, das er sofort als Schuß identifizierte, doch er kümmerte sich nicht weiter darum. Alle vier Mitglieder der Familie McFarland machten oft auf der Wiese hinter dem Haus Schießübungen, wo einige Zielscheiben und Dosen standen. Im Sommer gingen die Kinder oft nach draußen und übten Schießen. Tiny schoß ebenfalls gerne und war die beste Schützin der Familie, sogar besser als Charlie und die Kinder, die im Laufe der Jahre alle zahlreiche Trophäen bei Schießwettbewerben im Schützenverein von Travis County gewonnen hatten. Jeder von ihnen hätte dort draußen beim Üben sein können.

David wandte sich wieder seinem Buch zu.

Doch wenige Minuten später legte er das Buch weg. Ihm wurde klar, daß er nur einen einzigen Schuß gehört hatte, und er begann, sich Sorgen zu machen. Er konnte sich nicht erinnern, daß jemals einer zum Schießen nach draußen gegangen wäre und nur einmal geschossen hätte. Und wenn er darüber nachdachte, hatte der Schuß auch näher als gewöhnlich geklungen. Er beschloß nachzusehen und wußte sowieso, daß Mrs. McFarland vorhatte, um elf Uhr dreißig fortzufahren, und er dann die Betreuung von Alison übernehmen würde.

Er zog eine Jeans und ein Hemd an und stieg ohne Socken in die Turnschuhe, ohne sich die Mühe zu machen, sie zuzubinden. Während er die Treppe herunterkam, die in die Garage führte, hörte er das Anlaßgeräusch eines Motors, und als er unten am Treppenabsatz angekommen war, sah er durch die offene Garagentür ein weißes Auto, alt und verbeult, das die Auffahrt hinunterfuhr. Die Marke des Autos konnte er nicht feststellen, weil er sich seiner Angabe nach nie für Autos interessiert hatte und einen Ford nicht von einem Buick hätte unterscheiden können. Obwohl er nur den Hinterkopf des Fahrers erkennen konnte, dachte er, er hätte einen Mann mit dunklem Haar gesehen, war sich aber nicht absolut sicher. Eine Sache aber wußte er ganz genau: Das Auto war weiß mit einer braunen Tür auf der Fahrerseite gewesen.

Er sah das Auto davonfahren und fragte sich, wen die McFarlands kennen mochten, der solch eine alte Schrottmühle fuhr. Die meisten ihrer Bekannten fuhren die neuesten Modelle, sauber und glänzend.

Mittlerweile war er in der Garage angekommen und sah eine Frau, nackt bis auf einen weißen Schlüpfer, auf der leeren Stelle liegen, wo Charlies Cadillac stand, wenn er zu Hause war. David sagt, daß ihm zwei Dinge auf der Stelle klar waren – daß es Mrs. McFarland war und jede Hilfe für sie zu spät kam. Obwohl sie auf dem Bauch lag und ihre Haare nicht mehr da waren, erkannte er sie, weil ihr Kopf zur Seite gedreht war und er das Profil sehen konnte. »Außerdem«, sagt er, »wegen ihrer Größe. Niemand, den ich sonst kannte, ich meine keine ausgewachsene Frau, war so klein. Sie mußte es sein.«

Langsam ging er auf sie zu, und als er sich hinkniete und ihre getrübten, offenstehenden Augen sah, wußte er sofort, daß sie tot war, sogar noch bevor er das Blut bemerkte, das unter ihrem Körper hervorquoll und auf die ölige Stelle perlte, wo der Cadillac Öl verloren hatte.

David Serrano war mit dem Anblick des Todes vertraut, sagt er, weil seine Familie, sein Vater, Großvater und drei seiner Onkel in Brownsville, Texas, wo er aufgewachsen war, im Bestattungswesen tätig waren. Fünf Sommer lang hatte er als Aushilfe bei der Einbalsamierung und Vorbereitung von Toten fürs Begräbnis gearbeitet. Er brauchte nicht nach dem Puls zu fühlen. Er erkannte eine Tote sofort.

Erst dann, sagt er, dachte er daran, sich in der Garage umzusehen. Es war eine Garage für drei Autos, doch die McFarlands parkten nur zwei ihrer drei Wagen darin, weil der dritte Stellplatz am Nordende zur Aufbewahrung von Rasenmähern, Fahrrädern und Kisten diente. Die große elektrisch betriebene Schwingtür war offen und die kleine Seitentür geschlossen, sagt er, sie wurde aber nie abgeschlossen. Mrs. McFarlands weißer

Mercedes stand in der Mitte und Charlies Cadillac normalerweise am Südende, wo jetzt seine Frau lag. Um ihre Leiche verteilt lag ein Strauß scharlachroter Gladiolen und eine Gartenschere.

David flüchtete rückwärts aus der Garage und rannte ins Haus, um die Polizei anzurufen, plötzlich voller Angst, daß derjenige, der sie getötet hatte, zurückkommen könnte. Schokkiert stellte er fest, daß Alison in der Tür stand und die Auffahrt hinunterstarrte, wo eben noch das Auto gewesen war. Er nahm sie mit ins Haus, verschloß die Tür und rief die Polizeiwache Austin an.

Die Polizei in Austin gibt ihre Reaktionszeit an jenem Tag mit dreizehn Minuten an. David Serrano sagt, daß es ihm wie eine Ewigkeit vorkam, während er mit Alison vor dem Fernseher saß und sich den Kopf über Mrs. McFarland zerbrach, weil er fand, daß sie nicht draußen allein gelassen werden sollte. Doch er sah die Verantwortung gegenüber seinem jungen Schützling als oberste Pflicht an und blieb bei ihr. Zu diesem Zeitpunkt rief er Charlie McFarland noch nicht an. Er meint, er wußte nicht, was er sagen sollte, und wollte das lieber die Polizei regeln lassen. Währenddessen kam Stuart McFarland, der beschlossen hatte, früher von seinem Cousin zurückzufahren, auf seinem Fahrrad an, wollte es in der Garage verstauen und sah seine Mutter dort liegen. Er kniete sich hin und versuchte, sie wiederzubeleben und wollte Mund-zu-Mund-Beatmung durchführen, was er gerade gelernt hatte, bis er die Blutlache unter ihr sah und merkte, daß seine Mutter erschossen worden war.

An dieser Stelle hörte Molly auf zu lesen, obwohl der Bericht noch weiter detailliert die Ankunft der Polizei und die Anfangsphase der Ermittlungen beschrieb, bevor Louie Bronk acht Tage später ein Geständnis ablegte. Molly stand auf und ließ abrupt die Seiten auf den Tisch fallen. O Gott. Da war sie nun ehemalige Polizeireporterin, ehemalige Polizistengattin und heutige Kriminalschriftstellerin, und sie hatte nicht einen Gedanken an

Fingerabdrücke auf den Seiten verschwendet. Falls welche dagewesen sein sollten, waren sie nun sicherlich verschmiert.

Nicht, daß es wichtig gewesen wäre; das war nur irgendein Geisteskranker. Es gab keinerlei Anlaß, sich über Abdrücke Gedanken zu machen.

Aber dieses Gedicht war verdammt beunruhigend.

Sie ging zum Wandschrank hinten im Flur und suchte auf dem Regal nach einem Paar alter Gartenhandschuhe, die sie selten trug. Diesmal berührte sie nur den Rand mit den behandschuhten Fingern und las das Gedicht noch einmal durch. Die Zeile: »Da will ich mich in seinen Künsten üben« bereitete ihr Sorgen. Ob das eine Gewaltandrohung war?

Und warum gerade diese, von den vierhunderteinundzwanzig Seiten, die man hätte ausreißen können? Und warum jetzt, direkt nach ihrem Treffen mit Charlie McFarland?

Als sie hochschaute, sah sie, daß das Fenster sich verdunkelt hatte. Sie erhob sich und ließ die Jalousie herunter, um dann ins Wohnzimmer zu gehen, auch dort die Läden an den großen Fenstern zu schließen, damit sie nicht versucht wäre, in das schwarze Loch hinauszustarren. Sie schenkte sich einen Scotch mit Wasser ein, was sie nur selten tat, und nippte daran, während sie ihre Sportkleidung anzog. Vielleicht würde etwas schweißtreibende Anstrengung ihr helfen, diesen Knoten aus Angst in ihrer Magengrube loszuwerden.

Es war ein Gefühl, das sie beinahe vergessen hatte. Seit zwei Jahren hatte es sie nicht mehr überfallen – seit dem letzten Besuch bei Louie Bronk.

Kapitel 3

Immer ihre Haare
Ihre langen, schwarzen Haare.
Den Tag lang kämmen
Den Tag lang bürsten.
Schwarze Haare überall
Einfach eklig und nicht normal
Haare im Waschbecken
Haare im Abfluß stecken
Haare als Zopf
Aber nichts drin im Kopf.

LOUIE BRONK
Todestrakt, Ellis I Unit
Huntsville, Texas

Aber was, wenn es nicht nur irgendein Durchgeknallter ist?« grunzte Molly beim siebten Liegestütz von fünfundzwanzig; sie würde es sich verdammt noch mal nicht gestatten, an dieser Stelle zusammenzubrechen, wie sie es sonst immer tat, auch wenn die Muskeln in ihrem Rücken zum Schreien weh taten. »Ich meine, was, wenn es kein *harmloser* Durchgeknallter ist?«

Sie schaute hoch zu ihrer Tochter, deren Gesicht den üblichen gleichmütigen Gesichtsausdruck zeigte, obwohl der Schweiß ihr in dicken Tropfen übers Gesicht rollte, während sie sich auf dünnen, zitternden Armen auf und ab stemmte. Jo Beth Traynor, die jetzt Elizabeth genannt werden wollte, hatte eine Ausdauer, die Schmerz einfach ignorierte, dachte Molly.

»Mutter, beruhige dich. So etwas erlebst du doch nicht zum ersten Mal.« Jo Beth schaffte es gerade so eben, sich trotz des hämmernden Beats der Hard-Rock-Musik, die aus den hängenden Lautsprechern dröhnte, verständlich zu machen. »Denk doch an den Typ, der gedroht hat, seinen Kipplaster mit Sprengstoff vollzuladen und in die Verlagsräume des *Lone Star Monthly* krachen zu lassen, wenn du nicht aufhören würdest, über die Erschließungsfirmen zu schreiben, die das Barton-Creek-Wasserschutzgebiet kaputtmachen. Ich hoffe nicht, daß du nun mit über vierzig auf einmal paranoid wirst.«

»Nein«, keuchte Molly. Es war ihr ein völliges Rätsel, wie sie weitere fünfzehn Liegestütze überleben sollte. »Ich war schon immer paranoid.« Sie schloß die Augen, weil brennender Schweiß hineinrann. »Gott, das ist ja Folter.« Sie hielt einen Augenblick inne, um sich ihr Handtuch zu schnappen und das Gesicht abzutrocknen. Dann wuchtete sie sich sofort wieder hoch und machte weiter, wild entschlossen, zum ersten Mal alle Liegestütze durchzuhalten. »Wart ab, bis du das Gedicht gelesen hast, bevor du mich als paranoid beschimpfst«, keuchte sie. »Es klingt wirklich verrückt. Natürlich könnte man es wahrscheinlich einordnen als –« Sie konnte nicht mehr weiter; dreizehn Stück – dreizehn! – hatte sie geschafft, mehr als sie bisher je zustande gebracht hatte, und Rücken und Schultern brannten. Sie ließ sich auf den Bauch plumpsen und sah Jo Beth zu, wie sie alle fünfundzwanzig heroisch durchhielt.

Als sie die Liegestütze beendet hatten, schaute der Kurs von zwanzig schwitzenden Leibern erwartungsvoll nach vorne. Auf einem Podest vor der Spiegelwand drehte sich die Lehrerin, ein fünfundvierzigjähriger Naturfreak mit straffer, gebräunter Haut, einer fünfundfünfzig-Zentimeter-Taille und nach innen gewölbter Bauchdecke, auf den Rücken. »Und jetzt bearbeiten wir die Bauchmuskeln«, übertönte Michelle die ohrenbetäubende Musik. Die Hände hinter dem Kopf verschränkt, begann sie, Sit-ups vorzumachen. Molly und Jo Beth gingen in Rückenlage und machten es ihr nach.

»Aber dieses Gedicht«, sagte Molly, »könnte man schon als Drohung auffassen.«

»Dann solltest du es vielleicht lieber Dad zeigen. Du weißt schon, ihn nach seiner Meinung fragen.«

Molly schüttelte den Kopf, während sie den Rumpf hob und senkte. »Nein. Das Austiner Morddezernat wird sich mit so was nicht abgeben wollen. Zu subtil. Ich werd's dem Staatsanwalt vorbeibringen – morgen. Stan Heffernan kann es der Polizei zeigen, wenn er will. Gott, von diesen Sit-ups krieg ich immer das Gefühl, als müßte ich mich jeden Moment übergeben.«

Mittlerweile schob Michelle bei jedem Sit-up die Ellbogen bis an die Knie vor. Es war nicht einfach, dabei gleichzeitig zu reden, aber Molly brachte die Worte heraus: »Diese Sache mit Charlie McFarland macht mir auch zu schaffen.«

»Wollte der dich echt bestechen?« fragte Jo Beth und zog die Knie an, bis sie die Ellbogen berührten.

Molly grunzte. »Ja. Ich wüßte nicht, wie ich das sonst verstehen sollte.«

»Sag mir die Wahrheit. Hat es dich nicht in Versuchung gebracht? Nur für eine Sekunde?«

Bevor Molly antworten konnte, brüllte Michelle vom Podest: »Gut, und als besondere Überraschung hören wir heute mit noch ein paar Liegestützen auf – noch einmal fünfundzwanzig.«

»Nei-ein«, jammerte Molly. »Gerade als ich dachte, das Schlimmste wäre vorbei.« Sie wischte sich die Stirn, drehte sich wieder auf den Bauch und stemmte sich auf wackligen Armen nach oben. »Ja, es war eine Versuchung. Vielleicht ärgere ich mich deshalb auch so darüber.« Mitten im Hochdrücken hielt Molly inne. »Weißt du was?«

»Was?« fragte Jo Beth, noch nicht einmal außer Atem.

»Ich bin wirklich erleichtert, wenn diese Bronk-Sache vorbei ist.«

Mit durchgedrückten Armen hielt Jo Beth inne und sah mit großen Augen hoch. »Mutter! Was höre ich da? Ist das etwa Blutdurst?«

Michelle zählte, um ihnen beim Durchhalten der Liegestütze zu helfen: »Vierzehn ... fünfzehn ...« Molly stöhnte inzwischen unter der Anstrengung, und ihre Arme zitterten, aber in den fünf Monaten, seit sie diesen Kurs besuchte, war sie noch nie so weit gekommen. »Sechzehn.« Nur noch neun; sie wollte nicht aufgeben. »Siebzehn…« Ihr Rücken fühlte sich an, als wollte er zerreißen. Mit einem Stöhnen plumpste sie auf den Bauch. Fast, fast.

»Und, Mutter«, Jo Beth beendete die letzten acht und hängte noch eine extra zur Abrundung hintendran, »wie steht's damit? Du kannst mir nicht erzählen, daß eine Altlinke wie du sich drauf freut, daß der arme Louie die Nadel verpaßt kriegt.«

Molly schwieg einen Moment und stützte das Kinn auf den Boden. Dann sagte sie mit Lippen, die sich kaum bewegten: »Wenn ich mich nicht gerade so schwach fühlen würde, würde ich das wahrscheinlich nicht sagen – und wenn du's weitersagst, werde ich alles abstreiten –, aber«, sie schloß die Augen und sprach so leise, daß Jo Beth es bei der Musik vielleicht nicht hören würde, »es wird eine bessere Welt sein, wenn Louie Bronk nicht mehr da ist. Ich kann's kaum erwarten, diesen widerlichen, höhnischen, mörderischen, gemeinen Schweinehund tot zu sehen.«

Jo Beth starrte Molly mit aufgerissenen Augen an und sagte nichts.

Das Stretching zum Abkühlen brachte beide zum Schweigen. Dies war Mollys Lieblingsteil, weil es nicht weh tat und hieß, daß sie fast fertig waren.

Als es vorbei war, stand Molly auf und legte sich das Handtuch um den Hals. »Ich werde mir ein kleines Abendessen bei Katz's antun. Willst du mitkommen?«

»Wenn du zahlst, klar«, antwortete Jo Beth. Während sie ihrer Mutter die Treppe herunter zum Damen-Umkleideraum folgte, sagte sie: »Für eine Frau deines Alters, die kaum einen Liegestütz zustande bekommt, hast du aber einen ziemlich knakkigen Hintern.«

Molly drehte sich zu ihr um. »Das Lob haut mich ja förmlich vom Hocker.«

Auf der Speisekarte bei Katz's Bar and Deli standen mehrere Gerichte, von denen Molly noch nie hatte herausfinden können, was sie waren – Dinge wie Latke oder Knishe, die sie noch nicht einmal richtig aussprechen könnte, selbst wenn sie sie bestellen wollte. Molly, eine wenig abenteuerlustige Esserin, die sich lieber an Altbewährtes hielt, bestellte ihr übliches Putensandwich auf Weißbrot und ein Coors Light. Jo Beth bestellte Corned Beef auf Roggenbrot und ein Coors Light. Bier war eines der wenigen Dinge, über das Mutter und Tochter sich einig waren.

Als der Kellner wegging, sagte Jo Beth: »Heute hast du scheinbar das große Los gezogen. Guck jetzt nicht hin, aber in der Tür zur Bar steht ein Mann, der dich anstarrt.«

Molly warf einen Blick in die Richtung. Ein dunkelhaariger Mann im gutgeschnittenen blauen Anzug starrte sie tatsächlich an. Er nickte mit dem Kopf, als er sie herüberschauen sah.

»Kennst du ihn?« fragte Jo Beth.

»Nein«, sagte Molly und drehte sich wieder zum Tisch.

»Süß«, sagte Jo Beth.

»Er sieht gut aus«, pflichtete Molly ihr bei.

»Ich wußte, daß du das sagen würdest. Er ist gerade ein kleines bißchen schmierig, und da das nun einmal deinem Männergeschmack entspricht–«

»Schmierig? Du findest deinen Daddy schmierig?«

Jo Beth lächelte das sanfte, liebevolle, bescheuerte Lächeln, das immer auf ihr Gesicht trat, wenn sie über Grady Traynor sprach. »Nein. Dad nicht. Die anderen beiden. Und ein paar von deinen Liebhabern. Mein Gott! Durch und durch schmierig.«

Molly beschloß, bei diesem Köder ausnahmsweise einmal nicht anzubeißen. Statt dessen wechselte sie das Thema: »Wo wir gerade von deinem Vater sprechen, diese Ehe kann doch unmöglich noch gutgehen?«

Jo Beth machte den Mund auf, um zu antworten, schien es sich dann aber anders zu überlegen und schüttelte den Kopf. »Du kennst meine Grundsätze, Mutter.«

Es war verdammt ärgerlich. Jo Beth, schon immer über ihr

Alter hinaus schrecklich vernünftig, hatte es von Anfang an abgelehnt, mit einem Elternteil über den anderen zu sprechen, während der Scheidung sowie Mollys folgende zwei und Gradys eine Ehe hindurch.

Molly seufzte. Aus ihrer Tasche auf der Sitzbank zog sie Kopien, die sie von den zwölf herausgerissenen Seiten und dem Gedicht gemacht hatte, und legte sie vor ihrer Tochter hin.

Jo Beth las das Gedicht zweimal durch und überflog die Seiten. Dann sah sie sich das Gedicht noch einmal an, als wollte sie es auswendig lernen. Als sie aufsah, durchzogen Falten ihre glatte Stirn. »Ich verstehe, wie du das mit dem Gedicht meinst. Wenn man es wörtlich nimmt, meinen diese Zeilen über Louie und daß sein armseliges Gedicht als Quelle dienen soll und man sich in seinen Künsten üben will, daß diesem Menschen Louie Bronks Dichtung wirklich gefällt und er auch so schreiben will.« Sie schüttelte den Kopf. »Sehr unwahrscheinlich.«

»Allerdings. Wenn man allerdings Dichtung metaphorisch auffaßt, befürchte ich, der Verfasser meint Gedicht als Symbol für etwas, in dem Louie tatsächlich gut ist.«

»Töten«, sagte Jo Beth.

Molly nickte.

»Ich bin auch der Meinung, daß du es dem Staatsanwalt zeigen solltest. Und ich will ja nicht nerven, aber ich finde wirklich, daß du es auch Dad zeigen solltest. Möglichst heute abend. Ich ruf ihn jetzt gleich an. Vielleicht könnte er...«

Molly hielt ihre Tochter am Arm fest und zog sie wieder nach unten. »Nein. Ich werde es gleich morgen früh zu Stan Heffernan bringen.«

Jo Beth seufzte und setzte sich wieder.

Der Kellner kam mit ihrem Bier, beide Frauen nahmen einen kräftigen Schluck, setzten die Gläser genau im selben Moment ab und sahen sich über den Tisch hinweg an.

»Könnte es sich um Louie Bronks letztes Röcheln handeln?« fragte Jo Beth. »Er hätte jemanden dazu bringen können, es hier in den Briefkasten zu werfen.«

»Daran hab ich auch als erstes gedacht, aber die Ausdrucksweise ist viel zu wortgewandt für ihn. Louie kann ja kaum das Wort Hut buchstabieren; in seinem Vokabular kommen Wörter wie ›Muse‹ oder ›Ehrenpreis‹ nicht vor. Seine Gedichte, die ich in meinem Buch zitiere, sind schon überarbeitet – der Lektor hat die Rechtschreibung korrigiert und Satzzeichen eingefügt.« Molly nahm noch einen kräftigen Schluck Bier. »Weißt du, nach fünfzig Stunden Interview habe ich das Gefühl, daß ich Louie besser kenne als sonst irgend jemanden auf der Welt. Er hat das nicht geschrieben. Aber ich habe mich schon gefragt, ob er das Buch wohl gelesen hat; bei seinem Fünftkläßler-Lesevermögen würde er eine Menge Zeit dafür brauchen.«

»Wo er ist, hat er reichlich Zeit.«

»Bis sie dann gänzlich abgelaufen ist, irgendwann zwischen Mitternacht und Sonnenaufgang am Dienstag«, sagte Molly mit einem Kopfschütteln. »Erzähl mir lieber was, was Sinn macht, wie Steuerrecht.«

Jo Beth grinste. »Nun ja, gestern habe ich mit der Arbeit an dem Overton-Fall begonnen, direkt für Benson Williams.«

»Einer der Teilhaber. Schatz, das ist ja hervorragend.«

»Klasse, was? Ben ist ein toller Lehrer; die Zusammenarbeit mit ihm ist Spitze. Er läßt mich die meiste Vorarbeit für die Verhandlung machen, und falls die Sache vor Gericht kommt, werde ich wahrscheinlich mit ihm nach Houston gehen.«

Beim Zuhören stellte Molly mal wieder mit Verwunderung fest, was für eine erfolgreiche und schöne Tochter sie trotz all ihrer offensichtlichen Mängel als Mutter produziert hatte.

»Wenn wir also beweisen können, daß Paul Overton nichts wußte von…« Jo Beth brach mitten im Satz ab und schaute hoch. Molly genauso. Der Mann im dunklen Anzug stand an ihrem Tisch und schaute auf sie herunter. Molly merkte, wie sie die Schultern verkrampfte; jetzt aus unmittelbarer Nähe war die Ausbeulung, die sie unter seinem linken Arm gesehen zu haben glaubte, unmißverständlich.

»Mrs. Cates?« In seiner Stimme schwang der leichte Singsang

mit, der Texanern mexikanischer Herkunft zu eigen ist. »Ich vermute, Sie erkennen mich nicht.«

Molly studierte das weich gezeichnete, olivbraune Gesicht mit der geraden Nase und den klaren, leicht schrägstehenden schwarzen Augen, fühlte aber nicht mehr als die Ahnung einer Erinnerung sich rühren. »Es tut mir leid, ich –«

»Es ist schon lange her. Zehn Jahre. Ich bin David Serrano. Wir haben uns bei der Verhandlung von Bronk kennengelernt.« Sein Gesichtsausdruck blieb ernst.

Molly unterdrückte ein Husten. David Serrano. Au-Pair und Haushaltshilfe der McFarlands. Wie hatte sie ihn vergessen können? »Ja, natürlich. David. Mr. Serrano«, sprudelte Molly heraus. »Entschuldigen Sie, daß ich Sie nicht erkannt habe, Sie haben –« Sie unterbrach sich aus Angst, ihn zu beleidigen. Dieser gutgekleidete Mann mit der sanften Stimme war damals ein schmuddeliger junger Student gewesen, gutaussehend, aber fadenscheinig und wenig beeindruckend. Er hatte sich im Laufe der Jahre unheimlich verändert.

Er zuckte die Achseln. »Man verändert sich. Es ist schon lange her.«

»David, das ist meine Tochter, Jo – äh, Elizabeth. Elizabeth, David Serrano.«

Er beugte sich zu Jo Beth' ausgestreckter Hand vor und schüttelte sie ernst. Jo Beth' Augen glitzerten interessiert, als sie einen Blick auf die Ausbeulung unter seinem Arm warf. Als Tochter eines Polizisten konnte sie problemlos einen Mann identifizieren, der eine Waffe trug.

»Es ist mir wirklich unangenehm, Sie zu unterbrechen«, sagte er leise, »aber ich wollte fragen, ob ich vielleicht mit Ihnen allein sprechen könnte, Mrs. Cates. Ich wollte Sie morgen anrufen, aber da Sie gerade hier sind ...« Er zeigte auf die Bar. »Ich habe dort drüben einen Tisch. Ich werde Sie nicht lange aufhalten.«

Molly blickte hinüber zu Jo Beth, die ihr zunickte. »Ich bin gleich wieder da, Schatz«, sagte sie und glitt aus der Sitzbank, wobei sie das brennende Interesse in den Augen ihrer Tochter sah. Da hat sie doch etwas von mir geerbt, dachte Molly, als sie David zur Bar folgte; sie ist mit der gleichen schmutzigen Neugier geschlagen wie ich; sie kann kaum abwarten zu erfahren, worum es hier geht. Und ich genausowenig.

Der Teil von Katz's, der als Kneipe diente, mit der niedrigen, schwarzgekachelten Decke und schummerigen Beleuchtung, war als Sammelplatz einer ganzen Reihe von Austins schweren Trinkern berühmt-berüchtigt. Draußen auf dem Schild stand »Katz's – vierundzwanzig Stunden geöffnet«, und etliche der Saufkumpane, die an der Bar tranken und lachten, sahen aus, als wären sie seit Jahren nicht zu Hause gewesen.

David Serrano mit seinem zuvorkommenden Benehmen, ernsthaften Gesicht und Anzug wirkte hier eindeutig fehl am Platze. Und die Pistole unter seinem Arm ebenso.

Er führte sie zu einem kleinen runden Tisch an der Backsteinwand und rückte einen Stuhl für sie zurecht. Er wartete, bis sie saß, bevor er Platz nahm. »Darf ich Ihnen etwas zu trinken bestellen, Mrs. Cates?«

»Nennen Sie mich Molly.«

»Schön. Etwas zu trinken?«

»Sagen Sie zuerst Molly zu mir«, sagte sie mit einem Lächeln.

Ihm entwich ein Luftzug, der ein Lachen hätte sein können, wenn er es zugelassen hätte, doch seine Lippen sahen aus, als wäre ihnen ein feierlicher Ausdruck antrainiert. »Molly«, gab er nach. »Wie steht's mit dem Drink?«

»Nein, danke.«

Er winkte den Kellner herbei und bestellte einen doppelten Scotch auf Eis.

Molly lehnte sich zurück und betrachtete den Mann eingehend, den sie seit zehn Jahren nicht gesehen hatte. Als sie ihn zum letzten Mal gesehen hatte, hatte er bei Louie Bronks Verhandlung ausgesagt, in einem glänzenden, schlecht sitzenden Anzug, den er offensichtlich für diesen Anlaß geborgt hatte. Und er hatte während seiner gesamten Aussage geweint.

Jetzt waren seine langen, schmalen Finger fest vor ihm auf

dem Tisch gefaltet; an der linken Hand trug er einen breiten, handgehämmerten Goldring und eine schwere goldene Uhr. Sein kräftiges schwarzes Haar, das streng aus dem Gesicht gekämmt war, wurde an den Seiten schon grau – frühzeitig, da er erst zweiunddreißig war, wie Molly ausrechnete –, und er war noch immer so schlank wie mit zweiundzwanzig. So einen Mann hätte sie erkennen sollen.

Die Fragen drängten sich ihr förmlich auf, doch sie beschloß abzuwarten und zu hören, was ihm auf dem Herzen lag.

Als er den Mund aufmachte, war seine Stimme zittrig, wie bei jemandem, der Angst hat, vor Publikum zu sprechen. »Ich bin erst seit einigen Tagen wieder in Austin, und ich wollte Sie anrufen.« Er rutschte auf dem Stuhl herum, als könne er keine bequeme Sitzposition finden. »Seit zehn Jahren lebe ich jetzt in Brownsville, wie Sie wissen.«

»Nein, das wußte ich nicht«, antwortete sie.

Der Kellner stellte seinen Drink auf den Tisch. David nahm ihn und trank, als wäre er kurz vor dem Verdursten.

Dann atmete er tief durch und sagte: »Warum ich mit Ihnen sprechen wollte – ich würde gerne wissen, ob ich Sie etwas fragen kann. Über Louie Bronk?«

»Sicher. Fragen Sie.«

Seine Zunge fuhr über die Lippen. »Glauben Sie, daß die Exekution diesmal wirklich stattfinden wird?«

Das war das zweite Mal an einem Tag, daß ihr diese Frage gestellt wurde. Molly beobachtete ihn, bevor sie antwortete. Sein Körper war so angespannt, daß er die Schultern bis dicht unter die Ohren hochgezogen hatte. »Ja«, sagte sie. »Ich denke schon. Warum fragen Sie?«

Er zuckte die Achseln, doch seine Schultern blieben angespannt. »Nun ja, bei den beiden letzten Malen haben seine Anwälte einen Aufschub für ihn herausgehandelt. Ich dachte, Sie hätten vielleicht irgendwelche Insider-Informationen. Sie wissen schon, ob noch in letzter Minute Verhandlungen geführt werden oder dergleichen.«

Sie schüttelte den Kopf. »Ich verfüge über keinerlei Insider-Informationen, David. Als ich letzte Woche mit seiner Anwältin sprach, sagte sie, daß das Landgericht Bronks Berufung abgelehnt habe.«

»Wie ist es mit der Gouverneurin? Meinen Sie, daß sie ihn vielleicht begnadigen oder ihm Aufschub gewähren wird?«

»Vergessen Sie's. Bei Recht und Gesetz kennt sie kein Pardon. Und sie steht wirklich hinter der Todesstrafe.« Sie lehnte sich über den Tisch. »Was bringt Sie zurück nach Austin, David?«

Er zögerte. »Nun, es schien mal wieder an der Zeit. Seit ich vor zehn Jahren wegging, war ich kein einziges Mal mehr hier.«

»Warum nicht?«

»Schlimme Erinnerungen vermutlich. Aber eigentlich bin ich auf dem Weg nach Huntsville hierhergekommen. Ich werde am Dienstag der Hinrichtung beiwohnen – wenn sie stattfindet.«

»Wirklich?« Molly versuchte, ihre Überraschung zu verbergen.

»Ja. Ist das nicht merkwürdig? Er bat um mich als Zeugen.«

»Und Sie haben zugesagt.«

»Ja. Zuerst wollte ich ablehnen, habe mich aber dann entschlossen, daß ich es tun sollte. Vielleicht ist es ja gut für mich.«

»Inwiefern gut?«

Er antwortete nicht sofort. Er nahm einen Schluck. Dann sagte er: »Damit ich vielleicht aufhören kann, daran zu denken. Diese Sache hat beinahe mein Leben ruiniert. Es hat alles für mich umgeworfen. Wahrscheinlich habe ich gehofft, daß vielleicht alles ausgelöscht wird, wenn ich ihn sterben sehe, damit ich wieder – nicht von vorne anfangen, das möchte ich nicht, aber es hinter mir lassen kann. Vor elf Jahren, als Mrs. McFarland ermordet wurde, war ich fast noch ein Junge, erst einundzwanzig. Naiv. Ich hatte keine Ahnung von der Welt.« Sein Gesicht spannte sich an, und die Haut um seine Nasenlöcher wurde weiß. »Aber ich habe schnell gelernt.«

Molly hatte den Verdacht, daß er eine Wut in sich trug, von deren Ausmaß er noch keine Ahnung hatte. Sie hätte gerne ihr

Aufnahmegerät herausgezogen, befürchtete aber, daß die Frage ihn verunsichern würde.

»Wie dumm war ich damals«, sagte er, »ich wußte noch nicht einmal, wie verletzlich ich war, daß ich nix – nichts tun konnte, um mich zu schützen.«

Er machte eine Pause und sah Molly unglücklich an; sie nickte, um ihn zu ermutigen.

»Die Polizei dachte, ich hätte sie umgebracht. Daß ich der Skalpierer war. Jeden Mord, der ihnen nur einfiel, versuchten sie, mir anzuhängen. Die haben mich behandelt, als ob ich ein tollwütiger Hund wäre. Obwohl Alison und ich gesagt haben, daß wir das Auto wegfahren sahen, und Mr. McFarland gesagt hat, er würde die Hand für mich ins Feuer legen. Obwohl ich noch nie nicht das kleinste ausgefressen hatte, haben sie mich rumgeschubst und versucht, mir alles anzuhängen.« Im Redefluß kam ihm die strenge Kontrolle über seine Grammatik abhanden. »Und wenn Louie Bronk nicht genau da dann gestanden hätte, hätten sie mich verurteilt. Wie ein Wunder war das, daß er gestanden hat. Wenn das nicht passiert wäre, würde ich jetzt in der Todeszelle sitzen.« Er nahm einen Schluck. »Da habe ich sofort beschlossen, daß ich alles unternehmen würde, um in dieser Welt Einfluß zu bekommen, damit mir so was nicht wieder passiert.«

»Und hat das geklappt?«

Verwirrt sah er sie an.

»Einfluß zu bekommen?« fragte sie.

Ihm entwich der Luftzug, der ein Lachen hätte sein können, wenn nicht soviel Bitterkeit darin gelegen hätte. »Tja, ich habe ganz gut verdient. Genauer gesagt sogar sehr gut.« Er kippte den Rest des Glases mit einer schnellen Bewegung herunter und hielt das Glas hoch, um die Aufmerksamkeit des Kellners zu erlangen.

Wenn sie schon Fragen stellte, hielt Molly sich lieber an das Fragen von indiskreten Dingen – den Fragen, die man sonst aus Taktgefühl vermied; mangelndes Taktgefühl, war sie überzeugt, war einer ihrer wichtigsten Pluspunkte als Aufdeckungsjournalistin. »Wie haben Sie Ihr Geld verdient?« fragte sie.

Eine Minute lang dachte sie, er würde nicht antworten, aber er tat es doch. »Bestattungsinstitute«, sagte er. »Mein Großvater hatte eines in Laredo, und als ich zurückkam, kauften wir noch einige dazu, und jetzt besitzen wir eine Kette von fünfzehn Filialen entlang der Grenze. Es ist ein einträgliches Geschäft. Der Tod ist da unten eine Wachstumsbranche.«

Molly betrachtete sein Gesicht, um herauszufinden, ob der letzte Satz als Witz gemeint war, doch dafür gab es kein Anzeichen. Vielleicht machten Bestattungsunternehmer keine Witze.

»Hat es funktioniert? Hat das Geld Ihnen den Einfluß verschafft, den Sie sich gewünscht haben?«

Er kniff die Augen zusammen, als würde er die Frage nicht verstehen. »Eigentlich nicht. Vielleicht fühle ich mich ein wenig sicherer als vorher.«

»Ist das der Grund für die Pistole? Um sicher zu sein?« Molly deutete mit dem Kopf auf die Beule unter seinem Arm.

Sein Gesicht blieb ausdruckslos, die schwarzen Augen blinzelten nicht; es war schwer zu glauben, daß dies derselbe emotionale junge Mann war, der vor einem Jahrzehnt bei seiner Aussage geweint hatte. »Wahrscheinlich«, sagte er. »Ich habe einen Waffenschein.«

»Aber gibt sie Ihnen ein Gefühl von Sicherheit?«

»Eigentlich nicht. Aber in dieser Welt haben manche Leute ein sichereres Leben als andere. Ich möchte mich und meine Familie – ich bin verheiratet und habe drei Kinder – in der sicheren Kategorie sehen. Koste es, was es wolle.«

Er wurde schweigsam. Als der Kellner das Glas vor ihn hinstellte, starrte er es nur an.

Molly wünschte, sie hätte eine Ahnung, was zum Teufel hier vor sich ging. Es schien, als hätte Serrano noch wesentlich mehr auf dem Herzen, als er sagte. Sie beschloß, ein bißchen zu bohren.

»David, haben Sie noch Kontakt zu den McFarlands?«

Er nahm einen langen Schluck von seinem Scotch. »Natürlich. Gestern abend habe ich Alison gesehen, und Mark, Sie wissen schon, ihren Cousin Mark Redinger. Wir haben über die Jahre die Verbindung gehalten. Ich habe die Kinder wirklich geliebt, und sie hatten mich auch richtig ins Herz geschlossen, besonders Alison, weil ihre Mutter so oft nicht da war. Eigentlich war sie meistens weg. In den zweieinhalb Jahren, die ich dort gearbeitet habe, habe ich die beiden wesentlich öfter gesehen als ihre Eltern.«

»Wie steht es mit Stuart? Haben Sie ihn gesehen?«

»Noch nicht. Er ist im Krankenhaus sehr beschäftigt. Aber ich habe es vor.«

»Und Charlie?«

Er zuckte die Achseln.

»Die Kinder hatten es sicher nicht leicht damit«, sagte Molly.

»Ja, so schwer, wie solche Leute es eben haben können.«

»Wie meinen Sie das – solche Leute?«

Er schaute weg. »Na ja, Leute, denen alles nachgeworfen wird – Anglos mit einer teuren Ausbildung und einem reichen Papi. Wenn ihnen das Geld mal ausgeht, brauchen sie bloß ein bißchen zu jammern, und schon ist es da. Für solche Leute ist immer ein Netz da, das sie auffängt.«

»Wie geht es Alison?« fragte Molly. »Ihr Vater sagte, daß er um ihre seelische Gesundheit besorgt ist.«

Er seufzte. »Sie hatte eine Art Zusammenbruch, als sie mit dem College anfing, und mußte ein Jahr aussetzen, aber ich glaube, daß sie jetzt wieder ganz fit ist.«

»Sie wissen vielleicht, David, daß das Buch, das ich über Louie Bronk geschrieben habe, gerade erschienen ist.«

Er senkte den Blick und starrte in seinen Drink.

»Vor zwei Jahren schrieb ich Ihnen mehrere Briefe mit der Bitte um ein weiteres Interview, aber ich habe nie von Ihnen gehört.«

Er schaute nicht hoch.

»Haben Sie es gelesen?«

Für den verräterischen Bruchteil einer Sekunde zögerte er. »Ja. Ich habe es letzte Woche gelesen.«

»Was halten Sie davon? Ihre Meinung zu dem Teil, in dem Sie vorkommen, würde mich interessieren.«

Sein Blick schoß zur Tür. Molly hätte darauf schwören können: wie ein eingekreistes Tier. »Sie meinen, ob es stimmte?«

Sie nickte.

»Nun, Sie müssen ja meine Aussage vor Gericht als Informationsquelle genommen haben.«

»Das und das Interview, das Sie mir damals gaben«, sagte sie.

»Sie haben sich genau daran gehalten, in der Hinsicht war es also korrekt. Wahrscheinlich hatten Sie keine andere Wahl, aber...« Er nahm einen langen Schluck.

Molly rutschte auf dem harten Stuhl herum; die Nervosität dieses Mannes war ansteckend. »Aber was?«

Er antwortete nicht, und er blickte nicht auf.

Diese Entwicklung kam so unerwartet, daß Molly völlig im dunkeln tappte, wie sie weiterfragen sollte. Schließlich sagte sie: »David, sind Ihnen vielleicht Zweifel an Ihrer Aussage in der McFarland-Sache gekommen?«

Als er aufschaute, standen mehrere winzige feuchte Perlen über seiner Oberlippe; Molly war sich nicht sicher, ob es sich um Schweiß oder Scotch handelte. »Ich habe mich nur gefragt«, sagte er leise. »In Ihrem Buch stand gar nichts über die Schnitte.«

»Schnitte?«

»Ja. Die Schnitte in ihrer Kopfhaut.«

Molly merkte, wie ihr die Luft wegblieb und ihre Fingerspitzen prickelten. »Wovon sprechen Sie, David?«

Er hob eine Hand und wischte mit ihrem Rücken die Feuchtigkeit von der Oberlippe. »Also, diese kleinen Schnittwunden, die Mrs. McFarland auf dem Kopf hatte – das haben Sie in dem Abschnitt über die Autopsie nicht erwähnt. Ich habe es etliche Male durchgelesen, um ganz sicherzugehen.«

»Es gab keine kleinen Schnittwunden«, sagte Molly.

»Gab es doch. Ich habe so was nämlich schon manchmal gesehen, wenn unsere Kunden – Sie wissen schon, die Entschlafenen – von jemandem aus der Familie rasiert worden sind, der eine unstete Hand hatte, statt es von unserem professionellen Totenbarbier machen zu lassen.«

Als sie wieder Luft bekam, sagte Molly: »David, der Amtsarzt von Travis County, der seit dreißig Jahren die Autopsien durchführt, hat nichts von Schnitten erwähnt. Und ich hatte ein Jahr lang eines der Autopsiefotos an meiner Pinnwand, habe es täglich angesehen, und ich habe nie irgendwelche Schnitte gesehen.«

»Sie waren nicht sehr groß«, sagte er, »und wenn sie nach dem Tod gemacht werden, blutet es nicht.«

»Warum haben Sie das nicht früher gesagt?«

»Niemand hat gefragt. Ich hielt es für offensichtlich, und daß es bei der Autopsie herauskommen würde. Daß dem nicht so war, habe ich erst aus Ihrem Buch erfahren.« Seine schwarzen Augen sahen sie so durchdringend an, daß Molly das Gefühl bekam, er wollte sie irgendwie auf die Probe stellen.

»Ich werde das morgen nachprüfen«, sagte sie, betrachtete seinen zusammengekniffenen, schönen roten Mund und fragte sich, womit er sonst noch nicht herausrückte. »War es das, was Ihnen am Herzen lag?«

»Ich glaube schon.«

»Gibt es sonst noch etwas, was ich für Sie überprüfen kann?«

Er hob das Glas, leerte den Rest und setzte es vorsichtig auf dem Tisch ab. »Molly«, sagte er und sprach zum erstenmal freiwillig ihren Namen aus, »Sie sind doch gegen die Todesstrafe, oder?«

»Ja«, sagte sie.

»Sind Sie katholisch?« fragte er.

»Nein. Ich gehöre keiner Religion an. Ich bin einfach nur dagegen, daß der Staat Menschen umbringt. Wie steht es mit Ihnen?«

Er legte die rechte Hand an die Brust und streckte den Zeige- und Mittelfinger zwischen den Knöpfen in das Hemd. Molly war überzeugt, daß er ein kleines goldenes Kreuz berührte, das dort hing. »Ich bin auch dagegen«, sagte er. »Du sollst nicht töten.«

Nun meinte Molly, sein Problem zu kennen. »Das hört sich an, als würde Ihre Rolle beim Ableben von Louie Bronk Sie in letzter Minute unruhig machen. Das ist bei Zeugen nicht ungewöhnlich, David. Eines von den vielen Dingen, die an der Todesstrafe faul sind, ist ihre mitunter fatale Wirkung auf die Zeugen.«

Er ließ einen Luftstrom durch die Lippen entweichen; über den ganzen Tisch hinweg konnte sie ihn im Gesicht spüren und den Whisky riechen.

»David, ich schreibe einen Artikel über die Hinrichtung, eine Art Nachtrag über Louie Bronk für den *Lone Star Monthly*. Ich würde gerne wissen, ob Sie öffentlich mit mir darüber sprechen würden? Über Ihre religiösen Skrupel als Zeuge. Ich würde unser Gespräch gerne aufnehmen, wenn Ihnen das recht ist.«

Er fuhr sich mit der Zunge über die Lippen und schaute sich suchend um. »Jetzt?«

Sie lächelte ihn an. »Warum nicht? Was du heute kannst besorgen...« Sie beugte sich hinunter und zog ihr kleines Aufnahmegerät und den Notizblock aus der Tasche.

Er lehnte sich zurück in den Stuhl und sah in sein Glas. »Nicht heute abend. Ich bin müde. Lassen Sie mich darüber nachdenken.«

Bohren, sagte ihr Instinkt ihr. »Wir könnten uns jetzt zwanzig Minuten Zeit nehmen und es hinter uns bringen. Es könnte dazu beitragen, daß die Leute ihre Meinung über die Todesstrafe ändern, David. Die Schwierigkeiten zeigen, die es einem gläubigen Mann bereitet, wenn er seine Pflicht tut und vor Gericht aussagt.«

Langsam schüttelte er den Kopf und hielt das leere Glas als Erklärung hoch. »Jetzt kann ich nicht mal mehr klar denken. Ich trinke sonst nicht soviel. Ich rufe Sie morgen an. Vielleicht können wir weiterreden, nachdem Sie sich diese Autopsiesache angeschaut haben.«

Molly seufzte, holte eine Visitenkarte aus der Handtasche und reichte sie ihm. »Wann rufen Sie an?«

Er schob die Karte in seine Brusttasche und faltete von neuem die Hände auf dem Tisch, als ob sie ihm abhanden kommen würden, wenn er sie nicht festhielt. »Nachmittags«, murmelte er.

»Wo wohnen Sie, falls ich Sie erreichen muß? Es besteht immerhin die Möglichkeit, daß mir irgendwelche Informationen über die Hinrichtung zu Ohren kommen.«

»Ich wohne bei meinem Cousin Reuben Serrano, in der South Fifth. 1802, South Fifth.«

Molly schrieb es mit. »Was für eine Telefonnummer hat er?«

David legte einen Zehn-Dollar-Schein auf den Tisch. »Er hat kein Telefon.«

Sie wollte es noch einmal versuchen, ihn zum Reden zu bringen, doch gerade, als sie den Mund aufmachen wollte, stand er auf und schob den Stuhl an den Tisch. »Ich muß los«, sagte er und streckte ihr die Hand hin. »Eine Verabredung.« Als sie ihm die Hand gab, schüttelte er sie mit einem festen, professionellen Griff und machte dann eine leichte Verbeugung aus der Hüfte.

»Dann bis morgen«, sagte Molly.

Sie sah ihn in dem dunklen Anzug und der würdevollen Haltung fortgehen. Ein Bestattungsunternehmer – die Körpersprache hatte er jedenfalls hervorragend im Griff.

Durch den ganzen Raum hindurch konnte Molly Jo Beth' Augen gespannt glitzern sehen. Als sie in die Sitzbank glitt und ihr Sandwich in die Hand nahm, sagte Jo Beth: »Das war doch der Typ, der bei den McFarlands gearbeitet hat, oder?«

Molly nickte und biß in ihr Sandwich.

»Nun zier dich mal nicht, Mutter. Was wollte er, was war so geheim?«

»Ich ziere mich nicht«, sagte Molly mit vollem Mund, »ich esse.« Nachdem sie geschluckt hatte, sagte sie: »Ich erzähl es dir nach dem Essen.« Gerade wollte sie einen weiteren Bissen nehmen, da hielt sie inne. »Irgendwas ist da los. Erst versucht Charlie McFarland, mich von dem Artikel abzubringen, dann diese Geschichte mit dem Meisterdichter, und jetzt David Serrano. Wie draußen auf den Ölfeldern, wenn die Türme zu bohren anfangen und sämtliche Schlangen im Umkreis von ein paar Meilen aus ihren Löchern gekrochen kommen. Ich möchte hier nur mal festhalten, daß ich vorhersage, daß da ganz schön was in Bewegung ist.«

Jo Beth schüttelte den Kopf. »Wenn du als Prophetin in die Geschichte eingehen willst, Mutter, mußt du schon ein wenig genauer werden.«

Kapitel 4

Bin in der Todeszelle
Nur hier zum letzten Gang
Da gibt's kein Zweifeln
Jeder kommt hier dran
Krieg keinen Schiß
Wird mir gesagt
Und sei immer bereit
Alles fertig für die Sterberei
Und die sei kinderleicht
Was 'ne ausgemachte Lügenschweinerei

LOUIE BRONK
Todestrakt, Ellis I Unit
Huntsville, Texas

Molly Cates schaute auf die vertrauten Fotos, die auf dem Tisch ausgebreitet waren – elf Jahre alte Fotos einer toten Frau, von deren Körper mittlerweile vermutlich nichts als Staub übrig war. Das ovale Gesicht mit den feinen ebenmäßigen Zügen war selbst im Tod noch ansprechend, selbst ohne die Haare. Der auf dem Autopsietisch aus rostfreiem Stahl ausgestreckte Leichnam hätte der eines zehnjährigen Mädchens sein können, wenn man von den kleinen Schwellungen der Brüste und dem Haarflaum im Schoß absah. Tiny McFarland war eine der Frauen gewesen, die mit einem Minimum an körperlich sichtbaren Veränderungen vom Kindes- ins Erwachsenenalter wechseln.

Barbara Gruber, Assistentin des Amtsarztes Robert Perez von Travis County, blickte über Mollys Schulter und fragte: »Wonach um Himmels willen suchst du, Molly, was du die ersten hundert Male übersehen haben könntest?«

»Das sage ich lieber nicht, damit du es dir unvoreingenommen ansehen kannst«, sagte Molly zu ihr. »Laß uns mal dieses Kopfbild genauer betrachten, Barb.«

Barbara Gruber, eine kräftig gebaute Blondine im mittleren Alter mit Hornbrille, war eine alte Freundin. Im Laufe der Jahre hatten die beiden Frauen miteinander über einer Unmenge von Autopsiebildern gesessen. Sie hatten gerade zusammen einen Artikel für das *Law Enforcement Bulletin* geschrieben. Barbara hatte ihre Fachkenntnis über Körperflüssigkeiten beigesteuert, seit langem ihr Spezialgebiet, und ihr Wissen über Blutspritzer-Analysen, was eine neue Leidenschaft war. Molly hatte es geordnet und in eine Sprache übersetzt, die für normale Menschen verständlich war.

Barbara nahm das Foto und ging damit zu dem langen Tisch an der Wand, wo sie eine ultrahelle Schwenklampe anknipste und das Foto unter ein großes Vergrößerungsglas legte. Dann trat sie beiseite, um Molly hindurchschauen zu lassen.

Als sie sich vorbeugte und durch die Lupe sah, spürte Molly ein Flattern in der Brust wie von Hunderten pelzigen Mottenflügeln. Es war heraufziehende Panik – ihre gewohnte Reaktionsweise, wenn sie einen Fehler begangen hatte. Sie verschob das Bild etwas, so daß der obere Teil des Kopfes in der Mitte der Lupe lag, und studierte es. Ja, da waren sie, verdammt noch mal – ein paar schwache Striche, nur wenig dunkler als die bläulich angelaufene Kopfhaut. Sie schloß kurz die Augen und schaute dann wieder hin, um zu sehen, ob sie immer noch da waren. Dann trat sie zurück und sagte: »Sieh dir die Kopfhaut an, Barb, und sag mir, was du siehst.«

Barbara beugte sich vor und sah mit geübtem Blick durch das Vergrößerungsglas. Schweigend betrachtete sie das Foto für eine kleine Ewigkeit, wie es Molly vorkam, wobei sie es ständig hin- und herschob. Dann trat sie vom Tisch zurück. »Verdammt schwer zu erkennen, aber es sieht nach ein paar winzigen Schnitten am Haaransatz aus, wahrscheinlich nach dem Tode zugefügt, vielleicht, als er ihr den Kopf geschoren hat.«

»Du hast recht«, sagte Molly und kreuzte die Arme über der

Brust. »Du hast nicht zufällig Bilder von den anderen Bronk-Opfern da, oder?«

»Nein. Aber wenn du willst, könnten wir bei den anderen Bezirken anrufen und nachsehen lassen. Wart mal, die Autopsie von Greta Huff wurde in San Antone durchgeführt, und Rosa Morales – das war Corpus, stimmt's?«

Molly nickte. »Und Candice Hargrave in McLennan County. Und Lizette Pachullo in Denton. Könntest du sie anrufen, Barb?«

»Darauf kannst du dich verlassen.«

»Könnte ich ein Wörtchen mit dem Herrn, unserem Doktor, wechseln?« fragte Molly.

»Nicht möglich. Er ist diese Woche nicht in der Stadt. Der erste Urlaub seit fünfzehn Jahren. Ich hoffe, es wird seine Laune bessern. Selbst wenn er hier wäre, würde er wahrscheinlich nicht mehr mit dir reden nach dem, was du in deinem Buch über ihn geschrieben hast. Ihn schwarz auf weiß als stur und jähzornig zu bezeichnen, wird dein Verhältnis zu ihm nicht gerade verbessern.«

Molly nickte. Seit dreißig Jahren war Robert Perez schon der überarbeitete und unterbezahlte Amtsarzt von Travis County, und Molly hatte schon oft seine schlechte Laune und Feindseligkeit der Presse gegenüber ertragen müssen, zuerst als Polizeireporterin, dann als Mitarbeiterin von *Lone Star Monthly* und zuletzt, als sie für das Buch recherchierte. »Falls er sich meldet, könntest du ihm ausrichten, daß ich ihn sprechen muß – dringend.«

Barbara schüttelte den Kopf. »Du machst wohl Witze! Das werde ich ihm auf gar keinen Fall ausrichten. Er würde einen Wutanfall kriegen. Jawohl. Wenn er wieder da ist, werde ich's ihm ausrichten. Vielleicht. Wenn ich ihn in einem guten Moment erwische.«

Im Grunde machte es Molly nichts aus; sie hatte erfahren, was sie hatte erfahren wollen. Sie hatte den starken Verdacht, daß David Serrano mehr dazu zu sagen haben würde, wenn sie ihm davon berichtete.

»Es ist mir wirklich peinlich, Barb, aber würdest du mir noch einen Gefallen tun – nur um sicherzugehen, ob ich nicht gerade völlig durchdrehe? Könntest du heute die McFarland-Akte durchlesen und nachsehen, ob dein Chef diese Schnitte erwähnt hat? Ich habe davon jedenfalls nichts gesehen.«

Barbara zog die Augenbrauen zusammen und tat so, als müßte sie schwer darüber nachdenken. Dann legte sie Molly einen Arm um die Schulter und drückte sie: »Für dich, Molly Cates, tue ich alles. Ich wollte dich anrufen. Ich habe das Buch gelesen – die Danksagungen haben mir am besten gefallen.« Sie schloß die Augen und zitierte auswendig: »›Besonderen Dank an Barbara Gruber, die mehr über Körperflüssigkeiten weiß als sonst jemand im gesamten Land Texas. Ihre Begeisterung an der Weitergabe dieses Wissens macht sie zu einer der besten Lehrerinnen, die mir je begegnet sind, und ihre Freundlichkeit und Hingabe machen sie zum unabkömmlichen Herzen der Amtsarztstelle von Travis County.‹« Sie öffnete die Augen. »Das hättest du nicht zu sagen brauchen, aber ich bin froh, daß du es getan hast; meine Mama glaubt jetzt, daß ich berühmt bin.«

Bevor sie ging, benutzte Molly Barbaras Telefon und rief das Büro des Oberstaatsanwaltes Stan Heffernan an, um einen Termin mit ihm zu vereinbaren. Seine Sekretärin, eine neue, die Molly nicht kannte, sagte, daß Heffernan den ganzen Morgen über am Gericht sei und den ganzen Nachmittag Besprechungen habe, so daß es völlig ausgeschlossen sei, daß er sie heute empfangen könne.

»Mit wem spreche ich gerade?« fragte Molly.

Nach einer Pause sagte die Stimme: »Ella Sue Jenkins, Ma'am.«

»Gut, Ms. Jenkins, ich bin Molly Cates, und ich habe ein ziemlich dringendes Problem, bei dem mir niemand als Ihr Chef weiterhelfen kann. Rein zufällig weiß ich, daß Sie ihn anpiepsen können, also richten Sie Stan bitte aus, daß ich einen anonymen Brief im Fall Bronk bekommen habe, und daß er sich bedrohlich anhört. Ich brauche seine Hilfe bei der Entscheidung, was ich unternehmen soll, und ich brauche sie heute. Ich kann jederzeit vorbeischauen, wenn er fünf Minuten freihat.«

»Gut, ich werde es versuchen, Mrs. Cates, aber...«

»Meine Gute, wenn ihn diese Nachricht nicht erreicht, wird er einen Riesenkrach schlagen, sobald er herausfindet, was er verpaßt hat.«

»Schon gut, ich...«

»Ich weiß was«, sagte Molly und sprach schnell. »Gewöhnlich kommt Stan um zwölf Uhr dreißig ins Büro zurück, um zu lesen und in Frieden zu essen. Warum komme ich nicht dann vorbei und versuche ihn abzufangen? Ja, das ist eine hervorragende Idee. Sie erzählen ihm das einfach, wenn Sie ihn anpiepsen. Vielen Dank, Miß Jenkins.« Blitzschnell legte sie auf, so daß die Sekretärin kein Wort mehr einwerfen konnte.

Sie sah auf die Uhr und beschloß, die drei Stunden bis zu dem Termin in ihrem Büro beim *Lone Star Monthly* zu verbringen. Zur Zeit arbeitete sie meistens zu Hause und schickte die Sachen per Modem hinüber, aber es war nicht schlecht, ab und an persönlich zu erscheinen und daran zu erinnern, daß sie noch da war. Der Wechsel des Arbeitsplatzes würde ihr vielleicht helfen, ein Ende für die Engel-von-Abilene-Story zu finden. Wenigstens würde es ihr Gelegenheit geben, Richard Dutton über die Vorfälle auf dem laufenden zu halten.

Richard Dutton sah nach weniger als dreißig Sekunden auf. Seine feine lange Nase mit dem Grübchen in der Spitze kräuselte sich angewidert. »Vergiß es, Molly. Das ist nichts als der gewöhnliche Unsinn.« Er ließ die Kopien des Gedichtes und der zwölf Seiten auf den Schreibtisch fallen.

Molly nahm sie wieder an sich. »Du hast wahrscheinlich recht, aber ich will sie Stan Heffernan zeigen – nur für den Fall.«

Richard zuckte unter seinem weiten, rehbraunen Jackett die Achseln. »Hab ich dir nicht gesagt, daß das Bronkbuch die Ratten aus den Löchern locken wird? Es erstaunt mich, daß du noch nicht mehr bekommen hast. Aber es ist ja auch erst seit einem Monat draußen.«

»Aber liest sich das Gedicht für dich nicht wie eine Drohung, Richard?«

Er setzte sich wieder auf die Schreibtischkante und faltete die Arme vor seiner schmalen Brust. »Wenn du diesen Dreck Gedicht nennen willst. Ich finde, ›Schmuddelverse‹ oder ›Schmiererei‹ ist für etwas so Erbärmliches angemessener.«

»Verglichen mit dem Zeug von Louie Bronk liest es sich wie Shakespeare. Auf jeden Fall heizt sich die Sache auf, je näher die Hinrichtung rückt. Ich werde...«

»Laß es gut sein, Molly. Genug ist genug.« Er faltete die Arme auseinander und klatschte die Hände auf seine Schenkel. »Wie steht's mit der Abilene-Sache? Wir brauchen es morgen, ganz früh, damit die Faktenprüfer sich dranmachen können.«

»Richard, hast du schon jemals erlebt, daß ich einen Termin nicht eingehalten hätte?«

Er legte seinen langen, hageren Kopf auf die Seite. »Nicht ein einziges Mal. Das ist einer der Gründe, warum ich gerne ehemalige Reporter einstelle – ihr schuftet wie die Kulis und ihr haltet immer eure Termine ein. Hör zu, wenn du das morgen eingereicht hast, möchte ich, daß du sofort nach Houston aufbrichst und den Fenstersturz von diesem Bankier untersuchst – wie heißt er doch gleich?«

»Griswold. Bankier Griswold«, brummelte Molly.

Richard kicherte tief in der Kehle. »Wie konnte ich das vergessen? Wie aus einem Dickens-Roman, stimmt's?« Obwohl er in Fort Worth als Sohn eines Ölmanagers aufgewachsen war, sprach Richard mit leicht britischem Akzent – eine Affektiertheit, die Molly immer amüsant und exzentrisch gefunden hatte. Doch nun irritierte es sie, zum ersten Mal in den acht Jahren, die sie für ihn arbeitete.

»Hör zu, Richard. Das wird warten müssen. Die Hinrichtung von Bronk findet nächsten Montag statt, eigentlich Dienstag, direkt nach Mitternacht. Ich brauche soviel Zeit wie möglich, um mich richtig reinknien zu können – Interviews mit den Angehörigen der Opfer und einigen Leuten, die ursprünglich an den Ermittlungen beteiligt waren, wie der alte Sheriff unten im Hays County und die Ranger, die am Anfang damit zu tun hatten. Sie wissen schon – wo ist die alte Clique, und was denken sie jetzt, wo die Hinrichtung nun endlich bevorsteht.«

Beim Sprechen wurde sie immer begeisterter; es würde der Höhepunkt ihrer Serie über Louie Bronk werden, das letzte Wort. »Über die Hinrichtung selbst möchte ich detailliert berichten, Richard. Sein letzter Tag, was im Hinrichtungszimmer vor sich geht – ich glaube, das fasziniert die Leute – letzte Besucher, Henkersmahl, letzte Worte – all das. Dann gehe ich nach draußen und rede mit den Demonstranten – die Unentwegten von Amnesty International, die Kerzenmarschierer und die anderen üblichen Gefängnis-Groupies. Und was mir außerdem noch eingefallen ist – wie eine Hinrichtung die anderen Insassen der Todeszellen berührt. Ich will mit ihnen reden, herausfinden, was sie von ihm hielten, ob sie dafür aufbleiben. Du könntest den Anstaltsleiter anrufen und das für mich arrangieren, ja?«

Sie hielt inne, um seine Reaktion abzuwarten, doch er verzog keine Miene. Als Antwort auf ihre Frage zuckte er nur mit den Schultern. Sie war überrascht. Gewöhnlich konnte sie ihn immer überzeugen, wenn sie eine Idee an den Mann bringen wollte.

Sie mußte ihn einfach noch stärker bearbeiten, beschloß sie. »Außerdem ist das eine hervorragende Gelegenheit für mich, die aktuelle Situation in punkto Todesstrafe darzustellen, jetzt, wo in Texas ein nie dagewesener Anstieg von Vollstreckungen zu beobachten ist. Immerhin stehen wir in der gesamten Nation auf der Spitzenposition; dieses Jahr haben wir schon vierzehn hingerichtet, zwei davon letzte Woche. Wir können einen Kasten mit den Hinrichtungen dieses Jahres bis zum heutigen Zeitpunkt einschieben und die Zahlen mit Florida und anderen Bundesstaaten vergleichen, die offensiv vollstrecken. Und jetzt, mit dem Entscheid des Obersten Gerichtshofes über die Haftbegrenzung, läßt sich unmöglich vorhersagen, welche Rekorde unser wunderbarer Staat dieses Jahr noch brechen wird.«

Er sah gelangweilt aus. »Meine Güte, Richard,« sagte Molly, »Bankier Griswold ist nichts weiter als ein Fleck auf dem Bürgersteig der Westheimer Street; der haut mir nicht mehr ab. Den erledige ich nächsten Monat.«

Richard sah seine langen Beine hinunter bis auf die glänzenden, quastengeschmückten Slipper. »Molly, angesichts der Verurteilung von Griswold und seinem Partner und den anderen Bestechungsfällen bei der Resolution Trust Corp ist Griswold ein heißes Thema. Und wir haben noch nicht eine Zeile darüber gebracht. Und außerdem« – er schaute hoch und grinste, wobei er etwas von dem Charme durchscheinen ließ, für den er bekannt war – »ist allein die Wiederbelebung des Wortes ›Fenstersturz‹ es schon wert, daß du den Artikel schreibst. Glaub mir, das ist viel besser, als deine abgestandene, alte Bronk-Sache noch weiter auszuwalzen. Du bist gut damit gefahren. Jetzt leg sie ad acta.«

»Aber Richard, es wird ganz neue Perspektiven eröffnen; du weißt doch, wie das Herumstochern in einem alten Fall wie diesem etwas Neues in Bewegung setzen kann. David Serrano, der damalige Kinderbetreuer der McFarlands, ist wieder in der Stadt, und er wird der Hinrichtung als einer von Bronks Zeugen beiwohnen. Das ist doch ein interessanter Aspekt – jemanden, der gegen dich ausgesagt hat, einzuladen, dir beim Sterben zuzuschauen. Und David ist gläubiger Katholik, dem sein Anteil daran, daß Bronk auf dem Schafott landet, Kopfschmerzen bereitet. Eine pikante Sache. Und Charlie McFarland will zum ersten Mal den Mund aufmachen. Und sicherlich«, sagte sie und streckte die Arme aus, Handflächen noch oben, »hast du nicht vergessen, daß die beiden Bronk-Hefte sich besser verkauften als alles zuvor.«

Richard kreuzte wieder die Arme vor der Brust auf eine Art, die ihr Herz sinken ließ. »Molly, abgesehen vom Nadelstich ist der Fall Bronk vorbei. Ich bin diesen viehischen Psychopathen leid. Wenn du glaubst, du mußt unbedingt etwas bringen, mach ein kurzes Stück über die Hinrichtung selbst daraus, seine letzten Worte, wie lange es dauert, bis die Injektion gewirkt hat, und so weiter und so fort – du weißt schon, höchstens drei Seiten lang. Ans Ende setzen wir einen Kasten, der dein Buch anpreist, vielleicht verkauft das ja ein paar Exemplare.«

Molly hätte am liebsten vor Enttäuschung aufgeheult, doch sie zwang sich, leise zu bleiben und sprach ruhig. »Richard, wir haben das letzten Monat alles schon besprochen, als das Gericht sein Hinrichtungsdatum festlegte. Wir waren uns einig, daß es eine gute Story werden würde. Ich habe schon alles organisiert und Interviews vereinbart.«

»Sag sie ab.«

Weil sie am liebsten aufgeschrien hätte, senkte sie ihre Stimme noch weiter. »Warum hast du es dir anders überlegt?«

»Ich kann mich nicht erinnern, daß ich es je für eine gute Idee hielt. Jedenfalls halte ich es jetzt nicht dafür, und wir haben bessere Themen, die nach deiner Aufmerksamkeit verlangen. Auf der letzten Redaktionssitzung, die du versäumt hast, Molly, herrschte allgemeine Übereinstimmung, daß wir etwas über den Sparkassenskandal bringen sollten.« Sein Mund war zu einem dünnen, hartnäckigen Strich zusammengekniffen, dessen Aussehen nichts Gutes verhieß.

Molly atmete tief durch, um ihre Wut hinunterzuschlucken. Normalerweise waren sie sich völlig eins darüber, was eine gute Story abgeben würde. Wenn es zu Meinungsverschiedenheiten kam, dann über die beste Herangehensweise oder Perspektive. In diesen seltenen Momenten hatte er dann meistens recht, sie vertraute also seinem Gespür. Willig erkannte sie an, daß sie sich manchmal in ihrer Begeisterung zu sehr mitreißen ließ. Ja, manchmal ging sie zu weit. Doch jetzt wußte sie genau, daß er im Unrecht war, haargenau wußte sie es.

»Richard, der *Lone Star Monthly* hat eingehend über den Fall Bronk berichtet. Es muß einen krönenden Abschluß geben; unsere Leser erwarten das.« Sie versuchte, nicht laut zu werden, aber sie hatte sich nicht mehr im Griff. »Gib mir doch bitte ein einziges schlagendes Argument, Richard.«

»Habe ich schon. Das ist eine Ader, die wir ausgebeutet haben. Kalter Kaffee. Alle haben die Nase voll davon. Außer dir.«

Sie bemerkte den herablassenden Zug um seinen Mund und fühlte die Wut in sich kochen; sie konnte sie unmöglich länger hinunterschlucken. »Ich kann das einfach nicht glauben, Richard! Da steckt doch mehr dahinter, als du sagst. Ich wette, daß es etwas mit Charlie McFarland zu tun hat. Ja, so ist es. Er behauptet, ihr zwei wäret *ganz* dicke Freunde. McFarland hat dich beschwatzt, stimmt's?«

Richard rollte die Augen gen Himmel. »Was hast du nur, Molly?« fragte er die Decke. »Du kennst doch diese Kerle, die reden, als wären sie gerade vom Rübenlaster gefallen. Hören sich an, als wären sie dumm wie Scheiße. Dabei ist alles, was Charlie sagt, genau kalkuliert. Er weiß, daß ich dein Chef bin, also erzählt er dir natürlich, daß wir gute Freunde sind, um dich zu beeindrucken.«

Molly schwieg einen Moment und dachte nach. Dann schlug sie sich mit der flachen Hand an die Stirn. »O Gott. Ich bin so dumm. Jetzt weiß ich's. Er ist der Vorsitzende des Bauunternehmer-Verbandes, und die kaufen alle diese Anzeigen bei uns. Man hat dich *gekauft*!« Fast hätte sie die Worte herausgebrüllt.

Sein Kopf zuckte nach oben. Seine Augen waren lodernde Bernsteinfeuer. »Nun mach mal halblang. Du weißt genau, daß ich mit dem Teil der Zeitschrift nichts zu schaffen habe.«

Heftig ballte sie die Fäuste und ließ dem Verdacht freien Lauf, der ihr gerade durch den Kopf geschossen war. »Aber der Herausgeber schon. Wenn du nicht gekauft worden bist, dann halt er, und er bekniet dich jetzt. So ist es doch, oder?« Jetzt gab es kein Halten mehr. »McFarland ist ein Mann mit viel Einfluß und Verbindungen. Versuch's nicht abzustreiten, Richard.«

»Warum sollte ich? McFarland ist ein alter Kumpel der Gouverneurin, einer der Hauptsponsoren ihres Wahlkampfes, Freund all der gestrauchelten Geschäftemacher, einer der wenigen, der schlau genug war, die Hörner gerade noch vor dem Crash einzuziehen. Jetzt steht er besser da als je zuvor. Natürlich hat er jede Menge Kohle und Einfluß, aber das hat nichts mit meiner Entscheidung zu tun, daß Louie Bronk ein ausgelutschter Kaugummi ist.«

»McFarland hat versucht, mich zu bestechen, Richard.«

Richard sah sie mit hochgezogenen Augenbrauen und belustigtem, durchdringendem Blick an. »Dich zu *bestechen*? Wie das?«

»Er sagte, daß er einen Preis für verdiente Kriminalreporter stiften und mich zur ersten Preisträgerin ernennen wolle – einhunderttausend Dollar, wenn ich nichts mehr über den Mord an seiner Frau schreibe.«

Richard warf den Kopf in den Nacken und lachte. »Verdiente Kriminalreporter!« sagte er, als er wieder Luft bekam. »Das ist umwerfend. Ich hoffe, du hast ja gesagt, Molly, da du den Artikel ja sowieso nicht schreibst. Das Geld könntest du weiß Gott gebrauchen.«

»Aber Richard, ich werde den Artikel sehr wohl schreiben.«

Er stand auf. »Aber nicht für den *Lone Star Monthly*.« Es traf sie wie ein Schlag ins Gesicht. »Richard!«

»Ich möchte dich wirklich nicht verlieren, Molly, aber hier bin ich der Chef. Ich habe dir noch nie hineingeredet, aber ich sage, daß wir das über den Bankier Griswold bringen, nicht den beschissenen Louie Bronk.«

Von dieser Macho-Attitüde würde sie sich bestimmt nicht beeindrucken lassen. Mit zusammengebissenen Zähnen sagte sie: »Wenn ich nicht wüßte, was für ein sturköpfiger Snob du bist, der sich zu fein für so was ist, würde ich dir ernsthaft unterstellen, daß McFarland seinen Daumen da drauf hat.«

An dem kaum wahrnehmbaren Zucken unter seinem Auge konnte sie erkennen, daß sie zu weit gegangen war. Seine orangebraunen Augen verengten sich. »Tja«, sagte er in seinem abgehackten, pseudo-britischen Tonfall, »wenn ich nicht wüßte, was für ein blutrünstiger, morbider Unfallgaffer du bist, müßte ich dir unterstellen, daß du nur neuen Staub aufwirbeln willst, damit sich dein Buch besser verkauft.«

Ihr blieb die Luft weg, als wäre sie von einer Dampfwalze plattgerollt worden. Schließlich brachte sie krächzend heraus: »Aber Richard, ich habe nicht eine Sekunde an den Verkauf des Buches gedacht.«

Er atmete schwer. »Ich glaube, wir sollten das Ende der Runde einläuten, Molly. Wir müssen uns beide in unsere Ecke zurückziehen. Warum sparst du dir die Entscheidung nicht bis morgen auf.« Er trat ans Fenster. »Und ich muß mich erst mal beruhigen. Ich finde –« Auf seinem Tisch klingelte es. »Verdammt. Einen Moment.«

Mit dem Rücken zu ihr hob er das Telefon ab. »Was gibt's?« Während er eine Minute lauschte, drehte er sich zu Molly, so daß sie sein immer breiter werdendes Grinsen sehen konnte. »Wart einen Moment, Becky«, sagte er mit heiterer Stimme, »ich frage, ob sie mit ihm sprechen will.«

Er drückte die Warte-Taste und hielt ihr den Hörer hin. »Für dich. Dein Gönner. Charlie McFarland ist dran. Aus seinem Privatflugzeug. Meint, es wäre dringend.«

Molly atmete tief durch und trat einen Schritt nach vorne, um den Hörer entgegenzunehmen. Als sie ihn ans Ohr hob, beugte Richard sich zu ihr und flüsterte in ihr anderes Ohr: »Sei schlau, Molly. Sag ihm, daß du sein Angebot annimmst.« Er schmunzelte und klatschte leise in die Hände. »Verdiente Kriminalreporterin des Jahres, o ja. Das ist köstlich! Wenn du es schlau anstellst, wird Charlie vielleicht als nächstes ein Altenheim gründen, wo abgetakelte Kriminalreporterinnen auf ihre alten Tage hin können.« Lachanfälle schüttelten ihn, so laut, daß Molly ihr anderes Ohr zuhalten mußte, um McFarland verstehen zu können.

Kapitel 5

Herein kommt der Psychofritze
Ein vieräugiger Spitzel
Was ich mir so denke, fragt er mich
Er könnte mir helfen sicherlich
Ich soll nur einfach reden
Ob meine Geburt schwierig gewesen
Jemand einen Fluch gesprochen
Oder noch Böseres mich getroffen
Vielleicht soll ich sterben ohne Mucken
Und immer in seinen Augen dieses Zucken.

LOUIE BRONK
Todestrakt, Ellis I Unit
Huntsville, Texas

Trotz der Hitze war Molly Cates froh, daß sie sich entschlossen hatte, die sechs Blocks zur Staatsanwaltschaft von Travis County zu laufen und nicht zu fahren. Am Stokes Building einen Parkplatz zu finden war unmöglich, und sie brauchte sowieso eine Gelegenheit, etwas Dampf abzulassen. Was für ein Hornochse Richard sein konnte! Sie hatte sich aber auch nicht mit Ruhm bekleckert – sich so gehen zu lassen und ihn zu beschimpfen.

Der Schweiß begann, ihr das Gesicht herunterzulaufen, doch sie lief noch schneller, vorbei am neogriechischen Wohnsitz der Gouverneurin mit den weißen Säulen, ohne ihn auch nur eines Blickes zu würdigen.

Warum hatte er es sich auf einmal anders überlegt? Bei der Redaktionssitzung vor ein paar Monaten waren sich alle einig gewesen, daß es eine gute Idee war, die Hinrichtung von Louie Bronk, wenn sie denn stattfand, als Gelegenheit zu nutzen, um den Fall noch einmal aufzurollen und die aktuelle Lage hinsichtlich der Todesstrafe in Texas zu beleuchten. Dann hatten sie es noch einmal besprochen, als Bronks Termin letzten Monat festgelegt wurde.

Vor Wut knirschte sie mit den Zähnen, als sie daran dachte, daß Richard Dutton sie morbide und blutrünstig genannt hatte. Um dem Ganzen die Krone aufzusetzen, hatte er dann auch noch an seinem Schreibtisch gelehnt, als sie mit Charlie McFarland telefonierte, mit diesem Hab-ich's-dir-nicht-gleich-gesagt-Ausdruck auf dem Gesicht, als unterstelle er ihr, mit der Entgegennahme des Anrufes hätte sie schon klein beigegeben. Als sie auflegte, hatten sie sich mit feindseligem Schweigen angestarrt.

Schließlich hatte Richard gesagt, sie solle es sich lieber einen Tag lang überlegen, bevor sie noch mehr sagte, was ihr später leid tun würde. Sie war nahe daran gewesen zu erwidern, daß es gleichgültig war, ob sie es sich einen Tag oder einen Monat lang überlegen würde; sie würde den Artikel über Louie Bronk schreiben, und wenn er es nicht drucken wolle, verdammt, dann würde sie eben eine andere Zeitschrift finden, die es tun würde. Doch sie schluckte die Worte hinunter, bevor sie entwischen konnten. Plötzlich hatte sie ein Bild von sich vor Augen, arbeitslos, wie sie sich die Hacken nach einem neuen Job ablief oder vielleicht sogar zurück in die Mühle des Polizei-Tagesjournalismus müßte – in ihrem Alter keine leichte Arbeit. Verglichen mit anderen Jobs war ihrer hervorragend; sie konnte es sich nicht leisten, ihn zu verlieren.

Als sie am Stokes Building an der Ecke der Guadalupe Street und der 11. ankam, floß ihr der Schweiß in Strömen herunter. In anderen Teilen des Landes mochte der September im Herbst sein, aber in Austin war es oft der heißeste Monat. Heute hatte man das Gefühl, in einem Hochofen zu leben.

Die beiden Flaggen – die amerikanische und die texanische –, die den Eingang des Stokes Building flankierten, hingen in der unbewegten Luft schlapp herunter. Auf der anderen Seite der Guadalupe Street verschwamm der weiße Sandstein des Landgerichts in der Hitze und den Abgaswolken.

Molly nahm den Aufzug in den zweiten Stock. Als sie bei der Vorzimmerdame ihren Namen nannte, sah die Frau in ihre Liste und sagte: »Mr. Heffernan läßt ausrichten, daß er um zwölf Uhr dreißig zurück sein wird und Sie dann empfangen kann, wenn es Ihnen nichts ausmacht, daß er während des Gespräches sein Mittagessen ißt. Er bittet Sie, in seinem Büro auf ihn zu warten.«

Die Empfangsdame drückte auf den Summer, um die Glastür zu öffnen, und Molly suchte sich den Weg durch das Labyrinth von Büroeinheiten zum Zimmer des Leitenden Oberstaatsanwaltes. Dort angekommen, schloß sie die Tür und machte es sich in dem breiten roten Ledersofa gemütlich. Sie ließ den Kopf nach hinten auf die Sofalehne sinken und schloß die Augen.

Charlie McFarland hatte gesagt, daß er mit ihr sprechen müsse – vertraulich, nicht am Telefon –, heute noch. Ob sie ihn nochmals in seinem Haus aufsuchen könne, um siebzehn Uhr dreißig, wenn er wieder in der Stadt sei? Es würde sich für sie lohnen, meinte er. Sie sagte zu. Ihre Neugier war angestachelt, und es lag sowieso auf ihrem Nachhauseweg.

Ja, die Dinge waren eindeutig in Bewegung geraten, aber sosehr sie sich auch bemühte, sie konnte nicht absehen, in welche Richtung.

Den Kopf immer noch auf der Rückenlehne liegend, öffnete sie die Augen und sah sich im Büro von Stan Heffernan um. Abgesehen von diesem Sofa war es ziemlich spartanisch – ein metallener Büroschreibtisch und zwei Bücherregale aus Holzimitat, an den Wänden alte Karten von Schauplätzen des Bürgerkrieges. Im Grunde nicht die Art Büro, wie es sich ein Junge, der bettelarm im Süden von Texas aufgewachsen war, erträumen würde, wenn er es einmal zu etwas bringen sollte.

Als sie für *Blut schwitzen* Stans Lebensgeschichte recherchiert hatte, hatte es sie fasziniert, daß seine Kindheit nicht so sehr anders als die von Louie Bronk verlaufen war: Beide waren in extremer Armut in südtexanischen Kleinstädten aufgewachsen, beide hatten nicht anwesende Alkoholiker zum Vater und herrische, zu Gewalttätigkeit neigende Mütter gehabt. Doch damit hörten die Parallelen auf. Stan Heffernans unerfreuliche Kindheit hatte ihm den Antrieb gegeben, mit dem festen Vorsatz in die Welt hinauszugehen, hart zu arbeiten und Erfolg zu haben. Die unerfreuliche Kindheit von Louie Bronk entließ ihn mit dem Antrieb zu Mord und Vergewaltigung in die Welt. Eine der Fragen, die sie in dem Buch zu beantworten versucht hatte, war, warum.

Stan Heffernan war in George West aufgewachsen, einer jener staubigen, sterbenden Ortschaften, wo die Dairy-Queen-Filiale das einzige Restaurant war und das Footballspiel der Schule am Freitagabend die einzige Abwechslung. Er, ein hervorragender Halbstürmer und solider Schüler, hatte ein Football-Stipendium der University of Texas bekommen. Eine schlimme Knieverletzung in seinem vierten Studienjahr ermöglichte es ihm, sich auf das zu konzentrieren, was er wirklich wollte: Rechtswissenschaft.

Direkt nach dem Abschluß war er Mitarbeiter unter Oberstaatsanwalt Warren Stapleton geworden und hatte sich sofort den Ruf erworben, schwierige Fälle zu übernehmen und zu gewinnen. Vor zehn Jahren, als er noch einfacher Staatsanwalt gewesen war, hatte er Louie Bronk des heimtückischen Mordes im Raubmordfall an Tiny McFarland angeklagt und die geforderte Todesstrafe bekommen. Im folgenden Jahr, als sein Vorgesetzter in den Ruhestand ging, hatte er für das Amt des Leitenden Oberstaatsanwaltes kandidiert und die Wahl gewonnen. Er war einer der hartnäckigsten und gewissenhaftesten Menschen, die Molly je kennengelernt hatte.

Als sie seinen schweren Schritt im Flur näher kommen hörte, wurde sie ein wenig nervös: Sie hatte ihn nicht mehr gesehen, seit das Buch erschienen war, und sie fragte sich, was er davon halten mochte. Er war eine wichtige Quelle für den Teil über die Strafverfolgung von Louie Bronk im Mordfall McFarland gewesen und trat als eine der Hauptfiguren auf. Aus Höflichkeit hatte sie ihm eines der ersten Exemplare geschickt, die sie von ihrem Verleger bekommen hatte, aber sie hatte noch nichts von ihm gehört. Fand er es korrekt? War er über ihre freimütige Charakterisierung von ihm als langsam und zuverlässig beleidigt – die unerschütterliche Schildkröte, die jedes Rennen gewann? Hatte er es überhaupt schon gelesen? Natürlich hatte er es gelesen; selbst Stan-the-Man-Heffernan konnte der Versuchung nicht widerstehen, über sich selbst zu lesen.

Beim Eintreten zog er an seiner Krawatte, um sie von seinem breiten Stiernacken zu lösen, der haargenau so dick war wie sein Kopf. Er schloß hinter sich die Tür. »Molly, Molly, was höre ich da, jemand bedroht Sie? So was können wir aber nicht dulden.« Seine heisere, fast geflüsterte Stimme war kaum zu hören. Wenn er zu den Geschworenen sprach, mußte er sich ein Mikrofon umhängen. Es überraschte sie jedesmal wieder, daß solch ein massiger Mann fast keine Stimme hatte – fast so, als hätte man einen Bernhardiner vor sich, der sein Maul öffnete und nichts als ein schwaches Miauen produzierte. In Stans Umgebung wurden die Leute meistens sehr still und beugten sich vor.

Sie sagte: »Ich weiß nicht, ob ich es bin, die da bedroht wird, oder ob es eine allgemeine Drohung ist oder nur der Brief eines Verrückten, aber es würde mir besser gehen, wenn Sie es sich ansehen würden.« Aus ihrer Aktentasche zog sie ein Plastiktütchen mit dem Umschlag, den herausgerissenen Seiten und dem Gedicht. Sie legte es auf den Couchtisch. »Beim Öffnen der Post habe ich nicht an Fingerabdrücke gedacht, ich habe sie also vielleicht verschmiert.«

Mittlerweile hing seine Krawatte lose, und er zog sein Jackett aus und warf es auf den Schreibtisch. Dann setzte er sich in den Sessel ihr gegenüber auf der anderen Seite des Couchtisches und zog ein Taschentuch aus der Hosentasche. Das benutzte er, um die Seiten aus dem Plastikbeutel zu holen. Den Umschlag sah er sich durch das Plastik hindurch an und fragte: »Kam gestern mit der Post?«

Molly nickte.

In seiner gewohnt bedächtigen, methodischen Art, die seine Widersacher vor Gericht oft zur Weißglut trieb, las er die Seiten, wobei er leicht die Lippen bewegte. Als er zu dem Gedicht kam, das an der letzten Seite klebte, vertiefte sich die tiefe Falte zwischen seinen schweren Augenbrauen noch. Zu guter Letzt steckte er die Seiten zurück in den Beutel, stand auf und ging zu einem Schrank unter den Bücherregalen, immer noch schweigend. Als er die Tür aufklappte, zeigte sich, daß ein kleiner Kühlschrank darin war. »Möchten Sie etwas trinken, Molly? Ein Mineralwasser?«

»Nein, danke«, sagte sie.

Er holte eine braune Papiertüte und eine Dose Dr. Pepper Light hervor, die er mit zu seinem Platz nahm. Beim Setzen zog er eine Zeitschrift – den *Texas Lawyer* – heran, um die Dose darauf zu stellen, und mit dem kleinen Finger der linken Hand zog er den Verschluß auf. Dann holte er aus der Tüte ein in Plastikfolie gewickeltes Butterbrot hervor. Er zog die Folie gerade weit genug zurück, so daß er einen großen Bissen nehmen konnte, den er langsam und meditativ kaute. Nachdem er geschluckt hatte, sagte er: »Von unserem alten Freund Bronk ist es nicht.«

»O nein«, sagte Molly.

»Hat es Sie beunruhigt?«

»Ein wenig. Ich will ja kein Angsthase sein, aber die Zeilen ›Jetzt ist Louie schon fast drüben/Da will ich mich in seinen Künsten üben‹ sind beunruhigend. Die Vorstellung, daß sich da draußen die gebildetere Variante eines Louie Bronk herumtreibt, gibt mir zu denken.« Wie bei den meisten Gesprächen mit ihm merkte sie, daß sie praktisch flüsterte, damit sie im Vergleich zu ihm nicht laut und schrill klang. Dadurch erschien ein Gespräch mit ihm immer sehr vertraulich.

Stan nahm das Gedicht in die Hand, las es noch einmal durch und ließ es dann auf den Tisch fallen. »Nee«, sagte er. »Das ist die Sorte Blödsinn, die wir ständig bekommen. Wir heften sie einfach in dem Ordner ›Post vom Mars‹ ab und vergessen sie. Aber wenn Sie sich dann besser fühlen, schick ich's rüber ins Labor, ob die irgendwelche Daten da rausholen und durch den Computer jagen können. Da Sie es ebenfalls angefaßt haben, werden Sie dort vorbeigehen und Ihre Fingerabdrücke hinterlassen müssen. In Ordnung?«

Molly nickte. »Noch etwas, Stan. Gestern abend bei Katz's traf ich zufällig David Serrano, und die bevorstehende Hinrichtung von Louie schien ihn nervös zu machen – vielleicht das übliche Zipperlein, das die Leute kriegen, wenn sie in solch schwerwiegende Fälle verwickelt sind, aber er sagte, daß es etwas gäbe, was er an meinem Buch zu bemängeln habe. Er sagte, daß die Schnitte in Tinys Kopfhaut nicht erwähnt würden.«

Er legte den Kopf auf die Seite. »Schnitte?«

»Jawohl. Ich war heute morgen beim Amtsarzt und habe mir die Autopsiefotos angesehen. Wenn man es mit dem Vergrößerungsglas genau betrachtet, waren da tatsächlich Schnitte in ihrer Kopfhaut, wie David gesagt hat – das erste Mal, daß ich etwas davon höre. Wußten Sie davon?«

»Nicht, daß ich mich erinnere. Aber ist schon zehn Jahre her und war ein schrecklich komplizierter Fall. So leid es mir tut, das sagen zu müssen, aber es gibt immer irgendwelche Details, die uns entwischen. Sie sind in dem Fall viel mehr auf dem laufenden als ich. Selbst wenn wir es übersehen hätten, was für eine Rolle spielt das schon?«

»Nun, vermutlich keine. Aber Barb Gruber hat bei den Amtsärzten in den Bezirken McLennan, Bexar und Denton angerufen und sie die Autopsiefotos der dortigen Bronk-Opfer überprüfen lassen. Keinerlei Schnitte. Nicht ein einziger. Perfekt geschoren.«

»Also hatte er am Tag, als er Tiny McFarland fertigmachte, mehr Kaffee getrunken, oder er wurde tatterig angesichts der piekfeinen Umgebung; er fühlte sich wahrscheinlich wohler, wenn er Leute in Straßengräben verstümmelt hat.« Er grinste sie an.

Molly nickte, vermochte aber kein Lächeln zustande zu bringen. »Ja, wahrscheinlich. Es ist nur so, daß Louie Barbier gelernt hat, als er für den Mord an seiner Schwester in Oklahoma einsaß, und er hat eine sichere Hand. Ich habe ihn noch nie zittern gesehen.«

Stans Augen leuchteten wie helle Stecknadelköpfe unter den schweren, vorgewölbten Augenbrauen. »Molly, irgend etwas hat Sie gepackt.« Er nahm einen weiteren Bissen, kaute und wartete, daß sie sprach. »Vielleicht ist es die bevorstehende Hinrichtung. Wenn man ein Buch schreibt und dabei dem Porträtierten so nahe kommt wie Sie, muß man damit rechnen, daß es zu so etwas wie.. Identifikation oder Mitgefühl mit ihm kommt.«

»Nein«, sagte sie, zu laut. Sie sprach leiser. »Nein, nicht in diesem Fall. Meistens entwickle ich ein gewisses Mitgefühl für die Leute, über die ich schreibe, aber nicht bei Louie. Nein«, wiederholte sie und schüttelte den Kopf, »das ist es nicht.«

Stan zog eine Karotte aus der Tüte. »Vielleicht wäre es besser für Sie, der Hinrichtung nicht beizuwohnen, Molly. Bei Ihrer Einstellung zur Todesstrafe. Warum wollen Sie sich das antun, wenn Sie damit Probleme haben werden?« Er biß in die Karotte und kaute.

»Nein, ich muß dabeisein und es zum Abschluß bringen. Stan...« Sie fühlte sich auf einmal lächerlich, wie eine treue Kirchengängerin, die grundlos in letzter Minute den Glauben verliert. »Stan, ich möchte Sie etwas fragen. Sie haben die Strafverfolgung von mehr als zehn Kapitalverbrechen durchgeführt und in acht von ihnen die Todesstrafe bekommen. Richtig?«

»Richtig.«

»Würden Sie mir etwas beantworten, nicht als Leitender Staatsanwalt, sondern nur als Bürger mit gesundem Menschenverstand und als alter Freund? Keine Macho-Posen und keine Sprücheklopfereien, ja?«

Er lachte – ein leises, nettes, rauhes Lachen. »Ich kann's versuchen.«

»Wachen Sie je nachts auf und zerbrechen sich den Kopf darüber, wie leicht man einen Fehler begehen kann und möglicherweise – nur einmal angenommen – einen unschuldigen Menschen in die Hinrichtungskammer schicken könnte?«

»Louie Bronk ist kein unschuldiger Mensch.«

»Nein, das ist er nicht. Das weiß ich. Aber wenn wir etwas übersehen, wie diese Schnitte in der Kopfhaut, wäre es doch möglich, daß auch andere Fehler vorkommen. Machen Sie sich jemals Sorgen darüber?«

Er zeigte mit der Karotte auf sie. »Sagten Sie, daß dies unter uns bleibt?«

»Würde das Ihre Antwort beeinflussen?«

»Darauf können Sie Gift nehmen; ich bin Politiker.«

»Gut. Unter uns.«

»Zuerst einmal; ich wache nachts nicht auf, Molly; ich schlafe wie ein Baby. Und zweitens zerbreche ich mir darüber nicht den Kopf, weil wir keine unschuldigen Menschen anklagen.«

»Verdammt noch mal«, jaulte sie, »das ist die hochoffizielle Antwort.«

Er biß in die Karotte. »Ich kann nichts dafür. Es ist die Wahrheit.«

Während er kaute, saßen sie eine Weile schweigend da. Schließlich fragte Molly: »Sie haben also nie Zweifel?«

Er antwortete nicht sofort. Er nahm einen langen Schluck aus der Dose und nickte, um ihr zu bedeuten, daß er darüber nachdachte. »Na ja, das würde ich nicht sagen; Zweifel gibt es immer. Nehmen wir doch einmal Louie Bronk als Beispiel. Wenn ich dabeigewesen wäre und mit eigenen Augen gesehen hätte, wie Bronk Tiny McFarland erschoß, wäre ich mir neunundneunzig Komma acht Prozent sicher. So wie die Sache liegt, bin ich achtundneunzig Prozent sicher.«

Er lehnte sich nach vorne und unterstrich seine Worte mit dem Rest der Karotte. »Als das kleine Mädchen und der Babysitter das Auto beschrieben, den weißen Mustang mit der einen braunen Tür, war ich bei zwanzig Prozent. Als Louie sein Geständnis ablegte, stieg meine Überzeugung nur auf fünfundzwanzig, weil er der geborene Bekenner ist. Aber als er Tiny auf einem Foto identifizierte und uns sagte, was aus dem Haus und von ihrem Körper gestohlen wurde, schnellte meine Überzeugung hoch auf fünfundsiebzig. Und als er dann beschrieb, wie man zum Haus kommt und wo die Leiche lag und wo sich die Schußwunde befand und das Kaliber der Kugel, ging sie hoch auf achtundneunzig. Das letzte halbe Prozent kam dazu, als ich ihn bei der Verhandlung beobachtete.«

»Die anderen Verurteilungen müssen den ein oder anderen Prozentpunkt wert gewesen sein.«

Stan schloß die Augen. »Rosa Morales«, flüsterte er. »Greta Huff. Lizette Pachullo. Candice Hargrave. Ich sage mir ab und an ihre Namen vor. Damit ich die richtige Perspektive behalte. Und nachts wie ein Baby schlafen kann.«

Molly entwich ein tiefer Seufzer. Er hatte natürlich recht.

»Sieht so aus, als hätten wir hier einen schlimmen Fall von Torschlußpanik. Wie Sie wissen, ist das nichts Neues bei Menschen, die mit Todesstraffällen zu tun haben, wenn der Moment der Wahrheit näher rückt. Es ist schon vorgekommen, daß Geschworene zum Psychiater gerannt sind und uns dann die Rechnungen geschickt haben.«

»Ich weiß. Es ist mir auch wirklich peinlich. Ich habe einfach einen schlechten Tag, und es hat gar nichts mit Louies Hinrichtung zu tun. Ich vermag sogar einzusehen, daß es das beste ist, ihn ins Jenseits zu befördern.«

»Verdammt richtig. Wenn wir es nicht tun, werden diese gehirnamputierten Idioten, die in der Bewährungs- und Berufungskommission sitzen, die Akte auf dem Kopf stehend lesen und ihn laufen lassen. Und haben Sie auch nur den geringsten Zweifel daran, daß er jemanden umbringen würde, sobald er draußen ist?«

»Einen oder zwei Tage würde er vielleicht brauchen, um sich zu sammeln. Er ist das wandelnde Argument für die Todesstrafe schlechthin. Das ist es also nicht. Und für ihn persönlich hege ich nicht die geringsten Gefühle. Ist das nicht merkwürdig? Nach der vielen Zeit, die ich mit ihm verbracht habe?«

»Wo liegt dann das Problem?«

»Es hört sich wahrscheinlich unlogisch an«, sagte sie. »Es ist diese geballte Macht – der Generalstaatsanwalt mit seinen Mitarbeitern, Sie und Ihre Überzeugung, die Gouverneurin in ihrer weißen Säulenvilla, die öffentliche Meinung ist für die Todesstrafe, Charlie McFarland und sein Geld – die gesamte Strafrechtsmaschinerie, die wie eine unaufhaltsame Dampfwalze unterwegs ist, um einen erbärmlichen Wurm plattzuwalzen. Es ist, als wäre man mit einem Sherman-Panzer hinter einer Ratte her.«

»Wissen Sie noch, als er auf dem Highway unterwegs war und mordete, Molly? Damals schien es, als hätte er jede Menge Macht.«

»Ich weiß. Trotzdem kann ich mir nicht helfen, aber die Vorstellung eines mächtigen Staates, der Blutrache an einem Mann nimmt, der in seinem Leben noch nicht einen Tag Freundlichkeit erlebt hat, läßt mich schaudern. Wir werden sehen, wie sie ihn auf der Bahre festschnallen und ihm die Nadel in den Arm stecken. Dann werden wir zuschauen, wie er ein paarmal zuckt und stirbt, und wir werden weggehen mit dem Gefühl, was für tolle Verbrechensbekämpfer wir doch sind, und daß wir unsere Pflicht getan haben.«

Stan Heffernan sah ihr in die Augen. »Das werden wir allerdings, darauf können Sie sich verlassen. Meine Aufgabe ist es, mein gesamtes Können und Vermögen dafür einzusetzen, daß Gestalten wie Louie Bronk keinen harmlosen Mitmenschen mehr nachstellen können.« Seine Augen loderten. »Und wenn wir ihn zu Tode bringen, werde ich sehr wohl denken, daß ich meine Pflicht getan habe. Wenn Sie zu schwache Nerven für so was haben, Molly – suchen Sie sich einen anderen Job. Schreiben Sie über die Umwelt oder Damenmode.«

Molly merkte, wie ihre Wangen von der Beleidigung brannten; vielleicht hatte er recht.

Er langte über den Tisch und tätschelte ihre Hand. »Es ist barbarisch und grausam«, flüsterte er, »genauso wie er. Wir vergelten nur Gleiches mit Gleichem.«

Sie nickte. »Gibt es in seinen Berufungsverfahren etwas Neues?«

»Weiß ich nicht. Das Landgericht hat jetzt nichts mehr damit zu tun, deswegen bin ich nicht mehr auf dem laufenden. Wenn man so sagen will, hat der Generalstaatsanwalt jetzt das Heft in der Hand. Ich nehme an, daß Sie einen Artikel über die Hinrichtung schreiben.«

Nur einen Moment lang zögerte sie, bevor sie antwortete. »Ja, das tue ich. Was darf ich zitieren?«

Er grinste breit; seine Zähne waren so groß und kräftig wie alles andere an ihm. »Alles, außer, daß ich die Bewährungskommission als gehirnamputierte Idioten tituliert habe. Obwohl es stimmt.«

»Sie *werden* dasein, oder?«

Er nahm sein Brot in die Hand. »Das laß ich mir nicht entgehen. Wußten Sie, daß Bronk mich doch tatsächlich auf seine Zeugenliste gesetzt hat? Ich habe einen Zettel von ihm gekriegt, daß ich kommen solle, so eine Art Partyeinladung.«

»Nein.« Interessant; von Louie war bekannt, daß er Stan Heffernan für das dümmste Arschloch hielt, dem er je begegnet sei.

»Und jetzt raten Sie mal, wer sonst noch auf der Liste steht.« Er sah sie erwartungsvoll mit einem breiten Grinsen an.

»Sie, ich, David Serrano«, sagte sie. »Wer noch?«

»Da kommen Sie nie drauf«, sagte Stan. »Sie wissen, daß er fünf zur Wahl hat. Sie und mich verstehe ich noch. Serrano ist ein komischer Wunsch. Aber er hat auch noch die beiden McFarland-Kinder eingeladen – Alison und Stuart. Dann hat er auch noch aufgepaßt, daß sie auf seiner Besucherliste in Ellis stehen, damit es legal ist. So was habe ich noch nie gehört – daß ein verurteilter Killer um die Familienmitglieder des Opfers als Zeugen gebeten hat.«

Immer wieder beging Molly den Fehler zu denken, daß das Leben keine größeren Überraschungen mehr für sie bereithielt, und dann streckte sie etwas wie das hier von hinten nieder. Als sie wieder Luft bekam, fragte sie: »Wissen Sie, ob sie hingehen?«

»Sie haben beide zugesagt. Ich weiß das, weil ihr Daddy mich gestern fuchsteufelswild angerufen hat. Wie ich so was zulassen könnte? Ich hätte ihn zuerst anrufen und seine Erlaubnis einholen sollen. Ich versuchte ihm klarzumachen, daß ich nichts damit zu tun habe, aber er konnte sich gar nicht einkriegen. Er gab Order, daß ich seinen Sprößlingen nicht erlauben solle, solch ein barbarisches Ritual mit anzusehen, und meinte, es würde der Psyche seines kleinen Mädchens schweren Schaden zufügen.« Er zuckte seine massiven Schultern. »Hol's der Teufel, sie ist erwachsen, und wenn ich in der Vergangenheit mit ihr gesprochen habe, hörte es sich an, als sei sie hart wie Kruppstahl. Vielleicht wird's ihr gar nicht schaden.«

Molly war immer noch dabei, die Neuigkeiten zu verdauen. Was hatte Louie vor? Dies hatte auf jeden Fall das Zeug zu einer dramatischen Story; sie hätte es sich nicht besser ausdenken können.

»Und«, sagte Stan und beförderte die Seiten mit Hilfe des Taschentuchs von seinem Schoß auf den Tisch, »was das hier anbelangt: Sie wissen, daß wir diese Art Quatsch ständig bekommen. Es ist vermutlich nur von irgendeinem harmlosen Verrückten. Aber ich werde es zum Labor schicken und auch die Polizei verständigen, nur um auf Nummer Sicher zu gehen. In Ordnung?« Er stand auf.

Molly nickte und erhob sich ebenfalls. Er hielt es nicht für bedrohlich. Tat sie im Grunde auch nicht.

Er schüttelte ihr die Hand, begleitete sie zur Tür und machte sie ihr auf. Als sie nach draußen ging, sagte er: »Ach, Molly, was Ihr Buch anbelangt –«

Sie drehte sich um.

Er sagte, so leise, daß sie ihren Kopf zu ihm vorstrecken mußte, um ihn zu verstehen: »Es hat mich daran erinnert, daß wir sehr gut daran getan haben, diesen Schweinehund auf die Abschußliste zu setzen. Danke, daß Sie's mir geschickt haben, und danke für die freundliche Widmung. Sagen Sie Bescheid, wenn sonst irgend etwas ansteht.«

Als Molly zu ihrem Büro beim *Lone Star Monthly* zurückging, fühlte sie sich viel besser. Ihr erster Eindruck von dem Brief war richtig gewesen: Es war nur die Idee eines Spinners. Und wenn sie diesen Nachmittag wie eine Bekloppte arbeitete, würde sie sogar ihren Artikel über den Engel von Abilene vor ihrem Treffen mit Charlie McFarland um siebzehn Uhr dreißig fertig bekommen.

Dann hätte sie heute abend Zeit, sich an das letzte Kapitel – das allerletzte Wort, endlich – der Louie-Bronk-Saga zu machen.

Kapitel 6

Die Adern muß man ritzen
Das Blut will spritzen.
Es drückt darin
Und quetscht auf's Hirn.

Der erste Tropfen Blut
Schon ist es eine Flut
Ein Teppich von rotem Blut
Der tut den Toten gut.

LOUIE BRONK
Todestrakt, Ellis I Unit
Huntsville, Texas

Als sie durch das offenstehende Tor hindurchfuhr, bemerkte Molly Cates etwas, was ihr beim ersten Besuch entgangen war – das verschnörkelte, gewundene Tor formte die Initialen ›CMcF‹ aus Schmiedeeisen. Sie parkte im Hof, der von den zwei geschwungenen Flügeln des Hauses und einer hohen weißverputzten Mauer umschlossen war. Wenn das Tor geschlossen war, bildete das Ganze einen Kreis, eine Festung auf dem Gipfel der Welt. Gut für die Sicherheit, wenn sie nur ihr Tor geschlossen hielten.

Sie rutschte aus ihrem Chevy Pickup und ging zur Eingangstür, in deren Mitte eine dicke, mattierte Glasscheibe mit einem Wirbelmuster aus durchsichtigem Glas eingelassen war. Sie drückte auf den Klingelknopf, hörte es läuten und in dem großen Haus widerhallen. Als niemand kam, läutete sie noch einmal und sah auf die Uhr. Fünf Minuten zu früh; wahrscheinlich war er noch nicht vom Flughafen zurückgekehrt.

Zum Warten stieg sie wieder in ihr Auto und ließ den Motor

an, so daß sie in der Kühle der Klimaanlage sitzen konnte. Obwohl es schon fast siebzehn Uhr dreißig war, war die Hitze drückend, immer noch fast fünfunddreißig Grad in der Sonne, und es setzte ihr zu. Sie nahm den Stapel Blätter in die Hand, der auf dem Sitz lag. Warum nicht den Engel-von-Abilene-Artikel beenden, während sie wartete. Als sie ihre Tasche nach einem Stift durchwühlte, bemerkte sie drei riesige Schatten, die über den gepflasterten Hof huschten. Schnell sah sie durch die Windschutzscheibe nach draußen und verdrehte den Hals, um den Himmel sehen zu können. Dort oben im klaren blauen Himmel kreiste ein Schwarm Gänsegeier. Sie konnte dabei zusehen, wie sie sich tiefer und tiefer hinunterschraubten. Als sie direkt über dem Dach des Hauses waren, schienen sie reglos in der Luft zu hängen, so nah, daß Molly die eklige rote Haut ihrer kleinen Köpfe und die silbernen Flugfedern erkennen konnte, die an den zerzausten Flügelspitzen saßen. Dieses altbekannte Gefühl von Beklommenheit in ihrer Magengrube, beruhigte sie sich, war nichts als die Nachwehen ihrer Kindheit auf einer westtexanischen Ranch. Damals hatte der Anblick von derart niedrig kreisenden Geiern immer Tod bedeutet.

Sie blickte wieder auf das Blatt Papier und versuchte sich zu konzentrieren, doch ein nervöses Kribbeln, das in ihren Fingerspitzen angefangen hatte, breitete sich über die Arme bis in ihre Brust hin aus. Immerhin waren Geier Geier, und es war recht unwahrscheinlich, daß sie sich in diesem schicken Vorort von Austin wesentlich anders verhielten als in Lubbock auf dem platten Land.

Sie stieg aus dem Auto, ein Auge auf den Vögeln. Sie schienen einen Punkt direkt hinter dem Haus einzukreisen. Sie ging zur Haustür und klingelte noch einmal, wobei sie sich diesmal geradezu auf den Klingelknopf lehnte und versuchte, durch die Kringel in der Glasfläche zu spähen. Als sie ihr Auge ganz nah an eines der dünnen durchsichtigen Bänder drückte, konnte sie durch das ganze Haus hindurch auf die dahinterliegenden Hügel schauen. Innen regte sich nichts.

Molly sah noch einmal auf die Uhr. Siebzehn Uhr siebenundzwanzig. Immer noch ein paar Minuten zu früh.

Sie ging zurück zum Auto, öffnete den Schlag und wollte eigentlich einsteigen, warf dann aber ihre Handtasche auf den Sitz und schlug die Tür mit solch einem Knall zu, daß es von den Wänden des Hofes widerhallte. Der Krach störte die Geier nicht im geringsten; irgend etwas hielt ihre Aufmerksamkeit voll und ganz gefangen.

Molly lief durch das Tor und wandte sich nach links, entlang der verputzten Wand, um die abseits stehende Garage herum zur Rückseite der imposanten Villa. Nur um die Zeit totzuschlagen, sagte sie sich.

Als der gemähte Rasen endete und der Hügel steil abfiel, blieb sie stehen. Der Hügel war ein Dickicht von dornigen Eichenbüschen, Zedern, kleinen gelben Wildblumen, Unkraut und Feigenkakteen – wild und vermutlich voller Schlangen. Doch ungefähr fünfzig Meter weiter unten konnte sie eine ebene Lichtung und einen weißen, wie einen Vogelkäfig aussehenden Pavillon ausmachen.

Die Vögel kreisten ganz in der Nähe des Pavillons. Wahrscheinlich hatten sie ein schönes fettes Kaninchen oder ein Gürteltier entdeckt. Sie mußte sich zusammenreißen und zurück ins Kühle gehen. Es war der reinste Backofen hier draußen.

Gerade als sie der Stimme der Vernunft folgen wollte, bemerkte sie vier oder fünf weitere Geier, die zu dem anfänglichen Schwarm dazustießen.

Es hatte sich herumgesprochen.

Sie spähte angestrengt durch das Gebüsch. Direkt unter den kreisenden Vögeln war etwas Weißes durch das Unterholz hindurch zu erkennen. Und dann sah sie Bewegung – mehrere große, dunkle Umrisse. Einige der Geier waren gelandet. Sie ging ein paar Schritte nach links, wo sie eine bessere Sicht auf die Lichtung hatte. Da. Sie konnte etwas erkennen, was wie ein Bein aussah – ein nacktes, menschliches Bein. Sie schüttelte den Kopf. Nein, das war unmöglich. Trotzdem hielt sie den Atem an und machte drei vorsichtige Schrittchen den Berg hinab, um die Sache besser erkennen zu können. Gott. Es war ein Bein. Da unten war jemand, und er lag auf der Erde, genau dort, wo die Geier gelandet waren.

Bestürzt und verwirrt schaute sie zurück in Richtung Straße und Auffahrt. Wenn ein Auto gekommen wäre, während sie hier stand, hätte sie es gehört. Sie könnte zum Auto zurückrennen und mit dem Telefon Hilfe herbeirufen. Das wäre das vernünftigste. Aber da unten lag jemand, nur wenige Meter entfernt, und brauchte vielleicht umgehend Hilfe.

Sie drehte sich um und blickte wieder den Abhang hinunter; irgendwo mußte es einen Pfad hinab zum Pavillon geben, aber sie konnte ihn einfach nicht sehen. Schweiß lief über ihre Rippen hinab zur Taille. Sie wünschte bloß, sie hätte wie gewöhnlich ihre Jeans und Turnschuhe an, statt dieses verdammte Kleid mit den hochhackigen Schuhen, und versuchte den Hang hinunterzukommen. Dornen und Disteln verhakten sich in ihren Strumpfhosen und verfingen sich im Rocksaum. Ihre dünnen Absätze versanken im weichen Boden. Mist. In einer besseren Welt würde sie niemals Nylonstrümpfe tragen.

Mit Müh und Not bahnte sie sich den Weg zu einem Felsabsatz aus Sandstein und schreckte dann davor zurück, ihn zu betreten. Dies war haargenau die Art Stelle, auf denen die Klapperschlangen an einem heißen Tag zu sonnen pflegten – die Art Stelle, von der sie fest überzeugt war, daß man ihr am besten fernblieb. Sie wischte sich den Schweiß ab, der an ihrer Augenbraue entlanglief.

Als sie den nächsten Geier auf der Lichtung zu Boden stoßen sah, sprang sie hinunter auf den Felsen. Diese widerlichen Viecher waren höllisch aggressiv, obwohl sie ihnen so nah war. Der nächste landete unsanft auf dem Boden, während sie praktisch zur Lichtung hinunterrutschte.

Jetzt konnte sie besser sehen – sie erkannte einen menschlichen Körper, der ausgestreckt auf dem Boden lag, das Gesicht nach unten, umgeben von hackenden, zischenden Geiern. Der

Schweiß floß jetzt ungehemmt den Rücken und zwischen ihren Brüsten herunter. Sie wollte umdrehen, doch es war zu spät.

»Wenn du nach Ärger suchst, mein Kind«, hatte ihr Daddy immer zu ihr gesagt, »dann sollst du ihn haben.« Wie recht er hatte.

»Hey!« schrie sie die Vögel an, während sie sich durchs Unterholz kämpfte. »Haut ab, verflixt noch mal. Verduftet!« Sie beschleunigten nur noch ihre abgehackten Bewegungen, pickten und zerrten.

In den zweiundvierzig Jahren ihres Lebens hatte Molly Cates schon reichlich Todesfälle miterlebt, natürliche und unnatürliche; auf der Ranch in West-Texas und als Polizeireporterin hatte sie ruhige, würdevolle Tode gesehen und blutige, schreiende, sich am Leben festklammernde Tode. Und natürlich kannte sie den Anblick von Geiern, die ihrer Bestimmung nachgingen und fraßen, was die Natur für sie vorgesehen hatte.

Doch das hier war mehr, als sie ertragen konnte.

Sie bückte sich, hob einen Stein auf, holte weit über den Kopf aus und zielte auf den Vogel, der ihr am nächsten hockte. Aus dem Handgelenk heraus gab sie dem Stein einen Dreh, so wie ihr Daddy es ihr beigebracht hatte, und schleuderte ihn in Richtung des nächsten Vogels. Er landete vor den schuppigen, roten Füßen des Geiers und wirbelte eine Staubwolke auf.

Der Geier hüpfte zurück, breitete die Schwingen aus, flatterte ein paarmal und flog auf. Das Geräusch des Flügelschlagens ließ die anderen für einen Moment innehalten und um sich spähen; dann wandten sie sich umgehend wieder ihrer grausigen Arbeit zu. Molly fühlte sich wie ein Kind, das durch den Wald geirrt und auf einen Hexensabbat gestoßen war: die langen schwarzen Flügel hingen wie Umhänge an den Seiten herunter, die faltigen, blutverschmierten Hexenköpfe zuckten auf und nieder.

Sie schüttelte das Bild ab und rannte auf sie zu. Sie schlitterte auf die kleine Lichtung, ruderte wie eine Verrückte mit den Armen und schrie: »Sch, Sch! Haut ab, verdammt noch mal, haut ab, ihr Monster!« Einer nach dem anderen der sieben Geier hüpfte fort von ihr. Mit wenigen kräftigen Flügelschlägen stiegen sie fast senkrecht auf, bis sie einen Aufwind erwischten, der sie trug.

Übrig blieb nur Molly, in der Totenstille allein mit dem, was einst ein Mensch gewesen war. Ein wahrer Strom von Schweiß tropfte an ihren Haaren von der Schläfe hinab zum Ohr. Sie machte sich nicht die Mühe, ihn abzuwischen.

Der glatte, nackte Körper – ein Frauenkörper mit schmalem Rücken, sich verjüngend in der Taille und ausladend an den Hüften – lag mit dem Gesicht nach unten auf der Lichtung, wenige Schritte vom Pavillon entfernt. Die eine Hand, die über dem Kopf nach oben gestreckt war, steckte noch im Ärmel eines weißen Frottee-Bademantels, der in einem Haufen auf dem Boden lag. Angst durchschoß Molly urplötzlich, und sie blickte schnell über die Lichtung und den verlassen daliegenden Abhang und dann zurück hinauf Richtung Haus. Doch da war niemand. Derjenige, der das getan hatte, war schon lange fort. Das sagte ihr der Geruch – dieser süße, Übelkeit erregende Geruch, den sie von anderen Mordschauplätzen her nur zu gut kannte. Sie brauchte keinen Arzt, um zu wissen, daß dieser Körper seit vielen Stunden tot in der Sonne lag.

Widerwillig wandte sie ihre Augen wieder dem Leichnam zu. Das Gesicht der Toten war dem Boden zugedreht, doch Molly konnte gerade genug von dem Profil erkennen – die Stupsnase und der volle Mund –, um zu sehen, daß es Georgia McFarland war. Ja, es war zweifelsohne Georgia, auch wenn das raffiniert gesträhnte blonde Haar restlos verschwunden war.

Ihr Kopf war geschoren.

Genau wie damals die Opfer von Louie Bronk.

Genau wie die erste Mrs. McFarland.

Molly hielt die Luft an und beugte sich vor, um die Kopfhaut näher zu betrachten. Sie war sauber und gekonnt glattrasiert. Jemand mit einer ruhigen Hand hatte das getan. Sie begann zu zittern. Wie konnte ein Mensch nur direkt nach dem Begehen eines Mordes solch eine ruhige Hand bewahren?

Zwei blutige Löcher verunstalteten den glatten, schmalen Rükken. Sie hatte genügend Autopsien miterlebt, um die Einschlagwunden zu erkennen, die von großkalibrigen Kugeln verursacht wurden. Bloß diese ausgefransten, eingerissenen Ränder waren nicht typisch. Angewidert warf sie einen Blick hinauf zu den Geiern. Sie hatten es schon geschafft, sich ihren Teil zu holen.

All die irdische Schönheit, all dies Bemühen um ewige Jugend – am Ende nichts als Fraß für die Geier, die sich keinen Deut darum scherten, ob das Fleisch fest und gut trainiert oder alt und faltig war.

Als sie näher hinsah, bemerkte sie einen dünnen roten Faden, der sich über den nackten Brustkorb schlängelte. Ameisen. Sie schauderte. Wenn wir erst einmal tot sind, steigen wir in der Freßordnung verdammt schnell ab.

Sie sah sich auf der Lichtung um. In den Strahlen der tief im Westen stehenden Sonne blinkte neben der einen Holzstufe zum Pavillon etwas Glänzendes. Sie ging näher heran. Es war ein runder Metallbehälter. Sie streckte die Hand danach aus, hielt sich aber noch rechtzeitig zurück. Dies hier war ein Mordtatort.

Sie kniete sich hin, um besser sehen zu können. Es war eine dieser glänzenden Edelstahl-Thermoskannen aus Deutschland, wie man sie in exklusiven Haushaltswarenläden fand. Molly stand auf und trat einen Schritt zurück. Sie mußte es auf der Stelle melden. Sie könnte das Telefon in ihrem Pickup benutzen. Doch sobald sie wegging, würden sich die Geier wieder an die Arbeit machen. Und das durfte sie nicht zulassen. Auf keinen Fall.

Sie drehte sich um und schaute den Berg hoch. Zwei andere Häuser oben am Abhang befanden sich vielleicht in Hörweite. Sie rief: »Hilfe! Ist da oben jemand?« Sie schrie lauter: »Hilfe! Ich brauche hier unten Hilfe! Hilf mir doch jemand, verdammt noch mal!«

Doch nichts rührte sich. An solch einem glühendheißen Nachmittag war niemand draußen. Sicherlich waren überall die Fenster geschlossen und die Klimaanlagen voll aufgedreht.

Sie schaute hoch in den wolkenlosen Himmel von Texas. Die

Vögel waren immer noch da und kreisten geduldig, die Flügel angewinkelt und von einer Seite auf die andere kippelnd. Und warteten darauf, daß sie verschwand.

Es war unerträglich.

Sie hob nochmals einen Stein auf und zielte, ließ ihn aber wieder auf den Boden fallen, als ihr klar wurde, wie sinnlos das war. Statt dessen bildete sie mit den Händen einen Trichter um den Mund und brüllte sie an: »Ha! Verschwindet, ihr Hexen.« Dann ruderte sie mit den Armen durch die Luft.

Als sie eine Männerstimme von oben rufen hörte, zuckte sie zusammen. »Was ist da unten los? Das hier ist ein Privatgrundstück.«

Panisch schaute Molly sich nach der Herkunft der Stimme um.

»Was zum Teufel haben Sie da unten zu suchen?« schrie die Stimme.

Sie schaute den Abhang hinauf zur Rückseite der McFarland-Villa und hielt die Hand an die Augen, um besser sehen zu können. Er mußte oben am Abhang stehen, doch der war so steil, daß sie nicht bis hinauf sehen konnte. »Ich bin es, Molly Cates«, rief sie. »Hier ist etwas sehr Schlimmes passiert. Wer sind Sie?«

»Franklin Purcell. Leiter der Sicherheitsabteilung von McFarland Construction. Kommen Sie bitte hierher.«

»Ich kann nicht. Rufen Sie die Polizei. Sofort. Dann kommen Sie runter und helfen Sie mir. Beeilen Sie sich!«

»Was soll ich der Polizei sagen, warum sie herkommen soll?«

Es schien schrecklich unpassend, es so hinauszuschreien, aber sie sah keine andere Möglichkeit. »Hier unten liegt eine Leiche mit zwei Einschußlöchern. Eine Frau.« In der heißen, reglosen Luft ging Molly die Puste aus.

»Na gut. Warten Sie einen Moment, Ma'am.« Die Stimme war gefaßt und vertrauenerweckend. »Ich will mich nur gerade darum kümmern, daß Mr. McFarland drinnen zurechtkommt, dann rufe ich die Polizeizentrale an und komme nach unten. Wissen Sie, wer es ist?«

Molly zögerte. »Das sehen Sie sich lieber selbst an.«

»In Ordnung. Warten Sie einen Moment.«

Einen Moment warten. In der Stille wandte Molly sich wieder dem toten Körper zu. Wie er so dort im Unkraut lag, sah er so nackt aus, so weiß, so verletzlich und schutzbedürftig, daß sie ihn fest im Auge behielt. Charlie McFarlands zweite Frau. Tot zu Hause aufgefunden. Von hinten erschossen. Nackt. Kahlrasiert. Heißer Tag. Es war alles nur zu vertraut. Sie kannte das Bild, hatte es schon einmal beschrieben.

Und ihr kamen die Zeilen in den Sinn:

Frau Autorin, du sollst es wissen:
Wie Louie soll auch mich die Muse küssen.

Deine Beschreibung seiner Taten
Soll meinem bescheidnen Gedicht zur Quelle geraten.

Dein Buch, das lob' ich sehr
Dir den Ehrenpreis und noch viel mehr.

Jetzt ist Louie schon fast drüben
Da will ich mich in seinen Künsten üben.

Sie hatte nicht gewußt, daß sie die Worte auswendig konnte. Das hatte sie sicherlich nicht beabsichtigt. Wenn man etwas erst einmal auswendig kann, wird es für immer Teil von einem. Und das wollte sie nicht. Mit dem rechten Ärmel wischte sie sich den Schweiß ab, der ihr an Kinn und Hals hinunter lief. Mein Gott, war es möglich, daß ihre Beschreibung des Mordes an Tiny McFarland jemanden dazu angeregt hatte, es nachzumachen? Nein. Sie wandte der Leiche den Rücken zu und drehte sich so, daß sie statt dessen zum Abhang sah. Nein. Das war absurd. Sie war nur eine Beobachterin, eine Berichterstatterin der Ereignisse. Keine Beteiligte. Dies hatte nicht das geringste mit ihr zu tun; sie hatte einfach nur das Pech gehabt, an diesem Nachmittag als erste herzukommen.

Aber was war, wenn irgendein Irrer ihre Darstellung von Tiny McFarlands Ermordung gelesen und beschlossen hatte, dasselbe zu tun? In derselben Familie? Der Gedanke, daß das Gedicht an die Familie McFarland gerichtet sein könnte, war ihr bisher nicht gekommen, auch wenn es an die Seiten über den Mord an Tiny geheftet worden war. Eine heiße Welle der Angst durchlief sie, als erwache sie aus einem Alptraum und wüßte nicht mehr, was Wirklichkeit war und was nicht. Der Schweiß floß ihr jetzt nur so den Rücken hinunter, und sie wußte nicht, wie lange sie es noch aushalten würde, hier in der Hitze zu stehen.

Ein Schauer versprengter Kieselsteine ließ sie aufschauen. Ein Mann kam den gleichen Weg wie sie heruntergerutscht.

Franklin Purcell war ein Typ, der nicht lange fackelte. In weniger als vier Minuten hatte er das Nötige erledigt und kam nun den Abhang hinunter. In einem Schauer von Steinen und Erdbrocken erreichte er rennend und schlitternd den Tatort, ohne die geringste Rücksicht auf seine Knochen oder seinen maßgeschneiderten anthrazitgrauen Anzug und die glänzenden schwarzen Schuhe zu nehmen.

Seine rechte Hand lag auf der halbautomatischen Pistole, die in seinem Gürtel steckte. Sein Blick erfaßte das Bild mit der routinierten Übung eines Mannes, dessen Aufgabe es war, die Gefahr zu entdecken, bevor diese ihn entdeckte. Erst nachdem er sich die Umgebung gründlich angesehen hatte, richtete er den Blick auf Molly und knöpfte sein Jackett über der Pistole zu, als hätte er plötzlich bemerkt, daß er etwas für die Augen einer Dame Ungehöriges sehen ließ. »Alles in Ordnung, Miß Cates?«

»Ja«, sagte Molly und betrachtete sich sein Gesicht genauer – die dünnen Lippen und die flache Nase, die Wangen, die von den vielen geplatzten Äderchen bläulich aussahen. Sie hatte ihn schon einmal gesehen; da war sie sich sicher. Aber sie wußte nicht mehr, wo.

Er nickte und wandte seine Aufmerksamkeit dann der Leiche zu. Er hockte sich hin, um die beiden blutigen Öffnungen besser sehen zu können, und zuckte leicht zurück, wie zuvor Molly auch. Dann betrachtete er das Gesicht, als wollte er absolut sichergehen, daß er es erkannte. Als er sich schließlich zu Molly umdrehte, lief ihm der Schweiß die Stirn herunter. »Gütiger Himmel, es sieht aus, als sollte sich die beschissene Vergangenheit wiederholen, Miß Cates.«

Er zog ein weißes Taschentuch aus der Hose. »Einer von uns beiden wird nach oben gehen und Charlie sagen müssen, daß seine Frau hier unten liegt.« Er wischte sich über Hals und Gesicht und schaute nach oben zu den Geiern, die unermüdlich über ihnen kreisten; er ballte die Fäuste. »Und einer von uns muß hierbleiben und diese verdammten Viecher verscheuchen, bis die Polizei kommt.«

»Ich gehe«, sagte Molly.

Franklin Purcell stand auf und betrachtete Molly eingehend von ihren erdverkrusteten Schuhen bis zum zerzausten, schweißnassen Haar. Dann nickte er in Richtung des Weges, der sich zum entgegengesetzten Ende des Hauses wand, eine sehr viel einfachere Route als die, die sie beide eingeschlagen hatten. »Wahrscheinlich sollten wir den Weg nicht betreten. Vielleicht gibt es Abdrücke. Schaffen Sie es dort hinauf, wo ich gerade heruntergekommen bin, Ma'am?«

Herablassendes Verhalten von Männern haßte Molly; sie war es gewohnt, aber sie haßte es trotzdem. Sie sah Purcell genauso durchdringend an und bemerkte die Breite seiner Schultern und die Andeutung von Muskelpaketen unter seinem Anzug. Wo zum Teufel hatte sie ihn schon einmal gesehen? »Tja, ich bin ja wohl runtergekommen, oder?« sagte sie.

Er riß die Augen auf. »War nicht bös gemeint, Miß Cates.«

Molly machte kehrt und hastete den Berg hinauf. Purcell rief ihr hinterher: »Miß Cates, erlauben Sie Charlie nicht, hierherzukommen. Das würde seinem Rücken den Rest geben und ... ihm auch. Halten Sie ihn da oben fest.«

Molly drehte sich um und nickte; der Rückweg den Berg hinauf ging wesentlich schneller als der Hinweg. Sie bohrte die Absätze in den Boden und griff nach Zweigen, um sich hochzuziehen. Beim Steigen dachte sie an die freudige Röte auf Charlie McFarlands Gesicht am Tag zuvor, als seine Frau nach Hause gekommen war.

Statt das Haus von hinten zu betreten und ihn damit vielleicht zu erschrecken, lief Molly um das Haus herum und klingelte. Eine Sekunde später ging eine Tür am anderen Ende des Hauses bei der Garage auf. Charlie streckte seinen Kopf nach draußen. »Molly. Kommen Sie hier herein. Frank wollte nicht, daß ich in die Nähe der Glastür gehe, bevor er nicht weiß, was vorgefallen ist. Was zum Teufel geht hier vor?«

Als Molly näher kam, bemerkte sie, daß er seine Hände vor sich zusammenkrampfte und sein Gesicht rot vor Aufregung war. »Wer ist da unten?« fragte er.

»Lassen Sie uns reingehen, Charlie.«

Er ging ihr voraus in einen rückwärtigen Flur, der zu einer riesigen, weißgekachelten Küche voller Geräte aus Edelstahl in Restaurantdimensionen führte. Dann sah er sie an und stützte sich mit einer Hand auf dem runden Hackbrett-Tisch ab. »Was ist geschehen?« fragte er mit angespannter Stimme.

»Setzen wir uns, Charlie«, sagte sie, »und ich erzähle es Ihnen.«

Schwer sank er auf einen Stuhl und sah sie mit dem resignierten Gesichtsausdruck eines Mannes an, der, trotz all seinem finanziellen Glück, im Laufe seines Lebens schon eine Menge schlechter Nachrichten gehört hatte und wußte, daß ihm ein neuer Schlag bevorstand.

»Es ist leider etwas Schlimmes – sehr Schlimmes«, sagte Molly. »Das Schlimmste. Ich ging den Berg ein Stück weit hinunter, weil ich zu früh hier war und die Geier kreisen sah. Georgia liegt dort unten. Sieht aus, als wäre sie erschossen worden, Charlie.«

Sein Unterkiefer klappte herunter, als hätte er auf einmal jede Kontrolle darüber verloren. »Tot?« fragte er mit einer Stimme, die kaum mehr als ein Krächzen war. »Georgia ist tot?«

»Ja. Leider.«

Sein großer Kopf sank langsam vornüber, bis nur noch der

kahle Fleck auf seinem Hinterkopf zu sehen war. Ein paar einsame Strähnen dünnen grauen Haares standen von der fleckigen Haut ab. Sie schaute weg.

Immer noch mit hängendem Kopf sagte er: »Sie soll nicht allein sein. Ich muß dort unten bei ihr sein.« Er versuchte, sich hochzudrücken. »Ich muß Frank helfen. Ich muß hingehen...«

Molly hielt ihn am Arm fest. »Nein, Charlie, tun Sie das lieber nicht. Ihr Mann hat alles unter Kontrolle, und die Polizei ist jeden Augenblick hier. Die sind Profis. Die sollen sich darum kümmern.«

Wie um ihren Ratschlag zu bekräftigen, tauchte in der Ferne das Heulen von Polizeisirenen auf.

Wie angewurzelt saßen sie da und lauschten dem Geräusch der Sirenen, das immer näher kam, immer lauter und schriller wurde. Scheinbar dauerte es nur wenige Sekunden, bis der Lärm von quietschenden Reifen, schlagenden Türen und Funkgeräten den Hof erfüllte. Es war eine Geräuschkulisse, die Molly Cates früher aufregend gefunden hatte, aber irgendwie hatte sie mittlerweile den Geschmack daran verloren. »Ich mach auf«, sagte sie zu Charlie.

Als sie die Seitentür öffnete, verschluckte Molly sich. Direkt vor ihr stand ihr Ex-Ehemann, das schwarze Haar und der schwarze Bart mittlerweile fast weiß, seine Haut gebräunter und furchiger, als sie es in Erinnerung hatte. »Grady«, sagte sie, während sie zitternd die Hand an die Brust hob, mit höherer Stimme, als ihr lieb war.

Grady Traynor, ein Mann, der sich von nichts aus der Ruhe bringen ließ, zog nur die Augenbrauen hoch. Die waren immer noch schwarz und immer noch in der Mitte zusammengewachsen.

Urplötzlich erinnerte Molly sich an die Kletten auf ihren Schuhen, die Laufmaschen in ihrer Strumpfhose und den herunterhängenden Saum an ihrem Kleid. Sie unterdrückte die automatische Handbewegung, um die Haare glattzustreichen. Meine Güte, diese weibliche Eitelkeit war aber auch zu schwer zu bekämpfen; selbst nach zweiundvierzig Jahren hatte sie noch keine bedeutenden Fortschritte gemacht. Bei diesem Tempo würde sie sich auf ihrem Totenbett noch wünschen, daran gedacht zu haben, sich die Beine zu rasieren.

Zwei uniformierte Beamte kamen hinter Grady angerannt, und ein Unfallwagen bog mit quietschenden Reifen in die Toreinfahrt.

»Und«, gab Grady das Stichwort, »was ist hier los, Molly?«

»Die Leiche befindet sich hinter dem Haus, den Berg hinunter«, sagte sie. Sie sprach leiser. »Es ist Georgia McFarland. Ihr Mann, Charlie McFarland, ist in der Küche. Franklin Purcell ist unten und wartet auf euch; er ist der Sicherheitschef von McFarland Construction. Folgt einfach der Mauer hier und haltet euch westlich, bis ihr einen Weg den Berg hinunter findet. Und, Grady, ich weiß nicht, ob du dich erinnerst, aber seine erste Frau war eines von Louie Bronks Opfern.«

Grady nickte. Eine der Eigenschaften, die ihr immer an ihm gefallen hatten, war seine schnelle Anpassungsfähigkeit an veränderte Situationen; er war der einzige Mann, dem sie je nahegestanden hatte, der ihrer Meinung nach womöglich schlauer war als sie.

»Ich seh mir die Sache schnell an. Sag Mr. McFarland, daß wir in ein paar Minuten zurück sind, um mit ihm zu sprechen«, sagte er und drehte sich weg, um den beiden Beamten und den beiden Sanitätern voranzugehen. Er blickte über die Schulter zurück. »Du bleibst drinnen bei ihm, Molly. Ich postiere einen meiner Männer hier vorne, damit er dem nächsten Schub zeigt, wo's lang geht.«

Molly blieb stehen, bis er weg war, damit er nicht auf die Idee kam, daß sie seinen Befehlen gehorchte. Nach so vielen Jahren dachte dieser Macho-Arsch immer noch, er könne sie herumkommandieren. Manche Leute lernten aber auch nie etwas dazu.

Als er um die Hausecke verschwunden war, ging sie schnell zurück in die Küche. Charlie McFarland saß immer noch am

Tisch, aber mittlerweile telefonierte er mit einem schnurlosen Telefon. »Mehr weiß ich auch nicht, mein Schatz.« Seine Stimme zitterte. »Ich verstehe das auch nicht. Heute morgen, als ich nach Dallas aufgebrochen bin, ging es ihr noch gut. Ja, sie war gerade aufgestanden und duschte. Ja, Frank ist hier. Ich glaube, das tust du besser nicht. Ich ruf dich an, sobald...« Er brach ab und lauschte. »Ja, sag es ihm, aber ich glaube nicht, daß er...« Wieder schien er unterbrochen zu werden. »Na gut, wenn du unbedingt willst, aber sei vorsichtig. Fahr bloß vorsichtig.« Tränen quollen aus seinen Augenwinkeln. »Ich könnte es nicht ertragen, wenn dir etwas zustoßen würde.« Er langte über den Tisch nach einer rotweiß karierten Leinenserviette, mit der er sich die Augen wischte.

Langsam ließ er das Telefon auf den Tisch sinken, als wäre es zu schwer für seine Hand geworden. »Alison«, sagte er und sah kurz hoch zu Molly. »Sie kommt her, sobald sie Stuart erreicht hat. Herrgott, das kann alles nicht wahr sein...«

Mühsam stand er auf und schlurfte zu einem Küchenschrank neben der Spüle, die Hände ins Kreuz gedrückt. Er holte zwei Gläser und eine Flasche Cutty Sark heraus. Molly nahm sie ihm schnell ab. »Hier. Setzen Sie sich. Ich mach das schon.« Sie stellte Flasche und Gläser auf den Tisch, drehte den Deckel ab und goß reichlich in eines der Gläser.

Während er so langsam zum Tisch zurückschlurfte, daß es aussah, als bewege er sich unter Wasser, sagte Charlie: »Niemand auf der Welt würde Georgia umbringen wollen. Sie war meine Frau. Wenn so etwas zweimal passiert, muß es etwas mit mir zu tun haben. Es muß meine Schuld sein. Ich habe irgendeinen schrecklichen Fehler gemacht. Ich bin schuld.«

Er nahm einen großen Schluck und schloß die Augen, als der Whisky seine Kehle hinunterrann.

Molly legte ihm seine Hand auf den Arm. »Charlie, haben Sie sich im Haus umgesehen? Ist irgend etwas verändert?«

Er schüttelte den Kopf. »Ich glaube nicht. Ich bin herumgelaufen, nachdem Frank Sie unten im Garten schreien gehört hat. Um sicherzugehen, müßte ich natürlich noch einmal genauer gukken, aber...« Seine Stimme verebbte.

Das Geräusch von heftigem Klopfen an der Seitentür ließ sie beide zusammenzucken. »Polizei, Mr. McFarland«, rief eine Stimme durch die Tür.

Molly sprang auf.

Charlie sah zu ihr hoch und sagte mit einem bittenden Tonfall in der Stimme, der so gar nicht zu einem Mann zu passen schien, der es gewohnt war, Befehle zu erteilen: »Ich weiß, daß das verrückt klingt, aber ist er vielleicht entkommen, Molly?«

»Louie Bronk? Nein. Aus der Todeszelle entkommt man nicht. Und selbst wenn dem so wäre, hätten wir sicherlich davon gehört.«

Es klopfte lauter. Jetzt hörte es sich an, als wollte jemand die Tür einschlagen.

»Molly? Helfen Sie mir, bitte. Sie kennen doch die hohen Tiere in Huntsville. Würden Sie dort anrufen und nachfragen, nur um einem alten Mann eine Freude zu machen?«

Molly schaute hinunter in die braunen Augen, die tief in den Fleischmassen lagen, und meinte, die Wahrheit in ihnen zu erkennen – abgrundtiefe Verzweiflung. Trotzdem wünschte sie, sie könnte sicher sein. »Natürlich. Kein Problem, ich frage nach.«

Kapitel 7

Nach der Kindheit fragt der Psychofritze mich.
Nur eines war nicht fürchterlich:
Bürsten durft' ich Mamas langes, schwarzes Haar,
Sie überall anfassen, hier und da.
Aber dann wurd' ich zehn
Durft' sie nicht mehr ansehn.
Ihr war's egal.
Sie verlor ihr Haar.
Und ließ mich allein.
Das Leben ist total gemein.

Louie Bronk
Todestrakt, Ellis I Unit
Huntsville, Texas

Molly saß in Charlie McFarlands breitem Schreibtischstuhl aus Leder und starrte auf das Telefon. Die Illusion, die gesamte sinnlose Gewalt auf der Welt sei in einem einzigen Bösewicht konzentriert, einem Kriminellen, der in einer drei mal vier Meter großen Zelle in Ost-Texas einsaß, war so verlockend. Wenn er geflohen und zurückgekommen wäre, um dieser Familie noch einmal aufzulauern, dann könnte man ihn wieder einfangen und wieder einsperren, und die Welt wäre wieder in Ordnung. Kein Wunder, daß Charlie sich erst an diese Idee geklammert hatte.

Der Anruf war ihr peinlich, aber sie hatte es versprochen, also wollte sie es lieber schnell hinter sich bringen, solange Charlie noch in der Küche mit Grady Traynor und einem anderen Polizeidetektiv sprach. Nach dem dritten Anlauf kam sie schließlich zu Steve Demaris durch, dem Direktor der texanischen Justizvollzugsanstalt Ellis in Huntsville. Sie erreichte ihn an seinem Autotelefon auf der Heimfahrt von der Arbeit.

»Louie Bronk?« fragte er in seinem ausgeprägten texanischen Dialekt. »Über den Schweinehund brauchen Sie sich nicht den Kopf zu zerbrechen, Miß Cates. Wir haben eben durchgezählt, und er ist da, wo er hingehört – hinter Schloß und Riegel in verschärfter Einzelhaft in der Todeszelle. Wir passen gut auf ihn auf, damit er seine Verabredung am Dienstag nicht verpaßt; der geht nirgendwo mehr hin. Warum wollen Sie das wissen?«

Als Molly erklärt hatte, was geschehen war, schwieg er. Einen Augenblick lang dachte sie, die Verbindung wäre unterbrochen worden. »So eine Scheiße«, sagte er schließlich, »tut mir wirklich leid, daß Sie solche Schwierigkeiten da in Austin haben. Die Frauen von Mr. McFarland scheinen das Unglück ja magisch anzuziehen. Aber richten Sie dem alten Stan Heff von mir aus, er soll diesen Kerl auch fangen und uns schicken. Wir wissen, was man mit solchen Leuten macht.«

»Das sage ich ihm«, antwortete Molly. »Wir sehen uns Montag nacht in Huntsville, Mr. Demaris. Ich komme zur Hinrichtung.«

»Wenn Gott will«, sagte er, »und die Straßen nicht unter Wasser stehen, und der Bundesgerichtshof sich um seinen eigenen Dreck schert.«

Molly hängte den Hörer auf und ließ sich mit dem Stuhl nach hinten kippen. Sie zuckte zusammen, als sie Frank Purcell in der Tür des Arbeitszimmers stehen sah; sie hatte ihn nicht kommen hören. Sein Jackett hatte er über die Schulter geworfen, und sein weißes Oberhemd hatte halbkreisförmige Schweißflecke unter den Achseln.

»Mr. Purcell. Ich wußte nicht, daß Sie hier sind.«

»Wollte Sie nicht beim Telefonieren stören. Mit mir sind die in der Küche fertig. Jetzt reden sie mit Charlie alleine. Kann ich Ihnen ein Glas Eiswasser bringen, Ma'am? Ich weiß nicht, ob Sie da unten am Abhang auch soviel Flüssigkeit verloren haben, aber ich bin völlig ausgetrocknet.«

»Ja, gerne«, sagte Molly. »Das wäre wirklich nicht schlecht.«

Er ging zu einer Konsole an der Wand und drückte leicht

dagegen. Die Konsole öffnete sich, und eine komplett ausgestattete Getränkebar mit Kristallgläsern auf einem Glasregal und einer Eismaschine darunter kam zum Vorschein. Er füllte ein hohes Glas mit Eiswürfeln und goß Mineralwasser darüber. Er brachte es zu ihrem Platz an Charlies riesigem Mahagonitisch. »Ich vermute, Louie Bronk sitzt da, wo er hingehört«, sagte er.

Als sie das Glas entgegennahm, schaute Molly hoch in sein Gesicht und sagte: »Mr. Purcell, ich habe das Gefühl, wir kennen uns irgendwoher, aber mir fällt nicht ein, woher.«

Er rieb sich den Nacken mit einer seiner großen Pranken. »Alle hier nennen mich Frank, Ma'am.«

»Wenn Sie Molly zu mir sagen.«

Er nickte.

»Haben Sie eine Idee, wo das gewesen sein könnte?« fragte sie.

»Tja, Ma'am, ich glaube nicht, daß wir uns direkt kennengelernt haben, aber ich erinnere mich, Sie ein oder zwei Mal unten in Hays County gesehen zu haben. Sie waren dort, um über Louie Bronk zu berichten, als wir ihn damals '82 dort in Untersuchungshaft hatten.« Seine Hand umfaßte immer noch seinen Nacken. »Als ob er irgendein Star gewesen wäre«, sagte er leise, »und nicht das perverse Monstrum, das er wirklich ist.«

Molly fixierte ihn. Natürlich. Wenn er seinen grauen Stetson wie früher tief in die Stirn gezogen aufgehabt hätte, hätte sie ihn sofort erkannt. »Sie waren da unten Ranger«, sagte sie.

»Jawohl. Das war ich. Siebzehn Jahre lang.«

»Wann haben Sie angefangen, für Charlie zu arbeiten?«

»Ach, ungefähr vor sechs oder sieben Jahren. Im Wachschutz ist mehr Geld zu holen, und meine Frau freut sich, weil ich öfter zu Hause bin.«

»Und seit wann kennen Sie Charlie?«

»Charlie? Ach, den kenn ich schon ewig; damals, vor vielen Jahren, hatte er ein paar Objekte bei uns in der Gegend. Auf den Baustellen kam es zu Vorfällen – Klauereien und so. Damals hab ich ihn kennengelernt. In meiner Freizeit habe ich ein bißchen Wache für ihn geschoben. War immer hochanständig zu mir.«

Tiefsinnig schüttelte er den Kopf, als würde Charlie tot unten am Abhang liegen.

»Ja. Ich habe mich gefragt...« Sie unterbrach sich, als das Quietschen von weiteren Autoreifen im Hof zu hören war.

Rückwärts ging er los. »Wenn Sie mich entschuldigen würden, Ma'am, ich muß nachsehen gehen.«

Molly sah ihm nach, wie er den Gang zur Eingangstür entlanghastete. Das vage ungute Gefühl, das sie stets überkam, wenn jemand mehr über sie wußte als sie über ihn. Hätte dieser Mann erwähnt, daß er als Ranger mit dem Fall Bronk zu tun gehabt hätte, wenn sie nicht danach gefragt hätte?

Sie sah auf die Uhr. Kurz nach sieben, und es konnte noch ewig dauern, bevor sie gehen konnte. Grady und Detective Caleb Shawcross hatten sich ihre Darstellung vom Fund der Leiche angehört, außerdem die Geschichte mit dem anonymen Gedicht und den Seiten aus ihrem Buch. Sie meinten, sie würden jemanden zum Büro des Oberstaatsanwaltes schicken, der es abholen würde, und sie solle in der Nähe bleiben, während sie mit Charlie sprachen. Sie hatte den Verdacht, daß es noch lange dauern könnte, bevor sie sich wieder um sie kümmern würden.

Sie ging nach vorne, um zu sehen, was los war. Frank Purcell stand im Türrahmen und sah reglos zu, wie der schwarze Wagen des Leichenbeschauers neben der Einfahrt parkte. Als er anhielt, sprangen zwei Männer in weißen Kitteln heraus und gingen zur Rückseite des Autos, wo sie die Doppeltür aufmachten und eine Bahre herauszogen. Ein Polizist in Uniform kam auf sie zu und deutete zum Pfad, der den Berg hinunterführte.

Im selben Moment mühte sich ein alter roter Toyota die Auffahrt hinauf und kam tuckernd im Hof zum Stillstand. Der Fahrer, ein junger Mann mit schwarzem Haar, hatte den Arm um eine junge Frau gelegt, die Molly von dem Foto her kannte, das Charlie ihr gezeigt hatte: Alison McFarland.

Das junge Paar stieg aus dem Auto und schaute um sich, verwirrt von den vielen Polizeiautos, die den Hof blockierten. Sie sprachen kurz mit einem Uniformierten, der bei den Wagen stand. Er zeigte erst den Hang hinunter, dann zur Tür, wo Molly hinter Frank Purcell stand.

Vor einer Woche hatte Molly telefonisch ein Gespräch mit dem Mädchen vereinbart, aber es war das erstemal, daß sie Alison in Person sah, seit sie vor zehn Jahren vor Gericht ausgesagt hatte. Zu ihrer Verwunderung hatte sie sich gar nicht so sehr verändert. Sie war sehr bleich, von äußerst zierlicher Figur und trug alte Jeans mit Löchern in Kniehöhe, ein schmuddeliges T-Shirt und halbhohe Turnschuhe, die nicht zugebunden waren. Als sie die schmalen Hüften und Schultern sah, mußte Molly unwillkürlich an die Bilder ihrer Mutter denken, wie sie ausgestreckt auf dem Seziertisch lag. Mutter und Tochter hatten dieselbe kindliche Statur, Charlie McFarland so unähnlich wie nur irgend denkbar, als ob sie nicht nur verschiedenen Geschlechtern, sondern auch verschiedenen Spezies angehörten.

Frank trat vor, um dem Mädchen entgegenzugehen, und legte linkisch eine Hand auf ihre dünne Schulter. »Alison, es tut mir alles so leid.«

»Wie geht es Daddy?«

»Ich weiß es nicht, mein Kind. Er sitzt in der Küche und spricht mit zwei Polizeidetektiven. Seit ungefähr einer halben Stunde sind sie dort drinnen.«

»Mrs. Cates. Ich habe Sie von dem Foto auf dem Umschlag Ihres Buches erkannt. Ich bin Alison.«

Molly streckte die Hand aus. Alisons Finger fühlten sich klein und klebrig an.

Neben Alison tauchte der dunkelhaarige junge Mann auf, der sie um mehrere Köpfe überragte. Beschützend legte er einen Arm um ihre Schultern. »Das ist Mark Redinger«, sagte Alison und legte automatisch ihren Arm um seine Taille.

Das war also Mark Redinger, der Cousin. Molly hatte ihn noch nie gesehen, aber der Name war ihr bekannt. Er war ein Cousin ersten Grades der McFarland-Kinder, etliche Jahre älter als Stuart. Am Tag, als Tiny umgebracht wurde, war Stuart bei ihm gewesen. Was sie momentan nur verwirrte, war, daß sie hätte schwören können, daß das Verhältnis zwischen Alison und ihm sexueller Natur war.

Er lächelte zu Molly herunter, wobei seine tiefliegenden marineblauen Augen unter dichten schwarzen Wimpern leuchteten. Sein Gesicht war braun, und von nahem konnte sie sehen, daß er älter war, als sie zuerst angenommen hatte, wahrscheinlich fast dreißig. Wie Alison trug er alte Jeans und ein weißes T-Shirt, wobei seine Jeans allerdings weich und ausgeblichen waren und das T-Shirt schneeweiß. Ein äußerst stattlicher junger Mann.

Mark Redinger und Frank Purcell traten beiseite, so daß die beiden Frauen das Haus betreten konnten, und blieben dann in der Türschwelle stehen, wobei sie sich leise unterhielten.

Drinnen rümpfte Alison die Nase, wie Molly dachte, aus Mißfallen. »Arme Georgia. Das hätte solch ein schöner Lebensabschnitt für sie werden sollen. Daddy und sie waren wirklich ineinander verliebt, aber sie hat in eine vom Pech verfolgte Familie eingeheiratet.«

Vom Pech verfolgt, dachte Molly. So konnte man es auch nennen, wenn man zweimal vom Blitzschlag getroffen wurde. Vielleicht hatten die McFarlands Pech, aber sie hatte den starken Verdacht, daß, wenn der Blitz irgendwo zum zweitenmal einschlug, es einen sehr guten Grund geben mußte, warum er zum erstenmal dort eingeschlagen hatte – vielleicht, weil man auf der höchsten Erhebung in der ganzen Gegend oder neben einer riesigen Eiche wohnte. Oder vielleicht schlug er auch zum zweitenmal ein, weil der erste eine Art elektromagnetischen Feldes erzeugt hatte, der den zweiten anzog – wie eine nicht beendete Sache.

Alison wanderte in dem großen Wohnzimmer umher, als suche sie nach einer Stelle zum Sitzen, könne aber nichts finden, das ihr genehm war. Schließlich hockte sie sich auf die Armlehne eines der brandneuen Wildledersofas. »Können Sie mir sagen, wie Sie sie gefunden haben, Mrs. Cates? Daddy sagte am Telefon, Sie waren als erste hier.«

»Die Polizei hat mich gebeten, nicht darüber zu reden, bevor sie nicht die Gelegenheit hatte, jeden zu vernehmen.«

Alisons graue Augen weiteten sich. »Heißt das, auch mich? Wollen die mit mir sprechen?« Sie drückte beide Hände gegen ihr Brustbein.

»Ich vermute schon.« Das Mädchen war sehr bleich. An manchen Stellen war ihre Haut durchsichtig; an den Schläfen und ihrem Kiefer konnte man unter der Haut die zarten lavendelfarbenen Adern erkennen. Der überraschte Gesichtsausdruck, der Molly auf dem Foto aufgefallen war, kam von runden, wimpernlosen Augen und einer von Natur aus leicht zurückgezogenen Oberlippe, die ihre großen Schneidezähne sehen ließ.

Alison senkte den Kopf, hob einen Daumen an den Mund und fing an, wie wild an dem Nagelbett herumzukauen. Dann zog sie die Hand fort von ihrem Mund und hielt ihre Hände im Schoß fest. »Ich kann mir Georgia nicht tot vorstellen. Sie war immer so... lebendig. Und so hübsch. Aber tot? Gott.« Sie sah auf ihre knochigen Knie herunter, die durch die Löcher in den Jeans zu sehen waren. »Armer Daddy.«

Sie hob den Kopf, und ihr Blick war so durchdringend, daß Molly beinahe einen Schritt zurückgewichen wäre. »Ist das nicht verrückt? Daddy meinte, sie wäre erschossen worden. Genau wie meine Mutter. Und gerade jetzt, wo die Hinrichtung von Moms Killer kurz bevor steht.« Ihre Stimme wurde höher, als sie aufzuzählen begann, wie ungeheuer merkwürdig es war. »Und Sie sind hier. Sie haben ein Buch über den Mörder meiner Mutter geschrieben, und Sie sind zufällig hier und finden den Leichnam von Georgia.« Sie streckte ihre Hände aus, die Handflächen nach oben, als warte sie darauf, etwas zu empfangen. »Ich meine, finden Sie das nicht alles total unglaublich?«

»Doch«, sagte Molly aus tiefstem Herzen, »das finde ich allerdings. Völlig unglaublich.«

Alison riß die Augen auf, so daß überall um die helle Iris herum das Weiße sichtbar war. »Er ist doch nicht abgehauen oder so etwas?« fragte sie.

»Nein. Ich habe gerade mit dem Direktor von Huntsville gesprochen. Louie Bronk sitzt in seiner Todeszelle hinter Schloß und Riegel.«

Das Mädchen seufzte. Sie schaute Richtung Küche. »Ich wünschte, sie würden Schluß machen, damit ich zu ihm kann. Er muß ja völlig am Ende sein.«

»Ja. Ich glaube, er ist am Ende«, antwortete Molly.

»Es ist einfach so ungerecht, daß er so etwas noch einmal durchmachen muß. Ich meine, so viele glückliche Ehen gibt es nun auch wieder nicht, und obwohl sie so alt sind, waren Georgia und Daddy so richtig...«

»Ja. Es schien, als liefe es sehr gut zwischen ihnen«, sagte Molly weich.

Die Tränen traten Alison in die Augen. Sie senkte den Kopf.

Molly sagte: »Alison, ich habe gehört, daß Sie nächste Woche bei der Hinrichtung dabeisein wollen.«

»Ja, will ich. Auch merkwürdig, oder? Er bat darum, daß mein Bruder und ich es miterleben sollen. Können Sie sich das vorstellen? Und David auch.«

Molly betrachtete die dünnen Ärmchen und zerbrechlichen Gelenke des Mädchens und spürte die Aura von Verletzlichkeit, die sie umgab. Es war nicht schwer einzusehen, warum ihr Vater sie beschützen wollte. »Was hält Ihr Vater davon?«

Alison warf den Kopf zurück und fixierte Molly mit einem grimmigen Blick. »Wen kümmert das? Ich bin zweiundzwanzig. Ich treffe meine eigenen Entscheidungen, Mrs. Cates. Daddy will auch nicht, daß ich Ihnen das Interview gebe. Er will nicht, daß ich mit Mark zusammenwohne; er will nicht, daß ich Journalismus studiere – er meint, es wäre zu nervenaufreibend für mich. Meine Güte, natürlich ist es aufreibend. Das Leben ist aufreibend.«

Sie umklammerte ihre Knie mit den Händen. Es war dieselbe Geste, wie Charlie sie gemacht hatte. »Daddy meint, ich solle alles vermeiden, was mit Schwierigkeiten oder Unerfreulichkeiten verbunden ist. Als ob so etwas möglich wäre. Ich habe beschlossen, bei der Hinrichtung dabeizusein, weil ich mir gedacht habe, daß es, äh, wie ein Ritual oder eine Zeremonie sein könnte, bei der ich mich endgültig von der ganzen Sache verabschieden könnte. Aber jetzt, diese Sache – mit Georgia, da weiß ich nicht mehr. Ich hätte mir nie vorstellen können, daß etwas ...«

Der Klang von Stimmen ließ Alison aufspringen und zur Tür eilen, wo die beiden Männer immer noch standen. Molly kam hinter ihr her.

Die beiden Mitarbeiter des Leichenbeschauers luden gerade eine Bahre mit einem langen grünen Leichenbeutel in den schwarzen Wagen. Schweißflecken breiteten sich auf ihren Hemden aus. Der betroffene Ausdruck auf Alisons Gesicht zeigte Molly, daß es dem Mädchen erst jetzt klar wurde, daß Georgia tatsächlich tot war. Am Telefon vom Tod zu hören war etwas anderes, als ihn von Angesicht zu Angesicht zu sehen.

Alison warf einen Blick auf die geschlossene Küchentür und sagte: »Ich bin nur froh, daß Daddy das nicht sieht. Er haßt Todesfälle.«

Ach, dachte Molly, herzlich willkommen im Club.

Ein silberner Lexus bog in den Hof, und Alison entfuhr ein tiefer Seufzer. »Ein Glück. Das ist Stuart.« Sie sah Molly an. »Er muß jemanden gefunden haben, der in der Notfall-Station für ihn einspringt.« Sie rannte auf den Hof. Sobald ihr Bruder aus dem Auto gestiegen war, warf sie ihm die Arme um den Hals und hielt sich an ihm fest, als ginge es um Leben und Tod. Stuart umarmte sie halbherzig und machte sich dann von ihr los.

An Stuart McFarland konnte Molly sich von der Verhandlung her noch gut erinnern; für sein Alter war er ein hervorragender Zeuge gewesen – er hatte sich sehr klar und ohne Umschweife ausdrücken können. Damals war er ein magerer, verloren wirkender Vierzehnjähriger mit Nickelbrille und sprödem hellbraunem Haar gewesen. Seine Haare waren nachgedunkelt, und mager war er auch nicht mehr. Er war schätzungsweise einen halben Kopf kleiner als sein Vater und gedrungen, mit einem muskelbepackten Oberkörper wie bei einem Gewichtheber. Er trug keine Brille mehr, aber er hatte immer noch diesen verlorenen Gesichtsausdruck, wie jemand, dem gerade etwas Wichtiges abhanden gekommen ist, dem aber nicht einfällt, was. Ein bißchen wie seine Schwester. Eine Idee schoß Molly durch den Kopf. Vielleicht hing es damit zusammen, daß man sehr früh im Leben einen Elternteil verloren hatte. Und vielleicht hatte sie, Molly, ja auch diesen Ausdruck im Gesicht – als durchstreife sie die Welt, Raum um Raum, Ort um Ort, auf der Suche nach jemandem, der nicht da war.

Im Hof stellte der diensthabende Beamte ihnen ein paar Fragen. Dann sagte er etwas in sein Sprechfunkgerät, vermutlich um Grady Traynor in der Küche über die Neuankömmlinge zu informieren.

Seite an Seite kamen die Geschwister ins Haus. Stuart schüttelte Frank Purcell die Hand und hob nachlässig eine Hand, um Mark Redinger zu grüßen, der im Türrahmen lehnte und aussah wie ein männliches Fotomodell in einem Modekatalog.

Alison deutete auf Molly und sagte: »Stu, das ist Molly Cates. Du weißt schon, die Autorin von dem Buch, das ich dir gegeben habe.«

Er schüttelte ihre Hand und musterte sie interessiert. »Ja, Mrs. Cates, wir haben schon miteinander telefoniert«, sagte er. Von nahem konnte man die Ringe unter seinen Augen und den grauen Ton seiner Haut erkennen. Molly hatte gehört, daß die Facharztausbildung sehr schwierig sei; diesem jungen Mann war das in der Tat sehr deutlich anzusehen. Beide McFarland-Kinder sahen aus, als führten sie ein streßerfülltes Leben und schliefen nicht genug.

»Was zum Teufel ist hier vorgefallen, Frank?« fragte Stuart.

»Ich weiß es auch nicht, Stu. Heute morgen bin ich mit deinem Dad nach Dallas geflogen. Hab ihn um zehn vor sieben abgeholt, Georgia stand gerade auf.«

»Haben Sie sie gesehen?«

»Äh, nein, aber –«

Er unterbrach sich, als ein uniformierter Polizist hereinkam.

Er drückte ein Sprechfunkgerät an sein Ohr und sprach hinein: »Jawohl. Zehn-Vier.« Er sagte zu Alison: »Miß McFarland, die Detectives würden gerne als nächstes mit Ihnen sprechen. Könnten Sie bitte im Arbeitszimmer auf sie warten?«

Bevor sie antwortete, sah Alison Mark an. »Nur ich? Alleine? Na gut. Jetzt sofort?«

»Ja bitte«, sagte der Polizist. »Und Mr. McFarland...«

»Doktor«, murmelte Stuart so leise in seinen Bart, daß Molly sicher war, daß sie es als einzige gehört hatte.

»Man wird mit Ihnen gleich nach Ihrer Schwester sprechen wollen, Sir. Lieutenant Traynor bittet Sie, im Schlafzimmer zu warten.«

Stuart zuckte die Schultern und ging.

Frank stand immer noch in der Tür, und Mark hatte auf einem der Wildledersofas Platz genommen und ein langes Bein über die Lehne geschwungen. Sein Schuh war nicht direkt auf dem Polster, aber sehr nahe daran. Er begutachtete den Raum.

Molly kam herüber und setzte sich neben ihn. »Ziemlich dramatische Einrichtung, was?« sagte sie.

»Ja.« Er schaute hoch zu der kathedralenartigen Decke. »Ich wette, es kostet mehr, diesen Schuppen zu klimatisieren, als ich Miete bezahle. Soviel Glas, und das bei diesem Klima.« Er kreuzte die Arme vor der Brust und sah Molly unverwandt an. Seine eingehende Musterung begann mit der Taille, wanderte hoch zu ihren Brüsten und dann zu ihrem Gesicht. Dann lächelte er sie an, als teilten sie irgendein Geheimnis. Sein Blick war derart vielsagend und bedeutungsschwanger, so völlig unverschämt, daß es ihr die Sprache verschlug.

»Sie sind das doch, die das Buch über diesen Typen Bronk geschrieben hat, oder?«

Molly nickte.

»Hab ich nicht gelesen. Alison fährt total ab auf dieses Zeug – Polizei- und Räubergeschichten. Ich nicht. Ist mir zu gruselig.«

»Mr. Redinger«, sagte Molly, »erinnere ich mich richtig, daß Sie mit Alison und Stuart verwandt sind?«

Er lehnte sich zurück und ließ die Hände in den Schoß sinken. »Meine Mutter war Charlies Schwester.«

»War?«

»Ja, sie ist gestorben, als ich achtzehn war. Sie war seine arme Verwandtschaft, und jetzt bin ich es.« Wieder sah er sie mit diesem Lächeln und einem schläfrigen Elvis-Presley-Blick an, der alles mögliche anzudeuten schien. Molly fragte sich, ob diese Masche tatsächlich bei irgend jemandem wirkte.

»Nun ja«, sagte sie, »im Vergleich zu Charlie wären wohl die meisten Menschen arme Verwandtschaft.«

»Und wie gerne reibt er einem das unter die Nase«, sagte Mark bitter.

»Ach ja?«

»Und ob. Sie hätten sehen sollen, wie er meine Mom behandelt hat.«

»Wie denn?« fragte Molly.

»Wie Scheiße. Nur weil Charlie fein raus ist und einen Haufen Kohle verdient, hat er immer so getan, als existiere der Rest der Familie nicht mehr.«

»Das erstaunt mich. Ich hätte Charlie McFarland nicht als einen Menschen eingeschätzt, der seine Familie verstoßen würde.«

»Tja, ist er aber«, sagte Mark. »Bis zum Tag ihres Todes wollte er nichts mit meiner Mutter, seiner eigenen Schwester, zu tun haben. Sie paßte ihm nicht, und ich passe ihm auch nicht.«

»Warum nicht?«

»Weil ich kein Geld habe, natürlich. Ich gebe Tennisunterricht und arbeite als Kellner, und das ist für ihn unter seiner Würde.«

»Wenn ich mich recht erinnere, war Stuart an dem Tag, als seine Mutter getötet wurde, bei Ihnen zu Hause?«

»Stimmt. Er war oft bei uns und wollte ständig weg von zu Hause. Meine Mom war ein sehr viel... mütterlicherer Typ als seine eigene.« Er zog die Augenbrauen hoch, um irgend etwas anzudeuten.

»Wie meinen Sie das?« fragte sie.

»Ach, ich will ja nicht aus der Schule plaudern, aber meine Tante Tiny, phh, das war schon eine.« Er hob die rechte Hand und schüttelte sie, als hätte er sich verbrannt.

Molly war gerade dabei, nach den passenden Worten zu suchen, um näher darauf einzugehen, als Grady Traynor seinen Kopf durch die Schwingtür zum Eßzimmer steckte und ihr zurief, sie solle einen Moment herkommen. Molly machte im Geiste eine Notiz, daß sie auf Mr. Redinger zurückkommen sollte. Sie versuchte sich zu erinnern, ob geschlechtliche Beziehungen zwischen Cousins ersten Grades in Texas als Inzest galten.

Es war einundzwanzig Uhr dreißig, ein finsterer, schwüler Abend, bevor die Polizei mit dem Tatort fertig war. Mit Charlies Unterstützung hatten sie Georgias Sachen durchgesehen und nichts gefunden, das gefehlt hätte oder durcheinander gewesen wäre. Sie hatten alle verhört, mehrmals.

Der letzte der Beamten, der ging, war Grady Traynor. Er schien nicht so recht fortzuwollen, als er mit Charlie McFarland, Alison McFarland, Mark Redinger, Frank Purcell und Molly Cates in dem überdimensionierten Wohnzimmer stand. Stuart McFarland war schon vor einer Stunde gegangen, nachdem die Detectives mit ihm gesprochen hatten. Das Personal im Krankenhaus war knapp, und sie hatten einen Notfall hereinbekommen.

»Mr. McFarland«, sagte Grady zu Charlie, »wir wären Ihnen sehr dankbar, wenn Sie morgen gegen zehn ins Polizei-Hauptquartier kommen könnten, um das offizielle Aussageprotokoll zu unterzeichnen. Und Sie genauso, Mr. Purcell, und Miß Cates. Wir haben den eigentlichen Tatort unten am Hang abgesperrt, also betreten Sie ihn bitte nicht, nur bis morgen nachmittag.«

Er gab jedem von ihnen eine Visitenkarte. »Das ist meine Nummer. Rufen Sie an, falls etwas anliegt oder Ihnen noch etwas einfällt, was Sie mir sagen möchten.« Er reichte Molly als letzter die Karte, drehte dabei den anderen den Rücken zu und warf ihr blitzschnell ein Lächeln zu, wobei er seine Augenbrauen hochzog, als frage er etwas. Zu ihrer Verwunderung ließ er ihr Herz schneller schlagen.

Sobald Grady Traynor zur Tür heraus war, wandte Alison sich ihrem Vater zu, dessen Schultern gebeugt waren und dessen Gesicht aussah, als wolle das Fleisch herunterfließen. Sie legte die Arme um ihn und den Kopf an seine Brust. »Daddy, du mußt erschöpft sein«, sagte sie, ohne zu sehen, wie sich Charlies Gesicht vor Schmerz verzog. »Geh nur ins Bett. Ich bleibe heute nacht hier und kümmere mich um dich.«

Als sie ihren Kopf nach hinten beugte, um ihrem Vater ins Gesicht zu sehen, rief sie aus: »Oh, dein Rücken. Tut mir leid.«

»Macht nichts. Du brauchst nicht hierzubleiben, Schätzchen. Frank bleibt bei mir.« Charlie warf Frank einen Blick zu. Purcell zeigte mit dem Daumen nach oben.

»Nein«, erwiderte Alison, »ich bleibe lieber hier. Ich kann dich morgen zur Polizei fahren.«

»Ja dann, danke, mein Schatz.« Charlie gab seiner Tochter einen Kuß auf die Wange, drehte sich weg und legte die Hand auf Mollys Arm, ohne Mark Redinger auch nur einmal anzusehen oder ein Wort mit ihm zu sprechen. »Könnten Sie noch einen Augenblick bleiben, Molly? Ich muß kurz mit Ihnen sprechen.«

Charlie ging humpelnd und vornübergebeugt voran. Molly blickte zurück und sah, daß Frank Purcell Mark zur Tür hinausließ und sich dann daran machte, die zahlreichen Schlösser abzuschließen.

In seinem Arbeitszimmer angekommen, schloß er die Tür und lehnte sich dagegen. »Das muß schrecklich für Sie gewesen sein, Molly, sie so vorzufinden. Es tut mir nur leid, daß Sie das mitmachen mußten, weil ich Sie hierhergebeten hatte.«

Molly nickte und wartete ab. Eines mußte man Charlie lassen: Der Mann bewahrte selbst in den schlimmsten Streßsituationen seinen Charme.

»Ich werde in dieser Sache wie ein Verdächtiger behandelt, obwohl ich den ganzen Tag unterwegs war, außerhalb der Stadt.

Es ist ein schreckliches Gefühl, daß Leute von mir denken, ich wäre zu so etwas in der Lage. Ich vermute, daß ich mich jetzt nach einem Anwalt umsehen und dem Halsabschneider ein Vermögen zahlen muß, damit er mir zur Seite steht. Als ob nicht alles so schon schlimm genug wäre.«

»Das ist sicher keine schlechte Idee, Charlie«, sagte Molly. »Es kann sicher nicht schaden, einen guten Anwalt in seiner Ecke zu haben, wenn man mit der Polizei zu tun hat.«

Er schlurfte zu seiner Liege. Nachdem er sich mit einem dumpfen Stöhnen hatte hineinfallen lassen, sagte er: »Haben Sie den Direktor in Huntsville angerufen?«

»Klar, Louie Bronk ist in seiner Zelle.«

Charlie nickte, als würde ihn das nicht im geringsten überraschen. »Dann gibt es da draußen also noch einen anderen.« Seine Stimme klang entmutigt. »Einen Nachahmer. Traynor hat mir das Zeug gezeigt, das Sie mit der Post gekriegt haben – das Gedicht und die Seiten über den Mord. Er fragte, ob ich irgendetwas darüber wüßte. Als ob ich etwas über diesen Wahnsinn wüßte.« Sein gesamter Körper schien noch tiefer in den Sessel zu sinken. »So etwas Perverses.«

Molly sagte: »Alison hat recht, Sie sollten ins Bett gehen.«

»Wahrscheinlich. Sie haben mich noch nicht gefragt, Molly, worüber ich mit Ihnen sprechen wollte.«

»Ich habe mir gedacht, daß Sie darauf zurückkommen würden, wenn Ihnen danach zumute ist. Sie müssen es mir nicht jetzt sagen.«

Er schien sie nicht zu hören. »Nun ja, unser Gespräch gestern wollte mir nicht aus dem Kopf gehen, und ich hatte ein schlechtes Gewissen. Manchmal übertreibe ich ein bißchen und will alles unter Kontrolle haben. Ich wollte Ihnen nur sagen, daß ich bereit wäre, mit Ihnen zu sprechen, wenn Sie das Interview noch wollen – ganz offiziell. Ich glaube, daß ich das eine oder andere zu sagen habe, was ich gerne gedruckt sehen würde, vielleicht nützt es ja was. Was meine Kinder anbelangt, machen die sowieso, was sie wollen, gleichgültig, was ich tue, also kann ich es genausogut bleiben lassen. Jetzt ist natürlich gerade kein guter Zeitpunkt, aber ich werde zu meinem Wort stehen, wenn Sie Wert darauf legen – sobald ich mich besser fühle.«

Molly wußte, daß es das menschlichste wäre zu sagen, daß es nicht notwendig wäre; es mochte eine zu große Belastung für ihn sein. Doch dieser eiskalte Abschnitt ihres Gehirns, der immer auf der Jagd nach einem guten Artikel war, konnte das einfach nicht zulassen. Mehr als je zuvor wollte sie jetzt hören, was er zu sagen hatte. »Vielen Dank, Charlie«, sagte sie. »Wenn Sie sich ausgeschlafen haben.«

Als sie gerade gehen wollte, fiel Molly noch etwas ein, das sie beschäftigt hatte. »Charlie, ich möchte Sie etwas über Frank Purcell fragen – war er direkt an der Untersuchung des Bronk-Falles beteiligt, als er Ranger in Hays County war?«

Er schaute hoch, als wäre die Frage noch nicht richtig zu ihm durchgedrungen. »Frank? Direkt beteiligt? Ach, ich glaube, in der Anfangsphase war so viel zu tun mit den ganzen Geständnissen von Bronk, daß alle da unten in irgendeiner Art und Weise damit befaßt waren. Warum?«

»Nur so. Er war mir bekannt von damals, als ich als Reporterin dort war. Er arbeitet seit acht Jahren für Sie?«

»Für meine Firma, ja. Ein verdammt guter Mann, der beste, den wir je hatten. Die Ranger haben eine hervorragende Ausbildung.« Mühsam erhob er sich. »Tja, ich werde wohl mal versuchen zu schlafen. Dieser Tag war die Hölle, und morgen wird's kaum besser werden. Wieder die Beileidsbezeugungen. Gott. Ich habe mehr als genug Beileidsbezeugungen in meinem Leben gehabt.«

Molly wollte ihn am Ellbogen stützen und ihm aufhelfen, doch sie hielt sich zurück. »Es wird erst noch einmal schlimmer, bevor es besser wird. Aber das wissen Sie ja schon.«

Sein linkes Auge zuckte unkontrolliert. »Ja, Ma'am«, antwortete er. »Leider Gottes weiß ich das. Und diesmal wird es noch schlimmer sein als das letztemal, falls das möglich ist.« Er schloß die Augen fest. »Falls das möglich ist«, wiederholte er.

Kapitel 8

O Mann, herrlich, wenn ich schwitze
Beste Arbeit tu ich in der Hitze
Fast vierzig Grad
Im Schweiß ich bad'.
Ich finde eine Schlampe mir
Hab' ein bißchen Spaß mit ihr
Mach' mein Ding
Und wenn ich fertig bin
Überschwemmt mich die heiße rote Flut
Und dann schwitzt es echtes Blut.

LOUIE BRONK
Todestrakt, Ellis I Unit
Huntsville, Texas

Es war fast zehn, als Molly Cates die Einfahrt der McFarlands hinausfuhr. Sie erkannte den weißen Ford Tempo, der zwischen den Büschen auf der anderen Straßenseite geparkt war, als ziviles Polizeifahrzeug, doch sie fuhr einfach vorbei.

Im Rückspiegel beobachtete sie, wie das Auto herausbog und sich in der aggressiven Art und Weise an sie hängte, mit der die Polizei einen zum Schwitzen bringen wollte. Sie bog in den Greystone Drive ein, hielt sich haargenau an die Geschwindigkeitsbegrenzung und lächelte, als sie sah, wie die versteckten Lichter unter dem Kühlergrill zu blinken begannen und rote und blaue Lichtstreifen in ihren Wagen warfen.

Molly kurbelte das Fenster herunter und fuhr weiter. Sie fühlte sich in eine andere Zeit zurückversetzt, als ob sie wieder siebzehn wäre und in einem offenen Cabriolet säße, die Haare im Wind flatternd, eine Dose Bier in der Hand. Sie warf den Kopf zurück und lachte. Als sie fast am Mesa Drive war, fuhr sie an die Seite und wartete, die Augen starr geradeaus zur Windschutzscheibe.

Das weiße Auto kam hinter ihr zum Stehen, immer noch mit blinkenden Lichtern.

Seine Schuhe knirschten auf dem Kies des Seitenstreifens, als er herankam. Seine Taschenlampe flackerte über den Rücksitz, dann nach vorne. Er pfiff leise durch die Zähne. »Ziemlich noble Ausstattung haben Sie hier drin.« Schließlich sah er sie an. »Abend, Ma'am. Kann ich mal Ihren Führerschein sehen.«

»Hab ich nicht dabei« sagte Molly und starrte weiter geradeaus.

»Können Sie sich denn sonst irgendwie ausweisen? Ein Büchereiausweis oder Ihre Wählerregistration?«

»Ich habe meine Handtasche vergessen. Ich habe keinerlei Ausweis dabei. Was habe ich denn Schlimmes getan?«

»Getan? Wieso, nichts, wovon ich wüßte. Es handelt sich nur um eine routinemäßige Verkehrsüberwachung. Könnten Sie bitte aus dem Fahrzeug steigen, Ma'am?«

Langsam drehte Molly den Kopf und sah Grady Traynor an. Sein Kopf und seine Schultern blockierten das Fenster. Im flackernden Licht sahen die tiefen Falten, die sich der Länge nach über beide Wangen zogen, wie Schmisse aus, und seine Augen, die noch einen Hauch heller als die Elisenstraße im Monopolyspiel waren, sahen durchsichtig aus.

»Ich habe den starken Eindruck, daß sich da eine unbefugte Leibesvisitation anbahnt, Sergeant.«

»Lieutenant«, korrigierte er.

»Oh, natürlich. Lieutenant!« sagte sie. »Gut, Lieutenant. Ich weigere mich, aus dem Auto auszusteigen. Man hört ja soviel davon, wie brutal die Polizei heutzutage vorgeht, und ich bin nichts als eine arme alte Witwe, die versucht, sich mehr schlecht als recht durchs Leben zu bringen-«

Er schnaubte. »Witwe!«

»Na klar. Mein dritter Mann starb tatsächlich.«

»Jaja, vier Jahre, nachdem du dich hast scheiden lassen.«

»Ach«, sagte sie mit einem befriedigten Lächeln, »du hältst dich also auf dem laufenden.«

Er seufzte und knipste die Taschenlampe aus. »Sieht so aus. Wie wäre es, wenn du mir zur Cadillac Bar folgen würdest?« Er lehnte sich zum offenen Fenster herein, so nah, daß sie riechen konnte, daß er immer noch das English-Leather-After-shave benutzte. »Vielleicht könnten wir da nett einen miteinander trinken und die Sachlage ganz in Ruhe besprechen.«

Molly zerstörte die Stimmung; sie konnte nicht anders. »Was würde denn Dingens, Jane, dazu sagen?«

»Janine. Es macht nichts.«

»Ach?«

»Ich werde dir alles darüber erzählen, wenn du mitkommst.«

Molly zögerte, doch das Ergebnis stand außer Zweifel. Genauso, wie das Ergebnis außer Zweifel gestanden hatte, als sie eine siebzehnjährige Waise gewesen war, eine Schulabbrecherin, die von einem vierundzwanzigjährigen Verkehrspolizeirekruten verführt worden war. Heute wie damals wurde ihre Neugier mindestens genauso von dem Interesse angestachelt, was am Ende dabei herauskäme, wie von den Hormonen.

Molly war noch nie in der Cadillac Bar gewesen. Es war eine relativ neue Kneipe in der Red River Street, nur wenige Blocks nördlich des Polizei-Hauptquartiers. Als sie eintraten, drehten mehrere Männer an der Bar, die sie als Polizisten erkannte, den Kopf nach ihnen um und beobachteten, wie sie mit Grady nach hinten zu einer Sitzecke ging. Grady ließ Molly als erste in die halbrunde Sitzbank rutschen, dann rutschte er neben sie und zog seine Jacke aus, wobei er schnell die Pistole aus dem Gürtel in die Jackentasche schob.

»Molly«, sagte er in offiziellem Tonfall, »eine Warnung muß ich dir gleich vorneweg geben: Falls du vorhast, irgend etwas über diesen Mord zu schreiben – und sei es auch nur ein Sterbenswörtchen: vergiß es.«

Molly kreuzte die Arme vor der Brust. »Versuch nicht, mich einzuschüchtern, Grady. Du weißt, daß ich das nicht leiden kann. Du hast mir Enthüllungen aus deinem Privatleben und ein nettes Schwätzchen versprochen. Falls du mich unter falschen Vorwänden hierhergelockt hast, gehe ich wieder.«

»Ich will die Sache nur gleich vom Tisch haben«, sagte er. »Ich bin mir noch nicht sicher, wie wir es mit der Presse halten sollen, aber wie du weißt, werden wir einige Details unterdrücken, Details, die du mitbekommen hast. Ich möchte also nur, daß du mir versprichst, nichts darüber zu schreiben, was du heute am Tatort gesehen oder gehört hast, einschließlich dieses Blödsinns, den du mit der Post bekommen hast. Dieser Fall ist tabu für dich, bis ich dir Bescheid sage.«

»Grady, weißt du eigentlich, daß du der dritte Mann innerhalb der letzten dreißig Stunden bist, der mir vorschreiben will, worüber ich nicht schreiben darf? Du erinnerst dich vielleicht, was ich von Männern halte, die versuchen, mich herumzukommandieren.«

Er rollte die Augen gen Himmel. »Als ob ich so etwas vergessen könnte!« Dann sah er sie gespannt an. »Wer hat sonst noch versucht, dich herumzukommandieren?«

»Gestern versuchte Charlie McFarland mich zu erpressen, nichts mehr über den Mord an seiner ersten Frau zu schreiben und seine Kinder nicht für meinen Artikel über Louie Bronk zu interviewen.«

»Dich womit zu erpressen?«

»Einhunderttausend Kröten, in Gestalt eines Schriftstellerpreises.«

Er pfiff leise durch die Zähne. »Ach, das ist ja hochinteressant. Wer noch?«

»Mein Chef beim *Lone Star Monthly* hat heute morgen sein Veto gegen den Artikel eingelegt. Meinte, er würde mich rausschmeißen, wenn ich den Artikel so schreiben würde, wie ich es vorhabe.«

»Viel Glück wünsch ich ihnen – dich von irgend etwas überzeugen zu wollen. Aber das hier ist etwas anderes, Molly. Ich versuche nicht, dich zu überzeugen oder zu bestechen. Ich *befehle* es dir. Wenn du darüber schreibst, ohne es vorher mit mir abzusprechen, werde ich dafür sorgen, daß dir niemand mehr im Hauptquartier auch nur die Uhrzeit verrät. Du magst dich erinnern, wie ich von Einmischungen der Presse in polizeiliche Angelegenheiten denke.«

»Das tue ich allerdings«, sagte sie.

Er nickte, um einen Themenwechsel anzudeuten, lehnte sich zurück und sagte: »McFarland meinte, er hätte dich heute zu sich nach Hause gebeten, weil er dir mitteilen wollte, daß er seine Meinung geändert hätte und nun doch mit dir zusammenarbeiten wolle.«

»Das hat er mir auch gesagt.«

»Wann hat er dir das erzählt?«

»Gerade eben, als ich das Haus verlassen habe.«

»Ich frage mich nur, warum er dir das nicht erzählt hat, als er früher angerufen hat.« Er zog die Augenbrauen hoch. »Aus seinem Privatflugzeug.«

»Er ist ein Mann, der gerne Macht ausübt, und eine Methode ist, Leute dazu zu bringen, zu ihm zu kommen.«

»Und du warst bereit, dich darauf einzulassen?« Er kniff die Augen zusammen.

»Klar. Ich war neugierig.«

Er grinste. »Jaa«, sagte er gedehnt, »daran kann ich mich erinnern.«

Sie schaute auf den Tisch, um seinem Blick auszuweichen. »Ich wollte das Interview; ich verdiene damit meine Brötchen. Und wie ich bereits sagte, wir waren gerade mitten in einer Diskussion über den Artikel, den ich über Louie Bronk schreiben will.«

»Natürlich. Louie Bronk. Ich vermute, daß ich die alten Akten über ihn wieder ausgraben muß. Ich war damals beim Innendezernat, aber an Louie Bronk erinnere ich mich trotzdem. Und ich weiß natürlich, daß er eine deiner großen Leidenschaften ist.«

Molly beschloß, nicht darauf einzugehen. Sie hatte eine gute Entschuldigung, da die Kellnerin gerade an ihren Tisch kam. Sie trug eine mexikanische Bäuerinnenbluse, die eine Schulter frei ließ, und hatte einen Ausdruck von abgrundtiefer Weltverachtung im Gesicht. Molly bestellte ein Coors Light und Grady einen gefrorenen Erdbeer-Daiquiri.

Als die Bedienung gegangen war, lachte Molly. »Du mußt der einzige Mordkommissar in ganz Texas sein, der Erdbeer-Daiquiris trinkt.«

Er lächelte nicht. »Molly, ich lasse nicht locker, bevor du mir nicht etwas versprichst. Ich habe ein Gefühl in diesem Fall. Ich gebe dir einen guten Rat: Schreib über Bronks letztes Stündlein, wenn du unbedingt mußt, aber laß Charlie McFarland vorläufig aus dem Spiel. Besuch ihn nicht. Sprich nicht mit ihm. Schreib nicht über ihn.«

»Danke für den Tip, Grady. Das heißt wohl, du glaubst tatsächlich, daß er es war.«

Er stützte die Ellbogen auf den Tisch und sah sie durchdringend an. »Du kennst die Zahlen. Bei einer toten Ehefrau stehen die Chancen zehn zu eins, daß es ihr Alter getan hat. Hier haben wir einen älteren Ehemann, eine schöne, jüngere Frau. Wahrscheinlich hatte sie einen Liebhaber – du weißt ja, wie das bei Frauen so ist, stimmt's, Molly.« Sein Blick war stechend. »Er findet es heraus, er ist eifersüchtig, er erschießt sie. Die alte Leier.«

»Ja, kommt mir bekannt vor. Hat er es laut deiner Theorie selbst getan, oder hat er es jemand anderen erledigen lassen?«

Er dachte nach und sagte dann: »Ich sehe zwei winzigkleine Problemchen, wenn er es selbst getan haben soll, aber nichts Unlösbares für mich. Ich kann es mit dir besprechen, weil du das meiste davon sowieso schon weißt und dir außerdem klar ist, daß ich dich wegen Rechtsbehinderung in den Knast werfen lasse, wenn du nur eine Silbe davon ausplauderst, hab ich recht?«

Molly nickte, damit er fortfuhr.

»Purcell sagt, daß er ins Schlafzimmer ging, als er heute morgen um Punkt zehn vor sieben dort ankam, um seinen Boß zum

Flughafen zu bringen, weil er seine Aktentasche für ihn tragen wollte – scheinbar hat McFarland Probleme mit dem Rücken –, und er hörte, wie McFarland Georgia etwas zurief, die unter der Dusche stand, zumindest laut McFarland, und Purcell hörte, daß die Dusche an war. Aber er selbst hörte Georgias Stimme nicht und sah sie auch nicht. Das ist das erste. Zweitens sah Purcell eine Edelstahl-Thermoskanne an der Hintertür lehnen. Er identifizierte sie als identisch mit der, die neben der Leiche gefunden wurde.«

»Was war in der Thermoskanne?«

Er lachte. »Was ich an dir liebe, Molly, ist, daß man deine Fragen unmöglich vorhersagen kann. Kaffee. Und er war noch heiß, wenn das deine nächste Frage ist. Sie war kalt, und der Kaffee war heiß. Eine klasse Thermoskanne.«

Molly sagte nichts.

»McFarland und Purcell verließen ein paar Minuten vor sieben zusammen das Haus, und Purcell sah die Thermoskanne beim Gehen neben der Tür.«

»Was war mit der Dusche? Lief sie noch?«

»Purcell wußte es nicht, weil sie zu diesem Zeitpunkt in der Küche waren, zu weit weg, um sie hören zu können.«

»Und du hast überprüft, ob Charlie den ganzen Tag über mit Leuten zusammen war?«

»Im Flugzeug, den ganzen Tag lang Besprechungen in Dallas, dann wieder im Flugzeug, Purcell fuhr ihn nach Hause. Absolut unmöglich, daß er zurückgekommen sein könnte, bevor du die Leiche gefunden hast.«

»Ist Purcell ein verläßlicher Zeuge?«

»Unseren vorläufigen Nachforschungen zufolge, ja. Siebzehn Jahre war er bei den Rangers, hervorragendes Führungszeugnis, hat aufgehört, weil im Firmenwachschutz mehr Geld zu holen war. Und außerdem: Wenn er gelogen hätte, hätte er behauptet, die Frau tatsächlich gesehen zu haben, bevor sie gingen. Nein. Das hört sich nach der Wahrheit an.«

»Wenn Charlie sie umgebracht hat«, sagte Molly tonlos,

»hätte er es also tun müssen, bevor er mit Purcell um sieben wegging. Die Bestimmung des Todeszeitpunkts durch den Amtsarzt wird einiges klären.«

Grady stieß einen tiefen Seufzer aus. »Du weißt, daß das ungefähr so verläßlich wie die verdammte Temperaturmethode ist.«

»Stimmt. Wenn er es also selbst getan haben soll, wie erklärst du dir dann diese beiden Punkte?«

»Für so einen gerissenen Kerl kein Problem. Die Sache mit der Dusche – er hat sie einfach aufgedreht und mit ihr geredet, so daß Purcell es hören konnte, und sie zugedreht, bevor er ging. Und die Thermoskanne – tja, da hatte er halt ein Duplikat, das er unten am Hang neben der Leiche deponiert hat, bevor Purcell kam.«

»Und was hat er mit der Thermoskanne angestellt, die noch oben im Haus war?« fragte sie.

»Als Purcell unten am Hang bei dir und der Verblichenen war, hat er sie versteckt.«

»Aber ihr habt sie nicht gefunden, als ihr das Haus durchsucht habt.«

»Nein. Aber das will nichts heißen.«

Schweigend ließ Molly sich das durch den Kopf gehen. »Du weißt doch«, sagte sie, »daß sein Rücken so schlimm ist, daß er kaum laufen kann.«

»Behauptet er. Aber das macht nichts. So'n reicher Kerl – der könnte ohne weiteres jemanden dafür angeheuert haben.«

»Warum sollte er das tun, Grady?«

»Wenn ich das bloß schon wüßte.« Er grinste sie an. »Fast zwei Jahre waren sie verheiratet. Laut McFarland hatte sie selbst kein Geld. Keine Feinde. Selbst seine Kinder kamen gut mit ihr klar, beteuert er. Kannst du dir das vorstellen – von seinen Stiefkindern gemocht zu werden?«

»Wo waren sie?«

»Die Kinder? Na ja, die kleine Alison lag mit ihrem Freund, mit dem sie zusammenwohnt und der ihr Cousin ersten Grades ist, bis um sechs Uhr dreißig im Bett und schlief, als der Cousin aufstand, um zu joggen und dann zur Arbeit zu gehen, ohne noch mal nach Hause zu kommen. Sie war den ganzen Morgen zu Hause und lernte, ohne mit jemandem zu sprechen oder jemanden zu sehen.«

»Wie steht's mit Stuart?«

»Stuart McFarlands Schicht im Krankenhaus fing heute morgen um fünf an, doch da nicht viel los war, schlief er dort in einem Raum bis um neun, als das Geschäft losging. Er glaubt nicht, daß das irgend jemand bezeugen kann.«

»Wie steht es mit Geschäftsfeinden von Charlie?«

Grady zupfte an seinem herunterhängenden Schnurrbart und sah die Bedienung an, die mit ihren Getränken kam. »Er meint, er hätte wohl welche. Wir werden sie natürlich überprüfen, aber da wird nichts dabei herauskommen. Seine Frau hatte mit dem Geschäft nichts zu tun.«

Die Kellnerin stellte die Getränke vor ihnen ab und ging.

»Molly«, sagte Grady, während er immer noch mit seinem Schnurrbart spielte, »vielleicht kannst du mir hier ja ein bißchen Zeit sparen helfen. Du bist mit dem Mord an Charlie McFarlands erster Frau vertrauter als sonst irgend jemand. Ich werde mir heute nacht die Akten ansehen, aber erzähl mir doch was darüber.«

»Steht alles in meinem Buch. Lies es.«

Er grinste. »Nöö. Ich warte, bis sie einen Film draus machen, und dann warte ich wahrscheinlich, bis es auf Video herauskommt. Erzähl's mir doch einfach in Kurzfassung.«

»Wieviel Worte passen in so eine Kurzfassung, Grady?«

»Ungefähr fünfhundert.«

»Na gut. Es war im Juli vor elf Jahren. Tiny und Charlie wohnten westlich der Stadt auf sechzehn Hektar in der Nähe der City Park Road. Charlie war ein aufsteigender Bauunternehmer in einer selbstgegründeten Erschließungsgesellschaft. Sie war ein winziges Frauchen, neunzig Pfund, blond, so eine Art Dame der Gesellschaft, reiche Erbin: ihr Vater war Besitzer einer Warenhauskette. Die Kinder waren noch relativ klein – Stuart war vierzehn und Alison elf. Tiny war häufig unterwegs, eigentlich sogar die meiste Zeit: Tennis, ehrenamtliche Pöstchen, Parties, Reisen – solche Sachen, weswegen sie jemanden hatten, der dort wohnte und auf die Kinder aufpaßte, David Serrano, einundzwanzig, Teilzeitstudent am Austin Community College. Er bewohnte eine Wohnung über der Garage.«

Molly nahm einen Schluck Bier. Grady hatte seinen Daiquiri noch nicht angerührt.

»Gegen elf Uhr morgens am neunten Juli«, fuhr Molly fort, »hört Serrano einen Schuß, geht nach unten, um nachzusehen, und findet Mrs. McFarland tot in der Garage, nackt bis auf ein weißes Höschen, den Kopf kahlgeschoren. Er sieht ein Auto zur Auffahrt hinausfahren – ein altes weißes Auto mit einer braunen Tür auf der Fahrerseite. Im selben Moment erscheint die Tochter, Alison, in der Haustür und sieht gerade noch das Auto davonfahren. Er scheucht sie zurück ins Haus und ruft die Polizei. In der Zwischenzeit kommt der junge Stuart auf seinem Fahrrad nach Hause und sieht seine Mutter tot da liegen. Die Bullen sind fünfzehn Minuten später da. Sie war einmal in den Rücken geschossen worden, Kaliber .22. Sie war nicht vergewaltigt worden. Anfangs war David Serrano der Hauptverdächtige – jung, mexikanischer Herkunft und ohne Fürsprecher –, du kennst unsere Freunde und Helfer ja. Sie versuchten, ihm sämtliche Skalpierer-Morde anzuhängen.«

»Wo war McFarland?« Grady hatte aufmerksam zugehört und seinen Cocktail immer noch nicht angerührt. Molly fiel ein, daß sie seine Art zuzuhören immer besonders gemocht hatte – mit völliger Konzentration.

»Bei der Arbeit. Aber er verließ sein Büro gegen zehn Uhr dreißig, um in seinem Fitness-Club schwimmen zu gehen; er war dort, aber niemand weiß genau, wann. Er hatte also ein Alibi, wenn auch kein perfektes.«

Er strich sich mit dem Zeigefinger über eine Seite seines Bartes. »Das war direkt vor der Festnahme von Bronk, stimmt's? Und in ganz Texas waren tote Frauen mit kahlgeschorenen Köpfen aufgetaucht?«

»Ja. Tiny McFarland wurde acht Tage vor der Festnahme von Louie Bronk in Fort Worth ermordet. Sie versuchten gerade, David Serrano mit den anderen Morden in Verbindung zu bringen, als Louie sein Geständnis ablegte. Was den Fall Tiny McFarland besonders interessant machte, abgesehen davon, daß sie reich und schön war, war die Tatsache, daß es die einzige Gelegenheit war, Louie auf ein Kapitalverbrechen festzunageln.«

»Warum denn das?« fragte Grady.

»Weil er gerade dabei war, ihr Haus auszurauben, als er sie umbrachte«, antwortete Molly. »Er nahm auch ihren Schmuck mit. Das machte es zu Mord zur Verdeckung einer anderen Straftat, also zu einem Kapitalverbrechen.«

»Ach richtig. Ich erinnere mich. Er vergewaltigte einige seiner anderen Opfer, aber die Reihenfolge war falsch für eine Anklage wegen Kapitalverbrechen. Und das war, bevor sie Serienmord zu den Kapitalverbrechen zählten.«

»Ja.« Molly hörte, wie hart ihre Stimme klang. »Er brachte sie zuerst um, dann vögelte er sie. Sie konnten ihn also höchstens wegen Mord und Leichenschändung drankriegen. Louie hatte seine Frauen gerne unterwürfig.«

Grady stieß einen langen tiefen Seufzer aus. »Es gibt also keinen Zweifel, daß Bronk sie erledigt hat, was?«

»Keinen. Er konnte den Detectives Details nennen, die er nicht aus den Nachrichten kennen konnte – daß sie nur Höschen unter ihrem Kleid trug, daß rote Blumen, die sie im Garten geschnitten hatte, um sie verstreut lagen, daß die Garagentür offenstand, daß sie auf einem Ölfleck lag, daß die Einfahrt geschottert war. Und er listete das gesamte Zeug auf, das gestohlen worden war. Zwei Augenzeugen sahen das Auto davonfahren – ein sehr einprägsames Auto, das er tatsächlich besaß. Und er gestand die Tat.«

»Sein Geständnis rettete den jungen David also gerade noch in letzter Minute?«

»Ja. Nach dem Gerichtsverfahren zog David zurück in die

Prärie und ging ins Bestattungswesen.« Sie gab sich alle Mühe, aber sie vermochte nicht, die Aufregung in ihrer Stimme zu unterdrücken. »Ich habe ihn gerade gestern abend gesehen, Grady. Er ist wieder in der Stadt.«

Seine Augen leuchteten auf. »Das ist ja interessant – hochinteressant. Warum?«

»Nur ein Zwischenhalt aus sentimentalen Gründen auf dem Weg nach Huntsville, behauptet er. Zu Bronks Hinrichtung.«

Er zog die Augenbrauen hoch. »Wir werden mit ihm sprechen müssen, denke ich. Ich werde ihm nicht sagen, daß ich von dir weiß, daß er wieder hier ist.«

Das war ein weiterer Aspekt, der ihr immer an diesem Mann gefallen hatte: Er konnte höchst einfühlsam sein. Und wenn er sagte, er würde etwas nicht weitersagen, dann konnte man sich darauf verlassen.

»Grady, hast du dir das Gedicht und die Seiten aus meinem Buch angeguckt?«

»Ja, habe ich.«

»Ich habe mir den Kopf zerbrochen, ob es ein Nachahmer sein könnte, und ich die Anleitung dafür geschrieben haben könnte.«

»Das kann ich verstehen, aber reg dich nur nicht auf. Am Ende wird es sich nicht als irgendein Nachahmer herausstellen, sondern als ein raffinierter Kerl, der sich Rückendeckung verschaffen will, Molly. Der versucht, es so aussehen zu lassen, als ob irgendein ausgeflippter Nachäffer am Werk ist. Ich wette mit dir um ein Steakessen, daß es sich als das Übliche herausstellen wird – ein Typ, der seine Alte um die Ecke bringt. Der einzige Unterschied zu den Fällen, die wir in East Austin ständig haben, ist, daß die Betroffenen in diesem Fall unanständig reich sind.«

»Warum bist du so sicher?«

»Es gibt ein paar Aspekte, von denen ich dir nichts erzählen kann. Am Ende wird es McFarland sein«, sagte er und lächelte sie auf eine derartig herausfordernde Art und Weise an, daß sie ihm am liebsten eine heruntergehauen hätte. Jetzt fiel ihr auch wieder ein, was sie an ihm nicht leiden konnte – seine unbeirrbare Selbstsicherheit.

»Du irrst dich, Grady.«

Er lächelte süßlich und schüttelte den Kopf. »Du meinst also, Charlie McFarland kann einfach nicht schuldig sein?«

»Nun ja, irgend etwas hat er sich sicher zuschulden kommen lassen; das haben wir alle. Aber nicht den Mord an seiner Frau.«

Grady wandte den Blick nicht von ihr. »Woher weißt du das so genau?«

»Als ich gestern bei ihm zu Hause war, kam Georgia von ihrem Gymnastikkurs nach Hause. Als sie ins Zimmer kam, stand Charlie auf und zog den Bauch ein, obwohl ich sehen konnte, daß ihm der Rücken dabei weh tat. Es war die anrührende Geste eines Mannes, der aufrichtig verliebt ist. Es ist völlig ausgeschlossen, daß er sie zwölf Stunden später umgebracht haben soll. Das kannst du mir nicht weismachen, Grady.«

Grady fing an, tief in der Kehle zu glucksen. »Ach, ich hatte ganz vergessen, wie du das immer fertigbringst, Molly. Das ist köstlich. Wie konnte ich so etwas nur vergessen.«

»Was?«

»Deine Art, wie du den Charakter von jemandem durch den Schlips, den er trägt, beschreibst, oder wie jemand ein Eis schleckt.«

Sie schaute ihm forschend ins Gesicht, um herauszufinden, ob er sich über sie lustig machte, oder ob er wirklich beeindruckt war. Wahrscheinlich von beidem etwas, entschied sie. »Jedenfalls war er wirklich und aufrichtig überrascht, als ich ihm mitteilte, daß sie tot ist, Grady, und tief bestürzt.«

»Jetzt bist du schon so lange erwachsen, Molly, und glaubst immer noch, daß du nach reinem Augenschein feststellen kannst, ob jemand lügt oder nicht? Na, wir werden ja sehen.« Zum erstenmal hob er seinen knallroten Daiquiri und streckte ihn Molly entgegen, um mit ihr anzustoßen. Ein paar Tropfen roten zerstoßenen Eises schwappten über den Rand seines Glases. Molly hob ihr Glas Bier und stieß mit ihm an. Ein Spritzer des roten Eises schwappte in ihr Glas. Sie fischte es mit dem Finger heraus und leckte es ab.

»Auf unsere Tochter«, sagte Grady.

»Auf Jo Beth«, sagte Molly und nahm einen Schluck Bier.

»Auf die alten Zeiten«, sagte Grady, sein Glas immer noch erhoben.

»Na gut«, sagte Molly mit einem Achselzucken: »Auf die alten Zeiten.« Sie hob wieder ihr Glas.

»Und auf die neuen«, fügte er hinzu und nahm endlich einen Schluck und schaute sie über den Rand des Glases hinweg an.

Molly erstarrte mit dem Glas kurz vor den Lippen: »Die neuen?«

Er nickte.

»Erzähl mir von Jane«, sagte sie.

»Janine. Sie hat mich verlassen.«

Molly verdaute die Neuigkeit schweigend. »Warum?«

Er zuckte die Achseln. »Bei Frauen weiß man das nie so genau, aber sie meinte, nach sechs Jahren sei es so weit gekommen, daß die einzig todsichere Methode, meine Aufmerksamkeit zu erregen, die sei, während meiner Schicht ermordet zu werden.«

Molly grinste.

Er lächelte zurück, wobei die Fältchen um seine Augenwinkel sich nach oben ausbreiteten. »Außerdem meinte sie, *manche* Leute wären einfach nicht zum Verheiratetsein geschaffen.«

»Ich vermute, da hat Jane nicht unrecht.«

Grady nickte bestätigend, dann lehnte er sich zurück und streckte seinen Arm auf der Sitzbank hinter ihr aus. »Erinnerst du dich noch, was das beste an unserer Ehe war?«

Zu ihrer unsäglichen Verwunderung merkte sie, wie eine Welle heißen Blutes in ihre Wangen schoß. Sie senkte den Kopf in der Hoffnung, daß er es nicht bemerken würde. Wie lächerlich. Eine Frau von Welt, dreimal verheiratet, mit mehr Liebhabern dazwischen, als sie hätte zählen können, und hier errötete sie wie eine alte Jungfer aus der Stadtbibliothek.

»Wie ich sehe, ja«, sagte er. »Gut. Ich auch.« Er beobachtete sie einen Moment lang schweigend, während er seinen Cocktail schlürfte. »Ich möchte dir einen Vorschlag machen.«

Molly nahm einen kräftigen Schluck Bier. »Schieß los.«

»Ich habe nur gedacht, daß wir nun, wo wir richtig erwachsen sind, beide alleinstehend, uns doch an dem erfreuen könnten, was am besten war, ohne uns mit dem Rest herumschlagen zu müssen.« Er leerte sein Glas und streckte der Bedienung einen Finger entgegen. »Ich habe dich all die Jahre über vermißt, Molly. Nicht nur den Sex, obwohl ich daran oft gedacht habe, aber du bist die einzige Frau, die ich kenne, die keine hoffnungslose Romantikerin ist.« Er lehnte seinen Kopf ganz nahe an ihren. »Und ich habe mich immer sehr gerne mit dir unterhalten.«

Molly Cates starrte in ihr Bier und dachte, daß alles in diesem Leben wieder zurück zu seinem Ursprung kam, wenn man nur lang genug wartete.

Sie überdachte das Angebot. Der Gedanke, Grady Traynor jetzt auf der Stelle mit nach Hause zu nehmen und zu versuchen, das sexuelle Feuerwerk ihrer Jugend wieder aufleben zu lassen, ließ den Puls schneller schlagen. Eins war sicher, in der letzten Zeit hatte es nicht gerade besonders viel Leidenschaft in ihrem Leben gegeben, und sie vermißte das.

Sie warf ihm einen Blick zu – sein halblanges Haar und der herabhängende Schnurrbart, beides fast weiß erscheinend durch die Beach-Boy-Sonnenbräune, die drei Narben auf seinem Nasenrücken, die geschlossene schwarze Linie, die seine Augenbrauen bildeten. Es war ein Gesicht, das sie vor fünfundzwanzig Jahren bewegt hatte, und das tat es immer noch. Wie gerne würde sie im Dunkeln mit den Fingern über die Narben streichen und herausfinden, ob die alte Verspieltheit und der Einfallsreichtum noch da waren. Ja, das könnte gut werden.

»Ich war sehr lange verbittert darüber«, sagte er, »was du getan hast, aber das ist jetzt vorbei und vergessen. Ich habe dir vollständig vergeben. Ich möchte dir nur sagen, daß ich es dir niemals vorhalten werde.«

Den Teufel würde er tun! Er hatte es ihr gerade in diesem Moment vorgehalten, dieser Idiot! Molly bemühte sich, ihre Atmung wieder unter Kontrolle zu bringen. Und wie kam er bloß auf die Idee, daß er irgendein Recht dazu hatte, ihr zu vergeben? Nein! Was sie mit zwanzig getan hatte, war nun wirklich das allerletzte, woran sie jetzt denken mochte, geschweige denn darüber sprechen. So etwas würde sie verdammt noch mal nicht mit sich machen lassen.

Sie sah ihn lange und durchdringend an. In seinem Gesichtsausdruck war etwas, das ihr von früher bekannt vorkam – diese selbstsichere Art, wie er den Mund verzog, diese besitzergreifende Attitüde, mit der er den Arm um sie legte – das sie an die Wortgefechte denken ließ, die sie während vieler Ehejahre gegeneinander geführt hatten.

Sie sah ihm in die Augen und lächelte.

Er stieß die angehaltene Luft durch die Nase aus und setzte sich ein wenig aufrechter hin.

»Ein freundliches Angebot«, sagte sie. »Sehr schmeichelnd, Grady, aber ich glaube, ich muß ablehnen.« Sie leerte ihr Bier mit einem letzten Schluck und stand auf. »Danke für das Bier. Ich muß los, weil ich morgen früh raus muß.«

»Molly ...«

»Ich bin um zehn da, um meine Aussage zu machen. Verlaß dich drauf«, sagte sie beim Hinausgehen über die Schulter.

Molly umklammerte das Lenkrad, um das Zittern in ihren Händen zu beruhigen. Es war ein gräßlich nervenaufreibender Tag gewesen.

Sie ließ den Motor an. Es war fast Mitternacht. Sie sollte nach Hause fahren, wie es jeder normale Mensch tun würde, und sich ins Bett legen, aber sie war nicht im geringsten müde. Was sie jetzt wirklich bräuchte, wäre ein Gespräch mit ihrem Vater. Sie wollte ihm von der Sache mit Louie Bronk erzählen, und von ihrem Buch. Und sie wollte ihm von der Rückkehr von Grady Traynor in ihr Leben berichten, und wie sehr sie das verwirrte und aufregte.

Da sie sowieso nicht würde schlafen können, fuhr sie nach Süden, Richtung Town Lake. Um nach David Serrano zu sehen. Er würde von Georgias Tod erfahren wollen. Und sie mußten mit dem Gespräch fortfahren, das sie am Abend zuvor begonnen hatten; sie hätte ihn nicht so einfach davonkommen lassen sollen. Es hatte ja gerade erst angefangen, interessant zu werden. Sie kam zur Lamar-Street-Brücke und fuhr hinüber nach South Austin, bog in die Oltorf Street und dann in die South Fifth Street ab. Dies war ein Stadtteil, den ein Makler als »im Übergang begriffen« bezeichnen würde. Aber um diese Uhrzeit, im Dunkeln, kam er ihr reichlich heruntergekommen vor, mit alkoholseligen Grüppchen von Männern auf durchhängenden, schlecht erleuchteten Veranden. Das war das Leben, das David hinter sich gelassen hatte, dachte sie.

Sie fischte ihr kleines Notizbuch aus der Tasche und blätterte darin, während es auf dem Lenkrad lag, bis sie die Stelle gefunden hatte, wo sie die Adresse aufgeschrieben hatte. Nummer 8032 war ein windiges Häuschen mit beiger Holzverkleidung und, Gott sei Dank, es brannten noch ein paar Lichter.

Sie parkte ihren Wagen vor dem Haus und schaute erst den Bürgersteig hinauf und hinunter, bevor sie die Tür entriegelte und ausstieg. Sie ging über die dunkle Einfahrt aus Gras und Erde zur Vordertreppe. Hinter dem Haus fing ein Hund an zu bellen. Ein alter Kinderwagen war an ein Eisengeländer neben der Tür gekettet. Molly klingelte. Als sie nichts hörte, klopfte sie, zuerst vorsichtig, dann lauter.

Das Licht auf der Veranda ging an. Eine ärgerlich klingende Frauenstimme rief: »Ja, wer is'n da?«

»Molly Cates. Tut mir leid, Sie so spät zu belästigen, aber ich habe gesehen, daß Ihr Licht noch an war. Ich suche nach David Serrano.«

Das Rasseln einer Kette und das Klicken von Schlössern war zu hören, bevor die Tür einen Spalt weit aufging. Es reichte aus, um Molly nahezu die ganze Frau sehen zu lassen, die so erschreckend dünn war. Sie hatte dunkles Haar und sehr weiße Haut und trug ein schmuddeliges Unterhemd und blaue, glänzende Turnhosen. Sie begutachtete Molly und sagte: »Der is' nich' da.«

»Er hat mir diese Adresse gegeben. Wissen Sie, wo er sein könnte?«

»Keine Ahnung. Seit gestern morgen is' er nich' mehr hiergewesen. Und wir machen uns richtig Sorgen, verdammt.«

»Glauben Sie, daß er vielleicht zurück nach Brownsville gefahren sein könnte?« fragte Molly.

»Ohne seine Klamotten und seine Aktentasche?« fragte die Frau. »Niemals.«

Ein Schaudern kroch Molly den Rücken hinunter. »Könnte ich eine Nachricht für ihn hinterlassen?« fragte sie.

Die dünnen Schultern zuckten gelangweilt. »Warum nich'.«

Molly zog ihr Notizbuch heraus, schrieb ihren Namen und Telefonnummer und *»Bitte rufen Sie mich sofort an – jederzeit«* darauf. Sie reichte ihn durch den schmalen Spalt in der Tür und beschloß, daß es nicht schaden könnte, ein wenig nachzuhaken. »Hat sich sonst noch jemand nach ihm erkundigt?«

»Wofür woll'n Sie das'n wissen?« Die schroffe Stimme war noch unfreundlicher geworden.

»Na ja, ich frage mich das nur, weil etwas passiert ist, was er bestimmt gerne wissen möchte, und ich dachte, daß vielleicht auch andere Leute nach ihm suchen.«

»Nicht, daß ich wüßte.«

»Na gut. Danke, daß Sie ihm Bescheid sagen.«

»Gute Nacht.« Die Tür ging zu.

Es war nicht das erste Mal, daß Molly eine Tür vor der Nase zugeworfen oder der Hörer aufgeknallt wurde, aber sie hatte eine Regel: den Leuten immer noch eine zweite Chance zum Auspacken zu geben. In ungefähr dreiviertel aller Fälle funktionierte es – wenn man ihnen etwas Zeit zum Nachdenken ließ. Sie zählte bis sechzig und klopfte dann noch einmal.

Diesmal klang die Stimme noch ärgerlicher als beim erstenmal. »Was?«

»Mrs. Serrano, es ist noch einmal Molly Cates. Ich glaube, es gibt noch etwas, das Sie wissen sollten.«

»Was?«

»Bei geschlossener Tür kann man so schwer reden. Könnten Sie bitte noch einmal aufmachen?«

Ein ausgedehntes Schweigen entstand. Dann sagte die Frau »Jetzt nicht« und machte das Licht auf der Veranda aus. Molly hörte, wie sie davonging. Na gut, manchmal klappte es eben und manchmal nicht. Sie tastete sich im Dunkeln zum Auto.

Als sie nach Hause kam, machte sie das Licht nicht an, sah nicht nach der Post oder hörte die Nachrichten auf ihrem Anrufbeantworter ab, was sie sonst immer tat. Und sie ging nicht in ihr Arbeitszimmer.

Statt dessen ging sie im Stockdunkeln durchs Haus ins Wohnzimmer, zu dem Ohrensessel vor dem großen Fenster. Die Läden waren offen, so daß das Fenster groß und leer vor ihr lag – dieses altbekannte, schwarze Loch hinaus zu einer anderen Welt.

Sie zog die Füße unter sich und lehnte sich zurück. Bevor sie das tat, wußte sie nicht, daß es eine Nachtwache werden würde. Sie wußte nie im voraus, wann das Bedürfnis danach in ihr wach werden würde. Es schien ungefähr einmal im Monat zu sein. Vielleicht hatte es mit den Mondphasen oder dem Hormonkreislauf oder so etwas zu tun. Sie wußte es nicht.

Sie wußte nur, daß es bis zum Morgengrauen dauern würde, und daß sie es seit sechsundzwanzig Jahren tat – zum Gedenken an die Toten.

Kapitel 9

Ist es schon Zeit zu geh'n?
Tritt ab ohn' viel Gestöhn.
Kein Heulen, kein Flennen
So muß man sterben können.
Das Leben ist nur ein Alptraum und schon vorbei,
Es ist nicht wert den roten Schrei.

Louie Bronk
Todestrakt, Ellis I Unit
Huntsville, Texas

Bis zum Sonnenaufgang durchgehalten zu haben, erfüllte sie wie gewöhnlich mit einem Gefühl wohltuender Gelassenheit. Alles erschien so verändert im Morgenlicht – rosig und voller Hoffnung. Molly erhob sich aus ihrem Ohrensessel und reckte und streckte sich.

Nachdem sie das Kaffeewasser aufgesetzt hatte, ging sie nach draußen in die feuchte Morgenluft, um nachzusehen, ob die Zeitung schon da war. Noch nicht. Sie würde noch eine Stunde warten müssen, bis sie nachlesen konnte, was Grady Traynor und seine Mannen beschlossen hatten, der Presse und Öffentlichkeit über den Mord an Georgia McFarland mitzuteilen.

Die metallene Fahne an ihrem Briefkasten war oben. Bei all der Aufregung gestern hatte sie vergessen, ihre Post herauszunehmen – so etwas war ihr sicher seit Jahren nicht mehr passiert, da sie immer auf den einen oder anderen Scheck wartete.

Sie klappte die Röhre auf und zog einen Stapel heraus, der größer als gewöhnlich war. Als sie ihn durchsah, blieb ihr Auge an einem billigen weißen Umschlag mit Bleistiftschrift hängen. Sie starrte ihn an. Mit wild klopfendem Herz hob sie den Kopf und sah sich um. Drei Pkws und ein Kleinbus waren in der Straße geparkt. Alle schienen leer zu sein.

Sie wandte sich wieder dem Briefkasten zu und legte den Stapel zurück. Diesmal würde ihr nicht wieder der gleiche Fehler mit den Fingerabdrücken unterlaufen. Sie schaute noch einmal um sich, um ganz sicher zu gehen, daß niemand sie beobachtete, hob dann ihren Rock ganz hoch, hob mit ihm die Briefe heraus und brachte sie ins Haus.

Merkwürdig. Der Gedanke, daß sie noch weitere anonyme Briefe erhalten könnte, war ihr bisher nicht gekommen, aber in dem Augenblick, als sie den Umschlag sah, wußte sie sofort, daß es wieder der Meisterdichter war.

Sie ließ den Stapel auf den Küchentisch fallen und nahm einen Brief nach dem anderen herunter, bis sie bei ihm angelangt war. Richtig, die Adresse war mit Bleistift in denselben gedrängten Druckbuchstaben geschrieben wie bei dem ersten. Und wieder war er in Austin abgestempelt, ohne Absender. Sie bückte sich näher heran, um den Stempelabdruck entziffern zu können, der etwas verschwommen war. Der dreiundzwanzigste September, gestern.

Sie nahm die Baumwollhandschuhe, die immer noch auf dem Tisch lagen. Nachdem sie sie angezogen hatte, holte sie ihr schärfstes Messer aus der Schublade und schlitzte vorsichtig den Umschlag auf. Dann hielt sie ihn auseinander und lugte hinein. Wieder waren da herausgerissene Seiten. Vorsichtig zog sie sie heraus – fünf Seiten aus *Blut schwitzen.* Diesmal war es die Darstellung des Mordes an Greta Huff in San Marcos. Sie blätterte hastig bis zur letzten Seite, wo wieder eine gelbe Haftnotiz klebte, wieder mit einem bleistiftgeschriebenen Gedicht.

Frau Autorin, dein Buch ist mir Führer und Klinge
Mit dem ich die Leute um die Ecke bringe.

Du denkst wohl, in meinem Kopf geht's nicht richtig zu
Aber ich bin haargenau so gut wie Lou.

Ich kann töten, und ich kann reim'
Mir fällt immer was Neues ein.

Zuerst hast du gedacht, ich schreibe nur Mist
Jetzt weißt du, daß mit mir nicht zu spaßen ist.

Am Montag werden wir den Abgang des alten Louie seh'n
Aber aus seiner Asche werde ich aufersteh'n.

Siehst du, fürchten brauchst du den Tod nicht mehr.
Deiner schwingt schon die Sichel einher.
Er ist nicht mehr fern und kommt immer näh'r.

Merk's dir gut: Hier spricht er
Ich bin es, der Meisterdichter.

Sie ließ die Seiten sinken. Zittrig goß sie sich eine Tasse Kaffee ein. Dann wühlte sie in ihrer Tasche nach der Visitenkarte, die Grady Traynor ihr gegeben hatte, und wählte seine Nummer. Während das Telefon klingelte, sah sie auf die Uhr: fünf vor sechs. Als er beim zweiten Klingeln selbst dran ging, fragte sie sich, ob auch er die ganze Nacht aufgewesen war.

»Grady«, sagte sie mit belegter Stimme, »hier ist Molly.« Sie räusperte sich. »Ich habe gerade meine Post von gestern geholt. Es ist wieder eine Nachricht vom Meisterdichter dabei – derselbe billige Briefumschlag, gleiche Handschrift, wieder fünf Seiten aus meinem Buch, der Abschnitt über den Mord an Greta Huff. Und ein Gedicht.«

»Noch ein Gedicht? Allmählich gehen mir diese beschissenen Gedichte auf den Wecker. Lies es mir vor.«

»Na gut. Vermutlich kannst du dir mehr darunter vorstellen, wenn ich dir verrate, daß es gestern abgestempelt wurde.«

Ohne es noch einmal anzufassen, las sie es vor.

»Verdammte Scheiße«, sagte er. »Himmel, Molly, faß es bloß nicht an.«

Sie war beleidigt. »Mach ich gar nicht. Außerdem habe ich Handschuhe an.«

»Lies es noch mal vor«, bat er.

»Meisterdichter, daß ich nicht lache«, sagte er, als sie geendet hatte. »Ich versteh nicht viel von Gedichten, aber ich weiß genau, was ich völlig mißlungen finde. Ich schick gleich jemanden vorbei, der es mitnimmt und ins Labor bringt. Geht's dir auch gut?«

»Alles klar. Willst du Stan Heffernan davon berichten oder soll ich das tun?«

»Laß mich das machen, Molly. Es steht ja wohl außer Frage, daß du dich aus dieser Sache raushalten mußt. Ich will, daß du dich möglichst unsichtbar machst und unbeteiligt bleibst.«

»Unbeteiligt? Wie um Himmels willen soll ich unbeteiligt bleiben, Grady, wenn ich solche Briefe kriege? Mein Gott, der behauptet, daß er mein Buch als Anleitung benutzt, um Leute umzubringen. Und daß der Tod bereits die Sichel für mich schwingt.« Die Kaffeetasse in ihrer Hand zitterte so heftig, daß der Kaffee herausschwappte.

»Um so mehr Grund für dich, sich rauszuhalten. Um wieviel Uhr kommt deine Post?«

»Meistens gegen zwei.«

»Ich hab 'ne Idee – ich schicke gegen eins einen meiner Männer im Zivilfahrzeug vorbei. Laß ihn heute die Post rausholen. Du bleibst im Haus.«

»Da bin ich nicht zu Hause. Ich muß ab und an auch mal arbeiten.« Sie versuchte, weniger aggressiv zu sprechen. »Weißt du irgend etwas von David Serrano, Grady? Ich habe gestern nacht nach ihm gesucht, aber seine Verwandten an der South Fifth, bei denen er wohnt, wissen nicht, wo er sein könnte.«

»Ja, ich weiß. Hör zu, ich bekomme gerade noch einen Anruf, Molly. Aber es ist wirklich unheimlich wichtig, daß du mit niemandem über diesen Meisterdichter redest. Niemandem. Ich schicke sofort einen Uniformierten vorbei. In zehn Minuten dürfte er da sein.«

Sie wollte nicht, daß er auflegte. »Warte einen Moment, Grady. Das ist doch unser Mörder, oder? Er hat das abgeschickt, bevor irgend jemand wußte, daß Georgia McFarland tot ist. Und wenn er schreibt: ›Jetzt weißt du, daß mit mir nicht zu spaßen ist‹, dann meint er doch den Mord, oder?«

»Gut möglich, Molly. Nur keine Panik.«

»Warte«, sagte sie. »Vielleicht rufst du besser die Familie von Greta Huff an – eine Nichte hatte sie. Und einen Bruder im Altersheim, glaube ich.«

»Mach dir keine Sorgen, Molly. Wir kümmern uns darum.« Das Telefon machte klick, und weg war er.

Molly saß da und starrte in ihren Kaffee, hob die Tasse dann mit beiden Händen hoch, um sie ruhig zu halten, und nahm einen langen Schluck. Sie überlegte, ob sie die Seiten aus ihrem Buch lesen sollte, merkte aber, daß sie es nicht ertragen könnte. Statt dessen ging sie in ihr Arbeitszimmer, holte ein Notizbuch und Bleistift aus dem Schreibtisch und nahm sie mit in die Küche. Sehr sorgsam übertrug sie das Gedicht in ihr Notizbuch, wobei sie versuchte, die Handschrift so sorgfältig wie möglich nachzuahmen. Gerade als sie fertig wurde, klingelte es an der Tür, was sie zusammenzucken ließ, obwohl sie es erwartet hatte. Meine Güte, diese Sache machte sie wirklich nervös.

Vor der Tür stand ein blutjunger Polizist, seine Mütze in der einen Hand, die Spurensicherungsausrüstung in der anderen. Als sie ihn in die Küche führte, zog er ein Paar Gummihandschuhe an und beförderte vorsichtig jede Seite in ein separates Plastiktütchen, den Umschlag extra.

Nachdem er fort war, entledigte Molly sich der Kleider, die sie seit vierundzwanzig Stunden anhatte, sprang kurz unter die Dusche und zog ihren bequemsten alten Khakirock und ein weißes T-Shirt an.

Das letzte, worauf sie jetzt Lust hatte, war, an dem Engel-von-Abilene-Artikel zu arbeiten, aber er war in zwei Stunden fällig. Sie zwang sich, an ihrem Schreibtisch Platz zu nehmen und ihn vom Computerbildschirm abzulesen. Als sie am Ende angelangt war, hätte sie am liebsten geheult; sie haßte jedes einzelne Wort, besonders den Schluß. Aber sie wußte nicht, warum.

Es war die Art von hochinteressantem, ausgefallenem Verbrechen mit texanischem Lokalkolorit, für das die Zeitschrift berühmt war.

Ja, es war äußerst sorgfältig recherchiert.

Ja, es war gekonnt und professionell geschrieben und enthielt sogar ein paar nette Sätze.

Ja, ein paar lebendige Charaktere sprachen aus den Seiten.

Doch die Tatsache blieb bestehen – sie verabscheute ihn.

Die nächste Stunde verbrachte sie mit dem Umschreiben des Endes. Dann drückte sie die Speichern-Taste, ohne den Artikel auch nur noch einmal durchzulesen, und wirbelte auf ihrem Stuhl herum, um den Drucker anzuschalten. Er war fertig, nicht weil er so stimmte oder sie befriedigte, sondern weil sie in einer Stunde einen Termin hatte, und sie ihre Termine stets einhielt.

Sie schickte ihn über Datenverbindung an das Büro und tippte den Druckbefehl ein, damit sie einen Ausdruck für ihre Unterlagen hatte; sie vertraute Computern immer noch nicht vollständig.

Während des Ausdruckens sah sie in ihren Terminkalender. Letzte Woche hatte sie für heute mittag zwölf Uhr ein Treffen mit Stuart McFarland vereinbart. Sie fragte sich, ob er den Termin einhalten würde, nach dem, was gestern mit seiner Stiefmutter geschehen war, aber sie würde ihn nicht anrufen und ihm eine Entschuldigung geben, um abzusagen. Er war im Krankenhaus äußerst eingespannt, und es war schwierig genug gewesen, einen Zeitpunkt abzumachen. Diese Unterredung würde ihr den Einstieg in den Louie-Bronk-Artikel leichtmachen – der Anfang vom Ende des Louie Bronk.

Als Molly um acht Uhr dreißig die Verlagsräume des *Lone Star Monthly* betrat, empfing sie das übliche Tohuwabohu, das mit der Fertigstellung der Zeitschrift verbunden war. Sie sprach kurz mit Hazel Williams, der Datenprüferin für den Artikel, und kurz mit Jerry Kovac, dem Anwalt, der die Sache auf mögliche Schadensersatzklagen abklopfte. Sie schüttelte den Schwarm von Mitarbeitern und Mitarbeiterinnen ab, die sie mit Fragen über das bestürmten, was sie in der Morgenzeitung gelesen hatten, und sich unter dem Deckmäntelchen des Mitgefühls haarsträubende Einzelheiten über ihre Entdeckung der Leiche von Georgia McFarland erhofften.

Nach nicht einmal zehn Minuten wurde sie erwartungsgemäß zu Richard beordert. Als sie sein großes Büro mit der sich über Eck erstreckenden Fensterfront mit Blick über den Town Lake und die Congress-Avenue-Brücke betrat, hatte er sich in seinem Schreibtischstuhl weit nach hinten gelehnt und starrte an die Decke. Langsam kippte er seinen Stuhl in die Senkrechte, wobei er die Hände hinter dem Kopf verschränkt behielt. »Molly«, sagte er, »da hattest du ja gestern wirklich einen durch und durch miserablen Tag – zuerst mußt du dich mit einem alten Freund herumstreiten, dem nichts als dein Bestes am Herzen liegt, dann findest du eine Leiche und wirst in all die Bürokratie und endlosen Formalitäten mit der Polizei verwickelt. Das muß ja grauenhaft gewesen sein.«

Sie verschränkte die Arme vor der Brust und sagte: »Aber wenn jemand morbide und blutrünstig ist, kann man ja nie wissen, was er alles tun wird, um seine Bücher besser zu verkaufen.«

Nur die winzigste Andeutung eines Lächelns zuckte über seine Lippen. »Ja, ja. Ich habe mich gehenlassen. Aber du warst auch nicht besser. Vergessen wir die Sache. Was gestern vorgefallen ist, läßt den ganzen Fall McFarland natürlich in einem völlig anderen Licht erscheinen. Jetzt werden Monate vergehen, bevor er durchsichtig genug wird, als daß man darüber schreiben könnte. Und da du direkt daran beteiligt bist, als erste am Tatort und so weiter, wird dich die Polizei sowieso kein Wort darüber schreiben lassen.« Sein Grinsen wurde breiter.

Er setzte sich auf, kreuzte den rechten Fuß über das linke Knie und wippte mit dem Fuß auf und ab. »Weißt du was? Fang nicht sofort mit der Griswold-Story an, Molly. Nimm dir zuerst ein oder zwei Tage in Houston frei, geh zur Galleria, kauf ein, schlaf dich aus – du siehst weiß Gott aus, als hättest du etwas Schlaf nötig, und« – er warf einen Blick auf den altbekannten Khakirock – »warum besorgst du dir nicht ein paar neue Kleider?«

Sie setzte sich. »Richard, das hier ist die beste Arbeitsstelle, die ich je hatte.«

»Ich weiß«, sagte er mit stahlharter Stimme. »Verscherz sie dir also nicht.«

»Ich versuche ja mein Bestes, aber mir zu sagen, ich solle jetzt mit der Berichterstattung über den Bronk-Fall aufhören, ist, als würdest du einem Fischer befehlen, er solle aufhören, wenn er gerade dabei ist, einen Siebzehn-Pfund-Barsch an Land zu ziehen. Ich muß dranbleiben.«

»Warum nicht, meine Liebe. Berichte ruhig über die Hinrichtung. Ich habe drei Seiten für dich reserviert.«

»Du weißt genau, daß das nicht im geringsten ausreicht. Besonders jetzt nicht, mit dem neuen Mordfall. Mein Gott, Richard, dem Mann werden zwei Gattinnen in elf Jahren ermordet, und er stellt mir in Aussicht, mit mir darüber zu sprechen. Die Kinder gehen zur Hinrichtung und haben sich bereit erklärt, mit mir zu sprechen. Ich brauche mindestens zwölf Seiten.«

»Jetzt fang nicht schon wieder an, Molly. Du bist einfach blind auf diesem Auge. Glaub mir. Es ist am besten, sich vorerst nicht mehr darum zu kümmern. Ein monatliches Blatt kann sich bei aktuellen Fällen nicht mit Tageszeitungen messen – das weißt du genau. Wir warten und berichten später ausführlich darüber, falls es brisant genug ist.«

Sie zögerte und holte tief Luft. »Hör zu, Richard. Ich habe ein Angebot für dich: Du läßt mich ein Konzept und ein paar einführende Absätze meiner Story schreiben, die ich im Kopf habe. Das kann ich morgen fertig haben. Du liest es dir vorurteilslos durch und entscheidest dich dann. Ja? Gib mir nur zwei Tage und keine Vorurteile.«

Sein Gesicht verdüsterte sich. Sein Lächeln war verschwunden. »Molly, ich weiß, daß du etwas Hervorragendes daraus machen kannst. Aber es wäre die reinste Zeitverschwendung. Wir haben nun mal nur beschränkten Platz in der nächsten Ausgabe, und der ist schon komplett vergeben. Ich kann nicht mehr als zwei oder drei Seiten für Louie Bronk aufbringen. Und nur über die Hinrichtung. Und damit basta. Schluß. Aus. Du kannst den Todesstrafenartikel nächstes Jahr bringen.«

Molly konnte es sich nicht leisten, diesen Job zu verlieren. Aber sie konnte genausowenig klein beigeben. »Du meintest, ich sollte mir zwei Tage in Houston freinehmen. Tu mir einen Gefallen – laß sie mich freinehmen, um dieses Konzeptpapier zu schreiben.« Jetzt ging es um alles oder nichts. »Wenn du es gelesen hast und immer noch der Meinung bist, ich sollte es nicht schreiben, vergeß ich die Sache und werde nie wieder ein Wort darüber verlieren.«

Sein längliches Gesicht hellte sich auf. »Versprochen?«

Sie nickte.

»Das will ich laut hören.«

Molly dachte daran, wie einfach es als Kind gewesen war; man kreuzte einfach die Finger hinterm Rücken, wenn man etwas versprach, was man vielleicht nicht halten konnte. Erwachsenenmoral war etwas komplizierter. »Ich verspreche es«, sagte sie.

Molly schaute in der lauten, von Essensdämpfen erfüllten Kantine im Untergeschoß des Brackenridge-Krankenhauses umher. Als sie ihn letzte Woche angerufen hatte, hatte Stuart McFarland sich bereit erklärt, mit ihr über Louie Bronk zu sprechen, wenn sie sich mit ihm im Krankenhaus treffen könne. Da er sich meistens gegen Mittag freimachen konnte, hatten sie beschlossen, das Interview während des Mittagessens durchzuführen.

Um viertel nach zwölf lehnte sie an der Wand und begann zu zweifeln, daß er kommen würde; sie hätte ihn doch noch einmal vorher anrufen sollen. Um zwanzig nach kam eine Gruppe von lachenden und schwatzenden Männern in weißen Kitteln den

Gang hinunter. Beim Näherkommen erkannte sie in einem von ihnen Stuart McFarland. Er ging inmitten der Gruppe, aber er war der einzige, der nicht lachte.

Als er Molly sah, kam er zu ihr und schüttelte ihre Hand. Sein Handschlag war fest, und seine Finger fühlten sich trocken, kühl und vertrauenerweckend an. »Ich habe mich verspätet, weil wir einen Notfall hatten. Was sonst.« Seine Augen waren gerötet, und er hätte eine Rasur gebrauchen können.

»Sie sehen aus, als müßten Sie sich hinsetzen«, sagte Molly.

»Allerdings. Aber gehen wir zuerst zum Essenfassen. Es ist nicht besonders, aber es ist hier an Ort und Stelle, und es ist billig.«

Molly folgte ihm in der Schlange, erstaunt über die Menge von Essen, die er auf sein oranges Tablett häufte: gebratene Hähnchenbrust, Kartoffelpüree, Erbsen und Möhren, drei Brötchen, eine Portion Bohnen mit saurer Sahne, eine Schale Obst und ein Stück Kirschkuchen. Sie nahm einen Salat und einen Apfel und folgte ihm zu einem Tisch an der gegenüberliegenden Wand.

»Und mehr essen Sie nicht?« fragte er, als er seine Teller vom Tablett lud.

»Leider nicht«, sagte sie beim Hinsetzen. »Die wahre Tragödie des Älterwerdens ist der verlangsamte Stoffwechsel.«

Er lächelte und stürzte sich augenblicklich auf sein Essen.

»Ich weiß nicht mehr, ob ich gestern dazu kam, aber ich wollte Ihnen sagen, wie leid es mir wegen Ihrer Stiefmutter tut.«

»Mir auch«, sagte er, nachdem er einen Mundvoll Kartoffelpüree hinuntergeschluckt hatte. »Georgia war eine sehr liebenswürdige Frau, und sie hat meinen Vater glücklich gemacht. Sie hat es nicht verdient, so zu enden.« Er schnitt ein großes Stück von seinem Hähnchenfilet ab. »Mein Vater konnte weiß Gott etwas Glück gebrauchen. Er hat schon soviel schlechte Zeiten durchgemacht.«

»Sie meinen abgesehen vom Tod Ihrer Mutter?«

»Ihr Tod, ihr Leben, die Erinnerungen an sie. Ich weiß nicht, was schlimmer für ihn war.«

»Ihr Leben?« fragte Molly. »Ihr Leben war schlimm für ihn?«

»Ich vermute, daß die meisten Ehen ziemlich schlimm sind, wenn man näher hinschaut. Ihre war es auf jeden Fall. Aber das sind alte Geschichten, und ich möchte eigentlich nicht mehr darüber reden.«

»Na gut.« Molly bückte sich und zog ihr kleines Aufnahmegerät aus der Tasche. »Stuart, es hilft mir sehr, wenn ich mitschneide. Sind Sie damit einverstanden?«

Er zuckte die Achseln. »Sicher.«

»Ich wüßte gern ein wenig mehr über Sie, Stuart. Wo haben Sie Medizin studiert?«

»In Baylor. Bin letztes Jahr fertig geworden. Vorher habe ich ein Jahr in Dads Betrieb gearbeitet, aber das funktionierte nicht.«

»Warum nicht?«

»Ich war einfach schlecht. Und ich habe es verabscheut. Ich wußte, daß ich Medizin studieren wollte, aber er hat mich überredet, es zuerst im Baugewerbe zu versuchen. Ein großer Fehler.«

»Vielleicht hat es Sie ja in Ihrer Entscheidung für das Medizinstudium bekräftigt.«

»Kann sein. Ja, für mich war das wohl so, aber nicht für ihn. Dad kann Entscheidungen nicht leiden, die er nicht selbst getroffen hat.« Zwischen den Bissen produzierte er ein kleines Lächeln.

Er säbelte das nächste große Stück Filet ab. »Ich habe gestern gar nicht mitbekommen, weswegen Sie ihn treffen wollten, als Sie Georgia gefunden haben.«

»Es hatte mit diesem Artikel zu tun, den ich schreibe.«

Stuart sah zu ihr hoch, ohne den Kopf zu heben. Seine Augen waren voller Farben: das Weiße war durchzogen von dünnen roten Äderchen, und die große, haselnußbraune Iris war grün, grau und gelb gesprenkelt. Oben drauf schwamm eine Kontaktlinse, die für Molly wie eine dünne Schleimschicht aussah. »Inwiefern?« fragte er.

Molly zögerte.

Stuart riß die Augen etwas auf und sagte: »Ach, ich weiß schon. Ich wette, er hat versucht, Sie zu kaufen. Stimmt's?« Er lächelte, und wegen seiner auffallend großen Schneidezähne konnte Molly zum erstenmal eine Ähnlichkeit mit seiner Schwester Alison ausmachen.

»Ja«, sagte sie.

Zweimal klopfte er mit der Gabel an den Teller. »Dieser Kerl ist doch wirklich unmöglich.« Er schüttelte den Kopf. »Aber Sie sind hier und stellen mir Fragen für den Artikel, also hat es wohl nicht geklappt. Ein Glück.«

»Was meinen Sie, Stuart, warum er versuchen wollte, mich von der Geschichte abzubringen?«

»Na, ich vermute, weil er glaubt, daß die arme kleine Alison es nicht ertragen kann.«

»Hat er recht?«

Er dachte einen Augenblick darüber nach. »Tja, das ist eine schwere Frage. Al ist psychisch ziemlich labil. Wahrscheinlich bin ich da der gleichen Meinung wie mein Vater – nicht, daß er Sie bestechen sollte, aber ich glaube auch, daß es ihr nicht guttun wird. Vor ein paar Jahren hatte sie, was man früher einen Nervenzusammenbruch nannte, aber jetzt scheint sie wieder klarzukommen. Ich würde es nicht gerne sehen, wenn Sie sie aus dem Gleichgewicht bringen, so wie die Dinge nun einmal stehen.«

»Sie wohnt mit Mark Redinger zusammen?« fragte Molly, obwohl sie die Antwort schon kannte; sie hoffte, daß er sich näher dazu äußern würde.

»Ja, schon seit fast zwei Jahren. Sie zog von zu Hause aus, als Dad und Georgia geheiratet haben, aber sie mochte nicht allein leben. Al war noch nie gerne allein. Sie wollte bei mir einziehen, aber ich habe abgelehnt. Sie hielt es nur zwei Wochen ohne jemanden aus, dann zog sie bei Mark ein. Tja, Geschmäcker sind eben verschieden.«

»Sie mögen Ihren Cousin nicht besonders?«

»Nein. Er ist ein Idiot.«

»Ihr Vater denkt scheinbar ähnlich«, sagte Molly.

»Ja. Er macht Dad rasend.«

»Weil Mark ihr Cousin ist?«

»Unter anderem«, sagte Stuart. »Unter vielem anderen.«

»Wie zum Beispiel?«

»Ach, Dad meinte zum Beispiel in unserer Kindheit immer, daß Mark ein schlechtes Vorbild für uns sei. Und wahrscheinlich war er das auch, aber Alison und ich waren beide in ihn vernarrt, besonders Alison, sie wußte es nicht besser. Mark ist drei Jahre älter als ich, und er wußte über all die aufregenden Sachen Bescheid – Sex, Kaninchenfallen bauen, hinter dem Rücken der Eltern Sachen anstellen, Haschisch rauchen …«

Er schmierte Butter auf sein Brötchen und biß ab. »Er ist so eine Art Sexbesessener. Das ist das einzige, woran er denkt oder worüber er redet. Sprechen wir lieber über etwas anderes.«

Es wurde langsam Zeit, zur Sache zu kommen. »Ich habe gehört, daß Sie zur Hinrichtung kommen, Stuart.«

Er zuckte die Achseln. »Ja. Was ist damit? Ich mußte hier extra meine Stunden umlegen lassen, damit ich mir ansehen kann, wie der Mörder meiner Mutter kaltgemacht wird. Mein Vorgesetzter meinte, das sei das erste Mal in dreißig Jahren, daß er diese Ausrede gehört hätte.«

»Kann ich mir vorstellen. Aber als Arzt haben Sie sich doch der Rettung des Lebens verschrieben, Stuart. Ich habe mich gefragt, ob es dadurch schwieriger für Sie ist, die Todesstrafe zu akzeptieren.«

Er schob seinen Stuhl etwas vom Tisch weg und massierte vorsichtig seine geschlossenen Augenlider mit dem Zeigefinger. Als er seine Augen wieder aufmachte, sahen sie noch röter aus, und er hatte den verwirrten Gesichtsausdruck von jemandem, der sich nicht mehr so recht daran erinnern konnte, wie er an diesen Ort gekommen war.

»Ich weiß, daß es sich ziemlich rachsüchtig und gar nicht nach Onkel Doktor anhört«, sagte er, »aber ich bin in dieser Sache der gleichen Meinung wie Otto Normalverbraucher. Ich glaube, daß wir die Todesstrafe brauchen. Nicht zur Abschreckung; das schreckt niemanden ab. Aber zur Vergeltung. Ich glaube, daß wir mit einer schrecklichen Wut darauf reagieren. Das erhält die moralische Ordnung.« Er sah sie mit einem schiefen Lächeln an. »Geben Sie's doch zu. Sie sehen bei Ihrer Arbeit doch ziemlich widerwärtige Verbrechen. Glauben Sie nicht, daß manche Menschen so böse und gefährlich sind, daß wir sie loswerden müssen, sie einfach aus der Gesellschaft entfernen müssen?«

»Menschen wie Louie Bronk?«

Er nickte, nahm seine Gabel wieder in die Hand und aß den kleinen verbliebenen Rest des Kartoffelpürees.

»Was meinen Sie, wie es am Montag sein wird – die Hinrichtung mitzuerleben?« fragte sie.

»Nun ja, für mich wahrscheinlich einfacher als für Sie. Ich bin relativ oft Zeuge von Todesfällen, müssen Sie wissen. Ich bezweifle, daß dieser sehr viel anders sein wird.«

»Aber die Todesfälle, die Sie miterleben, sind nicht kaltblütig vom Staat geplant.«

»Stimmt. Allerdings glaube ich, daß der Tod durch Sodium Thiopental einer der angenehmsten ist, soweit das möglich ist. Der Tod, wie wir ihn hier sehen, ist oft schmerzhaft und grausam.«

»Würden Sie es lieber sehen, wenn Louies Tod auch so wäre? Schmerzhaft und grausam?«

Er sah lange hinunter auf seinen leeren Teller, bevor er sagte: »Und Sie?«

»Manchmal«, gab sie zu. »Wenn ich an den Schmerz und die Angst denke, die er verursacht hat. Aber ich fürchte, ich habe einen rachsüchtigen Charakter. Wie steht's mit Ihnen?«

»Manchmal überkommt mich eine große Wut, wenn ich an meine Mutter denke. Im Grunde hat es Al stärker als mich getroffen. Also werde ich stellvertretend für sie wütend.«

»Ich würde gerne wissen, Stuart, ob der Mord an Ihrer Mutter irgend etwas mit Ihrer Entscheidung für Medizin zu tun hatte – und besonders Notfallmedizin.«

Die Frage schien ihn zu überraschen. »Nein, wie kommen Sie darauf?«

»Ach, ich habe nur daran gedacht, wie Sie nach Hause kamen und sie dort fanden, und daß Sie deshalb vielleicht etwas tun wollten, damit Sie in solchen Notfällen nicht so hilflos wären. Ich habe schon oft gedacht, daß es in dieser Hinsicht beruhigend sein muß, Arzt zu sein. Man wüßte, was man tun kann.«

Er lachte bitter. »Das ist ja eine sehr romantische Vorstellung vom Arztberuf, Mrs. Cates. Sehr oft kann man nichts unternehmen. Wie im Fall meiner Mutter. Als ich sie fand, hätte der beste Chirurg auf der Welt nichts mehr für sie tun können.«

»Wenn es Ihnen nichts ausmacht, Stuart, würde ich Sie gerne ein paar Dinge über jenen Tag fragen.«

Er wischte sich den Mund mit der Papierserviette ab und stieß sich vom Tisch ab. »Nur zu.«

»Als Sie Ihre Mutter in der Garage fanden, bemerkten Sie da irgendwelche kleinen Schnitte auf ihrer Kopfhaut?«

Er sah mit hochgezogenen Augenbrauen auf. »Schnitte? Auf der Kopfhaut? Ich glaube nicht. Warum fragen Sie?«

»Ach, nur weil eine Assistentin des Amtsarztes mich darauf aufmerksam gemacht hat. Es gab eine Reihe winzigkleiner Verletzungen, die nach dem Tod zugefügt wurden.«

»Davon höre ich zum erstenmal«, sagte er. »Aber wie Sie wissen, war es ziemlich dunkel in der Garage. Selbst bei geöffneter Tür. Da ich anfangs noch nicht einmal die Einschußwunde bemerkte, oder das Blut, hätte mir auch sonst leicht etwas entgehen können.«

»Und in solchen Augenblicken übersieht man leicht etwas«, sagte Molly und erinnerte sich daran, wie der Hilfssheriff zu ihr gekommen war und ihr mitgeteilt hatte, daß ein Toter, auf den die Beschreibung ihres Vaters paßte, tot im See treibend gefunden worden war. Sie war damals sechzehn gewesen, nur zwei Jahre älter als Stuart beim Mord von Tiny. Das hatten sie gemeinsam. Sie fragte sich, ob es ihn genauso tiefgreifend verändert hatte wie sie.

»Das stimmt. Als ich mit dem Fahrrad in die Garage kam und sie sah, hatte ich das Gefühl, unter Wasser oder in einer anderen Dimension zu sein.«

»Wann merkten Sie, daß sie tot war?«

»Ich war so schwer von Begriff. Wahrscheinlich nicht gerade die besten Voraussetzungen für den Arztberuf, befürchte ich. Ich sah sie da liegen und wollte sofort die Mund-zu-Mund-Beatmung ausprobieren, die ich gerade in der Schule gelernt hatte. Dann bemerkte ich die Einschußwunde und das Blut.«

»Ich würde gerne wissen, Stuart, warum Sie an diesem Tag früher nach Hause kamen. Hatten Sie nicht vorgehabt, den ganzen Tag über bei Mark zu bleiben und dort zu schlafen?«

»Das hatte ich vor.« Er streckte die Hand nach einem kleinen Brotrest aus, dem einzig übriggebliebenen Krümelchen auf seinem Teller, und steckte ihn in den Mund. »Aber ich überlegte es mir anders.«

»Warum?«

Er seufzte. »Ich habe Ihnen ja schon erzählt, daß Mark ein Idiot erster Güte ist. Und im Grunde war ich immer schon ein Einzelgänger. Ich wollte einfach nach Hause.« Er stieß sich noch weiter vom Tisch ab, streckte die Beine aus und gähnte. Er hielt die Hand nicht vor den Mund.

»Träumen Sie je davon?« fragte Molly und dachte an ihre eigenen Unterwasser-Träume.

»Noch nie. Toi-toi-toi.« Er klopfte auf die Tischplatte.

»Wie steht es mit der langen Zeit, die zwischen Verurteilung und Hinrichtung vergangen ist, Stuart? Seit dem Mord sind mehr als elf Jahre vergangen.«

»Mein Gott. Elf Jahre – so lange, daß ich in der Zwischenzeit die Schule, das College und das Medizinstudium beendet habe. Fast mein halbes Leben. Und jetzt entschließen sie sich endlich, das Urteil zu vollstrecken.« Er schüttelte langsam den Kopf.

»Was halten Sie davon?« fragte Molly.

»Natürlich ist es sehr lange, aber andererseits finde ich es auch wichtig, daß ihm jede Berufungsmöglichkeit gegeben wird und man sichergeht, daß das Verfahren rechtmäßig war und so. Das ist das wichtigste an der Sache – daß wir den Richtigen kriegen.«

»Glauben Sie, daß Louies Prozeß fair war? Sie waren noch relativ jung, aber Sie waren dabei.«

»So jung war ich auch nicht mehr – vierzehn. Ich erinnere mich an alles genau, ich habe es aufgeschrieben und es größtenteils mitverfolgt. Ich halte ihn für fair. Immerhin sagte der Typ, daß er es war. Und es gab jede Menge Beweise.« Er stieß den Teller von sich. »Sie haben mir eine Menge Fragen gestellt. Darf ich Sie jetzt auch mal etwas fragen?«

»Natürlich.«

»Ich sagte Ihnen am Telefon, daß ich gerade Ihr Buch gelesen habe, übrigens das erste nichtmedizinische Buch seit fünf Jahren. Meine Schwester hat es mir gegeben.« Zum ersten Mal sah er sie mit wachem Blick an. »Ich frage mich, warum Sie es wohl geschrieben haben.«

»Warum?«

»Warum über diesen Fall? So etwas Unerfreuliches. Es war eine Riesenaufgabe. Jede Menge mühseliger Recherche. Wofür haben Sie das gemacht? Hat es sich gelohnt?«

»Ich muß von etwas leben«, antwortete sie und sah ihm ins Gesicht, um herauszufinden, ob ihm diese Erklärung reichte. »Und ob es sich gelohnt hat, werde ich erst feststellen, wenn ich meine Tantiemenabrechnung bekomme.«

Er schüttelte den Kopf. »Nein. Es muß einfachere Möglichkeiten geben, sein Geld zu verdienen.«

»Anfänglich berichtete ich für den *American Patriot* über den Fall, es hat mich fasziniert. Ich weiß nicht, ob ich es besser erklären kann, Stuart.«

Er stützte die Ellbogen auf den Tisch und das Kinn auf seine Hände. »Vielleicht haben Sie das Gefühl, daß Gewalt weniger bedrohlich würde, wenn Sie einen Mordfall durch und durch verstehen könnten.«

Molly wollte gerade antworten, als Stuart die Stirn runzelte und jemandem am anderen Ende des Raumes zuwinkte. »O wei. Da ist Alison.«

Molly drehte sich um und sah das Mädchen näher kommen. Sie trug die gleichen zerfetzten Jeans und das weiße T-Shirt wie gestern. Ihre schmalen Schultern waren vorgebeugt, und die Haare hingen ihr fettig und matt ins Gesicht. Sie sieht aus, als hätte sie ebenfalls eine Nachtwache hinter sich, dachte Molly.

Alison beugte sich herunter und küßte ihren Bruder auf die Wange. »Hallo, Stu«, sagte sie und legte eine Hand auf seine Schulter.

Er stand auf und zog einen Stuhl von einem benachbarten Tisch für sie heran. »Setz dich, Al. Gott, du siehst ja schrecklich aus. Wäschst du dir eigentlich nie die Haare?«

»Ich weiß. Ich wollte mit David Mittag essen, aber er hat mich versetzt, also habe ich mir gedacht, ich komme dich besuchen, bevor ich zum Psychoheini gehe.«

Sie wandte sich Molly zu. »Hallo, Mrs. Cates.«

Ein kalter Schauder lief Molly den Rücken herunter, als sie das von David Serrano hörte. »Haben Sie es bei ihm zu Hause versucht?« fragte sie.

»Nein. Es kann allerdings sein, daß ich die Zeit oder den Ort durcheinandergebracht habe.« Sie legte eine Hand an die Stirn und schloß die Augen. »In der letzten Zeit scheine ich einiges durcheinanderzubringen.« Immer noch mit geschlossenen Augen sagte sie: »Mrs. Cates, ich möchte ja nicht unhöflich sein, aber ich müßte allein mit meinem Bruder sprechen. Sind Sie denn bald fertig?«

Stuart antwortete, bevor Molly ein Wort sagen konnte. »Ja, sind wir. Und ich muß sowieso in ein paar Minuten gehen.«

Molly hielt das Gespräch noch nicht im geringsten für beendet, aber Alison sah so verzweifelt aus, als bräuchte sie auf der Stelle Trost von ihrem Bruder, daß Molly sich entschloß, schnell zu verschwinden. Sie stand auf und sagte: »Vielen Dank, Stuart. Vielleicht könnten wir uns noch mal unterhalten?«

»Vielleicht in Huntsville«, sagte er. »Ich weiß, daß die Hinrichtung nicht vor Mitternacht stattfindet, aber ich werde am Montag zeitig hinfahren – mir den Tag freinehmen. Vielleicht sehe ich Sie dort.«

»Schön.« Molly wollte gerade weggehen, als der Gedanke an David Serrano sie zurückhielt. Sie drehte sich zurück zum Tisch. »Ich mache mir Sorgen um David. Seit gestern versuche ich ihn zu erreichen. Wann haben Sie ihn denn zum letzten Mal gesehen?«

»Ich habe ihn noch gar nicht gesehen«, sagte Stuart.

»Er war Montag abend bei uns«, sagte Alison. »Mark wollte Dienstag mit ihm joggen gehen, hat er aber nicht getan. Ich weiß nicht mehr, warum. Ich glaube, David hat sich gedrückt.«

»Na gut, aber wenn Sie von ihm hören«, sagte Molly, »sagen Sie ihm bitte, daß er mich sofort anrufen möchte.« Sie schaute hinunter auf Alison. »Und es bleibt dabei, Alison, morgen um halb neun?«

Alison strich sich die Haare aus der Stirn. »Ach, natürlich. Sie kommen zu mir, damit wir über Ihren Artikel sprechen können. Die Wegbeschreibung habe ich Ihnen schon gegeben, oder?«

»Genau. Machen Sie's gut«, sagte Molly und dachte, daß man es sehr, sehr gut machen müßte, um das in Ordnung zu bringen, was mit Alison McFarland nicht stimmte.

Kapitel 10

Rosen sind rot
Veilchen sind blau
Am Ende sind wir alle tot
Das weißt du ganz genau.

Louie Bronk
Todestrakt, Ellis I Unit
Huntsville, Texas

Ihr Reihenhaus in den Northwest Hills war Mollys Refugium. Alles daran war perfekt – sonnig, kompakt, ruhig und, was das Beste daran war, sie brauchte es mit niemandem zu teilen. Kein Kind, keine Mitbewohnerin, kein Hund, kein Mann. Erst kürzlich hatte sie sich eingestanden, wie sehr sie es genoß, ein Plätzchen zu haben, das nur ihr ganz allein gehörte, wo sie alles so einrichten konnte, wie ihr das gefiel, und es auch dabei blieb, wo sie nach ihrer eigenen Uhr leben konnte. Ihre alleinstehenden Freundinnen waren einstimmig der Überzeugung, daß sie alles für einen guten Mann in ihrem Leben tun würden; das konnte Molly schon nachvollziehen. Ein vernünftiger Mann in ihrem Leben wäre nicht schlecht, aber nicht in ihrem Haus. Eines ihrer Lebensziele war es, nie wieder das Badezimmer mit einem Mann teilen zu müssen.

Genau in dem Moment, als sie zur Tür hereintrat, fing das Telefon zu klingeln an; unheimlich, als ob jemand sie beobachtete.

»Molly Cates, hier ist Grady. Endlich bist du zu Hause. Hör mal, was hältst du von einem Dinner heute abend?«

»Grady, war irgend etwas in der Post?«

»Ach, das ist ja wirklich ein interessantes Thema, das du da ansprichst. Wir könnten uns beim Essen darüber unterhalten. Was hältst du vom *County Line*? Ich hab Lust auf was ordentlich Fettiges.«

»Ich kann nicht, Grady. Jo Beth und ich haben heute abend Aerobics.«

»Aerobics? Molly! Du? Seit wann denn das?«

»Grady, du kennst mich nicht mehr. Ich mache seit Jahren regelmäßig Sport«, log sie.

»Hmmm. Das müßte ich erst sehen.«

»Was ist also mit meiner Post?«

»Darüber kann ich am Telefon nicht sprechen, Molly, das weißt du doch.«

Er spielte ein Spielchen mit ihr. Davon würde sie sich aber nicht beeindrucken lassen.

»Ich könnte aber hereinkommen und sie dir bringen«, sagte er.

»Wo bist du?«

»Vor deiner Tür.«

Molly legte den Hörer auf den Tisch und ging zur Tür, wobei sie sich die Haare glattstrich. Sie machte die Tür auf und sah nach draußen. Der weiße Ford Tempo, der auf der anderen Straßenseite parkte, hatte auf dem Heck eine lange, gerade Antenne.

Sie schloß die Tür und ging zurück zum Telefon. »Sehr lange vorher meldest du deinen Besuch ja nicht gerade an.«

»Aber ich habe vorher angerufen, stimmt's?«

Er stand schon vor der Tür, als sie ihm aufmachte, und er sah gut aus, so frisch rasiert und geduscht, mit dem cremigweißen Hemd und überraschend wenig zerknautschtem Anzug. Jane, oder wie sie heißen mochte, hatte eindeutig einen positiven Einfluß auf seine Garderobe und sein Erscheinungsbild ausgeübt.

Er sah sich um und pfiff anerkennend durch die Zähne. Dann zog er einige Umschläge aus der Tasche. »Oh. Hier ist deine Post. Zwei Rechnungen, eine schon überfällig, deine Kfz-Anmeldung, eine Nachricht von deinem Agenten betreffs eventuellen britischen Rechten über eine erkleckliche Summe und ein Brief von einem Charles Logan, Staatsanwalt, der schreibt, daß er immer noch an die Nächte in Abilene denkt.« Er schaute mit einem säuerlichen Gesichtsausdruck auf sie herunter. »Immer noch dabei, was?«

Molly riß ihm die Umschläge aus der Hand.

Er trat einen Schritt zurück und sagte: »Aber heute nichts von deinem dichtenden Brieffreund dabei.«

Sie sah die Briefe durch. Alle Umschläge waren zugeklebt und sahen aus, als ob niemand sie berührt hätte. »Warum habt ihr die aufgemacht?«

»Nur, um ganz sicher zu gehen. Jetzt, wo er dich direkt bedroht hat.« Er sah auf die Uhr. »Siebzehn Uhr neunundfünfzig«, sagte er. »In einer Minute bin ich außer Dienst.«

Er durchstreifte das Wohnzimmer, sah sich alles an, ließ sich dann in ihrem bequemsten Sessel nieder und sah wieder auf die Uhr. »Punkt sechs«, sagte er und lehnte sich zurück. »Offiziell außer Dienst.«

Sie ignorierte die Andeutung auf einen Drink. »Ja, setz dich doch, Grady. Fühl dich ganz wie zu Hause.«

Er lächelte zu ihr hoch, wobei seine gebräunte Haut sich zu Unmengen von Lachfältchen verzog, die wie Sonnenstrahlen von seinen Augenwinkeln ausgingen.

»Jetzt«, sagte Molly, während sie immer noch ihre Post durchsah, »darfst du mir erzählen, was du über David Serrano in Erfahrung gebracht hast.«

Er schlug seine Beine übereinander. »Das gleiche, das du auch herausgefunden hast, als du gestern abend bei seiner Cousine warst. Er ist verschwunden, ohne seine Klamotten, seine Aktentasche und auch ohne seine Bluthochdruckmedikamente. Wir wissen, daß er nicht bei sich zu Hause in Brownsville ist. Wir haben eine landesweite Suchmeldung nach ihm und seinem Wagen rausgegeben – einem schwarzen Lincoln Town.«

Molly legte die Briefe auf das Flurtischchen und kam auf ihn zu. »Das hört sich gar nicht gut an, oder?«

»Er ist entweder auf der Flucht, oder er schwimmt irgendwo mit dem Bauch nach oben. Du kennst ihn. Was meinst du?«

Serranos nervöse Bewegungen fielen ihr wieder ein, der Schweiß auf seiner Oberlippe. »Ich glaube, er hatte vor etwas Angst. Ich habe dir erzählt, daß er bewaffnet war, aber er sah zu nervös aus, um geradeaus schießen zu können. Es kann gut sein, daß er tot ist.«

Grady nickte wieder. »Molly, warum versetzt du nicht Jo Beth und kommst mit mir zum Essen?«

»Weil ich mit ihr zum Fitnesskurs gehen will und nicht mit dir zum Essen.«

Er lehnte sich mit dem Kopf gegen den Armsessel und strich mit dem Zeigefinger über seinen Schnurrbart, direkt oberhalb seiner Lippe. »Oh, Molly, das ist eine der Sachen, die ich an dir vermißt habe.«

Molly merkte, wie sie seinen Finger beobachtete und dachte, wie es sich wohl anfühlen würde, wenn sie mit ihrem Finger über seine Lippen streichen würde. Verdammt. Sie hatte sich geschworen, das alles nicht zu tun. »Grady«, sagte sie mit harter Stimme, »willst du mir den Hof machen, oder bist du nur hier, um in meinen Briefen herumzuschnüffeln?«

Er runzelte die Stirn. »Sind das die einzigen Alternativen?«

Sie setzte sich in den anderen Sessel ihm gegenüber. »Erzähl mir von der Autopsie, und ich erzähle dir irgendwann auch mal was Saftiges.«

Er seufzte. »Na gut. Die Autopsie. Achtundvierzigjährige weiße Frau. Dr. William Mixter, Amtsarzt von Travis County, begann mit einem Y-förmigen Einschnitt, dem gewöhnlichen Schnitt von beiden Schultern zur Magengrube und dann in gerader Linie hinunter zum Schambein.«

»Hör schon auf, Grady, du glaubst doch nicht, das du mich schockieren kannst, oder? Ich habe wahrscheinlich schon genauso viele Autopsien gesehen wie du.«

»Ach, du willst nur das Ergebnis? Warum sagst du das nicht gleich? Todesursache war eine spitze Hohlkugel, Kaliber fünfundvierzig – was wir bei der Polizei gerne als ›kontrollierte Expansion‹ bezeichnen –, die an der linken Schulter in ihren

Rücken eindrang und das Herz streifte. Eine zweite Kugel durchschlug die Mitte der Wirbelsäule und blieb in der linken Lunge stecken. Wir haben die Kugeln, aber diese Geschosse haben die unangenehme Eigenschaft, auseinanderzufliegen, weswegen sie für ballistische Vergleichszwecke in keinem sehr guten Zustand mehr sind, selbst wenn wir die Waffe hätten. Wir haben alle Waffen im Hause McFarland überprüft, und es ist keine 45er dabei. Die Schüsse wurden aus mehr als einem Meter Entfernung abgefeuert. Der Kopf war sauber rasiert, mit einer Sicherheitsrasierklinge, wahrscheinlich nach dem Tod. Sie scheint nicht sexuell belästigt worden zu sein. Wolltest du das wissen?«

»Zeitpunkt des Todes?«

»Tja, wenn das bloß so wissenschaftlich genau festzustellen wäre wie im Fernsehen, wo der Amtsarzt sagt, daß die Tat zwischen 7:42 und 7:44 verübt wurde; aber Mixter geht davon aus, daß es zwischen sechs und neun Uhr morgens geschehen ist. Wahrscheinlich. Den Monat kann er genau bestimmen.«

»Es wird also nicht taugen, um irgendeines der Familienmitglieder als Verdächtigen auszuschließen?«

»Nein.«

Sie lehnte sich vor. »Grady, mir liegt etwas auf der Seele, und ich möchte, daß du mir deine ehrliche Meinung sagst.«

»Das werde ich«, sagte er.

Sie atmete tief durch. »Als ich den ersten Meisterdichter-Brief bekam, du weißt schon, diesen ›Da will ich mich in seinen Künsten üben‹, schien es, als könnte es eine Drohung sein, eine Art allgemeiner Drohung. Du wirst das vielleicht unglaublich begriffsstutzig finden, aber mir ist nicht einmal der Gedanke gekommen, daß er eine Drohung an die McFarlands sein könnte, auch wenn die Seiten, die ich zusammen mit dem Gedicht bekam, von dem Mord an Tiny McFarland handelten. Ich habe ihn ungefähr um siebzehn Uhr erhalten, und später, als ich sie Jo Beth gezeigt habe, sagte sie, wir sollten dich auf der Stelle anrufen und sie dir zeigen. Das wollte ich nicht. Ich habe sie mittags am nächsten Tag zu Stan Heffernan gebracht, und er fand nicht, daß es etwas sei, worüber man sich beunruhigen sollte. Zu diesem Zeitpunkt war Georgia natürlich schon tot und lag in der Sonne, wo sich Ameisen und Geier über sie hermachten.«

Molly atmete noch einmal tief ein. »Was ich nun gerne wüßte: Wenn ich es dir am Dienstag abend gezeigt hätte, hättest du es als Drohung an die McFarlands erkannt und sie gewarnt?«

Er sah ihr forschend ins Gesicht. »Da hast du dir aber wirklich den Kopf drüber zerbrochen, was?«

»Ja, natürlich. Es ist schon schlimm genug, daß dieses Monstrum von einem Meisterdichter meint, er würde mein Buch als Vorlage zum Töten benutzen; da kann ich nicht auch noch die Angst obendrein gebrauchen, daß ich durch meine Fahrlässigkeit daran Anteil gehabt haben könnte.«

»Das leuchtet mir ein«, sagte er.

»Und? Hättest du sie gewarnt?« fragte sie.

»Nein.«

Sie stieß die Luft aus, die sie unwissentlich angehalten hatte.

Er lächelte. »Genauer gesagt hat Jo Beth mich doch angerufen, nachdem sie nach Hause kam. Sie hatte das Gedicht auswendig gelernt – schlaues Mädchen. Ich meinte zu ihr, daß es sich nach dem Üblichen anhörte. Wenn es hier also irgendeine Art von Schuld gibt, können wir sie zwischen uns aufteilen.«

Sie hatte das Bedürfnis, aufzuspringen und ihn auf die Wange zu küssen, oder vielleicht auf den Mund.

Er lehnte sich zu ihr herüber. »Es ist nicht sehr erfreulich, auf einmal als Beteiligte in der Sache drinzustecken, was?« fragte er.

»Nein. Als ich an dem Buch arbeitete, habe ich mich immer wieder gefragt, ob es nicht ein wenig voyeuristisch und geschmacklos sei, über ein wirkliches Verbrechen zu schreiben, um Leser zu unterhalten. Aber mir wäre niemals eingefallen, daß ich irgendein Unheil damit anrichten könnte. Und an meinen besten Tagen sagte ich mir, daß es vielleicht sogar aufklärerisch sein könne.«

»Ich halte es für sehr unwahrscheinlich, daß es irgendeinen Schaden angerichtet hat, Molly.«

»Glaubst du denn nicht, daß diese Gedichte von dem Killer sind?« sagte sie.

»Möglicherweise. Aber selbst wenn sie es sind, glaube ich, daß es sich als jemand herausstellen wird, der versucht, die Aufmerksamkeit von sich abzulenken, hin zu einem verrückten Louie-Bronk-Nachahmer. Ich bin überzeugt, daß Georgia von jemandem umgebracht wurde, den sie gut kannte.«

»Warum?«

»Aus mehreren Gründen. Nummer eins: Erinnerst du dich an die Thermoskanne?«

Sie nickte.

»Rate, was in der Tasche ihres Bademantels war?«

»Was?«

Abrupt stand er auf. »Laß uns beim Essen weiter darüber sprechen. Und beim Trinken, besonders brauche ich etwas zu trinken.«

Sie streckte den Arm aus und hielt ihn fest. »Sag mir, was in ihrer Tasche war, und ich besorge dir hier etwas zu trinken«, sagte sie.

»Das ist ein Wort.« Er setzte sich wieder und schlug die Beine übereinander.

»Also«, sagte sie, »was war in ihrer Tasche?«

»Zwei Styroporbecher und ein Beutelchen Süßstoff. Was ist jetzt mit meinem Drink?«

Molly ging in die Küche. »Sie hatte sich also mit jemandem zum Kaffeetrinken im Pavillon verabredet«, warf sie über die Schulter zurück.

Grady stand auf und ging ihr nach. »Sieht ganz danach aus, oder? Wenn dein Meisterdichter der Killer ist, dann ist es auch jemand, mit dem sie im Bademantel Kaffee trinken würde.«

Bei dem Gedanken wurde Molly unwohl. »Was möchtest du?« fragte sie beim Kühlschranköffnen.

»Ich vermute, du hast in der Zwischenzeit nicht gelernt, wie man einen Erdbeer-Daiquiri macht.«

»Wie wär's mit einem Bier?«

»Na gut. Ein Bier.«

Sie holte zwei Coors Light aus dem Kühlschrank und öffnete sie. Dann nahm sie zwei hohe Gläser aus dem oberen Küchenschrank. Als sie sich umdrehte, beobachtete er sie, den Kopf auf die Seite gelegt.

»Ein Glas?« fragte sie.

»Natürlich. Wofür hältst du mich? Für einen Bullentölpel, der aus der Dose trinkt?«

»Hat sie ihren Kaffee mit Süßstoff getrunken?« fragte Molly, als sie Bier in eines der Gläser goß.

»Nein.«

Sie schenkte Bier in das andere Glas ein und reichte es ihm. »Wer in der Familie tut es?«

»In der Familie sind sie scheinbar alle Süßmäulchen. Sie benutzen alle Süßstoff, einschließlich Mark Redinger, der übrigens einige Jugendstrafen hat.«

»Wofür?«

»Das sind Verschlußsachen, wie du weißt.«

»Aber du hast die Akten trotzdem gelesen«, sagte Molly.

Grady hielt sein Glas hoch und wartete darauf, daß sie mit ihm anstieß.

Als sie ihm ihr Glas entgegenstreckte, trat er einen Schritt auf sie zu, so daß er direkt hinunter in ihre Augen sah, als die Gläser aneinanderstießen. »Auf dich, Molly«, sagte er. »Redinger wurde dreimal verhaftet. Zweimal mit sechzehn, weil er in anderer Leute Fenster geglotzt hat. Und einmal wegen tätlichem Angriff. Er hatte eine Auseinandersetzung mit dem Mann einer Frau, mit der er ein Verhältnis unterhielt. Er war fünfzehn, die Frau war fünfunddreißig.«

Molly wich einen Schritt zurück und lehnte sich an die Arbeitsplatte. »Was hast du sonst noch für Anhaltspunkte, daß Georgia von jemandem ermordet wurde, den sie kannte?«

»Ach, wahrscheinlich bin ich einfach schon zu lange in diesem Geschäft. Aber du kennst doch die Zahlen. Falls sich herausstellen sollte, daß Charlie es nicht war, dann war es eins von den

Kindern oder Mark Redinger. Wußtest du, daß Charlie Georgia ganz massiv in seinem Testament berücksichtigt hatte?«

»Nein. Wie massiv?«

»Seinen halben Besitz – wahrscheinlich an die zehn Millionen. Die andere Hälfte soll zwischen den beiden Kindern aufgeteilt werden, treuhänderisch, mit Georgia als Treuhänderin, bis beide dreißig sind. Glaubst du nicht, daß sie das geärgert haben muß?«

»Ja, allerdings. Besonders, da ein Großteil von ihrer Mutter stammte.«

Grady nickte. »Aus Erfahrung weiß ich eins: Wenn Kinder, eine zweite Frau und jede Menge Zaster zusammentreffen, ergibt das eine hochexplosive Mischung.«

Molly mußte zustimmend nicken. »Was hast du sonst noch über Georgia herausgefunden?« fragte sie.

»Laut einstimmiger Meinung eine hochanständige Frau. Witwe. Er kannte sie schon ewig. Ihr Mann starb vor sieben Jahren an einem Schlaganfall. Charlie machte ihr vier Jahre lang den Hof, bevor sie vor zwei Jahren heirateten. Alle sind sich einig, daß er sie innig liebte und sie sich gut mit den Kindern verstand, im Grunde sogar besser als Charlie selbst. Sie brachte selbst nur sehr wenig Geld mit in die Ehe, und er wollte ihr etwas vermachen. Deswegen das Testament. Aber wir bleiben dran. Selbst anständige Frauen haben manchmal Affären, wie ich gehört habe.«

Molly ging ins Wohnzimmer. »Hast du schon die Louie-Bronk-Akte gelesen?«

»Ich war die ganze letzte Nacht wach, um sie zu lesen.« Er trank einen kräftigen Schluck von seinem Bier. »Hochinteressant. Aber wie ich schon sagte: Schnee von gestern.«

»Du bist also hinter Charlie her«, sagte sie.

Er kam ihr nach ins Wohnzimmer. »Da kannst du Gift drauf nehmen, daß ich Charlie hinterher bin. Molly, ich habe schon zuviel ausgeplaudert. Ich weiß ja, daß du deinen Lebensunterhalt verdienen mußt. Und es sieht weiß Gott danach aus, als wäre der höher als meiner, aber es ist doch abgemacht, daß du nichts darüber schreiben wirst, bevor wir keine Festnahme gemacht haben?«

Sie setzte sich. »Charlie war gestern völlig überrumpelt, Grady. Und tief schockiert. Ich weiß es.«

Er beugte sich vor und tätschelte ihr Knie. »Tja, Molly, ich weiß nicht so recht, wie unvoreingenommen du ihn beurteilst. Ich glaube, du magst diesen Mann – das sehe ich doch sofort. Er ist der Typ, für den du eine Schwäche hast. Erinnert dich wahrscheinlich an deinen Daddy.«

Sie zog ihr Knie von seiner Hand fort. »Jetzt machen Sie sich mal besser auf den Weg, Lieutenant. Ich muß mich umziehen.«

»Das macht gar nichts. Wir können unsere Unterhaltung nebenan fortsetzen, während du dich umkleidest.«

Sie ging zur Eingangstür und hielt sie sperrangelweit auf. »Danke, daß du vorbeigekommen bist.«

Er ging langsam zur Tür, blieb direkt davor stehen und drehte sich zu ihr um. »Komm, Molly, laß uns eine Wette abschließen. Ich wette mit dir um ein Steakessen mit einer Flasche Rotwein bei *Steak and Ale*, daß Charlie McFarland für den Tod seiner Frau verantwortlich ist.«

Molly schaute in die blassen Augen und lächelte mit soviel Überzeugung, wie sie aufbringen konnte. »Abgemacht«, sagte sie fest.

Er klopfte gegen den Riegel oberhalb des Türknaufs. »Ziemlich gutes Schloß hast du da. Das an der Hintertür auch. Falls du daran denkst, sie abzuschließen. Aber ich wünschte nur, du hättest eine Alarmanlage.«

»Woher weißt du das mit der Hintertür?«

»Ach, die hab ich mir angesehen, als ich darauf gewartet habe, daß du nach Hause kommst.« Er hob die Hände schützend hoch, als erwarte er eine Ohrfeige. »Ich tue nur meine Pflicht, Ma'am. Du bist eine alleinstehende Dame, und du hast eine Todesdrohung von jemandem bekommen, der höchstwahrscheinlich schon eine Frau kaltgemacht hat.«

Molly merkte, wie sich ihr ganzer Brustkorb vor Angst zusammenschnürte. »Dann glaubst du also, daß der Meisterdichter Georgia umgebracht hat.«

»Ich sagte ›wahrscheinlich‹.«

»Einen Moment mal. Wenn du tatsächlich meinst, daß es sich hier um eine Familienangelegenheit handelt und die Nachrichten vom Meisterdichter nur eine Tarnung sind, warum sollte ich mir dann Sorgen machen?«

Er sah auf seine Füße. »Ach, Molly, nur weil ich mich schon so oft geirrt habe und ich nicht will, daß dir irgend etwas zustößt.«

Ihre Überraschung war so total, daß ihr der Unterkiefer herunterklappte. Vor ihr stand ein Mann, der ihres Wissens noch nie einen Fehler eingestanden hatte. »Grady«, sagte sie mit Erstaunen in der Stimme.

»Mein größter Wunsch wäre, daß du für einen Monat verschwindest und niemandem erzählst, wohin. Wart die Sache nur diesmal ab, bis wir jemanden verhaftet haben.« Er sah ihr direkt in die Augen. »Ich vermute, du wirst nicht ...«

Sie grinste zu ihm hoch.

»Ja, das habe ich mir gedacht«, sagte er. »Und wahrscheinlich weigerst du dich immer noch, eine Waffe zu haben.«

»Richtig. Ich hasse die Scheißdinger immer noch.«

»Na, dann hab ich hier ein Geschenk für dich.« Er zog einen Schlüsselanhänger mit einem kleinen zylindrischen Behälter von der Größe eines dickeren Lippenstiftes daran heraus und gab ihn Molly.

Auf dem Behälter las sie: »›Super-CSX Tränengas‹.« Sie ließ ihn in ihre große Tasche fallen, die offen auf dem Flurtischchen stand. »So etwas hab ich mir immer gewünscht. Sehr lieb von dir, Grady.«

Er zuckte die Achseln. »Letzte Woche habe ich eine Kiste Werbeexemplare geschenkt bekommen, als ich auf einer Versammlung von Bürgern gegen Gewalt gesprochen habe. Besser als nichts. Würdest du es bitte gleich an deinem Schlüsselbund befestigen?«

»Klar. Jetzt schenk ich dir aber auch was. Wart einen Moment.« Sie ging in ihr Arbeitszimmer und nahm ein Exemplar von *Blut schwitzen* aus dem Karton mit den fünfzig Freiexemplaren, die ihr der Verlag geschickt hatte. Sie nahm einen Füller aus dem Schreibtisch und ging zurück zur Haustür.

Grady war dabei, das Tränengas an ihrem Schlüsselbund zu befestigen. »Gott, du hast ja jede Menge Schlüssel. Die wiegen bestimmt 'ne Tonne.«

Molly legte das Buch auf das Tischchen, klappte den Umschlag auf und signierte es auf der Titelseite. Dann überreichte sie es Grady. »Falls du noch nicht genug Verbrechen in deinem Leben hast«, sagte sie zu ihm.

Er öffnete den Einband, um die Widmung zu lesen. »›Für Grady‹«, las er laut vor. »›Alles Gute, Molly Cates.‹ Wie persönlich. Ich bin gerührt.«

Er nahm ihre Hand und drückte sie fest an seine Wange. »Halt dich aus jedem Ärger raus, Molly, ja?«

Kapitel 11

Aus Staub gemacht
Am Ende ist's der Tod, der lacht.
Gemacht aus Erde
Daß es wieder zerfallen werde.
Haut und Haar
Blut und Grind
Der Wurm gewinnt.

LOUIE BRONK
Todestrakt, Ellis I Unit
Huntsville, Texas

Gut. Und jetzt kommt der Gesäßmuskel«, kommandierte Michelle vom Podest aus. Sie mußte brüllen, um die lautstarke Musik zu übertönen. Im Vierfüßlerstand beugte sie sich auf Ellbogen und Unterarmen nach vorne, hob ein angewinkeltes Bein hinter sich an und bewegte es auf und ab.

Molly spürte das Dröhnen der Musik in ihrem Körper, als sie es folgsam nachmachte. Sie betrachtete sich in der Spiegelwand und schüttelte den Kopf. »Ich fühle mich wie ein Hund beim Pinkeln«, sagte sie zu Jo Beth. »Kaum zu glauben, daß ich tatsächlich meine besten Jahre mit so etwas verbringe.«

»Mach dir keine Sorgen, Mutter. Du verbringst keinen sehr großen Teil deiner besten Jahre damit.«

»Nur eine ganz kleine Bewegung«, brüllte Michelle. »Laßt die Gesäßmuskeln arbeiten. So ist's recht. Vier, drei, zwei, eins. Jetzt kreuzt ihr ein Bein über das andere, so.«

Nachdem sie einige Minuten lang schweigend gelitten hatte, sagte Molly: »Ich bin es so leid, jedem zu erzählen, wie es ist, eine Leiche zu finden. Laß uns über etwas anderes reden. Wie geht die Vorarbeit für deinen Fall voran?«

»Na ja, gestern sind ein paar kleinere Schwierigkeiten aufgetaucht«, sagte Jo Beth, während sie nach unten sah und ihr Bein hinter sich auf und ab bewegte, »aber Ben scheint immer Zeit zu haben, um mir zu helfen, und er hat es drauf, ein Problem sofort bei der Wurzel zu packen. Wir haben gestern abend lange gearbeitet, und er hat mir geholfen, wieder auf die richtige Fährte zu kommen. Es sieht also so aus, als würde ich meinen Termin nächste Woche schaffen.«

»Ben?« fragte Molly und hob den Kopf. »Benson Williams?« Molly hatte Jo Beth' Chef vor mehreren Jahren einmal kennengelernt, einen der Eigner der Anwaltskanzlei Rutgers, Diamond und Williams, im Zusammenhang mit einem Artikel, den sie über eine Bankbetrugsaffäre geschrieben hatte. Sie erinnerte sich an ihn als einen großen, charismatischen Mann mittleren Alters mit einem schelmischen Blick. Williams war seit mehreren Jahren Mitglied des amerikanischen Kongresses, und Gerüchte besagten, daß er vorhatte, sich um das Gouverneursamt zu bewerben.

»Ja«, sagte Jo Beth. »Du kennst ihn. Was hältst du von ihm, Mom?«

»Ich habe ihn nur kurz kennengelernt, Schatz, aber ich hatte den Eindruck, daß er sehr kompetent ist. Und attraktiv.«

»Ja«, sagte Jo Beth mit kleinlauter Stimme, »das ist er.«

Molly verspürte einen leichten Anflug böser Ahnungen. »Hilf mir mal kurz auf die Sprünge, Jo Beth. Wie alt ist der Mann?«

»Ach, schwer zu sagen. Ben ist einer dieser alterslosen Männer. Wie Dad. Wahrscheinlich Anfang Vierzig.«

»Verheiratet?« fragte Molly, obwohl sie wußte, daß sie sich damit in gefährliches Territorium vorwagte.

Jo Beth hielt den Kopf gesenkt und bewegte weiter ihr Bein auf und ab. »Ja schon, aber...«

»Aber was?«

»Ach, ich weiß nicht. Sie war letzte Woche auf unserer Büroparty, anläßlich von John Setons Pensionierung, und sie kommt mir so... ach, ich weiß nicht, so alt und verkniffen vor, und er ist so vital und für alles Neue aufgeschlossen. Sie scheinen überhaupt nicht zusammenzupassen.«

Der Anflug böser Ahnungen hatte sich zu einem Sturmgewitter zusammengezogen. Molly hätte zu gerne gebohrt und gefragt, Ratschläge und Warnungen gegeben. Statt dessen biß sie sich auf die Lippen und hob weiter ihr Bein. Sie schaute auf den Hinterkopf ihrer Tochter und bewunderte ihr glattes, glänzendes braunes Haar, das auf ihre Hände herunterhing, das schlanke Bein in den schwarzen Gymnastikhosen, das sich unermüdlich auf und ab bewegte.

Sie merkte, wie sich ihre Brust mit liebevollen Gefühlen zusammenzog. Jo Beth, jetzt für alle außer Molly Elizabeth, hatte sich im zarten Alter von dreizehn einen Lebensplan zurechtgelegt: Sie würde an der Ostküste aufs College gehen, nach Bryn Mawr, hatte sie beschlossen, obwohl keines ihrer Elternteile je davon gehört hatte, noch sich vorstellen konnte, warum jemand außerhalb von Texas studieren wollte; ihr Plan war es, danach nach Texas zurückzukehren, um dort Jura zu studieren, und dann in Austin Rechtsanwältin zu werden. Sie würde viel Geld verdienen, zwei schwarze Labradore und eine eigene Wohnung haben und niemals heiraten.

Bisher war alles nach Plan verlaufen. Als sie in Bryn Mawr angenommen worden war, hatten Molly und Grady zusammen nur für die Hälfte der Studiengebühren aufkommen können. Also hatte Jo Beth sich für die andere Hälfte um finanzielle Unterstützung von der Uni gekümmert. In den Sommerferien hatte sie als Bademeisterin gearbeitet und genug Geld gespart, um Jura studieren zu können. Jetzt hatte sie eine Anstellung in einer der besten Anwaltskanzleien Austins, eine Wohnung in den schicken Westlake Hills und zwei Labradorwelpen. Was das Heiraten anbetraf, teilte sie ihre Aufmerksamkeit zwischen einem Tierarzt mittleren Alters und einem jungen Anwalt aus ihrer Firma, die sie beide als nichts weiter als gute Freunde bezeichnete. Und wie Molly sie kannte, stimmte das auch.

Molly bewunderte die Disziplin und unnachgiebige Entschlossenheit ihrer Tochter, aber andererseits machte sie sich auch Sorgen, ob die Illusion vollständiger Kontrolle über ihr Leben nicht mit einem Riesenkrach in sich zusammenbrechen würde, wenn etwas Unerwartetes in ihr Leben treten sollte. Was über kurz oder lang immer geschah.

Gerade als Molly meinte, daß ihr Bein an der Hüfte abbrechen würde, hielt Michelle inne und rief: »Freudige Überraschung. Zeit für Liegestütze. Wir machen dreißig. Molly Cates, ich behalte Sie im Auge.«

Molly stöhnte, streckte sich auf dem Bauch aus und stemmte sich dann auf den Händen hoch, Knie auf dem Boden. Was sie am meisten an ihrer Unfähigkeit haßte, die Liegestütze in diesem Kurs hinzubekommen, war, daß es noch nicht einmal richtige Liegestütze waren; es waren diese schwächlichen Liegestütze auf Knien, und trotzdem schaffte sie nicht mehr als zwölf, ohne zusammenzubrechen.

Michelle begann zu zählen. Bei acht war Molly lahm und bei zwölf völlig am Ende.

»Mrs. Cates«, sagte eine Stimme über ihr. Molly schaute hoch, lächerlich dankbar für die Unterbrechung. Einer der jungen Männer von der Rezeption stand mit aufgerissenen Augen und gerötetem Gesicht über ihr. »Telefon für Sie. Es ist ein Polizeibeamter, und er sagt, es wäre ein Notfall.«

Molly stand auf und folgte ihm zwischen den schwitzenden Leibern hindurch, hinaus zur Glastür zu dem Telefonanschluß neben dem Trinkwasserbrunnen. Sie drückte auf den blinkenden Knopf und nahm den Hörer ab. »Hallo.«

»Molly, bist du dran? Hier Grady. Tut mir leid, daß ich deine Klimmzüge unterbreche, aber ich hatte versprochen, daß ich anrufen würde, wenn ich etwas von David Serrano hören sollte.«

Molly lehnte sich mit der Schulter an die Wand.

»Der Streifenbeamte im Abschnitt Edward hat sich gerade um einen Anruf wegen Gestanks aus den Lagerräumen an der Burnet Road gekümmert. Hat sich als ziemlich überreifes Früchtchen erwiesen – in diesen Lagerräumen kann es verdammt heiß werden. Männlicher Hispanic, Mitte Dreißig, schlank, dunkelblauer Anzug, leeres Schulterhalfter, tödliche Schußwunde in der linken Kopfhälfte, so wie es aussieht. Keinerlei Papiere, aber die Beschreibung hört sich stark nach deinem Mr. Serrano an. Ich habe kein neues Foto und kann die Cousine nicht erreichen. Einer meiner Detectives schaut sich gerade am Tatort um, und ich werde gleich vorbeifahren. Warum begleitest du mich nicht und siehst ihn dir an? Vielleicht könntest du ihn für uns identifizieren.«

Molly warf einen Blick durch die Tür, wo Jo Beth und der Rest des Kurses immer noch Liegestütze machten. »In Ordnung, aber ich habe kein Auto hier. Jo Beth ist gefahren.«

»Ich hole dich im Streifenwagen ab. Wenn ich mich recht erinnere, hat dir das immer Spaß gemacht. Du darfst die Sirene bedienen, so wie früher. Zwölf Minuten wird's dauern, Molly. Halt dein Taschentuch parat.«

Langsam ging Molly zurück in den Raum, in dem sechzehn Frauen und zwei Männer mittlerweile einarmige Liegestütze machten, das Schlimmste von allem.

Molly hatte Jo Beth nichts über ihre aktuellen Zusammenkünfte mit Grady Traynor erzählt, außer, daß sie sich am Tatort des McFarland-Mordfalles begegnet waren. Normalerweise konnte sie mit ihrer Tochter über alles sprechen, aber jedes Mal, wenn sie daran gedacht hatte, Grady zu erwähnen, merkte sie, daß sie unfähig war, dieses Thema anzusprechen. Vielleicht, weil sie so viele Jahre nicht darüber gesprochen hatten, daß es zum Tabu geworden war. Oder vielleicht, weil sie befürchtete, daß Jo Beth ihre wahren Gefühle sofort durchschauen würde.

Sie ging neben ihrer Tochter in die Knie und sagte: »Das war dein Vater. Er holt mich in ein paar Minuten ab. In den Lagerräumen an der Burnet Road liegt eine Leiche. Es könnte David Serrano sein.«

Jo Beth hob den Kopf, ohne den Rhythmus ihrer Liegestütze zu unterbrechen. »Der Mann neulich abends bei Katz's?«

»Ja.«

»Hat das mit der McFarland-Sache zu tun?«

»Wenn er es ist, vermutlich ja. Es muß. Ich zieh mich jetzt an, Schatz, aber laß dich nicht durch mich stören.«

Jo Beth sah forschend in Mollys Gesicht, legte den Kopf auf die Seite und kniff die Augen zusammen, als wäre ihr gerade ein Einfall gekommen. Sie machte den Mund auf, um etwas zu sagen, preßte die Lippen dann aber aufeinander und schüttelte den Kopf, als wäre die Idee so abwegig, daß sie es nicht schaffte, sie über die Lippen zu bringen.

Grady hatte keinen Witz gemacht; Molly hatte es wirklich immer genossen, im Polizeifahrzeug zu fahren, besonders nachts und besonders, wenn Grady Traynor am Steuer saß. Es war ihr peinlich, es einzugestehen; sie hatte erwartet, daß die Begeisterung in ihrem Alter nachlassen würde, wie bei einem Kind, das aus seiner Leidenschaft für Dinosaurier oder Cowboys und Indianer herauswächst. Aber als sie auf der Koenig Lane quer durch die Stadt zur Burnet Road rasten, spürte sie es stärker als je zuvor. Das flackernde Blaulicht fing abgehackte Schnappschüsse der Welt ein, die an ihrem offenen Fenster vorbeirasten, und verfremdete sie. Es verwandelte die altvertraute, harmlose Szenerie, der sie täglich begegnete, in eine schnelle Abfolge fremdartiger Eindrücke, bei der die äußere Hülle abgezogen war und all die geheimen, nächtlichen Dinge darunter zum Vorschein kamen.

Und die Macht der Sirene! Der Verkehr stob vor ihnen auseinander wie Ameisen. Wenn Grady durch die Lücken preschte, war es ein Gefühl, als würde sich das Rote Meer vor einem auftun.

Und sein Fahrstil hatte sich seit seinen Tagen als Streifenpolizist nicht verändert, als sie ihm bei der Nachtschicht oft Gesellschaft geleistet hatte. Er fuhr immer noch schnell, sehr schnell, aggressiv, direkt auf sein Ziel zu, als kenne er keine Zweifel an nichts auf dieser Welt.

Das Leben in einem Polizeiauto war einfacher, dachte sie, als Grady nach links in die Burnet Road einbog und Richtung

Norden wieder aufs Gaspedal trat – einfacher und intensiver. Deswegen mochte sie es so sehr.

Die Lagerräume befanden sich an einem Abschnitt der Straße, an dem ein Church's Fried Chicken, ein Pizza Hut, ein kleiner Donutladen, eine Schule und ein Academy Surplus standen – eine dieser ewiggleichen, klotzigen, altvertrauten amerikanischen Straßen, die überall im Land hätten sein können.

Molly war schon x-mal an den Lagerräumen vorbeigefahren, aber sie hatte das Gelände noch nie betreten. Noch nie genug Besitztümer angesammelt, um einen Platz zum Lagern zu benötigen, dachte sie.

Zwei Streifenwagen flankierten das Tor in dem hohen Maschendrahtzaun neben dem riesigen Schild, auf dem »Sie lagern ein, Sie schließen ab, Sie behalten den Schlüssel« stand. Grady zeigte seine Dienstmarke durchs Fenster und wurde gegrüßt, als sie hineinfuhren.

Im hinteren Teil des riesigen Geländes wurde die Nacht von zuckendem Rot und Blau erleuchtet. Sie fuhren auf die Lichter zu, an Reihen langer, niedriger Flachdachgebäude vorbei, die wie windige Baracken ohne Fenster aussahen. »Ist wirklich verdammt unheimlich hier«, brummelte Grady.

Als sie am hintersten Gebäude ankamen, wo Streifenfahrzeuge beide Enden des engen Fahrwegs zwischen zwei Baracken blockierten, bogen sie ein und hielten an. Das Rauschen vieler Funkgeräte auf unterschiedlichen Frequenzen lag mit dem schrillen Zirpen der Zikaden im Wettstreit um die Ruhe der Nacht. Hinter dem Leichenwagen, einem Chevy-Transporter mit schwarzgetönten Fenstern, waren mehrere Grüppchen Uniformierter versammelt.

Wenn das alles David Serrano zu Ehren war, dachte Molly, hatte er zu Lebzeiten sicherlich nie soviel Aufmerksamkeit genossen. Oder vielleicht doch – das eine Mal – während jener acht Tage im Jahre 1982, als er des Mordes verdächtigt worden war, bevor Louie Bronk das Verbrechen gestand.

Sie stiegen beide aus. Beim Vorbeigehen hob Grady bei jeder

Gruppe grüßend die Hand. Vor der offenstehenden Tür von Abteil 2870 standen Detective Caleb Shawcross und zwei uniformierte Beamte lachend und schwatzend im grellen Licht der Scheinwerfer, die den Ort beleuchteten. Zu ihren Füßen lag ein Leichnam, halb innerhalb und halb außerhalb des schrankgroßen Lagerraumes. Die Beine lagen draußen auf dem Asphalt, während sich der restliche Körper auf der anderen Seite der Türschwelle auf dem Betonboden befand.

Als Grady und sie näher kamen, hörten die Männer auf zu reden. Molly fühlte sich wie ein Eindringling bei irgendeinem männlichen Ritual, das durch die Anwesenheit von Frauen gestört wurde. Als sie neben dem Leichnam standen, nahm Grady sie am Ellbogen und zog sie an seine Seite. Molly atmete flach durch den Mund und versuchte, möglichst wenig von dem Gestank einzuatmen – jenem süßlichen, verdorbenen Geruch wie von rohem Hähnchenfleisch, das man Wochen nach dem Ablauf des Haltbarkeitsdatums im Kühlschrank entdeckte.

Molly fing bei den schwarzglänzenden Schnürschuhen an und wanderte mit den Augen hinauf zu dem schlanken, entspannt aussehenden Körper in dem gut geschnittenen blauen Anzug. Das Jackett war aufgegangen und ließ ein leeres Lederhalfter unter dem linken Arm sichtbar werden. Auf seinen wohlgeformten Wangen verfingen sich die kalten Lichtkegel in dunklen Stoppeln und glitzerten. Die Augen, die vor nicht einmal achtundvierzig Stunden noch dunkel und glänzend gewesen waren, sahen jetzt stumpf und trocken aus, halb offen, als hätte ihn gerade ein Lärm aus dem Schlaf geschreckt. Sein Mund war entspannt und lächelte weich. Der Tod stand David Serrano besser als Georgia McFarland.

Zwei Tage, zwei Leichen – die Dinge waren weiß Gott in Bewegung geraten.

Direkt oberhalb und hinter dem linken Ohr war eine schwarze, unangenehm aussehende Wunde.

»Ist es Serrano?« fragte Grady.

»Absolut«, sagte Molly.

Grady nickte Caleb Shawcross zu. Molly hatte ihn am Tag zuvor am McFarland-Tatort kennengelernt, aber bis jetzt hatte sie ihn sich noch nicht genauer angesehen. Er war ein großer, kräftiger Mann in einem glänzenden grauen Anzug. An den Seiten war sein Kopf rasiert, obwohl sein mit Pomade zurückgekämmtes Haar oben lang und schwarz war. Es sah aus, als hätte er sich einen Bürstenschnitt zulegen wollen und mittendrin seine Meinung geändert, oder als wollte er zwei widersprüchliche Seiten seines Wesens mit einem einzigen Haarschnitt ausdrükken.

»Wie steht's, Caleb«, sagte Grady. Er deutete auf Molly. »Du hast Miß Molly Cates gestern abend am McFarland-Tatort kennengelernt. Molly, du erinnerst dich an Detective Caleb Shawcross von der Mordabteilung, heute der Einsatzleiter hier.«

Caleb streckte einen kraftvoll aussehenden Arm über den Leichnam hinweg aus und schüttelte Mollys Hand. »'n Abend, Ma'am«, sagte er in breitestem Texanisch.

Grady blinzelte zu dem Leichnam hinunter. »Und, Caleb, das hier ist Mr. David Serrano, Leichenbestatter unten von der Grenze. Brownsville. Ehemaliger Haushaltsgehilfe und Baby-Sitter der Familie McFarland, vor zirka elf Jahren. Da haben wir es ja mit einem ausgewachsenen Krimi zu tun.«

Caleb hockte sich hin und starrte in die halbgeöffneten Augen des Leichnams. »'n Abend«, sagte er zu dem Toten.

»Was haben wir bisher herausbekommen?« fragte Grady und hockte sich ebenfalls hin, so daß er auf der gleichen Höhe wie der Detective war.

Caleb zeigte auf einen der uniformierten Polizisten, einen schmächtigen Mann mit dunklem Schnurrbart. »Streifenbeamter Cavallos war als erster hier. Cavallos, der Lieutenant hier würde gerne hören, wie dieser Tote Sie aus der Besenkammer angesprungen hat.«

Cavallos lachte unbehaglich und warf dem uniformierten Mann neben sich einen Blick zu. »Ja, Sir, als wir schließlich das Schloß aufgesägt hatten und die Tür aufmachten, na ja, der

Leichnam drückte irgendwie gegen die Tür, und die Füße fielen nach draußen, so wie Sie es jetzt sehen, Sir. Für einen Augenblick sah es wirklich so aus, als würde er uns anspringen.« Er lachte wieder bemüht. »Sie hätten Jackson springen sehen sollen, Sir. Wahrscheinlich hat er eine Art Weltrekord im Standweitsprung aufgestellt.«

Der andere Polizist trat einen Schritt weg von ihm und sah Cavallos durchdringend an. »Ja, aber das war ja wohl nicht ich, der die Knarre gezogen und geschrien hat: ›Rühr dich nicht vom Fleck, Arschloch.‹«

Die Männer lachten, lauter und länger, als die Anekdote es verdiente, wie Molly fand. Aber es war ihr nichts Neues, daß Menschen, die eine Menge gewaltsamer Todesfälle miterlebten, das verzweifelte Bedürfnis hatten, darüber Witze zu reißen. Die besten Witze, die sie kannte, waren alle an Mordschauplätzen erzählt worden.

Caleb Shawcross richtete sich auf. »Sieht so aus, als wäre er woanders kaltgemacht und dann hier abgeladen worden, Lieutenant. Und ich glaube, ich weiß auch, wo – wir haben gerade sein schwarzes Lincoln-Town-Auto in einer Ecke des Geländes neben dem Zaun gefunden. Überall Blut. Die Frau im Büro sagt, dieses Abteil hier sei leer gewesen, also muß der Mörder sein eigenes Schloß davorgehängt haben, als er verschwand. Barrow hat das schon auf Abdrücke eingesackt. Zusammen mit dem Revolver – Smith & Wesson, Kaliber .38, Combat Special.«

»Können wir den Knaben jetzt mitnehmen?« fragte eine Stimme hinter ihnen. Molly drehte sich zu ihr um. Der junge Mann trug weiße Shorts und ein graues, ärmelloses T-Shirt mit dunklen Schweißflecken auf der Brust. Molly erkannte ihn als Bill Mixter, den Assistenzamtsarzt von Travis County. Er war wohl die Vertretung, solange Robert Perez im Urlaub war.

Grady sagte: »Hi, Bill. Kennen Sie Molly Cates? Sie hat diesen Typ gerade als einen David Serrano aus Brownsville, Texas, identifiziert.« Er deutete mit dem Kopf Richtung Leiche.

Bill und Molly nickten sich zu; sie hatten einander bei einem ihrer zahlreichen Besuche im örtlichen Leichenschauhaus schon kennengelernt.

»Wann?« fragte Grady ihn.

»Na ja, Lieutenant«, sagte der junge Amtsarzt, »Sie wissen, wie schwer man das bei der Hitze und so feststellen kann.« Er zuckte die Achseln. »Die Verwesung hat eindeutig schon eingesetzt.«

Grady rümpfte die Nase. »Für diese Mitteilung brauche ich keinen Assistenzamtsarzt für achtzigtausend Dollar im Jahr.«

Der Arzt hielt seinen Mittelfinger hoch. »Die Augen sind trocken. Er scheint aus dem zweiten Stadium der Leichenstarre schon heraus zu sein. Ganz grob würde ich ungefähr fünfzig Stunden sagen.«

Grady nickte. »Aber wir können Ihnen weiterhelfen. Molly hat Mr. Serrano lebendig und trinkenderweise Dienstag abend bei Katz's gesehen um« – er schaute zu Molly – »wieviel Uhr?«

»Ungefähr um einundzwanzig Uhr dreißig«, sagte sie. »Außerdem, Bill, weiß ich genau, daß er zu dieser Zeit frisch rasiert war.« Sie warf wieder einen Blick auf den Toten. »Seit ich ihn das letzte Mal gesehen habe, ist der Bart auf jeden Fall noch gewachsen.«

Der Arzt zog sein Notizbuch aus der Tasche. »Sehr schön, Molly. Wußten Sie, daß, im Gegensatz zum weitverbreiteten Irrglauben, die Haare nach dem Tod nicht mehr wachsen?«

Sie nickte. »Das wußte ich.«

»Es ist schon klar, warum Leute das glauben« – er kritzelte etwas in sein Notizbuch – »weil es oft so scheint, als wären Haare und Nägel gewachsen, dabei trocknet nur die Haut außen herum aus und schrumpft. Wenn Sie das mit einbeziehen, könnten Sie es sich vielleicht noch einmal von nahem ansehen und abschätzen, wieviel Bartwuchs das wäre?«

Molly ging ein paar Schritte auf den Leichnam zu. »Darf ich seine Wangen anfassen?« fragte sie und sah Bill Mixter an.

»Nur zu«, sagte er.

Molly hielt den Atem an und kniete sich neben den Toten. Sie strich mit den Fingerspitzen über seine Wange. Unter den pieksigen Bartstoppeln fühlte sich die Haut klamm an, so wie sie sich die Haut eines Meeressäugers vorstellte. Sie ließ die Finger auf seiner Wange liegen, während sie sich sein Gesicht ihr gegenüber an dem kleinen Tisch bei Katz's vergegenwärtigte – es war olivbraun und so glatt gewesen, als hätte er sich erst vor einer Stunde rasiert.

Langsam zog sie ihre Hand weg und stand auf. »Als ich ihn gesehen habe, waren da keinerlei Stoppeln, nicht mal ein Schatten ums Kinn. Wenn man also Schrumpfung der Haut berücksichtigt –« sie dachte kurz nach. »Ich würde schätzen, daß das schon einige Stunden Bartwuchs sind, seit ich ihn zuletzt gesehen habe, vielleicht fünf oder sechs oder sogar mehr.«

Grady steckte die Hände in die Hosentaschen. »Glaub mir, Bill, hier hast du eine Expertin in Bartfragen vor dir.«

Molly weigerte sich, ihn anzusehen oder darauf einzugehen.

Der Arzt sah ein wenig verwirrt drein und sagte: »Das hilft uns sehr, Molly. Vielen Dank.« Er wandte sich an Grady. »Das heißt, daß er wahrscheinlich seit weniger als vierzig Stunden tot ist. Wir werden sehen, ob uns der Mageninhalt weiterhilft.«

Grady kniete sich wieder neben den Toten. »Dann liegen sein Tod und der Zeitpunkt, an dem Georgia McFarland abgemurkst wurde, nicht sehr weit auseinander. Es wäre äußerst hilfreich, Doc, wenn wir wüßten, ob er vor oder nach der Dame ins Gras gebissen hat. Wenn Sie mir das rausfinden können, haben Sie die Hälfte Ihrer Achtzigtausend verdient. Und wenn Sie mir dann noch sagen können, ob sie mit derselben Waffe erledigt worden sind, wäre das die andere Hälfte wert.«

Bill Mixter dachte ein paar Sekunden lang nach. »Eins kann ich Ihnen auf jeden Fall auf den ersten Blick sagen: Die Waffe hatte Kontakt mit der Haut, als der Schuß abgefeuert wurde, und er hat keinen Selbstmord verübt, wenn er nicht ausgetüftelt hat, wie er sich selbst hier drinnen einschließen könnte. Wir wären dann soweit, Lieutenant, um ihn mit zum Metzger zu nehmen, wenn Sie einverstanden sind.«

Grady zuckte die Achseln. »Da müssen Sie Caleb fragen. Ich bin hier nur kurz mit meiner Freundin reingeschneit.« Er grinste. »Was meinst du, Caleb? Laß dich von niemandem hetzen. Das ist ein großer Fisch wegen der Verbindungen zum McFarland-Mord, laß dir also Zeit.«

Caleb betrachtete schweigend die Szenerie. Dann streckte er den Daumen nach oben. »In Ordnung, Doc. Nehmen Sie ihn ruhig mit. Wir sind soweit fertig.«

Der Assistenzarzt gestikulierte. Zwei Helfer zogen eine Bahre hinten aus dem Leichenwagen und setzten sie neben dem ab, was von David Serrano übriggeblieben war. Sie neckten sich vergnügt, während sie ein Laken um den schlanken Körper wickelten und ihn auf die Bahre hoben. Sie erinnerten Molly an zwei Teppichleger, die ihrer Arbeit fröhlich und geschäftsmäßig nachgingen und den sterblichen Überresten von David Serrano ungefähr genausoviel Respekt entgegenbrachten wie einer Rolle mittelteurer Auslegware. Sie verstand. Auch bei ihrer Arbeit war es oft notwendig, sich von der Trauer und dem Unglück der Menschen, über die sie schrieb, zu distanzieren. Doch die Art, wie das System einen Leichnam als nichts weiter als ein Beweisstück behandelte, konnte sie heute abend nicht ertragen, und ihr dröhnte der Schädel. Die Stimmen waren zu laut und das Gelächter zu grob.

Molly trat ein paar Schritte zurück und schloß die Augen. Verdammt. Diese flackernden Lichter allein reichten ja schon völlig, um einem Kopfschmerzen zu bereiten. Man sollte meinen, daß man sie allmählich abschalten könnte. Aber Polizisten fanden das scheinbar belebend.

Sie warf einen Blick hinüber zu Grady, um zu sehen, ob er bereit zum Abmarsch war. Er und Caleb Shawcross unterhielten sich vor einem der Mannschaftswagen. Grady wandte ihr den Rücken zu und hatte einen Fuß auf die Stoßstange des Wagens gestellt. Der Stoff der Hose spannte sich eng über seine schmalen Hüften. Sie begann, an früher zu denken. So etwas Lächerliches. Dies war der falsche Zeitpunkt und der falsche Mann. Und es machte ihre Kopfschmerzen nur noch schlimmer. Der Leichenwagen fuhr davon. Sie sah sich um und dachte über die Perversion des Menschen nach – ihre Perversion –, in der der Tod zum ultimativen Aphrodisiakum wird. Irgend etwas an der Nähe des Todes bringt einen dazu, loszugehen und etwas zu tun, um sich zu beweisen, wie lebendig man noch ist.

»Gut, Detective, leg dich mal ordentlich ins Zeug in dieser Sache. Und sag mir nach der Autopsie Bescheid.« Grady schlug Caleb auf den Rücken und nahm dann Mollys Arm, als sie zum Auto zurückgingen. Er hielt ihr die Wagentür mit viel Getue auf, etwas, was Molly haßte.

Als sie zum Tor hinausfuhren, rückte Grady am Rückspiegel herum und sagte: »Alles in Ordnung, Molly? Du siehst etwas grün um die Kiemen herum aus. Es war doch nicht wegen der Leiche, oder?«

»Nein. Natürlich nicht. Mir geht's gut. Nur ein bißchen Kopfweh. Hab nicht sehr viel geschlafen letzte Nacht.«

Er warf ihr einen Blick zu. »Ich auch nicht.«

Schweigend fuhren sie zum Gelände hinaus.

»Molly«, sagte er, als sie nach rechts in die Burnet Road einbogen, »erzähl mir doch noch einmal von deinem Gespräch mit Serrano am Dienstag abend.«

Molly schloß die Augen, lehnte ihren Kopf gegen die Rückenlehne und beschrieb die Begegnung – Davids Nervosität, seine unterdrückte Wut, seine Bedenken wegen der Hinrichtung, seine Gefühle hinsichtlich der McFarlands und der Vergangenheit, seine Geschichte mit den Schnittwunden in Tinys Kopfhaut. »Ach, Grady«, sagte sie, »ich wünschte nur, ich hätte ihn nicht so schnell gehen lassen. Wenn ich nur ein bißchen länger drangeblieben wäre, ihn ein bißchen mehr gekitzelt hätte, ein paar Fragen mehr gestellt hätte, hätte er mir vielleicht mehr erzählt. Hab ich denn gar nichts gelernt in all den Jahren?«

Grady langte mit dem Arm um das Gewehr herum, das wie eine Barriere zwischen ihnen aufragte, und legte ihr kameradschaftlich die Hand auf die Schulter.

Sie rutschte nicht weg.

»Meinst du, er gab nur an, oder hatte er es wirklich zu was gebracht?« fragte er.

»Ich glaube, er war wirklich reich. Aber du wirst das ja sicher überprüfen, stimmt's?«

»Aber ja, natürlich. Molly, laß uns mal sehen, ob uns ein Geistesblitz kommt und wir ein mögliches Szenario für diese zwei Morde zurechtbasteln können. Ich habe eins, das ich gerne mal an dir testen würde.« Er warf ihr einen schnellen Blick zu.

»Schieß los.«

»Aus irgendeinem Grund muß Charlie McFarland Georgia loswerden. So was soll's geben, weißt du. Er legt sich dieses raffinierte Alibi mit der Dusche und der Geschäftsreise zurecht. Und er plant, daß du die Leiche findest.«

»Nein. Wie hätte er das denn anstellen sollen, Grady? Es war reiner Zufall, daß ich mir die Sache mit den Geiern näher ansehen wollte.«

»Nun warte doch mal ab, Molly. Es ist doch noch völlig ins unreine gesprochen, was ich mir da zurechtspinne. Hier geht's um Geistesblitze, und das wichtigste dabei ist, sich nirgendwo zu schnell festzubeißen. Hör einfach zu. Charlie ist ein steinreicher Geschäftsmann, der es gewöhnt ist, die unangenehmen Dinge im Leben von anderen erledigen zu lassen. Vielleicht hat er beschlossen, jemanden anzuheuern, der die Drecksarbeit für ihn erledigt, vielleicht einen ehemaligen Angestellten. Vielleicht war David Serrano ja Leichenbestatter, aber von einer ganz speziellen Sorte. Vielleicht hat er den Leichenbestattern Arbeit verschafft, ihnen neue Märkte erschlossen. Immerhin kam Serrano bewaffnet in die Stadt, wie du selbst gesagt hast, Molly. Er war einer von der aufbrausenden Sorte. Er hat viel Kohle gemacht. Das alles paßt dazu, daß er vielleicht als Killer im Geschäft war. Und diese Grenzstädte sind doch die reinsten Brutstätten der Gewalt, oder?«

Molly sagte nichts. Sie schlüpfte aus ihren Schuhen und legte die Füße hoch aufs Armaturenbrett.

Grady fuhr fort: »Nachdem die Tat verübt und Georgia tot war, traute Charlie Serrano nicht, daß er es für sich behalten würde, also bezahlte er ihn mit einer Kugel ins Hirn und stopfte ihn in einen Besenschrank.«

Molly nickte. Sie glaubte kein Wort, aber möglich war es. »Dieses Szenario funktioniert natürlich nur, wenn David nach Georgia ermordet wurde.«

»Ja«, sagte er, völlig in Gedanken versunken.

»Weißt du«, sagte sie, »David war wahrscheinlich schon ein paar Stunden, nachdem er im Katz's mit mir geredet hat, tot – dieser Umstand macht mir wirklich zu schaffen. Meinst du, daß die Unterhaltung mit mir irgend etwas mit seinem Tod zu tun haben könnte? Vielleicht wollte jemand nicht, daß er mir etwas erzählt.«

Grady fuhr auf der Koenig Lane nach rechts Richtung Northwest Austin, wo Molly wohnte. Ausnahmsweise fuhr er in der vorgeschriebenen Geschwindigkeit.

Molly sagte: »Jetzt bedenk doch bloß, wie das zeitlich alles zusammenpaßt. Vor einem Monat wird das Datum von Louie Bronks Hinrichtung festgelegt. Vor drei Wochen kommt mein Buch heraus. Am Dienstag versucht Charlie McFarland, mich davon abzubringen, weiter über Louie Bronk und den Mord an seiner ersten Frau zu schreiben. Am selben Tag erhalte ich einen anonymen Brief, in dem steht, daß der Verfasser Louie nacheifern will. Am selben Abend will David Serrano, der im ersten Mordfall ursprünglich der Hauptverdächtige war, auspacken, und später am Abend – wahrscheinlich – wir wissen nicht, wann – wird er ermordet. Mittwoch morgen wird Charlies zweite Frau ermordet, ebenfalls erschossen. Ach, ich weiß nicht. Ich bekomme nur noch mehr Kopfschmerzen davon.«

»Tja, eine Sache ist jedenfalls klar«, sagte Grady, »daß alles völlig unklar ist.«

»Mm-hm«, meinte Molly. »Und das alles fünf Tage, bevor der verurteilte Mörder der ersten Frau hingerichtet werden soll.«

Grady sagte: »Die Sache sieht immer schlechter für McFarland aus, oder nicht?«

Molly gab keine Antwort.

Schweigend bog er in die Steck Avenue ein, dann nach links in Mollys Reihenhaussiedlung und blieb vor ihrem Haus stehen. Jo Beth' weißer Volvo parkte in der Einfahrt.

Grady schaltete den Motor und Scheinwerfer aus und drehte sich zu ihr. »Tut der Kopf immer noch weh?« fragte er leise.

Plötzlich stand Molly wieder diese Erinnerung aus vergangenen Zeiten vor Augen: Grady Traynor hatte damals die beste Technik weit und breit zur Vertreibung von Kopfschmerzen gekannt. Sie fragte sich, ob er wohl immer noch das Händchen dafür hatte. »Ja«, sagte sie, »er tut noch weh.«

»Darf ich mal meine Hand versuchen?« fragte er und glitt unter dem Lenkrad heraus. Mit erstaunlicher Geschicklichkeit schaffte er es, über das herausragende Gewehr und die Vorrichtung, in die es eingespannt war, auf ihre Seite der Sitzbank zu klettern.

Sie wußte, daß es Wahnsinn war, jetzt noch weiterzugehen. Aber ihr Kopf platzte mittlerweile fast vor Schmerzen.

Er legte seine langen Finger um beide Seiten ihres Kopfes und drückte mit den Handballen sanft gegen ihre Schläfen.

Es war ein so wunderbares Gefühl, daß sie sich augenblicklich darin verlor. Er drehte ihren Kopf, so daß sie ihm den Rücken zuwenden mußte, und rückte dann näher, bis er direkt hinter ihr saß. »Lehn dich an mich«, flüsterte er ihr ins Ohr. »Entspann dich, sonst wirkt es nicht.«

Sie wußte, daß es ein Fehler war, und sie den Punkt ohne Umkehr überschritt, aber sie ließ sich gegen ihn sinken und fühlte die Hitze seines Körpers und die Kraft seiner Brust an ihrem Rücken. Mit den Spitzen der drei mittleren Finger drückte er gegen ihre Schläfe und beschrieb kleine Kreise. Allmählich steigerte er den Druck, bis es sich anfühlte, als dränge der beständige Druck den Schmerz zurück.

Gleichzeitig beschrieb er mit den Daumen kleine Kreise hinter ihren Ohren. Es war wundervoll. Das Kribbeln breitete sich vom Kopf durch den Hals in ihrem ganzen Körper aus und produzierte ein leichtes Flattern tief in ihren Eingeweiden und ein Gefühl, als hätte sich jeder einzelne Knochen bis hinunter in ihre Zehen verflüssigt.

Langsam bewegte er seine Hände hinunter auf ihren Hals und ihre Schultern und begann, sie zu massieren. »Ist es hier gut?« fragte er und drückte die Finger in die verspannte Stelle zwischen ihren Schulterblättern.

»Mmmmm«, meinte sie. Er hatte seine Begabungen auf jeden Fall nicht verloren. Jetzt, wo sie es zuließ, erinnerte sie sich an alles genau. Hier war ein Mann, der das Vorspiel spielte – endloses, einfallsreiches und unermüdliches Vorspiel –, weder ihr erster noch ihr letzter Liebhaber, aber sicherlich der beste.

»Besser so?« flüsterte er, sein Atem heiß in ihrem Ohr. Dann spürte sie seinen Atem tiefer, in ihrem Nacken, dann die Berührung seiner Lippen an der gleichen Stelle. Langsam bewegte er die Hände auf ihren Schultern die Arme hinunter zu ihren Brüsten.

Ein Auto kam quietschend vor dem Nachbarhaus zum Stehen und erfaßte sie mit den Scheinwerfern. Aufgeschreckt richtete Molly sich auf und rückte fort.

Grady versuchte, sie wieder an sich zu ziehen, aber sie schüttelte den Kopf.

Mollys junge Nachbarn stiegen aus dem Auto und standen lachend und plaudernd auf der Straße, während sie dem Polizeiauto neugierige Blicke zuwarfen.

Grady sah den Volvo in Mollys Einfahrt an und seufzte tief. »Ich vermute, Jo Beth ist da«, sagte er.

»Sieht so aus«, sagte Molly und fuhr sich mit der Hand durchs Haar.

Er nahm ihre Hand und drückte sie. »Vielleicht können wir uns morgen weiter unterhalten. Da weitermachen, wo wir unterbrochen worden sind.«

Sie wollte die Tür auf ihrer Seite aufmachen, aber er hielt ihre

Hand weiter fest. »Vielen Dank für deine Hilfe heute abend, Molly. Paß auf dich auf; hier ist ein Mörder unterwegs. Und scheinbar kennt er jetzt keine Skrupel mehr.«

Sie nickte ihm zu, machte ihre Hand los und stieg mit einem bangen Gefühl aus.

Als sie drinnen angekommen war und die Tür hinter sich abgeschlossen hatte, schaltete sie das Außenlicht aus und lugte durch das schmale Fensterchen neben der Tür. Er saß immer noch dort im Dunkeln und hatte den Motor noch nicht angelassen.

Als sie Schritte hinter sich hörte, zuckte Molly zusammen und fuhr herum.

»Und«, fragte Jo Beth, »war er es?«

»Häh?«

»David Serrano – war er es?«

»Oh, ja, er war's.«

»Ist das da draußen im Polizeiwagen Dad?«

Molly schaute wieder nach draußen, als wäre sie sich nicht sicher, wer er war. »O ja«, sagte sie, »er ist es.«

Kapitel 12

Lügen haben kurze Bein
Lügen ist böse und hundsgemein.
Lügen, da müssen sie überlegen
Lügen sind ein wahrer Segen.
Lügen tun wir überall
Hochmut kommt vor dem Fall.

LOUIE BRONK
Todestrakt, Ellis I Unit
Huntsville, Texas

Mit einem Keuchen wachte Molly Cates auf; in ihrem Kopf schrillte es. Es war das Klingeln des verdammten Telefons – sicherlich das unangenehmste Geräusch auf Gottes Erdboden, um geweckt zu werden. Sie streckte die Hand aus und tastete auf der Ablage am Kopfende danach. »Hallo.«

»Mom, hast du schon in die Morgenzeitung geguckt?« Jo Beth' Stimme klang atemlos.

»Jo Beth. Nein, ich bin gerade erst aufgewacht. Was ist...«

»Geh einfach und hol sie und lies den Artikel auf der Titelseite des Lokalteils im *Patriot*. Du, ich bin schon zu spät dran für meine Besprechung. Ich ruf dich an, sobald sie vorbei ist.«

Molly legte auf, atmete tief aus und ließ sich zurück auf das Kissen sinken, um ihre Atmung wieder unter Kontrolle zu bekommen. Der Mord an David Serrano konnte eigentlich noch nicht in der Zeitung stehen. Um was es sich auch handeln sollte, sie wußte, daß es ihr nicht gefallen würde.

Sie stand auf und warf sich ihren alten Frotteebademantel über. Machte Kaffee, um etwas zum Festhalten zu haben, während sie das – was immer es auch war – las.

Sie eilte nach draußen und sammelte beide Zeitungen ein – die *New York Times* in ihrer blauen Plastikhülle und den *Austin American Patriot* in der durchsichtigen – und streifte beim Hineingehen die Plastikverpackung ab.

In der Küche goß sie sich einen Becher Kaffee ein und zog den Lokalteil heraus. Die Schlagzeile ließ sie erstarren. Die Tasse unbeweglich an den Lippen, las sie es noch einmal Wort für Wort durch, um zu sehen, ob sie beim ersten Hinschauen richtig gelesen hatte. »BRONK WIDERRUFT GESTÄNDNIS IN MORDFALL VON 1982«. Sie merkte, wie sich ihr Magen langsam umdrehte. Sie setzte sich und las den Artikel:

HUNTSVILLE, *24. Sept. (AP). Der verurteilte Serienmörder Louie Bronk stellte heute in seiner Todeszelle die Behauptung auf, daß sein Geständnis vor elf Jahren, 1982 Andrea ›Tiny‹ McFarland in Austin ermordet zu haben, eine Lüge gewesen sei. Bronk soll am Dienstag durch die Todesspritze für den Raubmord an der siebenunddreißigjährigen Frau, die vor ihrem Haus in Northwest Austin erschossen worden war, hingerichtet werden.*

Bronk, 48, wurde von dem Geschworenengericht Travis County des Mordes zur Verdeckung einer Straftat schuldig gesprochen und zum Tode verurteilt. Man geht davon aus, daß er der berüchtigte Skalpierer von Texas ist, der in einem Zeitraum von fünf Jahren, zwischen 1977 und 1982, nicht weniger als fünfzehn Frauen im Einzugsgebiet der Interstate 35 ermordete. Neben dem Schuldspruch im Mordfall McFarland wurde er in vier weiteren Fällen des Totschlags schuldig gesprochen – an Greta Huff in San Marcos, Rosa Morales in Corpus Christi, Candice Hargrave in Waco und Lizette Pachullo in Denton. In diesen Fällen wurde er jeweils zu lebenslänglicher Haftstrafe verurteilt.

Bronk hat sich daneben zu wenigstens fünfzig weiteren Morden in zwölf Bundesstaaten schuldig bekannt, wobei jedoch eine Großzahl dieser Geständnisse als unwahr bewiesen werden konnten.

Bronk ließ diese Aussage am Donnerstag durch die Gründerin der texanischen Gefängnis-Seelsorge Adeline Dodgin verbreiten, die Bronk als seine Beraterin in Glaubensfragen und Vertraute bezeichnet.

Bronks Anwältin, Tanya Klein vom Hilfszentrum Texas, die Bronk in den Revisionsverfahren vertreten hat, war nicht zu erreichen und stand für einen Kommentar nicht zur Verfügung.

In seiner handschriftlichen Erklärung behauptet Bronk, daß sein Geständnis in einem Zustand der Verwirrung und unter massivem Druck abgelegt worden sei. Laut seiner Erklärung hätten ihm die Beamten, die ihn verhörten, ausreichend Informationen über das Verbrechen zur Verfügung gestellt, so daß er ein überzeugendes Geständnis ablegen konnte.

Bronk legt dar, daß er das Geständnis erst jetzt widerrufe, da er in der jüngsten Vergangenheit den christlichen Glauben angenommen habe und die Tatsachen vor seinem Tod geraderücken wolle. »Ich weiß jetzt, daß die einzige Möglichkeit ist, die schlechten Dinge, die ich getan habe, wiedergutzumachen, die reine Wahrheit zu sagen und nichts als die Wahrheit. Gott soll mein Zeuge sein, ich habe Mrs. McFarland noch nie in meinem Leben gesehen. Ich bin wiedergeboren durch Jesus, und ich will die Zeit, die mir noch bleibt, als wahrer Christ leben. Deshalb will ich jetzt die volle Wahrheit sagen.

Das Buch, das über den Mord geschrieben worden ist, ist total »falsch«, behauptet Bronk weiter in seiner Erklärung, wobei er auf das kürzlich über das Verbrechen erschienene Buch aus dem Catton Verlag, Blut schwitzen *von Molly Cates, Journalistin beim* Lone Star Monthly, *Bezug nimmt. »Damals war ich noch kein Christ, und ich dachte mir gern etwas aus, also erzählte ich der Dame, die das Buch geschrieben hat, eine Mordsgeschichte. Sie glaubte einfach jedes Wort, das ich ihr erzählt habe, und hat es in dem Buch aufgeschrieben, aber nichts davon ist wahr. Sie ermutigte mich, diesen Haufen Lügen zu erzählen. Ich kann nicht glauben, daß es in diesem Land erlaubt ist, solche Lügen zu drucken.«*

Molly knirschte mit den Zähnen und las weiter:

Der Leitende Oberstaatsanwalt von Travis County, Stan Heffernan, damals Staatsanwalt, war Strafverfolger in dem Fall. Auf die Frage nach Bronks Widerruf seines Geständnisses sagte Heffernan: »Ich hätte nichts anderes von Mr. Bronk erwartet, der die Medien gerne manipuliert. Jetzt, um fünf vor zwölf, wo alle Berufungsmöglichkeiten erschöpft sind, ist dies nichts weiter als ein verzweifelter letzter Versuch von Mr. Bronk.«

Angesprochen auf den Mord vom Mittwoch an Georgia McFarland, 48, der zweiten Frau von Charles Clegg McFarland, sagte Heffernan, daß die Austiner Polizei mehrere wichtige Spuren verfolge.

Molly ließ die Zeitung auf den Tisch fallen. Dieser hinterhältige, lügnerische Mistkerl! Und das nach den ganzen schönen Worten von wegen mit Würde untergehen und dem roten Schrei nicht nachgeben. Die männlichen Verhaltensregeln in den Todeszellen schrieben vor, daß man stoisch ging, wenn die Zeit da war. Das schlimmste war, sich dem roten Schrei hinzugeben – den Schrecken der Hinrichtungskammer und die Todesangst hinauszuschreien. Und was tat er: winselte und wimmerte und war kurz davor, den roten Schrei zu schreien.

Aber warum um alles in der Welt sollte sie davon überrascht sein? Wie hatte ihr Daddy immer so schön gesagt: »Wer mit Hunden zu Bett geht, steht mit Flöhen wieder auf.«

Als sie sich entschlossen hatte, weitere Interviews mit Louie zu führen, und von dem Material etwas in ihr Buch aufzunehmen, hatte ihr jeder davon abgeraten. Ihr Lektor, ihr Agent, Richard, Jo Beth – alle hatten sie gewarnt, daß er zu durchgeknallt sei, eine zu unverläßliche Quelle. Dabei hatte sie ihn auch nicht einmal wirklich gebraucht; in den Verhandlungsniederschriften, den Fallberichten und Interviews hatten ihr reichlich Informationen zur Verfügung gestanden.

Aber sie war entschlossen gewesen, es aus seinem eigenen

Mund zu hören und einen Teil der Geschichte aus seiner Perspektive zu schreiben.

Sie hob die Kaffeetasse hoch und führte sie an die Lippen. Ihr Magen zog sich protestierend zusammen. Sie schüttete den Kaffee in die Spüle und sah zu, wie er den Edelstahlabfluß hinunterrann.

Warum bereitete diese Sache ihr solche Magenschmerzen? Louie war ein unverbesserlicher Lügner, dem nun die Unabänderlichkeit seines herannahenden Todes bewußt wurde. Niemand würde irgend etwas, das aus seinem Mund kam, ernst nehmen. Wenn sie sich über so ein bißchen Wirbel aufregte, sollte sie lieber über Wohltätigkeitsbälle oder den goldgefleckten Teichrohrsänger schreiben.

Sie sah auf die im Herd eingebaute Uhr. Es war halb acht; um halb neun hatte sie eine Verabredung mit Alison McFarland. Diese neueste Entwicklung machte es um so wichtiger, mit dem Artikel in die Gänge zu kommen: ein Mörder, der in letzter Minute das Geständnis widerruft, aufgrund dessen er verurteilt wurde – das war eine heiße Sache. Es würde eine sehr viel bessere Story ergeben. Das mußte sie immer im Hinterkopf behalten.

Molly duschte lang und heiß und zog ihre »Arbeitskleidung« an: naturfarbene Hosen, ein weißes T-Shirt und ein oranger Leinenblazer, den sie mochte, weil er verknittert aussehen sollte; das tat er auch. Nachdem sie sich angezogen hatte, fühlte sie sich etwas besser, aber in ihrem Magen grummelte es immer noch.

In ihrem Terminkalender sah sie die Wegbeschreibung zu Alison McFarlands Haus in South Austin nach. Dann packte sie ihr Notizbuch und den kleinen Panasonic-Kassettenrecorder ein, nicht, ohne noch einmal nachzusehen, ob auch eine Kassette darin war.

Molly fuhr durch den heruntergekommenen alten Teil von South Austin zu dem winzigen Holzbungalow, Monroe Street 1202, in dem Alison McFarland mit Mark Redinger wohnte. Das Dach war an etlichen Stellen ausgebessert. Teile von Dachpappebahnen hingen über die Dachkante, der Bürgersteig vor dem Haus war an den Stellen, wo die Wurzeln einer alten Eiche ihn durchbohrt und angehoben hatten, geborsten. Der Kontrast zu der modernen Villa ihres Vaters oben auf dem Berg hätte nicht größer sein können.

Als Molly vor dem Haus anhielt, war sie beruhigt, den roten Toyota in der Einfahrt zu sehen. Gestern hatte Alison so durcheinander ausgesehen, daß Molly unsicher war, ob sie ihren Termin einhalten würde. Und mittlerweile hatte sie vermutlich von David Serrano erfahren; gut möglich also, sie völlig fertig anzutreffen.

Molly ging zur Tür und klingelte. Als sie sah, daß die Tür offenstand, runzelte sie die Stirn und versuchte, durch die verbeulte Fliegengittertür aus Aluminium zu spähen. Himmel, wenn einen nicht einmal die Morde an zwei Menschen, die einem nahestanden, dazu brachten, die Tür abzuschließen, was dann?

Alison McFarlands nackte Füße machten keinerlei Geräusch; wie aus dem Nichts tauchte sie plötzlich auf der anderen Seite des Fliegengitters auf. Sie hatte abgeschnittene Jeans an, die aussahen, als wären sie abgekaut; an ihrem unteren ausgefransten Ende hingen die Fäden wirr auf ihre dünnen, bleichen Oberschenkel herunter. Sie öffnete die Fliegengittertür und hielt sie für Molly auf. »Mrs. Cates, haben Sie das mit David gehört?« In ihrer Stimme war ein schriller Klang.

»Ja, habe ich. Und es tut mir so leid. Wie haben Sie's erfahren?« Im Morgenlicht, das durch die offene Tür hereinfiel, sah das Gesicht des Mädchens milchig weiß aus. Die Ringe unter ihren Augen sahen wie wochenalte blaue Flecken aus.

»Mein Vater rief gerade an. Die Polizei meldete sich heute in aller Frühe bei ihm. Sie wollen mit uns über David reden. Ich habe gerade bei der Polizeiwache angerufen und denen von der Verabredung zum Mittagessen erzählt, zu der er gestern nicht gekommen ist. Sie erinnern sich, als ich Sie im Krankenhaus gesehen habe?«

»Ja, ich erinnere mich.«

»Und Mark wollte nach dem Joggen bei der Polizeiwache vorbei und ihnen berichten, wann wir ihn zum letzten Mal gesehen haben.«

»Wann war das, Alison?«

»Montag abend. Er kam vorbei, und wir drei gingen Pizza essen.«

»Sie drei? Sie, David und Mark?«

»Mhmm.«

»Sagten Sie, daß Mark David danach noch gesehen hat?«

»Nein. Sie wollten Dienstag abend joggen und danach einen trinken gehen, aber David rief an und sagte ab.« Sie faltete die Arme fest über ihrer knochigen Brust. »Und ich war sauer, daß er gestern nicht gekommen ist.« Sie kniff die Augen zu. »Und er war wahrscheinlich schon tot. O Gott. Es ist wie ein Alptraum, der nie mehr aufhört.«

Immer noch mit geschlossenen Augen sagte sie: »Und dann habe ich den Artikel heute morgen in der Zeitung gesehen – der über Louie Bronk, daß er behauptet, es nicht getan zu haben. Ich habe das Gefühl, als ob alles um mich herum zusammenbrechen würde.«

Molly legte ihr die Hand auf die Schulter und spürte das Zittern unter ihrer Hand.

Alison drehte sich um und ging voran in ein muffiges, dunkles Wohnzimmer, in dem ein paar nicht zusammenpassende Sessel um einen Couchtisch mit einer daran geklemmten Bürolampe standen. Sie setzte sich an den Tisch, der mit offenen Büchern und losem Papier bedeckt war, und fing an, auf ihrem Daumennagel zu kauen. Als sie aufsah und merkte, daß Molly sie beobachtete, hörte sie auf. »Setzen Sie sich doch. Bitte.«

Molly wählte den Sessel, der Alison am nächsten stand.

»Ich weiß einfach nicht mehr, was ich denken soll.« Alisons Stimme hörte sich an, als ob sie den Tränen nahe wäre. »Ich kann nicht mehr.«

»Ich verstehe, daß es Ihnen gerade zuviel wird, Alison. Und wie ich sehe, sind Sie beim Lernen.«

»Ich muß ja – Termin für eine Hausarbeit«, sagte das Mädchen und warf einen Blick auf die Bücher auf dem Tisch. »Und ich hatte mich schon darauf gefreut, daß diese ganze furchtbare Sache mit meiner Mutter endlich vorbei wäre. Und jetzt fängt alles wieder an. Georgia wird getötet. Und dann David. Und jetzt er – Sie wissen schon, Louie Bronk –, daß er behauptet, es nicht getan zu haben...« Ihre Stimme verlor sich.

»Aber er hat es getan. Es spielt keine Rolle, was Louie jetzt sagt, Alison, ich glaube, daß er Ihre Mutter getötet hat. Die meisten Gefangenen in den Todeszellen behaupten bis zum Ende, daß sie unschuldig wären. Das einzig Ungewöhnliche an Louie ist, daß er so lange damit gewartet hat.«

Alison begann, an der Seite ihres Daumens zu kauen. Sie nickte. »Stimmt, er versucht nur, seinen Hals aus der Schlinge zu ziehen. Aber er wird kein Glück haben.«

»Nein, das wird er nicht«, pflichtete Molly ihr bei. »Alison, ich möchte Ihnen ja nicht noch mehr Kopfzerbrechen bereiten, aber ich finde wirklich, daß Sie Ihre Tür abschließen sollten. Als ich kam, stand sie offen.«

Alison nickte. »Ja, das vergeß ich immer. Mein Vater will, daß ich zurück nach Hause komme, solange diese Sache ungeklärt ist; er will einen zusätzlichen Wachmann für das Haus anheuern, zusätzlich zu Frank Purcell, der ihm überallhin folgt, wie ein Schatten. Beide üben jede Menge Druck auf mich aus, es zu tun, aber...«

Mit dem Gedanken an die offenstehende Tür sagte Molly: »Scheint mir keine schlechte Idee zu sein. Nur eine Zeitlang. Kann ja nicht schaden.«

Alison zuckte die Schultern. »Ja, Sie haben sicher recht. Werde ich wohl auch tun. Er braucht mich jetzt.« Als sie den Daumen vom Mund wegzog, sah Molly, wie rot und wund er war.

Molly hielt ihr Aufnahmegerät hoch. »Ist es Ihnen recht, wenn ich diese Unterhaltung aufnehme? Es ist mir lieber, weil ich mit dem Notizenmachen nicht mehr mitkomme, wenn die Leute zu schnell reden.«

»Stört mich nicht«, sagte Alison mit einer Stimme, die andeutete, daß es nicht viel gab, das sie stören würde. »Aber, wie ich Ihnen schon am Telefon sagte, habe ich nichts Weltbewegendes zu berichten.«

Molly legte das Gerät in ihren Schoß, schaltete es an und versicherte sich, daß das Band sich drehte. »Ich bin gar nicht hinter Weltbewegendem her«, sagte sie, »Ihre Reaktion auf die jetzigen Ereignisse, wie Sie über die bevorstehende Hinrichtung denken, das interessiert mich. Ihr Vater befürchtet, daß dieses Gespräch zu schwierig für Sie werden könnte, Sie irgendwie zurückwerfen würde. Das ist sicherlich nicht meine Absicht.«

Die Andeutung eines Lächelns huschte über Alisons fahles Gesicht. »Mein Vater weiß gar nichts mehr über mich.«

»Wie kommt's?«

»Nun ja, seit er geheiratet hat und ich bei Mark eingezogen bin, sehen wir uns nicht mehr häufig.«

»Ich vermute, daß Ihr Vater Ihre Wohnsituation nicht gutheißt.«

Wieder deutete sich ein schwaches Lächeln an. »Es gefällt ihm nicht. Genauer gesagt, er verabscheut es, aber er kann nichts dagegen tun.«

»Ach?«

»Ja. Er drohte damit, mir kein Geld mehr zu geben. Nach dem Motto, wenn ich alt genug bin, um so eine Entscheidung zu treffen, bin ich auch alt genug, um mich selbst zu ernähren. Er dachte wohl, daß ich daraufhin wieder angerannt kommen würde.«

»Das ist aber nicht geschehen«, sagte Molly.

»Nö. Und er hätte es sowieso nicht gemacht. Das wußte ich. Aber ich habe mir trotzdem einen Teilzeitjob gesucht, nur um auf Nummer Sicher zu gehen.«

»Neben dem Studium muß das ja schwierig sein.«

»Es sind nur zwölf Stunden in der Woche, das ist nicht so schlimm. Mark ist in dieser Hinsicht ein gutes Vorbild für mich.«

»Inwiefern?«

»Na ja, er ist seit dem Tod seiner Mutter, als er achtzehn war, völlig auf sich gestellt. Er mußte schon ein paarmal das Studium unterbrechen, weil er kein Geld hatte, aber jetzt ist er fast fertig. Mein Vater würde natürlich nie auf die Idee kommen, ihn zu unterstützen.«

»Marks Mutter war die Schwester Ihres Vaters?«

»Ja. Aber Daddy wollte nichts mit ihr zu tun haben.«

»Warum das denn?«

»Ach, er hielt sie für faul und verkommen. In den Augen von Daddy ist jeder, der nicht vierundzwanzig Stunden am Tag arbeitet, faul. Wir suchen gerade nach einem Weg, wie Mark sich das Studium in der Graduate School leisten kann. Er will Wirtschaft studieren. Und wir haben auch schon daran gedacht zu heiraten, und ...« Sie zuckte die Achseln, aber ihre blassen Lippen waren voller Widerwillen, wie Molly dachte, zusammengekniffen.

»Was studieren Sie, Alison?«

Alison nahm einen Bleistift vom Tisch und rollte ihn zwischen ihren Handflächen. »Journalismus. Ich möchte gerne Kriminalreporterin werden – wie Sie.«

Überrascht sah Molly sie an. Nur sehr wenige Menschen hatten vor, Kriminalreporter zu werden; sie gerieten zufällig hinein und merkten dann, daß sie eine Begabung dafür hatten.

»Ich habe mich gefragt, ob Sie mir erzählen würden, wie Sie angefangen haben, Mrs. Cates?«

Molly zögerte. Diese Frage wurde ihr ständig gestellt, aber irgend etwas an dem Mädchen ließ sie zögern, sie mit ihrer Standardantwort abzuspeisen. Als sie den Mund aufmachte, war sie selbst über ihre ehrliche Antwort überrascht, die sie seit Jahren nicht ausgesprochen hatte: »Vor langer Zeit, als ich sechzehn war, wurde mein Vater ermordet, draußen am Lake Travis. Der Sheriff hat nicht viel unternommen, also fing ich selbst an, mich darum zu kümmern. Währenddessen lernte ich einige Reporter von der Zeitung kennen, und später, als ich Geld verdienen mußte, bewarb ich mich dort um eine Stelle. Der Reporter, der für Verbrechen zuständig war, hatte gerade aufgehört, und sonst wollte es niemand tun, also ließen sie mich ran. Das Wissen eignete ich mir mehr oder weniger bei der Arbeit an.«

»Sie haben nicht am College studiert?«

Molly seufzte. Das war eines der großen Versäumnisse ihres Lebens. »Ich war nie auf dem College. Aber das ist mehr als zwanzig Jahre her, Alison, als es noch mehr Stellen gab. Heute würde ich bestimmt niemandem mehr empfehlen, es auf diese Art und Weise zu probieren.«

Alison beugte sich vor. »Haben Sie herausgefunden, wer ihn getötet hat? Ihren Vater, meine ich.«

Molly merkte, wie die alte Wut ihr wie immer wie ein heißer Kloß die Kehle hochstieg. »Nein, habe ich nicht. Ich hatte ein paar Leute im Visier, aber ich habe es niemals endgültig herausgefunden.« Sie hörte das weinerliche Zittern in ihrer Stimme, und wie immer haßte sie sich dafür, daß sie es nicht unterdrükken konnte.

Alison ließ den Stift auf den Tisch fallen. »Gott, das ist ja schrecklich, diese Unsicherheit. Das muß ja sehr schwer für Sie gewesen sein.«

Sobald einem ein bißchen von der Wahrheit entschlüpfte, gab es kein Zurück mehr, dachte Molly. »Ich habe meinen Vater angebetet«, sagte sie, »und ich wollte ihm um jeden Preis diesen letzten Dienst erweisen.« Entschlossen, dies nicht zum Anfang einer Flut von wahren Bekenntnissen werden zu lassen, preßte sie die Lippen aufeinander.

Alison schaute hinunter auf ihre nackten, knochigen Füße und sagte ganz ruhig: »Vielleicht schreiben Sie deswegen immer noch über Verbrechen. Weil dieser Fall nicht gelöst wurde.«

»Vielleicht«, sagte Molly gleichmütig. »Wie steht's mit Ihnen, Alison? Warum wollen Sie Kriminalreporterin werden?«

»Zum Teil ist es vielleicht das gleiche wie bei Ihnen – daß es was mit dem Tod meiner Mutter zu tun hat. Aber schon bevor das passiert ist, war ich fasziniert von Mordgeschichten und solchen Sachen. Mit acht fing ich an, Krimis zu lesen. Ich verschlang Nancy Drew und was es sonst an Kinderbüchern gibt, ging aber ziemlich schnell auf Erwachsenenlektüre über.«

»Was denn?«

»Zum Beispiel Detektivheftchen und Bücher über wahre Verbrechen. Ich habe praktisch alles gelesen. Joe McGinness, Anne Rule. Aber meine absoluten Lieblingsbücher sind *In Cold Blood* und *Blood and Money*.«

»Das sind auch zwei meiner Lieblingsbücher«, sagte Molly.

»Ich sagte Ihnen schon am Telefon, wie gut mir Ihr Buch gefallen hat«, sagte Alison. »Das muß Sie furchtbar wütend gemacht haben, als Sie heute morgen lesen mußten, was Louie Bronk darüber zum besten gab.«

»Allerdings.« Zum ersten Mal wurde Molly klar, wie wütend sie wirklich war.

»Haben Sie...« Das Mädchen zögerte und suchte nach den passenden Worten. »Sie wissen schon. Weckt das irgendwelche Zweifel in Ihnen?«

Das Mädchen hatte vermutlich eine Zukunft als Kriminalreporterin; jedenfalls wußte sie, wie man die richtigen Fragen stellte. »Nicht im geringsten. Bronk ist ein notorischer Lügner. Man weiß nie, ob man ihm auch nur ein Wort glauben soll. Aber ich bin überzeugt, daß er Ihre Mutter getötet hat und daß die Fassung, die er mir erzählt hat und die ich in meinem Buch wiedergebe, im wesentlichen korrekt ist.«

»Haben Sie heute schon mit ihm geredet?« fragte Alison. »Ihn gefragt, warum er seine Geschichte plötzlich geändert hat?«

»Nein.«

»Werden Sie das denn nicht tun?« fragte Alison. »Ich glaube, das dürfte wesentlich interessanter sein, als mit mir zu reden.«

Molly hielt einen Augenblick den Atem an, während sie darüber nachdachte. Sie hatte es sich noch nicht eingestanden, aber sie würde es natürlich tun. Sobald dieses Interview vorbei war. Und falls dies noch zu einem Interview werden sollte, in dem sie

Alison die Fragen stellte statt umgekehrt, sollte sie sich besser jetzt sofort darum kümmern.

»Ja«, sagte Molly, »ich fahre heute nachmittag nach Huntsville. Alison, warum haben Sie zugestimmt, Zeugin der Hinrichtung zu sein?«

»Na ja, wenn ich Kriminalreporterin werden will, gewöhne ich mich besser an solche Sachen.« Als könnte sie es nicht zu lange aushalten, ohne an ihren Nägeln zu kauen, fuhr ihr Daumen wieder an den Mund, und sie riß an dem verbliebenen Rest des Nagels.

»Und davon abgesehen?« ermunterte Molly sie.

Das Mädchen hielt ihre Hand im Schoß mit der anderen fest. »Solange ich schon denken kann, war ich das arme kleine Mädchen ohne Mutter, mit dem jeder Mitleid hatte. Ich bin es leid; es ist so passiv und armselig. Der Hinrichtung beizuwohnen erschien mir wie eine Möglichkeit, teilzuhaben an der Rache für meine Mutter.« Sie schüttelte den Kopf. »Ich weiß nicht. Wahrscheinlich will ich einfach kein Opfer mehr sein.«

Molly nickte. »Opfer zu sein ist das Letzte, da stimme ich zu.«

»Das hört sich vielleicht hochnäsig an, aber sich von jemandem wie Louie Bronk das Leben zerstören zu lassen, diesem schmutzigen, primitiven, verwahrlosten Penner, der kaum derselben Welt wie wir angehört – ich meine, das ist doch irgendwie demütigend.« Sie sah Molly direkt in die Augen. »Oder?«

Alles in Molly krümmte sich bei dieser Denkweise zusammen, aber sie konnte nicht anders, als zuzustimmen. »Ja, das stimmt«, gab sie zu. »Wie steht es mit der Todesstrafe, Alison. Wie denken Sie darüber?«

»Ach«, sagte das Mädchen grimmig, »alles andere wäre nicht genug. Es muß der Tod sein. Ich weiß, daß Sie dagegen sind, weil ich Ihre Sachen im *Lone Star Monthly* gelesen habe, aber das ist für mich Philosophiererei. Beim Lesen Ihres Buches bekam ich den Eindruck, daß Sie ihm keine Träne nachweinen werden.«

Molly sah die junge Frau verwundert an und sagte: »Ich merke, daß Sie eine sehr große Aufnahmefähigkeit haben. Sie müssen es mir sagen, ob Sie lieber nicht darüber sprechen wollen, Alison, aber ich würde gerne hören, an was Sie sich von dem Tag erinnern, an dem Ihre Mutter starb.«

Alison sagte langsam: »Ich war erst elf, und es ist so lange her, daß...« Automatisch fuhr ihre Hand an den Mund, und sie kaute an der Seite ihres Zeigefingers und biß die Haut ab. »Ich erinnere mich, daß ich von einem Mittagsschläfchen aufwachte, aber Sie wissen ja, daß man da erst mal ganz benommen ist. Es ist alles ziemlich verschwommen. Jedenfalls hörte ich diesen Krach draußen – wahrscheinlich war es ein Schuß – und ich guckte überall im Haus nach jemandem – nach meiner Mutter oder David. David war nachmittags meistens da. Meine Mutter war nicht oft zu Hause. Aber im Haus war niemand, und ich erinnere mich, daß ich Angst hatte. Das ist wahrscheinlich meine Haupterinnerung – das leere Haus und das Gefühl von Angst und Alleinsein. Ich war nicht gerne allein.«

»Als Sie sich im Haus umsahen, fiel Ihnen da auf, daß Dinge gestohlen worden waren?«

Alison schüttelte den Kopf. »Aber ich sah auch nicht so genau hin. Mir war heiß, und ich war verschwitzt und kam zur Haustür und sah David. Er kam gerade aus der Garage, und dann kam er auf mich zugerannt und scheuchte mich zurück ins Haus, und ich sah, daß er ganz außer sich war. Er konnte kaum sprechen, so aufgeregt war er. Aber er sagte mir nicht, daß meine Mutter tot war. Das bekam ich erst später mit.«

»Wann?«

»An jenem Abend, glaube ich. Mein Vater sagte es mir. Und es ist schwierig zu trennen, an was ich mich wirklich erinnere und was ich später bei der Verhandlung gehört habe.«

»Was war mit dem Auto?«

»Als ich in der Tür stand, sah ich es davonfahren – das weiße Auto.« Abrupt erhob Alison sich. »Es ist so heiß hier drin. Möchten Sie einen Eistee, Mrs. Cates? Ich habe Durst, nachdem ich Sie so vollgequatscht habe, und in der Küche ist es sowieso kühler.«

Molly folgte ihr durch einen schmalen Flur in die Küche, einen freundlichen, sonnigen Raum. Durch das geöffnete Fenster wehte eine Brise herein und raschelte in der Zeitung, die ausgebreitet auf dem Linoleumtisch lag.

Alison nahm eine Kanne Tee aus dem Kühlschrank und einen Eiswürfelbehälter aus dem winzigen Gefrierschrank. Sie goß zwei große Gläser voll und ließ dann ein paar Eiswürfel hineinplumpsen.

Während sie Molly ein Glas reichte, sagte sie: »Als Sie gerade sagten, wie sehr Sie Ihren Vater geliebt haben, hat mich das an mich erinnert. Das ist kein Teil des Interviews – nur unter uns. Ich bete meinen Vater ebenfalls an. Er will mich oft zu sehr unter seine Fittiche nehmen, aber er bedeutet mir wirklich sehr viel, vielleicht zu viel.« Ein tiefer Seufzer entschlüpfte ihr. »Als Georgia und er heirateten, schien es ein guter Zeitpunkt für meinen Abschied zu sein.«

Alison saß Molly gegenüber am Tisch und hielt sich mit beiden Händen an dem kalten Glas fest. Ihre Nägel waren allesamt bis auf Stummel abgekaut. An einigen war die Nagelhaut blutig.

»Natürlich verstehe ich, warum er so ist«, sagte sie. »Nach allem, was er durchgemacht hat. Wo er jetzt wieder allein ist, werde ich wohl öfter mit ihm zusammen sein. Das mit Georgia ist wirklich tragisch, weil ich glaube, daß er endlich die richtige Partnerin gefunden hatte. Sie waren so glücklich miteinander, daß sie im Grunde sonst niemand brauchten.«

»War Ihre Mutter nicht die richtige Partnerin für ihn?« Molly erinnerte sich, daß Stuart gestern gesagt hatte, daß sowohl Tinys Leben wie auch ihr Tod Charlie unglücklich gemacht hatten.

»Um Himmels willen, nein. Aber das war nicht seine Schuld. Sie hätte mit niemandem verheiratet sein sollen.«

»Warum nicht?«

»Na ja, selbst als kleines Kind war es mir klar. Ich meine nicht direkt, aber –« Sie unterbrach sich und starrte in ihren Tee.

»Was war Ihnen klar?«

»Daß sie nicht für die Ehe geschaffen war. Es entsprach ihr einfach nicht. Sie versuchte noch nicht einmal, es zu verbergen.«

Molly spürte das altbekannte Prickeln in den Fingerspitzen. »Warum war sie nicht für die Ehe geschaffen?«

»Na ja, sie hatte die Männer zu gern. Sie wissen schon.«

»Sie meinen, sie hatte Affären?«

»Rumgebumst ist zutreffender«, sagte Alison mit grimmigem Gesichtsausdruck.

Nur durch lange Übung im Verbergen von Überraschung vermochte Molly, ihre Stimme ruhig zu halten. »Alison, als ich für das Buch recherchierte, sprach ich ausgiebig mit mehreren Leuten, die Ihre Mutter gut kannten. Um Hintergrundinformationen über sie zu erhalten. Niemand hat so etwas je erwähnt.«

»Tja, warum sollten sie auch?« Alison nahm einen Schluck Tee. »Sie war tot. Sie hätten nicht gewollt, daß Sie solches Zeug über sie schreiben. Und Daddy wäre außer sich, und ich meine *total* außer sich, auf jeden, der Ihnen so was erzählen würde.« Sie schlang die Arme um ihren Oberkörper.

Molly dachte an den kindlichen, so rein aussehenden Leichnam auf den Autopsiebildern und erinnerte sich zum hunderttausendsten Mal daran, daß man von der äußeren Erscheinung her auf gar nichts schließen konnte. Es sah aus, als hätte sie zu früh aufgehört, Fragen über Tiny McFarland zu stellen – für eine Reporterin eine unverzeihliche Unterlassungssünde.

»Mit wem hatte sie Affären?« fragte Molly.

»Weiß ich nicht. Mit Freunden meines Vater, allen möglichen. Sie war praktisch nie zu Hause. Deswegen brauchten wir ja einen Au-Pair.«

Alison hielt inne und lauschte nach den Geräuschen eines Motorrades vor der Tür. Das Knattern hörte auf, und ein paar Sekunden später ging die Seitentür auf. Im Türrahmen stand Mark Redinger in neonrosa Joggingshorts und einem weißen T-Shirt. Über seine breite Schulter hatte er einen Rucksack geworfen.

»Hallo, Mrs. Cates«, sagte er und beugte sich vor, um Mollys Hand zu schütteln. Er ließ den Rucksack auf den Tisch fallen und gab Alison einen Kuß auf die Wange. Dann ging er an den Kühlschrank und holte die Kanne mit Eistee heraus. Er füllte Alison und Molly nach, bevor er sich selbst ein Glas einschenkte. Er setzte sich neben Alison.

»Haben Sie das von David Serrano gehört?« fragte er und sah in Mollys Richtung.

»Ja, das habe ich«, sagte Molly.

»Ich war gerade auf der Polizeiwache. Mir war klar, daß Sie interessiert sein würden, daß wir ihn Montag abend gesehen haben, und er dann später die Verabredung für Dienstag abgesagt hat.«

Molly nickte. »Kannten Sie ihn gut, Mark?« fragte sie, nicht ohne die fransigen, tiefblauen Schatten zu bewundern, die seine kurzen, dichten Wimpern auf die Iris warfen.

»Nicht sehr gut. Nicht so gut wie Alison. Aber ich erinnere mich an ihn von früher, als er bei den McFarlands wohnte. Und dann haben wir uns natürlich am Montag wieder miteinander bekannt gemacht.« Er warf Alison einen Blick zu, als warte er auf Bestätigung.

»Wie kam er Ihnen vor?«

»Nervös«, sagte Mark.

Alison sagte: »David regte sich über die Hinrichtung auf. Er war katholisch. Die Vorstellung, selbst jemand so Schlimmen wie Louie Bronk ins Jenseits zu befördern, konnte er nur schwer verkraften.«

Mark nickte. »Stimmt. Es setzte ihm sehr zu, daß er eine Rolle in der Sache gespielt hatte. Ich hatte den Eindruck, daß er hoffte, das Gericht würde es wieder aufschieben.«

»Wie hat er für Dienstag abend abgesagt?« fragte Molly.

»Er rief an und hinterließ eine Nachricht auf dem Anrufbeantworter. Das wollte die Polizei auch wissen. Ich wünschte, wir hätten es nicht schon gelöscht, weil sie es gerne gehört hätten. Aber er sagte nur, daß etwas Wichtiges dazwischengekommen sei, und er noch mal anrufen und einen neuen Termin ausmachen würde.« Mark zuckte die Achseln. »Das hat er natürlich nie getan.«

Molly zeigte ihm das Aufnahmegerät. »Mark, ich habe gerade Alison nach ihren Erinnerungen an den Tag gefragt, an dem ihre Mutter getötet wurde, und ich wüßte gern, ob Sie mir Ihre erzählen würden.«

»Meine?« Seine Stimme quiekte überrascht, als wäre er gerade wieder in den Stimmbruch gekommen. »Ich war den ganzen Tag bei mir zu Hause, weiß also nichts, was Sie wirklich interessieren könnte.« Er umfaßte das Glas fest mit beiden Händen.

»Ich habe mich oft gefragt«, sagte Molly, »an dem Tag, an dem Alisons Mutter getötet wurde, war Stuart bei Ihnen zu Hause und hatte geplant, den ganzen Tag dort zu bleiben, stimmt's? Er hatte sogar Sachen zum Übernachten mitgebracht.«

»Ja. Wir wollten zum Schießstand und dann ins Kino gehen. Ich hatte gerade mein erstes Auto gekauft, einen alten Pickup.« Er verschränkte die Hände hinterm Kopf. »Gott, hab ich das Auto geliebt! Wir wollten damit in der Stadt rumkurven.«

»Vor Gericht sagte Stuart, daß er seine Meinung geändert und beschlossen hätte, nach Hause zu gehen«, sagte Molly. »Warum wohl?«

»Oh«, Mark zuckte die Achseln, »so wie er sagte. Er beschloß, daß er nach Hause wollte.«

»Warum?«

»Ach, Sie kennen doch Stu.« Er warf Alison einen Blick zu und grinste in ihre Richtung. »Er ist ständig über irgend etwas Lächerliches eingeschnappt. Man kann sagen, daß er überempfindlich ist.«

»Sie haben sich gestritten?« fragte Molly.

»So könnte man's nennen, aber eigentlich war es nur Stu, der beleidigt war.«

»Worüber?«

»Soll das ein Witz sein? Das war vor elf Jahren.«

»Schon«, sagte Molly, »aber ein sehr bedeutsamer Tag, über den Sie sicher schon sehr oft nachgedacht haben.«

»Sicher, aber dieses Thema kam noch nie auf«, sagte Mark und zwang seine Stimme zurück in erwachsenen Bariton.

Molly nickte. »Nun ja, es war nur eines dieser kleinen Details, die mir im Kopf herumgingen, als ich den Tag zu rekonstruieren versucht habe.« Sie nippte an ihrem Tee und sagte dann, als fiele es ihr gerade ein: »Ach, und warum haben Sie ihn nicht nach Hause gefahren? Es waren doch vier oder fünf Meilen, oder?«

»Er hatte sein Fahrrad«, sagte Mark.

Molly nahm noch einen Schluck Tee. »Aber das hätten Sie hinten auf die Ladefläche tun können. Meiner Erinnerung nach nutzt ein Teenager mit einem neuen fahrbaren Untersatz jede Chance, ihn zu fahren.«

»Hätten wir tun können«, antwortete Mark. »Haben wir aber nicht. Ich sagte doch, daß er beleidigt war. Das Radfahren tat ihm gut. Der alte Stu ist erträglicher, wenn er genug Bewegung hat. Dann kann er seine Frustrationen abreagieren.«

»Was für Frustrationen denn?« wollte Molly wissen.

»Alles mögliche. Frust ist sein zweiter Name. Eine Freundin würde bei ihm Wunder wirken, aber er behauptet, er wäre zu beschäftigt. Das sagt er allerdings schon seit Jahren.« Er lächelte Alison an, aber die sah aus dem Fenster und bemerkte es nicht. »Aber«, sagte er, »es gibt etwas, was ich mir an meinem Verhalten an jenem Morgen vorwerfe.«

»Das wäre?«

»Ich bereue, daß wir Alison nicht mitkommen ließen. Dann wäre sie aus der Sache raus gewesen. Das war so schlimm für sie, es mitzuerleben und aussagen zu müssen, wo sie noch so klein war.«

»Stimmt«, pflichtete Molly ihm bei. »Warum kam sie nicht mit?«

Mark lachte und streckte die Hand über den Tisch aus, um Alison in den Haaren zu wuscheln, aber sie sah einfach weiter aus dem Fenster, ohne das Gesicht zu verziehen. »Ach, Sie wissen schon. Sie war halt die doofe kleine Schwester. Wir wollten sie nicht dabeihaben, weil das albern ausgesehen hätte.« Er senkte den Kopf und versuchte, einen Blick von ihr zu erhaschen und sie dazu zu bringen, ihn anzusehen. »Aber jetzt ist das anders«, sagte er mit einschmeichelnder Stimme.

Endlich sah Alison ihn an. Ihr Lächeln war kühl und distanziert.

Molly schaltete ihr Aufnahmegerät aus und ließ es in die Tasche fallen. »Vielen Dank für den Tee, und daß Sie sich Zeit genommen haben«, sagte sie und stand auf.

Alison und Mark begleiteten sie beide zur Tür. Alison sagte: »Ich sehe Sie dann wohl Montag nacht in Huntsville, Mrs. Cates. Man sagte mir, ich soll gegen halb zwölf da sein.«

Mark schaute auf Molly herunter und sagte: »Ach, was ich Sie fragen wollte: Ich habe vor, sie nach Huntsville zu fahren, und es gefällt mir gar nicht, daß sie das allein durchmachen soll. Gibt es eine Möglichkeit, auf die Liste für die Hinrichtung zu kommen? Die Gästeliste?« Er lachte kurz.

Molly sah in seine dunklen blauen Augen und fragte sich, was wirklich dahinter vor sich ging. »Ich glaube, darüber müssen Sie mit dem Generalstaatsanwalt sprechen, Mark. Der ist zuständig für den Ablauf der Hinrichtung.«

»Das werde ich tun. Danke«, sagte er.

Molly nahm eine Karte aus ihrer Handtasche und gab sie Alison. »Rufen Sie mich an, wenn Ihnen noch etwas einfällt, das Sie gerne sagen würden.« Sie nahm die Hand des Mädchens und drückte sie fest. »Und bitte denken Sie dran, die Tür abzuschließen.«

»Mrs. Cates?«

Sie drehte sich um.

»Es ist doch gut, daß ich Stu damals nicht heimgefahren habe, oder?« fragte Mark. »Dann wären wir eher da gewesen und wären vielleicht mit dem Killer zusammengestoßen. Wir hätten selbst umgebracht werden können.«

»Ja, das stimmt«, sagte Molly und sah Alison an, die wie wild auf ihrem linken Daumen kaute.

Als sie in ihren Wagen stieg, sah sie durch die Fliegentür, wie Mark seine Arme um das Mädchen legte, das Molly mit ihren dünnen, unbeholfenen Gliedmaßen und der durchsichtigen Haut an einen kleinen Vogel erinnerte, der zu früh aus dem Nest gefallen war, ohne Federn und noch nicht voll entwickelt.

Kapitel 13

Todestrakt, jahrelang im Bau
Nirgendwo kann ich hin im Verhau
Drei mal vier Meter Zelle
Heißer als die Hölle
Nichts, was ich tu
Außer noch'n Tattoo.
Büßen soll ich für meine Gewalt
Hab' ich nicht schon genug bezahlt?

LOUIE BRONK
Todestrakt, Ellis I Unit
Huntsville, Texas

Es war zehn Uhr morgens, als Molly Cates von Alison McFarlands Haus wegfuhr, und schon offensichtlich, daß es einer dieser brütendheißen späten Septembertage werden würde.

Natürlich würde sie Louie besuchen – zu einem letzten Interview. Natürlich. Sie merkte bereits, daß sich, wie immer vor Louie-Besuchen, das alte Flattern in ihrer Brust ankündigte. Aus Erfahrung wußte sie, daß es sich auf der Fahrt nach Huntsville legen würde. Wenn sie dann im Gefängnis ankam, würde sie eine eisige Beherrschung in sich haben, die es ihr gestattete, mit Louie über die Dinge zu sprechen, die bei ihm unvermeidlich waren.

Sie fuhr die South Congress hoch zum Town Lake Richtung Innenstadt. Zuerst würde sie kurz am Hilfszentrum Texas Halt machen. Vielleicht konnte sie Tanya Klein überraschen und in ihrem Büro abfangen. Nichts sonst hatte gewirkt. Sie hatte sie telefonisch nicht erreichen können, und eine ganze Woche lang hatte Tanya sie nicht zurückgerufen, obwohl sie jede Menge Nachrichten für sie hinterlassen hatte. Unter anderem wollte sie wissen, warum Tanya ihr aus dem Weg ging.

Molly parkte vor dem alten grauen Stuckgebäude an der San Antonio Street und steckte eine Münze in die Parkuhr. Auf einem winzigen Schild links neben der Tür stand: »Hilfszentrum Texas.« Ein wunderbar nichtssagender Name, dachte Molly, der ganz sicher jeden in die Irre leitete, der nicht wußte, daß das Zentrum eine Vereinigung von Rechtsanwälten war, die sich 1988 zusammengeschlossen hatten, um Strafgefangenen in Texas, die zum Tode verurteilt waren, einen Rechtsbeistand zu bieten. Das Gebäude befand sich in einer Gegend, in der die alten Häuser mittlerweile zu Anwaltskanzleien, Architekturbüros und Immobilienfirmen umgewandelt waren, unweit des Landgerichts und der Hauptstelle der öffentlichen Bibliothek.

Am Tisch hinter der Eingangstür saß eine sehr junge Frau und las ein *Mad*-Comic.

»Guten Morgen«, sagte Molly und stürmte mit schnellem, geschäftsmäßigem Schritt vorbei. »Ich muß zu Tanya Klein. Ich kenne den Weg«, warf sie über die Schulter zurück.

»Warten Sie... ich muß erst fragen...«

Aber Molly war schon fast oben. Den Rest des Treppenabsatzes und die nächste Treppe zum zweiten Stock rannte sie hoch. Die Tür zu ihrem Büro stand offen. Sie streckte den Kopf um die Ecke und ertappte Tanya, wie sie mit hochgelegten Füßen am Schreibtisch saß, das Telefon am Ohr. »Schon in Ordnung, Beth«, sagte Tanya gerade. »Es ist nicht deine Schuld.«

Molly klopfte an den Türrahmen – ihr einziges Zugeständnis ans gute Benehmen.

Tanya legte auf und schwenkte die Füße herunter. Sie drehte sich auf ihrem Stuhl herum und sah Molly mit zusammengekniffenem Mund und bösem Blick an. Molly konnte sich nicht vorstellen, was sie verbrochen hatte, um so viel Feindseligkeit zu verdienen.

Louies Anwältin Tanya Klein trug schwarze Radlerhosen mit weinroten Streifen auf der Außenseite ihrer mageren Beine, ein glänzend weinrotes Trikot, das zu den Streifen paßte, und schwarze, knöchellange Aerobicschuhe. Ihr schwarzes Kraushaar verdeckte einen beträchtlichen Teil des tiefbraunen, schmalen Gesichts. »Mrs. Cates.« Sie stieß die Worte in ihrem kurz angebundenen New Jerseyer Dialekt hervor. »Ich habe nicht eine freie Minute heute. Wie Sie sehen, ersticken wir in den Akten.« Sie breitete die Arme aus.

Molly trat herein und schaute auf die Kartons voller Akten und Papierstapel überall auf dem Boden. »Ich sehe, daß Sie äußerst beschäftigt sind, und ich will auch wirklich nicht stören. Aber fünf Minuten würden mir ja schon reichen, damit ich aufhöre, Sie ständig zu belästigen, so daß Sie sich nicht mehr um all die unbeantworteten Anrufe kümmern brauchen.« Molly kam ein paar Schritte weiter in den Raum hinein. »Eigentlich will ich nur den letzten Stand über Louie Bronks Berufungsverfahren hören, und ich hätte gern gewußt, was Sie von den neuesten Entwicklungen wissen.«

»Sie meinen die Erklärung heute in der Zeitung?«

»Ja.«

»Na gut. Ich weiß nur, daß ich gestern morgen einen Anruf von dieser Person bekam – Schwester Adeline Dodgin, wenn Sie sich das vorstellen können – von einer religiösen Gemeinschaft, die Häftlingsbesuche macht. Sie besucht immer Louie, und er gab ihr gestern diese Erklärung und fragte, ob sie es in die Zeitung setzen lassen könnte.«

»Ich frage mich, wie sie das geschafft hat«, sagte Molly.

»Am Telefon sagte sie mir, daß sie es einem Freund in der Dallas-Niederlassung von *Associated Press* geben wolle. Sie wollte es mir für den Fall mitteilen, daß der Presserummel sein Berufungsverfahren beeinflussen könnte.«

»Wird er das?« fragte Molly.

»Ausgeschlossen.«

»Die *Associated Press?*« überlegte Molly. »Ich frage mich, ob...«

»Ja«, sagte Tanya. »Die *New York Times* hat es gebracht, der *Miami Herald, Chicago Tribune* und ein Dutzend weiterer Zeitungen im ganzen Land. Ziemlich erstaunlich.«

Mollys Herz wurde schwer. Sie setzte sich auf den einzigen Stuhl im Zimmer, der nicht mit Papierstapeln bedeckt war. »Allerdings, ziemlich erstaunlich. Wobei ich zugeben muß, daß mir die Vorstellung, in der überregionalen Presse als leichtgläubige Lügnerin bezeichnet zu werden, nicht sehr behagt.«

Tanya lächelte zum ersten Mal, seit Molly sie kannte. »Ja. Ein Esel schilt den andern ein Langohr.«

»Ich weiß ja nicht, ob mir diese Metapher behagt. Ich mag ja Mitglied der Presse sein, aber ich sehe mich nicht gerne als Ohr des Esels Louie genannt.«

Dazu fiel Tanya erst einmal nichts mehr ein. »Na ja, wie dem auch sei. Es ist erstaunlich, wie diese Dodgin so eine Pressereaktion hinbekommen hat. Ein zum Tode Verurteilter, der seine Unschuld beteuert, ist nicht gerade ein heißes Eisen.«

»Wie erklären Sie es sich?« fragte Molly. »Seine Widerrufung.«

»Ziemlich einfach. Louie sieht, daß unser wunderbares Bundesland dieses Jahr schon vierzehn Männer hingerichtet hat, zwei davon letzte Woche. Zum ersten Mal begreift er, daß sie es auch bei ihm tun werden.«

Molly nickte. »Er versucht seinen erbärmlichen Arsch zu retten. Wie steht's mit seinen Berufungen?«

»Wir haben einen Antrag auf Wiederaufnahme wegen Formfehlern bei der Abteilung West des Bundesgerichtshofes eingereicht. Wir plädieren auf Verletzung seiner verfassungsmäßig garantierten Rechte während der Verhandlung und unrechtmäßiges Zustandekommen des Geständnisses – das Übliche. Jetzt warten wir auf die Antwort des Generalstaatsanwaltes.«

»Wann hören Sie von ihm?«

»Wahrscheinlich morgen.« Tanyas Gesichtsausdruck veränderte sich nicht. »Aber Louies Fall hat keine strittigen Fragen. Wie ich Ihnen schon sagte, als das Datum für ihn festgelegt wurde – dieser Fall war ein Reinfall. Aber soviel Öffentlichkeit ist auf lange Sicht vielleicht gut für uns.«

»Inwiefern erwarten Sie das?« fragte Molly und holte ihren

kleinen Kassettenrecorder heraus. Sie hielt ihn Tanya entgegen und hob die Augenbrauen.

Als Antwort zuckte Tanya mit den Achseln. »Sie kennen ja den Lauf der Dinge. Wie die öffentliche Meinung nun einmal ist, wird der Kampf gegen die Todesstrafe sich sehr lange hinziehen, und wir werden noch viele Schlachten verlieren. Verlieren, verlieren, und noch einmal verlieren.« Bei jedem Wort wurde Tanyas Stimme säuerlicher. »Dann hat man einen Artikel wie diesen, in dem Louie seine Unschuld beteuert, und im Grunde glaubt es niemand. Aber dann wird er hingerichtet. Und vielleicht bleibt bei einigen Leuten, nur ein paar, ein winziger Rest Zweifel zurück. Vielleicht war er doch unschuldig. Vielleicht kann ein Unschuldiger zum Tode verurteilt werden, und vielleicht fangen sie an zu denken: Vielleicht sollten wir etwas, das so endgültig ist, doch nicht tun.«

Sie schob sich die Haare aus dem Gesicht, die aber augenblicklich wieder in ihre Ausgangsposition sprangen. Hartnäckig wie eine Stahlbürste, dachte Molly.

»Zugegebenermaßen«, fuhr Tanya fort, »bin ich gerade wahnsinnig beschäftigt mit fünfzehn laufenden Fällen – vier, bei denen das Datum schon bekanntgegeben wurde. Und dieser neue Fall – Edward Silvas – hat einige wirklich vielversprechende Aspekte, so daß ich nicht sehr viel Zeit für Louie Bronk habe.«

»Eine Frage der verbleibenden Überlebenschancen?« fragte Molly.

Tanya wand sich. »Wir tun alles in unserer Macht Stehende für Louie. Aber mit derzeit dreihundertsechsundachtzig Männern in den Todeszellen und bei der Beschleunigung der Hinrichtungen sind wir völlig überfordert. Wir sind nur noch dreizehn Anwältinnen und Anwälte, und unsere ursprüngliche Idee, daß Freiwillige uns in ehrenamtlicher Tätigkeit unterstützen, klappt einfach nicht. Das Wasser steht uns bis zum Hals. Und unsere Mittel sind beschränkter denn je.«

Molly wußte, daß das alles stimmte. Es würde irgendwann

vielleicht einmal einen guten Artikel ergeben, aber sie war wegen etwas anderem hier. »Haben Sie Louie in letzter Zeit gesehen?« fragte sie.

»Am Montag. Als ich in Huntsville war und Edward einen Besuch abgestattet habe.«

»Wie geht es ihm?«

Tanya zuckte die Achseln. »Wann haben Sie ihn das letzte Mal gesehen?«

»Vor zwei Jahren.«

»Na ja, er hat sich sehr verändert. In den anderthalb Jahren, in denen ich mich nun um seine Berufungsverfahren kümmere, ist er um zwanzig Jahre gealtert. Mit seinen schaurigen Geschichten läßt er immer noch nicht locker, natürlich nicht, und will, daß ich sie von jemandem als Buch veröffentlichen lasse. Wer wäre schon so verrückt? Und dann hat diese Schwester Addie, die die Gefängnisse unsicher macht, ihn bekehrt oder ihm eine Gehirnwäsche oder so was verpaßt. Er redet ständig von ihr und versprüht dieses ganze christliche Gesülze – soviel Gottes Wille und lieber Herr Jesus, wie Sie noch nie gehört haben. Genug, um einem Brechreiz zu verursachen.«

Molly mußte kichern. »Ja, da habe ich ähnliche Gefühle.«

»Es erstaunt mich immer wieder, wie all diese selbstgerechten guten Christen ganz wild darauf sind, ihre Nächsten zu Tode zu bringen, während wir Heiden solche Skrupel haben, den Staat Morde verüben zu lassen.«

»Da habe ich eine Theorie, Tanya. Es hat mit dem Glauben an das Leben nach dem Tod zu tun. Die meinen, na ja, wenn wir einen Fehler machen, dann ist es auch nicht so schlimm; es gibt ja immer noch das Jenseits.«

Tanya lachte tatsächlich laut auf. »Da ist wirklich was dran, Molly. Das muß ich mir merken.«

Molly beschloß, dieses Anzeichen von Humor, das erste, das sie je an Tanya hatte feststellen können, auszunutzen und die schwierigste Frage zu stellen: »Tanya, ich weiß ja, wie beschäftigt Sie hier sind, aber ich habe mich gefragt, ob es sonst noch einen Grund gibt, warum Sie nicht mit mir sprechen wollen. Ich bin manchmal ein bißchen schwer von Begriff. Ich würde gerne wissen, ob ich irgend etwas gesagt habe, um Sie zu beleidigen.«

Unter der Sonnenbräune wurde das Gesicht der Anwältin knallrot. »Oh, nein, eigentlich nicht. Ich...«

»Oder vielleicht hat Ihnen jemand nahegelegt, daß Sie lieber nicht mit mir sprechen sollten.«

»Nein!« Sie schrie es fast heraus und senkte dann die Stimme. »Ich habe nur... Ich wußte, daß Sie über Louie reden wollten, und ich hatte Ihnen einfach nichts mitzuteilen. Nein. Tut mir leid mit den Anrufen.«

»Wollt ich ja nur wissen«, sagte Molly beiläufig. »Ich frage, weil in der letzten Zeit scheinbar ständig Leute versuchen, mich davon abzuhalten, weiter über Louie Bronk zu schreiben. Sagen Sie mir eins, Tanya: Bin ich noch auf Louies Besucherliste? Meinen Sie, er würde mit mir sprechen, wenn ich heute hinfahre?«

Tanya schlug sich mit der flachen Hand an die Stirn. »Ach, das habe ich ja ganz vergessen. Als ich ihn am Montag sah, sagte er, er sei sicher, daß Sie sich melden würden, und ich soll Ihnen etwas von ihm ausrichten.« Sie machte eine dramatische Pause, die dunklen Augen weit aufgerissen. »Die Nachricht ist: Er wartet auf Sie.«

Trotz alledem wirkte die dreistündige Fahrt von Austin nach Huntsville wie gewohnt auf sie. Sobald sie Elgin auf dem Highway 290 West passiert hatte, begann sie es zu fühlen – dieses Gefühl von Freiheit, der alte Sirenengesang des unendlichen Highways. Es versetzte sie zurück in die Kindheit in Lubbock, als sie mit ihrem Daddy Ausflüge unternommen hatte. Sie hatten sich einfach in seinen Pickup gesetzt, alle Probleme auf der Ranch hinter sich gelassen und waren losgefahren. Ohne jeden Plan oder Ziel. Im Kopf nichts als das Stück Straße, auf dem sie sich gerade befanden, war er gefahren, wohin ihm gerade einfiel – nach San Antone oder Corpus oder Austin. Sie waren in jede

Landstraße eingebogen, die interessant schien, und hatten in winzigen Cafés an staubigen Marktplätzen gegessen.

Vor zweieinhalb Jahren, als sie *Blut schwitzen* schrieb, hatte sie vier Monate lang einmal pro Woche dieselbe Strecke zurückgelegt, um Louie Bronk nach seinem Leben und seinen Verbrechen zu befragen. Jeden Montag verließ sie ihr Reihenhaus in Northwest Austin früh am Morgen mit Kaffee, den sie auf dem Weg trank, und um zehn Uhr war sie im Besucherraum des Hochsicherheitstraktes Ellis I außerhalb von Huntsville.

Während der Fahrt hatte sie jedesmal dieses beschwingte Gefühl gehabt, obwohl sie wußte, was am Ziel auf sie wartete: Louie Bronks Autobahnerlebnisse, so ganz anders als ihre.

Die Begeisterung für die offene Landstraße war die einzige Gemeinsamkeit zwischen Louie und ihr. Louie liebte es ebenfalls, ins Auto zu steigen und loszufahren. Sogar noch mehr als sie. So hatte er die fünf Jahre seines Erwachsenendaseins verbracht, in denen er nicht eingesessen hatte – unterwegs auf den Highways. Oft fuhr er innerhalb weniger Tage Tausende von Meilen, die Interstate rauf und runter, allein in einem alten, klapprigen Auto, das er für dreihundert Dollar erstanden hatte, einen oder zwei Sechserpacks auf dem Boden, sein Jagdmesser auf dem Sitz neben ihm, und manchmal einen Revolver, den er in irgendeiner Pfandleihe mitgenommen hatte. Wenn er von diesen Zeiten erzählte, trat ein verträumtes, glückseliges Leuchten in sein Gesicht.

Nach dem, was er Molly erzählt hatte, war er oft viele hundert Meilen gefahren, besessen von einer immer stärker werdenden Phantasievorstellung, bevor er genau das fand, wonach er suchte. Aber schließlich fand er sie dann doch – eine Frau in Not am Straßenrand, der Motor überhitzt oder der Reifen platt, eine Frau, die nicht die leiseste Ahnung haben konnte, in welcher Not sie sich befand, wenn Louie hinter ihr anhielt und grinste.

Nach jedem Interview setzte Molly sich in ihr Auto und atmete tief durch, als wäre sie in einer Druckausgleichskammer. Dann öffnete sie die Fenster und fuhr heim nach Austin. Ungefähr auf der Hälfte der Strecke hielt sie an und aß etwas. Sie kam dann um fünf nach Hause, setzte sich an ihren Computer und schrieb bis tief in die Nacht, völlig versunken in die Wiedergabe von Louie Bronks Abenteuern auf der Straße, seiner Vision der texanischen Highways als dem tiefsten Abgrund der Hölle.

Einige der Kapitel schrieb sie aus seiner Perspektive – sie zeigte, wie die Filme in seinem Kopf (wie er sie nannte) ihn ins Auto steigen und nach der dunkelhaarigen Frau Ausschau halten ließen, die lockend am Straßenrand auf ihn wartete; wie lang und rastlos er fuhr, um genau die Richtige zu finden; wie erregend der Moment des Erkennens war, die Verzweiflung und Hilflosigkeit in ihren Augen, wenn sie verstand, was geschehen würde; wie er dieses Gefühl von Macht liebte, von totaler Kontrolle über eine andere Person; wie es ihn berauschte wie sonst nichts auf der Welt; wie er es einmal getan hatte und merkte, wie leicht er damit davongekommen war. Also tat er es wieder. Und wieder. Und wieder.

Bei jeder Sitzung erzählte er ein neues Kapitel seiner Straßenausflüge. Nachdem sie achtundvierzig Stunden lang die Welt, wie Louie Bronk sie sah, ertragen hatte, hatte es ihr gereicht. Sie hatte das benötigte Material beisammen gehabt, und seine Erzählungen durchbrachen den Schutzwall kühler Objektivität, die sie für die Gespräche um sich errichtet hatte. Sie dankte ihm, verabschiedete sich und war in den zwei Jahren nicht einmal zurück im Todestrakt gewesen.

Bis heute.

Nachdem sie auf die Texas 21 eingebogen war, hielt sie im staubigen Caldwell an, um sich ein Dr. Pepper zu holen, das sie auf der Fahrt trinken konnte. Als sie College Station erreicht hatte, wechselte sie auf die Route 30 Richtung Huntsville. An dieser Stelle verwandelte sich die Landschaft urplötzlich von flacher Prärie in die Kiefernwälder des Ostens von Texas. Hohe Kiefern beschatteten die Straße, die Luft war kühler, so daß sie die Klimaanlage abstellte und die Fenster herunterkurbelte.

Sie kam an der hübschen alten osttexanischen Stadt Huntsville vorbei und folgte den wenig befahrenen Seitenstraßen zum Gefängnis, zwölf Meilen außerhalb der Stadt.

Als Molly in das Tor einbog und auf den riesigen Gefängniskomplex zufuhr, war sie wie jedesmal beeindruckt von dem roten Backstein, soviel rotem Backstein – eckig, kalt und steril – auf einmal, als sie je gesehen hatte. Aus der ebenen Lichtung erhoben sich Hunderte von Tonnen roten Backsteins, umgeben von einem doppelten Maschendrahtzaun, vier Meter hoch und mit Windungen aus glänzendem rasiermesserscharfem Natodraht als Abschluß.

Wir brauchen weiß Gott Gefängnisse, dachte sie, aber sie war trotzdem nie in der Lage, sich mit diesem Ort zu versöhnen. Hier, inmitten der wunderschönen osttexanischen Wälder und blumenbedeckten Wiesen, in dieser abgeschiedenen Gegend, fern aller menschlichen Blicke, bauen wir steinerne Festungen für unsere gewalttätigsten Mitbürger. Wir sperren sie ein und denken nicht mehr an sie – bis sie entlassen oder hingerichtet werden und sich von neuem in unser Bewußtsein drängen.

Als sie an dem ersten hochaufragenden Wachturm an der Ecke der Anlage vorbeifuhr, merkte sie, wie Augen auf sie hinuntersahen. Bei ihren Besuchen hatte es sie stets begleitet – das ständige Gefühl, von sichtbaren und unsichtbaren Augen beobachtet zu werden. Aber wenigstens Grady würde mit ihr zufrieden sein; sie war aus der Stadt heraus, wie er ihr nahegelegt hatte, und es gab vermutlich keinen sichereren Ort als den hier.

Sie fuhr auf den Parkplatz, saß noch eine Minute in ihrem Wagen und sah einem Dutzend Freigängern in ihrer weißen Gefängniskluft zu, die außerhalb des Zauns arbeiteten und in ordentlichen Blumenbeeten mit Verbenen und Petunien am Eingangstor gruben. Als sie vor vielen Jahren zum ersten Mal hergekommen war, war sie über die beeindruckende Gepflegtheit und die makellose Landschaftsgestaltung erstaunt gewesen. Das Geheimnis, wie sie jetzt wußte, waren die ausreichenden und kostenlosen Arbeitskräfte und eine Gartenbauschule für die Insassen. Irgendwie trugen jedoch sämtliche Bemühungen nur weiter zur Sterilität der Anlage bei.

In ihre Jackentasche steckte sie ihren Führerschein, ihre *Lone Star Monthly*-Akkreditierung, die Autoschlüssel, einen Kugelschreiber und einen Stenoblock. Louie mochte keine Kassettenrecorder, also benutzte sie keinen. Nachdem sie ihre Handtasche unter dem Sitz versteckt hatte, stieg Molly aus dem Auto und schloß ab.

Als sie auf das Tor zuging, sah sie sich nach dem berittenen Wächter um, der in der Nähe sein mußte. Schließlich entdeckte sie ihn im Schatten einer Eiche, eine Pistole an der Hüfte und ein Gewehr in einer Halterung am Sattel. Der Kopf des Pferdes sah direkt in ihre Richtung, und beim Vorbeigehen machte das Pferd kleine Trippelschritte, um sie ständig frontal ansehen zu können.

Sie betrat das kleine Backsteinhäuschen direkt gegenüber des Gefängnistores und nahm dort den Telefonhörer ab. Als eine Männerstimme antwortete, sagte sie ihren Namen und daß sie Louie Bronk im Todestrakt besuchen wolle. Nach ein paar Minuten teilte die Stimme ihr mit, daß sie alle Taschen und Waffen beim Posten abgeben und eintreten solle.

Sie blieb an dem hohen Wachturm neben dem Haupttor stehen und schaute hinauf zu dem kleinen Raum, wo der Wachtposten stand. Sie hielt ihren Schlüsselbund hoch, an dem ein Schweizer Armeemesser und Gradys Tränengas hingen. Jeder würde so etwas als Waffen bezeichnen. Der Wachmann steckte den Kopf zur Tür heraus und ließ einen Plastikeimer am Ende eines Seils herunter. Sie warf ihre Schlüssel hinein und trat einen Schritt zurück, so daß er ihn hochziehen konnte. Dann bedeutete er ihr weiterzugehen.

Sie machte das erste schwere Tor auf und ließ es hinter sich ins Schloß fallen und einschnappen, bevor sie gegen das nächste Tor drückte. Sie überquerte den schmalen Rasenstreifen, ging durch die Eingangstür und wandte sich nach links, in einen kleinen Vorraum zum Besucherraum. Auf einem Schild stand »Besuchszeiten Todeszellen wochentags acht bis sechzehn Uhr.« Die ersten paar Male, die sie hier war, hatte es sie gewundert, daß ›Todeszellen‹ das offizielle Wort war, das auf allen Schildern verwendet wurde. Es war so eine brutale und direkte Beschreibung, eine Seltenheit in einem System, in dem Beschönigungen vorherrschen.

Der Besucherraum war ein langer Raum mit Backsteinwänden, der der Länge nach durch eine Zwischenwand geteilt wurde und Häftlinge von Besuchern trennte. Vom Boden bis zur Höhe von einem Meter bestand die Trennwand aus Backstein, und von dort bis zur Decke aus mehreren Lagen engem Maschendraht, der mit Glas verstärkt wurde. Eine hölzerne Konsole in Tischhöhe stand auf beiden Seiten, wo Backstein und Draht zusammentrafen, heraus. Alte Eichenstühle waren zu beiden Seiten der Trennwand aufgereiht.

Obwohl der Raum, der für Besucher von Todeskandidaten reserviert war, völlig leer war, wie oft an Wochentagen, wies der Wächter ihr einen Platz am hinteren Ende zu.

»Setzen Sie sich bitte vor den Käfig, Ma'am«, sagte er in breitestem osttexanischem Dialekt. »Der Gefangene ist isoliert.«

Isoliert bedeutete verschärfte Einzelhaft, bei der der Gefangene vierundzwanzig Stunden am Tag in seiner Zelle eingeschlossen und bei den seltenen Gelegenheiten, bei denen er zum Duschen oder zum Empfang eines Besuchers herausgelassen wurde, in Handschellen und Ketten gelegt wurde.

»Warum?« fragte sie.

Der junge Wachhabende sah sie an, als wäre sie schwer von Begriff. »Weil sein Datum feststeht, Ma'am«, sagte er.

»Sind das die Vorschriften?« fragte sie überrascht. »Manchmal wird das Datum doch mehr als einen Monat vorher festgesetzt.«

»Ja, Ma'am.« Er klang gelangweilt. »Wenn Sie jetzt Platz nehmen würden.«

Molly saß gegenüber einem Maschendrahtkäfig auf der anderen Seite der Trennwand. Der Drahtkäfig hatte ungefähr die Größe einer Telefonzelle und enthielt nichts als einen Stuhl. Sie legte ihren Notizblock und Stift auf die Ablage und wartete; sie versuchte sich zu entspannen und das zu erreichen, was sie ihren Louie-Gemütszustand nannte – einen Gemütszustand, in dem Urteile und Moral des Alltags nichts mehr galten. Für sie war es, als ließe sie sich in ein Kaninchenloch fallen, auf dessen Grund eine andere Realität herrschte – die Welt von Louie Bronk, die sie nun wieder betreten würde.

Kapitel 14

Da steht am Straßenrand allein
So ein Mädel, das wird fein.
Schnell bleib ich steh'n
Ihr Gesicht solltest du seh'n.
Trockene Kehle
Weint sich aus'm Leib die Seele
Wie eine Flut,
Schwitzt Wasser und Blut.
Bitte, bitte nicht.
Schatz, mach nicht so'n Gesicht
Ich tu dir nicht weh.
Schon ist es gescheh'n.
War das nicht schön?

LOUIE BRONK
Todestrakt, Ellis I Unit
Huntsville, Texas

Ein paar Minuten später ging die Tür auf der Häftlingsseite des Raums auf. Louie Bronk schlurfte herein, winzig zwischen den beiden Wachposten. Seine Hände steckten in Handschellen und waren an die Taille gekettet. Seine Füße waren zusammengekettet und gaben bei jedem Schritt ein metallisches Klirren von sich.

Ein Gefängniswärter verließ den Raum, während der zweite Louie zu dem Käfig führte, aufschloß und ihn auf den Stuhl setzte, wobei er ihn hart am Oberarm packte. Als er die Käfigtür abschloß, sagte der Wächter zu Molly: »Ich bin hier, Ma'am, falls Sie mich brauchen.« Er ging zurück zur Tür und stand dort in Habachtstellung.

Während dieser Prozedur blieben Louies Augen auf den Wärter geheftet. Er hielt den Kopf von Molly weggedreht und starrte weiter den Wärter an.

Molly schaute durch die vielen Lagen Maschendraht den Mann in dem Käfig an – ein Gnom in Sträflingshemd und -hosen aus einem rohgewebten weißen Stoff. An den Füßen trug er die billigen, weichen Schlappen, die alle Todeskandidaten bekamen.

Von Anfang an war Molly von dem Eindruck beherrscht gewesen, daß seine Erscheinung in jeder Hinsicht verkümmert war. Es war, als hätten seine ungewollte Geburt und vernachlässigte Kindheit nicht ausreichend Liebe und Nährstoffe zur Verfügung gestellt, um einen kompletten Menschen aus ihm zu machen. Er war klein und, abgesehen von der harten Wampe, die über seinen Gürtel hing, hager. Seine Haare waren schütter und dünn, seine Lippen nichts als graue Striche, die Augen kleine Schlitze, die dicht beieinander standen, ohne Wimpern oder Augenbrauen. Und seine Haut sah papieren aus, als ob sie seinen Körper nicht ausreichend bedecken könne; seine scharfe Hakennase, flachen Wangen und das lange Kinn sahen wie roher Knochen aus.

In den letzten zwei Jahren war er enorm gealtert, wie Tanya Klein gesagt hatte. Seine Haare waren jetzt noch dünner und vollständig ergraut, so daß man die Kopfhaut darunter sehen konnte, und seine Arme, die wenigstens sehnig und kräftig gewesen waren, waren erschlafft; die Haut auf der Unterseite hing schlaff herab und ließ die kruden blauen Figuren, die dort tätowiert waren, zu einem unerkennbaren faltigen Wirrwarr verschwimmen. Wenn sie nicht gewußt hätte, was die Tätowierungen darstellten – einen Falken, eine Schlange und eine nackte Frau – würde sie sie nun nicht mehr erkennen können.

Immer noch abgewandt, die Augen starr auf den Wärter gerichtet, rezitierte er in quäkendem Singsang:

»Schon Zeit zu geh'n?
Radieschen von unten anseh'n?
Warum willst du nicht schrei'n?
Bin ich das arme Schwein?

Soll ich der Arsch hier sein?
Hey, ihr könnt mich befrei'n.
Zeit für den roten Schrei?
Oder nur ein Alptraum, und schon vorbei?
Mann, laß mich doch einfach frei.«

Der Wärter zuckte nicht mit der Wimper.

»Immer noch beim Dichten, Louie«, sagte Molly leise.

Schnell drehte er sich um und sah sie direkt an. Molly unterdrückte ihr Erschrecken. Sein Mund fiel in sich zusammen. Um seinen Schlitz von einem Mund war das Fleisch faltig und eingesunken wie ein verrottetes Kürbisgesicht nach Halloween. Er trocknete aus, schrumpfte ein. Wenn der Staat ihn nicht bald umbrachte, würde nicht mehr viel übrig sein, das man noch umbringen konnte.

»Zwei Jahre, Molly. Nich' einmal waren Sie in der Zeit da.«

»Ja, ich weiß.«

»Sobald Sie aus mir rausgeholt hatten, was Sie wollten, da sin' Sie nich' mehr gekommen.«

Sie merkte, wie sie tief aus ihrer Brust die Stimme holte, die sie in der Vergangenheit immer mit ihm gebraucht hatte. Es war eine leise, ruhige Stimme, die nie Verurteilung oder Wut in sich trug, eine Stimme, die sie durch die widerwärtigsten Unterhaltungen geleitete, ohne lauter zu werden oder zu brechen. »Louie«, sagte sie in der altvertrauten Stimme, »Sie wissen genau, daß die Abmachung für eine Serie von Interviews war. Habe ich je gesagt, daß ich danach noch kommen würde?«

»Nein.« Er saß da, die zusammengebundenen Hände im Schoß, und legte den Kopf ablehnend auf die Seite. »Aber so was tut man nich', ist nicht höflich.«

An seine ständigen Reimereien gewöhnt, hatte Molly sie stets wie normale Konversation behandelt. »Sehr höflich ist es auch nicht gerade, mich eine Lügnerin zu nennen.«

Er ließ den Kopf in den Nacken sinken, so daß sein langes Kinn auf sie zeigte und sein sehniger Hals mit dem vorstehenden

Adamsapfel zu sehen war. »Ich wußte, daß Sie dann angerannt kommen würden.«

»Wenn Sie mit mir sprechen wollten, hätten Sie mir auch schreiben können, Louie.«

Er schüttelte den Kopf und schwieg in der Erwartung, daß sie etwas sagte.

Schweigend saßen sie da. Dann sagte er: »Ihr Buch. Ist es schön? Ich will's seh'n.«

Bei der Vorstellung, daß er das Buch lesen könnte, sträubten sich die Haare in Mollys Nacken. »Meinen Sie, daß Sie in mein Buch schauen wollen?«

»Mit dem Lesen hab' ich's ja nicht so, wie Sie wissen, aber ich würde gerne meine Gedichte in einem richtigen Buch gedruckt seh'n.« Er grinste, ohne den Mund aufzumachen. »Ich hab' gedacht, Sie bringen mir eins mit.«

»Sie haben das Buch also noch gar nicht gesehen?« fragte Molly.

»Nee.«

»Aber Sie haben doch gestern erklärt, daß es ein Haufen Lügen wäre«, sagte sie.

»Sie haben doch die Sachen über Mrs. McFarland genau so aufgeschrieben, wie ich's gesagt hab', oder?« Seine Stimme war dünn und betrübt.

Sie nickte.

»Dann haben Sie Lügen aufgeschrieben. Gott ist mein Zeuge.« Er hob die Hände, um eine Geste anzudeuten, wurde aber von der Kette, an der seine Handschellen befestigt waren, zurückgerissen. »Schwester Addie sagt, uns ist vergeben, aber daß wir die Sachen richtigstellen müssen, wo es geht.«

»In Ordnung«, sagte Molly. »Hier hab ich was, was Sie richtigstellen können. Ich hab ein paar Fragen für Sie.«

Er schwieg; an der Art, wie sich seine Augäpfel nach unten und nach rechts bewegten, sah sie, daß er sich einen Reim ausdachte. Schließlich sagte er: »Schießen Sie los. Sagen Sie bloß. Quatsch mit Soß'. Nun geht's los.«

»Na gut. In einem Artikel im *American Patriot* stand heute morgen, Sie hätten gestern eine Erklärung verfaßt und sie Addie Dodgin gegeben. Ich würde gern wissen, ob die Zeitung Sie richtig zitiert hat.«

Er stülpte die Lippen leicht nach außen, was sie als Zeichen erkannte, daß sie weitermachen solle.

»Als erstes stand in dem Artikel, daß Sie eine Erklärung abgegeben hätten, Sie hätten Tiny McFarland nicht umgebracht, und Ihr Geständnis sei nicht wahr gewesen.« Sie versuchte, ihm in die Augen zu sehen, aber er starrte hinunter auf die Tischplatte. »Haben Sie das gesagt, Louie?«

»Was stand sonst noch drin?«

»Daß Sie behauptet hätten, die Beamten hätten Sie in Hays County mit Informationen über den Mord gefüttert, so daß Sie ein überzeugendes Geständnis ablegen konnten. Haben Sie das gesagt?«

»Was sonst?« fragte er.

Sie versuchte, es mit neutraler Stimme vorzubringen, als liste sie einfach einen weiteren Punkt auf. »Daß Sie gesagt hätten, alles, was Sie mir über den Fall McFarland erzählt haben, wäre eine Lüge, und ich hätte Sie dazu ermutigt, diese Lügen zu erzählen. Haben Sie das gesagt?«

Er sah sie direkt an und lächelte, so daß sie sehen konnte, was in seinem Mund geschehen war: Eine Großzahl der Zähne war nicht mehr da und hatte große Löcher hinterlassen. Die Zahnarztkunst Marke Knast, ohne Zweifel.

»Und, haben Sie das gesagt?« fragte sie noch einmal.

Er machte den Mund zu. »Das macht Ihnen zu schaffen, was?« Er streckte den Kopf vor, näher an den Drahtkäfig heran. »Was? Da hab' ich den Nerv bei Ihnen getroffen.«

Molly hatte vergessen, wie wahnsinnig wütend er einen machen konnte. »Der Artikel besagte außerdem, daß Sie Christ geworden sind und jetzt aufrichtig sein wollen.« Molly legte die Hände zusammen, als wolle sie beten, und verdrehte die Augen. »Haben Sie *das* gesagt, Louie?«

»Ich antworte jetzt vor Gott. Von Ihnen brauch' ich gar keine Fragen zu beantworten.«

Sie wartete ab und versuchte, ihre Gefühle unter Kontrolle zu bekommen.

»Ich mein', was springt für mich dabei raus, wenn ich antworte? Was hab' ich je davon gehabt, all die dummen Fragen zu beantworten, für die ich soviel Zeit geopfert hab' vor zwei Jahren?«

Sie sagte nichts.

»Hör-hör«, sagte er mit hoher Stimme, »ich sag' es dir. Gekriegt hab' ich 'n Dreck. 'n ungedeckten Scheck. Aus das Spiel. Kommst nicht ans Ziel. Bei Molly Cates gibt's 'n Sonderpreis. Den letzten Scheiß.«

»Was meinen Sie, Louie?«

»Vielleicht sollten Sie mir was von der vielen Knete abgeben, wo ich so gut mit Ihnen zusammengearbeitet hab'. Ich verdien' doch wohl auch was von der fetten Kohle, die Sie nun einsakken.«

Molly mußte sich sehr beherrschen, nicht laut zu werden. »Louie, wir haben darüber gesprochen, und Sie haben ein Papier unterschrieben, falls Sie sich erinnern. Ich habe Sie für die Verwendung Ihrer Gedichte bezahlt, und Sie haben zugestimmt.«

»Sie bescheißen mich, wie mich alle Leute im Leben beschissen haben. Ein paar von meinen Gedichten haben Sie in dem Buch benutzt, aber nix haben Sie getan, um den Rest in einem eigenen Buch abgedruckt zu bekommen, wie ich das wollte. Und das ganze Geld, das ich gekriegt hab', ist weg.« Er verfiel in die hohe weinerliche Stimme, die sie von seinen Monologen über die Ungerechtigkeit der Welt her kannte. Natürlich war das Leben ungerecht zu ihm gewesen, grausam ungerecht, aber der weinerliche Tonfall ging ihr trotzdem auf den Nerv.

»Louie, ich hab Ihnen von Anfang an gesagt, daß ich keinen Penny für Interviews bezahlen oder Sie nach Ihrer Meinung zu dem fragen würde, was ich schreibe. Aber Sie wollten trotzdem mit mir zusammenarbeiten.«

»Hat ja wunderbar für Sie funktioniert, was? 'n Buch haben Sie, machen das große Geld. Fernsehfilm – vielleicht 'ne Serie. Über mich. Warum soll ich nichts von dem Zaster haben, häh?«

Sie merkte, wie die Wut sich in ihr zusammenbraute wie in einem Dampfkessel. »Erstens einmal mache ich nicht das große Geld. Und zweitens fände ich es unmoralisch, wenn Sie Nutzen aus Ihrem Verbrechen ziehen würden.«

»Aber für Sie ist es einwandfrei, Nutzen draus zu ziehen, was?«

Er hatte sie in die Ecke getrieben, wo sie sich winden und erklären mußte, und das war kein schönes Gefühl. Es war so lächerlich, daß sie ihn auslachen sollte, aber es trieb sie zur Weißglut. »Was sollte Geld Ihnen denn nutzen, Louie?«

»Wie meinen'S 'n das?« fragte er mit Augen, die derartig zusammengekniffen waren, daß sie fast geschlossen waren.

»In drei Tagen sind Sie tot.« In der Sekunde, in der sie die Worte ausgesprochen hatte, wünschte sie, sie könnte sie rückgängig machen. Es war unverzeihlich – einen hilflosen, angeketteten, abgeurteilten Mann so einzuschüchtern.

Mit einem Ruck sah er auf, seine Lippen zu einer grimmigen Fratze verzogen. »Nein, das bin ich nicht. Ich bin nicht in drei Tagen tot.«

Himmel, er war einfach unverbesserlich. Ihre Wut explodierte wieder. Sie hatte sich schon als Ekel erwiesen; warum dann nicht auf's Ganze gehen? Sie stützte die Ellbogen auf die Tischplatte. »Glauben Sie's mir, Louie. Egal, was Sie sagen oder tun, in drei Tagen werden Sie sterben. Sie sind erledigt. Es wird Zeit für den roten Schrei.«

Er schüttelte den Kopf und verzog die Lippen zu dem Lächeln, das sie so haßte. »O nein«, sagte er. »Das wird nicht so kommen, weil Sie es verhindern.«

Vor Überraschung sprachlos, stand sie halb von ihrem Stuhl auf. »Ich? Louie, das hat nichts mit mir zu tun. Nichts. Ich habe keinen Einfluß darauf, selbst wenn ich es wollte.«

Der Wärter, der ihre abrupte Bewegung und das Lauterwerden ihrer Stimme bemerkt hatte, erwachte zum Leben und machte einen Schritt Richtung Käfigtür. Molly setzte sich wieder und winkte ihn mit einem gequälten Lächeln fort.

Louie schleuderte ihr die Worte ins Gesicht, seine Schweinsäuglein zusammengekniffen. »Was meinen Sie mit ›wenn Sie wollten‹? Sie haben immer gesagt, daß Sie gegen die Todesstrafe sind.«

Molly atmete tief durch. »Ich bin dagegen.«

»Was meinen Sie also damit?«

»Ich habe gemeint, daß Sie in der Mühle der Justiz stecken und niemand etwas dagegen tun kann, daß Sie darin zermahlen werden.«

»Wollen Sie denn noch nich' mal hören, was ich zu sagen hab'?« fragte Louie fordernd. »Früher haben Sie mir immer zugehört. Deswegen hab' ich auch Stunden und Stunden mit Ihnen gequatscht – weil Sie so schön zugehört haben. Aber das war wohl, als Sie noch was von mir wollten, als ich noch nicht erledigt war.« Wieder der weinerliche Tonfall.

»Louie, damals waren Sie genauso erledigt wie heute. Sie waren schon vor zehn Jahren erledigt, als das Gericht von Travis County Sie wegen Kapitalverbrechens verurteilt hat. Aber sicher, ich höre. Was haben Sie zu sagen?«

Er hob den Kopf und sprach mit lauter, fester Stimme. »Das ist wahr. Ganz und gar. Ich leg' es jetzt dar.« Er hielt inne und sah sie lauernd an.

»Dann sagen Sie's halt«, preßte sie zwischen den Lippen hervor.

Er hob die gefesselten Hände so hoch, wie die Kette es erlaubte, und legte seine dürren Finger auf die Brust. »Gott im Himmel soll mein Zeuge sein, aber diese Mrs. McFarland habe ich wirklich nicht kaltgemacht.« Er schüttelte den Kopf. »Sie war keine von meinen, und ich hätte es nicht sagen sollen, daß sie eine war. Der Herr Jesus und Schwester Addie werden mir vergeben.«

Der Ärger schnürte ihr die Kehle zusammen. Seine honigsüße

Stimme und der Anblick, wie er die Hand aufs Herz legte, machten sie rasend. »Hören Sie mit diesem widerlichen Herr-Jesus-Zeug auf, Louie. Bei mir brauchen Sie nicht die alte Knasttour abzuziehen. Sie haben genau dort gesessen«, sie deutete auf den Platz, wo sie während der Interviews gesessen hatten, »und haben mir Stunde um Stunde von dem Film in Ihrem Kopf erzählt, der immer stärker geworden sei, seit Sie acht Jahre alt waren, von der Wunschvorstellung, Frauen zu töten und Geschlechtsverkehr mit ihnen zu haben. Sie haben mir doch von all den schwarzhaarigen Frauen an der Autobahn erzählt.«

»Das stimmt«, greinte er. Dann wiederholte er es flüsternd: »Das stimmt. Gott wird mir vergeben.«

Molly merkte, wie sie die Tischplatte vor sich umklammerte. »Dann erzählten Sie mir, wie Sie an diesem wahnsinnig heißen Tag durch Austin fuhren und die Wunschvorstellung in Ihrem Kopf explodierte. Sie hatten keine Frau finden können, sagten Sie mir, also nahmen Sie die Ausfahrt 2222 in Austin und fuhren nach Westen und fanden diese schmale, kurvenreiche Straße und die Schotterauffahrt. Sie erzählten mir, wie Sie halb hochfuhren und Ihren alten weißen Mustang mit der braunen Tür dort parkten.« Sie merkte, wie sie immer schneller redete und nichts dagegen tun konnte. »Sie gingen ins Haus, sagten Sie, die Tür war offen, und stahlen einen Sony-Fernseher und eine silberne Schale und ein Messer. Als sie zum Auto zurückgingen, sahen Sie eine kleine blonde Frau im weißen Kleid in der Garage stehen. Sie erschossen sie und zogen ihr die Kleider aus und rasierten ihr den Kopf, um Sex mit ihr zu haben, aber es klappte nicht, weil sie blond war und –«

»Halt, halt, halt«, protestierte er. »Ich weiß ja wohl, was ich Ihnen alles erzählt hab'. Hätt' ich nich' machen soll'n.« Seine Ketten rasselten, als er versuchte, die Hände zu heben. Weil sie ihn zurückhielten, ließ er die Hände wieder in den Schoß sinken. »Hätt' ich nich' sagen soll'n. Aber ich war nich' schuld. Sie haben immer gesagt, ich soll Ihnen davon erzählen. Sie haben immer wieder gefragt. Verurteilt war ich schon, und Sie kamen her und wollten was drüber hör'n, über den großen Fisch – Tiny McFarland – die, die Sie am meisten interessiert hat. Sie wär'n ja nich' mehr gekommen, wenn ich nix erzählt hätte. Sie sind genauso schuld da dran. Weil wir ja irgendwie die Geschichte zusammen erzählt haben.«

Er beugte den Kopf vor, bis er kaum noch einen Zentimeter vom Maschendraht entfernt war, so nah, daß Molly seinen Schweiß und fauligen Atem riechen konnte. »Aber es ist nix als gelogen. Ich hab' die Kuh noch nich' mal auch nur geseh'n. Sie war keine von meinen. Damals, da unten im Knast in Hays County, hab' ich einfach gesagt, ich wär's gewesen, weil das am einfachsten war. Sie kommen rein – der Sheriff und die ganzen Ranger – und sagen, daß mein Auto da gesehen worden ist, und die hätt' ich bestimmt erledigt. Sie war so stinkreich, daß sie sich mehr um die gekümmert haben, und irgendwie war da diese Aufregung, und die hat mich auch gepackt. Es war irgendwie toll, als ob ich berühmt wäre.«

Er war ein überzeugender Lügner, das mußte sie zugeben. Kein Wunder, daß er so oft gestrandete Frauen zum Einsteigen in sein Auto bewegen konnte. »Louie, ich glaube kein Wort. Was ist mit dem Schmuck, den Sie beschrieben haben, dem Fernseher, der silbernen Schale? Das stand nicht in der Zeitung.«

»Einer von den Beamten, so'n großer, hat's mir erzählt. Hat das Haus beschrieben und so, und was da passiert ist, weiß nich' mehr, wie er heißt, aber so einer, bei dem die Nase ganz eingedellt ist, als ob er öfter eins drauf gekriegt hätte.«

Molly merkte, daß ihre Körpertemperatur gerade um mehrere Grad gestiegen war. Liebend gerne hätte sie ihre Jacke ausgezogen, aber das hatte sie vor Louies Augen noch nie tun mögen.

»Aber selbst, wenn der Typ mir das nich' alles erzählt hätte«, sagte Louie, »'n gutes Geständnis hätt' ich trotzdem hingekriegt.«

»Wie?« bei dem Wort versagte ihre Stimme.

»Ganz einfach. Die stellen einem so Fragen. Also wie: ›Louie, was hast du gemacht, nachdem du das Auto auf der Schottereinfahrt abgestellt hast?‹ Und schon weiß ich, wo ich angeblich geparkt hab'. Dann fragen sie: ›Louie, bist du auf der 2222 in den westlichen Teil der Stadt gefahren oder auf der so-und-so?‹ Seh'n S', ich kann mir fast alles zusammenreimen. Und ich hab' ein klasse Gedächtnis. Und wenn ich einen Fehler gemacht hab', dann sagen sie halt: ›Ach, der hat so viele Weiber erledigt, daß er sie nicht mehr auseinanderhalten kann.‹«

Das war allerdings genau das, was sie tatsächlich gesagt hatten. Molly lehnte sich in dem harten Stuhl zurück und atmete tief durch, um das panische Wirbeln in ihrem Kopf zu vertreiben. Das konnte überhaupt nicht wahr sein; es war nur wieder Louie mit seiner miesen Show. »Louie, nun enttäuschen Sie mich aber wirklich. Ich dachte, Sie wären anders als die andern. Ich dachte, Sie würden geradestehn für das, was Sie getan haben. Haben Sie mir nicht erzählt, daß die Männer in den Todeszellen einen großen Wind darum machen, cool unterzugehen und nicht dem roten Schrei nachzugeben? Und Sie haben gesagt, Sie würden stark bleiben und niemals klein beigeben. So ein Schwachsinn! Gucken Sie sich an: Auf einmal greinen Sie in letzter Minute rum, daß Sie unschuldig wären.«

Sein Gesicht spannte sich an, als wäre die Haut gerade wieder geschrumpft, um die Nase herum wurde sie gelb. »Ich sage nicht, daß ich unschuldig bin. Ich sage nur, daß ich diese Tiny McFarland nicht umgebracht hab'. Die nicht. Und jetzt bin ich ein guter Christ, und ich lüg' nicht mehr. Da können Sie Schwester Addie fragen.«

Sie schnaubte und sagte: »Welcher Idiot würde so was glauben?«

Er versuchte wieder, seine Hände zu heben, erinnerte sich diesmal aber an die Kette, bevor sie ihn zurückriß. Er ließ die Hände in den Schoß fallen. »Ich will die Wahrheit sagen, und, Molly, ich hab' drüber nachgedacht. Vielleicht kann man es beweisen.«

Sie hätte sich am liebsten die Ohren zugehalten; sie wollte nichts mehr davon hören.

Er beugte sich vor, so daß seine knochige Nase fast gegen das Käfiggitter drückte. »Ich glaube, Sie können beweisen, daß ich's nicht war. Hören Sie zu, Molly. Es geht um das Auto. Dieser weiße Mustang, den ich hatte, der mit der braunen Tür auf der Fahrerseite? Der, von dem ich erzählt hab', daß ich ihn in den Lake Worth geschmissen hab', um ihn loszuwerden?«

Der See war tagelang durchkämmt worden, ohne daß das Auto gefunden wurde. Das war eines der losen Enden in dem Fall.

»Diese Zeugen vor Gericht – das kleine Mädchen und der Baby-Sitter – die haben gesagt, daß sie das Auto bei den McFarlands gesehen haben. Das habe ich nie kapiert – daß so'n kleines Ding lügt. Kapieren Sie doch, die haben gelogen wie gedruckt. Müssen sie wohl. Deswegen hab' ich sie auf meine Zeugenliste gesetzt. Damit sie sehen können, was sie angerichtet haben. Nicht wegen Rache. Gott mag das nicht. Aber damit sie sehen können und Buße tun.« Sein Gesicht war mit solch einer Intensität erfüllt, wie sie es noch nie an ihm gesehen hatte.

»Hören Sie auch zu?« fragte er. »Das ist verdammt wichtig. Nach der Sache mit Greta Huff in Hays County hab' ich im Fernseh'n gehört, daß sie mich und mein Auto mit der Sache in Verbindung bringen. Also saß ich da in Fort Worth und hatte eine schwache Stunde, ich muß es ja zugeben. Greta, die alte Greta, das war eine von meinen – Jesus, vergib mir –, und das Auto hatte ich wirklich. Was tu' ich also, ich geh' hin und laß' es neu lackieren – klar, normalerweise hätt' ich's einfach irgendwo verschrottet, aber das Auto hatt' ich wirklich gern, bestes Auto, das ich je hatte, also hab' ich's anmalen lassen – in so einem ganz schönen leuchtenden Blau. Hat mich hundertfuffzig bar auf die Kralle gekostet, jeden Cent mußt' ich dafür zusammenkratzen. Und einen Tag später ist das Scheißding zusammengebrochen. Kühler ausgebrannt, nach dem ganzen guten Geld, das ich da reingesteckt hab'. Konnt' ich verschrotten.«

Louie Bronk sah auf und direkt in Mollys Augen. »Und jetzt kommt der Clou«, sagte er. »Das war kurz vor'm Feiertag, dem vierten Juli, weil ich noch weiß, daß ich's zu dieser Autowerkstatt oben in Forth Worth gebracht hab', um es sprühen zu lassen, und die haben gesagt, daß es vier Tage dauert, weil es über den Feiertag war. Also hab' ich's am sechsten zurückgekriegt und am siebten hat es schlappgemacht.«

Gegen ihren Willen lauschte Molly gebannt seiner Erzählung. Er mußte eine Veränderung an ihr bemerkt haben, weil er sagte: »Jawohl, Ma'am, jetzt hat's geschnackelt. Miß McFarland, die wurde am neunten Juli erledigt. Es ist absolut unmöglich, daß diese Leute in Austin das Auto gesehen haben, weil es mittlerweile blau und kaputt war.«

Molly streckte abwehrend die Hände aus, um ihn zum Schweigen zu bringen. Sie fühlte sich, als hätte er ein Loch vor ihren Füßen gegraben, und wenn sie nicht höllisch aufpaßte, würde sie jeden Moment hineinfallen. »Louie, jetzt hören Sie sofort auf. Mit so einer Sache sollten Sie sich an Tanya Klein, Ihre äußerst fähige Anwältin, wenden, und sie die Sache anschauen lassen. Dafür ist sie da.«

»Nein, Molly, das hab' ich doch probiert. Als sie am Montag hier war. Ich hab's probiert, aber sie hört mir nicht zu. Sie ist nicht... fähig, wie Sie das nennen. Oder vielleicht gibt sie sich keine Mühe. Sie sind die einzige, die...«

»Louie, Sie hatten elf Jahre dafür Zeit. Warum jetzt, wo Sie nur noch drei Tage übrig haben?«

Seine Augen weiteten sich vor Überraschung. »Warum? Im Fernseh'n hab' ich von der zweiten Frau von Charlie McFarland gehört. Dann heute morgen der Babysitter. Kapieren Sie nicht? Jemand ist vor elf Jahren damit davongekommen. Und wenn man einmal damit davonkommt, macht man es wieder – irgendwann. Wie ich. Jemand macht mich nach, wie schon vor elf Jahren.« Er richtete sich auf. »Und das ist einfach nicht recht. Schwester Addie sagt, man muß tun, was man kann, um die Sachen in Ordnung zu bringen. Sie glaubt mir, Molly. Sie hat meine Erklärung in die Zeitung gebracht.«

Molly setzte sich kerzengerade auf ihrem Stuhl auf. Sie war es verdammt leid, von Schwester Addie zu hören. »Louie, ich möchte eins völlig klarstellen, damit Sie sich keine falschen Hoffnungen machen. Ich kann nichts für Sie tun. Es wäre sinnlos, wenn Sie weiterreden würden.« Sie sah auf die Uhr. »Ich muß jetzt gehen, aber ...«

»Sie müssen es für mich tun.« Sein ganzer Körper verkrampfte sich.

Sie schüttelte den Kopf. »Nein.«

»Sie müssen.«

Voller Ungeduld hob sie ihre Hände. »Wie kommen Sie drauf, daß ich das müßte?«

»Weil ich Sie kenne.«

Sie preßte beide geballten Fäuste gegen die Brust. »Sie kennen mich nicht!«

»Die vielen Stunden, die wir uns unterhalten haben und Sie mir Fragen gestellt haben – da glauben Sie doch nicht, daß nur Sie mich kennenlernen, oder?«

Voller Grauen sah Molly ihn an. Plötzlich fiel ihr ein Zitat ein, das sie irgendwo gelesen hatte – bei Nietzsche, vermutete sie –, daß man sich vorsehen müsse, wenn man mit Ungeheuern zu tun habe, denn wenn man in einen Abgrund schaue, dann schaue der Abgrund genauso in einen selbst.

Langsam und überdeutlich sagte sie: »Ihr Fall ist abgeschlossen. Wenn Sie glauben, daß ich so etwas tun würde, kennen Sie mich schlecht.« Sie nahm ihren Notizblock und Stift vom Tisch.

Louie beugte sich so weit vor, daß er mit der Stirn gegen den Maschendraht stieß. Wie von der Tarantel gestochen kam der Wärter auf den Käfig zu. »Nein«, sagte Louie zu ihm, »alles klar. Ich habe mich nur zu weit vorgebeugt. Echt. War nicht bös gemeint.«

Mit hochgezogenen Brauen sah der Wärter Molly an.

»Alles in Ordnung«, sagte sie.

Als der Wärter wieder seinen Platz neben der Tür eingenommen hatte, hielt er den Blick starr auf Louie gerichtet. Louie sah einige Male zu ihm hinüber und atmete dann tief ein. »Wissen

Sie noch, als Sie jede Woche hierhergekommen sind und ich Ihnen von dem Kreuz erzählt hab', das sie in meiner Kiste gefunden haben, das kleine goldene Kreuz mit den echten Diamanten drin?«

»Ja, schon, aber ich weiß nicht, was das...«

»Warten Sie. Die meinten, ich hätte es von einer Frau geklaut, die ich umgebracht hab', und ich hab' immer gesagt, nein, hab' ich nicht, daß ich es gekauft habe und es meiner Schwester Carmen-Marie schenken wollte, weil sie mich nach meiner Entlassung in Oklahoma aufgenommen hat, wo ich wegen meiner Schwester Angela gesessen hab'. Ich wollte ihr was Schönes schenken. Ich hab' Ihnen erzählt, daß ich es für Bargeld in einem Juwelierladen in Corpus gekauft hab'. Als ich Ihnen das erzählt hab', da fuhren Sie runter nach Corpus, und Sie haben jeden Laden abgeklappert und nach den kleinen Kreuzen gefragt. Als Sie dann einen Laden gefunden haben, haben Sie sie dazu gebracht, daß die in ihre Papiere geguckt haben – das war damals schon neun Jahre her –, bis Sie den Laden gefunden haben, der ein Papier mit meinem Namen drauf hatte. Als Sie in der nächsten Woche wiederkamen, haben Sie mir davon erzählt. Wissen Sie noch? Und ich hab' Sie gefragt, wie lange das gedauert hat, und Sie haben gesagt, die ganze Woche. Die ganze Woche! Eine Woche haben Sie damit zugebracht«, sagte er mit Bewunderung in der Stimme.

»Na und, Louie? Das ist mein Job. Ich muß oft solche öden Recherchen machen.«

»Nein. Nein. Das ist Ihr... also... ich weiß nicht, wie ich das sagen soll. Sie sind so wie dieses Bullterrierweibchen, das ich mal unten in Laredo kämpfen gesehen hab'. Kleines Vieh«, sagte er hastig, »aber sie hatte diesen Riesenkiefer, und wo sie einmal ihre Zähne reingehauen hatte, da ließ sie nicht mehr locker.« Er bleckte die Zähne, um es ihr zu zeigen. »Sie war schon total zerfetzt und voller Blut, Eingeweide hingen raus, aber die ließ trotzdem nicht locker. Als sie tot war, mußten sie den Kiefer mit einer Brechzange auseinanderkriegen, um sie von dem andern

Köter loszumachen.« Beim Erzählen dieser Geschichte breitete sich ein Ausdruck ungetrübter Freude auf seinem Gesicht aus.

Angewidert von dem Bild, das er vor ihren Augen hatte entstehen lassen, lehnte Molly sich in ihrem Stuhl zurück. Ihr reichte es jetzt, und zwar endgültig. Sie ging jetzt. Sie fing an, sich vom Stuhl zu erheben.

»Halt.« Es war ein Befehl, in einem Ton, den sie noch nie von ihm gehört hatte.

»Die Geschichte ist noch nicht fertig«, sagte er. »Sie haben sich all diese Mühe gemacht für so einen kleinen Scheiß, der doch überhaupt niemanden interessiert. Aber Sie haben es gemacht, weil es was Gutes über mich gezeigt hat, und Sie wollten fair sein. Und ich wette, daß es in Ihrem Buch drin ist, stimmt's? Da seh'n Sie's, das hab' ich über Sie gelernt: Sie sind fair, und wenn Sie mit irgendwas mal angefangen haben, lassen Sie nicht mehr locker.« Er nickte mit dem Kopf. »Jawohl. Und deswegen werden Sie das für mich tun. Gott wird's richten.«

Molly stand auf, diesmal ganz. Entschieden schüttelte sie den Kopf. »Nein. Louie, es tut mir leid, Sie zu enttäuschen. Gott wird's nicht richten. Ich weiß, daß das gerade eine schlimme Zeit für Sie ist, aber ich werde nichts weiter tun, als nach Hause zu fahren und mich an die Arbeit zu setzen.«

Am liebsten wäre sie weggerannt, doch sie sah zum Wachmann und sagte mit der ruhigsten Stimme, die sie aufbringen konnte: »Ich würde dann gerne gehen.«

Der Wachmann nickte ihr zu und ging zum Käfig. Molly trat einen Schritt zurück und sah Louie zum letzten Mal an. Mit hängendem Kopf auf seinem sehnigen Hals saß er da. »Tut mir leid, Louie«, sagte sie. Sie drehte sich um und ging zur Tür.

Hinter ihrem Rücken sagte er: »Es ist wegen dem Buch, stimmt's? Sie sind sauer wegen dem, was ich gesagt habe. Und Sie haben Schiß, daß das die Wahrheit sein könnte, was ich gerade gesagt hab'.«

Sie blieb stehen und drehte den Kopf. »Nein. Es ist, weil ich Ihnen *nicht* glaube.«

Als sie zur Tür heraustrat, hörte sie ihn sagen: »Weil, jetzt steht es schon drin in dem Buch, und da dürfen Sie nicht riskieren rauszufinden, daß es falsch ist. Sie wollen perfekt sein. Niemand soll wissen, daß Sie einen Fehler gemacht haben. Haben Sie aber wohl. Und wie Schwester Addie sagt, man muß seinen Fehlern ins Gesicht sehen. Zugeben muß man sie und sie Gott anvertrauen. Sagt Schwester Addie.«

Zum Teufel mit Schwester Addie. Molly biß die Zähne zusammen und ging so schnell sie konnte durch den Vorraum und zur Tür hinaus. Sie kochte vor Wut, und als sie in die glühende Hitze hinaustrat, hatte sie den Eindruck, daß es innerhalb und außerhalb ihrer Haut gleich heiß war.

Sie atmete tief durch und versuchte, sich wieder zu fassen. Eins war jedenfalls sicher. Sie war mit Louie besser klargekommen, als er noch nicht zu Gott gefunden hatte.

Kapitel 15

Nie zu spät, den Dreck zusammenzukehr'n
Und sich zum Herrn Jesus zu bekehr'n.
Das ist, was Schwester Addie lehrt
Und predigt so ehrenwert.
Nichts ist zu schlimm für Gott, um zu vergeben
Egal, mit wieviel Sünden im Leben.
Sie sagt, leg einfach deine Bürde ab
Aber sie hat nie geseh'n, was ich an der Straße
hinterlassen hab.

LOUIE BRONK
Todestrakt, Ellis I Unit
Huntsville, Texas

Dieses hinterhältige Miststück würde sie nicht kleinkriegen. Kam überhaupt nicht in Frage. Meine Güte, man konnte ihn anketten, in einen Käfig sperren, und das hinderte ihn immer noch nicht daran, andere Leute manipulieren zu wollen. Na, sie würde sich auf jeden Fall nicht zu irgendeiner wilden Hetzjagd durch die Schrottplätze von Fort Worth überreden lassen, nur damit seine letzten Tage auf dieser Welt dramatischer wurden, um Himmels willen, nein.

Soll er doch in der Hölle schmoren. Nicht, daß sie an die Hölle geglaubt hätte. Aber wenn es irgend jemand auf der Welt gab, der da schmoren würde, dann war das Louie Bronk.

Molly kam an das erste Tor und sah hoch zu dem Wachturm, damit der Posten das Tor für sie öffnete. Statt dessen trat er heraus und lehnte sich über das Geländer. »Miß Cates«, rief er herunter, »der Direktor hat gerade angerufen. Will wissen, ob Sie bitte in seinem Büro vorbeikommen könnten, bevor Sie gehen.«

Erstaunt winkte Molly ihm zu und drehte sich wieder um.

Diesmal wandte sie sich nach dem Betreten des Gefängnisgebäudes nach rechts und ging den Gang hinunter zu den Verwaltungsräumen. Vor der dritten Tür mit der Aufschrift »Direktor Steven Demaris« blieb sie stehen. Sie war offen.

Der Gefängnisdirektor saß an seinem Schreibtisch und unterhielt sich mit einer fetten Frau in einem pastellfarbenen, bedruckten Hauskittel. Sie strickte, und die beiden hatten die Köpfe zusammengesteckt und waren so in ihr Gespräch vertieft, daß sie Molly zunächst gar nicht bemerkten. Als der Direktor sie sah, sprang er auf und trat vor, um Molly die Hand zu schütteln. »Vielen Dank, daß Sie vorbeigekommen sind, Miß Cates. Das hier« – er deutete auf die fette Frau – »ist Schwester Adeline Dodgin.«

Molly sah hinunter in das breite, gelassene weiße Gesicht der Frau. Natürlich. Louies Schwester Addie.

Adeline Dodgin lächelte zu Molly hoch, ohne eine Masche bei ihrer Strickerei fallenzulassen, etwas Großes in Braun und Rosa – einem Rosaton, der so grell war, daß er fast leuchtete.

»Könnten Sie sich ein Momentchen zu uns setzen und sich's bei uns gemütlich machen?« fragte Direktor Demaris.

Molly warf einen Blick auf die Uhr. »Eine Minute habe ich Zeit«, sagte sie und fühlte sich überrumpelt.

Schwester Addie Dodgin sah mit einem Lächeln christlicher Nächstenliebe zu Molly auf, das sie unweigerlich auf hundertachtzig brachte. Die Frau trug ein riesiges Holzkreuz an einer geflochtenen Strippe um den Hals. Seit sie neun Jahre alt war, haßte Molly diese Art Christentum, seit die versammelten Baptistinnen von Lubbock eine Kampagne zur Rettung ihrer Seele gestartet hatten, nachdem ihre Mutter gestorben war. Regelmäßig waren sie bei der Ranch vorbeigekommen, hatten Thunfischaufläufe angeschleppt und Molly und ihrem Daddy erzählt, daß sie so sicher wie der Tag des Jüngsten Gerichtes komme zur Hölle fahren würden, wenn sie nicht in die Kirche gingen. Erst als eine von ihnen, die sie sehr stark an diese Frau hier erinnerte, geäußert hatte, daß Mollys Mutter Krebs bekommen hätte und gestorben sei, weil keiner von ihnen einen Fuß in die Kirche setzte, hatte ihr Daddy die Frau hinausgeworfen und ihr mitgeteilt, nie wieder einen Fuß vor seine Tür zu setzen. Als sie nach Austin gezogen waren, hatten beide, Vater und Tochter, die geringe Zahl von Baptisten als unschätzbaren Vorzug empfunden.

Diese Voreingenommenheit begleitete sie immer noch. Sie sah auf die Frau hinunter, ohne zurückzulächeln.

Steve Demaris klopfte auf den Rücken des Sessels neben dem von Schwester Addie. »Setzen Sie sich doch«, sagte er.

Molly setzte sich und sah zu, wie der Direktor sich hinter seinen Schreibtisch begab. Sie hatte Demaris seit einigen Jahren nicht gesehen, nicht seit er vom stellvertretenden Direktor in den Chefsessel befördert worden war. Er war ein hochaufgeschossener, gutgebauter Cowboy gewesen, doch das war vorbei; sein Körperumfang hatte rundherum zugenommen, besonders an Hals und Taille. Es schien Tradition zu sein im Strafvollzug, daß die Männer mit wachsender Verantwortung auch an Masse gewannen.

Demaris lehnte sich in seinem Schreibtischsessel zurück und kippte mit ihm nach hinten, bis er an die Wand stieß. »Miß Cates, seit Ihrem Anruf am Mittwoch frage ich mich schon, was da bei Ihnen in Austin eigentlich los ist. Gibt es in diesem neuen McFarland-Mord einen Verdächtigen?«

»Nicht, daß ich wüßte«, sagte sie.

Er machte ein schmatzendes Geräusch mit den Lippen. »Tja, das ist ja schade. So eine tragische Sache – daß Mr. McFarland so etwas zweimal passieren muß.« Er betrachtete Molly einige Sekunden und sagte dann mit einem gezwungenen Lächeln: »Sind Sie heute geschäftlich hier, Miß Cates? Schreiben vielleicht wieder schlimme Sachen über uns in Ihrem linken Blättchen?«

Molly lächelte ihn an. »Das wissen Sie doch, Herr Direktor, daß ich für Sie und die Arbeit, die Sie hier tun, nichts als den tiefsten Respekt hege. Sie erfüllen eine schwierige Aufgabe auf professionelle Art und Weise, und so etwas bewundere ich.« Sie meinte es ernst und sah ihm ins Gesicht, ob er es annahm.

Sein massiges Gesicht lief rot an. »Aber das wird Sie nicht daran hindern zu schreiben, daß wir schuld sind am Tod dieser armen mißverstandenen Jungs wie Ihrem Mr. Bronk, stimmt's?«

»Mr. Demaris, Ihre Aufgabe ist es, die Gesetze des Staates auszuführen. Es sind nicht Sie, mit dem ich hadere.«

»Aber ich unterstütze die staatliche Politik. Ihr Liberalen, ihr sagt doch immer, daß wir die Todesstrafe abschaffen müssen und statt dessen lebenslänglich ohne Begnadigung haben sollen. Das sagt ihr nur, weil ihr noch nie gewagt habt, im Gefängnis zu arbeiten.« Er kippte mit seinem Stuhl zurück auf den Boden. »Ein Typ wie Bronk – sperren Sie den hier zu einer lebenslänglichen Haftstrafe ein, dann hat der nichts mehr zu verlieren. Der vergewaltigt andere Häftlinge, greift meine Mitarbeiter an. Das einzig Sichere wäre, ihn vierundzwanzig Stunden am Tag einzuschließen, und das erlauben die Gerichte uns nicht.« Er schlug mit der flachen Hand auf den Tisch. »Nein. Wenn man jemanden hat, der so gefährlich ist, daß man ihn für die nächsten fünfzig Jahre wegsperren muß, ist es besser, ihn abzuservieren.« Er sah hinüber zu Schwester Addie. »'tschuldigung, Addie. Sie werden mich vielleicht als Schlächter bezeichnen, aber das ist nun einmal die grausame Wahrheit.«

Molly bereute, daß sie ihren Kassettenrecorder nicht dabei hatte. Ein Interview mit dem Direktor würde gut in ihren Bronk-Artikel passen. Sie sagte: »Sie sind nicht mehr und nicht weniger schuld als Miß Dodgin und ich als Bürgerinnen.«

Die Frau wandte sich Molly zu. »Bitte nennen Sie mich doch Schwester Addie«, sagte sie. »Das tun hier alle.«

Das kann sie vergessen, dachte Molly, die der Frau kaum ins Auge zu sehen vermochte.

»Wie lief Ihr Besuch?« fragte Steve Demaris.

»Ach, Louie Bronk, wie er leibt und lebt. Jetzt bestreitet er den McFarland-Mord. Versucht seine Show bei jedem abzuziehen, der es glauben mag.«

»Das hab ich gehört«, sagte er. »Ich bin dazu geneigt, Ihnen beizupflichten, aber Schwester Addie hier denkt anders darüber. Sie wollte wissen, ob sie unter vier Augen mit Ihnen sprechen könnte?«

Darum ging's also! Tja, nun saß sie in der Falle, aber da dem nun einmal so war, konnte sie das Beste für ein Interview aus der Situation machen. Sie sah der dicken Frau direkt in die verwaschenen blauen Augen. »Warum nicht, Miß Dodgin. Ich schreibe für meine Zeitschrift einen Artikel über Louie, und ich würde Ihnen auch gerne ein paar Fragen stellen. Wie ich gehört habe, waren Sie ja in der letzten Zeit ein wichtiger Einfluß in seinem Leben.«

Der Direktor stand auf. »Die Damen können sich gleich hier unterhalten; ich muß mich um ein paar Dinge kümmern. Soll Ginger Ihnen vielleicht eine Tasse Kaffee oder etwas Kaltes bringen?«

»Sie kennen mich doch, Steven«, sagte Addie Dodgin, immer noch unermüdlich beim Stricken. »Eine schöne Cola hätte ich schon gerne.«

»Miß Cates?«

»Nein. Nein, danke«, sagte Molly.

Als er ging, konnte Molly hören, wie er seine Sekretärin bat, eine Cola für Schwester Addie zu holen.

Molly legte ihren Notizblock in den Schoß, holte den Stift aus der Jackentasche und beobachtete Addie Dodgin, wie sie ein Taschentuch aus der Tasche zog und ihr feuchtes Gesicht damit abwischte. Molly hatte schon einmal überlegt, ob sie nicht eine Story über Frauen bringen sollte, die ein ungewöhnlich großes Interesse an Strafgefangenen hatten – die Knast-Groupies, wenn man so wollte. Einige von ihnen wurden nur Brieffreundinnen von Häftlingen oder besuchten sie regelmäßig. Andere gingen so weit und heirateten sie, sogar Männer aus den Todeszellen. Ja, das könnte eine interessante Geschichte ergeben. Und dieses Exemplar hier mochte den perfekten Einstieg bieten: Wie um Himmels willen hatte diese Frau mit dem grau werdenden dauergewellten Haar und dem käsigen Gesicht Freundschaft mit Louie Bronk geschlossen?

»Es war an Thanksgiving vor zwei Jahren, als ich meine Runden drehte«, sagte die Frau und nahm die Strickerei wieder auf.

»Was?«

»Wie die Sache mit Bruder Louie anfing«, sagte Addie Dodgin und sah Molly geradewegs in die Augen.

»Oh.«

»Ja. Ich war dabei, Bibeln aus meiner Sonntagsschule in Waco zu verteilen, wie ich es vor Feiertagen immer tue – Feiertage sind so eine einsame Zeit für diese Männer –, und er hatte sich in einer Ecke seiner Zelle verkrochen und sah aus wie ein trauriger Mehlsack. Ich sagte: ›Bruder, hast du das Wort Gottes vernommen, das wie Trompetenklänge durch diese Hallen dröhnt?‹« Sie lächelte und schien sich gerne an diesen Moment zu erinnern. »Mit seiner dünnen Stimme sagte er: ›Das einzige, was ich höre, sind Chaoten beim Abspritzen und Scheißen.‹« Adeline Dodgin grinste, wobei sie ihre winzigen, perlweißen Babyzähne zeigte. »Und ich sagte: ›Dann hast du die Stimme Gottes vernommen, Bruder.‹«

Fast gegen ihren Willen mußte Molly ihr Lächeln erwidern.

»Ich fragte ihn, ob er eine Bibel wolle. Er sagte, er habe es nicht so mit dem Lesen, und ich sagte, es wäre mir eine Freude, sie ihm vorzulesen. So fing es an. Es war ein Monat oder so, nachdem Sie Ihre Gespräche mit ihm beendet hatten, und er vermißte die Aufmerksamkeit, vermute ich.«

Molly wußte nicht, wie ihr geschah. In ihren Augen fing es an zu brennen, als müßte sie weinen. Lächerlich. Dieses Auf und Ab der Gefühle mußte eine verspätete Reaktion auf die Sache mit Louie sein.

Die Tür ging auf, und eine junge Frau mit einer Dose Cola auf einem Plastiktablett kam herein.

»Danke, Ginger-Schatz«, sagte Addie und streckte die Arme nach oben, um das Tablett in Empfang zu nehmen. Als sie den

Kopf drehte, sah Molly eine lange Narbe, rot und wulstig, die sich auf der linken Seite über ihren Hals erstreckte, vom Ohrläppchen seitlich den Hals hinunter, bis sie in ihrem Kleid verschwand. Diese Art Narben hatte Molly schon gesehen – bei Mitgliedern von Straßengangs, die in Messerstechereien geraten waren.

Ginger blieb stehen und wuschelte der dicken Frau beim Hinausgehen durch die Haare.

»Bei dieser Hitze geht nichts über eine kalte Cola«, murmelte Addie, wandte sich wieder Molly zu und trank. »Louie hat viel von Ihnen gesprochen, Miß Cates.«

»Ach?« Die Idee, daß Louie über sie reden könnte, war ihr noch nie gekommen. Die Vorstellung war ihr unangenehm.

»Ja, meine Gute. Nette Sachen sagt er über Sie – daß Sie eine sehr gutaussehende Frau seien und gut zuhören können. Louie meint, Sie hätten ihn fair behandelt und hätten das Durchhaltevermögen eines Bullterriers.« Sie stellte die Dose auf dem Tisch ab und lächelte Molly an. »Er sagte außerdem, daß Sie Ihre Gefühle sehr gut verstecken können.«

»Wie meint er das?«

»Das hat er nicht gesagt, aber ich vermute, er meint, daß die Abscheu, die Sie für ihn empfinden, kaum wahrnehmbar ist.«

Molly war verblüfft; sie wußte nicht, ob wegen der Worte ›kaum wahrnehmbar‹ aus dem Mund dieser Frau oder ihrer bemerkenswerten Einsicht in Mollys Gefühle. Die Abscheu war auf jeden Fall vorhanden. Aber wer konnte solche Dinge ohne Abscheu anhören? Wer könnte Louie ansehen, ohne so zu empfinden? Es war unmöglich.

»Es ist schwer, ich weiß«, sagte Addie Dodgin, »den Mann und seine unsterbliche Seele von seinen verdammenswürdigen Taten zu trennen.«

»Können Sie's?« fragte Molly in einem aggressiveren und herausfordernderen Tonfall, als sie beabsichtigt hatte.

Das einzige Geräusch im Zimmer war das Klappern der Stricknadeln. »Manchmal«, antwortete Addie schließlich. »Ich glaube, ich werde langsam besser darin, im Kopf zu behalten, daß uns – jedem von uns – vergeben worden ist.«

»Tja«, sagte Molly, »das überlasse ich Ihnen. Aber ich interviewe seit zwanzig Jahren Straftäter, Miß Dodgin, und war bisher immer in der Lage, eine gemeinsame menschliche Basis zu erkennen. Louie ist der erste, bei dem ich nicht in der Lage war...« Unfähig, den Satz zu beenden, verstummte sie.

Addie schmunzelte. »Unser Louie ist eine Herausforderung.«

Molly beugte sich vor. »Aber wie können Sie das ertragen?« fragte sie. »Sie sehen die ganze Heuchelei doch so gut wie ich – wenn es um ihre vorzeitige Entlassung geht oder einen Gerichtstermin, wie sie dann alle plötzlich wunderbarerweise zu Gott finden. Das ist solch ein Humbug. Wie jetzt bei Louie. Seine sogenannte Bekehrung kaufen Sie ihm doch sicher nicht ab.«

Addie Dodgin lächelte, und Molly merkte plötzlich, daß es keineswegs ein Lächeln christlicher Nächstenliebe war; es war ein Lächeln, das weitaus mehr Ironie und Wissen enthielt als Süßlichkeit. »Natürlich machen sie es aus ihren ganz eigenen Gründen. Zuerst tun sie nur so, als ob, aber das macht nichts.«

»Macht nichts?«

»Nein. Ganz und gar nicht. Der Grund, warum sie das Gespräch mit Gott beginnen, spielt keine Rolle; wenigstens vollziehen sie alle Schritte und lernen die Worte. Und wenn die Zeit kommt, in der sie die Worte brauchen, haben sie sie parat. Dann wird es echt. Sehr echt.«

Molly stellte sich vor, wie Louie sich am Montag für den Scharfrichter fertigmachte und auf der Bahre festgeschnallt wurde.

»Die Nähe des Todes kann Wunder bewirken«, sagte Schwester Addie. »Am letzten Tag, wenn sie von hier zu der Wartezelle neben der Mauer gebracht werden – an diesen schrecklich traurigen Ort neben der Hinrichtungskammer –, und wenn die Wärter sie dann fragen, ob sie Vorsorge für ihre Besitztümer und ihre Leiche getroffen haben, dann werden die Worte ganz schnell echt, selbst wenn sie es vorher nicht waren. Und dann sterben sie meistens gut – sehr gut.«

Molly schwieg eine Minute, bevor ihr wieder einfiel, daß sie eigentlich diese Frau interviewen wollte. »Sie sind bei ihrem Ende bei ihnen?« fragte sie.

»Wenn sie besonders gute Freunde sind, so wie Louie, fragt der Kaplan mich meistens, ob ich ihnen Gesellschaft leisten und an dem letzten, schweren Tag mit ihnen beten will.«

»Ist es wahr, daß sie dann gewöhnlich ihre Verbrechen bekennen?«

»Oh, ja. Dann reden sie ungehemmt. Wenn die Revisionen gelaufen sind und es nichts mehr zu verlieren gibt, wenn sie genau wissen, daß sie sterben werden.«

»Louie scheint da ja die Ausnahme von der Regel zu sein. Er hat bis zum Ende gewartet, bis er anfing, seine Unschuld zu beteuern.«

»Das ist einer der Gründe, warum ich ihm glaube.«

Molly schüttelte den Kopf; sie wollte keine weiteren Gründe hören. »Wie um alles auf der Welt haben Sie es geschafft, daß die Erklärung von der *Associated Press* gebracht worden ist?« fragte sie.

Schwester Addie bog den Kopf zurück und lachte ein rumpelndes, tiefes Lachen. »Das ist eine andere Geschichte. Ich werde Sie nicht damit langweilen. Aber Jim Ledbetter, der *AP*-Mitarbeiter in Dallas, ist ein alter Kumpel, der zur gleichen Zeit wie ich bei Amnesty International war. Er meinte, ich hätte ihm wohl mal etwas Gutes getan, und er wäre mir etwas schuldig.« Sie lachte wieder. »Jetzt schulde ich ihm einiges. Die ewige Bank der gegenseitigen Gefallen, was, Miß Cates? Ich befürchte, so wird es selbst im Himmel noch weitergehen, falls wir genug Glück haben, dorthin zu kommen.«

Addies Gesicht wurde ernst. »Sind Sie bereit, das zu tun, was Louie von Ihnen wollte?« fragte sie.

Molly lehnte sich zurück, und der Stift rollte von ihrem Schoß auf den Boden. Sie sah auf den Boden, wo er neben ihrem linken

Fuß liegengeblieben war. Diese Frau hatte Nerven. Auf solche Fragen brauchte sie keine Antwort zu geben. Sie beugte sich hinunter und hob den Stift auf.

Nachdem sie sich langsam wieder aufgerichtet hatte, sagte sie: »Nein.«

Addie Dodgin nickte verständnisvoll. »Bei Louie ist es schwierig, weil man weiß, daß er denkt, er hätte einen dazu gebracht, wenn man etwas für ihn tut, statt daß man es aus seinem gottgegebenen, freien Willen tut.« Sie schüttelte den Kopf. »Es bringt einen dazu, daß man sich verschließen und gar nichts geben möchte. Wahrscheinlich hat er dieses Gefühl sein Leben lang in den Menschen hervorgerufen.« Sie nahm einen weiteren herzhaften Schluck aus der Dose. »Sein Leben lang.«

»Ich glaube, er lügt«, sagte Molly.

Addie schmunzelte. »Seine einzige große Begabung.«

»Das und das Töten«, sagte Molly. »Er war früher gut im Töten.«

Addie nickte. »Kennt sich aus mit Messern, unser Louie. Ich habe die gleiche Meinung wie Sie über die Todesstrafe. Ich bin auch absolut dagegen.«

Molly erinnerte sich, daß sie Notizen machen sollte und klappte den Notizblock auf. »Warum?«

»Oh.« Addie stieß einen Seufzer aus, der das Kreuz auf ihrem enormen Busen dramatisch sich heben und senken ließ. »Jeder von uns hat ein Leben, das in einer ganz eigenen, individuellen Art und Weise verläuft. Da einzugreifen, unterbricht diesen Verlauf. Wie bei Louie. Ich weiß nicht, ob es Ihnen heute aufgefallen ist, aber auf seine Art denkt er über seine Sachen nach, und etwas davon berührt auch Sie und mich. Es ist, als ließe man den Grottenolm, oder diese blinden Nacktschnecken, aussterben – wir wissen nicht genau wie, aber ihr Fehlen wird irgendeine Auswirkung auf uns haben.«

Molly ließ den Kopf gegen die Sessellehne sinken und schloß einen Augenblick die Augen. Sie spürte das plötzliche Bedürfnis, dieser Frau von dem Meisterdichter zu erzählen, von ihren Ängsten und ihren Nachtwachen. Als sie aufschaute, betrachtete Addie sie. »Miß Cates –«

»Was?«

Die kräftige Frau seufzte tief. »Haben Sie schon mal so ein Gefühl gehabt, das jedem logischen Denken widerspricht, aber Sie haben trotzdem diese Überzeugung? Das, wenn Sie es sagen würden, sich völlig melodramatisch und übertrieben anhören würde?«

Molly fiel die Nacht ein, in der ihr Vater gestorben war. Sie war sich sicher gewesen, daß er in schlimmen Ärger geraten würde, und hatte ihn bekniet, zu Hause zu bleiben. »Ja.«

»Nun ja, ich habe so ein Gefühl, und ich habe Angst, wenn ich's Ihnen sage, daß Sie mich dann ein bibelschwingendes Weibsstück nennen werden, das überall seine Nase reinstecken muß, was ich natürlich auch bin, und sich verabschieden werden; aber wenn ich's Ihnen nicht sage, werde ich keine ruhige Minute mehr haben.«

Unfähig, der Versuchung noch länger zu widerstehen, lächelte Molly sie an. »Dann erzählen Sie mir's mal lieber.«

Addie seufzte, legte ihr Strickzeug beiseite und zog das Taschentuch heraus. Mit einem Grinsen sagte sie: »Nun, Schwester Molly, ich weiß nicht einmal die Details dessen, was Sie für Louie tun sollen.« Langsam wischte sie sich über Gesicht und Hals und stopfte das Taschentuch zurück in die Tasche. »Aber ich weiß eins: Wenn Sie es nicht tun, werden Sie Ihre Seele verlieren.«

Molly war sprachlos vor Staunen. Das hörte sich so ... mittelalterlich an. »Meine Seele verlieren? Was soll das? Eine Art Fluch, wenn man den Wunsch eines sterbenden Mannes abschlägt?«

»Wir sterben alle, Schwester; nur daß Louie sein Datum kennt.«

»Aber was meinen Sie mit ›meine Seele verlieren‹?« fragte Molly. »Da dran glaube ich noch nicht einmal. Ich – wissen Sie, ich –« Sie fing zu stottern an.

Schwester Addie Dodgin saß da, die Hände im Schoß gefaltet. »Entschuldigen Sie. Das war negativ formuliert, und ich verfalle manchmal in eine Art religiöse Kürzelsprache. Was ich meine, ist, wenn Sie es für ihn tun und ›ja‹ zu ihm sagen, wird es Ihnen ein reicheres Leben bescheren. Das spüre ich bei Ihnen – daß Sie an einem großen Wendepunkt in Ihrem Leben sind.«

Molly versuchte zu lachen, aber es kam mehr als Wimmern heraus. »Schwester Addie, das ist doch lächerlich. Was Louie von mir will, ist, daß ich nach einem Auto suche, das angeblich vor elf Jahren in Fort Worth verschrottet worden ist. Selbst wenn es noch da sein sollte, was so unwahrscheinlich ist, daß ich gar nicht so weit zählen kann, wie die Chancen dagegen stehen, dann wird es trotzdem nichts ändern. Es wird ihn nicht vor dem Tod bewahren.«

»Nein«, sagte Addie langsam, »es wird ihn wahrscheinlich nicht vor dem Tod bewahren.«

»Es wäre reine Zeitverschwendung«, fuhr Molly fort. »Viel Lärm um nichts.«

Addie zuckte die Achseln. »Vielleicht.«

»Und aus welchem Grund sollte ich es dann tun?« fragte Molly.

Addie zuckte wieder die Achseln. »Ich habe Ihnen doch gesagt, daß an der Sache nichts logisch ist. Ich glaube, Sie sollten es tun, weil Louie es sich von Ihnen erhofft, und in den gesamten achtundvierzig Jahren seines Lebens gab es nicht viele Hoffnungen, die ihm erfüllt wurden.« Sie nahm die Dose Cola und leerte sie. »Es ist reichlich heiß hier drin«, sagte sie und zog wieder das Taschentuch heraus. »Reichlich heiß. Ich finde, die Temperaturen hier reichen, um mich von einem verbrecherischen Lebenswandel abzuhalten.«

Addie mühte sich aus dem Sessel und sagte: »Für die Verdammten gibt es keine Ruhestätte. Ich muß mich auf meine Runden machen. Danke, daß Sie mich angehört haben, Schwester.«

Molly stand auf und sagte: »Danke, daß Sie mir gesagt haben, was Sie auf dem Herzen hatten, Schwester Addie. Ich denke darüber nach.«

Addie Dodgin faltete die lange rosa-braune Strickarbeit zusammen und stopfte sie in ihre enorme Plastikhandtasche. Aus der Tasche zog sie eine Karte, die sie Molly entgegenhielt. »Falls Sie mal wieder ein Schwätzchen halten wollen«, sagte sie.

Molly nahm die Karte entgegen.

Addie wuchtete die Tasche hoch und schob sich den Riemen über die Schulter. »Ich darf eine Handtasche mitbringen, weil ich da drin meine Bibeln befördere.«

Als Addie die Tür hinaus wackelte, schaute Molly auf die Karte. Darauf stand: »Schwester Adeline Dodgin, Gefängnisseelsorge Texas, 121 Pecos Street, Waco, Texas, 817–555–9080. Uns ist vergeben.«

Molly seufzte, setzte sich wieder und schloß die Augen.

Als der Direktor zehn Minuten später zurückkehrte, saß sie immer noch mit geschlossenen Augen da. Sie öffnete sie und sah Steven Demaris an, der auf sie herunterstarrte. »Ich möchte noch mal mit Louie Bronk sprechen«, sagte sie.

Molly saß ungefähr zwanzig Minuten auf demselben Stuhl im Besucherraum, bevor dieselben zwei Wärter Louie zurückbrachten und ihn in den Käfig einschlossen. Derselbe Wärter bezog neben der Tür seinen Posten und hielt Wache, diesmal ohne ein Wort zu sagen.

Als Molly sah, wie sich Louies dünne Lippen leicht nach oben zu seinem typisch herablassenden Lächeln verzogen, wäre sie am liebsten auf der Stelle hinausgegangen und hätte nie wieder etwas von der Sache gehört, ob sie nun ihre Seele verlor oder nicht. Statt dessen nahm sie ihren Stift zur Hand. »Okay, Louie, erzählen Sie mir von dem Auto.«

»Ach wie schön, das müßt ihr seh'n, Miß Molly ist wieder da, wunderbar.«

»Mit mir kann man's ja machen. Nun erzählen Sie schon von diesen Sachen«, sagte sie. Der Reim war unbeabsichtigt.

Louie lachte, zum ersten Mal, seit sie ihn kannte. Es war ein krächzender, dünner Ton, aber nichtsdestotrotz ein echtes Lachen, und Molly war ungemein stolz auf sich. Sie hatte Louie Bronk zum Lachen gebracht. Und das ohne Blutvergießen. Oder vielleicht war das Schwester Addies Einfluß – vielleicht verwandelte die Frau ihn noch in ein wahres menschliches Wesen.

»Es ist ein Ford Mustang. Das wissen Sie ja schon. 72er Modell, Hardtop, mit zwei Türen natürlich, Heckklappe...«

Sie schrieb es auf.

»Bevor ich es blau lackieren ließ, war es weiß«, sagte er. »Mit elektrisch-blauen Streifen auf der Motorhaube.«

»Elektrisch-blau?«

»Ja. Dieses leuchtende Blau, das Ford mit den Zusatzausstattungen für den Mustang herausgebracht hat. Meine Lieblingsfarbe. Die Farbe, in der ich es dann komplett lackiert hatte, war so ähnlich – ein ganz leuchtendes Blau – Metallicblau könnt' man sagen.«

»Und bevor Sie es lackieren ließen, als das Auto noch weiß war, war eine der Türen braun?«

Sein Lächeln erlosch. »Ja. Auf der Fahrerseite. Es war eine Reparatur, die gemacht worden ist, bevor ich's gekauft hab'. Ich würd's anmalen, aber manchen Leuten ist einfach alles egal.«

»Louie, hatten Sie nie Bedenken, einen Wagen zu fahren, den man so leicht wiedererkennen konnte – ein weißes Auto mit einer braunen Tür?«

Sein Gesicht verzog sich unwillig. »Nein. Das hab' ich Ihnen doch schon x-mal gesagt – ich hab' nie geplant, daß ich diese Sachen machen würde, bis sie dann passiert sind. Das war nicht geplant oder was.«

Sie nickte. Er hatte das immer gesagt, aber sie hatte ihm nicht geglaubt. Sie glaubte es immer noch nicht. »Aber als Sie hörten, daß die Polizei nach so einem Auto sucht, dann haben Sie Bedenken bekommen?«

»Klar. Das ist was anderes.«

»Na gut. Woran könnte ich es sonst noch erkennen?«

»An die Fahrzeugnummer kann ich mich nicht mehr erinnern. Wär ja schön, aber es hatte einen 351-Cleveland-Motor, acht Zylinder, Klimaanlage, die funktioniert hat, Automatikschaltung.«

Molly schrieb alles mit. »Louie, wenn das Auto noch auf dem Schrottplatz steht, sind der Motor und ein paar andere Teile wahrscheinlich schon weg. An was können Sie sich erinnern, was an dem Auto besonders oder auffallend war?«

»Sie meinen, außer daß es blau über weiß lackiert war? Da werden Sie nicht viele andere finden... An der hinteren Stoßstange klebte ein Aufkleber, der schon da war, als ich es gekauft hab' – von irgendeinem Radiosender, KBJM oder so was. Und die Beifahrertür war so zurechtgemacht, daß man sie von innen nicht aufmachen konnte.«

Molly verschluckte sich mit einem leisen Räuspern, als sie das aufschrieb. Das hatte er noch nie erwähnt. Es wäre ein hübsches Detail für das Buch gewesen.

»Hab' ich wahrscheinlich bisher vergessen, Ihnen zu erzählen«, sagte er.

»Mmmm«, meinte sie. »Sonst noch was?«

»Auf dem Rücksitz waren wohl ein paar Flecken. Sie wissen schon, Blut.«

Molly nickte teilnahmslos. »Viel?«

»Schon ziemlich. Den Plastikteil vom Rücksitz konnt' ich abwischen, aber das meiste war in diesem Gewebe, das man einfach nich' sauberkriegen tut. Es hatte schon angefangen zu stinken und zog eine Zeitlang die Fliegen an, wenn ich mich recht erinnere.«

Molly nickte wieder, als hätte er ihr gerade erzählt, wie er Kaffee auf dem Teppich verschüttet hatte. Sich mit Louie zu unterhalten war ihr stets so vorgekommen, als säße sie unten in einem Kaninchenbau in Porno-Wunderland, in dem Türen zurechtgebastelt waren, so daß sie nicht aufgingen und Blutflekken, die die Polster verschmutzten, ganz alltägliche Themen waren.

Als sie aufsah, sagte Louie gerade: »... von diesem Händler in El Paso für dreihundert. Das war 1981, also hatt' ich's ungefähr ein Jahr. Bestes Auto, das ich je gehabt hab'. Keinerlei Probleme, nix: war nich' 'n bißchen Pflege nötig. Mehr als sechzigtausend Meilen bin ich damit gefahren. Beim Verschrotten hatte es fast hundertfünfzigtausend auf'm Buckel.«

Molly überflog ihre Notizen. »Gut, Louie. Jetzt sagen Sie mir, wie ich den Schrottplatz in Fort Worth finden kann, wo Sie's verkauft haben.«

Er atmete laut aus. »Okay. Also bei dem Namen bin ich mir nich' so ganz sicher – Dingens-Dingens-Autoteile, aber es war an der Rosedale nahe an der 820, und da war ein Schild, auf dem stand: ›Bringen Sie Ihr eigenes Werkzeug mit‹ – das weiß ich noch – und gearbeitet hat da ein Nigger, der hatte nur eine Hand. Er war nicht der Besitzer, nur der Chef von dem Laden. Er hat mein Auto abgeschleppt und mir fünfundsiebzig bar auf die Kralle gegeben.«

»Wie weit von der 820?« fragte sie geschwind mitschreibend.

»Nicht mehr als 'ne Meile. Richtung Fort Worth, das ist nach Westen.«

»Auf welcher Straßenseite?«

»Ääh ...« Er bewegte die Hände und streckte schließlich die Rechte nach außen bis zum Ende der Kette. »Rechte Seite, wenn man nach Dallas fährt. Ein Riesending, mehr als acht Hektar, würd' ich sagen. 'n paar tierisch scharfe Hunde gab's da auch. Klauereien sind ein echtes Problem auf diesen Schrottplätzen, wissen'S. Nachts kann man sich nur auf die Köter verlassen. Und das ist eine ganz schön üble Gegend, Molly. Passen'S auf.«

Wieder Zeit fürs Kaninchenloch, dachte sie. Louie Bronk, der sich Sorgen über das kriminelle Element machte.

»Gut, Louie. Jetzt müssen wir nachdenken. Angenommen, ich habe Glück und finde das Auto. Nach so langer Zeit ist die Wahrscheinlichkeit nicht sehr groß – der Schrottplatz ist mittlerweile wahrscheinlich ein Einkaufszentrum –, aber wenn doch, dann wird es uns nichts helfen, wenn wir nicht das genaue

Datum feststellen können, an dem Sie es spritzen und verschrotten ließen. Jetzt gehe ich nicht davon aus, daß solche Unternehmen eine gute Buchführung haben. Was meinen Sie?«

»Der Schrottplatz nich'. Aber da, wo ich das Auto lackiert gekriegt hab', in dieser Autowerkstatt am Mansfield Highway, das war ein Erste-Sahne-Unternehmen. Die haben vielleicht noch Papiere von damals. Der vierte war ein Samstag, und ich hab' es zwei Tage davor hingebracht und gehofft, daß ich es am vierten zurückkriegen würde, um mit ein paar Freunden zum Feuerwerk zu fahren, aber es war total schwül, und die meinten, es würde ein paar Tage brauchen, bis es trocken sein würde, und daß ich's erst am Montag haben könnte. Das war der sechste. Da hab' ich's also abgeholt und da war's blau. Das würde doch beweisen, daß mein Auto am neunten Juli nicht in Austin war, oder?«

»Könnte sein. Erzählen Sie mir alles, was Ihnen noch über die Lackiererei einfällt.«

»Also gut. An den Namen kann ich mich nich' mehr so ganz erinnern – aber es war direkt am Mansfield Highway im Süden der Stadt – fast nur Nigger in der Gegend. Es hatte einen Männernamen drin, wissen'S, wie Jims Autowerkstatt oder Mikes oder so was in der Art, und es war ziemlich am Stadtrand, wo Mansfield und Loop 20 zusammenkommen.«

Molly schrieb es auf. »Wie sah sie aus, und auf welcher Straßenseite lag sie?«

»Wenn man nach Süden fährt, war es auf der linken Seite.« Seine Ketten klirrten, weil er die Richtung mit den Händen zeigen mußte. »Ich erinnere mich nich' so doll dran, wie es aussah, aber es war ganz nahe an der Straße und auf der Seite daneben konnte man parken. Ein großes Schild hing da, und auf dem Schild stand der Name, und daß sie die besten Preise für Lackierarbeiten hätten. Und das stimmte auch, weil ich mir verschiedene Angebote eingeholt hab'. Ein Mann war der Chef, der Mann, von dem der Name auf dem Schild stand – Bob oder was.«

Molly schrieb alles mit und sah auf. »Gut. Sonst noch was?«

»Ach ja. Der Name, den ich benutzt hab', war ›L. Bronson.‹« Er hielt inne und schien atemlos nach so viel Reden. Dann sagte er: »Molly, machen Sie das so, wie Sie das mit den Kreuzen gemacht haben?«

»Was meinen Sie damit?«

»Ich meine, werden Sie sich da *echt* reinhängen?«

Sie sah ihn an und lächelte. »Und so was fragen Sie einen Bullterrier wie mich?«

Er lachte wieder, und wieder war sie sehr zufrieden mit sich.

»Noch eins, Louie«, sagte sie, »was ich noch erwähnen muß. Selbst falls es sich herausstellen sollte – Gott weiß wie –, daß ich beweisen könnte, daß Sie das Auto am sechsten Juli blau lackiert zurückbekommen haben und es am siebten verschrottet haben, weiß ich nicht, ob es auch nur das kleinste bißchen für Sie ändern würde.«

Sein Gesicht spannte sich an. »Jetzt hören Sie sich an wie diese Kuh von einer Anwältin. ›Es geht nicht um Unschuld oder nicht, Louie‹, sagt sie, ›es geht um Fehler im juristischen Verfahren und Verstöße gegen Ihre Rechte bei der Verhandlung.‹«

»Tanya kennt sich aus mit den Gesetzen«, sagte Molly.

»Kann die Gouverneurin nicht...«, er suchte nach dem Wort, »Sie wissen schon.«

»Vollstreckungsaufschub? Begnadigung?« Molly seufzte. »Das ist unwahrscheinlich, Louie. Sie glaubt an die Todesstrafe.«

»Ich weiß. Aber Sie könnten's probieren.«

»Wir werden sehen. Aber, Louie...«

»Was?«

»Setzen Sie nicht darauf. Machen Sie Ihren Frieden. Seien Sie bereit.«

Er stieß den Atem durch die Nase aus. »Das sagt Schwester Addie auch.«

»Ich würde auf sie hören«, sagte Molly beim Aufstehen und

sah auf die Uhr. »Es ist schon fast fünf. Ich fliege morgen nach Fort Worth und fange an zu suchen.«

Sie setzte sich noch mal hin. »Louie, wem haben Sie das sonst noch erzählt?«

Er zuckte die Achseln. »Nur Tanya und Ihnen. Und Schwester Addie. Ich erzähl' ihr alles.«

Molly stand auf und nickte dem Wärter zu.

Als der Wärter auf ihn zukam, drehte Louie den Kopf und beobachtete sein Kommen mit der Konzentration eines Schlägers, der den Flug des Balles über das Mal verfolgt. Die Sehnen in seinem Hals traten hervor wie Schlangen, und seine Augen sahen von der Seite so reglos wie Murmeln aus. Es fiel Molly zum ersten Mal auf, daß sie Louie noch nie hatte blinzeln sehen.

Kapitel 16

Der Junge war immer grün und blau gehau'n
Voller Angst und nix zu kau'n
Schlimm, schlimm, das sagte ihm der Lehrer
Zumindest das Leben hätt' er.

So lernte er in der Schule und daheim
Eine goldene Regel der Jägerei:
In dieser Welt, da wird Blut fließen
Schieß du, damit sie dich nicht erschießen.

Louie Bronk
Todestrakt, Ellis I Unit
Huntsville, Texas

Es war nach einundzwanzig Uhr und fast dunkel. Auf den letzten fünfzig Meilen der Heimfahrt hatte Molly sich wie ein Pferd gefühlt, das zurück in den Stall galoppiert: Sie wollte nur noch nach Hause, ausgiebig in der Badewanne liegen und mit dem angesammelten Stapel Versandhauskataloge ins Bett kriechen. Sie verspürte nicht die geringste Lust, das zu tun, was sie sich vorgenommen hatte: sich hinzusetzen und am Computer zu arbeiten. Vielleicht machte sich das Alter bemerkbar; früher hatte sie ständig diese Fahrt gemacht und dann die halbe Nacht gearbeitet.

Sie hielt vor ihrem Briefkasten an. Drinnen lag ein ordentlich mit einem Gummiband zusammengebundener Stapel Post. Obendrauf war eine auf ein Stück liniertes Papier geschriebene Nachricht, die aus einem Spiralblock gerissen worden war. Sie fuhr in die Garage und las die Notiz im Schein der Innenbeleuchtung.

»Ich habe Neuigkeiten. Ruf mich an, wenn du Lust auf Essen-

gehen hast oder wenn du keine Lust auf Essengehen hast. Grady.«

Molly blätterte die Post durch, und da nichts nach einem Scheck oder erfreulichen Mitteilungen aussah, nahm sie sie mit ins Haus und ließ sie auf den Tisch fallen. Sie mochte weder essen gehen noch Grady anrufen. Das konnte warten. Sie öffnete die Kühlschranktür; die eisige Luft fühlte sich so gut an, daß sie einfach eine Weile so stehenblieb, die Stirn an der Tür des Gefrierschranks, und sich den mageren Inhalt betrachtete – Truthahnaufschnitt, Brot, Bier und ein paar verschrumpelte Tomaten.

Schließlich nahm sie sich ein Coors Light, zog den Deckel auf und nahm es mit in ihr Arbeitszimmer.

Im Türrahmen blieb sie stehen und schaute in den dunklen Raum, in dem sie einen verdammt großen Teil ihres Lebens allein vor dem Bildschirm verbrachte. Sie nippte an ihrem Bier und sah die rote Anzeige des Anrufbeantworters in der Dunkelheit flackern und die unwirklichen, bläulichen Toaster über den Bildschirm fliegen. Da sie den Computer immer eingeschaltet ließ, hatte sie ein Programm, das den Bildschirm nach fünf Minuten Nichtbenutzung verdunkelte. Heute war ihr Lieblingsbildschirmschoner zu sehen – Toaster mit Flügeln, die über den dunklen Hintergrund flatterten, hin und wieder begleitet von einer vorbeizischenden Scheibe Toastbrot. Apropos Kaninchenbau, dachte sie. Das hier war am Ende das merkwürdigste Kaninchenloch von allen – ein Ort, an dem Toaster flogen und Stimmen in einer Kiste wohnten, ein Ort, an dem sie ihre Tage allein mit dem Schreiben von sogenannten »wahren Verbrechensberichten« verbrachte – doch einige davon waren nicht wahr.

Vielleicht war nichts davon wahr.

Ohne das Licht anzuschalten, setzte sie sich an die Tastatur. Als sie so am Schreibtisch saß und den Toastern bei ihrem Flug über den Bildschirm zusah, gestand sie es sich zum ersten Mal ein: Es war möglich, es war tatsächlich möglich, daß Louie Tiny

McFarland nicht getötet hatte. Er mochte ein Lügenbold sein, aber er war verdammt überzeugend. Und Addie Dodgin, der man so leicht nichts vormachte, glaubte ihm.

Es war möglich.

Und wenn Louie es nicht getan hatte, dann war *Blut schwitzen* größtenteils Makulatur. Wenn Louie es nicht getan hatte, dann mußten David Serrano und Alison McFarland sich entweder geirrt oder aber vorgetäuscht haben, daß sie das Auto gesehen hatten. Wenn Louie es nicht getan hatte, würde er für das eine Verbrechen sterben, das er nicht begangen hatte. Wenn Louie es nicht getan hatte, wer zum Teufel dann?

Die Fahrt nach Fort Worth morgen würde wahrscheinlich zu nichts führen. Aber jetzt hatte sich der Zweifel in ihr eingenistet. Aus Erfahrung wußte sie, daß er dort auf immer und ewig nagen würde, wenn er sich erst einmal breitgemacht hatte. Vielleicht würde es genauso kommen wie bei dem ersten Verbrechen, das sie je untersucht hatte – dem Mord an Vernon Cates. Tag und Nacht hatte sie geschuftet, jede Spur verfolgt, wie lächerlich sie auch sein mochte, und hatte doch nichts erreicht. Das war das schlimmste Resultat von allen – es nicht zu wissen.

Sie richtete sich in ihrem Stuhl auf und drückte die Leertaste, um den Computer zu starten. Zeit, um sich an die Arbeit zu machen. Wenn sie die Bronk-Story gut genug schrieb, würde Richard ihr nicht widerstehen können. Aber wie sollte sie es anpacken? Heute morgen war noch alles glasklar gewesen. Jetzt wußte sie nicht mehr, was Sache war.

Mit zwei Tasten rief sie eine neue Datei auf. Auf ihrem Großbildschirm erschien die Computerversion des von jedem Schriftsteller gefürchteten weißen Blatts Papier – wunderbar von hinten erleuchtet und allzeit bereit. Sie tippte zwei Fragezeichen ein, damit der Bildschirm nicht so leer aussah, und starrte diese und den blinkenden Cursor an.

Aus Pflichtgefühl könnte sie sich dransetzen und stumpfsinnig die Geschichte runterschreiben, so wie sie diese geplant hatte: Nach zehn Jahren in der Todeszelle erhält ein berüchtigter Serienmörder schließlich die Höchststrafe dieser Gesellschaft. Sie würde über seine letzten Worte schreiben, die Hinrichtungskammer, die Injektion, die Zeugen, die verschiedenen Reaktionen der Beteiligten. Aussagekräftige Interviews mit der Familie eines Opfers, mit Vollzugsbeamten und einer Frau, die sich im Gefängnis mit ihm angefreundet hatte. Jeder mit einer unterschiedlichen Einstellung zur Todesstrafe. Ein guter Artikel, über den sie seit Jahren nachgedacht hatte – das passende Ende der Louie-Bronk-Saga. Diesen Artikel könnte sie im Halbschlaf schreiben.

Oder sie könnte die Geschichte einer Autorin verfassen, die elf Jahre und ein ganzes Buch damit zubrachte, über einen Serienmörder zu schreiben. Plötzlich, wenige Tage vor der Hinrichtung des Killers, findet die Autorin heraus, daß das Verbrechen, für das er die Todesstrafe erhielt – das Verbrechen, das das Zentrum ihres Buches bildete – nicht von ihm verübt wurde. Eine Geschichte der Desillusionierung und des Versagens. Ja, das würde einen Artikel ergeben, aber sie hoffte bei Gott, daß es nicht die Wahrheit war.

Oder sie könnte die Geschichte einer Familie schreiben – einer reichen, mächtigen, zerbrochenen Familie – die durch einen Akt sinnloser Gewalt auseinandergerissen wurde. Das besondere war, daß sich Jahre später herausstellen sollte, daß die Familie gelogen hatte oder einen Mörder in ihrer Mitte beherbergte. Ein ausgewachsener Krimi, diese Geschichte.

Oder sie könnte die inspirierende Geschichte einer Frau schreiben, die sich mit einem todgeweihten Mörder anfreundete, ihn annahm, wie es noch nie jemand in seinem Leben getan hatte, und ihn zu Menschlichkeit und Christentum bekehrte. Gerade rechtzeitig für sein Treffen mit dem Tod. Die Geschichte von Addie Dodgin würde sich gut lesen.

Oder – Himmel, sie war zu erschöpft, um sich mit soviel Unwägbarkeiten zu befassen.

Sie brauchte ein Bad und ein paar ordentliche Stunden Schlaf. Sie lehnte sich in ihrem Stuhl zurück, streckte die Arme vor sich aus und drückte den Rücken durch, der von der langen Fahrt schmerzte. Es war zu schwierig. Sie schaffte es jetzt einfach nicht. Richard Dutton würde noch einen Tag auf den Entwurf ihres Artikels warten müssen, auch wenn es das erste Mal in den acht Jahren, die sie nun für ihn arbeitete, sein würde, daß sie etwas nicht exakt zum vereinbarten Zeitpunkt abliefern würde.

Als sie aufstand, klingelte das Telefon. Sie sah es an und wollte eigentlich den Anrufbeantworter walten lassen. Doch sie verlor die Geduld und hob vor dem Ende des dritten Klingelns ab.

Die Stimme am anderen Ende sagte: »Jawoll. Mrs. McFarland – das war eine von meinen, allerdings. Sehen'S, ich kann jede Tussi kriegen, die ich haben will. Jede. Sie war ganz in Weiß, nirgendwo das kleinste Fleckchen auf ihr, mit einem Strauß Blumen – diese hübschen roten Blumen. Jawoll. Bei den Reichen ist es auch nicht schwieriger als bei denen, die man an der Straße aufsammelt. Wenn's zur Sache geht, sind sie alle gleich.«

Molly atmete heftig aus. »Grady. Laß den Blödsinn. Du liest aus seinem Geständnis vor, verdammt noch mal.«

»Seine höchsteigenen Worte, wie sie in deinem Buch zitiert werden. Nur für den Fall, daß du jetzt in den letzten Stunden auf einmal ihm gegenüber weich wirst.«

»Ich werde nicht weich. Ganz und gar nicht. Aber...«

»Aber was?« fragte er.

»Erzähl mir zuerst deine Neuigkeiten. Dann erzähl ich dir meine.«

»Na gut. Es sind Nachrichten von der schlechten Sorte. Wenn ich noch irgendwelche guten Nachrichten dazu hätte, würde ich dich fragen, was du zuerst hören willst, aber da dem nicht so ist, geht's gleich los: Dein Brieffreund hat sich wieder gemeldet, und es ist ziemlich unerfreulich.«

Molly mußte sich mit der Hüfte fest an den Tisch lehnen. »Lies es mir vor.«

»Gut. Es klebte übrigens wieder an Seiten aus deinem Buch,

diesmal dreizehn. Candice Hargrave.« Molly sah im Geiste die Autopsiebilder des gertenschlanken, dunkelhaarigen Teenagers vor sich, deren schmaler Hals so tief aufgeschlitzt war, daß ihr Kopf beinah abgetrennt war.

Monoton leierte Grady:

»Frau Autorin, hör mein Wort:
Ich finde dich an jedem Ort.

Du denkst wohl, daß dir nichts passiert
Du stehst drüber und bleibst unberührt.

Wenn du denkst, das Leben läuft wie im Roman
Dann sieh dir die Sache besser genauer an.

Du bist ein todsicherer Fall, eine Kleinigkeit
Deine Augen weit offen in der Dunkelheit.

Wenn du Louies Tod siehst mit an
Ist dein letzter Atemhauch auch bald dran.

Da du ja alles weißt, dann sage mir
Wann klopft der Meisterdichter an deine Tür?«

Molly schnürte es die Kehle zu. Es war Angst, Angst der heißkalten, ungezügelten, direkten Art, so daß sie sich am liebsten in einer Ecke verkrochen hätte. Wie sie es haßte. Sie beugte sich über den Tisch, um die Lampe anzuknipsen, hielt sich aber davon ab und richtete sich auf. Sie würde nicht klein beigeben. »Na ja, der Reim wird langsam besser«, sagte sie. »Augen weit offen in der Dunkelheit – das ist ziemlich gut. Ich frage mich, woher er das weiß.«

»Molly, ich habe veranlaßt, daß ein Streifenwagen jede halbe Stunde an deinem Haus vorbeifährt. Wenn ich nicht arbeiten müßte, würde ich kommen und dir Gesellschaft leisten.«

»Falls ich dich ließe.«

»Nur aus Sicherheitsgründen natürlich.«

»Sicherheitsgründen! Du – der schlechteste Schütze in der Geschichte der Austiner Polizei.«

»Dieses Jahr habe ich die Ehrung wieder gewonnen«, sagte er. »Jetzt erzähl mir, was du vorher sagen wolltest, über Louie Bronk.«

»Grady, vielleicht bin ich einfach nur müde, aber...« Sie sah auf den Bildschirm – leer, abgesehen von den zwei Fragezeichen. »Ich mache mir Sorgen. Vielleicht war alles ein großer Fehler.«

Am anderen Ende herrschte Schweigen. Dann sagte er mit seiner geschäftsmäßigen, vertrauenerweckenden Stimme: »Ich will alles hören, absolut alles.«

»Wart einen Moment.« Molly nahm das schnurlose Telefon mit zu dem kleinen Sofa. Sie beugte sich vor und ordnete die Kissen so, daß eines unter ihren Knien und eines unter ihrem Hals liegen würde. Dann ließ sie sich nieder und klemmte das Telefon zwischen das Kissen und ihr Ohr. Manchmal war es einfach besser, über schwierige Themen im Liegen zu reden; die veränderte Lage kippte die Welt in gewissem Sinne, so daß man die Dinge aus einer neuen Perspektive betrachten konnte.

»Gut«, sagte sie. »Ich hab's mir nur gerade gemütlich gemacht.«

Dann erzählte sie ihm alles – angefangen mit Louies Unschuldsbeteuerungen bis hin zum widerstrebenden Versprechen, ihren Bullterriercharakter völlig ungebremst in Fort Worth einzusetzen. Beim Reden stellte sie sich den Mann am anderen Ende der Leitung vor – die konzentrierte Aufmerksamkeit, mit der er zuhörte, wie er mit dem Kopf nickte und sie ermunterte, weiterzureden. Mit Grady Traynor zu sprechen, erinnerte sie sich, war immer einfach gewesen: Er hörte wirklich zu und war willens, verschiedene Möglichkeiten durchzuspielen.

»Da wäre ich also«, sagte sie, »in meinem dunklen Arbeitszimmer, und versuche, meinem Chef einen Vorschlag für das letzte Louie-Bronk-Kapitel zu schreiben. Aber ich kann nicht, weil ich nicht mehr weiß, was Sache ist.«

»Molly«, sagte Grady, »wenn du tatsächlich die Möglichkeit in Betracht ziehst, daß es stimmen könnte, was Bronk erzählt, dann hat das auch Auswirkungen auf unsere zwei Morde. Ich müßte meine Überredungskräfte aufbringen, aber ich könnte es rechtfertigen, Fort Worth jetzt gleich anzurufen und zu bitten, morgen früh ein paar Uniformierte loszuschicken, um nach dem Auto zu suchen.«

Molly überlegte es sich. Dann könnte sie lange schlafen und den ganzen Morgen zu Hause bleiben und ihren Projektvorschlag schreiben. Aber nein. Sie konnte das besser als ein gelangweilter Bulle. Und sie hatte es Louie versprochen. Die Erfahrung hatte sie wieder und wieder gelehrt, daß es besser war, die Dinge selbst in die Hand zu nehmen.

»Danke, Grady, aber ich kümmere mich lieber selbst darum.«

»Ich wünschte, du würdest das nicht tun.«

»Na ja, ich muß ja. Ich habe es versprochen.«

»Molly, ich glaube, das ist zu gefährlich. Laß mich das übernehmen.«

»Nein. Und ich hätte es dir auch nicht erzählt, wenn ich geahnt hätte, daß du es mir ausreden willst.«

»Na gut, dann habe ich einen anderen Vorschlag: Ich könnte jemand schicken, der dich dorthin begleitet, oder dir eine Eskorte in Fort Worth besorgen, einen Polizisten, der sich in der Gegend auskennt und dich herumfährt.«

»Nein, danke.«

»Immer noch die Einzelgängerin«, sagte er.

»Im Delegieren war ich immer schon schlecht.«

»Im Zusammenarbeiten auch.«

Sie seufzte. »Oder beim Zusammenarbeiten.«

»Rufst du mich aus Fort Worth an?«

»Na gut.«

»Komme, was wolle?«

»Ja.«

»Molly, je mehr ich mich damit befasse, desto mehr zerbreche ich mir den Kopf über Charlie und diesen früheren Mordfall. Wußtest du, daß Tiny McFarland diejenige war, die in der Familie das Geld hatte, und Charlie Millionen von ihr geerbt hat? Bis dahin war er ein kleiner Krauterer. Erst mit dem Zaster, den er von ihr geerbt hat, konnte er ein Großunternehmen aufbauen.«

»Natürlich wußte ich das. Es steht alles in meinem Buch.«

»Ach, richtig«, sagte er. »Da hab ich's sogar her.«

Sie dachte kurz nach und sagte dann: »Da ich dir noch ein paar Tips schuldig bin, hab ich hier eine Überraschung, die wunderbar in deine Theorie paßt. Ich wette, du wußtest nicht, daß Tiny jede Menge Affären hatte. Alison hat erzählt, ihre Mutter sei notorisch untreu gewesen. Das steht nicht im Buch, weil ich es bis gestern auch nicht wußte.«

»Nein, das wußte ich nicht. Danke, daß du's mir gesagt hast. Aber bei Georgia war das nicht der Fall; alle sind sich einig, daß es eine liebevolle Ehe war, und sie einander sehr zugetan waren. Und treu – so etwas soll es hin und wieder geben, weißt du.«

»Hast du irgendwelche Rückmeldungen über David Serrano?« fragte sie, ohne auf die Anspielung einzugehen.

»Der Amtsarzt glaubt, daß er fünf bis sechs Stunden vor Georgia McFarland gestorben sei, aber das ist nur eine grobe Schätzung. Er wurde mit seiner eigenen Smith & Wesson getötet, auf seinen Namen registriert. Keinerlei Abdrücke drauf. Auf jeden Fall nicht dieselbe Waffe, mit der Georgia getötet wurde.«

»Wie steht's mit deinen Nachforschungen unten in Brownsville?«

»Interessant. Macht meine anfänglichen Vermutungen über Serrano immer unwahrscheinlicher. Er hatte keinerlei Vorstrafen. Genauer gesagt war er sogar einer der wichtigsten Bürger. Sehr reich. Aber aus rechtmäßigen Geschäften – Bestattungsunternehmen, wie er dir gesagt hat. Für die Waffe hatte er einen Schein. Bei einem seiner Geschäftsabschlüsse gab es irgendwelche Vorfälle, also belegte er einen Leibwächterkurs und bekam den Waffenschein.«

»Hast du schon eine neue Theorie?« fragte sie.

»Immer.« Er gähnte ins Telefon. »Aber laß uns mal zur Abwechslung über etwas anderes reden. Du meintest, du wärst in deinem dunklen Arbeitszimmer. Es hört sich an, als würdest du liegen. Stimmt das?«

»Ja«, antwortete sie und ließ den Kopf zurück auf das Kissen fallen.

»Bist du angezogen?« fragte er und senkte die Stimme.

Sie lächelte. »Von diesem Vorgeplänkel her hätte mir von Anfang an klar sein sollen, daß dies ein obszöner Anruf werden würde.«

»Hervorragende Idee. Nach dem, was ich gehört habe, geht das so, daß ich dir in lebhaften Details schildere, was ich gerne mit dir tun würde. Soll ich das machen, Molly?«

Sie zögerte; es stand außer Zweifel, wohin das führen würde, wenn sie es nicht jetzt abblockte. Es wäre ein großer Fehler, ihn zu ermuntern.

»In Ordnung«, sagte sie. »Schieß los.«

»Ich würde damit anfangen, die Kopfschmerzmassage zu beenden, die ich neulich begonnen habe. Du weißt, wie sehr ich halbe Sachen verabscheue. Und eine gründliche Kopfschmerzmassage vernachlässigt keinen Teil des Körpers. Aber zuerst sollst du es dir natürlich bequem machen, raus aus deinen engen Kleidern und hinein in ein schön weites T-Shirt, wie du sie früher immer im Bett getragen hast.«

»Tu ich immer noch«, sagte sie.

»Mmmmm. Weiße, durch die man durchgucken kann?«

»Manchmal.«

»Gut. Dann würden wir schön langsame Tanzmusik auflegen. Etwas aus alten Zeiten – Johnny Mathis oder Sinatra. Weißt du noch, wie langsam wir immer getanzt haben, Molly?« Seine Stimme hatte sich zu einem Knurren gesenkt. »Ich weiß, daß du müde bist, also könntest du dich an mich lehnen, während wir tanzen, und ich würde mit meinen Daumen schön fest deine gesamte Wirbelsäule entlangfahren, so daß...«

Mollys Faxgerät klingelte einmal und begann dann mit seinem schrillen elektronischen Piepsen.

»Was ist das?« fragte er.

»Nur mein Fax.«

»Also, dieses verdammte Ding würden wir auf jeden Fall als erstes ausstellen«, sagte er. »Jedenfalls würde ich dann –« Er unterbrach sich; Molly konnte die Stimmen mehrerer Männer am anderen Ende hören. Dann sprach er wieder in die Muschel. »Ich wünschte, ich könnte jetzt kommen und es dir demonstrieren, aber ich bin bei der Arbeit, und mein Häuptling steht direkt neben mir. Leider ist er ein Mann mit wenig Verständnis für spontane Einfälle. Wie wär's mit morgen?«

»Wenn ich aus Fort Worth zurück bin.«

»Ruf mich an. Ich sehe, daß ich noch ein bißchen Übung mit diesen obszönen Anrufen brauche. Und Molly, bitte, bitte sei vorsichtig.«

Nachdem sie aufgelegt hatte, lag sie noch eine Weile im Dunkeln und stellte sich vor, mit Grady Traynor zu tanzen, und fragte sich, wie all die Jahre hatten verfliegen können, ohne daß sie es gemerkt hatte.

Dann stand sie auf und ging hinüber zum Faxgerät. Ein einzelnes, zusammengerolltes Blatt mit dem vertrauten Briefkopf ihres Agenten war herausgefallen. Darauf stand: *»Tut mir leid, daß ich der Überbringer schlechter Nachrichten sein muß, aber die Japaner haben das Angebot für die Übersetzungsrechte an* Blut schwitzen *zurückgezogen. Sie meinten, der Artikel in der New York Times heute hätte sie verunsichert, und sie würden lieber zurücktreten. Grüße, Jonathan.«*

Zwanzigtausend den Bach hinunter. Mist.

Sie ließ das Blatt auf den Boden fallen. Sie hatte weder den Nerv noch die Kraft, jetzt zu antworten. Das konnte warten, bis sie aus Fort Worth zurück war.

Auf ihrem Weg ins Bett blieb sie unten an der Treppe stehen, drehte sich um und tat etwas, was sie noch nie getan hatte. Sie überprüfte die vordere und die hintere Eingangstür, obwohl sie sicher war, daß sie sie bereits abgeschlossen und verriegelt hatte.

Am nächsten Morgen nahm Molly den Acht-Uhr-Southwest-Flug nach Dallas-Fort Worth. Der vierzigminütige Flug gab ihr gerade ausreichend Zeit, um zwei Tassen Kaffee zu trinken und sich zu überlegen, wie sie die Zeitschrift dazu bringen könnte, für die Flug- und Mietwagenkosten aufzukommen. Kurz vor der Landung warf sie einen Blick in die *New York Times*. Wenigstens keine weiteren Meldungen über Louie Bronk.

Der Budget-Mietwagen roch, als hätte sich vor nicht allzu langer Zeit jemand in ihm erbrochen, aber sie wollte keine Zeit verschwenden, um ihn umzutauschen, also kurbelte sie das Fenster herunter und drehte die Klimaanlage voll auf.

Sie setzte die Sonnenbrille auf, sah auf ihren Stadtplan und fuhr südlich aus dem immensen Flughafenkomplex hinaus, geistig bereits auf die endlose Fahrerei eingestellt. Frühere Ausflüge nach Dallas fielen ihr ein, bei denen sie sich gefühlt hatte, als wäre sie in Dantes Inferno geraten – dazu verdammt, in alle Ewigkeit weiterzufahren. Das Stadtgebiet war riesig, endlos, selbst gemessen an texanischen Größenverhältnissen.

Sie fuhr westlich Richtung Fort Worth, dann südlich auf der 820, freudig überrascht von dem spärlichen Verkehrsaufkommen am Samstagmorgen. Nach nur dreißig Minuten sichtete sie ihre Ausfahrt. Das mochte ein gutes Omen für den Tag sein.

Der erste Tagesordnungspunkt war, den Schrottplatz zu finden, den Louie beschrieben hatte, falls er noch existierte – falls er je existiert hatte –, und dann nach dem Auto selbst zu suchen. Möglichst, bevor es noch wesentlich heißer wurde; um viertel vor zehn waren es schon schwüle dreißig Grad, auf fünfunddreißig steigend. Dann würde sie die Autolackierereien in der von Louie beschriebenen Gegend aufsuchen, egal, ob sie etwas gefunden hatte oder nicht. Sie hoffte, rechtzeitig für ein verspätetes Mittagessen fertig zu sein, in einem Restaurant mit vorzüglicher Klimaanlage und solchen Dingen wie Spaghetti und gedämpftem Gemüse auf der Speisekarte. Und Wein. Ja, es war Samstag. Wein war eine hervorragende Idee, eine Belohnung, daß sie diese Sache hinter sich gebracht hatte.

An der Ausfahrt Rosedale fuhr sie von der Autobahn ab. Mit sinkendem Mut betrachtete sie die heruntergekommenen, graffitibeschmierten Lagerhäuser, die Gruppen von schwarzen Jugendlichen, die in den mit Müll übersäten Gassen herumhingen, die von Unkraut überwucherten Parkplätze und geborstenen Bürgersteige. Wenn man den passendsten Ort der Welt wählen sollte, wo ein Serienmörder ein altes, blutverschmiertes Auto verschrotten würde, dann war es diese Gegend von Fort Worth.

Der Abschnitt der Rosedale Avenue direkt westlich der Autobahn schien den hochgradig vergammelten Automobilen vorbehalten zu sein – Schrottplätze, Autowerkstätten, Tankstellen, Gebrauchtwagenhändler. Die glänzenden, neuen Autos, die in der Innenstadt verkauft und gefahren wurden, wurden offensichtlich im Alter und Tod hier an den Stadtrand verbannt.

Sie fuhr ein paar Meilen, drehte dann und fuhr langsam zurück Richtung Autobahn, wobei sie die Möglichkeiten auf der rechten Straßenseite betrachtete. Sie fingen alle mit »A« an – ABC Abschleppdienst, A-Eins-Autoteile, Aaron's KFZ-Recyclingcenter. Der Autobahn am nächsten war Alles Okay Autoteile. Das paßte zu der Art Namen, an den Louie sich erinnert hatte, und es war nahe an der Autobahn. Sie würde hier beginnen.

Sie hielt vor einer Wellblechhütte an, die das Büro zu sein schien. Ein handgeschriebenes Schild warb: »KEINE PAPIERE. KEIN PROBLEM. KEINE MINDERJÄHRIGEN.« Zwei Autos und ein Lastwagen in verschiedenen Stadien der Ausschlachtung lagen nahe der Tür auf ihren Achsen. Der Laster sah aus, als wäre das gesamte Führerhaus mit einer gigantischen Säge amputiert worden, und eines der Autos, ein Kleinwagen, war derart in sich zusammengeschoben, daß er kaum noch als Auto erkennbar war. Jeder Insasse mußte zermalmt worden sein.

Als sie das Büro betrat, sahen zwei Männer in Overalls vom Boden zu ihr auf, wo sie hockten und hinter einer Ladentheke Kartons auspackten. »Kann ich helfen, Ma'am?« fragte der Jüngere und wischte sich die Hände an seinem Overall ab.

Bis zu diesem Augenblick war Molly nicht klar gewesen, wie sie diese Sache angehen sollte. Spontan entschied sie, sich als Kundin statt als Journalistin auszugeben.

»Will ich hoffen.« Sie schob ihre Sonnenbrille oben auf den Kopf. »Ich suche nach einem 72er Mustang, Hardtop.«

»Welche Teile?«

»Was Sie haben. Ich suche besonders nach einem 351er Clevelandmotor, Türen und einem Kofferraum. Aber ich würde mir gerne alle Mustangs ansehen, die sie von vor 75 haben.«

Der Mann sah sie mit hochgezogenen Augenbrauen an. »Lassen Sie mich mal nachdenken. Ich weiß, daß wir da draußen einen alten blauen Mustang haben, ganz hinten im alten Teil des Platzes, weiß nicht genau, wie alt. Jeff, haben wir sonst noch Mustangs?«

»Guck im Computer«, sagte der Ältere.

Der Mann zeigte nach hinten, wo sich die Tür zu einem winzigen Büro öffnete, das nichts als einen Stuhl und einen niedrigen Tisch mit einem Computer darauf enthielt. Ohne Platz zu nehmen, tippte er einige Befehle ein, gleich darauf noch einige weitere, wobei er zusah, wie der Bildschirm flackerte.

»Nur der eine Mustang«, sagte er. »Der blaue, wie bereits gesagt. Modell ist hier nicht aufgeführt.«

»Könnte ich ihn mir ansehen?« fragte Molly. Sie fühlte den Schauder der gespannten Erwartung in ihrer Brust, der vertraute Nervenkitzel der beginnenden Jagd. Erst hatte sie gestöhnt, aber wenn sie erst einmal mit der Suche begonnen hatte, gab es nichts Aufregenderes auf der Welt.

Der Mann musterte sie. »Klar. Kommen Sie mit.«

Er ging ihr voraus zu einer Hintertür. Sie traten hinaus auf ein grasüberwachsenes Grundstück, das sich über etliche Morgen erstreckte und mit den ausgebrannten Fahrzeugrümpfen, verrosteten Metallteilen, zerbrochenem Glas und Reifenstücken wie ein Schlachtfeld aussah. Es war der unordentlichste Platz, den Molly je gesehen hatte, und der häßlichste. Außerdem hatte er keinerlei Schatten und war sehr heiß.

»Es ist da hinten«, sagte er und deutete auf eine Ecke am anderen Ende des Feldes, während er mit langen Schritten in die Richtung losging, »noch weiter, hinter dem Ende des Fahrwegs.«

Sie folgte ihm, bei jedem Schritt darauf bedacht, nicht auf den Schrott zu treten, der überall verstreut lag. Der Fahrweg, den er angesprochen hatte, war nichts als ein Trampelpfad durch das lange Gras und Unkraut. »Wie lange haben Sie das Auto schon auf dem Platz?« fragte sie.

»Keine Ahnung. Ewig. Mehr als die sechs Jahre, die ich hier bin.«

Beim Gehen verspürte Molly ein gemeines Stechen an ihrem Knöchel. Sie schaute hinunter und sah mehrere monströse Moskitos dort sitzen. Schnell bückte sie sich und schlug nach ihnen, was zwei blutige Streifen auf ihrer Haut hinterließ.

Im Tran des frühen Morgens hatte sie ihren Khakirock angezogen, weil er auf dem Stuhl gelegen und sauber ausgesehen hatte. Großer Fehler. Die flachen Schuhe ohne Socken waren ebenfalls ein Fehler. Das mußte eine verdammte Moskitobrutstätte hier sein; sie waren überall. Sie wischte sich mit der Hand übers Ohr, wo eine schwirrte.

»Schlimmes Jahr mit den Moskitos«, sagte der Mann, der sich nach ihr umgedreht hatte. »Der ganze Regen.«

Hinter ihm warf Molly neiderfüllte Blicke auf seinen dicken Overall mit den langen Ärmeln. Jetzt stach es sie mitten auf ihrem Rücken, und sie versuchte, dorthin zu hauen, kam aber nicht dran. Sie stachen einfach durch ihr naßgeschwitztes T-Shirt durch. Überall sah sie die Pfützen trüben Wassers und Reifenabschnitte und den anderen Schrott, in dem das Wasser stand. Eine bessere Brutstätte für Moskitos hätte man sich nicht ausdenken können.

»Haben Sie einen alten Mustang, an dem Sie arbeiten?« fragte der Mann.

Aus Angst, er könnte ihr Wissen auf die Probe stellen, wenn sie ja sagte, improvisierte sie. »Äh, nein. Mein Sohn. Ich sehe mich für ihn um.«

Als sie an einer Blechüberdachung vorbeikam, wo Reifen bis hoch unters Dach gestapelt waren, blieb Molly wie angewurzelt stehen und stieß ein leichtes Keuchen aus. Neben dem Pfad lag ein großer, weißer Hund, der Kopf zu einem blutigen Brei aus Knochen und Fell zerschmettert. Schwärme von Schmeißfliegen klebten auf dem Blut und umsurrten den Leichnam.

Der Mann blieb stehen und blickte zurück. »Ja, Ma'am«, sagte er und schüttelte den Kopf. »Ist das nicht eine Schande? Der arme alte Bomber. Der verdammt beste Hund, den wir je hatten, und nun sehen Sie sich das an.«

»Was ist da passiert?« fragte Molly und streckte die Hand über ihren Rücken aus, um an einem Stich zu kratzen.

»Keine Ahnung. Heute morgen kommen wir rein, und er liegt tot da. Dem hat jemand beinah den dummen Kopf abgehauen. Wir sind noch nich' dazu gekommen, ihn zu verbuddeln.«

»Warum? Gab es einen Einbruch?« fragte sie und sah über das Feld.

»Hat nix gefehlt, aber wie Sie sehen, kann man das hier auch nich' sehr leicht feststellen.«

Molly zwang sich, die Augen von dem Hund abzuwenden, und ging weiter, wobei sie vorsichtig zwischen die Glasscherben und scharfen Metallkanten trat, die überall herumlagen.

Hinten auf dem Grundstück war das Gras länger und weniger heruntergetrampelt und schnitt in ihre nackten Unterschenkel. Kletten hefteten sich an ihren Rock.

Der Mann deutete auf eine Stelle, wo der hohe Stacheldrahtzaun um die Ecke ging. Dort, im Schatten einer gedrungenen Eiche, stand ein blaßblaues Auto, bis zu den Fenstern vom Unkraut zugewuchert und halb von Schlingpflanzen bedeckt. Molly wurde schwer ums Herz, als sie sah, wie hell die Farbe war, aber sie arbeitete sich durch das hohe Gras durch, um es sich näher anzusehen. Motorhaube und Motor waren nicht mehr da. Die Windschutzscheibe hatte oberhalb des Lenkrades ein kleines, kreisrundes Loch, von dem ein Spinnennetz von Sprüngen ausging – haargenau derselbe Schaden, den sie an vielen der Autos gesehen hatte, an denen sie vorbeigekommen waren.

Als der Mann merkte, wo sie hinsah, sagte er: »War nicht angeschnallt.«

Er bahnte sich einen Weg durch das Unkraut und schaffte es, die Fahrerseite aufzustemmen. Er hockte sich hin, um den drekkigen alten Aufkleber auf der Tür erkennen zu können. »Ein 75er«, sagte er mit zusammengekniffenen Augen. »Motor ist weg, aber die Türen sehen ganz passabel aus.« Er ging nach hinten und schob ein paar Ranken fort. »Hat keinen Kofferraum, das hilft Ihnen also nicht.«

Molly schaute einen Rostfleck auf dem Dach an und fragte: »Was meinen Sie, ist das die Originalfarbe?«

Er fuhr mit seinem dicken Zeigefinger über einen Rostfleck und sagte: »Ja, Ma'am.«

»Und keine anderen Mustangs dabei«, sagte sie.

»Computer sagt nein«, sagte er, drehte sich um und fing an, zurück zum Büro zu gehen.

Molly hielt mit ihm Schritt und merkte, wie ihr der Schweiß den Rücken runterrieselte. »Wie lange gibt es dieses Unternehmen schon?« fragte sie.

»So zwanzig Jahre, würd' ich sagen«, sagte er.

Ihr war mittlerweile derart heiß, und die Stiche juckten so fürchterlich, daß sie beschloß, ihre Tarnung aufzugeben und das Ganze etwas zu beschleunigen. »Hat hier mal ein Schwarzer gearbeitet? Ein Mann mit einer Hand?«

Er drehte sich zu ihr um und sah sie an. »Ach, da müssen Sie den alten Calvin meinen, den Nigger von A-Eins, paar Blocks die Rosedale runter. Hat vor einiger Zeit mal was ausgefressen, Raubüberfall, glaub' ich. War 'ne Zeit im Knast. Aber jetzt ist er wieder im Geschäft. Hab' mich aber schon gefragt, ob er wieder Ärger hat, bei den ganzen Bullenautos heute morgen dort.«

»Bullenautos?« fragte Molly und merkte, wie es in ihren Armen und Fingerspitzen prickelte. Irgend etwas war hier mächtig in Bewegung geraten.

Als sie über das Trümmerfeld zurückgingen, schlug Molly unentwegt auf Moskitos ein und kratzte an ihren Stichen. Ein besonders gemeiner schwoll gerade in ihrer Kniekehle an. Als sie an dem toten Hund vorbeikamen, wendete sie den Kopf ab und hielt den Atem an; sie konnte nur hoffen, daß sie bald dazu kommen würden, ihn zu begraben. Es wurde jede Sekunde heißer.

Zurück im Büro lächelte sie den Mann an und gab ihm ihre Karte mit der Bitte, sie anzurufen, wenn er von einem 72er Mustang hören sollte.

Als sie die wenigen Straßenecken zu A-Eins-Autoteile hinunterfuhr, dachte Molly darüber nach, wie sie es diesmal anpacken sollte. Es wäre vermutlich das beste und schnellste, wenn sie sich gleich als Journalistin zu erkennen gab. Aber sie mußte flexibel bleiben.

Sie bog auf den mit Schotter und Sand bedeckten Parkplatz neben dem A-Eins-Autoteile-Schild. Es waren keine Polizeiautos mehr da. Ein großes Schild besagte: »MÜLL ABLADEN VERBOTEN. GESUNDHEITSAMT DALLAS-FORT WORTH. 1000 $ STRAFE« und ein weiteres: »BRINGEN SIE IHR EIGENES WERKZEUG MIT.« Louie hatte wirklich ein erstaunliches Gedächtnis. Elf Jahre waren vergangen, und er erinnerte sich immer noch an das Schild.

Sie ging durch die Öffnung in dem festen Maschendrahtzaun und stieg die gesprungenen Betonstufen hoch. Oben war ein containerartiges Gebäude. Hinter dem erstreckten sich Morgen um Morgen müllübersäte Felder voll alter Autos, verrosteter Kühler, Radkappen, zerknautschter Nummernschilder, schwarzer Schläuche, Rohre, Plastikteile, zerbrochenen Glases und Haufen verrottender Reifen. Es sah wie ein Ort aus, an dem seit

Jahrzehnten nichts mehr verändert worden war. Und die Moskitos waren überall. Sie hatten ihre Knöchel schon gefunden und sich bis zu ihren Knien hochgearbeitet. Sie beugte sich hinunter, um zu schlagen und zu kratzen. Sobald sich die Gelegenheit bot, würde sie an einer Drogerie Halt machen und Insektenspray kaufen, falls sie solange durchhielt.

Als sie sich umschaute und niemanden sah, ging sie zur Garage in der Annahme, daß das Büro dort sein mußte. Als sie auf die Tür zuging, sah sie seitlich neben dem Gebäude drei große Klumpen auf dem Boden. Sie waren umgeben von surrenden Fliegenschwärmen. Sie wich ein paar Schritte zurück und hielt sich die Nase zu. Die drei toten Hunde lagen ausgestreckt auf der Seite. Ganze Wolken schwarzer Fliegen ließen die blutigen Klumpen, wo die Köpfe gewesen waren, beinah verschwinden. Den Rümpfen nach zu urteilen, waren es zwei beigeweiße Bullterrier und ein dunkler deutscher Schäferhund gewesen. Irgend jemand mochte keine Schrottplatzhunde.

Als sie von den Kadavern aufsah, sah sie einen riesigen Schwarzen – groß und untersetzt mit grauem Haar und einem Zahnstocher, der ihm aus dem Mundwinkel hing – in der Tür stehen. Trotz der Hitze trug er eine schwarze Windjacke und schwere schwarze Hosen. Sie versuchte zu erkennen, ob ihm eine Hand fehlte, aber sie steckten beide in seinen Hosentaschen.

»Tach«, sagte der Mann mit finsterem Gesichtsausdruck. Es hörte sich mehr nach einem Fluch als einem Gruß an.

Vom ersten Eindruck her war Molly sofort klar, daß dieser Mann nie auf eine Lüge reinfallen würde, also beschloß sie, so nahe an der Wahrheit zu bleiben, wie die Umstände es erlaubten. »Tag.« Sie warf den Hunden einen Blick zu. »Wie ich gehört habe, hatten Sie Ärger.«

»Jede Menge Ärger, wenn ich den krieg', der das mit meinen Kötern gemacht hat.« Seine Stimme war leise und bedrohlich. »Wo haben'S 'n das gehört?«

»Der Typ drüben bei Alles Okay meinte, er hätte heute morgen Polizeiautos hier gesehen.«

»Und was geht Sie das an?« fragte er und sah sie durchdringend an.

»Das gefällt mir gar nicht, wenn ich sehe, daß ein guter Hund so endet«, sagte sie und beobachtete sein Gesicht. »Sind Sie Calvin?«

Er zögerte und sagte dann: »Schon.«

»Ich heiße Molly Cates. Ich schreibe für die Zeitschrift *Lone Star Monthly*, und ich suche nach einem Auto.«

»Was soll'n das heißen?«

»Ich suche nach einem ganz bestimmten Auto – einem 1972er Mustang, Hardtop, blau.«

Er trat einen Schritt zurück und senkte den Kopf, aber Molly konnte zuvor die Überraschung auf seinem Gesicht erkennen. Er wäre nicht weniger schockiert gewesen, wenn sie nach einem Rolls-Royce in 1a-Zustand gefragt hätte.

Schließlich sah er auf und brachte ein Lächeln um den Zahnstocher zustande. »Sie woll'n mich auf den Arm nehmen«, sagte er.

»Nein. Warum sollte ich? Haben Sie so einen alten Mustang?«

Er kniff die Augen zusammen. »Wie 'n Bulle seh'n Sie nich' aus. Also müssen Sie mit denen geredet hab'n.«

»Bullen? Nein. Warum?«

»Weil genau so ein Auto letzte Nacht vom Platz geklaut worden ist.«

Sie hatte es schon fast erwartet, aber als sie es hörte, war sie trotzdem sprachlos vor Überraschung: Was eine Routine-Nachforschung gewesen war, wurde jetzt bitterer Ernst. Sie trat einen Schritt näher auf ihn zu. »Könnten Sie mir das Auto beschreiben, das letzte Nacht gestohlen wurde?«

»Vielleicht reden Sie besser mit den Bullen. Hab' ich denen schon erzählt.«

»Das werde ich wahrscheinlich auch tun, aber zuerst würde ich es gerne von Ihnen hören.«

Calvin lehnte sich gegen den Türknauf und schaute über ihren Kopf hinweg in die Ferne. »Genau, was Sie gesagt hab'n –

Mustang, 72er Modell, blau. Hat jemand mitten in der Nacht rausgeholt. Hat ein Stück aus dem Zaun geschnippelt, meine Hunde umgebracht und sich damit verpißt.«

»Was können Sie mir sonst noch von dem Auto erzählen?« fragte sie.

»Motor war schon lange weg, da weiß ich also nix drüber, aber es war einer mit Heckklappe.«

»Und die Farbe?«

»Hab' ich doch gesagt, blau.«

»Was für ein Blauton?« fragte sie. »Hell? Dunkel? Leuchtend?«

Er schüttelt den Kopf. »Leuchtend kann man sagen.«

»War es die Originallackierung, wissen Sie das?«

»Nein, natürlich nicht. Mustangs gibt's nicht in der Farbe. War neu lackiert.«

»Wissen Sie, was die Originalfarbe darunter war?«

Er hob die rechte Hand und nahm den Zahnstocher aus dem Mund. »Und woher sollte ich das wohl wissen, häh? Das Scheißding hat Jahre und Jahre hier rumgestanden, ohne daß irgend jemand, mich eingeschlossen, sich drum gekümmert hätte. Dann wird es mitten in der Nacht rausgeholt, und am nächsten Tag kommen Sie und woll'n was wissen über den Karren. Der interessiert mich 'n Scheißdreck. Meine Hunde haben s'e abgemurkst.« Er zeigte mit dem Zahnstocher in ihre Richtung. »Wenn ich hiergewesen wäre, hätt' ich die Köter zurückgerufen, und dann hätten die Wichser es mitnehmen können. Schrottmühle. War's nich' wert.«

Molly sah hinunter auf die Kadaver. »Es tut mir wirklich leid mit den Hunden.« Sie machte eine Pause, um das wirken zu lassen, bevor sie die nächste Frage stellte. »Haben Sie Belege über das Auto?«

»Nix. Alles, was älter ist als die letzten zwei, drei Jahre, da haben wir keine Aufzeichnungen. Hab' ich den Bullen schon erklärt. Braucht man in diesem Gewerbe nicht.«

»Was ist mit Fotos oder Inventarlisten?« Mit sinkendem Mut

ließ sie den Blick über das Grundstück voller Schrotthaufen gleiten. »Machen Sie nicht ab und an mal Inventur?«

Er schüttelte den Kopf.

»Woher wissen Sie, was Sie haben, wenn Sie keine Aufzeichnungen besitzen?« fragte sie.

Als Antwort klopfte er sich mit dem Zeigefinger an die Stirn.

»Es gibt also nicht den kleinsten Fetzen Papier, um zu beweisen, daß es dieses Auto tatsächlich gegeben hat – einen Inventarzettel oder eine Quittung, als Sie Teile davon verkauft haben – irgend etwas, wo es erwähnt werden könnte?«

»Nein.«

»Haben Sie vor elf Jahren hier gearbeitet, Mr....?«

»Calvin. Ja. Aber wenn Sie mich jetzt fragen, ob ich mich dran erinnere, daß ich das Auto gekauft hab', nein. Ich bin seit dreißig Jahren in diesem Geschäft, mit Unterbrechungen, und ich habe eine Menge Autos gekauft.«

Molly sah, daß das Gespräch einem toten Punkt zusteuerte, wenn sie nicht schnell etwas unternahm. Sie griff in ihre Schultertasche und holte ein Foto von Louie heraus, das, das sie im Gang des Gerichtsgebäudes von Hays County aufgenommen hatte. »Kommt Ihnen dieses Gesicht irgendwie bekannt vor?«

Calvin warf einen Blick darauf, schüttelte den Kopf und lehnte sich zurück gegen die Garage. Er schaute gelangweilt drein.

Molly streckte ihm das Foto weiter entgegen. »Er ist schmächtig, weiß, damals ungefähr fünfunddreißig. Dünn. Viele Tätowierungen auf den Armen. Wie Sie sehen können, dunkle Haare, dünn und zurückgekämmt. Dicht stehende kleine Augen. Langes Gesicht. Was man auf dem Bild nicht sehen kann, ist, daß er jede Menge Zähne hat, mehr als vorgesehen. Bewegt sich irgendwie schnell und abgehackt.«

Das Gesicht des Mannes blieb ausdruckslos. »Hört sich wie die Hälfte der Arschgesichter an, die hier vorbeikommt«, sagte er.

Molly seufzte. »Na gut, könnte ich dann bitte sehen, wo das

Auto gestanden hat?« fragte sie, weil ihr keine weitere Strategie mehr einfiel, aber sie noch nicht bereit war, aufzugeben.

Ohne ein Wort drehte er sich um und verschwand im Büro. Nach ein paar Sekunden war er wieder da. »Hab' den Anrufbeantworter angestellt. Das darf nich' zu lange dauern.«

Er ging auf einem Schotterweg voran, der vom Eingang wegführte. Beim Gehen nahm er die Arme aus den Taschen, und Molly merkte, wie ihr Puls vor Aufregung schneller schlug, als sie sah, daß seine linke Hand vom Gelenk an fehlte. Er drehte den Kopf schnell zu ihr herum, um zu sehen, ob sie hinguckte. »Beschissenes Vietnam«, sagte er. »Souvenir.«

Molly schlug sich auf die juckenden Knöchel und fragte: »Ist letzte Nacht sonst noch etwas gestohlen worden?«

»Nix, das ich wüßte, aber wir haben hier nicht so den Überblick, nicht computerausgerüstet wie ein paar von den neuen Plätzen.«

Schweigend passierten sie Reihe um Reihe ausgeschlachteter Autos. Viele hatten das charakteristische kreisrunde Loch über dem Lenkrad in der Windschutzscheibe. Molly schwor sich, es ab sofort mit dem Anschallen genauer zu nehmen.

Calvin blieb bei einer Reihe besonders alter, verwahrloster Skelette stehen, die einmal Autos gewesen waren. Molly erkannte die Stelle, an der das Auto gestanden hatte, selbst, bevor er mit dem Zahnstocher darauf deutete. Das Gras war gelb, und in der feuchten Erde waren Eindrücke, wo vermutlich die Achsen aufgelegen hatten.

»Genau da«, sagte er und bewegte die Lippen, so daß der Zahnstocher darauf zeigte. »Warum interessiert Sie 'n das so brennend?«

Molly ging die Umrisse auf dem Boden ab und starrte nach unten. »Ein Mann im Knast, in der Todeszelle, sagt, dieses Auto könnte beweisen, daß er unschuldig ist.«

Die Nasenflügel des Mannes blähten sich. Er warf den Kopf zurück und lachte hinauf in den Himmel. Dann sah er Molly wieder an, Tränen in den Augen. »Und so 'n Scheiß glauben Sie?«

»Ich weiß noch nicht. Ich muß zuerst das Auto finden.« Sie ging hinüber zu einem alten grünen Dodge, direkt neben der leeren Stelle, wo der Mustang gestanden hatte. Er war einer von diesen wunderbaren Oldtimern mit den weich geschwungenen Kotflügeln. Als sie sich bückte, um darunter zu schauen, stützte sie sich mit der Hand auf die Rundung. Das Metall war so heiß, daß sie die Hand blitzschnell zurückzog.

Sie ging zu der Stelle, an der das Heck des Mustangs gewesen sein mußte, und schaute hinunter auf ein Häufchen rostiger Metallreste. »Was meinen Sie, wie die das Auto hier rausgeholt haben?« fragte sie. »Es war doch nicht fahrtüchtig, oder?«

Calvin zuckte mit seinen breiten Schultern. »Haben wahrscheinlich einen Laster da reingefahr'n, wo sie den Zaun aufgeschnitten haben, und haben's einfach rausgeschleppt.«

»Hatte es noch Reifen?« fragte Molly, die immer noch den Haufen Metallreste betrachtete.

»Glaub' ich nich'. Hätten ja welche drauf tun können.«

Sie beugte sich herunter, um ein Stück rostigen Rohres auf dem Haufen näher zu betrachten. Ungefähr fünfzig Zentimeter lang. Sie dachte, sie hätte ein paar Farbspritzer darauf gesehen – leuchtend blaue Farbe. Sie kniete sich hin und streckte die Hand danach aus. Ja, da waren tatsächlich ein paar metallicblaue Spritzer. Gerade, als sie es aufheben wollte, schrie Calvin los: »Passen Sie bloß auf! Sie sind mitten in einem Haufen Feuerameisen!«

In der Sekunde, bevor er ausgeredet hatte, fühlte Molly schon den ersten feurigen Stich oben auf ihren Füßen. Sie ließ das Rohr fallen, sprang mit einem Schritt auf die Füße und bewegte sich eilends einige Schritte rückwärts, um von dem Ameisenhügel fortzukommen. Dann trampelte sie mit den Füßen, beugte sich vor und wischte panisch die kleinen roten Ameisen auf ihren Beinen und Füßen weg. Einige gerieten auf die Hände und bissen ihr in die Finger. »O verflucht«, schrie sie. »Aua. Verdammt.« Sie nahm ihren Rocksaum und wischte sie damit weg. »Gott, wie ich sie hasse.«

»Ich auch.« Calvins Gesicht war voller Abscheu. Er hatte sich mehrere Schritte nach hinten aus der Gefahrenzone heraus bewegt und seine Arme schützend über der Brust verschränkt.

Sie stand auf und hielt ihren Rock hoch und schüttelte ihn aus, für den Fall, daß noch welche auf dem Stoff saßen. Dann strich sie sich mehrmals mit den Händen die gesamten Beine rauf und runter.

Als sie schließlich wieder zu Calvin hinübersah, sah er ihr mit einem unterdrückten Lächeln zu. »Widerliche Viecher«, sagte er lakonisch. »Erinnern mich an die Vietcong.«

Schließlich beruhigte Molly sich wieder, obwohl ihre Füße immer noch unwillkürlich kleine Trippelschritte machten und ihre Augen unablässig den Boden absuchten. Ihre Füße und Knöchel fühlten sich fürchterlich zerbissen an; aus Erfahrung wußte sie, daß die Bisse am Abend noch mehr schmerzen würden.

»Lass'n Sie mich das mal sehen, was Sie da aufgehoben hab'n«, sagte Calvin und deutete mit dem Zahnstocher auf das Rohr, das sie fallengelassen hatte.

Molly sprang vor, hob es rasch auf und schüttelte es. Dann betrachtete sie es. Auf der rauhen, rostigen Oberfläche waren ein paar glänzendblaue Farbtropfen, die aussahen, als stammten sie aus einer Spritzpistole. Sie fuhr mit den Fingern über die rauhe Oberfläche des rostigen Metalls und spürte, wieviel glatter die Farbtropfen waren. Schweigend reichte sie es Calvin.

Calvin betrachtete es von allen Seiten und sagte: »Das ist die Farbe. Wie bei dem Auto. Das hier ist der Auspuff. Muß abgebrochen sein, als sie's abgeschleppt haben.« Er befühlte das schartige, rostige Ende mit dem Daumen. »Oder ist einfach vorher abgerostet.«

»Hat die Polizei sich hier nicht umgesehen?« fragte sie.

»Neeh. Die haben nur aufgeschrieben, was ich ihnen erzählt hab', und haben das Loch im Zaun angesehn und mich dumm angeglotzt – Sie wissen schon, wie die einen angucken, wenn man schon mal gesessen hat.«

Molly suchte den Boden mit den Augen ab, unter dem Wagen neben der leeren Stelle und in der Umgebung. Aber sonst konnte sie nichts weiter mit metallicblauer Farbe entdecken. Dieses Auspuffrohr schien das einzige Überbleibsel zu sein – ein reichlich dünner Beweis für die Existenz eines solchen Autos, aber sie fing an, daran zu glauben.

Sie streckte die Hand nach dem Rohr aus, und er gab es ihr zurück. »Calvin«, sagte sie, »haben Sie noch andere alte Mustangs auf dem Platz?«

»Nein«, sagte er. »Nur einen 87er mit Stoffverdeck, ist letzte Woche reingekommen.«

Molly warf einen letzten Blick auf die Stelle, wo der blaue Mustang gestanden hatte, und seufzte. »Arbeitet sonst noch jemand hier, der die Existenz dieses Autos bestätigen könnte?«

Er hob die Hand und nahm den Zahnstocher aus dem Mund. »Sie glauben mir wohl nicht?«

»Doch, natürlich glaube ich Ihnen, aber ich brauche jemanden, der dasselbe sagt.«

»Keiner. Nur ich, und deswegen muß ich jetzt auch zurück ins Büro«, sagte Calvin, wieder mit feindseliger Stimme. »Muß mich um die Hunde kümmern und ums Telefon und die Kundschaft und sonst alles wie eine beschissene Einmannband.«

Er ging los. Molly hielt mit ihm Schritt. Als sie zum Büro zurückgekommen waren, dankte sie ihm und hinterließ eine Visitenkarte mit ihrer Nummer darauf – nur für den Fall, daß sich etwas tat.

Zurück in ihrem Mietauto wickelte sie das scharfe Ende des Rohrs in den Wirtschaftsteil der *New York Times*, den sie sowieso nicht las, und steckte es diagonal in ihre große Tasche, so daß es nur wenige Zentimeter herausragte.

Zwanzig Minuten später hatte Molly die Kreuzung von Mansfield Highway und Loop 20 gefunden. Von dort hätte sie den gesuchten Ort schon vom Gestank her ausmachen können. »Sam's Autowerkstatt – Spezialist für Lackierarbeiten – Niedrigste Preise«, stand auf dem Schild, aber das Schild, das etliche

Meter vor dem Gebäude stand, schien das einzige zu sein, das nicht vom Feuer zerstört worden war. Die geschwärzte Backsteinfassade hatte um die klaffenden Löcher herum, wo früher Fenster und Eingangstür gewesen waren, nachgegeben. Pfützen voller Wasser an den Fußenden der Mauern waren schwarz von Asche und Kohlestücken. Ein rauchiger Dunst hing noch in der Luft.

Sie fuhr auf den daneben liegenden Parkplatz und stellte den Motor ab. Diese verpaßten Chancen bereiteten ihr Übelkeit. So war es auch nach dem Mord an ihrem Vater gewesen: Wohin sie auch kam, es war immer ein Tag zu spät gewesen.

Kapitel 17

Vier Schwesterdrachen
Drei machten mit mir grausame Sachen
Bei einer Petze ließ ich's krachen
Und eine sollte nie mehr aufwachen.
Bei allen vier
Juckte es in den Hosen mir.

LOUIE BRONK
Todestrakt, Ellis I Unit
Huntsville, Texas

Molly Cates kurbelte das Fenster herunter, ließ einen Schwall heiße Luft herein und blinzelte in die Mittagssonne. Sam's Autowerkstatt schien aus zwei Gebäuden bestanden zu haben. Von dem vorderen, das wohl als Büro gedient hatte, war nur noch eine schwarze Ruine übrig. Ein langer Flachbau weiter hinten auf dem Grundstück, vermutlich die Werkstatt, sah unberührt aus. Molly betrachtete die Überreste des vorderen Gebäudes. Die Seitenwände aus Betonblöcken und die Backsteinfassade standen noch, aber die Fenster und Türen waren ausgebrannt. Durch die eingesunkenen Stellen im Dach fiel ausreichend Licht hinein, um die völlige Zerstörung drinnen sichtbar zu machen.

Molly streckte ihr rechtes Bein aus, legte den Fuß hoch aufs Armaturenbrett und kratzte an dem juckenden Stich in ihrer Kniekehle. Sie müßte Feuerwehr und Polizei benachrichtigen, daß es sich um Brandstiftung handelte, falls sie noch nicht selbst darauf gekommen waren. Eine Handvoll toter Schrottplatzhunde, ein gestohlenes Mustangwrack, und jetzt das. Irgend jemand scheute keine Mühen um ein altes Auto. Es reichte, um ihr Blut in Wallung zu bringen.

Sie öffnete die Tür und sah die Straße hinauf und hinunter. Die Gegend schien friedlich. Gegenüber stand ein Lagerhaus und an der Ecke ein alter Ersatzteilladen. Daneben war weit und breit niemand zu sehen, abgesehen von einer kleinen Gruppe Männer, die ein paar Blocks entfernt an der Ecke standen.

Sie ging um das Gebäude herum zur Frontseite und lugte durch die ehemalige Türöffnung nach drinnen. Ein dürftiger gelber Plastikstreifen, mit dem die Polizei das Gelände abgesperrt hatte, hing lose zwischen den Türrahmen. Innen waren die Wände geschwärzt, und Kabel und Fetzen der Isolierung hingen in einem Wirrwarr von der Decke. Der Boden war übersät mit verschmorten Verkleidungsplatten, die von der Decke gefallen waren, und zusammengeschrumpften unidentifizierbaren Objekten, die das Feuer nicht vernichtet hatte. Überall standen Pfützen mit schmutzigem schwarzem Wasser.

Sie sah sich nach Aktenschränken um, auch wenn ihr klar war, daß es hoffnungslos sein würde. Jemand, der zu solch extremen Maßnahmen fähig war, hatte sicherlich Sorge getragen, daß sämtliche Unterlagen zuerst verbrannten; sie waren vermutlich zum Anfachen des Feuers benutzt worden.

Sie stand in der Türöffnung und rief: »Hallo! Ist da jemand?«

Als sie keine Antwort erhielt, trat sie hinein. Der Boden war mit einem glitschigen Film feuchter Asche bedeckt. Der Gestank ließ sie die Nase rümpfen, und sie rief noch einmal: »Ist da jemand?«

Immer noch keine Antwort.

Ein zusammengebrochener Türrahmen führte zu einem anderen Raum weiter hinten. Darauf bedacht, nicht in die Pfützen zu treten und mit ihren Kleidern nichts zu berühren, durchquerte sie den Raum. Sie stand in der hinteren Tür und blickte in einen finsteren Raum, der kleiner als der vordere war. Er hatte keine Fenster. Das einzige Licht kam von der Tür, wo sie stand, und von zwei Löchern, wo das Dach eingebrochen war. Die Luft war voll schmutzigem Qualm, der hier festzusitzen schien; die Sonnenstrahlen, die durch die Löcher im Dach hereinströmten, spielten auf den kleinen grauen und weißen Aschepartikeln, die noch immer in der reglosen Luft schwebten.

»Hallo.« Diesmal sagte sie es leise, aus Angst, daß jedes laute Geräusch das Dach zum Einstürzen bringen mochte.

In der hinteren Ecke standen drei metallene Aktenschränke mit je vier Schubläden. Sie waren verrußt und mit Unrat bedeckt – Deckenplatten, verschmorten Rigipsplatten und Kabelgewirr. Sie ging um einen Aschehaufen in der Mitte des Raums herum zu den Aktenschränken. Das Licht in der Ecke war kaum ausreichend, um sehen zu können.

Die oberste Schublade des ersten Schranks klemmte oder war abgeschlossen, also versuchte sie die nächste. Sie bewegte sich ungefähr einen Zentimeter und weigerte sich dann, noch weiter aufzugehen. Das Metall hatte sich scheinbar durch Feuer und Wasser verzogen. Sie bearbeitete die Schublade, indem sie zuerst auf der einen Seite ein wenig ruckelte, dann auf der anderen, und sie so allmählich einige Zentimeter weiter herausbekam. Sie wünschte, sie hätte eine Taschenlampe zum Hineinleuchten; sie hatte ungefähr jeden anderen dämlichen Gegenstand in ihrer großen Schultertasche, aber nicht das.

Widerstrebend steckte sie die Hand hinein und fühlte herum. Die Schublade war leer. Sie hockte sich hin und bekam die dritte Lade auf. Auch leer. Genauso wie die unterste.

Sie drehte den Kopf zu dem Haufen von Asche und Kohle in der Mitte des Bodens. Dort war der Inhalt dieser Aktenschränke vermutlich geendet.

Sie stand auf und versuchte die oberste Schublade in dem nächsten Aktenschrank. Als sie diese gewaltsam öffnete, gab sie ein kratziges, schabendes Geräusch von sich. Mit den Händen auf der Kante der offenen Schublade blieb sie stehen und lauschte mit angehaltenem Atem. Da war es wieder – ein Knarren, das nicht von ihr kam.

Sie drehte sich zu dem Geräusch um.

Drei Männer standen da und beobachteten sie. Einer war schwarz, zwei weiß. Der Schwarze war schon im Raum drin. Die anderen beiden blockierten die Tür und versperrten das Licht. Die Spucke blieb ihr im Halse stecken. Wie sie dastanden. Ihr Schweigen. Ärger. Jede Menge Ärger.

Verzweifelt schaute sie um sich. Sie saß in der Ecke fest. In einem Raum mit einer Tür. Und die Tür war versperrt. Sie saß in der Falle.

Ihre Kehle schnürte sich zu.

Ein Schweißtropfen rollte von ihrer Schläfe die Wange herunter.

Der Mann im Raum stand breitbeinig da, mit herunterhängenden Händen. In seiner rechten Hand hielt er eine lange Eisenstange – ein Brecheisen, dachte sie. Die Schrottplatzhunde fielen ihr ein mit den zerschmetterten, blutigen Köpfen.

Der Mann trat einen Schritt nach rechts, die beiden anderen kamen herein. Einer stellte sich vor die Tür, die Arme über der Brust gekreuzt. Der andere, eine riesige, ungeschlachte Figur, ging nach links. Sie war eingekreist. Es war soweit. Nach all den Jahren, in denen sie Verbrechen nachgespürt hatte. Ihr Glück hatte sie verlassen. Sie war dran.

Sie hätte zu Hause bleiben können. Sie war gewarnt worden. Sie hätte Polizeischutz haben können. Sie hatte nein gesagt. Bescheuert. Bescheuert.

Der Mann mit dem Brecheisen kam einen Schritt näher. Abgeschnittenes Muskelhemd, das seinen flachen Bauch freiließ. Tarnfarbene Schirmmütze, tief in die Stirn gezogen. Er machte noch einen Schritt.

Sie öffnete den Mund. Mußte es versuchen. Mußte etwas sagen. Es kam kein Geräusch heraus. Ihre Kehle war zu. Sie schluckte. »Ich – ich habe hier eine Verabredung«, krächzte sie.

»Mit uns.« Der Mann mit dem Brecheisen flüsterte es. »Mit uns.« Er kam noch einen Schritt auf sie zu.

Molly wich zurück. Ihr Absatz traf die Wand. Das Ende der Welt.

Jetzt kamen die beiden anderen näher. Langsam. Immer nur einen Schritt.

Sie drückte den Rücken gegen die Wand und zog die Arme dicht an den Körper. Da war ihre Tasche, unter dem linken Arm. An dem Schulterriemen hängend. Offen! Gradys Tränengas! Irgendwo dort drin. Sie tastete mit den Fingern herum. Gott, was eine Unordnung. Die Schlüssel mußten nach unten gerutscht sein.

Der Mann mit dem Brecheisen war jetzt ganz nah. Er ließ es auf seine Handfläche sausen.

Sie könnte schreien. Jemand könnte es hören. Aber sie konnte nicht. Es würde ihrer Panik freien Lauf lassen. Die Dinge beschleunigen. Es wäre das Ende.

Sie mußte reden. Ihr einziger Vorteil – Worte.

Sie hob die rechte Hand. »Halt. Ich habe eine Polizeieskorte. Draußen«, sagte sie. »Vor der Tür.«

»Po-li-zei-eskorte?« sagte der Mann mit dem Brecheisen und wackelte mit den Hüften. »Die Dame hier hat eine Po-li-zei-eskorte, Dooley.« Sie wandte dem großen Mann den Kopf zu.

Die Finger ihrer linken Hand streiften das in Zeitung gewikkelte Auspuffrohr. Sie schob die Finger in die Zeitung und umfaßte das Rohr mit der Hand.

Der Riese, den er Dooley genannt hatte, kam drei Schritte vor und grinste, wobei er sie von oben bis unten musterte. Er war nur noch wenige Schritte entfernt.

Sie biß die Zähne zusammen. Verdammt noch mal. Als Opfer unterzugehen war das Letzte. So hatten Louies Opfer sich gefühlt – Grauen und Wut auf sich selbst, daß sie zu schwach, zu dumm gewesen waren, es kommen zu sehen. Wenn sie nur eine Knarre, eine Machete, eine Uzi, eine Handgranate, eine Atombombe hätte – sie würde sie gebrauchen. Ohne jeden Skrupel. Wenn sie nur härter an ihren Liegestützen gearbeitet hätte. Wenn sie nur Rambo oder Wonder Woman oder Charles Bronson wäre – alles, Herr Gott, als die mittelalterliche Glucke, die sie nun einmal war.

»Sehen Sie besser nach«, sagte sie mit einer hohen Stimme, die sie kaum wiedererkannte. »Vorne. Los. Seh'n Sie nach. Kann doch nicht schaden.«

Der Mann mit der Tarnmütze sagte: »Scheiße. Das funktioniert doch nich' mal im Film.« Einen halben Meter vor ihr blieb er mit herunterhängender Kinnlade stehen.

Der heiße Schweiß brach in Strömen auf ihrer Stirn aus und rann ihre Augenbrauen entlang.

In ihrer Tasche umklammerte sie das Auspuffrohr. Sie hatte es am glatten Ende. Das andere Ende war scharf und kantig. Damit konnte man ziemlichen Schaden anrichten. Wenn sie den richtigen Moment abpaßte.

Der Mann mit dem Brecheisen stand unmittelbar vor ihr. Trotz des Qualmgestanks konnte sie seinen Schweiß riechen. Unter der Schirmmütze hing sein Mund offen wie ein gähnender Abgrund.

Sie zitterte. Jeder Zentimeter ihres Körpers vibrierte.

Langsam hob er das Brecheisen.

In ihrem Kopf raste das heiße Grauen. Sie hielt die rechte Hand hoch. Ihre Kehle wurde frei. »Hört«, kreischte sie. »Hört. Eine Sirene!« Sie gab ein Geräusch von sich, von dem sie nicht gewußt hatte, daß es in ihr steckte – ein jaulendes, gellendes Kreischen.

Von der Seite stürzte der Riese vor. Sie sah, wie er mit der Faust ausholte. Dann sah sie ein wirbelndes Licht. Es war, als wäre sie von einem Laster mit hundertdreißig Stundenkilometern überfahren worden. Ihr Kopf war am Hals abgerissen. Sie krachte gegen die Wand und rutschte zu Boden. Blind. Der Kopf hing lose. Die Wange brannte vor Schmerz.

Als sie die Augen öffnete, hockte der Riese über ihr; die Faust wieder erhoben.

Ihre linke Hand umklammerte immer noch das Rohr. Sie zog es aus der Tasche und wechselte es in die rechte Hand. Sie raffte sich auf, um die Füße unter den Körper zu bekommen, und kam hoch in die Hocke. Sie packte das Rohr, so fest sie konnte, warf sich nach vorne und stieß ihm das scharfe Ende ins Gesicht. Mit der Absicht zu töten. Oder zu blenden. Sie wollte das Auge. Doch es fühlte sich an wie Knochen, als sie es hineintrieb. Und drehte. Schmerzerfülltes Brüllen – sie wußte nicht, ob er brüllte oder sie. Oder beide. Er fiel nach hinten. Zusammen mit dem Rohr.

Der Mann mit dem Brecheisen ragte drohend über ihr auf, das Eisen reglos über dem Kopf.

Zusammengekauert legte Molly die Arme über ihren Kopf und duckte sich. Das perfekte Opfer. Roll einfach auf die Seite und warte auf die Axt. Gott, was sollte sie sonst tun. So wartete sie, am gesamten Körper zitternd. Einen Moment war alles still. Sie kroch noch mehr in sich zusammen, damit das Zittern sie nicht zerriß. Sie meinte, das Schlagen einer Autotür zu hören. Und dann noch eine.

Eine Stimme zischte. »Shhh. Verdammte Scheiße, Marcus. Da ist wer.«

Stimmen drangen von draußen herein. Aus einer anderen Welt.

»Gehen wir. Los, Mann«, sagte eine Stimme scharf. Sie hielt den Atem an und betete. *Ja, geht. Bitte geht. Oh, bitte. Gott, laß sie gehen.*

Dann hörte sie das Geräusch, das ihr Herz stillstehen ließ – das Schnappen eines aufgehenden Klappmessers. Sie drückte ihr Gesicht noch enger an die Knie und wartete darauf, es in ihrem Rücken zu spüren.

»Nein«, zischte eine Stimme, »für's Kaltmachen sind wir nicht bezahlt worden. Jetzt geh'n wir, los, los. Hilf Dooley.«

Das Geräusch eilender Schritte. Die sich entfernten. Wegrannten.

Molly stieß den angehaltenen Atem aus und blieb zusammengekauert sitzen.

Nichts mehr.

Sie machte die Augen auf und hob den Kopf. Sie war allein.

Von draußen kamen Rufe. Noch mehr Rufe.

Sie kämpfte sich auf die Füße. Ihre linke Gesichtshälfte fühlte sich verwüstet an.

So schnell sie konnte, stolperte sie durch die verkohlten Überreste und in das vordere Büro. Durch die Tür sah sie ein rotes

Fahrzeug mit einem Blaulicht oben drauf. Und einer Aufschrift auf der Seite »Städtische Feuerwehr«. O Gott, o Gott. Hatte sie ein Glück. Sie wäre am liebsten auf die Knie gesunken. Das war ein Glücksfall, dachte sie, wie er nur einmal im Leben vorkam. Am liebsten hätte sie gelacht. Oder geweint.

Sie richtete sich auf und ging zur Tür. Zwei Männer in braunen Uniformen, einer im Anzug und eine Frau mit einer enormen schwarzen Turmfrisur standen um ein beiges Auto herum. Einer der Männer in Uniform sprach in ein tragbares Funkgerät.

»Sind sie weg?« fragte Molly.

Alle sahen in ihre Richtung.

»Wer zum Teufel sind Sie?« rief der Mann im Anzug.

»Molly Cates. Die drei Männer haben mich da drin überfallen.« Die Worte sprudelten nur so aus ihr heraus. »Nehmen Sie das Funkgerät. Geben Sie eine Polizeisuchmeldung nach ihnen durch.« Sie kam auf sie zu. »Jetzt. Tun Sie es jetzt. Einer von ihnen ist verletzt. Die Streifenwagen können die gesamte Gegend absuchen. Das sind wahrscheinlich auch Ihre Brandstifter.« Sie mußte innehalten und nach Luft schnappen. Sie lehnte sich gegen das rote Auto.

Der Mann im Anzug nickte dem Mann mit dem Funkgerät zu. »Tun Sie, was die Dame sagt«, sagte er.

Drei Stunden später saß Molly Cates auf einer Bank der Polizeizentrale Fort Worth und drückte einen Eisbeutel gegen ihre geschwollene Wange. Sie hatte ihre Aussage gemacht und unterschrieben, ihr Gesicht für die Akten fotografieren lassen und mit Begeisterung zwei der Männer identifiziert, die sie attakkiert hatten. Die Polizei hatte sie fünf Minuten nach dem Funkruf der Feuerwehr aufgegriffen – den Anführer in der Tarnmütze, der sich als Marcus Gandy herausstellte, und den Riesen, Dooley Smithers. Der dritte Mann schien entkommen zu sein. Bislang hatten die beiden ein mürrisches Schweigen bewahrt.

Dooleys tiefe Schnittwunden in der Wange waren im Allgemeinen Krankenhaus Fort Worth genäht worden. Nicht einmal einen Zentimeter höher, und er hätte das Auge verloren.

Ein Polizeisanitäter hatte Mollys Gesicht angesehen, ihr lange und tief in die Augen geschaut, erklärt, daß sie keine Gehirnerschütterung hätte und ihr ein Eispack für die Wange gegeben. Ein Beamter vom Einbruchsdezernat der Polizei in Fort Worth und ein Brandermittler von der Feuerwehr Fort Worth hatten mit Grady Traynor in Austin telefoniert, um Mollys Geschichte zu überprüfen. Sowohl der Detective wie auch Grady hatten mit den Streifenpolizisten geredet, die den Anruf von A-Eins-Autoteile entgegengenommen hatten, und alle hatten sie mit Molly Cates gesprochen – mehrere Male, und in ermüdenden Einzelheiten. Von dem vielen Reden war sie ganz heiser.

Aber im Grunde wußte niemand, was zum Teufel eigentlich los war.

Um fünfzehn Uhr fand Molly endlich Gelegenheit, mit der einen Person zu sprechen, mit der sie wirklich sprechen wollte – Nelda Fay Ferguson, der Alleininhaberin von Sam's Autowerkstatt, seit ihr Mann Sam Ferguson vor drei Jahren ›hinübergegangen‹ war.

In einem Alter, das Molly auf fast sechzig schätzte, trug Nelda Fay eine Haarpracht, die höher als ihr Rock lang war; ihr totes schwarzes Haar war auf dem Kopf aufgetürmt, und ihr enger Jeans-Minirock zeigte reichlich von ihren Beinen, die so dünn waren, daß die Schienbeine an ein Rasiermesser erinnerten. Als Nelda Fay einmal den Mund aufgemacht hatte, konnte Molly sich plötzlich nicht mehr erinnern, warum sie so scharf darauf gewesen war, mit ihr zu reden. Die Frau redete wie ein Wasserfall, ohne je Luft zu holen.

»Dieser Kerl sieht lange nicht so schlimm aus wie viele von den Gestalten, die bei uns reinkommen«, sagte Nelda Fay, als sie das Bild von Louie Bronk betrachtete. »Jetzt versteh'n Sie mich mal nich' falsch – mit so einem würd' ich auch nich' direkt ins Bett gehen, aber ich habe schon viel Schlimmere gesehen. Nein. Ich erinnere mich nicht. Es ist wirklich verdammt schade, daß unsere Bücher verbrannt sind, denn wir hatten die beste Buchführung, die Sie je in Ihrem Leben gesehen haben. Wurden vor zwei Jahren geprüft, und die Steuerprüferin, die sagte, so eine wunderbare Dokumentation hätt' sie ja noch nie gesehn. Unser Buchhalter, der Willie Pettigrew, der macht das alles ganz perfekt. Penibel bis zum letzten. Genau wie mein seliger Mann. So wie man sich einen Buchhalter wünscht. Natürlich nur, wenn man auf dem aufsteigenden Ast ist. Und wir haben nichts zu verheimlichen. Absolut nichts. Wir haben ein durch und durch sauberes, ehrliches Geschäft, ganz genauso wie damals, als Sammy noch am Leben war und ...«

Molly unterbrach sie. »Mrs. Ferguson, waren die Bücher von 1982 in den Metallaktenschränken in dem hinteren Raum?«

»Das waren sie allerdings.« Sie verzog ihre knallroten Lippen. Die Farbe war in die Falten um ihre Oberlippe gelaufen. »Von 1969 an, als Sammy das Geschäft gekauft hat. Alles ordentlich alphabetisch geordnet. Jeder einzelne Beleg. Ich selbst habe das Einordnen übernommen.« Sie wedelte das Foto durch die Luft. »Wenn dieser Kerl also sein Auto hat lackieren lassen, dann hätt' ich Ihnen in Null Komma nix den Beleg gefunden. So eine Schande, da es Ihnen ja so wichtig zu sein scheint. Zu dumm, daß Sie nicht gestern da waren. Ich kann nicht glauben, daß es so wichtig war, daß man das Büro dafür abbrennen mußte.«

Molly hörte nicht weiter zu; ihr Kopf platzte fast, und die Bisse der Feuerameisen juckten wie verrückt. Sie hatte genug für heute.

Endlich hörte die Frau auf zu reden und sagte: »Ach, meine Liebe, Sie sehen ja gar nicht gut aus.«

»Nein, das tue ich sicher nicht«, sagte Molly, die sich bisher geweigert hatte, in den Spiegel zu schauen. Sie kritzelte Nelda Fays Telefonnummer und Adresse in ihr Notizbuch und gab ihr eine Visitenkarte.

Als die Polizei endlich mit Molly fertig war, fuhr ein Beamter sie zurück zu dem ausgebrannten Haus, damit sie ihr Auto abholen konnte, und eskortierte sie mit blinkenden Lichtern zum Flughafen. Das war das Beste an dem gesamten Tag gewesen, dachte Molly. So ließ sich's im Großstadtverkehr durchkommen.

Als sie die Abfertigungshalle betrat, entdeckte sie Grady Traynor, der mit aufgebundener Krawatte und offenstehendem Jakkett lässig an einer Säule lehnte. Trotz ihres schmerzenden, geschwollenen Gesichts und den juckenden Insektenstichen, trotz ihrer Erschöpfung, trotz der Tatsache, wie eine Pennerin auszusehen und zu riechen und obwohl sie den ganzen Tag noch nichts gegessen hatte, trotz weiß Gott allem, was lusttötend wirken müßte, ließ sein Anblick heiße Schauer durch ihren Körper laufen. Wenn sie es zuließe, würde sie ihn genauso verzweifelt lieben wie früher. Es wäre das beste für sie, kehrtzumachen, zurück ins Flugzeug zu steigen und um ihr Leben zu rennen.

Er entdeckte sie, richtete sich auf und winkte, um sie auf sich aufmerksam zu machen. Es gab kein Entkommen mehr.

Als sie neben ihm stand, legte er einen Arm um ihre Taille und zog sie aus dem Strom von Passagieren, die aus der Tür kamen. Ohne Lächeln sah er sie an und legte auch den anderen Arm um sie, wobei er sie sanft an sich zog. Er beugte sich herunter und berührte ihre geschwollene Wange ganz sanft mit den Lippen. Dann wanderte er zu ihrem Mund und küßte sie schnell, wobei er seinen Bart für einen Moment über ihre Oberlippe streichen ließ. Er umarmte sie heftiger, drückte sein Becken gegen ihres und küßte sie wieder. Diesmal war es ein wirklicher Kuß, lang und mit Bewegungen des gesamten Körpers verbunden – seiner Hüften, Zunge und Hände –, eindeutig nicht die Art Kuß, die in der Öffentlichkeit angemessen war, aber Grady hatte sich noch nie besonders um Anstand und Sitten geschert.

Es war ein Kuß, der sie zurück in den Stadtpark, in das Fahrerhaus eines Pickup vor sechsundzwanzig Jahren versetzte. Und genau wie damals war es ein Kuß, der selbst einen Schneemann nicht kaltgelassen hätte. Sie hob die Hände, vergrub die

Finger in den Haaren auf seinem Hinterkopf und spürte den Unterschied in der Struktur, der mit der Farbänderung gekommen war.

Sie löste sich zuerst, legte den Kopf in den Nacken und atmete tief ein. Er bewegte die Lippen an ihr Ohr und flüsterte: »War es sehr schlimm, Molly?«

»Grady, es war so grauenhaft, daß ich mich nicht mehr wie ein Mensch gefühlt habe.«

»Oh«, flüsterte er zurück, »das Gefühl kenne ich nur zu gut. Ich bin so froh, daß dir nichts passiert ist.«

Er hob den Kopf, hielt aber seine Arme fest um sie geschlungen. »Stell dir vor.«

Sie sah zu ihm hinauf.

»Du wirst mir das Steakessen bezahlen müssen«, sagte er mit leicht rauher Stimme, »und entschuldigen wirst du dich auch müssen. Es ist nur eine Frage der Zeit, bevor wir Charlie McFarland für den Mord an David Serrano drankriegen.«

»Was ist passiert?« fragte sie.

»Wir haben Zahlungen zu McFarland zurückverfolgt, die auf David Serranos Konto bei der Bank von Brownsville flossen. Elf Jahre lang.«

»Er hat ihn geschmiert?« fragte sie. »Erpressung?«

»Vermutlich. So konnte Serrano sein Geschäft aufmachen, mit anfänglichen dreißigtausend von Charlie, direkt nach Bronks Verfahren.« Er strich mit Lippen und Bart über die empfindliche Haut direkt unterhalb ihres Kinns. In ihren Hals sagte er: »Danach hat er dreitausend im Monat gezahlt.«

»Wow«, sagte sie.

»Ihr Schreiberlinge könnt das immer so wunderbar präzise in Worte fassen.« Er hob den Kopf. »Wenn du jetzt von der Wette Abstand nehmen willst, Molly, kannst du das.«

Molly strich mit dem Zeigefinger leicht über die drei vortretenden Narben auf seiner Nase. Er schloß die Augen und hielt den Atem an.

»Was sagt Charlie dazu?« fragte sie.

»Mmm«, meinte er, die Augen immer noch geschlossen. »Charlie sagt, er würde ehemalige Angestellte immer großzügig behandeln, war aber nicht in der Lage, einen anderen Fall aufzuzeigen, wo er insgesamt dreihundertneunzigtausend Dollar an jemanden gezahlt hat, der nicht für ihn arbeitet.«

»Das reicht nicht, um ihn wegen Mordes anzuklagen.«

»Nein, aber wir haben noch ein paar andere Eisen im Feuer. Ich kann jetzt nicht darüber sprechen.« Er drückte seine Wange vorsichtig gegen ihre heile und sagte: »Und, wie wär's mit dem Steak and Ale? Du siehst aus, als könntest du etwas Ordentliches zu essen vertragen.« Sein Atem kitzelte sie im Ohr. »Was war das für ein schlimmer Tag für dich, mein armer Schatz.«

»Steak and Ale hört sich gut an. Ich lad dich ein – wie früher. Aber die Wette gilt; noch hast du nicht gewonnen.«

Er trat einen Schritt von ihr weg und knöpfte schnell sein Jackett zu. Dann sagte er mit einem verschmitzten Lächeln: »Warum bringen wir dich nicht erst nach Hause, Molly? Du könntest dich umziehen, und wir könnten uns beide frisch machen.«

Sie spürte einen unerklärlichen Blutandrang in ihrem Gesicht. Himmel, warum nicht? Es war sinnlos, gegen die Instinkte anzukämpfen und – plötzlich sah sie auf und lauschte, weil sie dachte, ihren Namen gehört zu haben. Ja, da war es: »Southwest-Passagierin Molly Cates. Molly Cates, bitte kommen Sie zum Southwest-Airlines-Telefon, Sie haben eine Nachricht.«

Grady hielt ihr die Ohren zu. »Geh nicht hin, Molly. Egal, was es ist, es soll bis morgen warten.«

»Nein. Ich muß wissen, was es ist.« Sie machte sich los und ging zu der Reihe von Telefonen an der Wand.

Es war Charlie McFarland. Seine Stimme hörte sich todmüde an. »Molly, ich habe gerade mit Richard Dutton gesprochen. Er sagte, Sie würden von Dallas zurückfliegen, also hab ich Sie alle paar Minuten ausrufen lassen.«

»Ich bin gerade gelandet.«

»Hören Sie, ich bin jetzt bereit, mit Ihnen wegen des Artikels zu sprechen. Nicht nur bereit. Ich möchte es unbedingt loswerden. Jetzt gleich.«

»Jetzt?« fragte sie. Sie sah hoch zu Grady, der den Kopf entschieden schüttelte.

»Ja. Können Sie auf Ihrem Nachhauseweg bei mir vorbeikommen?«

»Warum nicht. Aber es sind doch keine Bedingungen daran geknüpft, Charlie?«

»Keine Bedingungen.«

»Gut. Dann bin ich gleich bei Ihnen.« Sie schnitt eine Grimasse in Richtung Grady.

Sobald sie den Hörer eingehängt hatte, trat Grady zu ihr und zog sie wieder an sich. »Na gut. Ich werde mich nicht gegen das Unvermeidliche stemmen. Aber ich komme mit. Caleb hat mich hier abgesetzt, ich habe also sowieso kein Auto.«

»Was, wenn ich nein sage?«

»Dann müßte ich ein Taxi rufen, aber so ist es viel sicherer. Du bist eindeutig jemand, der Polizeischutz nötig hat.« Sein Gesicht wurde ernst. »Er ist ein gefährlicher Mann, Molly.«

Sie zögerte und sah in die hellen Augen, die nun nicht mehr lachten.

»Und dann gehen wir zusammen nach Hause«, sagte er. »Sag ja.«

Sie hob die Hand und legte sie auf seine Wange. »Ja.«

»Klasse«, sagte er.

Kapitel 18

Im Todestrakt
Bereit zum Gang.
Es fließt der Schweiß
Mir ist so heiß.
Um Mitternacht
Wird Schluß gemacht.
Es geht dann los.
In der Kehle sitzt ein Kloß
Es ist dies rote Gekreisch
Wie ein blutiger Klumpen Fleisch
Wie ein Alptraum kommt er herbei:
Da ist er – der rote Schrei.

LOUIE BRONK
Todestrakt, Ellis I Unit
Huntsville, Texas

Molly parkte ihren Wagen direkt hinter der Toreinfahrt. Grady lehnte sich über sie hinweg, um ihr die Tür zu öffnen, und kam dabei fast in ihrem Schoß zu liegen. Er schob sein Gesicht nahe an ihres. »Tu mir einen Gefallen, Molly. Reib ihm unter die Nase, daß ich hier draußen auf dich warte.«

Sie glitt hinaus, aber bevor sie die Tür schließen konnte, fügte er hinzu: »Denk daran – dieser Typ ist möglicherweise für zwei Morde in den letzten vier Tagen verantwortlich.«

Sie knallte die Tür zu und ging zum Haus. Jedes Licht im Haus brannte. Es schien, als ob drinnen jemand auf keinen Fall riskieren wollte, in einen dunklen Raum zu geraten.

Sie klingelte und wartete. Frank Purcell machte auf, die Ärmel seines weißen Oberhemdes hochgerollt und die schwarze Automatik in seinem Gürtel zum ersten Mal, seit sie ihn kannte, in voller Sicht. »'n Abend«, sagte er. »Charlie ist in seinem Arbeitszimmer und wartet auf Sie. Seinem Rücken geht es gar nicht gut.«

»Wie geht's, Frank?«

Er zuckte die Achseln und sah weg.

»Mir auch«, sagte sie und klopfte ihm auf die Schulter, bevor sie den Flur mit den Lupinengemälden hinunterging.

Charlie McFarland saß in dem gleichen Liegesessel, in dem er vor fünf Tagen gesessen hatte, in den gleichen Kleidern, außer, daß er jetzt statt Stiefeln Hausschuhe trug. Er saß sehr still, die Schultern nach vorne gebeugt, und hielt ein dunkel aussehendes Getränk in der Hand.

Molly blieb in der Tür stehen. »Tut mir leid zu hören, daß Ihr Rücken Ihnen so zu schaffen macht, Charlie.«

Er sah zu ihr hoch, in dem er nur die Augen bewegte, als würde es ihm zuviel Schmerzen bereiten, den ganzen Kopf zu bewegen. »Vielen Dank fürs Kommen, Molly. Entschuldigen Sie, daß ich nicht aufstehe. Setzen Sie sich. Setzen Sie sich.«

Sie setzte sich in denselben orangen Sessel, in dem sie schon früher Platz genommen hatte.

»Kann Frank Ihnen etwas zu trinken holen?« fragte er.

»Nein, danke. Ich kann nicht lange bleiben. Ein Freund wartet draußen auf mich.«

»Möchte Ihr Freund nicht hereinkommen und im Wohnzimmer warten?«

»Nein. Er ist es gewöhnt, in Autos zu warten.« Sie beobachtete sein Gesicht, als sie hinzufügte: »Er ist Polizist.«

Charlie hob die Augenbrauen und sagte tonlos: »Ich hoffe, es ist noch nicht so weit gekommen, daß Sie Polizeischutz für nötig halten, wenn Sie herkommen.«

»O nein. Wir gehen zusammen aus. Es ist Samstagabend, wie Sie wissen.« Sie wollte lächeln, hörte aber ganz schnell auf, als ihr Gesicht heftig zu schmerzen begann. Sie legte die Hand auf die Schwellung, zog sie aber schnell wieder fort, weil das noch mehr weh tat.

Scheinbar zum ersten Mal, seit sie hereingekommen war, sah er hoch in ihr Gesicht und blieb mit den Augen an ihrer Wange hängen. »Was ist mit Ihnen passiert?«

»Ziemlich scheußlich, was? In Fort Worth haben drei Männer versucht, mich in einem ausgebrannten Gebäude zusammenzuschlagen.«

Charlie nahm einen Schluck aus seinem Glas und sah sie über den Rand hinweg an. »Was um alles in der Welt haben Sie in einem ausgebrannten Gebäude in Fort Worth getan?«

»Nachforschungen«, sagte sie, »in der Sache Louie Bronk.«

Er stellte sein Glas so heftig ab, daß etwas über den Rand schwappte und Molly der dunkle, sanfte Duft von gutem, starkem Whisky in die Nase drang. Er sagte: »Genau darüber möchte ich mit Ihnen sprechen. Ich bin es so verdammt leid, von diesem Hundesohn zu hören. Gott, es wird solch eine Erleichterung sein, wenn in zwei Tagen alles vorbei ist.« Er atmete schwer durch die Lippen aus, als müßte er im wahrsten Sinne des Wortes Dampf ablassen.

»Dann werden Sie vielleicht endlich aufhören, ihm diese ganze Aufmerksamkeit zu widmen«, sagte er. »Dazu habe ich ein paar Dinge zu sagen. Ganz offiziell.«

»Gut.«

»Sie werden es nicht mehr so gut finden, wenn Sie hören, was ich zu sagen habe«, stieß er mit fast geschlossenen Lippen hervor. »Ich bin sehr wütend, mir steht's wirklich bis hier.«

Sie fand ihr Aufnahmegerät und zog es aus der Tasche. »Es ist besser, wenn ich unser Gespräch aufnehme. Ist Ihnen das recht, Charlie?«

Er nickte so schwach, daß es eher wie ein Zucken aussah. Eine Bewegung, die an seinen Schmerzen keinen Zweifel ließ. Sie schaltete das Gerät an, sah nach, ob das Band sich drehte und legte es dann in ihren Schoß.

Er beugte sich leicht vor und umklammerte die Knie mit den Händen, als wolle er einen Kreislauf schließen oder sich erden. »Es wird Ihnen nicht gefallen, und Sie werden wahrscheinlich noch nicht mal drucken, was ich Ihnen jetzt sage, aber ich muß es trotzdem loswerden. Ich glaube, daß es Leute gibt, die durch diesen ganzen Rummel um brutale Gewalttäter zum Begehen von Verbrechen ermutigt werden.« Er sprach mit einer gefühllosen, festen Stimme, schneller als gewöhnlich, als hätte er es auswendig gelernt und wollte es so schnell wie möglich hinter sich bringen. »Ich bin überzeugt, daß Georgia von jemandem getötet wurde, der Louie Bronk nachahmt, und wie er es machen soll, hat der Mörder aus Ihrem Buch und aus dem ganzen Presserummel um Bronk gelernt. Dieser anonyme Brief, den Sie bekommen haben, beweist das doch.«

Molly spürte einen Knoten aus Angst in ihrer Brust. Sie glaubte es nicht. Aber die Angst war trotzdem da. »Charlie, ich glaube wirklich nicht –«

Er hob die Hand. »Lassen Sie mich aussprechen. Sie wollten ein Interview, und hier ist es. Ich glaube, dieser Wahnsinnige hat sich meine Familie ausgesucht, weil er Bronk nachahmen will. Ich sage nicht, daß nur Ihr Buch schuld ist; da war noch all die andere Presse, die Bronk bekommen hat – ich beschuldige jeden, der dieses Vieh im öffentlichen Bewußtsein wachhält, indem er über ihn schreibt und eine Art Berühmtheit aus ihm macht. Ich denke, die Leute haben schon ein Recht darauf, die Fakten zu erfahren, die nackten Fakten eines Verbrechens, aber wenn Sie diesen fetten Schmöker über seine Kindheit und Vergangenheit und was die Psychologen dazu sagen schreiben und, mein Gott, auch noch diese Gedichte, da wird mir einfach übel.«

Molly atmete tief ein. Sie fühlte sich allmählich völlig am Boden zerstört; sie hätte nicht kommen sollen. »Charlie, Serienmörder wie Louie lesen keine Bücher; die einzigen Druckerzeugnisse, die sie möglicherweise in die Hand nehmen, sind Pornohefte.«

»Und woher wollen Sie das wissen?«

»Aus meiner Erfahrung, und aus dem, was ich gelesen habe – aus Untersuchungen, die Experten auf diesem Gebiet gemacht haben.«

Er nahm einen kräftigen Schluck. »Teufel, von dem Zeug hab ich auch schon was gelesen. Diese Serienmördertypen wie Bronk lesen doch oft gerne was über sich selbst in der Zeitung, stimmt's? Und sie lesen alle Porno- und Krimiheftchen, stimmt's?«

»Ja«, gab Molly zu.

»Warum dann also nicht auch Ihr Buch?« Er sah sie durchdringend an, die Augen tief in den fleischigen Schichten, die sein Gesicht über die Jahre angesammelt hatte. »Warum nicht? Woher wollen Sie denn wissen, daß die nicht auf so Zeug, wie Sie es schreiben, abfahren?«

»Ich habe mir in der Vergangenheit öfter den Kopf darüber zerbrochen, aber ich glaube wirklich nicht –«

»Sie glauben doch nicht etwa, daß das ein Zufall ist, daß dies direkt nach dem Erscheinen Ihres Buches passiert ist, oder? Verdammt, es hat irgendeinen Bekloppten dazu animiert, es selbst mal zu probieren.« Sein Gesicht lief von seinem gewöhnlichen wettergegerbten Braun zu einem tiefen Rotbraun an.

»Charlie, ich verstehe ja, warum Sie sich aufregen, aber...«

»Aufregen?« brüllte er. »Aufregen ist nicht das richtige Wort für meine Gefühle. Meine Frau wurde umgebracht. Mein Privatleben wird zerstört. Meine Kinder werden gequält. Die Polizei schnüffelt in meinen Bankkonten und meinem Leben herum. Hier sitze ich, Opfer eines Verbrechens, und die Polizei ist hinter mir her, als wäre alles meine Schuld.« Er wandte den Kopf von ihr weg. »Es ist nicht zum Aushalten.«

Er machte den Mund auf, um weiterzureden, aber er bekam keine Luft mehr. Er schnappte nach Luft und atmete dann röchelnd ein und aus. Einen Augenblick lang dachte Molly, er würde ersticken. Sie wollte gerade aufstehen, aber er hielt sie mit einer Handbewegung zurück.

»Der Grund, warum ich mich in der Vergangenheit nicht öffentlich dazu äußern wollte, war der Schutz meiner Familie und unserer Privatsphäre. Aber jetzt ist alles zu spät. Außerdem wollte ich nicht noch mehr Aufmerksamkeit auf diesen Mörder lenken. Aber was spielt das jetzt noch für eine Rolle? Es kann ja kaum noch schlimmer werden. Ich weiß, daß Sie das nicht abdrucken werden, aber ich wollte nur einmal meine Meinung dazu klarstellen.«

»Natürlich werde ich das bringen«, sagte sie und sah hinunter, um sicherzugehen, daß das Band sich bewegte. »Sonst noch etwas?«

»Ja. Die beste Lösung wäre, diesen Verbrechern ordentliche Gerichtsverfahren zu machen, und sie dann ganz schnell hinzurichten, mit einem Minimum an Medienaufmerksamkeit. Es ist ein Verbrechen – eine, eine *Sünde* –, daß Bronk elf Jahre, nachdem er meine Frau abgeschlachtet hat, immer noch lebt und immer noch ein Hahn nach ihm kräht. Er hätte direkt nach dem Prozeß hingerichtet werden sollen, oder direkt, nachdem die erste Revision abgelehnt wurde.« Er nahm die Hände von den Knien und lehnte sich vorsichtig zurück in den Sessel, als hätte er jeden Funken Energie erschöpft.

Molly lehnte sich auch zurück. Sie fühlte sich schlimmer geprügelt als nach dem Kampf heute. Es hatte sie allerdings verfolgt, diese Vorstellung, daß die dramatische Aufbereitung von Verbrechen kranke Gemüter dazu bringen könnte, es selbst auszuprobieren, aber sie hatte sie immer unterdrückt. Oder versucht zu unterdrücken; es gab immer noch diese Schlaflosigkeit um drei Uhr morgens, wenn sie sich über alles den Kopf zerbrach, diese Frage eingeschlossen. In dem, was er sagte, mochte ein Körnchen Wahrheit liegen, und diese Vorstellung war grauenhaft. Die Ironie dabei wäre, daß jemand Louie in einem Mord nachahmte, den er noch nicht einmal verübt hatte.

Sie sah hinunter auf das Aufnahmegerät in ihrem Schoß. Sie wollte zum Ende kommen, aber sie mußte eine weitere Frage stellen. »Was ist dann mit David Serrano, Charlie?«

Er schüttelte den Kopf. »Er war immer ein netter Junge, ein guter Mitarbeiter. Ich wollte ihm den Start ins Leben erleichtern, nach dem, was er mitgemacht hatte. Jetzt wollen sie mich dafür drankriegen. Ich weiß nicht, in was er in den letzten Jahren verwickelt worden sein könnte. Ich glaube nicht daran, daß sein Tod mit dem von Georgia zu tun hat.«

»Das wäre aber ein unglaublicher Zufall«, sagte Molly. »Haben Sie gelesen, daß Louie sein Geständnis widerrufen hat?«

Er hob den Kopf. »Ich kann nicht glauben, daß eine anständige Zeitung so einen Müll druckt.«

Molly nickte. Sie würde jetzt nichts von ihren wachsenden Zweifeln hinsichtlich Louie Bronk äußern; der Mann würde vermutlich einen Schlaganfall bekommen. »Warum haben Sie sich entschlossen, jetzt öffentlich Stellung zu nehmen?« fragte sie.

Er schaute hinunter auf seine Handrücken. »Ich mußte es einfach loswerden. Wie ich bereits sagte, ist es jetzt sowieso zu spät und...« Er zögerte. »Und es ist meine letzte Gelegenheit.«

»Ihre letzte Gelegenheit?«

»Ja.« Die Augen immer noch gesenkt, sagte er: »In sechs Monaten werde ich nicht mehr dasein.«

»Warum nicht?«

Er sah auf. »Wenn Sie das in Ihrem Artikel bringen wollen, warten Sie bitte noch eine Woche damit. Bis ich Gelegenheit hatte, es meiner Familie mitzuteilen. Letzte Woche habe ich erfahren, daß diese Schmerzen in meinem Rücken, die ich für eine beschädigte Bandscheibe hielt, in Wahrheit Krebs ist. Haben 'ne Computertomographie gemacht, und an der Wirbelsäule sind überall Tumore, in der Lunge und der Leber auch. Überall. Der Doktor meint, ich kann froh sein, wenn ich's noch bis Ostern mache.«

»Oh, Charlie, das tut mir sehr leid.«

»Mir auch.«

»Wer weiß davon?«

»Georgia wußte es. Frank auch. Abgesehen von meinem Arzt, nur die beiden. Bevor ich's an die Öffentlichkeit trage, möchte ich noch eine verläßliche zweite Meinung dazu hören. Nächste Woche gehe ich zu Anderson in Houston. Dann sag ich's ihnen. Wenigstens die Bronk-Sache wird dann vorbei sein. Sie sehen also, meine Kinder haben genug, womit sie fertig werden müssen – soviel Tod –, ohne daß Sie es noch schlimmer machen müssen, indem Sie in der Vergangenheit rumbohren.«

Seine Lippen wurden schmal. »Die Leute erkundigen sich meistens, was sie tun können, wenn man ihnen schlechte Nachrichten erzählt. Falls Sie mich das fragen wollten, Molly, würde ich sagen, was ich die ganze Zeit schon sage: ›Belasten Sie meine Kinder nicht damit.‹ Ich glaube, Alison ist schon nahe am Zusammenbrechen. Ich versuche, sie zu überreden, hierherzukommen. Wenigstens wäre sie in Sicherheit und weg von diesem Mann, mit dem sie zusammenwohnt. Stuart merkt man die Anspannung nicht so an wie ihr, aber er leidet genauso.«

Er hob das Glas. »Tut mir leid. Ich glaube, das ist alles, was ich für heute verkrafte.« Sein Kopf sank zurück in den Sessel. »Es macht mich alles so müde. Finden Sie allein zur Tür? Frank läßt Sie hinaus.«

Molly stellte den Recorder ab. »Danke, daß Sie mit mir geredet haben, Charlie. Ich versichere Ihnen, daß ich schreiben werde, was Sie gesagt haben, und ich halte mit Ihnen Rücksprache, bevor ich etwas über Ihre Krankheit drucken lasse. In Ordnung?«

Ohne die Augen zu öffnen, sagte er: »Schön.«

Frank wartete an der Tür auf sie. Sie fragte sich, ob er die ganze Zeit dort gestanden hatte oder Charlie ihm irgendwie ein Signal gegeben hatte. Er setzte die Alarmanlage durch das Drücken einer Zahlenfolge in einer Wandkonsole außer Kraft, schloß mit einem Schlüssel zwei Sicherheitsschlösser auf, öffnete die Tür und trat nach draußen. Er starrte Grady Traynor an, der im Auto saß, und trat dann beiseite, um Molly durchzulassen.

Als sie zum Wagen ging, beugte Grady sich herüber und öffnete ihr die Tür. Als die Innenbeleuchtung anging, sah er ihr ins Gesicht und fragte: »Soll ich fahren?«

Beim Hereinklettern schüttelte sie den Kopf. »Nein. Beim Fahren fühle ich mich immer besser.« Sie ließ den Motor an.

Eine Minute lang fuhren sie schweigend. »Und?« meinte er schließlich. »Willst du's mir erzählen?«

»Häh? Ach, er ist sauer. Er meint, Leute wie ich, die über Verbrechen schreiben, würden Verbrecher verherrlichen und andere Leute dazu anstacheln, Verbrechen zu begehen.«

»Schwachsinn«, sagte Grady.

»Das hoffe ich«, sagte sie inbrünstig. »Ich hoffe, du hast recht.«

Dann sagte sie: »Grady, ich frage mich, ob es möglich wäre, daß Louie das alles geplant hat – was letzte Nacht und heute in Fort Worth passiert ist. Ich meine, als er mir von dem Auto erzählt hat, hätte er es arrangieren können, daß jemand einen Mustang von dem Grundstück stiehlt und die Autowerkstatt abfackelt, um es so aussehen zu lassen, als ob jemand Beweise zerstören wolle, die ihn entlasten würden.« Sie wandte die Augen einen Moment von der Straße ab, um zu ihm herüberzuschauen. »Ziemlich weit hergeholt, ich weiß. Aber hältst du das für möglich?«

»Klar, möglich ist das schon. Ich habe Leute in Einzelhaft gesehen, die Banküberfälle, Entführungen und sogar Morde geplant und andere dazu gebracht haben, sie auszuführen. Es ist möglich, aber ich glaube nicht, daß er das getan hat. Glaubst du das?«

Sie schwieg und dachte darüber nach. Vier Minuten später, als sie vor ihrer Garage anhielten, sagte sie: »Nein, das glaube ich auch nicht.« Sie drückte auf den Knopf der Fernbedienung, der an der Sonnenblende klemmte, und fuhr in die Garage.

Als sie den Motor abstellte, streckte Grady den Arm aus und drehte das Radio lauter, das leise gespielt hatte, und stellte K-VET ein, den Country-Sender. Als wäre es im Generalplan des Schicksals so vorgesehen, lief gerade »Crazy« von Patsy Cline, ein Lied, zu dem sie 1968 im Broken Spine getanzt hatten. »Mmm, das ist genau das richtige für uns, was, Molly?«

Er drückte auf den Knopf an der Sonnenblende, und während das Garagentor nach unten rumpelte, ging er um den Transporter herum zu ihrer Seite. Er hielt die Arme hoch in ihrer alten Blues-Tanzhaltung und forderte sie zum Tanzen auf. Sie fand sich so leicht darin zurecht, als wären keine fünfundzwanzig Jahre vergangen. Zusammen begannen sie, sich zu den beruhigenden Klängen der Musik zu wiegen. Er beugte den Kopf, um seine Wange an ihre zu drücken.

»Es ist wie Fahrradfahren«, murmelte Molly.

»Etwas, was der Körper nie verlernt. Ach, Molly.«

Es war, als könnte man noch einmal eine zweite Chance in den wirklich wichtigen Dingen des Lebens bekommen. Sie wußte, daß das nicht stimmte, aber in diesem Moment wollte sie es trotzdem glauben, weil es so ein wunderbares Gefühl war.

Die automatische Zeitschaltung ließ das Garagenlicht verlöschen; sie blieben in völliger Dunkelheit zurück.

Mit Grady Traynor zu tanzen, war immer ein Mittelding zwischen Tanzen und Sex im Rhythmus der Musik gewesen. Und jetzt, im Dunkel der Garage, umgeben vom Geruch nach Motorenöl und alten Rasenmähern, verfielen sie wieder in diesen altbekannten Balztanz, der langsam und traumgleich anfing, so daß man mitten drin steckte, bevor man die Möglichkeit zum Rückzug hatte, selbst wenn man gewollt hätte. Es fing mit dem Gefühl des fremden Körpers an, zuerst noch getrennt, anders in seinen Höhlungen und Wölbungen. Doch allmählich wurden die Körper weich durch Musik und Bewegung, die Umrisse verschwammen, und ein Körper begann, während des Tanzes in den anderen hineinzufließen.

Sie erinnerte sich an das erste Mal, daß sie mit ihm getanzt hatte, als sie am liebsten gleich dort auf der Tanzfläche sein Hemd ausgezogen und mit den Händen seinen nackten Rücken erforscht hätte. Damals hatte sie es nicht getan; sie hatte bis später gewartet. Aber jetzt tat sie es, zog sein Hemd aus der Hose und bewegte ihre Hände ganz langsam den Rücken empor. Als sie die Hände an seinen Seiten bis unter die Arme bewegte, seufzte er. Sie erinnerte sich, wie seine Erregung sie damals selbst erregt hatte, und jetzt war es kein bißchen anders.

Dieses Stadium des Tanzes hatte Molly immer geliebt, hatte es verlängert und hinausgezögert, bis die Spannung den nächsten Schritt unumgänglich machte. Das Lied wurde abgelöst durch Jennifer Warnes' »Right Time of the Night« und dann Willies »Always on My Mind«. Grady schlang beide Arme um sie, die Hände auf der Rundung ihrer Hüfte. Langsam begann sie, sein Hemd aufzuknöpfen. Sie ließ ihre Hände auf seiner bloßen Brust liegen, bewegte sie hinunter zu seinem Bauch, wo sie innehielt, um eine unbekannte Narbe zu befühlen, die sich unter dem Gürtel abzeichnete.

»Blinddarm«, murmelte er, als sie mit den Fingern über die glatte Haut strich, »zum beschissensten Zeitpunkt, mitten im Westermann-Fall.«

Während sie tanzten, zogen sie sich gegenseitig aus, ganz langsam, einen Knopf, einen Reißverschluß, einen Haken nach dem anderen. Dann waren Musik und jeder Gedanke an Tanzen vergessen, und es war nicht länger langsam oder abwartend. Zu Mollys Erstaunen fühlte sie sich jetzt noch überwältigter als damals in ihrer Jugend. Vielleicht, weil sie beide jetzt etwas wußten, das sie damals nicht gewußt hatten: daß sie sterblich waren und nicht viel Zeit hatten. In dieser Welt wußte man nie, wann der letzte Tanz kam.

»Wollen wir raufgehen, wo's gemütlich ist?« fragte sie ziemlich atemlos.

»Weißt du noch, in San Antonio?« fragte er.

Sie lachte. Natürlich erinnerte sie sich. Sie waren auf einer Party in San Antonio gewesen, wo sie getanzt hatten, genau wie heute. Auf dem Nachhauseweg hatten sie es nicht mehr abwarten können und in einem Maisfeld angehalten, wo sie sich zum erstenmal geliebt hatten, hinten auf seinem alten Pickup im Licht des Vollmondes. »O ja«, sagte sie, »ich erinnere mich.«

»Ich auch.« Er hob sein Hemd und Jackett auf und breitete sie hinten auf dem Pickup aus. »Was meinst du, wozu so eine Ladefläche da ist?« sagte er, während er sich auf den Rücken legte und sie auf sich zog.

Später, oben im Bett, hätte Molly herrlich einschlafen können, wenn sie nicht so schrecklich hungrig gewesen wäre. Sie hob ihr Bein, das auf seinem gelegen hatte, und rollte auf den Rücken. Er stützte sich auf den Ellbogen und sah im dämmrigen Schein des Nachtlämpchens, das sie immer brennen ließ, auf sie herunter.

»Es ist irgendwie ein bißchen wie ein fünfundzwanzigjähriges Klassentreffen«, sagte Molly. »Du kannst nicht anders, du zerbrichst dir einfach den Kopf darüber, was Leute von dir halten mögen, die dich als Achtzehnjährige im Gedächtnis haben.«

Er lachte, nahm ihre Hand und drückte sie auf seinen Bauch. »Ich weiß, was du meinst. Als wir so was das letzte Mal gemacht haben, war diese Stelle noch flach wie ein Brett.«

Sie drehte den Kopf auf dem Kissen, um sich seinen Bauch anzusehen. »Mir gefällt er, Grady, und immerhin hat er schon fünfzig Jahre auf dem Buckel.«

»Fünfzig?« wiederholte er und drückte ihre Hand langsam tiefer. »Wirklich? Aber wer wird da zählen?«

Sie zog ihre Hand zurück. »Wie steht's mit dem Essen, das du mir versprochen hattest? Seit dem Frühstück habe ich außer zwei winzigkleinen Tütchen Mandeln im Flugzeug nichts mehr zu essen bekommen.«

»Natürlich, Ma'am, Abendbrot.« Er sah auf sie herunter; seine hellen Augen glitzerten im Dämmerlicht wie bei einem Raubtier, als er den Blick über ihren Körper streifen ließ. Albern, das alles noch einmal zuzulassen, sie wußte es. Aber andererseits war das Leben kurz und sie nun wirklich alt genug, um selbst auf sich achtzugeben.

Er beugte sich herunter und küßte sie, wobei seine Zunge sich leicht wie eine Feder über die Innenseite ihrer Lippen bewegte.

Er bewegte eine Hand unter ihren Rücken und drehte sie auf die Seite, wobei er mit der Brust ihren Busen streifte und mit seinem Bein zwischen ihre schlüpfte, um ihr Interesse wieder anzufachen. »Abendessen gleich oder später?« fragte er.

Aber sie konnte keine Antwort geben, weil er den Mund auf ihren gepreßt hatte.

Er bewegte das Bein weiter aufwärts und rieb. Sie merkte, daß ihr Interesse am Essen nachließ.

Ein schrilles, elektronisches Piepsen ließ sie auffahren. Es hörte sich an, als käme es aus ihrem Kopf, aber Grady seufzte und holte einen kleinen Piepser unter dem Kissen hervor. »Mist«, sagte er und sah auf die digitale Anzeige, die im Dunkeln leuchtete. »Da melde ich mich besser mal.«

Molly ließ sich aufs Bett fallen und zeigte auf das Telefon auf dem Nachttisch.

Grady streckte den Arm danach aus und wählte die Nummer. Nach wenigen Sekunden sagte er: »Was, Caleb?« Er hörte einige Minuten lang zu; Molly konnte die Stimme leise durch die Muschel hören. »Das ist ja 'n Ding«, sagte Grady. Dann lauter, wobei er sich aufrichtete: »Ist ja 'n Ding.« Er hörte noch weiter zu und sagte: »Gut gemacht. Danke, daß du mir Bescheid gegeben hast. Ich meld mich wieder.« Er legte auf und saß ans Kopfende gelehnt da, die Beine lang ausgestreckt.

In dem Zwielicht sah Molly zu ihm auf. »Und, warum hast du diesen Ausdruck auf dem Gesicht?« fragte sie.

»Was für einen Ausdruck?«

»Wie ein Verkehrspolizist, an dem ein Rolls-Royce mit hundertfünfzig Sachen vorbeibrettert.«

Er sah zu ihr hinüber. »Das war Caleb. Die Kollegen aus Fort Worth haben angerufen: Ihre Überprüfung von Marcus Gandy, an den du dich von deiner eingehenden Bekanntschaft heute sicher erinnern wirst, hat ergeben, daß er vor nicht länger als einem Monat bei niemand anderem als dem Fort-Worth-Zweig von McFarland Construction angestellt war.«

Molly war sprachlos. »Könnte das ein Zufall sein?«

Er bewegte seinen Fuß zu ihrer Hüfte. »Molly, Molly«, schimpfte er leise und schüttelte den Kopf.

»Na was, könnte es sein?«

»Ist es so schwer zu glauben, daß Charlie McFarland dich derart lästig findet, daß er veranlaßt, dich verprügeln, vielleicht sogar töten zu lassen?«

»Ja«, sagte sie fest.

»Tja«, sagte er, wobei er mit seinem Fuß über die Innenseite ihres Oberschenkels strich, »ich glaube, da hast du wirklich ein Problem.« Er hob den Fuß an und bewegte seine Zehen ganz leicht von ihrem Knie auf der Innenseite ihres Schenkels nach oben. »Wo waren wir also stehengeblieben?«

»Mmm, Greifzehen.«

»Es gefällt mir, wenn du solche Worte gebrauchst.« Er rutschte herunter, so daß er neben ihr lag.

Sie sah in seine hellen Augen, die jetzt nur noch Zentimeter von ihren entfernt waren. »Ach, ich habe dir noch nicht alles erzählt, was Charlie mir heute abend gesagt hat.«

»Was für ein Charlie?« murmelte er und küßte ihren Hals.

»Er ist todkrank«, sagte sie. »Krebs. Daher seine Probleme mit dem Rücken – überall Tumore. Ihr bringt euren Fall besser schnell zum Abschluß. In sechs Monaten ist er tot.«

Er unterbrach seine Aktivitäten. »Das glaubst du?«

»Ja.«

»Wer weiß sonst davon?« fragte er.

»Georgia wußte es, und sein Doktor, und Frank Purcell. Sonst hat er es noch niemandem erzählt. Er hat es erst vor einer Woche erfahren. Er will ein zweites Gutachten einholen.«

»Wer ist sein Arzt?«

»Weiß ich nicht.«

»Wir werden es rausfinden und die Sache überprüfen«, sagte er.

»Kannst du solche Informationen von einem Arzt bekommen?«

Er drückte sich auf seine Knie hoch und sah auf sie herunter. »Ich kann alles. Paß gut auf«, sagte er und beugte sich über sie und begann eine langsame Erkundung ihres Körpers mit dem Mund. Grady Traynor – ein Mann, der nie in Eile war; das hatte sie immer an ihm gemocht.

»Diese Sache mit dem Polizeischutz ist wirklich nicht schlecht«, murmelte sie und vergaß jeden Gedanken ans Essen.

Es war zweiundzwanzig Uhr, bevor Mollys Magen wieder zu knurren begann. »Wenn wir nicht essen, sterbe ich vor Hunger«, verkündete sie.

Er seufzte und schwang die Beine aus dem Bett. »Wir hätten schon vor Stunden gegessen, wenn du mich nicht hinterrücks überfallen hättest. Kann ich bei dir duschen, bevor wir gehen?«

Molly lehnte sich über die Bettkante, um ihre Kleidungsstücke einzusammeln, die auf dem Boden verstreut lagen. »Klar. Ich hole Eiswasser aus der Küche. Willst du eins?«

»Wenn du's mir in die Dusche bringst.«

Im Schein der Nachtbeleuchtung zog sie ihr T-Shirt über den Kopf und stieg die dunkle Treppe hinunter. Plötzlich ging die Haustür auf, und das Klicken eines Lichtschalters im Erdgeschoß tauchte Flur und Treppe in gleißendes Licht. Jo Beth zuckte zurück, als sie Molly auf der Treppe sah.

»Mom, du bist zu Hause! Es brannte kein Licht, also dachte ich...«

Mitten im Satz unterbrach Jo Beth sich, als Grady aus dem Badezimmer kam, ein Handtuch um die Lenden gewickelt.

»Dad!« entfuhr es ihr. Ihr Gesicht, das zu ihnen hochschaute, war vor Schreck versteinert.

Er blieb wie angewurzelt stehen und streckte eine Hand nach unten, um das Handtuch festzuhalten. Molly hatte ihn noch nie rot werden sehen, aber jetzt waren Wangen und Hals unter der Bräune dunkelrot angelaufen. Der Mann, der nie um ein Wort verlegen war, war sprachlos. »Oh, Jo Beth. Äh...«

»Tut mir leid«, sagte Jo Beth und hielt die Hand vor ihren Mund. »Ich wußte nicht, daß jemand – äh, tut mir leid. Ich komme später wieder.«

Sie trat einen Schritt zurück, wobei ihr ein Kichern entwischte. »Das nächste Mal werde ich vorher klingeln.« Als sie die Tür hinter sich zumachte, meinte Molly, ihre Tochter »Wow« sagen zu hören.

Kapitel 19

Hier sind meine, da schau.
Der Drachen ist blau
Das Schwert dann auch.
Mal 'n Knast-Tattoo
So ist was los in der öden Ruh.

Skelette tanzen
Kainsmale in die Haut stanzen.
Der Tod und sein Kumpan
Die grinsen dich an.
Träume schießen ins Kraut
Gezeichnet auf meine Haut.

LOUIE BRONK
Todestrakt, Ellis I Unit
Huntsville, Texas

Nach einem sehr späten Essen und viel zuviel Wein war Molly in bleiernen Schlaf gesunken. Keuchend wachte sie auf, der Mund völlig ausgetrocknet, mit juckender Haut, rasendem Herzschlag und weitaufgerissenen Augen. Auch ohne auf die grünleuchtenden Ziffern auf ihrem Digitalwecker zu sehen, wußte sie, wie spät es war: drei Uhr. Immer wieder drei Uhr – ihre Geisterstunde, in der die Ängste und Befürchtungen, die sie während der hellen Stunden des Tages zu unterdrücken vermochte, hervorbrachen, sich auf die Hinterbeine stellten und heulten.

Seit sechsundzwanzig Jahren litt sie unter diesen frühmorgendlichen Angstzuständen, seit jener schwülen Sommernacht, als sie sechzehn gewesen war. Schweißnaß war sie damals aufgewacht. Ihr Daddy war nicht nach Hause gekommen, und sie wußte, daß er in Lebensgefahr schwebte. Sie war aufgestanden und hatte am Küchentisch gesessen, wo sie vor dem schwarzen Fenster bis Sonnenaufgang wachte und dann nach ihm zu suchen begann. Fünf Tage lang suchte sie. Fünf Tage lang ging sie nicht zur Schule, aß nicht, schlief nicht und weinte nicht. Am fünften Tag trieb sein Leichnam an die Oberfläche von Lake Travis, wo er von drei morgendlichen Anglern gefunden wurde.

Seit jener Nacht war es immer wieder das Bild eines Gesichtes, von dem sie hochschreckte, kaum zu erkennen in dem dunklen, gekräuselten Wasser, ein Gesicht, giftgrün wie die Leuchtziffern, mit Tentakeln aus verfaulendem Fleisch, die wie Algen hinter ihm herschwammen. Sie versuchte immer, näher heranzukommen, um das Gesicht erkennen zu können, so daß sie es trösten könnte. Sie streckte die Hand aus, aber wenn ihre Finger die Wasseroberfläche berührten, wachte sie nach Luft schnappend auf, als wäre sie selbst dort unter Wasser gewesen.

Aber diesmal war es nicht ihr Daddy, der sie aufweckte.

Nein. Diesmal war es Tiny McFarland.

Molly atmete einige Male ächzend ein und aus, schloß die Augen und beschwor sie hinter den Augenlidern herauf – nicht den bleichen, starren Leichnam auf dem stählernen Autopsietisch, sondern die lebende Person. Auch wenn sie die Frau niemals lebendig gesehen hatte, hatte sie ihr deutlich vor Augen gestanden, als sie die Szene in *Blut schwitzen* geschrieben hatte. Die elegante blonde Dame mit dem jungenhaften Körper. Die ein weißes Leinenkleid trug und einen Strauß roter Blumen aus dem Garten im Arm hatte. Da stand sie in der offenen Garagentür und sah Molly an.

Molly bewegte die Lippen und sprach ohne einen Laut zu ihr: *Da bist du. Gut siehst du aus in deinem weißen Kleid, Größe vierunddreißig, wenn ich mich recht entsinne. Aber was willst du mit den Blumen in der Garage? Schnittblumen soll man doch so schnell wie möglich ins Wasser stellen. Warum bringst du sie nicht ins Haus? In der Garage gibt's kein Wasser. Und da drin ist es schmierig. Du, eine Frau, die so auf ihr Aussehen achtet, in einem teuren weißen Leinenkleid, das du zu einem Mittagessen tragen willst, warum die Garage? Vielleicht, um irgendeine Arbeit zu erledigen? Aber du hast einen Mann, der direkt über der Garage wohnt, der solche Dinge für dich erledigt.*

Mmmm. Ja. Du hast einen Mann. Der über der Garage wohnt. Einen gutaussehenden Mann. Jung. Und du hast Probleme damit, nein zu Männern zu sagen. Ich verstehe das. Ich kenne solche Probleme selbst.

Bringst du die Blumen zu ihm? Oder hat er dich gerufen? Jetzt kenne ich dein Geheimnis, so genau, als hätten wir zwei über einem Glas Wein zusammengesessen und uns über unser Geschlechtsleben ausgetauscht. Ihr zwei habt etwas miteinander gehabt. Du und David Serrano. Lady Chatterley und der Gärtner. Ein schönes Paar, du so blond, er glatt und dunkel. O ja. Er war oben in dem heißen Zimmer, nur in Shorts, und durch das Fenster hat er dich beim Blumenschneiden gesehen, und er wollte dich. Drei Wochen warst du fort gewesen, und er war verrückt nach dir. Er sah dich in deinem weißen Kleid und begehrte dich.

Sicher, eins deiner Kinder war zu Hause, aber sie schlief gerade, und du warst auch scharf auf ihn, weil du weg gewesen warst. Vielleicht kam er die Treppe heruntergerannt und nahm dich in den Arm. Vielleicht habt ihr getanzt. Vielleicht wart ihr beide so gierig, daß ihr nicht warten konntet, so wie Grady und ich heute abend. Vielleicht geriet es außer Kontrolle, ging zu weit, oder ihr habt euch gestritten. Vielleicht hat euch jemand überrascht. Vielleicht kam dein Mann nach Hause. Was für ein Schock, sich im Dunkeln zu lieben, und so plötzlich geht das Licht an und das Garagentor auf, und da seid ihr zwei ... oder vielleicht kam auch jemand anders. Molly riß die Augen auf, und das Bild verschwand.

Molly hob den Kopf und sah auf den schlafenden Grady Traynor neben sich herunter, der sich bis zum Kinn in die alte Patchworkdecke von Tante Harriet gewickelt hatte. Sein Gesicht war friedlich und entspannt, seine Atmung tief und gleichmäßig. Er schlief so wie immer, als hätten die Jahre auf der Straße und im Morddezernat, all das Grauen, das er schon mitangesehen hatte, ihn nie wirklich berührt – ein Mann ohne Alpträume. Wie sie ihn beneidete.

Sanft legte sie ihm die Hand auf die Schulter. In derselben Sekunde, in der sie ihn berührte, war er augenblicklich und gänzlich wach. Gott, das hatte sie vergessen. Man konnte ihn zu jeder Tages- oder Nachtzeit aufwecken, und er war sofort bereit – zum Reden oder Streiten, zum Lauschen auf den Regen oder zum Sex. Ihrer Erfahrung nach waren die meisten Männer schlaftrunken oder sauer, wenn sie mitten in der Nacht geweckt wurden, aber nicht dieser hier. Grady sah hinauf in ihr Gesicht, dann auf die Uhr. Er rollte auf den Rücken und sagte mit rauher Stimme: »Die Gespenster sitzen dir im Nacken, was, Molly? Ist drei Uhr immer noch eine schlimme Zeit für dich?«

»Manchmal«, sagte sie widerstrebend, weil sie nicht zugeben wollte, daß drei Uhr so schlimm wie eh und je für sie war. »Meine Ameisenbisse jucken höllisch.« Sie zog ein Bein unter dem Laken hervor, um ihm den Knöchel im Licht des Nachtlämpchens zu zeigen. Fußrücken und Knöchel waren mit winzigen, eitrigen Blasen übersät.

Er befreite eine Hand aus der Decke, in die er sich gewickelt hatte, und umfaßte den Knöchel, wobei er ihn ganz mit den Fingern umspannte. »Gibt es etwas, das ein alter Freund für dich tun könnte?«

Molly streckte ihm den Kopf ganz nahe entgegen. »Louie Bronk hat Tiny McFarland nicht getötet«, sagte sie und beobachtete gespannt sein Gesicht.

Schweigend starrte Grady eine Minute lang hoch an die Decke, als ließe er den Fall in seinem Kopf Revue passieren.

Molly merkte, wie sie vor Spannung auf seine Antwort den Atem anhielt. Schließlich sagte er: »Ich habe auch meine Zweifel. Warum bist du so überzeugt?«

Weil sie sich zu heiß und eingeengt fühlte, befreite Molly ihren Fuß aus seiner Hand und schob das Laken mit beiden Füßen ans

Fußende des Betts. »O Grady. Du weißt doch, wie man sich so eine Geschichte zusammenbastelt, sie aus ein paar Fakten zurechtspinnt, sie sieht ganz gut aus, und dann hält man's auf einmal für die Wahrheit.«

»So was würde ich nie machen!« schnaubte er.

Ihrer Blöße plötzlich bewußt, zog sie das Laken vom Fußende zurück über den Körper und deckte sich damit zu. »Ich glaube, in diesem Fall ist es mir mit Tiny McFarland so gegangen. Jetzt, wo ich das Ganze von einer anderen Seite betrachte, merke ich, daß meine ursprüngliche Version hinten und vorne nicht stimmt. Es war von Anfang an so ein undurchsichtiger Fall. Zuerst einmal war er grundverschieden von Louies gewöhnlicher Vorgehensweise – nicht an der Autobahn, eine Blondine, tötet sie mit so wenig Blut, keine Vergewaltigung nach dem Tod, die Schnittwunden auf ihrer Kopfhaut. Dann die Sache mit dem Diebesgut, das nie aufgetaucht ist – die Uhr, die Ohrringe, die Gegenstände aus dem Haus; die wären alle leicht zu identifizieren gewesen. Irgend etwas hätte auftauchen müssen, wenn er sie versetzt hätte, wie er behauptete. Und das Auto, der dämliche Mustang. Zweimal haben sie den See durchkämmt und das Scheißding nicht gefunden.«

Die kleinen Blasen auf ihren Füßen und Knöcheln juckten wie verrückt. »Außerdem, Grady, als sie ihn in dem Fall verhörten, da war er schon wie ein Verrückter beim Bekennen. Er gestand, weil sie das von ihm wollten, weil er gerade in der Stimmung war, weil es ein aufsehenerregendes Verbrechen war und seine Handschrift trug.« Obwohl sie sich solche Mühe gegeben hatte, der Versuchung zu widerstehen, mußte sie jetzt an den Bissen kratzen; es verstärkte das Jucken nur noch, aber sie machte weiter. »Und sie haben ihm Sachen in den Mund gelegt. Natürlich weiß ich, daß das unbeabsichtigt passieren kann, und Louie hat eine schnelle Auffassungsgabe. Aber ich glaube, in diesem Fall war es Absicht. Es war vermutlich Frank Purcell, der ihm die entscheidenden Bruchstücke über den Tatort eintrichterte, wo der Leichnam lag und was gestohlen worden war.

Aber das Auto ist es. Das ist für mich das ausschlaggebende. Gott stehe mir bei, ich glaube ihm, Grady. Ich glaube, daß er es vor dem Mord an Tiny McFarland lackieren ließ. Ich glaube, daß er es *wirklich* in Fort Worth verschrotten ließ.« Sie versuchte, ihre Stimme leise und kontrolliert zu halten, aber sie wurde lauter, und die hysterischen Obertöne waren unüberhörbar. »In seinem Geständnis sagte er damals, daß er es in einen See bei Fort Worth geworfen habe; er wußte natürlich, daß es sein Geständnis wertlos machen würde, wenn sie es fänden. Weil sie dann wüßten, daß es Tage vor Tinys Tod neu lackiert worden war. Er war noch nicht einmal in der Nähe des Hauses der McFarlands. Und er hat Tiny nicht umgebracht, da kannst du Gift drauf nehmen. Es ist alles gelogen. Und ich habe es hinausposaunt in meinem ach so sorgfältig recherchierten Buch.«

Ihr Körper fühlte sich mittlerweile von Kopf bis Fuß an, als würde sie auf kleiner Flamme gekocht. Sie streckte die Hand aus und ließ sie auf seiner Brust liegen, bis sie das gleichmäßige Pochen seines Herzens unter ihrer Handfläche spürte. »Grady, in« – sie hielt inne, um es im Kopf zu überschlagen – »in fünfundvierzig Stunden wird er für etwas hingerichtet, das er nicht getan hat. Das halte ich nicht aus.«

Er sagte ruhig: »Du wirst es aushalten müssen.«

»Kannst du nicht etwas tun?«

»Was denn? Das war nicht mein Fall, Molly. Aber selbst wenn er es gewesen wäre, ist er wiederaufgenommen und Revision beantragt worden. Das kann man nicht rückgängig machen.«

»Aber was ist mit der Gouverneurin?« sagte sie. »Letztes Jahr hat sie Tommy Stark dreißig Tage Aufschub gegeben, und Julius Boulton diesen April.«

»Ach, Molly. Bei Stark hat der Bischof sie darum gebeten, und bei Boulton waren es Rockstars. Selbst bei einer Hyäne wie unserer Gouverneurin gibt es ein oder zwei Leute, die bei ihr einen Stein im Brett haben. Und Stark wurde trotzdem hingerichtet.«

»Ja, das weiß ich. Aber dreißig Tage wären besser als nichts.«

»Was soll das denn bringen?«

Sie zuckte die Achseln. »Ich kann mich weiter um die Autosache kümmern. Jemanden überzeugen. Ich weiß nicht.«

Grady seufzte, als wüßte er, daß es eine lange Nacht werden würde. »Molly, denk doch mal nach. Wenn du recht hast, daß Bronk noch nicht einmal dort war, dann haben sich Alison McFarland und David Serrano geirrt, daß sie das Auto gesehen haben. Oder sie haben unter Eid gelogen.«

»Ich glaube, sie haben gelogen. In der Zeitung stand, daß die Polizei nach einem Auto dieses Aussehens in Zusammenhang mit dem Mord an Greta Huff in San Marcos suchte, und daß der Skalpierer von Texas eventuell so ein Auto fuhr. Ich glaube, sie haben gelogen, damit es so aussah, als hätte der Skalpierer es getan. Um den wahren Mörder zu schützen. Und verdammt noch mal, es hat funktioniert, und wie. Die Polizei hat es geschluckt, wie auch Stan Heffernan und die Geschworenen, und ich hab's auch geschluckt.«

»Spielst du mit der Idee, daß David Serrano sie umgebracht und die Kleine überredet hat, seine Lüge hinsichtlich des Autos zu bekräftigen?«

»Das ist gut möglich. Ich glaube, daß Tiny und David ein Verhältnis hatten. Ich bin sogar überzeugt davon. Er war ein auffallend gutaussehender Mann, und er stand zur Verfügung, direkt über der Garage. Und sie hatte eine Schwäche für Männer. Ich glaube, das ist der Grund, warum sie in ihrem weißen Kleid mit den frischgeschnittenen Blumen in der Garage war.«

»Tja«, grummelte er, »da kennst du dich ja aus, Molly. Immerhin bist du doch Expertin in ...«

Energisch hielt sie ihm den Mund mit der Hand zu und schüttelte den Kopf, um ihn daran zu hindern, noch mehr zu sagen. »Hör auf«, sagte sie und wartete ein paar Sekunden, bevor sie die Hand wegzog.

Er atmete tief durch. »Na gut. Aber überleg dir eins: Was, wenn ihr Mann sie überrascht hat?«

»Oder jemand anders.«

Er hob den Kopf vom Kissen, faltete es zusammen und legte den Kopf wieder darauf. »Willst du wissen, was ich denke?«

Sie nickte.

»Ich denke, wenn wir die Person finden, die meine beiden Morde verübt hat, werden wir wissen, wer Tiny erledigt hat.«

»Du meinst, daß alle drei von derselben Person getötet worden sind?« fragte sie.

»Ja.«

»Meint Louie auch. Er sagt, wenn man einmal mit einem Mord davonkommt, wird man es wieder tun – früher oder später.«

Grady lächelte. »Louie. Ein Experte in Mordfragen, wie er im Buche steht.«

Molly zog die Knie an die Brust und stützte das Kinn auf sie. »Glaubst du immer noch, daß diese Person Charlie McFarland ist?«

»Alles deutet darauf hin, Molly. Ich verstehe wirklich nicht, wie du dich für eine rational denkende Frau halten und die Tatsachen über McFarland derart ignorieren kannst. Darf ich dich vielleicht an ein paar von ihnen erinnern?«

Molly rollte die Augen gen Himmel. »Bitte«, sagte sie. »Laß hören.«

Er hielt den Zeigefinger seiner rechten Hand hoch. »Erstens. Er hat versucht, dich zu bestechen, damit du seine Kinder nicht interviewst und den Bronkartikel fallen läßt. Hab ich recht?«

Sie gab keine Antwort, aber er machte weiter. »Weil er Schiß hatte, du könntest etwas Neues ausgraben, oder eins seiner Kinder würde sich verplappern.« Er streckte einen zweiten Finger hoch. »Zweitens. Wir vermuten, daß er seinen finanziellen Einfluß auf den Herausgeber des *Lone Star Monthly* benutzt hat, damit dein Boß den Bronk-Artikel sterben lassen würde, den er vorher bereits abgesegnet hatte. Hab ich recht?« Er hob den Kopf, um ihren Gesichtsausdruck zu sehen.

»Ja«, sagte sie widerwillig. »Ich kann's nicht beweisen, aber ich vermute es.«

»Gut«, sagte er. »Wir kommen zu drittens.« Er hob einen dritten Finger und fuchtelte mit den Fingern in der Luft herum. Das war eine Geste, die Molly auf den Tod nicht ausstehen konnte; sie empfand es als ein aggressiv männliches Verhalten zum Einschüchtern von anderen. Sie streckte den Arm aus, schnappte sich die böse Hand und drückte sie nach unten aufs Bett.

»Drittens«, sagte er und dämpfte die Stimme. »Gestern hat er versucht, dich töten zu lassen.«

Molly wollte protestieren, aber dann sah sie die drei Gesichter vor sich, die im Dämmerlicht auf sie zukamen, Marcus Gandys offenstehender Mund, das Brecheisen über ihrem Kopf. Es war verdammt knapp gewesen. In ihrer Wange fing es schmerzhaft an zu hämmern, und sie legte ihre Hand auf die Stelle.

»Gut«, sagte Grady und sah ihr ins Gesicht, »vielleicht hatten sie nur den Auftrag, dich sehr deutlich zu entmutigen. Aber er hat sie dir auf den Hals gehetzt, und du hättest jederzeit dabei draufgehen können. Ich würde sagen, Molly, daß jeder einzelne der drei Punkte reichen müßte, um dich sauer auf McFarland werden zu lassen.«

Molly zuckte die Achseln.

Grady schnaubte, ein bitteres, wütendes Geräusch. »Natürlich kennt er dich nicht so gut wie ich. Er hat gedacht, er könnte dich kaufen oder abschrecken, aber da hat er sich wirklich verdammt geirrt.« Zum ersten Mal hatte seine Stimme den kalten Ton angenommen, den sie von früher kannte.

»Was meinst du damit?« fragte sie, obwohl sie wußte, daß sie es besser auf sich beruhen lassen sollte.

»Teufel, Molly, du läßt doch nie locker. Du bist der einzige Mensch, den ich kenne, der immer noch über einem sechsundzwanzig Jahre alten Fall brütet.«

»Brütet? Wie kommst du darauf, daß ich immer noch darüber nachbrüte?«

»Wie ich darauf komme?« Er rutschte im Bett nach oben, so daß er sich an das Kopfende lehnen und seine Worte mit den

Händen unterstreichen konnte. »Das ist es doch, was dich nachts um drei zitternd und schwitzend aufwachen läßt; das ist es, was einen Workaholic aus dir macht, der seine Grenzen nicht kennt; das macht es dir doch unmöglich, eine stabile Beziehung zu einem Mann zu haben; das treibt dich weiter, als vernünftige Menschen jemals gehen würden.«

Sie drehte den Kopf weg, damit sie ihn nicht anzusehen brauchte. »Nichts davon ist mehr wahr, Grady. Falls es je so war. Vielleicht, als ich zwanzig war. Aber du kennst mich nicht mehr.«

»Das sehe ich dir doch an den Augen an, Molly. Ich höre es in deiner Stimme. Die Besessenheit ist immer noch da. Bei deinem Vater hattest du am Ende keine Möglichkeiten mehr und mußtest aufhören; deswegen kannst du dich jetzt bei allem, was dich auch nur entfernt an ihn erinnert, nicht zurückhalten. Das ist doch verrückt.«

Die Wendung, die die Unterhaltung jetzt nahm, gefiel ihr überhaupt nicht mehr. »Grady, ich habe keine Lust, mit dir über Schnee von gestern zu reden. Wir unterhielten uns gerade über Charlie McFarland, und das hat nichts mit ihm zu tun.«

»Ach, von wegen. Der Mann sieht deinem Vater sogar ein bißchen ähnlich. Er geht und redet wie er. Er ist gleich alt, der gleiche westtexanische Menschenschlag. Und jetzt behauptet er, todkrank zu sein. Das bringt deine ganzen alten Gefühle über Vernons Mord wieder hoch – wenn es Mord war.«

Sie atmete schwer. Sie drückte ein Kissen an ihre Brust. »Und ich dachte, du wärst nur ein dummer Bulle, der die Schule mit Ach und Krach beendet hat, und nun entpuppst du dich auf einmal als Psychoexperte, der qualifiziert ist, Leute als verrückt einzustufen.«

Sein Schweigen sagte ihr, daß sie ins Schwarze getroffen hatte.

Schließlich sagte er in der angespannten, harten Stimme, die sie als unterdrückte Wut von ihm kannte: »Ja, dann sag mir doch mal eins, Molly. Ist es verrückt, Nacht um Nacht wachzubleiben und im Dunkeln aus dem Fenster zu starren? Ist es verrückt, wenn eine verheiratete Frau mit einem kleinen Kind losgeht und mit einem bierbäuchigen, alten, tabakkauenden County-Sheriff bumst, während ihr Mann bei der Arbeit ist? Ist es verrückt, wenn sie einen Wutanfall bekommt, als er sie überrascht –«

»Aufhören!« schrie sie und hielt sich die Ohren zu. »Das reicht. Um Himmels willen, gibt es für so etwas denn keine Verjährung?« Sie rutschte zur Bettkante und versuchte aufzustehen, aber ein Fuß hatte sich in dem zusammengeknäuelten Laken verfangen. »Du hörst jetzt damit auf«, schrie sie, während sie versuchte, sich aus dem Laken zu befreien. »Ich wußte, daß du damit ankommen würdest, Grady.« Sie zog an dem Laken, aber er lag darauf. »Du konntest es einfach nicht auf sich beruhen lassen, was? Ich war damals sehr verstört. Du weißt, daß es eine schwere Zeit für mich war, sehr schwer. Ich tat für meinen Vater, was ich tun mußte, und du...«

»Hört es euch an. Die pflichtbewußte Tochter! Du bist ja immer noch verrückt.«

Die alte Wut stieg bitter wie Galle aus ihrem Magen hoch, so daß sie sich verschluckte und einen sauren, metallischen Geschmack im Mund hatte. »Nein. Du hast dir nicht mal das kleinste bißchen Mühe gegeben, es zu verstehen. Er wußte etwas. Olin Crocker besaß Informationen über den Tod meines Vaters, etwas, was er mir nicht sagen wollte. Ich habe es aus ihm herausgeholt – jawohl, aus ihm heraus*gebumst*. Alles – alles! – hätte ich getan, um herauszufinden, was er wußte. Dann hast du dich eingemischt. In etwas, was dich überhaupt nichts anging. Ich war schon ganz nahe dran, endlich, als du nach Hause gekommen bist und deine Eifersüchtiger-Ehemann-Show abgezogen hast. Und damit versandete die ganze Sache.«

Jetzt brüllte sie. »Wußtest du das? Danach hat Crocker nie wieder mit mir geredet. Die ganze Sache verflüchtigte sich einfach und löste sich in blauem Dunst auf.«

Endlich befreite sie ihren Fuß mit einem kräftigen Ruck aus dem Bettuch und stand auf. »Und weißt du was? Wenn ich es noch mal machen müßte, und ich müßte nichts weiter tun, als den fetten alten Widerling zu vögeln, dann würde ich es immer und immer wieder tun.« Sie schnappte ihr T-Shirt vom Boden und zog es sich über den Kopf. »Ich würde noch viel mehr tun, als ihn nur zu vögeln.«

»Und du behauptest, du wärst nicht besessen. Hör dich doch an, Molly. Du warst eine verheiratete Frau mit Kind und du ...«

Die nächsten Worte drangen als Furiengeschrei aus ihr heraus. »Hör auf! Hör sofort auf. Ich habe gesagt, ich will nicht darüber reden, Grady! Du hast versprochen, du würdest es mir nicht unter die Nase reiben! Jetzt hör auf oder verschwinde!«

Die letzten schrillen Worte dröhnten ihr im Kopf, und sie erinnerte sich an das letzte Mal, als sie so geschrien hatte, vor zweiundzwanzig Jahren. Außer sich vor Wut und Scham hatte sie ihn angeschrien, er solle verschwinden, und er war gegangen, war einfach aufgestanden und hatte sie verlassen.

Er war einfach aufgestanden und hatte sie verlassen.

Die Erinnerung daran überwältigte sie, schüttelte sie; sie schnürte ihr die Luft ab und brannte in ihren Augen. Ohne Vorwarnung brach ein Strom heißer Tränen aus ihr heraus. Sie versuchte, sie zurückzuhalten, aber sie waren nicht mehr zu bremsen. Mit dem Rücken zu Grady setzte sie sich auf das Bett und ließ sie kommen.

Über die Jahre hatte sie es geschafft, weite Strecken der Vergangenheit auszulöschen, wie ihre Trennung von Grady Traynor und davor die wilde, unkontrollierbare Trauer über ihren Vater. Nach seinem Tod hatte Molly die Schule abgebrochen, trotz der Proteste ihrer Tante Harriet und der Ratschläge aller anderen. Keiner von ihnen verstand. Sie benötigte all ihre Zeit und Energie, um sich auf die Frage zu konzentrieren, wer ihren Daddy umgebracht hatte. Diese Frage hatte sie mit einer leidenschaftlichen Verzweiflung verfolgt, die keine Grenzen kannte.

Ein Jahr, nachdem Vernon Cates in den Wassern von Lake Travis gefunden worden war, hatte sie das Hauptquartier der Austiner Polizei betreten, um Informationen über eine neue Fährte zu ergattern. Dort, hinter dem Empfangstisch, stand

Grady Traynor in seiner brandneuen Uniform. Sie war siebzehn, er war vierundzwanzig, und sie konnten nicht aufhören, einander anzusehen. Direkt dort in der Amtsstube hatten sie einen Balztanz begonnen, mit nichts als ihren Augen. Seine waren von dem hellsten Aquamarin unter dicken schwarzen Augenbrauen. Sechs Monate später war sie schwanger. Sie heirateten, und eine Zeitlang schien es zu funktionieren. Sie liebte ihn, alles an ihm, und als Jo Beth auf die Welt kam, hatte sie das Gefühl, als wäre ihre seelische Gesundheit wiederhergestellt und sie vielleicht trotz allem in der Lage, wie andere Leute leben zu können.

Während der ersten zwei Jahre ihrer Ehe hatte sie gedacht, daß all der Wahnsinn hinter ihr liegen würde. Sie hatte sich erwachsen gefühlt, wie eine reife Frau und Mutter. Da hatte sie sich aber schwer getäuscht. Es war nichts als eine kurze Flaute im Sturm gewesen, weil ihr die Fährten ausgegangen waren. In der Minute, in der eine neue Fährte aufgetaucht war, war sie wieder von den wirbelsturmartigen Sturmböen mitgerissen worden. Jene zwei Jahre waren nur eine süße Verschnaufpause vor den Mächten ihrer Suche gewesen, die sie mit voller Gewalt von neuem erfaßten.

Die meiste Zeit ließ sie Jo Beth bei ihrer Tante Harriet und nahm wieder die Untersuchung des Todes ihres Vaters auf; wenn ihr wieder einmal die Fährten ausgingen, grübelte sie darüber nach, Nacht um Nacht am Küchentisch, starrte aus dem dunklen Fenster und wartete, daß etwas geschah.

Dann, gerade als sie dachte, daß sie jede Möglichkeit erschöpft hätte, war Olin Crocker aufgetreten. Der Sheriff von Burnet County hatte einen Verdächtigen im Mordfall ihres Vaters verhört. Crocker verfügte über irgendwelche entscheidenden Informationen, aber er wollte sie nicht rausrücken, obwohl sie alles in ihrer Macht Stehende versucht hatte, um ihn zu überreden.

Es hatte im totalen Zusammenbruch geendet: Olin Crocker hatte ihr nie gesagt, was er wußte, und Grady Traynor hatte sie verlassen.

Doch die Zeit hatte Wunden geheilt; immerhin war es zweiundzwanzig Jahre her – eine halbe Ewigkeit. Sinnlos, jetzt noch Tränen darüber zu vergießen. Sie atmete ein paarmal tief durch und senkte ihr Gesicht auf die Schulter, um die nasse Wange an ihrem Hemd zu trocknen. Grady saß mit einem verwirrten Gesichtsausdruck aufrecht gegen das Kopfende gelehnt da und betrachtete sie. Sie wandte sich ab und schlang die Arme um ihren Körper, um nicht wieder mit Weinen anzufangen.

Nach ein paar Minuten merkte sie, wie sich das Bett hinter ihr bewegte. Er stand auf und wollte gehen. Aber dann spürte sie, wie seine Schulter ihren Rücken streifte. Er legte die Wange an ihre Schulter. »Molly, Molly, ich bin so ein dummer Sack. Dieser alte Kram schleicht sich irgendwie bei mir ein. Ich wollte das alles gar nicht sagen; es ist mir so rausgerutscht. Es war, als wäre ich besessen und mußte es einfach sagen, aber jetzt ist es vorbei. Ich verspreche, daß ich's nicht wieder tun werde. Es ist vorbei und vergessen, jetzt bin ich's los. Schnee von gestern, wie du sagst. Es tut mir leid.«

Er umschlang sie mit den Armen und drückte sie, wobei er sie leicht wiegte. »Komm her, leg dich neben mich, auch wenn ich so ein Dummschwätzer bin.«

»Grady«, sagte sie und drehte ihm den Kopf zu, immer noch nach Luft ringend: »Ich wollte dir nicht weh tun. Ich habe getan, was ich für notwendig hielt. Vielleicht war ich ein bißchen verrückt.«

Überrascht riß er seine hellen Augen auf; das war das erste Mal, daß sie einem Schuldeingeständnis so nahe gekommen war.

»Ich weiß, ich weiß«, beruhigte er sie. Er zog sie zurück aufs Bett. »Da. Jetzt ist alles gut.« Er stopfte ihr ein Kissen unter den Kopf und zog Tante Harriets Patchworkdecke über sie.

Mit dem einsetzenden Gefühl der wunderbaren Entspannung, das auf ordentliches Tränenvergießen folgt, ließ Molly sich wieder an ihn sinken. Nach wenigen Minuten Schweigen hörte sie seine gleichmäßigen Atemzüge und rollte sich auf die Seite, um zu sehen, ob er schlief. Seine Augen waren zwar noch offen, aber nur noch ein bißchen. Sie wollte ihn wachhalten. »Grady, du hast ja sicher schon in Betracht gezogen, daß Charlies Kinder durchaus ein Motiv haben, Georgia zu töten, wenn er so schwer krank ist.«

»Wenn es stimmt, daß er tödlichen Krebs hat«, sagte er schlaftrunken, »hast du recht; vielleicht wollten sie sie kaltstellen, damit sie ihr nix abgeben müssen, wenn er stirbt. Es geht ja um Millionen. Aber ich dachte, du hättest gesagt, er hätte es ihnen noch nicht erzählt.«

»Das ist wahr. Aber vielleicht wissen sie es trotzdem.« Sie gähnte und sah zu ihm hinüber. Seine Augen fielen zu. »Eine letzte Sache, Grady.«

»Hem«, sagte er mit belegter Stimme.

»Wie denkst du über die Todesstrafe? Du bist der einzige Mensch, den ich kenne, der sich noch nie darüber geäußert hat.«

Er schwieg, und sie dachte, er wäre vielleicht eingeschlafen. Doch schließlich sagte er: »Mittlerweile hasste ich sie. Es bedeutet, daß wir keine Fehler machen dürfen, und wir machen ständig Fehler.«

Als sie zu ihm herübersah, schlief er. Selbst Grady Traynor hatte um diese nachtschlafene Zeit seine Grenzen.

Im Dunkeln stand Molly auf, wickelte sich in ein Bettuch und schlich nach unten. Sie konnte nicht schlafen, aber wenigstens konnte sie eine Zeitlang am Fenster Wache halten.

Als Grady Traynor im Morgengrauen nach unten kam, angezogen und auf dem Weg zu seiner Sonntagmorgenschicht, kam er so leise in das dunkle Wohnzimmer, daß sie ihn nicht hörte, bevor er sprach: »Immer noch auf dem alten Posten, Molly.«

Sie fuhr zusammen, als wäre sie bei etwas Verbotenem und Peinlichem ertappt worden. »Oh, ich bin auch gerade aufgestanden«, log sie. »Meine Ameisenbisse haben gejuckt.«

Er kam zu ihrem Platz, wo sie zusammengekauert vor dem Fenster im Ohrensessel saß. Er beugte sich herunter und gab ihr einen flüchtigen Kuß auf die Wange – ein kühler Abschied im Morgengrauen nach solch einer heißen Nacht, dachte Molly.

Er wollte sich schon wegdrehen, dann schien ihm noch etwas einzufallen. Er hockte sich neben den Sessel, starrte angestrengt aus dem dunklen Fenster, in dem sich gerade am Horizont ein schmutziges Grau auszubreiten begann, und sagte sanft: »Dieselben schrecklichen und schönen Dinge werden dort draußen geschehen, Molly, ob du nun hinguckst oder nicht.«

»Aber wenn ich hingucke, dann werden sie mich wenigstens nicht hinterrücks überraschen.«

»Darauf würde ich mich nicht verlassen«, sagte er ihr.

Als sie die Haustür zufallen hörte, fühlte sie sich plötzlich erschöpft. Vielleicht wurde sie zu alt für Nachtwachen.

Kapitel 20

Mein Lieblingsabenteuer –
Unterwegs, die Hände am Steuer
Nichts bringt mehr Feuer.

Arbeit nur für'n Tag
Für die schnelle Mark
Und bin wieder in Trab

Endlose Autobahn
Willste mitfahr'n?
Das macht mich glücklich dann.

Louie Bronk
Todestrakt, Ellis I Unit
Huntsville, Texas

Es war ihr Sonntagsritual.

Wahrscheinlich hätte Molly damals mit der kleinen Jo Beth in die Kirche gehen sollen; alle schienen sich einig zu sein, daß es nicht schaden konnte, Kindern irgendeine Art religiöser Erziehung angedeihen zu lassen, und grundsätzlich stimmte Molly zu. Doch die paar Male, die sie es probiert hatte, hatten sie es beide derart verabscheut, daß selbst jetzt, viele Jahre später, kaum ein Sonntag verstrich, an dem nicht eine von ihnen erwähnte, wie dankbar sie war, an einem herrlich faulen Sonntagmorgen nicht in der Kirche sitzen zu müssen.

Statt dessen hatten sie ihr eigenes Ritual: Jeden Sonntagmorgen, selbst im Winter, gingen sie zusammen im glasklaren, eiskalten Wasser von Barton Springs schwimmen. Danach gönnten sie sich ein gemütliches Mittagessen. Sie lasen die Zeitung, und jede arbeitete an ihrem eigenen Kreuzworträtsel der *New York Times*. Es war Mollys Lieblingstag der Woche. Seit zwanzig

Jahren machten sie das schon, abgesehen von der vierjährigen Unterbrechung, als Jo Beth am College gewesen war.

Als sie vom Parkplatz zum Schwimmbad liefen, waren sie ungewöhnlich schweigsam und das Klatschen ihrer Sandalen auf dem Pflaster das einzige Geräusch. Im Auto hatte Molly auf den Streifenwagen gezeigt, der ihnen folgte, und Jo Beth eine haarkleine Schilderung der Ereignisse vom Vortag in Fort Worth gegeben. Keine von ihnen hatte ein Wort über Grady Traynor verloren. Molly wußte, daß sie irgend etwas sagen mußte, aber sie schien nicht zu wissen, wie sie anfangen sollte. Sie warf einen verstohlenen Blick auf ihre Tochter und verspürte eine böse Vorahnung, als sie ihr Gesicht sah. Jo Beth hatte den Kopf gesenkt; zwischen ihren Augenbrauen war eine tiefe Falte in der sonst so glatten Stirn.

Jede bezahlte ihren Eintritt und ging schweigend die Stufen zum Schwimmbecken hinunter. Für Molly war Barton Springs ein Fall von Liebe auf den ersten Blick gewesen. Als sie vierzehn und gerade nach Austin gezogen war, hatte ihr Daddy sie zum Schwimmen hierher mitgenommen. Für sie wurde es zum Inbegriff der unbeschnittenen, leicht heruntergekommenen, außergewöhnlichen und relaxten Schönheit von Austin, insbesondere des Austin vor dem Bauboom der Achtziger.

Das Becken war riesig, es hatte die Länge eines ganzen Fußballfeldes und wurde aus einer natürlichen Quelle gespeist. Es war ein Zwischending, teils aus Beton wie jedes andere Schwimmbad, und teils von natürlichen Sandsteinklippen eingefaßt – ein städtisches Schwimmbad, das eher nach einem Badesee oder einem quellgespeisten Badeloch aussah. Unregelmäßig geformt und irgendwie weich eingerahmt, kam es Molly wie eine lang und dünn mit einem abgebrochenen blaugrünen Wachsmalstift hingekritzelte Zeichnung eines Zweijährigen vor.

Sonntags morgens um zehn hatte das Schwimmbad gerade geöffnet. Die einzigen Schwimmer im Wasser waren zwei sehnige, sonnengedörrte ältere Damen, die ihre Runden schwammen und wie Meeressäuger durch das Wasser pflügten. Auf dem Rasen um den Pool saßen ein paar Leute auf Handtüchern. Ein schläfrig aussehender Bademeister lümmelte auf einem der acht Hochsitze entlang der Längsseite des Beckens.

Molly und Jo Beth nahmen den langen Weg um das flache Ende herum, wo einige Mütter mit Kleinkindern sich sehr vorsichtig ins Wasser vorwagten, dann weiter den felsigen Pfad über die Klippen entlang, der zu dem grasbewachsenen Abhang am anderen Ende des Pools führte. Dort breiteten sie ihre Badetücher unter einem Pekannußbaum aus – jeden Sonntag am genau gleichen Fleckchen. Beide trugen Plastiklatschen mit einem Riemen am großen Zeh und lange T-Shirts über ihren Badeanzügen. Schweigend schüttelten sie die Latschen ab und zogen ihre T-Shirts über die Köpfe. Während Jo Beth ihres faltete und sorgfältig auf ihr Handtuch legte, sagte sie: »Willst du denn gar nichts über dich und Dad sagen? Alles, was recht ist, aber ich wußte nicht einmal, daß ihr überhaupt miteinander redet, und plötzlich kommt er nackt aus deinem Badezimmer gelaufen!« Sie drehte sich zu Molly um, die mit ihrem T-Shirt in der Hand dastand. »So etwas kann ein wahres Trauma für ein Kind sein, weißt du.« Jo Beth rang sich ein halbes Lächeln ab.

Molly stopfte ihr T-Shirt unter ihr Handtuch. »Das muß ja wirklich ein Schock für dich gewesen sein.«

»Allerdings.« Jo Beth' Grinsen verlosch.

Sie schauten zum Wasser hinunter. Das Thema Grady Traynor war so lange zwischen ihnen tabu gewesen, daß Molly sich nun sprachlos fand. Wenn sie einmal anfing, würde Jo Beth sie vielleicht wieder mit Fragen nach dem wahren Grund ihrer Scheidung bedrängen; in der Vergangenheit hatte Molly diese Fragen mit Ausflüchten abgewiegelt, mit vagen Äußerungen über ihre eigene Unreife zu jener Zeit, und daß sie einfach nicht zusammengepaßt hätten. Ihr Verhalten am Ende der Ehe mit Grady Traynor war das eine Geheimnis, das sie mit sich ins Grab zu nehmen hoffte. Sie war Grady stets dankbar gewesen, daß er es geheimgehalten hatte; laut Jo Beth hatte er nicht einmal in den zweiundzwanzig Jahren, die sie nun geschieden waren, ein schlechtes Wort über Molly fallenlassen.

»Was ist also los?« fragte Jo Beth.

Molly zuckte die Achseln. »Naja, wie du weißt, bearbeitet er den McFarland-Mord, also bin ich ihm da in die Arme gelaufen, und wir waren hinterher einen trinken, und dann mußte ich natürlich eine Aussage machen über den Fund des Leichnams, und seitdem hab ich ihn ein paarmal gesehen, du weißt schon, wie an dem Abend, an dem sie David Serranos Leiche drüben in den Lagerräumen an der Burnet Road gefunden haben, und wir hatten Dinge hinsichtlich des Falls zu besprechen, und dann hat er mich gestern vom Flughafen abgeholt, als ich aus Fort Worth zurückkam und...« Molly sah Jo Beth ungeduldig das Gesicht verziehen; sie hatte um den heißen Brei herumgeredet. Die beiden hatten in sexuellen Dingen noch nie ein Blatt vor den Mund genommen, aber irgendwie war dies etwas anderes.

»Ganz ruhig, Mom, ganz ruhig.« Jo Beth tätschelte ihr den Arm.

Molly atmete tief ein. »Schatz, das fällt mir wirklich schwer.«

»Ja, das merke ich.«

Molly ging den grasigen Abhang hinunter zum Wasser, setzte sich an den Rand und ließ die Beine baumeln. Ihre Zehen berührten kaum die Wasseroberfläche. Jo Beth setzte sich neben sie, immer noch wartend.

Molly schaute zu dem flacheren Teil des Beckens und betrachtete das vertraute Muster, das das Licht auf den Beckenboden warf, ein leuchtendes Muster großer, glitzernder Sechsecke – eines der vielen Dinge, über die sie sich seit Jahren den Kopf zerbrach und die sie gern erforscht hätte, aber nie die Zeit dazu gefunden hatte. Wie viele solcher Dinge, fragte sie sich, würden unerforscht zurückbleiben, wenn sie starb?

Ohne ihre Tochter anzusehen, sagte sie: »Ich glaube, ich kann dir nicht allzuviel erzählen, weil ich selber nicht weiß, was los ist.« Sie wußte nicht, daß sie das nächste sagen würde, bevor es aus ihrem Mund kam: »Eigentlich kann ich dir nur sagen, daß ich ihn immer geliebt habe. Immer.« Molly warf Jo Beth schnell einen Blick zu, die ins Wasser hinunterstarrte, eine glänzende Träne auf ihrem Wangenknochen.

Molly legte den Arm um Jo Beth' Schultern, die sich so weich und sonnengewärmt anfühlten wie damals, als sie noch ein kleines Mädchen gewesen war. »Mein Schatz, was hast du denn?«

Jo Beth ließ den Kopf auf die Brust sinken und ihren Tränen freien Lauf. »Ach, Mom. Ich bin in Ben verliebt, und es ist so völlig hoffnungslos.«

Molly lehnte den Kopf an den ihrer Tochter. Benson Williams, Partner in der Kanzlei und Jo Beth' Vorgesetzter, war verheiratet und hatte vier Kinder. Er war Kongreßabgeordneter gewesen, und es war allgemein bekannt, daß er Gouverneur werden wollte; eine Scheidung war unwahrscheinlich. Molly wußte, daß Jo Beth für den Moment nicht mehr sagen würde; Fragen zu stellen war sinnlos. Es würde alles später herauskommen, wenn sie darüber sprechen mochte. Mehrere Minuten saßen sie so beisammen – zwei Frauen, dachte Molly, die ein Liebesleben wie aus einem schnulzigen Countrysong führten.

Dann stand Molly auf und sagte: »Los geht's. Wagen wir den Sprung ins kalte Wasser, bevor wir den Mut verlieren.«

Jo Beth stand neben ihr auf und hielt sich mit den Zehen an der Betonkante fest, fertig zum Kopfsprung. »Eins«, sagte sie und sah zu Molly herüber.

»Zwei«, sagte Molly.

»Drei!« riefen sie zusammen. Gleichzeitig tauchten sie ins Wasser ein.

Es war immer wieder ein Schock, egal, wie oft man schon gesprungen war. Die erste Berührung ließ Mollys Haut taub werden und die Augen tief in ihrem Schädel hämmern. Als sie prustend an der Wasseroberfläche auftauchte, fühlte sie sich wie immer nach dem ersten Kopfsprung voller Lebenskraft und neuer Energien, lebendiger als vorher. Die Versuchung lag nahe, an Reinigung zu denken, denn genauso fühlte sie sich.

Sie drehte sich auf den Rücken und strampelte im Wasser, die Arme weit ausgebreitet, und kam sich vor wie ein Seehund beim Spiel in einem arktischen Eisloch. Sie drehte den Kopf, so daß die geschwollene linke Seite unter Wasser war. Wäre es nicht wunderbar, wenn dieses Wasser, das so klar und kalt aus der Erde blubberte, magisch Wunden heilen könnte? Und wäre es nicht noch wunderbarer, wenn es alte Fehler und schlaflose Nächte und Reuegefühle einfach wegwaschen könnte?

Sie ließ sich unter Wasser sinken und schwamm, die Augen wegen der Kälte geschlossen, auf den Grund, wo sie die Hände ausstreckte, um das aus einer Felsspalte herausströmende Wasser zu spüren. Hier an der Quelle war es noch eisiger und reiner, und sie stellte sich gerne vor, daß sie der erste Mensch war, der mit diesem Wasser in Berührung kam. Sie blieb so lange wie möglich unten, kam prustend an die Oberfläche und atmete keuchend die heiße Luft ein.

Vermutlich aufgrund der andauernden, sengenden Treibhaushitze in Texas genoß Molly die Eiseskälte des Wassers so sehr. Sie war ohne Klimaanlage in West Texas aufgewachsen, wo das einzige Entkommen vor der Sommerhitze das Wasser gewesen war, und dieses Wasser war das beste, das sie kannte – besser als der Wasserspeicher fürs Vieh in Lubbock, besser als Lake Travis, wo sie mit ihrem Daddy gewohnt hatte, besser als der gechlorte Swimming Pool in ihrer Reihenhaussiedlung. Dies war Quellwasser, direkt aus dem Boden, das ganze Jahr über 18 Grad kalt; es sprudelte in das Schwimmbecken, unverdorben durch texanische Sonne, kam zum ersten Mal mit der Luft in Berührung und strömte dann hinaus in den Bach.

Molly sah, daß Jo Beth mit den Runden begann, also fiel sie neben ihr in Takt. Beide waren sie gute Schwimmerinnen und schafften sechs Beckenlängen, bevor sie eine Verschnaufpause machten. Sie setzten sich auf einen vorstehenden Felsüberhang, der aus den Sandsteinklippen herausragte, so daß das Wasser, das aus einer Felsspalte sprudelte, um ihre Hüften floß.

Jo Beth schüttelte den Kopf, um ihr langes Haar aus dem

Gesicht zu bekommen, und wandte das Gesicht der Sonne zu. Die Furche zwischen ihren Augenbrauen war verschwunden; ihre Haut glühte ebenmäßig und honigbraun. Wie Molly war Jo Beth im Februar im Zeichen der Fische geboren und betrachtete Wasser als ihr ureigenstes Element; für beide war Schwimmen ein verläßliches Mittel zur Entspannung, besonders in schweren Zeiten.

»Und, Mutter«, sagte Jo Beth, »bevor wir von Sexfragen abgelenkt wurden, hast du von Louie Bronk gesprochen. Du glaubst doch nicht ernsthaft, daß er unschuldig ist, oder?«

»Ich befürchte doch.« Molly verengte die Augen gegen das glitzernde Wasser und dachte, wieviel einfacher es jetzt im hellen Tageslicht war, dem allen zu begegnen, als in der Dunkelheit der vergangenen Nacht.

»Aber es gibt keinerlei Beweise«, sagte Jo Beth. »Ich meine, die Sache mit Fort Worth war doch ein Reinfall, oder? Abgesehen davon, daß du lebend zurückgekommen bist natürlich. Es gibt nicht den kleinsten Beweis dafür, daß er dieses Auto je lackieren ließ.«

»Nicht den kleinsten.«

»Das muß ja gräßlich frustrierend für dich gewesen sein – wie sagt man doch so schön? Einen Tag zu spät und einen Dollar zu arm?«

Molly strich sich mit den Fingern übers Haar. »Einen Tag zu spät. Allerdings. Es war furchtbar frustrierend. Und Nelda Fay Ferguson, die alte Schnepfe, der die Werkstatt gehört, mußte es natürlich auch noch ständig wiederholen: Wenn ich nur zwölf Stunden früher gekommen wäre, hätte sie die Quittung in Sekundenschnelle zur Hand gehabt, so perfekt wären ihre Bücher, so einwandfrei ihre Ordnung. Was für ein Pech, daß ich nicht gestern gekommen sei. Ich hätte sie am liebsten gewürgt. Zu spät zu kommen ist das letzte. Sachen zu verpassen ist das Letzte. Die schlimmsten Worte in der ganzen Sprache sind doch ›Pech gehabt, gerade zu spät.‹«

In Jo Beth' langen dunklen Wimpern hingen die Wassertropfen. »Hmmmm. Bei einem Unternehmen wie diesem – Autolackiererei und Werkstatt – führen sie meiner Erfahrung nach nur selten vollständige Bücher. In den Grauzonen der Schattenwirtschaft haben sie meistens Riesenlücken.«

Molly spürte das Bitzeln in ihren Armen und Händen – das altbekannte Gefühl, wenn sie einer Wahrheit auf die Schliche kam, die ihr vorher entgangen war. »Wenn Leute handeln oder bar bezahlen, meinst du?«

Jo Beth nickte. »Und Louie Bronk kommt mir eher wie einer aus der Schattenwirtschaft vor.«

»Wenn er überhaupt bezahlt hat«, sagte Molly nachdenklich.

»Ja. Aber so eine Dienstleistung kann man nicht klauen. Um sein Auto zurückzubekommen, mußte er schon zahlen.«

Molly hatte das Gefühl, als tauche sie gerade aus einer Nebelbank auf. »Jo Beth, wenn solche Unternehmen einen Geschäftsabschluß nicht angeben, glaubst du, daß sie dann überhaupt Unterlagen darüber aufbewahren?«

»Nun ja, sie bewahren sie auf jeden Fall nicht zusammen mit ihren offiziellen Büchern auf, wo das Finanzamt bei einer Steuerprüfung darüber stolpern könnte, aber ich habe schon jede Menge Läden gesehen, die private Bücher führen. Die brauchen sie vielleicht für ihre eigenen Zwecke, wenn es zum Beispiel um Garantiefälle oder so etwas geht. Oder sie wollen einfach einen Nachweis über ihr tatsächliches Geschäftsvolumen haben, falls sie das Geschäft mal verkaufen wollen.«

Molly versuchte, sich das Gespräch mit Nelda Fay Ferguson vom Vortag ins Gedächtnis zu rufen. Sie stellte sich das spitze, angespannte Gesicht mit den knallroten Lippen vor. Der Mund, wie er sich unablässig bewegte, laberte und laberte, obwohl Molly kaum zuhörte, weil ihr Kopf schmerzte und ihre Bisse juckten. Sobald einmal klar war, daß alle Unterlagen verbrannt waren und die Frau sich nicht an Louie erinnern konnte, hatte sie ihr und ihrem endlosen Geschnatter über perfekte Buchhaltung und was für ein sauberes Geschäft ihr Mann geführt hatte und die Steuerprüfung kaum noch Beachtung geschenkt.

Sie sagte: »Ich bin ja wohl total auf den Kopf gefallen! Diese Frau hat doch die ganze Zeit nichts anderes getan, als zu beteuern, was für ein sauberes Geschäft ihr Mann geführt hätte; sie war eindeutig besorgt, daß ihrer Buchführung auf den Zahn gefühlt werden könnte. Ich muß ja völlig benebelt gewesen sein...«

»Ein Schlag auf den Kopf kann solche Folgen haben.«

Molly rappelte sich auf. »Jo Beth, ich muß sie anrufen. Auf der Stelle. Auf die minimale Hoffnung hin, daß sie etwas hat. Ich bin gleich wieder da.«

Jo Beth lächelte. »Ich bin froh, daß die Liebe noch kein völliges Weichei aus dir gemacht hat.«

»Danke gleichfalls, mein Schatz«, sagte Molly und tätschelte ihr den Kopf.

Molly sprang von dem Felsvorsprung ins Wasser und schwamm zur Leiter, die ihren Sachen am nächsten war. Sie schlüpfte mit nassen Füßen in die Sandalen, und während sie um den Pool eilte, knüpfte sie das Handtuch wie einen Sarong um sich. Am Eingang machte sie Halt, um sich die Hand stempeln zu lassen, und ging durch die Drehtür. Der Streifenwagen war immer noch da, in zweiter Reihe geparkt. Sie hob grüßend die Hand in Richtung des jungen Beamten, der aussah, als ob er an jedem anderen Ort der Welt lieber wäre. Babysitter für Frau und Tochter eines Mordkommissars zu spielen war eindeutig nicht seine Vorstellung von einem erfreulichen Sonntagmorgen.

Als sie zu ihrem Wagen kam, blätterte sie in ihrem Notizbuch, bis sie die Seite gefunden hatte, wo sie die Notizen über Nelda Fay Ferguson und Sam's Autowerkstatt hingekritzelt hatte. Statt den kleinen Lautsprecher zu benutzen, der neben ihrer Sonnenblende befestigt war, hob sie den Hörer ab; so würde es nicht diesen Halleffekt geben, der bei einem Lautsprechertelefon entstand und bei den Angerufenen den Eindruck erweckte, daß ein ganzes Zimmer voller Leute mithörte. Dieses Gespräch würde eindeutig viel Fingerspitzengefühl und eine vertrauliche Atmosphäre erfordern. Während sie die Telefonnummer in die Tasten eingab, war sie für ihre in Fleisch und Blut übergegangene Angewohnheit dankbar, Telefonnummern stets aufzuschreiben; es gab immer etwas, das sie in einem Interview zu fragen vergaß, oder eine Information, deren Fehlen ihr erst beim Schreiben auffiel.

Molly ließ die Wagentür offen, hockte sich auf die Kante des Sitzes und wählte die Nummer.

Das Telefon klingelte achtmal. Sie wollte gerade aufhängen und sich damit beruhigen, daß es sowieso äußerst unwahrscheinlich gewesen wäre. Aber nach dem neunten Klingeln sagte eine niedergeschlagene Stimme: »Familie Ferguson.«

»Ich möchte bitte Mrs. Ferguson sprechen.«

»Am Apparat.«

»Mrs. Ferguson. Ich bin so froh, daß ich Sie erreiche. Hier ist Molly Cates in Austin. Ich habe gestern im Polizeihauptquartier mit Ihnen gesprochen.«

»Oh ... ja.« Die Stimme hörte sich leer und widerwillig an, die akustische Entsprechung eines schlaffen Händedrucks.

»Sie erinnern sich, daß wir über die Unterlagen vom Juli 1982 gesprochen haben. Ich habe Ihnen doch gesagt, daß ich nach einem weißen Mustang suche, der blau lackiert worden ist?«

»Ja.«

»Mrs. Ferguson, viele Betriebe machen hin und wieder Bargeschäfte, die sie nicht angeben, Sie wissen schon, aus Steuergründen.«

Am anderen Ende war es totenstill.

»Das interessiert hier im Moment niemanden. Falls Ihr Gatte damals solche Bargeschäfte abgewickelt haben sollte, wird sich niemand darüber aufregen. Absolut nicht.«

»Von so etwas wüßte ich garantiert nichts. Wissen Sie, ich ...«

Molly unterbrach sie mitten in ihrem weinerlichen Satz. Eine gute Strategie, um Leute zur Mitarbeit zu bewegen, war, ihnen das Gefühl zu vermitteln, an einer großen Sache mitzuwirken; etwas mit heroischem Beigeschmack. »Bitte hören Sie mich an, Mrs. Ferguson. Es ist äußerst wichtig. Erinnern Sie sich noch, wie ich Ihnen gestern von dem Mann in der Todeszelle erzählt habe, der behauptet, diese Autosache könne beweisen, daß er es nicht war? Was ich gestern vergessen habe, Ihnen mitzuteilen, ist, daß er obdachlos war und in seinem Leben kein Girokonto oder eine Kreditkarte hatte. Er hätte bar gezahlt. Wenn Sie irgendeine Quittung über ein Bargeschäft mit einem Mustang in diesem Zeitraum vom dritten bis achten Juli hätten, gleichgültig unter welchem Namen, könnte das sehr, sehr wichtig sein.«

Schweigen.

Molly senkte die Stimme. »Bitte, Mrs. Ferguson, wenn es nur die geringste Chance gibt, daß Sie irgendeinen Zettel oder Eintrag in ein Buch oder irgend etwas haben könnten, könnte uns das enorm weiterhelfen. Und ich kann Ihnen versprechen, daß keinerlei Probleme für Sie daraus resultieren werden.« Sie hielt den Atem an.

»Mir geht es heute gar nicht gut, Miß... äh... Cates«, greinte Nelda Fay. »Und ich weiß wirklich nicht, worüber Sie hier gerade sprechen...«

»Sagen Sie mir nur, ob eventuell die Möglichkeit besteht, daß irgendwelche zusätzlichen Bücher geführt worden sind«, hakte Molly nach. »Vielleicht zu Hause.«

Wieder herrschte Schweigen. *Mach langsam*, dachte Molly. *Du drängst sie zu sehr in die Enge; halt dich zurück.*

Nelda Fay sagte: »Nein. Alle Bücher waren im Büro und sind verbrannt. Sie waren ja da, Sie haben gesehen, was für ein Schweinestall das war. Es geht mir wirklich nicht gut heute. Tut mir leid.« Das Telefon klickte.

Molly hängte den Hörer ein und zählte langsam bis sechzig. Dann wählte sie die Nummer noch einmal. Das Telefon klingelte dreimal, bevor abgehoben wurde. Die Stimme klang diesmal noch weinerlicher.

»Mrs. Ferguson, hier ist Molly Cates. Ich glaube, wir sind unterbrochen worden; es ist dieses Funktelefon, das ich hier habe, das dämliche Ding funktioniert ständig nicht richtig. Sie sagten gerade, daß es Ihnen schlecht ginge, und das kann ich wirklich nachempfinden. Sie wissen ja, wie mein Gesicht zugerichtet worden ist, als ich gestern auf Ihrem Grund und Boden angegriffen worden bin? Ja, es ist wirklich schlimm heute, und ich frage mich, ob nicht ein Knochen in der Wange in Mitleidenschaft gezogen worden ist, oder sogar das Auge…«

»Miß Cates, das tut mir wirklich leid, aber es hat gerade geklingelt. Ich…«

»Morgen werde ich wahrscheinlich einen Spezialisten aufsuchen«, fuhr Molly fort. »Da brauchen Sie sich aber gar keine Sorgen zu machen. Ganz und gar nicht. Es war nicht Ihre Schuld, daß das passiert ist. Himmel, ich weiß ja, daß man zu nichts kommt. Selbst zu so etwas Einfachem, wie ein gefährliches Gebäude wie Ihres da am Mansfield Highway mit Brettern zu vernageln. Ich meine, das kann man ja nun wirklich nicht erwarten, daß man so etwas schon einen Tag nach dem Feuer erledigt. Obwohl manche Leute da vielleicht anderer…«

»Miß Cates.« Nelda Fays Stimme wurde ängstlich. »Was war das schnell wieder, was Sie wollten?«

Bingo. Sie hatte sie. »Daß Sie Ihre Unterlagen, die Ihr Gatte zu Hause aufbewahrt hat, nach irgend etwas durchsehen, das die Lackierung eines Autos im Juli 1982 erwähnt.«

Ein ausgedehntes Schweigen entstand. Molly mußte sich im wahrsten Sinne des Wortes auf die Zunge beißen, um nichts weiter zu sagen. Schweigen war oft das beste Druckmittel.

Schließlich sagte die Frau: »Ich würde Ihnen ja wirklich gerne helfen.«

»Das ist sehr freundlich von Ihnen, Mrs. Ferguson.«

»Jetzt, wo ich noch einmal darüber nachgedacht habe, erinnere ich mich, daß mein Gatte ab und an Mitleid mit weniger vermögenden Kreaturen hatte, die den regulären Preis nicht so recht bezahlen konnten. Denen hat er gelegentlich Preisnachlaß auf Barzahlungen gewährt. Da dann ja praktisch kein Gewinn mehr abgefallen ist, hat er das vielleicht nicht in seiner Lohnsteuererklärung angegeben. Bestimmt nicht häufig, nicht, daß

Sie das denken. Aber ab und an schon, und ich glaube, daß er ein paar von den Unterlagen zu Hause aufbewahrt hat.«

Molly hatte das Gefühl, auf einem dünnen Balken zu balancieren und jeden Moment abstürzen zu können. »Mrs. Ferguson«, sagte sie ruhig, »ob Sie jetzt wohl einmal diese Unterlagen durchsehen könnten? Ich warte gerne.« Molly war sich hundertprozentig sicher, daß die Frau gestern nach Hause gekommen und aus Neugier die alten inoffiziellen Quittungen durchgegangen war. Jetzt stand die Schachtel – vielleicht ein Schuhkarton oder ein billiger abschließbarer Metallbehälter – auf dem Küchentisch, und Nelda Fay starrte wahrscheinlich genau in diesem Moment auf ihn, während sie zögerte. Es war eine schwere Entscheidung: Die Aussicht auf Probleme mit dem Finanzamt war zweifellos abschreckend genug, um einen jeden von der Betätigung als barmherziger Samariter abzuhalten.

»Da werde ich erst mal suchen müssen. Könnte ich Ihnen nicht in ein paar Tagen Bescheid geben?«

»Mrs. Ferguson, der Mann wird morgen um Mitternacht hingerichtet. Wir dürfen keine Zeit verlieren. Bitte.«

Ein tiefer Seufzer drang durch das Telefon. »Einen Moment.«

Molly sah Nelda Fay vor sich stehen, wie sie die Hand über den Hörer hielt und leise zählte, bis eine angemessene Zeit verstrichen wäre.

Warten war Molly schon immer schwergefallen. Mit dem Telefon am Ohr langte sie auf den Rücksitz und zog einen Stift aus der Tasche. Sie begann, auf der Notizbuchseite mit der Überschrift »Sam's Autowerkstatt« Männchen zu zeichnen. Ohne jede Absicht zeichneten ihre Finger die rohe Skizze eines Autos, bei dem sie eine Tür einrahmte und sie mit kleinen Kreuzchen ausmalte, damit man sah, daß die Tür eine andere Farbe als der Rest des Autos hatte.

Sie ließ ihre Sandalen neben dem Auto auf den Boden plumpsen, lehnte sich zurück in den Sitz und drehte sich um, so daß sie ihre nackten Füße auf das Armaturenbrett hochschwenken konnte.

Nach etlichen Minuten kam Nelda Fay Ferguson zurück ans Telefon. »Miß Cates?«

»Ja.« Molly erschreckte sich mit der lauten Beflissenheit ihrer Stimme selbst.

»Da ist tatsächlich etwas.«

»Ja?«

»Es sieht nach einem Kohlepapierdurchschlag aus, ziemlich verschmiert und undeutlich, aber es ist eine Quittung, in der Handschrift meines Mannes.«

»Könnten Sie es mir vorlesen?«

»Da muß ich gerade mal meine andere Brille aufsetzen. Dann kann ich das vielleicht entziffern. Diese alten Durchschläge sind gräßlich. Sam war immer so sparsam. Na gut. Hier steht: ›150 Dollar bez.‹, Sie wissen schon, die Abkürzung für bezahlt, und das Datum ist 6/7/82. Dann steht da: ›72er Mustang, komplette Karosserie, Metallicblau‹, das ist die Farbe, wissen Sie.«

Molly merkte, daß sie atemlos war. »Steht ein Name darauf?«

»Lassen Sie mich mal sehen. Dieses Kohlepapier ist scheinbar oben immer abgenutzter als unten, wenn sie schon zu lange in Gebrauch sind. Aber es sieht so aus, als könnte der Name L. Bronson heißen. Ist das der, den Sie gesucht haben?«

Molly hatte das Gefühl, als wäre sie von einem Laster überrollt worden. L. Bronson war der Name, den Louie ihr genannt hatte.

Es stimmte also tatsächlich. Es gab keine Ausflüchte mehr. Es stimmte.

»Miß Cates? Ist das der Richtige?«

»Ja«, sagte Molly. »Das ist es, wonach ich gesucht habe.«

»Sind Sie sicher, daß mich das nicht in Schwierigkeiten bringen wird, Miß Cates?«

»Absolut sicher. Ich garantiere es Ihnen.«

Molly brach ab; das hatte sie nicht vorhergesehen. Sie hatte absolut keine Idee, was sie jetzt tun sollte. »Mrs. Ferguson, sind Sie noch eine Zeitlang zu Hause?«

»Na ja, ich wollte später schon weggehen.«

»Ich muß eine Möglichkeit finden, das Papier heute noch von Ihnen zu bekommen.«

»Von mir zu bekommen? Was wollen Sie damit machen?« Ihre Stimme klang schrill und alarmiert.

»Keine Angst, Mrs. Ferguson. Es soll nur beweisen, daß das Auto nach dem sechsten Juli blau war. Sonst nichts.«

»Ach, mein Gott, ich ...«

»Wissen Sie was, ich rufe Sie in ein paar Minuten wieder an, wenn ich etwas arrangiert habe. In Ordnung?«

»In Ordnung.«

Molly legte auf, ließ den Kopf gegen den Sitz fallen und schloß fest die Augen. Warum hatte sie das getan? Nach ihrer Fahrt gestern hätte sie alles auf sich beruhen lassen können. Aber jetzt gab es kein Zurück mehr.

Ihre detaillierten Recherchen – alles Lügen. Ihr schönes Buch – alles Lügen. Eine Welle heißen, dicken Bluts strömte in ihre Brust und Arme. Sie hatte sich von Louie Bronk an der Nase herumführen lassen. Alle anderen genauso, das stimmte schon. Aber sie hatte sich vor aller Welt lächerlich gemacht. Würde sie einen Widerruf veröffentlichen müssen? Das Buch zurückziehen?

Jeder würde es erfahren. Wirklich? Sie wußte als einzige etwas davon, abgesehen von Nelda Fay Ferguson, die kein Sterbenswörtchen sagen würde. Sie könnte es einfach vergessen. Es würde vermutlich sowieso nichts bringen; von solch einem Beweisstück würde der Urteilsspruch über Bronk kaum revidiert werden. Sie könnte Nelda Fay zurückrufen und ihr sagen, es sei doch nicht das Gesuchte gewesen. Und Louie könnte sie sagen, daß es einfach zu spät gewesen sei. Zu spät. Zu dumm.

Sie klappte die Augen auf und sah die Spiegelung ihres Gesichtes in der schmutzigen Windschutzscheibe – das nasse Haar, das platt am Kopf klebte, die verfärbte Wange geschwollen, der Rest des Gesichtes sehr blaß. Gott. Sie sah danach aus, als wäre sie in der Lage, ein Beweisstück zu unterdrücken und die Welt mit einer Lüge abzuspeisen.

Zumindest sah sie so aus, als wäre sie in der Lage, ihre eigenen kleinen Problemchen wichtiger zu nehmen als die Tatsache, daß ein Mann kurz davor stand, für ein Verbrechen zu sterben, das er nicht begangen hatte.

Sie nahm den Hörer ab und wählte Grady Traynors Nummer. Er war nicht da, aber sie bekam Caleb Shawcross ans Telefon und ließ ihn versprechen, auf der Stelle Fort Worth anzurufen und einen Detective in Zivil, um die Dame nicht zu beunruhigen, zu Nelda Fay Fergusons Adresse zu schicken, damit er ein Beweisstück abholte. Dann überredete sie ihn, es den Detective mit einem Southwestflug nach Austin transportieren zu lassen und einen Mann zum Flughafen zu schicken, um es heute nachmittag dort abzuholen.

Molly rief Nelda Fay zurück und sagte ihr, innerhalb einer Stunde würde jemand kommen.

Sie rutschte aus dem Wagen, schlüpfte in die Latschen und ging zurück ins Schwimmbad. Jo Beth war wieder dabei, Runden zu schwimmen. Schnell ging Molly um das Becken, um sie am tiefen Ende abzupassen. Jo Beth hielt an und stützte sich am Beckenrand ab. Sie sah hoch, studierte Mollys Gesicht und sagte: »Sie hat etwas gefunden.«

Molly nickte. »Den Durchschlag einer Quittung mit dem Namen darauf, den er benutzt hat, dem Datum, der Automarke und der verwendeten Farbe. Hat ihn einhundertfünfzig gekostet. Mir wird ganz anders, wenn ich mir vorstelle, wo er das Geld herhatte.«

»Und jetzt?« fragte Jo Beth.

Molly ließ das Handtuch und die Schlappen an Ort und Stelle fallen und schob die Schlüssel unter das Handtuch. Dann sprang sie zurück ins Wasser. Als sie wieder auftauchte, schüttelte sie den Kopf, um das Wasser aus den Ohren zu bekommen und sagte: »Wenn ich das nur wüßte.«

Kapitel 21

Könnt es möglich sein
Mich von mir selbst zu befrei'n
Dann möcht' ich gern
Wilder Komantsche sein.
Mit Kriegsbemalung
Rotbrauner Musterung,
Leder- und Fellkleidung
Keine Sünde auf der Zung.
Skalpe nimmt er
Köpfe zertrümmert er
Kriegsgeschrei anstimmen
Schwarze Haare lieben
Schnellen Tod nur geben.

Louie Bronk
Todestrakt, Ellis I Unit
Huntsville, Texas

Molly saß am Schreibtisch und starrte aufs Telefon. Die Muskeln in ihren Schultern brannten, als hätte sie gerade hundert Liegestütze hinter sich oder als ob sich scharfe Klauen zwischen ihre Schulterblätter bohrten. Sie hatte ein bösartiges Monstrum vor Augen, das ihr im Nacken saß und auf sie heruntergrinste. Sie ließ ihre Schultern kreisen, um die Verspannung zu lösen. Das war doch lächerlich; es lag nicht in ihrer Verantwortung, sich um diese neuen Entwicklungen zu kümmern. Das war Tanya Kleins Sache. Immerhin war sie Louies Anwältin und Spezialistin in formaljuristischen Fragen. Das beste wäre, ihr alles zu übergeben, und sie selbst könnte wieder aufatmen.

Sie nahm den Hörer ab und wählte die Nummer des Motels in Paducah, Kentucky, wo Tanya gerade wohnte. Sie machte dort im Namen eines ihrer Klienten, eines weiteren Todeskandidaten,

Nachforschungen. Eine halbe Stunde hatte es Molly gekostet, Tanyas geheime Privatnummer einem ihrer Mitarbeiter zu entlocken und dann ihre Mitbewohnerin zu beknien, die Nummer in Kentucky herauszurücken.

»Slumber Rest Motor Lodge. Was kann ich für Sie tun?«

»Das Zimmer von Tanya Klein, bitte«, sagte Molly.

Die Empfangsdame ließ es an die fünfzehn Mal läuten, bevor sie sich wieder meldete. »Miss Klein geht nicht ans Telefon.«

Molly war verzweifelt; ihre Schultern hatten sich schon wieder total verkrampft. »Könnten Sie sie nicht ausrufen lassen? Vielleicht ist sie ja im Restaurant oder in der Halle oder am Pool. Es ist ein Notfall.«

»Einen Pool haben wir nicht, aber ich seh mal in der Cafeteria nach.«

Nach wenigen Minuten kam Tanyas resignierte Stimme aus dem Hörer: »Hier ist Tanya Klein.«

»Oh, Tanya, Molly Cates am Apparat. Ich bin so froh, daß ich Sie erwische. Ich...«

»Mein Gott. Wie haben Sie mich nur gefunden?«

»Kleine Tricks aus der Branche«, sagte Molly. Dann sprudelte sie mit allem, was in Fort Worth geschehen war, heraus, nicht ohne eine gewisse Atemlosigkeit in der Stimme. Als präsentiere sie ihr eine Medaille, berichtete sie ihr triumphierend von der Quittung über die Lackierung des Mustang mit Datum vom sechsten Juli.

Am anderen Ende der Leitung entstand ein langes Schweigen. Tanya sagte: »Einen Moment mal, Molly. Sie wollen doch nicht behaupten, daß Sie Louie Bronk für *unschuldig* halten?«

Molly atmete tief durch und versuchte, ihre Schultern zu entspannen. »Im Fall McFarland, ja. Das behaupte ich.«

»Aufgrund eines Kohlepapierdurchschlags aus einer Autowerkstatt? Etwas, das jeder Depp fälschen könnte? Nun machen Sie mal halblang, Molly.«

»Ich habe schon gedacht, ob wir es nicht vom Labor datieren lassen könnten.«

»Na klar.« Tanya stieß ein rauhes Lachen aus. »Genau das richtige für eine Altersbestimmung mit der C-14-Methode. Kapieren Sie? *Carbon-14*?«

»Ja, ich habe kapiert. Tanya, wie kommt es, daß jemand so jung wie Sie so zynisch ist?«

»Die Antwort kennen Sie selbst, Molly. Sie haben doch über genügend Fälle dieser Art berichtet. Es bedeutet, sich mit einem System auseinanderzusetzen, in dem der Oberste Gerichtshof des Landes sich tatsächlich die Frage stellen muß, ob es verfassungswidrig ist, jemanden hinzurichten, der unschuldig sein könnte. In dem derselbe Gerichtshof bereit ist, die strittigen Fragen im Fall eines Verurteilten anzuhören, gleichzeitig aber keinen Hinrichtungsaufschub gewährt, so daß er noch am Leben wäre, wenn sein Fall zur Verhandlung käme.«

»Ich weiß«, sagte Molly. »Es ist hirnrissig. Aber wie steht es im Moment mit den Revisionsanträgen?«

»Ich habe eine beglaubigte Bescheinigung auf Urteilsanfechtung aufgesetzt und sie an das Gericht des fünften Bezirks gesandt. Wahrscheinlich werden wir heute abend davon hören.«

»Was können wir mit dem neuen Beweisstück anfangen?«

Tanya seufzte. »Ich könnte mich wahrscheinlich noch einmal mit einem Ein-Punkt-Gesuch an das Landgericht wenden.«

»Gut«, sagte Molly. »Tun wir das.«

»Natürlich gibt es da das eine oder andere Problemchen. In Texas gibt es eine Frist von dreißig Tagen nach der Verurteilung für die Einreichung neuer Beweisstücke, eine Frist, die gerade vom Verfassungsgericht bestätigt wurde. Und seit Louies rechtskräftiger Verurteilung sind – warten Sie – mehr als dreitausendsechshundertfünfzig Tage vergangen, wir sind also ein wenig spät dran. Das heißt aber noch nicht, daß wir diese Sachen nicht einreichen würden. Tun wir. Ständig. Sie wären erstaunt, wie oft so etwas auftaucht: verschwundene Zeugen, neu entdeckte Alibis, Bekenntnisse von Personen, die danach verstorben sind – alles möglich. Natürlich schenken die Gerichte dem nicht die geringste Beachtung.«

»Aber das ist doch alles Humbug«, protestierte Molly. »Unseres hier ist echt.«

»Spielt keine Rolle«, sagte Tanya teilnahmslos.

Molly atmete tief ein und sagte: »Und was soll man dann mit neuen Beweismitteln tun, die wirklich erst in letzter Minute auftauchen?«

»Der dafür vorgesehene Weg ist ein Gnadengesuch bei der Regierung.«

»Wie funktioniert das genau?«

»Nun, wie Sie wissen, kann der Gouverneur in einigen Bundesstaaten einseitig ein Urteil umwandeln oder eine Begnadigung aussprechen; in Texas ist das nicht der Fall. Bei uns ist es so, daß zuerst die Berufungs- und Bewährungskommission eine Begnadigung empfehlen muß. Aber das ist noch nie vorgekommen. Diese Idioten haben noch in keinem einzigen Fall dafür gestimmt, die Todesstrafe auszusetzen. Nicht ein einziges Mal. Und außerdem müssen alle Anträge in dreifacher Ausfertigung mindestens fünf Werktage vor dem Hinrichtungsdatum vorliegen, und wir haben nur einen einzigen Tag.«

»Schöne Scheiße. Was bleibt uns dann noch?«

Tanya sandte wieder ein leidgeprüftes Schweigen durch die Leitung. »Nun, die Gouverneurin hat die Macht, einen einmaligen, dreißigtägigen Aufschub zu gewähren. Um der Kommission mehr Zeit zum Bedenken eines Falles zu lassen. Wie sie es kürzlich im Fall Boulton getan hat. Doch, Molly, selbst wenn man sie aus irgendeinem unerfindlichen Grund davon überzeugen könnte, würde es doch nur einen Monat bringen. Die Kommission wird in diesem Fall einfach keine Strafumwandlung empfehlen, egal, wie viele Kohlepapierdurchschläge Sie anschleppen. Louie hat einfach keine strittigen Fragen. Selbst wenn er die hätte, würde das nichts bringen – die wollen Blut sehen.«

Molly grub ihre Finger in die rechte Schulter und versuchte, die Verkrampfung herauszukneten, aber es ging nicht. Nun hatte sie doch wohl wirklich alles menschenmögliche getan. Jetzt war Schluß.

»Hören Sie, Molly«, sagte Tanya. »Vielen Dank für den Anruf. Wirklich. Heute abend werde ich eine Petition sowohl an das Bezirksgericht als auch das zuständige Gericht faxen und Ihr neues Beweisstück mit einbeziehen. Okay?«

»Wie lange wird es mit der Antwort dauern?« fragte Molly.

»In diesem Stadium normalerweise wenige Stunden. Gerade lang genug, damit die Richter sich einmal vor Lachen ausschütten können. Wahrscheinlich werden sie mir die Hölle heiß machen, weil ich angeblich das Gesetz mißbrauche, wie sie mir das letzte Mal klargemacht haben.«

Molly legte auf. Sie hatte bohrende Schmerzen in ihren Schultern; das Monster nistete sich offenbar häuslich ein und krallte sich tiefer mit seinen Klauen fest. Diese ganze Sache war doch hoffnungslos. Der Staat war fest entschlossen, den Mörder hinzurichten, und es gab nichts, was sie dagegen tun konnte. Sie sollte ins Kino gehen und die ganze Angelegenheit vergessen. Ja, das würde sie tun. Aber zuerst mußte sie mit jemandem reden.

Sie wählte Stan Heffernans Privatnummer. Seine Frau gab ihr die Auskunft, daß ihr Mann auf Lake Buchanan segeln wäre und seinen Piepser nicht mitgenommen habe. Molly hinterließ die dringende Nachricht, sie auf der Stelle anzurufen, wenn er nach Hause käme.

Weil sie nicht weiter wußte, fing sie an, alle möglichen Leute in der Hoffnung anzurufen, jemanden zum Reden zu finden, irgend jemanden, der an diesem sonnigen Sonntagnachmittag nichts zu tun hatte. Zuerst versuchte sie es in der Polizeizentrale. Grady Traynor war an einem Tatort in East Austin, wie ihr ein anderer Detective vom Morddezernat sagte – mal wieder eine Schießerei auf der Straße.

Richard Dutton ging nicht ans Telefon und hielt nichts von Anrufbeantwortern.

Barbara Gruber, die sonst meist zu Hause war, hatte tatsächlich eine Verabredung – mit einem Mann, wie ihre Mutter sagte.

Jo Beth hatte gemeint, daß sie ins Büro gehen würde, beantwortete dort jedoch nicht das Telefon.

Molly versuchte sogar, Jonathan Bellinger, ihren Agenten, anzurufen, um den Schiffbruch mit den japanischen Rechten zu bejammern. Aber Jonathan war auch nicht zu Hause.

Sie stieß sich mit ihrem rollbaren Schreibtischstuhl vom Tisch ab, schnappte sich ihre große Umhängetasche und durchwühlte sie. Sie grapschte nach den losen Papierfetzen auf dem Boden der Tasche und verstreute sie auf dem Teppich. In dem Häufchen waren zwei Kreditkartenbelege, ein benutztes Tempotaschentuch, mehrere kleine Ecken, die sie aus ihrem Terminkalender gerissen hatte, und das, wonach sie suchte – die Visitenkarte von Addie Dodgin, ziemlich zerknittert.

Sie glättete die Karte und verzog das Gesicht, als sie unter Namen und Adresse den Spruch las: »Uns ist vergeben.« Allerdings kam er ihr jetzt schon weniger idiotisch als beim erstenmal vor. Vielleicht freundete sie sich allmählich mit der Idee an.

Vielleicht auch hielt sie sich mittlerweile für vergebungsbedürftiger als vor zwei Tagen.

Sie nahm die Karte und das schnurlose Telefon und legte sich auf das kleine Sofa, das Kissen unter den Knien. Sie sah sich noch einmal die Karte an. Vielleicht sollten wir alle Sprüche auf unsere Visitenkarten drucken, dachte sie – etwas Prägnantes, das uns der Welt gegenüber verständlich machen würde. Man müßte sich auf drei Worte beschränken. Drei Worte. Das wäre eine Herausforderung. Was würde sie wählen? Sie strich mit dem Daumen über die erhöhten Buchstaben auf Addie Dodgins Karte und dachte darüber nach. Vielleicht wäre ihr Sinnspruch »Gib niemals auf« oder »Ehre die Toten«. Das hörte sich so verbissen an. Wenn das alles vorbei war, würde sie einiges in ihrem Leben ändern müssen. Weniger arbeiten. Mehr leben. Keine Nachtwachen mehr halten. Gott, jetzt dachte sie auch schon in Slogans.

Sie wählte die Telefonnummer, irgendwie gewiß, daß Addie Dodgin zu Hause sein würde; sie war da. Sie war *bestimmt* da.

»Hier Schwester Addie Dodgin.« Die Stimme war so freudig und zuckersüß, daß Molly am liebsten den Hörer aufgeknallt hätte. Diese Frau war nichts für sie; wahrscheinlich würde sie ihr vorschlagen, zusammen zu beten und alles in Gottes Hände zu legen. Warum hatte sie nur angerufen?

»Addie, hier ist Molly Cates.«

»Ach, Schwester Molly, ich habe gerade an Sie gedacht.«

Molly ließ den Kopf auf die Sofalehne sinken. »Was haben Sie denn über mich gedacht?« Es hörte sich wie die Frage einer Verliebten an.

»Ich hatte so eine Ahnung, daß Sie anrufen würden. Vielleicht habe ich es auch nur gehofft.«

»Ich dachte mir, Sie würden vielleicht gerne das Ergebnis meiner Fahrt nach Fort Worth hören«, sagte Molly.

»Aber ja, natürlich. Das will ich unbedingt. Einen Moment. Ich mach's mir gerade mal gemütlich hier.« Ein Plumpsen und Rascheln war zu hören, dann gleichmäßiges Klappern. »Gut. Jetzt habe ich's hier mit meinem Strickzeug gemütlich. Ich hoffe, das macht Ihnen nichts. Ich kann beim Stricken besser zuhören.«

»Was stricken Sie?« fragte Molly, selbst überrascht von ihrer Frage.

»Ach ja. Einen Schal. Für Louie.« Addie seufzte. »Aber ich befürchte, er wird nicht mehr rechtzeitig fertig. Und diese Farben könnte ja sonst niemand tragen. Wissen Sie, welche Farben er wollte?«

Molly sah das grauenhafte Ding vor sich, an dem Addie im Büro des Direktors gearbeitet hatte. »Braun mit knallrosa«, sagte sie.

Addie lachte. »Ich hatte vergessen, daß Sie Schriftstellerin sind; Sie bemerken solche Dinge.«

»Ach, ich wünschte, das würde stimmen«, sagte Molly. »Mir entgeht so vieles. Manchmal habe ich das Gefühl, ich gehe in einer dicken Hülle aus Watte und Vorurteilen durchs Leben. Ich bekomme so viel nicht mit. Was gestern anbelangt –« Molly räusperte sich und legte los. Sie berichtete ihr detailliert über das gestohlene Auto und das Feuer, das die Bücher vernichtet hatte.

Addie hörte sehr aufmerksam zu, mit vielen Achs, Ohs und Entrüstungsbekundungen an den richtigen Stellen. Währenddessen konnte Molly das beständige Klappern ihrer Nadeln hören.

Als Molly zu dem Teil kam, wo die drei Männer sie überfielen, sagte Addie: »Meine Güte. Was für ein Segen, daß Sie entkommen sind. Jemandem gefiel das gar nicht.«

»Ja. Aber es geht noch weiter.« Molly erzählte ihr von der Quittung, die sie bei Nelda Fay Ferguson herauszulocken vermocht hatte. »Sie ist jetzt wahrscheinlich gerade auf dem Weg nach Austin, auch wenn sie nicht viel bringen wird.«

Addie Dodgin seufzte einen der tiefsten Seufzer, die Molly je gehört hatte. »Ich vermute, Sie haben Tanya Klein schon davon erzählt?«

»Ja. Ich mußte sie erst in Paducah, Kentucky, aufspüren, um es ihr mitzuteilen.«

»Und sie meinte, es würde überhaupt nichts ändern.«

»Ja. Aber sie will es trotzdem einer Petition beifügen.«

»Aber die Gerichte werden höchstwahrscheinlich nicht mit einer Strafmilderung rausrücken«, sagte Addie.

»Das waren ihre Worte.«

»Jetzt sitzen Sie also zwischen allen Stühlen, was, meine Liebe?«

»Schwester Addie, ich kann mich nicht erinnern, mich jemals als Erwachsene schon so hilflos gefühlt zu haben.«

»Das muß kein schönes Gefühl sein.«

»Ja, das kann man wohl sagen«, meinte Molly.

»Sagen Sie mir, was Sie denken.«

»Nur damit Sie wissen, mit wem Sie's zu tun haben«, sagte Molly. »Mein erster Gedanke war: gar nichts zu tun. Es einfach zu vergessen. Dann würde niemand erfahren, was für ein manipulierbarer Dummkopf ich bin, und mein Buch nicht wie das wertlose Stück Dreck aussehen, das es in Wirklichkeit ist.«

Addie schmunzelte. »Ist das nicht völlig menschlich? Unser erster Instinkt ist, uns in die Ecke zu verkriechen und selbst zu schützen.«

Molly merkte, wie ihre Schultern und ihr Nacken sich auf dem

Sofa entspannten. »Ja. Und bei mir wird es dann auch nicht viel besser. Mein nächster Gedanke war: Er ist ein Killer. Er hat vielleicht diese Sache nicht getan, aber jede Menge andere. Was für einen Unterschied macht es, für welche er hingerichtet wird?«

Schwester Addie pfiff, ein leiser, zitternder Klang wie Wind, der die Leitungen zwischen Waco und Austin schwingen ließ. »Das ist ja nun eine hochinteressante Frage. Was für eine Antwort haben Sie gefunden?«

»Na ja, ich bin noch nicht sehr weit gekommen, aber es hat etwas mit Lügen zu tun. Ich zum Beispiel lüge ständig. Sie würden nicht glauben, was für eine Lügnerin ich bin. Ich scheine nicht einen Tag ohne Lügen auszukommen. Sie sollten mich hören: ›Ja, das ist wirklich eine interessante Idee für einen Artikel; vielen Dank, daß Sie ihn mir mitgeteilt haben. Wie schön, Sie zu sehen. Nein, Sie stören mich nicht im geringsten. Natürlich würde ich liebend gerne zur Modenschau des Damensymphonieclubs kommen, aber ich werde leider nicht in Austin sein.‹«

Schwester Addie lachte, ein kräftiges Lachen tief aus dem Bauch, das auch Molly zum Lächeln brachte. »Ach, diese Höflichkeitslügen«, sagte Addie. »Es ist sehr schwer, in dieser Welt ohne sie zurechtzukommen.«

»Ja. Man rechtfertigt sie als gutes Benehmen, aber dann gewöhnt man sich so daran, daß man nicht einmal mehr merkt, wenn man lügt, und ehe man sich's versieht, hat sich eine echte Lüge eingeschlichen.«

»Was für echte Lügen?« fragte Addie.

Molly stieß einen tiefen Seufzer aus und spürte einen kleinen Schauder tief in ihrer Brust. »Nun ja, bei meiner Arbeit – beim Schreiben – fängt man mit den kleinen Lügen an: wenn man eine Nebensache als äußerst wichtig darstellt, obwohl sie das gar nicht ist, oder ein Zitat ein bißchen glättet, damit es besser klingt, oder damit es besser zu der Aussage paßt, die man machen möchte. Aber dann wächst es sich zu etwas Schlimmerem aus, wie zum Beispiel die Recherchen dann zu beenden, wenn man genug gefunden hat, um seine These abzusichern, aber bevor man auf all den lästigen Kram stößt, der einem widersprechen könnte. Und kaum, daß man sich versieht, kommt schon dieser große böse Wolf von einer Lüge vorbei«, sie spürte, wie atemlos sie war, »wie die dicke Lüge über Louie Bronk, die ich ein ganzes Buch lang ausgewalzt habe.«

»Das war ein Mißverständnis Ihrerseits«, sagte Addie mit fester Stimme, »keine vorsätzliche Lüge.«

»Nein. Es war eine Lüge«, sagte Molly. »Weil ich schon mit einer festgefaßten Meinung an die Sache heranging – daß Louie Tiny McFarland umgebracht hatte – und dann meine gesamte Recherche dieser Vorgabe angepaßt habe. Ich habe den Lügen anderer Leute geglaubt, weil sie zu dem paßten, was ich glauben wollte. Louie drückt es am besten aus – er meint, daß er den Gesetzeshütern einfach erzählte, was sie hören wollten, als er in San Marcos Tinys Mord gestand. Und bei mir hat er das gleiche gemacht – hat mir einfach erzählt, was ich hören wollte. In meinem Kopf war mir der Verlauf der Geschichte klar, und er machte mit und gab mir, was ich zum Schreiben meines Buches brauchte. Ringsum sagten doch die Warnlampen, daß er log, aber ich wollte das Buch schnell fertigkriegen, bevor der Vorschuß aufgebraucht war. Ich habe nicht genügend Fragen gestellt. Ich hab's mir leichtgemacht.«

»Sie sind sehr hart mit sich«, sagte Addie.

»Nein, das finde ich nicht. Weil das unvermeidliche Resultat aus dieser und den ganzen kleineren Lügen etwas sehr Häßliches ist – der Godzilla aller Lügen.«

Addie flüsterte es beinahe: »Einen Mann für einen Mord sterben lassen, den er nicht verübt hat.«

»Richtig. Und den Mund zu halten. Bevor ich Sie angerufen habe, hatte ich schon beschlossen, daß ich mein möglichstes zur Richtigstellung der Angelegenheit getan habe und die Lage hoffnungslos ist. Nicht meine Schuld. Nicht meine Sache. Daß ich nichts weiter tun kann, als mich rauszuhalten und den Dingen ihren Lauf zu lassen.«

»Das hört sich ja gar nicht nach Ihnen an, Schwester Molly, sich aus etwas rauszuhalten, weil es hoffnungslos ist. Auf jeden Fall hört's sich nicht nach Louies Einschätzung von Ihnen an.«

»Ach, hartnäckig bin ich schon, aber nur bei den Dingen, die mir in den Kram passen. Alles andere übersehe ich praktischerweise einfach. Aber, Addie, irgendwo muß das Lügen doch aufhören. Das heißt nicht viel, aber ich will jetzt einen Schlußpunkt setzen. Diese Art Lüge reicht doch, um...« Sie konnte kein adäquates Ende für den Satz finden und war sowieso außer Atem.

»Um die Welt erschaudern zu lassen«, sagte Addie Dodgin. »Ich pflichte Ihnen bei. Es ist unerträglich. Was sollen wir also tun?«

»Tanya meint, daß eine Begnadigung die letzte Möglichkeit wäre.«

»Das, oder wir zwei versuchen, ihn morgen nacht mit einem Kugelhagel zu retten«, sagte Addie.

»Ja«, sagte Molly und lächelte bei der Vorstellung. »Ich glaube, Gewehrsalven haben mehr Aussicht auf Erfolg.«

Schwester Addie lachte, und Molly merkte, wie ungemein wohltuend dieser Klang war. Gott, vor wenigen Minuten hatte sie noch auflegen wollen, weil sie dieselbe Stimme zu süßlich gefunden hatte.

»Ich habe schon versucht, bei der Gouverneurin anzurufen«, sagte Molly, »aber ich bin nicht durchgekommen. Ich bezweifle, ob sich der Versuch überhaupt lohnt.«

»Warum nicht?«

»Nun ja, weil sie in punkto Gesetz und Ordnung unnachgiebig ist. Muß sie ja auch. Und politisch muß sie die Todesstrafe befürworten. Stark und Boulton hatten einflußreiche Fürsprecher. Und Stark wurde trotzdem hingerichtet.«

»Trotz alledem wäre es einen Versuch wert, denke ich«, sagte Addie, »und ich könnte Ihnen vielleicht auch helfen, eine Audienz bei ihr zu bekommen.«

»Wie?«

Addie schmunzelte und das Klappern ihrer Nadeln wurde schneller. »Ich kenne Susan Wentworth, vormals Sue Ellen Haberman, seit der neunten Klasse.«

Molly war verblüfft. »Wirklich?« Die beiden Frauen kamen ihr wie verschiedene Spezies vor. Aber wenn sie darüber nachdachte, stimmte es – sie waren beide aus Waco und ungefähr gleich alt.

»Ja«, sagte Addie, »ich weiß, daß wir so verschieden erscheinen wie Kreaturen aus zwei unterschiedlichen Sonnensystemen, aber wir sind beide in Waco aufgewachsen, waren zwar auf verschiedenen High Schools, aber wir lernten uns bei einem Backwettbewerb der ›Zukünftigen Hausfrauen Amerikas‹ kennen, wo wir gegeneinander antraten. Sie machte einen Apfelstreuselkuchen, ein Rezept ihrer Großmutter, und ich eine Baisertorte, selbst ausgedacht. Ich habe gewonnen. Witzig. Die Wege des Herrn sind wirklich unergründlich. Weil sie nicht gewonnen hat, ist sie vermutlich Gouverneurin geworden. Sie wechselte von den ›Zukünftigen Hausfrauen‹ in die politische Diskussionsrunde und gewann dort im letzten Schuljahr den ersten Preis für ganz Texas. Ich habe geheiratet und weiterhin preisgekrönte Baisertorten gebacken. Und gegessen.«

Molly merkte, daß sie praktisch ins Telefon schrie. »Addie, warum reden Sie nicht mit ihr? Wo Sie doch alte Freundinnen sind. Berichten Sie ihr, was vorgefallen ist. Bitten Sie sie um dreißig Tage.«

»Ach, liebe Molly. Ich habe nicht gesagt, daß wir alte Freundinnen sind. Ich kenne sie gut genug, um vielleicht eine Audienz zu bekommen, aber Sie sind diejenige, die das tun sollte. Die Bitte hat mehr Gewicht, wenn sie von einer coolen Frau wie Ihnen kommt statt von einer Betschwester wie mir.«

»Cool?« fragte Molly, ohne daß sie den verletzten Ton in ihrer Stimme unterdrücken konnte. »So sehen Sie mich also?«

»Nein, ich rede ja nur über die Temperatur an der Oberfläche«, sagte Addie, »nicht von der tief drinnen in Herz und Seele.«

»Ich fühle mich ehrlich gesagt ganz und gar nicht cool«, sagte Molly. »In der letzten Zeit habe ich diese Hitzewallungen, bei denen ich das Gefühl habe, in reinste Panik zu geraten. Ich weiß nicht, ob es mein schlechtes Gewissen ist oder die ersten Anzeichen der Wechseljahre sind.«

Addie lachte. »Machen wir's so, Schwester Molly. Lassen Sie mir ein paar Stunden Zeit, um zu versuchen, die Gouverneurin zu erreichen. Ich rufe Sie dann zurück.«

Molly legte auf und versuchte, vom Sofa aufzustehen. Sie mußte zurück an den Schreibtisch und irgendwie den letzten Teil der Louie-Bronk-Saga in den Griff bekommen. Doch sie konnte sich nicht rühren. Ihr Körper war bleischwer, wie gelähmt. Sie ließ den Kopf zurück auf die Sofalehne sinken. Es war zu schwierig. Sie war müde. Außerdem war Sonntag. Zum Teufel für heute mit der Arbeit.

Molly verbrachte die nächste Stunde auf dem Sofa mit dem Sonntagskreuzworträtsel der *New York Times*, was aus einem ihr unerfindlichen Grund eine derart faszinierende Tätigkeit war, daß nicht einmal eine Flugzeugentführung oder der Weltuntergang sie hätten ablenken können.

Als das Telefon klingelte, hatte sie das Rätsel komplett gelöst bis auf wenige Kästchen in der unteren linken Ecke. Sie setzte sich auf und hob ab.

»Hier Schwester Addie. Die Gouverneurin ist morgen nicht in der Stadt, aber sie wird Sie um sieben zum Kaffeetrinken empfangen, bevor sie zum Flughafen fährt. Sie sagt, Sie haben zehn Minuten, um Ihr Anliegen vorzubringen, und es sollte verdammt gut sein.«

»Wie haben Sie das nur geschafft?« fragte Molly.

»Fragen Sie nicht«, sagte Addie mit einem Lachen. »Sie sagt, daß Sie zur Rückseite des Anwesens an der Lavaca Street fahren und einfach Ihren Namen in die Sprechanlage brüllen sollen.«

»Was meinen Sie, was ich ihr sagen soll?« fragte Molly.

Eine Pause entstand, während der nichts als das Klappern der

Stricknadeln zu hören war. »Tja«, sagte Addie, »Sue Ellen Haberman war immer jemand, der Aufrichtigkeit und Begeisterung zu schätzen wußte. Sagen Sie, was Ihnen am Herzen liegt.«

»Wenn ich das tun würde, Schwester Addie, würde sie schreiend davonrennen.«

»Das bezweifle ich, meine Liebe. Sue Ellen ist auch schon das ein oder andere Mal durch die Hölle gegangen. Rufen Sie mich danach an? Berichten mir, wie es gelaufen ist?«

»Ja.«

Nachdem sie aufgelegt hatte, ging Molly nach oben und duschte. Als sie so nackt dort stand und ihre Haare unter dem heißen Schauer wusch, dachte sie nicht an Louie Bronk oder die Gouverneurin oder die Hinrichtung, sondern an Grady Traynor in der dunklen Garage. Beim Abtrocknen klingelte das Telefon.

»Ich stehe auf der anderen Straßenseite«, sagte Grady, »und ich habe einen Wahnsinnsappetit auf gegrillte Spareribs und ein Shiner-Bockbier. Geht mir nach einer Straßenschießerei immer so. Kommst du mit?«

»Na klar«, sagte Molly. »Ich brauch nur fünf Minuten, um mir die Haare zu föhnen und mich anzuziehen.«

»Kein Problem. Laß mich rein, und ich helfe dir dabei.«

Molly zog ein langes T-Shirt über den Kopf und rannte mit wild klopfendem Herzen nach unten, um ihn hereinzulassen. Trotz allem war er zurückgekommen und wollte mehr.

Als sie die Tür öffnete und ihn auf der anderen Straßenseite an dem verbeulten weißen Ford Tempo lehnen saß, machte ihr Herz einen plötzlichen Satz. Sie blieb im Türrahmen stehen und drückte die Hand aufs Herz, um es zu beruhigen, aber unter ihren Fingern schlug es wie verrückt. Diese Heftigkeit machte ihr angst, bis sie sich erinnerte, daß sie sich vor vielen Jahren regelmäßig so gefühlt hatte.

Sie grinste. Das war die schlimmste Begleiterscheinung der zweiten Lebenshälfte, die ihr bisher untergekommen war: Angst haben zu müssen wegen eines Herzinfarktes, wenn man nichts weiter als verliebt ist.

Kapitel 22

Du bist der
Schießt mit dem Gewehr.
Ha, und auch noch Spaß dabei.
Gesteh endlich, riefen sie
Hast alle totgemacht.
Sinnlos zu leugnen!
Und bloß keine Lügen mehr!
Sie wollen's wissen.
Na gut.
Ich sag' es jetzt
Gestehe auch den Rest
Ich bin der Beste.

Louie Bronk
Todestrakt, Ellis I Unit
Huntsville, Texas

Molly war fünfzehn Minuten zu früh am Hintereingang der Gouverneursvilla, also fuhr sie auf der Lavaca Street an den Bordstein und richtete sich aufs Warten ein. Sie hatte keine Lust zum Radiohören und nicht daran gedacht, die Zeitung mitzubringen. Sie ließ den Kopf auf die Kopflehne sinken und starrte auf die Mauer aus weißem Backstein und die Rückseite der neogriechischen Villa, die seit 1856 texanischen Gouverneuren als Wohnsitz diente.

Es war sechs Uhr fünfundvierzig, und im Osten wurde es gerade hell. Sie hob den Blick über die Mauer, über das flache Dach der Villa und über die Baumwipfel hinauf zu der roséfarbenen Kuppel des texanischen Kapitols einen Block weiter. Die Reparaturen an der Kuppel waren endlich beendet, zusammen mit dem neuen unterirdischen Erweiterungsbau. Ganz oben auf der Kuppel stand die gerade frisch restaurierte Freiheitsgöttin. In der rechten Hand hielt sie ein Schwert und in der linken einen goldenen Stern, den sie hundert Meter hoch hinauf in den texanischen Himmel streckte. Während Molly hinsah, fing sich die Morgensonne in einer der Spitzen des Sterns und ließ ihn blinken, einmal, zweimal, und dann erstrahlte plötzlich der ganze Stern und sandte goldene Strahlen in den bleigrauen Himmel. Molly spürte die Andeutung eines Ziehens in der Brust. Wenn sie jemand wäre, der an Zeichen und Omen glaubte, dann wäre das sicher ein gutes Vorzeichen.

Molly Cates hatte nicht viele Idole, aber Susan Wentworth war eines von ihnen. Früher eine alkoholsüchtige Hausfrau mit vier Kindern und einem Schürzenjäger zum Mann, wurde Wentworth mit vierzig trocken, ließ sich von ihrem Mann scheiden und studierte Jura. Mit fünfzig errang sie einen Abgeordnetensitz und kandidierte dann für das Gouverneursamt.

In ihrer ersten Amtsperiode wurde Susan Wentworth zu einer der populärsten Amtsinhaberinnen in der Geschichte des Staates und vier Jahre später mit überwältigender Mehrheit wiedergewählt. Mit ihrer geistreichen programmatischen Rede auf dem Parteitag der Demokraten erlangte sie amerikaweite Bekanntheit und wurde in der überregionalen Presse oft als mögliche Kandidatin für das Präsidentschaftsamt erwähnt. Mollys Zeitschrift hatte erst neulich die Gouverneurin in einer Montage auf dem Titelblatt gebracht: Ihr Kopf befand sich auf dem Körper eines als Wonder Woman verkleideten Fotomodells, das mit dem Lasso in der einen Hand den Staat von Texas einfing und mit der anderen die Vereinigten Staaten.

Um zwei Minuten vor sieben fuhr Molly mit dem Auto an das geschlossene Tor heran, ganz nahe an die Sprechanlage. Sobald sie ihren Namen genannt hatte, schwangen die Tore auf. Sie fuhr die backsteingepflasterte kreisförmige Einfahrt hoch und hielt unter dem Vordach hinter einem weißen Caprice Classic mit drei Antennen auf dem Heck an. Sie sah sich nach Sicherheitskräften um, konnte aber niemanden sehen. Dann merkte sie, daß sie von

Überwachungskameras umgeben war, die in Azaleenbüschen, oben in den Bäumen und neben den Säulen hingen.

Ein Mann im dunklen Anzug trat aus einem weißen Pförtnerhäuschen neben dem Tor und kam auf ihr Auto zu. »Bitte folgen Sie mir, Mrs. Cates«, sagte er. Sie traten durch den Hintereingang ein, und er führte sie in den ersten Raum zur Rechten. Es war ein großer Raum mit zwei Fensterfronten, der ganz in gelb und beige gehalten war. Die ersten Strahlen des morgendlichen Sonnenlichts schienen es zu warmem, leuchtendem Leben zu erwecken. Ein enormer achteckiger Tisch nahm die Mitte des Raums ein.

»Bitte setzen Sie sich«, sagte der Mann. »Die Gouverneurin wird sofort dasein.«

Molly wartete weniger als eine Minute, bevor Susan Wentworth eintrat und auf Sieben-Zentimeter-Absätzen mit einer Energie über das Parkett geschritten kam, die Molly aufstehen und sprachlos staunen ließ.

Auch wenn Molly Susan Wentworth noch nie persönlich kennengelernt hatte, so hatte sie sie doch mehrmals bei Pressekonferenzen und Reden erlebt. Insofern dachte sie, auf die Vitalität dieser Frau vorbereitet zu sein. Doch als die Gouverneurin den Raum betrat – drahtig und energiegeladen, im lebhaft roten Kostüm mit passendem Lippenstift – konnte Molly nicht anders, als sie bewundernd anzustarren. Sie war, einen Moment lang, ganz unerwartet und überraschend, vom Starfieber ergriffen.

Die Gouverneurin hatte einen Aktenordner in der Hand, den sie mit einem Klatschen auf den Tisch legte. »Morgen, Miß Cates«, sagte sie mit texanischem Dialekt. »Sie sind sehr pünktlich, und das ist gut so, weil ich in zehn kurzen Minuten zum Flughafen muß.«

Hinter ihr trat ein Mann mit einem Tablett ein, auf dem sich eine silberne Kaffeekanne und zwei Tassen befanden.

»Sie werden hoffentlich einen Kaffee mit mir trinken«, sagte sie, zog einen Stuhl zurück und setzte sich an den Tisch. »Setzen Sie sich.«

Molly nahm Platz. »Ja. Danke schön.«

Der Mann stellte eine Porzellantasse und Untertasse vor die Gouverneurin und vor Molly hin. Er schenkte jeder eine Tasse Kaffee ein, ging schweigend hinaus und zog die Tür hinter sich zu.

Die Gouverneurin nahm ihre Tasse und trank einen Schluck, wobei sie Molly über den Rand hinweg betrachtete. Von den Augenwinkeln ihrer leuchtend blauen Augen breitete sich eine Unzahl tiefer Fältchen aus. Sie setzte ihre Tasse ab und sagte: »Miß Cates, ich glaube nicht, daß wir uns schon kennen.«

»Nein, Ma'am«, sagte Molly mit trockener und kratziger Kehle.

»Ich habe einige Ihrer Sachen im *Lone Star Monthly* gelesen. Besonders gut gefiel mir vor ein paar Jahren das über den Archäologen, der diese alten Knochen untersuchte, die bei den Bauarbeiten in der Innenstadt ausgebuddelt wurden. Ich hatte das Gefühl, daß es ein Fehler sei, nicht Archäologin zu werden.«

»Ging mir genauso«, sagte Molly. »Das Gefühl hatte ich jedesmal, wenn ich mit Dr. Carrue redete. Er ist vor einigen Monaten gestorben. Bei einer Grabung in Big Bend.« Am Ende des Satzes versagte ihr die Stimme. Molly nahm einen Schluck Kaffee, um ihre Kehle anzufeuchten.

Die Gouverneurin klappte den Aktenordner vor sich auf und legte ihre langen, feingliedrigen Finger an die beiden Seiten. »Miß Cates, ich muß Ihnen sagen, daß ich mit diesem Fall äußerst vertraut bin. Ich habe ihn damals, 1982, genau verfolgt. Es interessierte mich, weil ich Tiny McFarland flüchtig kannte – aus dem Pro-Familia-Ausschuß. Und Charlie kenne ich seit Jahren; er hat mich immer großzügig unterstützt. Ich leide jetzt mit ihm, weil er noch eine Frau verlieren mußte. Sie sollten wissen, daß das Ganze mich auch persönlich betrifft.«

Sie hob den Stoß Papier in dem Ordner und blätterte ihn mit dem Daumen durch. »Nachdem ich gestern abend mit Addie Dodgin gesprochen hatte, habe ich die Akte von Mr. Bronk hervorgeholt, um mich wieder mit den Details vertraut zu machen – wie Sie wissen, bekomme ich die vor jeder Hinrichtung aus Huntsville zugesandt. Und ich muß Ihnen sagen, daß ich ihn für genau die Sorte halte, die man hinrichten sollte.« Sie sah auf und direkt in Mollys Augen. »Ich bin neugierig. Was können Sie um Himmels willen Positives für ihn vorbringen?«

»Nichts«, sagte Molly. »Ich habe absolut nichts Positives. Er ist noch weitaus schlimmer, als Sie aus der Lektüre der Akte ermessen können, Frau Gouverneurin. Er ist sicherlich in weitaus mehr Fällen des Mordes an Frauen schuldig, als er verurteilt wurde. Er ist ein eiskalter, brutaler, seine Umwelt manipulierender, nichtsnutziger Unmensch ohne Charakterzüge, die für ihn sprechen würden... Doch ich bin zu der Überzeugung gelangt, daß er den Mord, für den er laut Zeitplan in siebzehn Stunden sterben soll, nicht verübt hat.«

Die Gouverneurin hielt mit ihrer Kaffeetasse auf halbem Wege zum Mund inne. »Warum?«

Molly hatte genau geplant, was sie sagen wollte, aber jetzt war alles vergessen. Sie würde improvisieren müssen. »Frau Gouverneurin, ich schreibe seit elf Jahren über diesen Fall. Ich habe zwei Jahre damit zugebracht, ein Buch darüber zu recherchieren und zu schreiben.«

Susan Wentworth machte eine ungeduldige Handbewegung. »Das weiß ich.«

Molly errötete. »Bis letzten Donnerstag hätte ich Ihnen alle Eide geschworen, daß dieser Mann des Mordes an Tiny McFarland schuldig ist. Aber es ist etwas geschehen, das meine Meinung geändert hat. Als ich in der Zeitung las, daß Louie sein Geständnis widerrufen hatte, besuchte ich ihn. Nicht weil ich ihm glaubte, sondern aus Neugier, was er zu sagen hätte. Ich war mir sicher, daß es nur der übliche Trick eines Todeskandidaten war, um der Hinrichtung zu entgehen.«

Während des Redens gewann Mollys Stimme an Kraft. »Frau Gouverneurin, die Geschichte, die er mir erzählte, verstörte mich sehr. Er schilderte, wie einfach es sei, ein überzeugendes falsches

Geständnis abzulegen, daß die Gesetzesvertreter die Aussage in ihn hineingefragt hätten, und er sich den Rest zusammengereimt habe. Er habe gestanden, weil er die Aufmerksamkeit genoß, habe sich wichtig gefühlt, und weil es ein spektakulärer Fall gewesen sei, der mehr Aufmerksamkeit auf sich zog als die anderen Morde.

Er sagte, daß es eine Möglichkeit gäbe, seine Unschuld zu beweisen. Er sagte, daß das Auto, welches von zwei Zeugen beim Haus der McFarlands gesehen wurde – Sie wissen das ja alles aus der Akte, so daß ich Ihre Zeit nicht mit Einzelheiten vergeuden werde – niemals am neunten Juli dort gewesen sein könne, weil das Auto am sechsten Juli neu lackiert und am siebten verschrottet worden war. Er beschrieb den Ort, an dem er es in Fort Worth hatte verschrotten lassen und den, wo es lackiert worden war, und bat mich, es zu finden.«

Molly schob ihre Kaffeetasse fort, damit nichts zwischen ihnen stünde. »Nun ist Louie natürlich ein Lügner, wie er im Buche steht, man muß also vorsichtig sein. Es war überzeugend, aber ich glaubte ihm nicht. Noch nicht.

Frau Gouverneurin, als ich am nächsten Morgen zu dem Schrottplatz in Fort Worth kam, war ein Auto derselben Beschreibung in der Nacht zuvor von dem Grundstück gestohlen worden. Als ich zu der Autolackierwerkstatt kam, war sie niedergebrannt worden, zusammen mit allen Büchern; die Asche rauchte noch. Sämtliche Bücher waren vernichtet worden. Während ich dort war, versuchten drei Männer, mich zu verprügeln.«

Molly war so weit auf ihrem Stuhl nach vorne gerutscht, daß sie nur noch auf der Kante saß. »Frau Gouverneurin, jemand wollte mich daran hindern, diese Beweisstücke zu finden.«

»Scheinbar waren sie erfolgreich«, sagte Susan Wentworth trocken, »da Sie ja mit leeren Händen dastehen.«

»Nicht völlig«, sagte Molly. »Ich überredete die Besitzerin der Lackierwerkstatt, den alten Quittungsdurchschlag eines Bargeschäfts vom sechsten Juli auszugraben – sie hatte das, was bei der

Steuer nicht angegeben worden war, zu Hause aufbewahrt. Auf diesem sind das Auto und der Name angegeben – L. Bronson – den Louie mir als den genannt hatte, den er benutzt hatte. Das haben wir also. Wir haben dieses Beweisstück.«

Susan Wentworth setzte ihre Tasse ab. »Sehr weltbewegend kommt mir das ja nicht gerade vor, Miß Cates.«

»Ich weiß, daß es sehr dünn ist. Aber, Frau Gouverneurin, ich berichte seit zweiundzwanzig Jahren über Verbrechen, und bei diesem bin ich mir sicher. Die Morde an Georgia McFarland und einem weiteren Mann – David Serrano – der früher für die McFarlands gearbeitet hat – sagen mir, daß wir mit der Hinrichtung warten sollten. Bis wir wissen, was vor sich geht. Was können dreißig Tage denn schaden?«

»Was können sie schaden?« Die Gouverneurin setzte sich aufrechter hin und schlug ihre schlanken Beine übereinander. »Meine politischen Gegner werden mir unterstellen, daß ich nicht hart genug bei Massenmördern durchgreife, und jeder Anwalt mit einem Klienten in der Todeszelle würde bei mir angerannt kommen. Miß Cates, Sie hatten elf Jahre Zeit, so etwas vorzubringen. Es ist zu spät und zu wenig.«

Sie hob die Tasse und trank einen weiteren Schluck Kaffee. »Außerdem ist das Sache der Gerichte und der Begnadigungs- und Berufungskommission.« Sie sah Molly geradewegs an. »Lehnen Sie die Todesstrafe so sehr ab?«

»Es ist wahr, daß ich sie ablehne. Aber darum geht es hier nicht. Frau Gouverneurin, Louie hat in diesem Fall ein falsches Geständnis abgelegt. Wenn wir ihn hinrichten, halten wir uns an seine Lüge. Wir werden Teil davon. Unser Rechtssystem hat hier einen Fehler begangen. Wir müssen dazu stehen.«

Die Gouverneurin seufzte und sah aus dem Fenster. »Sie wissen, daß ich die Todesstrafe in solchen Fällen äußerst befürworte. Dem habe ich schon oft Ausdruck verliehen.«

»Ja, ich weiß, daß Sie das in der Öffentlichkeit sagen.« Molly atmete tief durch. »Mir ist jedoch aufgefallen, Frau Gouverneurin, daß Sie in den sechs Jahren Ihrer Amtszeit noch keiner

Hinrichtung beigewohnt haben. Gewöhnlich tun Gouverneure das von Zeit zu Zeit.«

Susan Wentworth wandte ihr Gesicht wieder Molly zu, wobei die Winkel ihres knallroten, geschwungenen Mundes zuckten. »Und da lesen Sie hinein, daß ich im geheimen dagegen sei? Miß Cates, ich habe einen äußerst vollen Terminkalender, und Hinrichtungen wären kein guter Gebrauch meiner knapp bemessenen Zeit.« Sie ließ das Lächeln durchbrechen; es war blendend. »Ich *delegiere* Hinrichtungen.«

Die Gouverneurin stand auf. »Ich schlage Ihre Bitte ab, Miß Cates. Ich weiß es zu schätzen, daß Sie sich so für das, was Sie als Recht empfinden, einsetzen, aber ich bin nicht überzeugt, daß Ihr neues Beweisstück einen roten Heller wert ist. Wie Sie wissen, ist es nicht meine Gewohnheit, Petitionen der letzten Minute anzuhören, doch es war Addie Dodgin, die mich gebeten hat, Sie zu empfangen, und Addie ist eines meiner Idole.«

Molly verschluckte sich beinah an ihrem Kaffee.

»Aber ja«, sagte die Gouverneurin, »ich habe nicht viele Vorbilder, aber sie ist eines von ihnen.«

»Warum?« Das Wort sprudelte unwillkürlich aus Mollys Mund.

»Warum? Kennen Sie Addies Vorgeschichte nicht?«

»Vorgeschichte? Nein. Eigentlich habe ich sie auch erst einmal, in Huntsville, getroffen.«

»Und sie neigt nicht gerade dazu, über sich selbst zu sprechen, was?« Die Gouverneurin warf einen Blick auf die zierliche goldene Uhr an ihrem Arm. »Nun, die Zeit läuft uns davon, aber ich werde Ihnen eine Kurzfassung erzählen: Vor zirka zehn Jahren war Addie bei einer Konferenz von Sozialarbeitern in Houston. Eines Nachts wurde sie von zwei Männern in der Tiefgarage des Hotels angegriffen. Sie wurde vergewaltigt und so schlimm mit Messerstichen zugerichtet, daß die Ärzte ein Schnittmuster brauchten, um sie irgendwie wieder zusammenzuflicken, als sie auf der Erste-Hilfe-Station ankam. Nun, sie nähten sie wieder zusammen. Sie sieht jetzt aus wie eine Patchworkdecke – oder, wie sie es nennt, eine Lumpenpuppe auf Erfolgskurs, und irgendwie wurde sie gesund. Ihr Ehemann verließ sie, während sie im Krankenhaus lag, und eines ihrer Kinder wurde im Jahr darauf bei einem Verkehrsunfall getötet.«

Mollys Augen brannten.

»Genug, um jeden fertigzumachen, was?« sagte die Gouverneurin und sah Molly an. »Was Addie mit ihrem Schmerz tat, war, die Gefängnisseelsorge zu gründen; die ersten Insassen, die sie besuchte, waren die Männer, die sie überfallen hatten. Sie besucht sie noch immer in Huntsville – die beschissenen gemeinen Hundesöhne.« Sie legte den Kopf auf die Seite. »Das wußten Sie alles nicht?«

»Nein.«

»Man sollte doch meinen, daß ihre Lebensgeschichte für eine Journalistin wie Sie unwiderstehlich sein sollte, die sich scheinbar so von Gewalt angezogen fühlt. Sie ist wesentlich interessanter als ein Mr. Bronk.« Susan Wentworth klappte den Ordner zu und nahm ihn in die Hand. »Ich erzähle Ihnen ein Geheimnis, wenn Sie versprechen, es zu wahren.«

Wie vor den Kopf geschlagen nickte Molly.

»Ich bin dabei, Addie in den Strafrechtsausschuß zu berufen, auf den Sitz der Verbrechensopfer, den wir letztes Jahr eingerichtet haben. Ich denke, sie wird sich als eine meiner besten Berufungen erweisen.« Sie ging auf die Tür zu, blieb dann stehen und drehte sich noch einmal zu Molly um. »Ich habe einen Vorschlag für Sie: Wie wäre es, wenn Sie mehr über Verbrechen aus der Perspektive der Opfer schreiben würden? Ich vermute, daß Serienmörder sich gut verkaufen lassen, aber wo sind die Berichte über die Addie Dodgins der Welt? Über Menschen, die das Unvorstellbare überleben und freudig weitermachen – das Zeug, aus dem wahre Helden sind.«

Molly fühlte sich wie eine empfindliche Zweitkläßlerin, die von der verehrten Lehrerin gerügt wird. Ihre Wangen brannten von der Zurechtweisung. »Ich werde darüber nachdenken, Frau Gouverneurin. Danke für den Tip.«

Als Susan Wentworth die Hand auf den ziselierten Messingknopf legte, um die Tür zu öffnen, merkte Molly, wie die Panik sie überkam. Dies war ihre einzige Chance. »Frau Gouverneurin, warten Sie!« Sie kam ein paar Schritte nach vorne und sagte: »Addie meinte, es wäre am besten, Ihnen einfach zu sagen, was ich auf dem Herzen habe. Also, Sie sind das Oberhaupt eines mächtigen Staates, und Sie haben Macht über Leben und Tod. Louie Bronk ist ein erbärmlicher Wurm von einem Menschen, dessen Mutter und vier Schwestern ihn als Kind schlugen, mißhandelten und demütigten. Er ist grauenvollster Verbrechen schuldig, aber in diesem Fall wurde er zu Unrecht verurteilt. Hier besteht die Möglichkeit, einem Menschen Gnade zu erweisen, der sie noch nie in seinem Leben erfahren hat. Bitte, Frau Gouverneurin. Geben Sie Louie Bronk einen dreißigtägigen Aufschub. Es könnte uns alle vor einem gravierenden Justizirrtum bewahren.«

Sie blieb stehen. Molly merkte, daß sie die Arme in einer bittenden Geste ausgestreckt hatte, ohne daß sie sich dessen bewußt gewesen war.

Die Gouverneurin schürzte ihre roten Lippen und atmete tief aus. »Nun, Molly Cates. Ihre Leidenschaftlichkeit gefällt mir.« Sie stemmte die Hände in die Hüften und sah einige lange Sekunden hinunter auf den Teppich. »Wenn mich irgendwas in dieser Sache zum Umdenken bringen könnte«, sagte sie und sah auf, »wäre es das. Doch die Antwort ist nein. Der Bitte wird nicht stattgegeben.« Sie lächelte und sagte: »Gehen Sie nach Hause.« Dann drehte sie den Türknauf und ging hinaus.

Molly wäre ihr am liebsten hinterhergerannt und hätte sie am Ärmel festgehalten; das hätte sie auch getan, wenn die leiseste Chance bestanden hätte, daß es etwas bringen würde. Doch die Endgültigkeit der Antwort war ihr bewußt.

Es gab keine Begnadigung für Louie Bronk.

Kapitel 23

Auf der Autobahn hab' ich Spaß
Ich fühl' mich gut und gebe Gas.
Nichts zu tun außer fahrn
Immer Tempo neunzig wahr'n.
Die Verkehrsbullen seh'n mich schräg an
Ich fahr' vorbei, an mich kommt keiner ran.
Hier auf dieser Autobahn
Da gebe ich den Ton an.

LOUIE BRONK
Todestrakt, Ellis I Unit
Huntsville, Texas

Das Schlimmste an der Sache, dachte sie, als sie die Lavaca Street entlangfuhr, war nicht die Enttäuschung oder Scham über ihre ineffektive Argumentationsweise bei dem Gespräch. Das Schlimmste daran war, daß sie sich erleichtert fühlte.

Ja, sie atmete wieder freier als die letzten Tage. Sie hatte alles getan, was von ihr erwartet werden konnte. Sie hatte versucht, die Wahrheit ans Licht zu bringen und ihr Bestes gegeben. Doch es hatte sich nichts geändert: Louie war offiziell nach wie vor schuldig; ihr Buch war für niemanden außer sie selbst falsch. Es lag nicht länger in ihrer Macht. Das bedeutete, daß sie wieder ihrem eigenen Leben nachgehen konnte – zurück an die Arbeit gehen, Bücher auf der Party signieren, die die Zeitschrift am Freitag für sie veranstalten würde. Vielleicht würden die Japaner jetzt ihr Angebot wiederholen und sie würde einen schönen fetten Scheck bekommen.

Natürlich gab es da noch das Problem mit dem Artikel – was zum Teufel sollte sie über Louie Bronks Hinrichtung schreiben? Die Geschichte hatte sich so radikal verändert. Es war nicht länger die Geschichte eines Serienmörders, der endlich hingerichtet wird. Es war die Geschichte eines Serienmörders, der zu Unrecht verurteilt worden war; es war die Geschichte eines ungelösten Rätsels aus der Vergangenheit – was war wirklich mit Tiny McFarland geschehen? Wer log und aus welchem Grund? Und es war die Geschichte zweier neuer Morde, die irgendwie mit der Vergangenheit in Verbindung stehen mußten. Es war eine Geschichte, die vielschichtiger und verwickelter, undurchsichtiger und angsteinflößender war als die Geschichte, die sie sich vorgestellt hatte.

Da saß sie also, verdammt noch mal, eine Kriminalschriftstellerin mit einer einmaligen Geschichte direkt unter der Nase. Warum war sie nicht zu Hause und schrieb an ihr? Sie blieb an der Ampel bei der Kreuzung von Lavaca und Martin Luther King Street stehen, weil sie nicht genau wußte, wohin sie wollte. Der Grund, warum sie die Geschichte nicht schrieb, war, daß sie sich an Geschichten gewöhnt hatte, die abgeschlossen waren, ordentlich und in sich ruhend, nicht solche, die ihr links und rechts um die Ohren flogen. Das war das wahre Leben, undurchsichtig und schwer faßbar, und sie hatte nicht den blassesten Schimmer, wie sie damit umgehen sollte. Allein der Gedanke daran reichte schon, um die Lähmung des gestrigen Tages wieder heraufzubeschwören.

Und dann war da die Hinrichtung heute nacht. O Gott. Sie hatte beschlossen, dort zu sein. Aber konnte sie das wirklich – hingehen und zusehen, wie ein Mann für ein Verbrechen hingerichtet wird, das er nicht begangen hat? Teil dieser immensen Godzilla-Lüge zu werden? Hinzugehen schien ihr verlogen und abgebrüht.

Fortzubleiben schien ihr verlogen und hasenfüßig.

Im Moment kam ihr die Vorstellung, die nächsten vierundzwanzig Stunden einfach zu Hause zu bleiben, sehr verlockend vor. Sie könnte es sich mit einer Flasche Wein und einem guten Buch gemütlich machen oder einen Videofilm ansehen. Vielleicht würde Grady vorbeikommen und weitergehenden Polizeischutz anbieten. Es sollte nachts kühl werden. Sie würden ihre Eiderdaunendecke auf das Bett packen und sich darunter zusammenkuscheln und nicht an die ausgetüftelte, tödliche Prozedur denken, die in Huntsville vor sich ging. Um Mitternacht wäre sie bereits im Tiefschlaf. Wenn sie am Morgen aufwachte, wäre alles vorbei.

Im Lokalteil des *American Patriot* würde auf Seite drei eine kurze Notiz über die Hinrichtung stehen; sie hatte genügend von ihnen gelesen und geschrieben, um haargenau zu wissen, was darin stehen würde. Die Uhrzeit würde genannt werden, zu der die Hinrichtung begann, und der Zeitpunkt, an dem der Arzt ihn für tot erklärt hätte. Seine letzten Worte würden gebracht, falls es welche gab, und die Information, daß er der fünfzehnte Fall war, in dem die Todesstrafe in diesem Jahr in Texas vollstreckt wurde, und der achtundsechzigste, seit Texas 1982 die Vollstreckungen wiederaufgenommen hatte – bei weitem die höchste Zahl von allen amerikanischen Bundesstaaten. Seine Vergehen würden aufgelistet werden. Und jeder gute Bürger, der das las, würde am Frühstückstisch zu seiner Frau sagen: »Ein Glück. Ein Tier mehr, das die Straßen nicht mehr unsicher machen wird. Das sollte viel öfter geschehen.«

Als die Ampel umschaltete, bog sie nach links in die Martin Luther King Street und fuhr auf den Parkplatz einer grellrosafarbenen Taco Cabana. Was sie auch als nächstes tun würde, ohne Kaffee konnte sie gar nichts tun. Sie rannte hinein und nahm den Becher mit hinaus zum Wagen. Dann hob sie den Telefonhörer ab, um den Anruf hinter sich zu bringen, den sie so ungern machte. Schwester Addie würde warten.

Addie ging noch vor dem Ende des ersten Klingelzeichens ans Telefon.

»Sie hat nein gesagt«, sagte Molly, ohne ihren Namen zu nennen. »Keine Regierungsbegnadigung. Sagte, was Weltbewegendes hätten wir nicht, und Louie sei genau die Sorte, die man hinrichten sollte.«

Stricknadeln klapperten. Addie sagte: »Tja, da kann man

kaum etwas dagegen sagen.« Sie gluckste einmal. »Und ich habe gerade mit Tanya Klein gesprochen. Das Gericht des fünften Bezirks verweigert die Strafmilderung und das Landgericht genauso. Natürlich wird sie die übliche letztminütige Petition beim Obersten Gerichtshof einreichen, aber es besteht keinerlei Chance, sagt sie. Es ist alles vorbei. Wir müssen es Louie sagen.«

Daran hatte Molly noch gar nicht gedacht. Natürlich, er würde auf das Ergebnis warten.

»Soll ich es ihm sagen?« fragte Addie. »Ich habe nur Ihren Anruf abgewartet, bevor ich losfahre. Zu den alten Todeszellen bei den Mauern. Sie wissen schon, wo sie ihn heute morgen ganz früh hingebracht haben. Ich glaube, es ist besser, es ihm persönlich mitzuteilen, als es ihm ausrichten zu lassen, oder?«

»Aber natürlich. Viel besser. Sagen Sie's ihm, Schwester Addie. Bitte.«

»In Ordnung. Ich glaube nicht, daß es ihn so sehr überraschen wird. Wollen Sie ihn noch vor heute nacht sehen, meine Liebe? Wir könnten Sie auf die Liste setzen.«

Bei dem Gedanken drehte sich Mollys Magen um. »Nein. Lieber nicht.«

»Soll ich etwas ausrichten?«

»Ausrichten? Lassen Sie mich nachdenken. Ja. Sagen Sie ihm, ich habe es versucht. Und es tut mir leid«, sagte Molly und spürte die Unzulänglichkeit dieser Nachricht bis ins Mark. »Sehr leid.«

»Ja, dann sehe ich Sie heute nacht?« fragte Addie und hob am Ende des Satzes fragend die Stimme.

»Ich weiß nicht. Ich denke schon«, sagte Molly. »Es erscheint mir falsch zu kommen und genauso falsch, es nicht zu tun.«

»Ich weiß, was Sie meinen.« Addie zögerte. »Ich will mich ja nicht einmischen, aber...«

»Aber Sie tun's trotzdem.«

»Ja, ich befürchte schon. Ein Vorteil daran, daß ich schon zu vielen dieser melancholischen Ereignisse beigewohnt habe, ist, daß ich diese Frage ausgiebig in meinem Kopf hin- und hergewälzt habe. Ich sehe die Sache so: Anwesend zu sein ist in keinster Weise eine stillschweigende Zustimmung oder Einwilligung. Sie sind einfach zugegen, sonst nichts.«

Molly dachte schweigend darüber nach. Addie unterbrach ihre Gedanken. »Sie waren noch nie bei einer Hinrichtung, stimmt's, Schwester Molly?«

»Ja.«

»Dieser Ort, die Hinrichtungskammer, ist anders als jeder andere Ort, an dem ich je war. Es mag sich albern anhören, aber warten Sie nur ab – Sie werden es in der Sekunde spüren, in der Sie dort eintreten – selbst die Luft dort drin ist böse. Es stinkt nach Unglück. Ich glaube, es ist sehr wichtig, daß ein paar von uns, die das ablehnen, anwesend sind, damit wir die Luft mit unseren eigenen Gegenschwingungen erfüllen können.«

Es hörte sich wirklich albern an. Molly sagte: »Erzählen Sie mir etwas, damit ich mich vorbereiten kann. Worauf muß ich mich gefaßt machen?«

»Es ist, o Gott, es ist; ja, es ist nicht...«

»Sie wollen mir doch nicht sagen, daß es gar nicht so schlimm sei, wie ich es mir vorstelle, oder?«

»Himmel, nein. Es ist schlimmer. Viel schlimmer, als Sie sich vorstellen. Es wird behauptet, die Todesspritze wäre human, aber manchmal läuft es sehr schlecht. Das ist ein anderer Grund, warum Sie kommen sollten. Sie sollten es *wissen*.«

Molly seufzte. »Ich werde dort sein«, sagte sie. »Haben Sie den Schal fertigbekommen?«

Addie lachte. »Nicht ganz. Das war der wahre Grund, warum ich auf die dreißig Tage Aufschub gehofft habe. Für mich. So daß ich das dämliche Ding fertigkriegen könnte. Nun ja, ich muß mich auf den Weg machen, meine Liebe. Vielen Dank für Ihre Bemühungen um Louie. Wir haben es versucht.«

Molly legte auf und sah auf die Uhr. Zwanzig vor acht. Sie wollte nicht nach Hause fahren, und sie wollte nicht frühstücken gehen. Und sie wollte absolut nicht ins Büro fahren.

Sie stellte ihren Kaffeebecher in den runden Getränkehalter zwischen den Sitzen und steuerte den Wagen Richtung South

Austin. Was sie wirklich wollte, tun *mußte*, war, mit Alison McFarland über ihre Zeugenaussage vor zehn Jahren zu sprechen. Die Widersprüche machten Molly noch verrückt.

Sie fuhr auf der Guadalupe Street nach Süden, überquerte auf der Brücke den Town Lake und fuhr dann weiter auf der Congress Avenue. Als sie vor dem Haus in der Monroe Street an den Bordstein fuhr, war es noch nicht einmal acht. Wahrlich keine tolle Zeit für einen Überraschungsbesuch. Aber das war noch das kleinste Übel an der Sache. Was sie jetzt vorhatte, war vermutlich moralisch nicht vertretbar, genau das, um dessen Unterlassung Charlie sie gebeten hatte – noch mehr Druck auf eine instabile junge Frau auszuüben, und das an einem Tag, der vermutlich sowieso schon ungeheuer schwierig für sie werden würde.

Molly ging über den geborstenen Bürgersteig zur Eingangstür. Sie runzelte die Stirn, als sie sah, daß die Tür offenstand. Eine Sekunde lang fragte sie sich, ob die beiden sich so sicher fühlten, weil sie genau wußten, daß außerhalb des Hauses kein Mörder unterwegs war.

Sie klopfte an den Holzrahmen und wartete.

Mark Redinger kam in einem Paar weißer Shorts und sonst nichts an die Tür. Seine gebräunte Brust war ebenmäßig muskulös und mit genau der richtigen Menge kräuseligem schwarzem Haar bedeckt. Molly fragte sich, wie er wohl mit siebzehn ausgesehen haben mochte. Ziemlich aufsehenerregend, vermutete sie. Ein attraktiver, ungestümer Junge – wie Stuart und Charlie beide meinten, ein wirklich schlechter Einfluß. Ein Junge, der ältere Frauen mochte und gerne anderen Leuten hinterherspionierte. Ein Junge, der genug Grund hatte, um Charlie McFarland zu hassen, damals wie heute.

Durch die Fliegentür meinte sie Mark finster dreinschauen zu sehen, als er sie erkannte. Nun ja, wer konnte es ihm verübeln. »Guten Morgen, Mark«, sagte sie. »Ich weiß, daß es unmenschlich früh ist, aber ich wollte fragen, ob ich kurz mit Alison sprechen könnte.«

»Nun, Mrs. Cates«, sagte er mit kalter Stimme. »Sie ist noch nicht angezogen.« Er sah an sich herunter – auf seinen flachen Bauch, die schmalen Hüften und langen, muskulösen Beine, und als er aufsah, hatte er sein neckisches Grinsen wieder aufgesetzt, als wäre es ihm gerade wieder eingefallen. »Und ich bin es eigentlich auch noch nicht«, fügte er hinzu.

»Es ist wichtig«, sagte Molly. »Wenn sie eine Minute Zeit für mich hätte, wäre ich wirklich sehr dankbar. Und es macht mir nichts, ob sie angezogen ist oder nicht.«

»Einen Moment bitte«, sagte er und verschwand drinnen im Dunkeln.

Als er wieder erschien, hatte er ein kurzärmliges Hemd übergeworfen, es aber nicht zugeknöpft, so daß immer noch ein beträchtlicher Teil seiner Brust zu sehen war. Er hielt ihr die Fliegentür auf und sagte: »Ich setze einen Kaffee auf. Möchten Sie einen?«

»Liebend gern«, sagte Molly beim Eintreten. Der Flur stand voll mit Kartons und großen grünen Mülltüten voller Kleider und Bücher. »Zieht jemand um?« fragte sie.

»Alison zieht zurück nach Hause.« Mark ging ihr voraus in die sonnendurchflutete Küche.

In der Küche sah sie zu, wie er mit anmutigen, effizienten Bewegungen den Kaffee zubereitete. Molly sagte: »Vermutlich meint Alison, daß sie jetzt mehr für ihren Vater tun kann, wenn sie zu Hause ist.«

»Kann sein«, sagte Mark, die Augen nach unten auf den Kaffee gerichtet, den er in den Filter löffelte.

Eine Minute später erschien Alison in der Küche. Sie hatte eine kleine buntgescheckte Katze auf dem Arm. Sie trug schmutzige graue Jogginghosen, ein riesiges blaues T-Shirt und keine Schuhe. Sie sah Molly an und sagte: »Heute ist es soweit.«

»Für Louie Bronk, meinen Sie?« fragte Molly.

Alison nickte.

»Ich denke auch immer, daß es heute ist«, sagte Molly. »Obwohl es eigentlich erst morgen ist. Das Gesetz schreibt vor, daß es zwischen Mitternacht und Sonnenaufgang des Tages zu geschehen hat, den das Gericht festgelegt hat, und das Datum ist der neunundzwanzigste.«

Alison zuckte die Achseln. »Na ja, auf jeden Fall hat das Ganze endlich ein Ende.«

»Vielleicht nicht«, sagte Molly und beobachtete ihr Gesicht.

Alison erstarrte. »Was? Ist etwas geschehen?« Die Katze machte eine plötzliche Zuckung, als wäre sie zu stark gedrückt worden. Alison beugte sich vor und ließ sie herunter.

»Ja«, sagte Molly, »und ich wollte Ihre Meinung dazu hören.«

Mark war mit den Vorbereitungen fertig und schaltete die Kaffeemaschine an. Er drehte sich um und lehnte mit der Hüfte an der Arbeitsfläche, lässig, mit offen hängendem Hemd.

Molly zögerte. Was sie fragen wollte, würde am besten unter vier Augen geschehen. Vielleicht sollte sie Mark bitten, hinauszugehen. Andererseits wäre es interessant, seine Reaktion zu beobachten.

»Ich werde Sie nicht mit Einzelheiten aufhalten«, sagte sie, »aber in den letzten zwei Tagen habe ich neue Beweisstücke ausfindig gemacht. Es reicht, um mich zu der Überzeugung zu bringen, daß Louie Bronk Ihre Mutter nicht getötet hat, und daß an jenem Morgen kein weißer Mustang mit brauner Tür vor Ihrem Haus war. Louie besaß zwar so ein Auto, doch es wurde vor dem neunten Juli metallicblau lackiert und fahruntüchtig an einen Schrottplatz in Fort Worth verkauft. Es hätte gar nicht in Austin sein können.«

Keines der beiden jungen Gesichter regte sich.

»Deswegen frage ich mich«, fuhr Molly langsam und gelassen fort, »ob Sie sich wohl in dem geirrt haben könnten, was Sie an jenem Tag sahen, Alison?«

Mark streckte seinen Arm vor Alison aus, so, wie ein Autofahrer den Arm ausstreckt, damit sein Beifahrer bei einer Vollbremsung nicht nach vorne fliegt. »Charlie hatte recht«, sagte er mit zusammengekniffenen Lippen. »Sie stiften wirklich nichts als Unfrieden. Was soll das Ganze?«

»Ich versuche nur herauszufinden, was an dem Tag wirklich passiert ist«, sagte Molly. »Und ich wünschte, Sie beide würden mich darin unterstützen.« Die Kaffeemaschine machte ein leises, gurgelndes Geräusch, einem höhnischen Furz nicht unähnlich.

Mark hielt seinen Arm immer noch vor Alison. »Sie unterstützen? Wobei? Daß Sie Alison damit verrückt machen? Meinen Sie nicht, daß es so schon schwer genug für sie ist?«

Molly richtete ihre Worte an Alison. »Ich weiß, daß es sehr, sehr schwer ist. Trotzdem hoffe ich, daß Sie die Frage beantworten werden, Alison. Können Sie sich irgendwie geirrt haben?«

Die zarte, lavendelfarbene Haut unter dem Auge des Mädchens kräuselte sich; das war die einzige Bewegung, mit der sie andeutete, daß sie die Frage überdachte.

»Es reicht jetzt, Mrs. Cates«, sagte Mark, nahm endlich den Arm herunter und stellte sich aufrecht hin. »So etwas können wir heute nicht gebrauchen.«

Molly streckte ihm die Hand entgegen. »Warten Sie. Ich spreche mit Alison. Geben Sie ihr bitte die Möglichkeit zu antworten.«

Mark drehte sich zu Alison um, aber das Mädchen sah ihn nicht an. Sie starrte weiter hinab auf ihre Zehen. Sie sagte: »Man kann sich immer irren. Vielleicht habe ich das. Aber David, der war sich sicher in dem, was er gesehen hatte.«

»Nein«, sagte Molly, »das war er nicht. Als wir uns am Dienstag abend unterhielten, deutete David an, daß er seine Zweifel hatte. Ich glaube, er war sich ganz und gar nicht sicher. Alison, bitte erzählen Sie mir von dem Auto.«

Alison biß schnell auf die Seite ihres Fingernagels. »Da gibt es nicht viel zu erzählen. Ich war ziemlich benebelt und konnte kaum aus den Augen gucken, wie das so ist, wenn man aus einem Mittagsschlaf erwacht. Und ich war nur ein Kind. Als ich zur Tür hinausschaute, dachte ich, ich hätte ein Auto gesehen. Ich mußte David versprechen, im Haus zu bleiben, im Fernsehzimmer, obwohl ich Angst hatte, allein zu sein, und als er wieder reinkam, redeten wir über das Auto, und ich erinnerte mich, daß es weiß war. Er meinte, es hätte eine braune Tür gehabt, und ich meinte, ich würde mich auch daran erinnern. Das ist alles, was ich noch weiß.«

Molly spürte das Prickeln in ihren Fingerspitzen. »Aber David sagte doch immer, daß er bei Ihnen im Haus geblieben sei, nachdem Sie beide das Auto hatten wegfahren sehen.«

»Hat er das? Ich glaube, er war kurz draußen vor dem Haus.« Alison schüttelte den Kopf. »Ich bin mir einfach nicht sicher.«

Mark kam einen Schritt vor. »Nun hören Sie schon auf, Mrs. Cates, worauf wollen Sie denn hier hinaus? Der Typ ist fünfmal verurteilt worden. Er ist ein Killer. Er hat es gestanden.«

»Das ist alles wahr, Mark. Aber er ist auch ein Lügenbold und hat erfahrungsgemäß Verbrechen gestanden, die er nicht begangen hat. Ich glaube, daß er log, als er den Mord an Alisons Mutter gestand. Und das bedeutet, daß jemand anders sie getötet hat.« Sie sah ihm ins Auge. »Meinen Sie nicht, daß wir wissen müssen, wer das war?«

Mollys forschender Blick ließ ihn nicht mit der Wimper zukken. »Einen Moment mal. Wenn Sie wirklich neue Beweise hätten, hätten Sie die dem Gericht übergeben und eine Begnadigung oder wie man das nennt für Bronk bekommen. Sie haben gar nichts.«

»Nun ja, ich habe nicht genug, um das Gericht zu interessieren, das ist wahr«, gab Molly zu. »Aber ich habe genug, um mich selbst zu überzeugen. Mark, es duftet, als ob der Kaffee fertig wäre. Bekomme ich trotzdem eine Tasse, nachdem ich so unhöflich war?«

Er lächelte, auch wenn es aussah, als müßten seine Lippen sich sehr anstrengen, es fertigzubringen. »Schon unterwegs.« Er drehte sich um, um den Küchenschrank hinter sich zu öffnen. »Was nehmen Sie?«

»Oh. Gar nichts. Schwarz, bitte.«

Er holte einen Glasbehälter mit kleinen Süßstoffbeuteln darin heraus, die Molly daran denken ließen, was Georgia McFarland in der Tasche ihres Bademantels gehabt hatte. Nachdem er Kaffee in drei Becher eingeschenkt hatte, reichte er Molly einen davon und leerte jeweils ein Beutelchen in die beiden anderen. Er schob einen Becher die Arbeitsplatte hinunter, wo Alison lehnte. Sie schenkte ihm keinerlei Beachtung.

Molly trank einen Schluck Kaffee. »Tut mir wirklich leid, daß ich Sie so früh überfalle, aber ich dachte, es würde Sie vielleicht interessieren.«

»Ja, klar, warum nicht«, sagte Alison. »Haben Sie sonst noch etwas herausgefunden? Etwas, wovon Sie uns noch nichts erzählt haben?«

Molly dachte an Charlie – seine Krebserkrankung und seine Zahlungen an David Serrano. Nichts, worüber sie reden konnte. »Nein«, sagte Molly. »Das ist soweit alles. Ich will Ihnen ja keine Angst machen, aber ich bin jetzt überzeugt, daß David wegen etwas ermordet wurde, das er über den Tod Ihrer Mutter sagen wollte. Als er und ich uns Dienstag abend unterhielten, war er kurz davor, mir etwas Wichtiges zu erzählen, da bin ich mir sicher, etwas, das an ihm nagte. Haben Sie eine Idee, was das sein könnte?«

Alison schüttelte den Kopf. »Wissen Sie, als ich damals an dem Tag aufgewacht bin, dachte ich, es würde nichts weiter als ein langer, heißer, langweiliger Sommertag werden. Ich habe auf nichts besonders geachtet. Wenn man nur vorher wüßte, welche Augenblicke im Leben wichtig sind, würde man ihnen mehr Beachtung schenken.«

»Amen«, sagte Molly.

Sie tranken schweigend ihren Kaffee, bis Mark sagte: »Tut mir leid, wenn ich unhöflich war, aber das ist wirklich ein verdammt beschissener Tag für Alison. Ich will auf keinen Fall, daß sie durch noch irgend etwas belastet wird. Außerdem, wer kann einen schon für das zur Rechenschaft ziehen, was man vor dem ersten Kaffee am Tag sagt? Wir werden uns hier einfach einig sein müssen, daß wir uns uneinig sind. Ihre Theorie kaufe ich Ihnen keine Sekunde ab. Alison hat immer genau das Richtige getan, und dieser Bronk ist so schuldig, daß es zum Himmel stinkt.«

Molly nahm einen Schluck Kaffee und beobachtete die Katze, die sich an Marks Knöchel rieb und miaute. Mark holte eine Tüte Milch aus dem Kühlschrank und ging damit zum Hintereingang, wo er sich vorbeugte und etwas in ein Schälchen goß. Die Katze machte sich sofort darüber her. Dann stellte Mark die Tüte zurück. Verdammt noch mal, dachte Molly, wer weiß? Vielleicht hat Alison da doch einen Klassemann zum Freund. Vielleicht sollte sie lieber hier bei ihm bleiben und nicht zurück zu ihrem Vater ziehen. Vielleicht war es hier sicherer.

Molly trank noch einen Schluck Kaffee. »Mark, hatten Sie Glück beim Generalstaatsanwalt?«

»Wegen der Teilnahme an der Hinrichtung? Nein. Die meinten, ich wäre nicht offiziell genug. Die allgemeine Öffentlichkeit ist von den Hinrichtungen ausgeschlossen, und ich vermute, das zählt auch für mich. Ich komme trotzdem mit und fahre Alison hin. Ich werde einfach draußen auf sie warten.«

»Wie steht es mit Stuart?« fragte Molly.

»Ich glaube, er ist schon los, heute morgen ganz früh, weil er unterwegs ein bißchen jagen gehen wollte.«

»Was hat denn gerade Saison?«

»Das ist Stu doch egal«, sagte Mark.

Molly stellte ihre Tasse auf der Arbeitsfläche ab und sagte: »Ja, dann wünsche ich Ihnen beiden eine gute Fahrt nach Huntsville. Ich sehe Sie dann dort, Alison. Wissen Sie, wo Sie hin müssen?«

Alison kaute heftig auf ihrem Daumen. »Ja«, grummelte sie, »zu dem Informationsbüro gegenüber vom Gefängnis um halb zwölf.«

Beide begleiteten sie zur Tür.

Als Molly zu ihrem Auto ging, fühlte sie sich nicht nennenswert schlauer als bei ihrer Ankunft, und da hatte sie sich nicht sehr schlau gefühlt.

Den Rest des Tages hatte Molly die schlimmste Schreibblockade in ihrer zweiundzwanzigjährigen Zugehörigkeit zur schreibenden Zunft, und sie hatte schon schlimme erlebt. Sie hatte sich mit dem Entschluß an den Computer gesetzt, solange nicht aufzustehen, solange sie nicht etwas hatte, das sie Richard zufaxen konnte – den Beginn des Artikels, einen kleinen Köder, um ihm das Ganze schmackhaft zu machen. Doch alles, was sie zustande brachte, war, falsche Anfänge zu schreiben, sie angewidert zu löschen, die Wand anzustarren und Popcorn aus der Mikrowelle zu essen – zwei komplette Tüten voll. Bei dem Ergebnis hätte sie genausogut einkaufen gehen oder den ganzen Tag Fernsehserien ansehen können.

Um siebzehn Uhr dreißig rief Grady von der gegenüberliegenden Straßenseite aus an und gab ihr eine Entschuldigung zum Aufhören. Sie öffnete die Tür und war erstaunt, ihn mit einer Flasche Sekt in der Hand zu sehen.

Drinnen umschlang er sie mit beiden Armen und rollte die Flasche über den unteren Teil ihres Rückens.

»Oh, das fühlt sich gut an, schön kalt«, murmelte sie. »Zu schade, daß wir ihn nicht zusammen trinken können.«

»Warum nicht?«

»Weil ich in einer Stunde nach Huntsville losfahre.«

»Fahr nicht«, sagte er.

»Ich muß, Grady. Ich habe es versprochen.«

Er gab ihr einen schnellen Kuß. »Bitte fahr nicht.«

»Ich muß. Weswegen der Sekt?«

»Um die weltweite Beharrlichkeit der Polizei zu feiern.«

Molly hielt den Atem an. »Du weißt etwas Neues.«

Er beugte sich herunter und küßte sie – ein langer, intensiver Kuß. Währenddessen rutschte die Sektflasche langsam ihren Rücken herunter und rollte am Ende über ihre Oberschenkel. »Hier ist eine Frage an dich«, sagte er in ihren Nacken, sein Atem heiß, die Lippen auf ihrer Haut. »Würdest du lieber hochgehen und dich mit wildem Sex beschäftigen oder hier unten bleiben und über langweiligen Polizeikram reden?«

»Diese Aktivitäten schließen sich doch nicht aus, oder?« Sie knöpfte ihm zwei Knöpfe auf und schob ihre Hand unter sein Hemd. »Was hast du?«

»Ich kann nur eine Sache auf einmal richtig machen«, sagte er und schlüpfte mit seinen Händen inklusive Sektflasche hinten in ihre weiten Jogginghosen und drückte sein Becken fest gegen ihres.

»Der Sekt wird ja ganz warm.« Sie war auf einmal atemlos. »Erzähl mir, was du hast.«

»Das kann warten«, sagte er und zog sie hinunter auf den Teppich.

Bis nach oben kamen sie nicht mehr. Es war fast eine Stunde später, als Molly Gelegenheit fand, die Sektflasche in den Kühlschrank zu stellen.

Als sie zurückkam, war Grady angezogen und saß auf der untersten Treppenstufe.

Molly setzte sich neben ihn. »Jetzt erzähl's mir.«

»Okay. Darden Smith, der Detective vom Überfalldezernat, hat angerufen. Marcus Gandy hat ausgepackt. Er wurde von dem dortigen McFarland-Vorarbeiter namens Carl Manning angeheuert. Als Detective Smith Mr. Manning ein bißchen unter Druck setzte, gab er schließlich zu, daß die Order aus der Mutterfirma in Austin von höchster Ebene kam.«

»Oh, Grady, das höre ich ja gar nicht gerne.«

»Das hatte ich mir gedacht.« Er legte ihr die Hand aufs Knie. »Wir werden morgen einen Haftbefehl gegen McFarland ausstellen. Wegen Anstiftung zu einer Straftat. Wir brauchen dich, damit du die eidesstattliche Erklärung unterzeichnest.«

In Mollys Kopf wirbelte alles durcheinander. »Aber ich frage mich, woher er das gewußt haben konnte. Louie meinte, er hätte nur drei Leuten von dem Auto erzählt: mir, Tanya Klein und Schwester Addie.«

»Vielleicht ist Schwester Addie eine Spionin«, sagte Grady. »Bezahlt von McFarland.«

»Vielleicht ist es Tanya Klein«, sagte Molly mehr zu sich selbst. Sie sah hinunter auf die Uhr. Es war fast neunzehn Uhr. Sie stand auf. »Es sind drei Stunden Fahrt. Ich werde duschen und mich umziehen.« Sie ging die Treppe hoch, blieb aber unterwegs stehen. »Grady, du mußt dich doch mit solchen Sachen auskennen. Was trägt man zu einer Hinrichtung?«

Er lehnte sich zurück gegen die Stufen und sah zu ihr hoch. »Mir gefällt die rote Bluse, die du gestern abend anhattest – die, wo am Ausschnitt der Knopf fehlt, so daß man reingucken kann, wenn du dich vorbeugst.« Er grinste. »Bronk würde das bestimmt auch gefallen.«

Molly seufzte und rannte die Treppe hoch.

Als sie geduscht und angezogen war, nicht mit der roten Bluse, sondern den gewohnten Khakihosen, weißem Hemd und orangem Blazer, kam sie die Treppe herunter. Grady saß im Ohrensessel und las die Zeitung. Er sah auf. »Wann kannst du morgen vorbeikommen, um die Anzeige zu unterschreiben?«

»Ach, ich weiß nicht.«

»Molly, die hätten dich umbringen können.«

»Jeder macht mal einen Fehler. Laß ihn doch in Ruh.«

»Molly, sei nicht verrückt. Das ist eine ernste Angelegenheit. McFarland ist ein Mörder. So haben wir einen Grund, ihn einzubuchten.«

»Ich glaube das einfach nicht. Außerdem ist er krank. Todkrank.«

Grady knallte die Zeitung heftig auf den Sessel. »Wenigstens das scheint zu stimmen. Ich habe mit Gerald Brumder geredet, einem Gewebespezialisten, zu dem Charlies Arzt ihn geschickt hat. Er bestätigt, daß er McFarland diese Diagnose gestellt hat.«

»Hat Brumder es sonst noch jemandem erzählt?«

»Nur dem Sohn, Stuart McFarland, ein Kollege von ihm. Charlie hatte ihn gebeten, es niemandem zu sagen, aber er teilte es Stuart aus professioneller Rücksichtnahme mit, sagt Brumder.«

»Ich verstehe«, sagte Molly. »Das ist interessant.« Sie setzte sich. »Ich frage mich, ob Stuart das seiner Schwester und seinem Cousin weitererzählt hat. Wenn ja, gibt es beiden Kindern und Mark ein wichtiges finanzielles Motiv, Georgia vor Charlies Tod aus dem Weg zu räumen.«

»Ich würde zehn Millionen allerdings ein ziemlich wichtiges Motiv nennen.«

»Besser als jedes Motiv, auf das du bisher für Charlie kommen konntest.«

»Da hast du recht«, sagte Grady, »da ich auf keinerlei Motiv gekommen bin. Er hatte ausreichend Motive für den Mord an seiner ersten Frau, aber bei Georgia kann ich keines entdecken.« Er kam von hinten zu ihrem Sessel, beugte sich herunter und legte die Wange auf ihren Kopf. »Molly, ich wünschte nur, daß du dieses eine Mal meinem Rat folgen würdest: Bleib heut abend zu Hause.«

»Komm doch mit. Wenn es vorbei ist, können wir uns ein schönes Plätzchen suchen, wo wir die Nacht verbringen.«

»Ich kann nicht. Ich muß mich wieder um diese Schießerei kümmern. Wir müssen einen Verdächtigen verhören. Ich könnte dir einen Kollegen schicken, der dich fährt.«

»Nein. Wenn du nicht mitkommst, will ich niemanden. Ich möchte im Auto arbeiten, was aufs Band sprechen und über Sachen nachdenken.«

»Na gut«, sagte Grady, »ein Nordwind ist angesagt. Pack dich wenigstens warm ein.«

Kapitel 24

Ein Vagabund
Der ewige Höllenhund
Bei keinem Chef im Gespann
Raste nicht und setz keinen Rost an
Ich lebe, von dem, was ich finde nur
Und lasse hinter mir keine Spur.

LOUIE BRONK
Todestrakt, Ellis I Unit
Huntsville, Texas

Während der ersten Stunde von Austin nach Caldwell hörte sie Willie Nelson und ließ ihre Gedanken schweifen. Etwas süße freie Zeit, um an Grady zu denken; wie schön es wäre, wenn sie heute abend nach Hause käme und ihn dort in ihrem Bett vorfände, sich an seinen Rücken kuscheln und zehn herrliche Stunden schlafen könnte, während der Sturm an den Fenstern toste.

Als sie Caldwell erreichte, war die Stunde um. Sie stellte den Kassettenrecorder ab und versuchte, sich auf die Frage zu konzentrieren, wie sie diese Geschichte schreiben sollte. Sie hatte ausreichend Augenzeugenberichte des Hinrichtungsablaufes gelesen. Sie wußte genau, was an diesem, Louies letztem Tag mit ihm geschehen war. Heute morgen ganz früh hatten sie ihn und sein Hab und Gut transferiert. In Handschellen und Ketten hatte man ihn die vierzehn Meilen vom Ellistrakt zum Wallstrakt innerhalb der Stadtgrenze von Huntsville gefahren, wo laut gesetzlicher Bestimmungen die Hinrichtungen stattzufinden hatten. Dort hatten ihn seine Wächter neuen Wächtern übergeben, die ihn in eine Zelle im alten Todestrakt, wenige Meter von der Hinrichtungskammer, gesperrt hatten.

Die Zelle war vergittert und mit feinem Maschendraht verstärkt, damit Besucher ihm nichts zuschmuggeln konnten – keine Beruhigungsmittel, keine Drogen, kein Gift, was den Staat um die Erfüllung seiner Pflicht bringen könnte. Neben der Zelle waren den ganzen Tag über zwei Wärter aufgestellt, und der Kaplan, in diesem Fall Schwester Addie, hatte ihm außerhalb der Zelle Gesellschaft geleistet. Er durfte Besucher empfangen, so viele er wollte, aber Kontaktbesuche waren nicht gestattet. In Louies Fall machte das keinen Unterschied. Es gab niemanden, der Kontakt gewollt hätte – keine Familie, keine Freunde. Seine drei verbliebenen Schwestern wollten nichts mit ihm zu tun haben.

Er war gefragt worden, was er als Henkersmahl wollte – es konnte alles sein, solange es in der Küche vorrätig war.

Irgendwann im Laufe des Tages war der Direktor zu ihm gekommen, um über die Vorkehrungen zu sprechen – die Verfügung über seinen weltlichen Besitz und die Bestattung seines Leichnams. Bei dem Gedanken zog sich Mollys Magen zusammen.

Und das für einen Mord, von dem sie nun mit absoluter Sicherheit wußte, daß er ihn nicht verübt hatte. Die einzig wahren Bestandteile der Darstellung, die sie über den Tod von Tiny McFarland geschrieben hatte, waren das Datum, der Morgen des neunten Juli 1982, und daß sie erschossen worden war. Aber nicht von Louie Bronk. Von jemand anderem – jemandem, den Tiny kannte, den sie liebte, jemandem aus der Familie.

Sie war reich. Sie war verheiratet. Sie war Mutter. Sie ging gerne Risiken ein. Sie hatte viele Liebhaber. All diese Dinge mochten dazu beigetragen haben. Und das eine andere Element, das allen Mordopfern gemeinsam war: sie hatte Pech gehabt.

In ihrem Traum vor zwei Nächten hatte Molly mit der Geschichte begonnen. Jetzt mühte sie sich, die Lücken auszufüllen.

Tiny McFarland, gekleidet in ein weißes Gewand und Stöckelschuhe, hatte einen Arm voll roter Gladiolen im Garten geschnitten. Auf dem Rückweg zum Haus war sie mit einem Liebhaber zusammengetroffen. Einem Liebhaber in der Garage. David Serrano – jung, attraktiv, heißblütig und zur Verfügung. Sie hatte die Blumen fallengelassen, um die Hände frei für die Dinge der Liebe zu haben. Das große Garagentor mußte geschlossen gewesen sein; als Liebespaar brauchte man etwas Privatsphäre. Klein-Alison schlief, und sonst war niemand zu Hause, es war also kein besonders großes Risiko, das sie eingingen.

An diesem Punkt wurde die Geschichte verwickelt.

Zuerst spielte Molly die Möglichkeit durch, daß David Tiny in einem Eifersuchtsanfall getötet hatte, vielleicht wegen eines neuen Liebhabers oder Tinys Wunsch, die Affäre zu beenden.

Dann stellte sie sich vor, daß Charlie nach Hause gekommen war, mit der Fernbedienung das Garagentor öffnete und sie zusammen fand. Was für ein Alptraum.

Sie konnte sich Stuart vorstellen, der früher nach Hause zurückgekehrt war, sie dort fand und seine Mutter in einem Anfall ödipaler Wut ermordete.

Oder sogar Alison, ein nervöses Kind, das sich extrem an die Männer in ihrem Leben klammerte, die sie überraschte und in Panik ausbrach, weil sie dachte, daß jemand ihrer Mutter weh tat. Nein. Sie war doch nur ein kleines Mädchen – elf Jahre alt.

Oder Mark. Vielleicht hatte er sich in Tiny verguckt. Vielleicht hatte er heimlich ihre Eskapaden beobachtet; dafür war er ja berüchtigt. Vielleicht wollte er sich an Charlie rächen.

Eines war jedenfalls klar: Wer es auch getan haben mochte, er hatte einen raffinierten Einfall gehabt, der besser funktionierte, als er es jemals hätte vorhersehen können. Er hatte in der Zeitung von dem Skalpierer gelesen und beschlossen, den Mord einfach wie einen weiteren Schlag des Skalpierers aussehen zu lassen. Was für ein Rausch mußte es gewesen sein, als Bronk dann auch noch gestand. Natürlich hatte Frank Purcell ihm Informationen in den Mund gelegt, das wußte sie genau, aber das schien erst nach Louies Geständnis der Fall gewesen zu sein.

Was die neuen Mordfälle anbetraf, war David sicherlich wegen seines Wissens über Tinys Tod getötet worden. Er war zu nervös geworden und hatte kurz davor gestanden, alles auffliegen zu lassen. Georgia – nein, das war einfach zu kompliziert zu so später Stunde. Die Zeit lief aus.

Als Molly Huntsville erreichte, war die gesamte Stadt schon dunkel und die Bürgersteige waren hochgeklappt – Montagabend, kurz nach dreiundzwanzig Uhr in einer kleinen osttexanischen Stadt. Sie war eine halbe Stunde zu früh und so angespannt, daß sie Heißhunger auf einen fettigen Cheeseburger hatte, obwohl sie seit einem Jahr so etwas nicht mehr aß. Ein Bier würde auch guttun. Sie fuhr ein bißchen herum und konnte nichts Geöffnetes finden, weswegen sie die Idee verwarf. Außerdem vertrug man Hinrichtungen genauso wie Operationen und manche Tatortbegehungen wohl am besten auf leeren Magen.

Was sie wirklich brauchte, war Bewegung, um sich nach der dreistündigen Fahrt etwas die Beine zu vertreten.

Sie parkte ihren Wagen auf dem Marktplatz, gegenüber dem großen, modernen Gerichtsgebäude von Walker County. Er war gut beleuchtet, und in der Straße parkten mehrere Wagen von Hilfssheriffs – perfekt zum Spazierengehen. Sie schlüpfte in ihre Tennisschuhe, band sie sehr fest und umrundete den Platz viermal, wobei sie bei jeder Runde ihr Tempo steigerte, bis sie am Ende beinahe rannte. Als sie fertig war, fühlte sie sich noch angespannter und überreizter als vorher. Sie hatte das Gefühl, als staue sich das Blut in ihrem Körper an und drücke nach außen. Gott, das hörte sich ja wie ein Gedicht von Louie an.

Sie holte ihren Notizblock und Stift aus dem Auto und wechselte von den Tennisschuhen in ein Paar schwarze Wildleder-Laufschuhe, weil sie dachte, Tennisschuhe wären für eine Hinrichtung nicht angemessen; ihre Tante Harriet wäre sicher stolz auf sie. Dann lief sie zum Gefängnis, kurze fünf Straßenecken entfernt.

Sie kam am Busbahnhof vorbei und durch die gleichförmig hübsche Wohngegend mit stattlichen viktorianischen Häusern und verstreuten, weniger großen, aber wohlgepflegten Holzbungalows, grünen Rasenflächen und Blumenbeeten.

Nachts war sie noch nie hier gewesen, und als sie auf das Gefängnis zukam, war sie beeindruckt. Die massiven, vierzehn Meter hohen Mauern ragten, in weißes Flutlicht getaucht, in den dunklen Himmel empor. Die Insassen und auch sonst jeder in Texas nannten das Gefängnis »die Mauern«. Die älteste Anlage im gesamten texanischen Strafvollzugssystem erinnerte Molly an eine mittelalterliche Stadt, umgeben von Stadtmauern. Drinnen befand sich auf siebenundfünfzig Hektar eine fast autarke Welt: eine Textilweberei, eine Werkstatt mit Maschinen, Zellenblocks, eine Kapelle, Klassenräume, ein Sportplatz, Küchengebäude, Gemüsebeete, sogar eine Arena für das jährlich stattfindende Gefängnisrodeo. Und dann war da natürlich noch das kleine, einzeln stehende Gebäude in der Nordwest-Ecke – das Hinrichtungshaus, der einzige Ort im Gefängnis, den Molly noch nie gesehen hatte.

Beim Näherkommen erinnerte Molly sich, wie sie vor einem Jahr einen Artikel über Sexualstraftäter geschrieben hatte. Sie hatte auf dem Mäuerchen gegenüber dem Gefängnis gesessen und auf das Interview mit Timothy Coffee gewartet, der nach dreizehn Jahren Haft wegen mehrerer schwerer Vergewaltigungen entlassen wurde. An jenem Tag gab es eine Massenentlassung, weil die Zahl der Häftlinge die gerichtlich festgelegte Obergrenze überschritten hatte. Einhundertfünfundzwanzig Männer wurden frühzeitig, vor dem Ablauf ihrer Haftstrafen, entlassen. Während sie wartete, traten sie in Gruppen aus einer kleinen Seitentür. Alle waren in die identisch pastellfarbenen langärmeligen Hemden und Arbeitshosen gekleidet, die bei der Entlassung ausgegeben wurden. Jede Gruppe verhielt sich gleich: Die Männer gingen, bis sie ein paar Meter von der Gefängnismauer entfernt waren, und fingen dann auf einmal an zu rennen. Zuerst joggten sie nur im Dauerlauf. Dann legten sie mächtig an Tempo zu. Als wäre der Leibhaftige selbst hinter ihnen her, rannten sie die Straße hinunter zum Busbahnhof.

Molly blieb stehen. Bei diesen Erinnerungen hätte sie sich am liebsten umgedreht und wäre auch losgerannt. Nichts hielt sie davon ab, nichts zwang sie dazu, dort hinzugehen. Sie könnte zurück zu ihrem Pickup rennen, die Türen verriegeln, den Tempomat auf hundertzehn stellen und sich schleunigst aus dem Staub machen, so als säße der Teufel ihr im Nacken.

Wie angewurzelt stand sie auf dem Bürgersteig.

Vor ihr hatte sich ein winziges Grüppchen von Demonstranten neben dem Gefängnistor versammelt. Ein ziemlich armseliges Häufchen – fünf Leute in Schwarz, die Kerzen in der Hand hielten und leise Worte skandierten, die Molly nicht verstand.

Sie sah auf die Uhr. Es war schon nach halb zwölf. Fast an der Zeit. Sie ging weiter, widerwillig, einen Fuß vor dem anderen, von etwas vorwärts getrieben, einem Etwas, das sie in Bewegung hielt und das tun ließ, was sie tat. Vielleicht war es Gewohnheit. Gewohnheit und Neugier. Die Neugier trieb sie an, nach grotesken, den verrücktesten Dingen zu suchen, die man nur finden konnte, und die Gewohnheit ließ sie immer damit weitermachen. Appetit auf Gewalt und Tod. Genau wie die Geier, die sie bei Charlie McFarlands Haus beobachtet hatte.

Sie ging ohne ein Wort an den Demonstranten vorbei und wandte sich dem zweigeschossigen Flachdachgebäude gegenüber dem Gefängnis zu, in dem sich die Verwaltung befand. Die Rosenbüsche neben dem Weg waren perfekt beschnitten und gemulcht. Es gab keine ordentlichere Gartenpflege in ganz Texas als in und um die Gefängnisse, dachte sie. Und die Hinrichtung heute nacht würde ganz genauso sein – ein ordentlicher, sauberer Tod. Ihr wurde eng in der Brust, als sie die Treppe hochging – nur die normale Louie-Nervosität, sagte sie sich. *Ganz ruhig. Du mußt heut nacht noch nicht einmal mit ihm reden; du brauchst nichts weiter zu tun, als ihn sterben zu sehen.* Es war etwas, das man einfach hinter sich brachte. In vier Stunden wäre sie zu Hause im Bett.

Alle Lichter im ersten Stock des Verwaltungsgebäudes brannten. Ohne Zweifel verlangten Hinrichtungen der Verwaltung

Überstunden ab; wahrscheinlich waren sie sogar im Budget vorgesehen. Molly ging den Gang hinunter zum Büro von Darryl Jones, wo die Zeugen sich versammeln sollten. Wenn Familienmitglieder oder Freunde des Verurteilten teilnahmen, trafen diese sich getrennt von den anderen im Keller. Aber für Louie Bronk waren keine Familienmitglieder oder Freunde da. Als sie an die Tür kam, hörte sie das Murmeln von Stimmen. Leise, aber mit einem Unterton der Erregung. Die Geier sammelten sich bei der Beute, und sie hatte sich entschieden, mitzumachen. Sie war einer von ihnen.

Der Direktor für Öffentlichkeitsarbeit im Strafvollzugswesen von Texas, Darryl Jones, war für die Presse zuständig, weswegen Molly ihn schon oft getroffen hatte. Er kam zur Tür geeilt, um sie zu begrüßen, wie der Gastgeber einer Party, einer eher freudlosen Party. Darryl, ein großer, schlanker Schwarzer mit einem Filmstarprofil, schenkte ihr den ganzen Charme seines strahlenden Lächeln. »Molly Cates«, rief er aus, »sind Sie gekommen, um uns bloßzustellen?«

Sie lächelte zu ihm hinauf. »Darryl, wenn Sie vorhaben, sich bloßzustellen, bin ich ganz Auge und Ohr. Aber ich glaube wirklich nicht, daß dies der passende Augenblick für so etwas wäre, oder?« Mein Gott, dachte sie, der Galgenhumor ging mit ihr durch. Sie würde aufpassen müssen, was sie sagte.

Darryl lachte pflichtgemäß. »Ja, Sie kennen doch alle Anwesenden?« Er deutete in den Raum. Fünfzehn Personen, mehr als sie erwartet hatte, standen in Grüppchen zusammen und redeten. Um Stan Heffernan drängten sich sechs Reporter und lehnten sich vor, um zu verstehen, was er sagte. Molly erkannte Judith Simpson vom *American Patriot* und einen Mann von der *Associated Press*, an dessen Namen sie sich nicht erinnerte. Stuart McFarland stand im dunklen Anzug und Krawatte in der Ecke, trank Kaffee aus einem Styroporbecher und unterhielt sich mit Tanya Klein.

»Wer sind die Männer dort hinten vor dem Fenster?« fragte Molly und deutete auf eine Gruppe von fünf Männern.

»Der große Mann in dem dreiteiligen Anzug ist Tom Robeson, Abteilungsleiter für Vollzug beim Generalstaatsanwalt. Der fette Typ mit dem Cowboyhut ist Rider Kelinsky, Direktor der Staatsgefängnisse, mein oberster Boß. Die anderen sind irgendwelche Justizoffizielle, niemand Besonderes.«

»Warum sind die alle hier?«

»Ein paar, wie Tom und Rider, müssen kommen. Die anderen, na ja, denen macht es halt Spaß.« Darryl grinste sie an. »Wenn sie uns nur ließen, könnten wir unsere Finanzprobleme sofort lösen, indem wir Eintrittskarten für diesen Quatsch verkaufen würden. Hey, ich muß mal schnell telefonieren, Molly. Warum holen Sie sich nicht dort drüben eine Tasse Kaffee?« Er deutete auf eine Anrichte an der Wand, wo eine Thermoskanne, Becher und ein Teller Plätzchen auf einem Tablett standen. »Es wird noch ein paar Minuten dauern.« Er ging.

Molly sah sich noch einmal im Zimmer um. Alison McFarland war nicht da, was ein leicht ungutes Gefühl in ihr auslöste. Aber es war ja noch Zeit.

Sie müßte eigentlich wie eine gute Journalistin ihren Notizblock zücken und die verschiedenen Beamten interviewen, aber heute nacht konnte sie es nicht ertragen – die leise schwadronierenden Männerstimmen, die selbstgerechte Entrüstung über Rückfallquoten und die Einmischungen der Bundesgerichtshöfe – sie kannte das alles schon. Sie wollte etwas Neues hören. Sie wünschte, Addie Dodgin wäre zum Reden da.

Als sie Tanya Klein sich an einen der Reporter wenden sah, ging Molly auf Stuart zu. »Hatten Sie einen schönen freien Tag?« fragte sie ihn.

Er langte mit der Hand nach oben, um den perfekten Knoten in seiner Krawatte zu richten. »Um die Wahrheit zu sagen, ja. Mir ist klargeworden, daß der Rest der Welt nicht jede Minute arbeiten muß. Ja. Ein schöner Tag. Und selbst?«

»Ach, ich habe versucht zu schreiben, konnte aber nicht. Ich hätte mir den Tag auch freinehmen sollen. Haben Sie Alison gesehen?«

Er schaute finster drein. »Nein.« Er sah auf die Uhr. »Aber sie wird kommen. Mark wollte sie fahren, damit sie pünktlich ist. Ich habe heute mittag noch einmal mit ihr telefoniert, um nachzufragen.« Er zögerte. »Sie erzählte mir, was Sie heute morgen gesagt haben.«

»Oh?«

»Ich wünschte, Sie hätten das gelassen, gerade an einem Tag wie heute. Sie hat sich ziemlich darüber aufgeregt. Ich hoffe, Sie werden heute abend nicht wieder damit anfangen und alles noch schlimmer machen.«

»Sie meinen, ich soll mich nicht darum kümmern, daß ein Mann für etwas hingerichtet wird, das er nicht begangen hat? Stuart, ich will weder Sie noch Alison aufregen. Ich weiß, daß es für Sie beide eine schwere Zeit ist, aber die Person, die Ihre Mutter tatsächlich getötet hat, ist möglicherweise die gleiche, die Ihre Stiefmutter und David Serrano umbrachte. Beunruhigt Sie das nicht?«

Sein Gesicht verdüsterte sich. »Das ist doch alles purer Schwachsinn, was Sie da vorbringen, Mrs. Cates. Sie sind die einzige, die an so etwas glaubt. Alison hat mir erzählt, was Sie über Louie Bronk und das Auto erwähnten. Wenn das Ganze auch nur ein Fünkchen Wahrheit enthalten würde, hätten die Leute, die den Fall damals untersuchten, es gefunden. Oder seine Anwältin. Sie tun dem Ganzen keinen Gefallen, wenn Sie sich einmischen. Sie sind nicht qualifiziert. Überlassen Sie das der Justiz.«

Molly merkte, wie sich Widerspruch in ihr regte, aber sie verdrängte ihn. Dieser Mann konnte im Moment keine zusätzlichen Probleme gebrauchen. »Ich verstehe, was Sie meinen«, sagte sie.

Er nickte, hielt seinen Kaffeebecher hoch und sagte: »Entschuldigen Sie mich.«

Molly sah, wie er zur Anrichte ging und sich eine weitere Tasse Kaffee eingoß. Dann lehnte er sich an die Wand und begann, die Oreo-Kekse von dem Tablett weg zu essen. Einen nach dem anderen stopfte er sich in den Mund und starrte beim Kauen ins Leere.

Molly sah sich um und sah Tanya Klein allein dastehen. Als Molly auf sie zukam, wich Tanya einen Schritt zurück und runzelte die Stirn. Sie traut mir keinen Deut mehr als ich ihr, dachte Molly, und ich traue ihr nicht im geringsten. »Was gibt's Neues?« fragte sie.

»Das oberste Bundesgericht hat unser letztes Gesuch nach Aktenprüfung vor ein paar Stunden abschlägig entschieden. Louie Bronk gehört der Vergangenheit an.«

»Haben Sie mit ihm gesprochen?« fragte Molly.

»Ja. Direkt nachdem wir die Nachricht bekamen, bin ich zu ihm hingegangen, um es ihm mitzuteilen.«

»Wie hat er es aufgenommen?«

»Sehr tapfer. Ich habe gehört, daß Sie heute morgen bei der Gouverneurin waren.«

Molly nickte.

Tanya zog eine dunkle Augenbraue nach oben. »Na ja. Bei diesem Fall hatten wir sowieso nie eine Chance. Aber es stehen einige andere an, richtige Fälle.«

Molly kämpfte gegen ihre wachsende Verärgerung an. Sie war so ungerechtfertigt. Das war eine Frau, die hart auf einem unmöglichen Posten arbeitete, der kaum einen Erfolg zuließ. Sie standen auf derselben Seite, gegen die Todesstrafe. Logischerweise sollten sie Verbündete sein. Doch in Molly hatten sich schlimme Vermutungen angestaut und ließen sie nicht mehr in Ruhe. »Tanya«, sagte sie abrupt, »kennen Sie die McFarlands?«

»Na, Sie haben mich doch gerade mit Stuart reden sehen«, sagte Tanya achselzuckend.

»Ja. Aber kennen Sie Charlie, das Familienoberhaupt? Haben Sie je mit ihm über den Bronk-Fall geredet?«

Tanya sah Molly aus zusammengekniffenen Augen an.

»Haben Sie?« fragte Molly aggressiver, als sie das vorgehabt hatte. »Haben Sie ihm je Informationen weitergeleitet von dem, was Louie Ihnen erzählt hat?«

Tanyas Gesicht verzog sich ärgerlich.

»Vielleicht über das Auto, das Louie in Fort Worth verschrotten ließ?« Jetzt war Molly in Fahrt geraten und konnte nicht mehr aufhören, selbst wenn sie gewollt hätte. »Je irgendwelche Zuwendungen von ihm für das Zentrum erhalten?«

Tanyas Nasenflügel bebten, und sie schüttelte den Kopf, nicht als Antwort auf Mollys Frage, sondern um ihre Worte abzuwehren, als wäre Molly eine Fliege, die ihren Kopf umsurrte. Sie drehte sich um und verließ das Zimmer.

Wow, dachte Molly, heute abend bin ich ja richtig auf dem Kriegspfad. Aber sie hatte eindeutig einen wunden Punkt getroffen. Auf einmal ging es ihr besser. Noch ein paar Streitereien, und sie würde sich fast wieder wie ein Mensch fühlen. Sie schenkte sich eine Tasse Kaffee ein, obwohl sie ihn nach zwölf Uhr mittags prinzipiell nicht trank. Sei's drum.

Wenige Minuten später betrat Alison McFarland den Raum. Sie hatte sich schick gemacht. Sie trug einen langen braunen Rock und eine saubere weiße Bluse, lange Ohrringe, und sie hatte sich die Haare gewaschen. Als sie Stuart erblickte, der immer noch an der Wand lehnte, ging sie schnurstracks zu ihm und hakte sich unter, als brauche sie etwas, an dem sie sich festhalten könne. Er verkrampfte sich und wich etwas zurück. Molly stand nahe genug, um Stuart sagen zu hören: »Du kannst ja richtig gut aussehen. Solltest du öfter tun.«

»Ja, ich weiß. Wie geht es jetzt eigentlich weiter?« fragte seine Schwester.

»Wenn ich das nur wüßte«, sagte er. »Mir wäre es nur recht, wenn wir es endlich hinter uns brächten.«

»Ich bin so aufgeregt, daß ich Angst habe, mittendrin pinkeln zu müssen.«

»Warum machst du das nicht gleich, Al?« sagte Stuart mit grimmigem Mund.

Alison verließ den Raum. Molly beobachtete, wie sie hinausging, und beschloß, ebenfalls die Toilette aufzusuchen. Warum eine Chance vorübergehen lassen?

Auf der Damentoilette stand Alison über das Waschbecken gebeugt da und starrte in den Spiegel. Sie drehte sich nicht um, als Molly eintrat, aber lächelte ein wenig in den Spiegel. »Hallo, Mrs. Cates.«

»Hallo, Alison. Ich weiß nicht, wie es Ihnen geht, aber ich bin schrecklich aufgeregt. Da ist auf meine Blase kein Verlaß mehr.«

Alison richtete sich auf und drehte sich zu Molly um. »Wissen Sie, was ich hoffe?«

»Was?«

»Daß er mit seinen letzten Worten das Richtige tun wird und sich zu allem bekennt, um Ihre Zweifel auszuräumen.«

»Das kann ich mir nicht vorstellen«, sagte Molly, »aber bei Louie weiß man nie.«

Als sie zurück in das Büro kamen, stand Darryl Jones in der Tür und sagte: »Also, meine Herrschaften. Wenn Sie soweit sind, gehen wir zusammen über die Straße.«

Alle gingen in Zweierreihen nach draußen. Alison schnappte sich den Arm ihres Bruders und lief an seine Seite gedrückt neben ihm. Stan trat schweigend neben Molly. »Wie ich höre, waren Sie heute morgen bei der Gouverneurin«, sagte er, als sie die Straße überquerten.

»Das spricht sich ja schnell herum«, entgegnete sie.

Neben der Eingangstür zum Gefängnis kamen die Demonstranten wieder in Fahrt. Sie hielten Plakate hoch und hoben ihre Stimmen. »Mörder-Staat«, skandierten sie. Niemand, Molly eingeschlossen, beachtete sie.

Der messingne Handlauf des Treppengeländers zur Gefängnistür glänzte, als wäre er gerade erst für die große Party poliert worden. Und irgendwie hatte das Ganze auch diese Party-Atmosphäre – diese unterschwellige Erregung und gespannte Erwartung. Sie war unter einer Trauermiene verborgen, aber sie war da.

Drinnen blieben mehrere der Männer mit den Stetsons an einem vergitterten Verschlag stehen, um ihre Handfeuerwaffen abzugeben.

Sie begaben sich in den Warteraum für Besucher. Dort standen schon ein Vizedirektor und einige andere Amtsträger der texanischen Justizbehörde. Der einzige, den Molly erkannte, war Steve Demaris von Ellis Unit.

Es sind so viele von uns hier, dachte Molly – Direktoren und Vizedirektoren und Reporter und Zeugen und gewählte Beamte –, weil auf diese Weise niemand verantwortlich ist. In der Gruppe fühlt man sich sicher. Alles eine Übung darin, die Verantwortung abzuschieben.

»Meine Damen«, sagte Darryl Jones, nachdem alle drinnen waren, »bitte lassen Sie Ihre Handtaschen hier. Hier sind sie sicher. Der Beamte Steck wird hierbleiben. Die Presseangehörigen dürfen nur einen Stift und einen Notizblock mitnehmen. Wir müssen Sie nun vorschriftsmäßig nach Aufnahmegeräten durchsuchen. Bitte helfen Sie mit, damit wir das Ganze schnell hinter uns bringen können.«

Drei junge Strafvollzugsbeamte begannen mit der Durchsuchung.

Schnell und routiniert bewegten sie sich von einer Person zur nächsten. Als Molly an der Reihe war, hob sie die Hände, damit der Wärter ihre Taschen abtasten konnte. »'tschuldigung, Ma'am«, sagte er, als er Mollys Jackentaschen und den hinteren Teil ihrer Hose abklopfte.

Mehrere Minuten lang standen sie herum. Molly schaute auf ihre Uhr und starrte das Zifferblatt an, bis es Punkt zwölf war. Genau wie an Silvester standen sie da und warteten auf Mitternacht. Aber nicht, um geküßt zu werden.

Als sie aufsah, bemerkte Molly überrascht, daß Frank Purcell irgendwann auf dem Weg zur Gruppe gestoßen war. Er trug einen Stetson und Cowboystiefel und war nicht in den dunklen Anzug gekleidet, in dem sie ihn bisher gesehen hatte. Als er sie herüberstarren sah, nickte er.

Alison klammerte sich immer noch an Stuarts Arm. Er sah aus, als wäre er an jedem Ort der Welt lieber als an diesem.

Das Telefon klingelte.

Darryl Jones hob ab und lauschte. Er nickte, dann sagte er: »Es ist soweit.«

Er ging voran durch das Besucherzimmer, zur Tür hinaus, einen langen Korridor entlang, dann hinaus in die Nachtluft. Es hatte sich merklich abgekühlt. Während des kurzen Gangs über den Betonweg zu einem kleinen, einzeln stehenden Backsteingebäude schlang Molly die Arme um sich.

In dem Moment, in dem Molly eintrat und vom moderigen Geruch alter Verliese angeweht wurde, meinte sie, in ein anderes Jahrhundert zurückversetzt zu sein. Sie hielt die Arme um ihren Körper geschlungen. Diese Kälte. So etwas hatte sie noch nie erlebt. Es war, als hätte dieser Ort, dieses Schlachthaus, all das Grauen und den Tod in seine Wände und Böden und Gitter aufgenommen. Und jetzt, in diesem Moment, schien es gegenwärtig zu sein; alle einhundertfünfzig Jahre des Grauens schienen um ihren Kopf zu schwirren. Das hatte Addie also gemeint, als sie von diesem Ort gesprochen hatte. Sie hatte es »verkommene Luft« genannt.

Das konnte doch alles nicht wahr sein. Man schrieb 1993, das Jahr des Herrn 1993, im September. Ein aufgeklärtes Zeitalter, das Zeitalter der Computer und Faxgeräte. Es war kein Zeitalter, in dem Menschen in kalten, feuchten Kerkern hingerichtet wurden. Und doch war dem so. Sie waren hier, eine Gruppe von Menschen hinter dicken Mauern, die sich zu mitternächtlicher Stunde versammelt hatten, um ein altes Ritual zu vollstrecken. Um die Flutwelle des Verbrechens durch die Darbringung eines Blutopfers aufzuhalten.

Sie gingen an acht winzigen, leeren grauen Zellen vorbei, dem ehemaligen Todestrakt, bevor er für den Staat Texas zu klein geworden war. In der Zelle direkt neben der Tür, der mit Maschendraht verstärkten, standen drei Kartons. Wahrscheinlich Louies Hinterlassenschaft, schon zusammengepackt. Die Brust tat ihr weh.

Darryl Jones wartete vor der Tür, bis alle zusammen waren. Dann trieb er sie wie Schafe in die Hinrichtungskammer. Es war ein kleiner Backsteinraum, grell erleuchtet und in einem intensiven Kobaltblau angemalt, einer grellen Farbe, wie man sie an mexikanischen Wänden findet. Der Raum war leer, keine Stühle, keine Ablenkung, nichts. Molly merkte, wie sie blinzelte und wünschte, die Neonlichter wären nicht so hell.

Gitterstäbe im selben Blauton trennten diesen Raum von der wenige Schritte entfernten Hinrichtungskammer. Ein weißer Vorhang war zurückgezogen, so daß man durch die Gitterstäbe ein derart absonderliches Bild sehen konnte, daß ihr dazu nichts weiter einfiel, als wäre man in einem Geisterhaus wie zu Halloween, wo sie früher mal mit Jo Beth gewesen war. Eine Bahre war am Boden festgeschraubt. Auf ihr lag festgeschnallt Louie, die dünnen Arme ausgestreckt. Er hatte eine makellos saubere weiße Gefängnisuniform und glänzende schwarze Schuhe an. Seit sie ihn vor vier Tagen gesehen hatte, waren seine Haare geschnitten und er frisch rasiert worden. Der Staat Texas hatte Louie für die Party herausgeputzt.

Seine hageren bloßen Arme waren ausgestreckt und an den Handgelenken festgeschnallt. Infusionsschläuche kamen aus beiden Armen und verschwanden in einer winzigen, viereckigen Öffnung in der Wand neben einem falschen Spiegel. Seine schlaffe bleiche Haut mit der Musterung aus verschrumpelten blauen Tätowierungen sah wie die groteske Illustration aus einem Anatomiebuch aus. Wie Haut und Gliedmaßen und Adern, die schon lange tot waren. Ja, Molly war sich plötzlich sicher, daß seine Arme schon tot waren. Jetzt war es also zu spät zur Umkehr. Das einzig Menschliche war es, nun auch noch den Rest des Körpers zu töten. Sie versuchte zu schlucken, aber ihr Mund war völlig ausgetrocknet. Gott, sie verlor noch den Verstand. Was wäre, wenn sie das alles schreiben würde? Richard würde die Überzeugung gewinnen, daß sie verrückt geworden war. Und alle anderen genauso. Sie zwang den Blick fort von den toten Armen.

Hinter Louies Kopf stand der Direktor des Walls Unit im dunklen Anzug und Paisleykrawatte statt seinem gewohnten beigen Western-Look. Er hatte sich ebenfalls für die Abendgesellschaft feingemacht. In einer plötzlichen Gedächtnisblockade fiel Molly sein Name nicht mehr ein. Mit ihr stimmte etwas nicht. Hier stand sie nun, die Starreporterin des *Lone Star Monthly*, und hatte ihren Notizblock vergessen. Außerdem hatte sie keinen blassen Schimmer mehr, wo die wahre Geschichte zu suchen wäre, wie sie anfing und wie sie enden würde, was sie schreiben würde oder ob sie überhaupt etwas schreiben würde. Ihre Beine fühlten sich an wie Gummi, und in ihrem Magen brannte und grummelte es derart, daß sie dankbar war, nichts darin zu haben.

Schwester Addie stand an Louies Seite und hielt seine rechte Hand. Sie trug denselben pastellenen Hauskittel, den sie bei ihrem ersten Treffen mit Molly getragen hatte, und über ihre Schultern war der häßliche braun-rosa Schal geworfen, den sie für Louie gestrickt hatte. Ihr Kopf war zu seinem heruntergebeugt, und sie sprachen leise miteinander, aber als die Gruppe eintrat, sah Louie von ihr fort und drehte den Kopf zu den Zeugen auf der anderen Seite der Gitterstäbe. Seine Augen wanderten hin und her und blieben an Molly hängen. Er nickte ihr leicht zu. Sie nickte zurück und versuchte zu lächeln. Statt dessen klappte ihr Kiefer nach unten, als hätte sie gerade eine Betäubungsspritze erhalten und die Kontrolle über ihn verloren, oder als wollte sie losschreien.

Auf Louies Seite des Gitters öffnete sich die Tür. John Desmond, der Leiter der staatlichen Gefängnisse, trat ein. »Herr Direktor«, sagte er mit tiefer Stimme, »Sie können beginnen.«

Der Direktor wandte sich an Louie. »Möchten Sie eine letzte Erklärung abgeben?«

Schnell sah Louie zu Schwester Addie hoch. Dann drehte er den Kopf zu den Zeugen, hielt die Augen jedoch auf einen Punkt über ihren Köpfen gerichtet. Mit zittriger, weinerlicher Stimme sagte er: »Ich will sagen, daß es mir leid tut, was ich getan habe. Ich will meiner Schwester Carmen-Marie danken, die nicht hier ist, aber sie war sehr gut zu mir in der Vergangenheit, und ich wünschte nur, ich wäre ein besserer Bruder gewesen.« Er hielt inne und fuhr mit der Zunge über seine dünnen Lippen. Molly meinte, ihn einmal blinzeln zu sehen, als wolle er eine Träne zurückdrängen.

»Und Molly Cates«, fuhr er fort, »die versucht hat zu helfen. Ich habe Ihnen was hinterlassen.« Seine Brust hob und senkte sich mehrere Male. »Danke. Am meisten will ich Schwester Adeline Dodgin danken, die zu mir gehalten hat und versucht hat, mir den Weg zur Rettung zu zeigen. Das einzig Gute, was ich auf dieser Welt hinterlasse, sind meine Gedichte.«

Die letzten Worte hatte er wie ein Maschinengewehrfeuer hervorgestoßen und mußte jetzt Luft holen. »Oh«, sagte er, als wäre ihm etwas Wichtiges gerade wieder eingefallen, »ich vergebe allen, die an dieser Sache beteiligt sind. Jesus vergibt jedem von uns. Uns ist vergeben.«

Er rollte den Kopf auf der Bahre herum, so daß er zu Addie hochblickte. Sie lächelte auf ihn herunter und sah ihm direkt in die Augen. Der Raum war totenstill. Dann, als hätte sie ein Signal bekommen, obwohl Molly keinerlei Bewegung von Louie erkennen konnte, sah Addie den Direktor an und nickte. Der Direktor trat zurück und nickte in den falschen Spiegel an der Wand, in die die Schläuche aus Louies Armen führten. »Wir sind soweit«, sagte er.

Der Tod schien auf der Stelle einzutreten.

Louie atmete tief ein, seine Augen weiteten sich erstaunt, er hustete zweimal und war still. Wenn sie geblinzelt hätte, hätte sie es verpaßt.

Das einzige Geräusch war das Kratzen der Stifte, mit denen die Journalisten auf ihre Blöcke schrieben.

Die Tür in der Hinrichtungskammer ging auf. Ein Mann im weißen Kittel erschien mit einem Stethoskop. Er beugte sich über Louie und legte das Stethoskop auf seine Brust. Dann richtete er sich auf und sah auf die Uhr. »Null Uhr vierzehn«, sagte er und ging hinaus.

Louie lag still, die Augen weit offen.

Molly sah sich verwirrt um. Das war alles? So einfach? Das Leben hatte sich nicht einmal gewehrt. Es gab keinen Todeskampf, keinen Schrei, nichts, was das Sterben begleitet hätte. Die Trennlinie zwischen Leben und Tod war so dünn, kaum wahrnehmbar.

Das war etwas, das Louie gewußt haben mußte, merkte sie – besser als jeder andere. Eine Kugel oder ein Messer an der richtigen Stelle, und es war vorbei. Schneller als ein Blinzeln. Keine große Sache. Passiert ständig.

Kapitel 25

Von Louie Bronk ein letzter Rat
Für alle Narren mit Angst vor Gewalt:
Zu fürchten gibt's viel da draußen
Glaub nicht alles, was kommt von draußen
Distanz zu Fremden sollst du wahren
Und allen diesen tödlichen Gefahren.
Halt dein Auto stets gut in Schuß
Daß du nicht stehenbleiben mußt.
Aber hier kommt die Wahrheit: Egal, was ich sage,
Am Ende ist das Ganze doch nix als 'ne Glücksfrage.

LOUIE BRONK
Todestrakt, Ellis I Unit
Huntsville, Texas

Zurück im Warteraum für die Besucher saß Molly auf einem der durchgesessenen braunen Sofas und lauschte ihrem eigenen Atem. Stan Heffernan kam zu ihr herüber und legte ihr eine Hand auf die Schulter. Sie fühlte sich so schwer und heiß an, so autoritär, daß sie wünschte, das blöde Ding abschütteln zu können.

Mit seiner Flüsterstimme sagte er: »Was hat er Ihnen hinterlassen?«

»Was?«

»In seinen letzten Worten sagte er, er hätte Ihnen etwas hinterlassen. Es interessiert mich, was das sein könnte.«

»Ich weiß es nicht«, sagte Molly.

Er nahm seine Hand fort. »Und, Molly, was denken Sie?«

»Was ich denke?« Benommen sah sie die Leute an, die leise redend in den Raum kamen. »Ich denke...« Sie sah zum ersten Mal hoch in sein Gesicht. »Ich denke, daß ich in all meinen

Jahren als Kriminaljournalistin nie einen vorsätzlicheren Mord gesehen habe.«

Sein schwerer Kopf nickte langsam.

»Was denken *Sie?*« fragte sie herausfordernd.

»Ich denke, daß es in Anbetracht dessen, was für ein ausgefuchster Kerl er war, sehr glatt ging. Ich hatte halb erwartet, daß er durchdrehen und mit dem roten Schrei anfangen würde.«

»Dem roten Schrei?« sagte Molly und merkte, wie es in ihrer Brust vibrierte. »O ja. Wenn er das getan hätte, wäre es sicher eine andere Show gewesen, was? Bei weitem nicht so sauber und ordentlich. Wenn ich nur ein bißchen Mut hätte, würde ich *für* ihn schreien. Hier, an Ort und Stelle.«

Sie sah sich im Raum nach den Vollzugsbeamten um, den Journalisten, den Politikern und Gaffern, die jetzt alle entspannt und erleichtert aussahen, weil es vorbei war und so glatt gegangen war. Was würde geschehen, wenn sie aufstände, den Mund aufriß und den roten Schrei hinausließe, der sich seit vielen Stunden in ihr angestaut hatte?

Natürlich tat sie es nicht.

Statt dessen saß sie auf dem Sofa, eine Hand auf dem Herzen und die andere im Schoß, bis der Schrei sich verzogen hatte und sie sich sicher genug fühlte, um aufstehen und mit den anderen reden zu können.

Molly wollte sich gerade zum Gehen fertigmachen und auf die lange Rückfahrt einstellen, als sie Addie Dodgin in der Tür des Warteraums stehen sah. Addie winkte, kam zu ihr herüber und zog ein gefaltetes Blatt Papier aus der Tasche. Sie streckte es Molly hin und sagte sehr bedächtig: »Louie bat mich, Ihnen das zu geben.«

»Hat er das gemeint, als er sagte, er hätte mir etwas hinterlassen?«

Addie nickte.

Molly faltete das Papier auseinander. Es war ein Blatt liniertes Schreibpapier, auf dem Louie immer seine Gedichte geschrieben hatte; auf einen Blick sah sie, daß es wieder eines war, diesmal ein wenig länger als gewöhnlich. Sie sah hoch zu Addie. »Haben Sie es gelesen?« fragte sie.

»Nein. Er sagte, es sei nur für die Augen von Molly Cates. Und das ist ein wörtliches Zitat.«

Molly sah hinunter und las leise:

Für Molly Cates
Eine Nachricht, hier steht's
Von einem Freund, der schon
steht droben vor dem Himmelsthron
Für mich ist er schon vorbei, der Graus
Nun wein' Sie sich nicht die Augen aus.
Es geht um das, worum ich Sie mal bat
Die Sache, die ich tat oder nicht tat –
Tiny ja oder Tiny nein –
Vielleicht verrät's ja der Abzählreim.
Ich sagte nein und sagte ja
Ich sagte: Ich gestehe, klar
Was für ein beschissener Wirrwarr
Jetzt kommt die Wahrheit und zwar:
Geht sie mit auf mein Honorar?
Ja
Ja
Ja
Und das ist wahr.
Was das Auto angeht:
Es fuhr stets wie eine Rakete.
Glaub nicht jeden Blödsinn gleich
Natürlich liegt es unten im Teich.
Damit ist er vorbei, der Streit
Und ich sage nur: Es tut mir leid.
Lebewohl und Gottes segnende Hände
Ihr Freund am Ende
Louie Bronk

Einen Moment lang war sie versucht, es zu glauben, Fort Worth zu vergessen und sich an die letzten Worte eines Sterbenden zu halten. Doch nur für einen Moment.

»Dieser Mistkerl!« entfuhr es ihr. »Dieser miese, erbärmliche Mistkerl!«

Im ganzen Raum war es plötzlich sehr still. Molly schaute um sich. Alle Köpfe hatten sich ihr zugewandt – Stan Heffernan, Darryl Jones, Frank Purcell, Steve Demaris, Alison McFarland, Stuart McFarland, die Vizedirektoren, die Journalisten, die Wachen – alle sahen sie an, als hätte sie in der Kirche geflucht. Die schockierten Gesichter machten sie so wütend, daß sie es noch einmal wiederholte: »Ein verdammter Scheißkerl war er, der nicht *einmal* die Wahrheit sagen konnte.«

Sie sah Addie an. »Warum haben Sie mir das nicht früher gegeben?«

»Weil er mich bat, es erst auszuhändigen, nachdem er von uns gegangen sei. Was schreibt er?«

»Er schreibt, er hätte Tiny doch umgebracht, und daß sein Auto im See wäre. Meint, es würde ihm leid tun.«

Addie seufzte. »Bis zum Ende der alte.« Sie zeigte auf das Blatt in Mollys Hand. »Glauben Sie ihm?«

»Nein.« Molly befühlte das Papier zwischen ihren Fingern und spürte, wie billig es war. »Nein. Ich glaube es nicht. Und Sie?«

»Nein«, sagte Addie. »Ich möchte nur wissen, warum er es geschrieben hat. Vielleicht, damit Sie sich mit Ihrem Buch besser fühlen?«

»Das ist ein hochherziger Gedanke, Addie, aber zu so etwas halte ich Louie nicht für fähig.« Sie sah sich um, ob immer noch alle hersahen. Taten sie nicht, aber sie senkte trotzdem die Stimme, damit niemand sonst sie hören konnte. »Addie, wissen Sie, wann er das geschrieben hat?«

»Heute abend gegen neun, kurz vor dem Essen.«

»Hatte er direkt vorher irgendwelchen Besuch?«

»Ja. Tanya Klein. Sobald sie weg war, setzte er sich sofort hin und schrieb es. Hat ungefähr 'ne Stunde dafür gebraucht. Dann faltete er es und gab es mir. Ließ mich versprechen, daß ich bis nach seinem Tod warten würde.«

»Haben Sie das Gespräch mitgehört?« fragte Molly.

»Nein. Ich legte eine Pause ein, damit sie ungestört reden konnten.«

Molly sah sich im Zimmer nach Tanya um. »Ist sie schon fort?«

»Tanya? Nein. Ich glaube, sie holt etwas von Louies Hinterlassenschaften am Seiteneingang ab.«

»Hinterlassenschaften? Was für Hinterlassenschaften?«

»Er beschriftete einen der Kartons mit ihrem Namen. Irgendwelches Papier, vermute ich. Seine restlichen Sachen hat er meiner Kirchengruppe gestiftet, die Obdachlosenarbeit macht.«

Molly dachte so angestrengt nach, daß sie ein Rauschen in ihren Ohren hatte. »Oh. Mist. Addie, ich habe ja vielleicht einen totalen Knall, aber ich glaube, ich weiß, was in dem Karton ist. Sagen Sie mir – was war Louie auf dieser Welt wirklich wichtig?«

»Seine Gedichte«, sagte Addie sofort.

»Genau. Diese dämlichen Gedichte. Sie wissen ja, daß er mich vor zwei Jahren diese Dinger in der Weltgeschichte herumschikken ließ, um sie veröffentlichen zu lassen, aber es war ein hoffnungsloses Unterfangen. Einige habe ich in meinem Buch veröffentlicht, aber es gibt ja Unmengen von dem Zeug, so viele, daß sie einen ganzen Karton füllen.«

Darryl Jones klopfte an den Türrahmen, um die Aufmerksamkeit auf sich zu lenken, und sagte: »Vielen Dank, daß Sie alle gekommen sind. Das Personal will jetzt abschließen, deswegen müßten wir hier räumen. Alle von der Presse, die weitere Fragen haben, können gerne noch kurz mit in mein Büro kommen.«

Langsam bewegten sich die Leute Richtung Tür, sehr langsam, als wollten sie nicht weggehen oder hätten Angst vor dem Alleinsein. Molly jedenfalls fühlte sich so.

Als sie Stuart und Alison McFarland gehen sah, schloß sie zu ihnen auf und verabschiedete sich von ihnen. Beide sahen verhärmt und bedrückt aus, dachte sie, als sie sie gemeinsam nach draußen gehen sah. Wenn sie gehofft hatten, daß das Erlebnis der Hinrichtung sie von der Vergangenheit befreien würde, hatte es nicht funktioniert.

»Louie mochte Tanya nicht besonders gern«, sagte Molly und beugte sich beim Gehen hinunter zu Addie, »er hätte sie ihr also sicherlich nicht vermacht. Aber um sie veröffentlicht zu bekommen, hätte er vermutlich zu allem ja gesagt, oder?«

Addie dachte kurz nach und sagte: »Ja.«

»Ich glaube, jemand hat das als Lockmittel benutzt, damit er mir versichert, Tiny umgebracht zu haben; um mich davon abzuhalten, immer weiter in dieser Sache herumzustochern, und es endlich gut sein lasse. Deswegen hat er mir diese letzte Lüge geschrieben.« Sie wedelte das Papier durch die Luft und steckte es in ihre Tasche. »Halten Sie das für zu weit hergeholt?«

»Schon, aber es ist vermutlich die Wahrheit«, sagte Addie. »Meinen Sie, Tanya hat ihm diesen Vorschlag gemacht?«

Sie warteten vor der Eingangstür, bis sie mit dem Summer geöffnet wurde. Sie traten hinaus in den kalten Wind, der Mollys dünne Baumwollhosen um ihre Beine flattern ließ.

»Sie ist Rechtsanwältin«, sagte Molly. »Die handeln doch zumeist im Auftrag. Ich glaube, sie ist nur die Unterhändlerin für jemanden, der sich bereit erklärt hat, das Geld für eine Veröffentlichung zur Verfügung zu stellen, wahrscheinlich bei einem dieser Verlage, die gegen Bezahlung alles drucken. Gott, stellen Sie sich das bloß mal vor – *Louie Bronks gesammelte Werke.*« Eine Minute lang standen sie oben auf den Stufen und sahen hinaus ins Dunkel. »Da möchte man doch nur noch schreiend wegrennen, oder?«

Addie zitterte im Wind. »Ja, wahrscheinlich schon.« Sie faßte in ihre Tasche, holte eine dünne rosa Strickjacke heraus und legte sie sich über die Schultern.

Als sie die Stufen heruntergingen, kam einer der stellvertretenden Anstaltsleiter auf sie zu und sagte: »Schwester, wenn Sie wollen, komm ich mit Ihnen an die Seite und lade Ihnen alles ein.«

»Oh, vielen Dank, Jim Bob. Das wäre eine große Hilfe.« Sie kämpfte mit den Ärmeln der Strickjacke.

Während er um Addie herumlangte, um ihr in die Jacke zu helfen, fragte der stellvertretende Anstaltsleiter: »Schwester Addie, kommt Ihnen die Vorstellung, na ja, jetzt so zurückzufahren, nicht irgendwie gruselig vor?«

Addie lachte. »Nein. Ich hatte keine Angst vor ihm, als er noch am Leben war, und nun habe ich bestimmt keine Angst vor ihm.« Sie wandte sich an Molly. »Vielleicht können wir uns morgen am Telefon weiter unterhalten. Ich bin einfach todmüde im Moment.«

»Ja, natürlich. Sie waren ja den ganzen Tag über hier«, sagte Molly und merkte, wie sich die Haare in ihrem Nacken aufstellten. »Addie, was geschieht mit Louies Leichnam?«

Addie sah nach unten und war gerade damit beschäftigt, die kleinen Perlknöpfe an ihrer Jacke zuzuknöpfen. »Nun ja, seine Schwestern wollten nichts mit ihm zu tun haben, weder tot noch lebendig. Sonst hatte er niemanden. Deswegen begraben wir ihn bei unserer Kirche. Hübscher kleiner Friedhof mit Aussicht auf Lake Waco.«

»Das ist es, was gleich bei Ihnen eingeladen wird?«

»Das, und ein paar Kartons. Ich habe einen Kombi. Zum Glück.« Sie schmunzelte. »Ich weiß nicht, was ich machen würde, wenn ich immer noch meinen kleinen VW-Käfer hätte.«

Molly war sprachlos. Beinahe zu überwältigt, um das Potential für eine Story zu erspüren. »Wird er ... in einen Sarg gelegt, oder was?«

»Nein, kein Sarg. Das ist im Budget nicht vorgesehen. Sie haben ihn in ein Laken gewickelt, das ich mitgebracht habe, und in meinen Schal. Er war ja schon fast fertig.«

»Was werden Sie tun, wenn Sie in Waco ankommen?« fragte Molly.

»Ich werde ihn dort bei einem Bestattungsunternehmen abliefern. Wenn die hergekommen wären und ihn abgeholt hätten, wäre das zu teuer geworden, und da ich sowieso die Strecke fahre und genügend Platz habe, na ja, da ist es eben so am vernünftigsten.« Sie lachte wieder. »Hab ich wenigstens ein bißchen Gesellschaft auf der Nachhausefahrt.«

»Nun denn«, sagte Molly, »fahren Sie vorsichtig.« Plötzlich überkam sie die Vorstellung, Addie könnte auf der Autobahn von einem Streifenpolizisten angehalten werden, der ihren Kofferraum inspizieren und Louie in einen braun-rosa-farbenen Schal gewickelt finden würde. Das kam ihr derart komisch vor, daß sie zu lachen anfing.

Doch einmal mit dem Lachen angefangen, war kein Halten mehr. Sie stand auf dem Bürgersteig und lachte, bis die Tränen ihr die Wangen herunterliefen. Sie versuchte, sich zu beruhigen, versuchte, tief durchzuatmen und sich wieder einzukriegen. Doch sie konnte einfach nicht aufhören. Die Lächerlichkeit des Ganzen war zu überwältigend. Als sie sich mit dem Ärmel die Wangen abwischte, bemerkte sie, daß der stellvertretende Anstaltsleiter sie alarmiert und Schwester Addie besorgt ansahen. Trotzdem konnte sie nicht aufhören.

Schwester Addie legte die Arme um sie. Sie zog sie dicht an sich heran, und so standen sie zusammen auf dem Bürgersteig, während Molly lachte und die Tränen ihr die Wangen herunterliefen. Schließlich kam sie erschöpft und keuchend zur Ruhe. Sie befreite sich aus Addies Umarmung, beschämt über ihren Gefühlsausbruch, und wischte sich mit dem Ärmel über das nasse Gesicht.

»Es tut mir leid«, sagte Molly und streifte ihre Haare aus dem Gesicht. »Ich weiß nicht, was mit mir los ist. Es kam mir auf einmal alles so lächerlich vor.«

Addie lächelte zu ihr hoch. »Naja, das ist es ja auch. Haben Sie daran gedacht, daß ich auf der Autobahn mit Louie hintendrin angehalten werden könnte?«

Molly hatte Schluckauf. »Ja genau.«

»Das ist wirklich eine lustige Vorstellung, wie ich versuche, das dem Streifenpolizisten zu verklickern. Meinen Sie, daß Sie allein nach Hause fahren können, oder wollen Sie nicht lieber Louie und mich begleiten? Morgen früh würden wir Sie in den Bus nach Austin setzen.«

»Nein. Danke.« Molly kramte in ihrer Tasche nach einem Taschentuch. Sie mußte wieder hicksen. »Kein Problem. Ich muß nach Hause zurück.«

»Klar. Vielleicht möchten Sie ja am Donnerstag zu Louies Trauerfeier kommen.«

»Nein. Ich glaube nicht. Danke, aber ich...« Sie wußte nicht, wie sie den Satz beenden sollte.

»Es ist nicht Ihre Art von Gottesdienst«, sagte Addie.

Molly nickte.

Sie verabschiedeten sich, und Addie überquerte mit dem stellvertretenden Anstaltsleiter die Straße und war verschwunden. Molly ging auf dem Bürgersteig in Richtung Marktplatz.

Nach wenigen Metern hörte sie Schritte hinter sich und drehte sich um. Frank Purcell kam ihr nachgeeilt; sein Stetson war tief in die Stirn gezogen, seine Cowboystiefel knallten auf dem Bürgersteig. »Mrs. Cates«, rief er, »wo haben Sie geparkt?«

Sie sah zurück zum Gefängnis, wo gerade Stan Heffernan mit ein paar Reportern die Straße überquerte, und rief in ihrer lautesten, tragendsten Stimme: »Gute Nacht, Stan!« und winkte. Stan, der wegen ihrer Überschwenglichkeit ein wenig erstaunt wirkte, winkte zurück.

Wenigstens, dachte sie, haben sie mich mit diesem Mann gesehen, und er weiß das auch. Wenn er irgendwelche Pläne mit mir hat, werden sie dadurch hoffentlich im Keime erstickt. »Ich habe auf dem Marktplatz gegenüber vom Gerichtsgebäude geparkt«, sagte sie zu Purcell.

Er schloß zu ihr auf. »Eine clevere Idee«, sagte er. »Da ist es schön sicher mit all den Männern des Sheriffs in der Nähe.«

»Das dachte ich mir auch. Am Samstag hatte ich in Fort Worth ja ein unangenehmes Erlebnis.« Sie rieb ihre Wange.

»Sie erinnern sich doch, als ich dort zu dem Haus kam. Es hat mich etwas vorsichtiger werden lassen.«

»Ich muß allerdings sagen, Mrs. Cates, daß Sie einer der unvorsichtigsten Menschen sind, denen ich je begegnet bin.«

Sie warf ihm von der Seite einen Blick zu. »Ach?«

Er lächelte, und es war ein freundliches Lächeln, auch wenn sie nicht sehen konnte, ob es bis zu seinen Augen reichte, weil die im Schatten der Hutkrempe verborgen lagen. »Das sind Sie. Die Szene eben gerade im Besucherzimmer.« Er drohte ihr mit dem Zeigefinger. »Jeder weiß jetzt, daß Sie nicht glauben, daß Louie schuldig war, und es ist allgemein bekannt, daß Sie nicht loslassen können, wenn Sie sich einmal festgebissen haben. Das zusammen mag eine explosive Mischung ergeben und Sie vielleicht zur Zielscheibe machen.«

Molly riß die Augen weit auf und tat so, als wäre sie jung und naiv. »Glauben Sie so was wirklich?«

Er lächelte wieder. »Deswegen möchte ich Sie sicher bis zu Ihrem Wagen begleiten und aufpassen, daß Sie gut nach Hause kommen. Genaugenommen ist dies die Order von meinem Boß.«

»Na, ich bin Ihnen zu Dank verpflichtet. Ihnen und Charlie.«

Sie kamen am Busbahnhof vorbei, und Molly konnte das Dach des Gerichtsgebäudes sehen. Sie hätte ihn zu gern gefragt, ob er Louie Bronk vor elf Jahren Informationen in den Mund gelegt habe. Damit bliebe sie sich und den indiskreten Fragen dieses Abends treu, und auf seine Reaktion wäre sie wirklich gespannt. Doch sie widersetzte sich diesem Impuls. Ein andermal.

»Wie geht es Charlie?« fragte sie statt dessen.

»Schlecht. Sehr schlecht.«

»Es tut mir leid, das zu hören.« Sie meinte es ernst. Charlie hatte seine Hand in einer Menge der undurchsichtigen Geschichten, die vor sich gingen. Aber er war kein Mörder, da war sie sich sicher.

Als sie an ihrem Wagen ankamen, hatte sie die Schlüssel schon startbereit in der Hand. »Danke, daß Sie mich begleitet haben«, sagte sie. Sie schloß die Tür auf und stieg ein. Gerade als sie sie zumachen wollte, trat Frank heran und hielt den Türgriff fest. Erschrocken ließ sie den Motor an, legte die Hand auf die Schaltung und sah hinunter in sein Gesicht.

Er ließ den Griff sofort los und streckte ihr seine offenen Hände entgegen. »Nicht schießen«, sagte er lächelnd. »Ich wollte Sie nur noch etwas fragen.« Das Lächeln erlosch. »Haben Sie genug Benzin im Tank, um es ohne Halten bis nach Hause zu schaffen?«

Sie nickte.

»Dann tun Sie das bitte. Verriegeln Sie die Türen und halten Sie nicht an.«

»Weswegen das denn?« fragte sie.

Er seufzte. »Ich könnte sagen, daß unser Mr. Bronk, der verstorbene Mr. Bronk, mich an die Gefahren erinnert hat, die einer Lady auf der Autobahn drohen können.«

»Das könnten Sie sagen, aber ich würde lieber den wahren Grund hören.«

Er schaute hinunter auf seine Stiefelspitzen, dann wieder hinauf zu Molly. »Sie und ich wissen beide, daß da draußen ein Mörder, ein lebendiger, unterwegs ist.« Er machte eine Kopfbewegung in Richtung der Straße vor ihr. »Reicht das noch nicht?«

»Ihr Boß weiß, wer der Mörder ist«, sagte Molly. »Sie wissen es vermutlich auch.«

Er senkte den Kopf, so daß sein Gesicht von der Hutkrempe verdeckt wurde. »Tun Sie, was ich gesagt habe, und gute Fahrt«, sagte er.

»Nur um Sie zu beruhigen, Mr. Purcell: Das ist genau das, was ich vorhabe.« Sie faßte nach dem Türgriff, warf die Tür zu und verriegelte sie.

Molly wartete, bis er auf den Bürgersteig zurücktrat, und fuhr dann los.

Sie atmete tief durch. Es war vorbei. Jetzt konnte sie nach Hause fahren und schlafen, das einzige, was sie jetzt noch wollte.

Sie stellte die Heizung an, zum ersten Mal in diesem Jahr, und fuhr nordwärts auf der Route 30. Wenn sie zwischendurch einhundertzehn fuhr, wäre sie vielleicht um drei Uhr dreißig zu Hause. Zu dieser nachtschlafenden Zeit bräuchte sie sich um Radarfallen keine Sorgen zu machen.

Als sie die Stadtgrenze erreichte, direkt vor der Auffahrt zur Autobahn, sah sie am Straßenrand eine Bewegung. Sie sah noch einmal hin. Ja, am äußersten Ende der Scheinwerferkegel bewegte sich etwas. Sie fuhr langsamer und vergewisserte sich, ob ihre Türen verriegelt waren. Verdammt. Frank Purcell hatte sie wirklich nervös gemacht.

Als sie näher kam, erfaßten ihre Scheinwerfer etwas Weißes auf dem Seitenstreifen. Eine Figur erhob sich und bewegte sich hinaus auf die Straße. Es war eine Frau in einem Rock, einem langen braunen Rock und weißer Bluse. Sie hob die Hände und stolperte mitten auf die Straße, wo Mollys Lichter sie erfaßten.

Molly stockte der Atem. Es war Alison McFarland. Ihre Haare waren völlig zerzaust, und unter der Nase war sie blutig verschmiert. Einen Arm hielt sie mit dem anderen an den Körper gedrückt. Molly sah in den Rückspiegel, ob jemand hinter ihr war. Die Straße war frei. Sie ging vom Gas. Abgesehen von dem Mädchen war alles verlassen. Auf einer Seite war nichts als ein Stacheldrahtzaun und offene Felder; auf der anderen das gleiche. Nichts, wo irgend jemand sich hätte verstecken können; das Mädchen war allein. Und in Not.

Molly langte nach ihrem Telefon, um nach Hilfe zu rufen. Sie hob es ab und sah auf dem Anzeigefeld die roten Buchstaben, die anzeigten, daß sie außerhalb des Empfangsbereichs war. Mist. Sie knallte den Hörer auf.

Mitten auf der Straße begann Alison auf das Auto zuzuhumpeln, stolperte und fiel auf die Knie.

Molly trat auf die Bremse. Alison versuchte, auf die Knie zu kommen. Jetzt konnte Molly sie weinen hören. Sie machte die Tür auf und sah in beide Richtungen, bevor sie ausstieg.

»Oh, Mrs. Cates.« Alison schluchzte so stark, daß sie die

Worte kaum herausbrachte. »Sie sind es. Gott sei Dank. Mark hat mich aus dem Auto geworfen. Mein Auto«, weinte sie. »Ich glaube, mein Ellbogen ist gebrochen. Ich bin drauf gefallen. Können Sie mich ins Krankenhaus bringen?«

Molly legte den Arm um die schmale Taille des Mädchens. Alison sah fürchterlich aus. Ihr Rock war zerrissen. Auf ihrer Bluse waren Matschflecken und ein paar leuchtendrote Blutspritzer. Tränen vermischten sich mit dem Blut, das aus ihrer Nase lief. Molly half ihr zur Beifahrerseite des Wagens, konnte die Tür aber nicht öffnen, weil sie verriegelt war.

»Halten Sie sich am Türgriff fest. Hier«, sagte Molly. »Ich gehe zur anderen Seite und mache auf.«

»Beeilen Sie sich«, keuchte Alison. »Ich habe Angst, daß er zurückkommt. Beeilen Sie sich bitte.«

Molly rannte auf die Fahrerseite, drückte auf die automatische Türverriegelung und eilte zurück auf die andere Seite, um dem Mädchen hineinzuhelfen. Als sie beim Einsteigen mit dem Arm an die Tür kam, stieß Alison einen kleinen Schmerzensschrei aus. »Okay«, sagte Molly. »Es wird sicher gleich hier in Huntsville ein Krankenhaus geben. Das finden wir schon. Keine Angst.« Sie warf die Tür zu, rannte auf die andere Seite und stieg ein. Als erstes betätigte sie wieder die Türverriegelung. Der Motor lief noch, also schaltete Molly und schlug ganz scharf ein, damit sie auf dem Seitenstreifen wenden konnte. Als sie in den Rückwärtsgang schaltete und nach hinten schaute, spürte sie es – kaltes Metall, das sich in ihren Hals grub, direkt unterhalb des Kiefers.

Die Überraschung war so umfassend, daß sie fühlte, wie das Blut in ihren Adern zum Stillstand kam.

Kapitel 26

Ein Monstrum, ein Untier, das knurrt,
Nichts weniger als des Teufels Ausgeburt,
So was ist kein Mensch, sondern ein Tier
Da sind sich alle einig hier.
Er hat Frauen erschossen
Blut mit dem Messer vergossen.
Dem zahlen wir's heim, sagen sie
Er soll den Terror auch spüren, und wie.
Sein letztes Stündlein hat geschlagen, unaufhaltsam
Wir machen ihn fertig, mit der Nadel im Arm.

Louie Bronk
Todestrakt, Ellis I Unit
Huntsville, Texas

In der gelassensten Stimme, die Molly je gehört hatte, als erklärte sie einem Fremden den Weg zur nächsten Tankstelle, sagte Alison McFarland: »Wir fahren in derselben Richtung noch eine Meile weiter. Dann nehmen Sie die 19 West. Wenn Sie die Hand vom Lenkrad nehmen, warum auch immer, werde ich schießen – so.« Sie drückte den Revolver unter Mollys Kieferknochen und stieß ihn zur Illustration nach oben. »Genau hierhin, in Ihren Kopf. Er ist schon entsichert. Die kleinste Bewegung meines Fingers wird einen Schuß auslösen.« Das alles leierte sie herunter. Ohne jede Gefühlsregung.

Zu sehr unter Schock, um wirklich Angst zu haben, fuhr Molly die eine Meile schweigend.

»Hier ist die Abzweigung«, sagte Alison, »19 West. Biegen Sie ein.«

Molly bog nach rechts in die dunkle, zweispurige Straße. Ihre Hände umklammerten das Lenkrad. Sie bemühte sich, ihren

Atem wieder unter Kontrolle zu bekommen. Beruhige dich. Denk nach.

Die nächsten zwei Meilen fuhren sie schweigend, ohne einem anderen Auto zu begegnen. Außerhalb des von den Scheinwerfern beleuchteten Stücks Straße war völlige Finsternis. Wenn sie hier draußen im Dunkeln sterben sollte, dann wollte sie wenigstens vorher ein paar Antworten haben. »Wohin fahren wir, Alison?«

»Lake Livingston, zu einer Stelle namens Point Blank«, sagte Alison. »In sechs Meilen kommen wir zur Abzweigung. Keine Sorge, ich sage Ihnen Bescheid.«

»Worüber sollte ich mir Sorgen machen?«

»Da haben Sie recht. Fahren Sie einfach.«

Molly ließ die Hände auf dem Lenkrad und steuerte den Pickup geradeaus. Sie versuchte es mit dem alten Trick ihres Daddys zum Ruhigerwerden – seinem eigenen Atem zuzuhören. Atme aus, atme ein. Sie hörte es tief in sich drin – ein, aus, ein, aus. Aber irgendein anderes Geräusch lenkte sie ab; ein sehr leises, kaum wahrnehmbares Geräusch wie – wie das Nagen einer Maus. Molly verdrehte die Augen zur Seite. Es war Alison beim Nägelkauen. Sie saß zu Molly gedreht da, preßte den Revolver mit der Rechten in Mollys Hals und kaute wie wild auf ihrem linken Daumen.

Als hätte die Wirkung eines Schmerzmittels urplötzlich nachgelassen, merkte Molly, wie der Lauf der Pistole sich in ihre Haut bohrte und, schlimmer noch, den Druck heißer Panik, der in ihrer Brust pochte. Ihre Nerven ertrugen keine Stille oder Kauerei mehr. »Schlechte Angewohnheit«, sagte sie.

»Was wissen Sie denn schon?« fuhr Alison sie an.

»Gute Frage«, sagte Molly. »Aber ich würde gerne etwas wissen.« Sie wartete, ob Alison eine Antwort gab, aber da war nur Schweigen. »Mark hat Sie nicht aus dem Auto geworfen.«

»Natürlich nicht. Für so was hat er viel zuviel Schiß. Ich hab einen großen Streit vom Zaun gebrochen. Das war nicht sehr schwer, weil er sowieso stinksauer ist, daß ich zurück nach

Hause zu Daddy ziehe. Ich habe ihm gesagt, ich würde mit dem Bus zurückfahren. Und ich werde auch mit dem Bus zurückfahren.« Sie bohrte den Revolver tiefer. »In zwei Stunden verläßt einer Huntsville.«

»Zwei Stunden«, sagte Molly. Was es auch war, das Alison vorhatte, sie dachte, daß sie es innerhalb von zwei Stunden erledigen und zurück nach Huntsville kommen könnte. Molly begann, ganz langsam vom Gaspedal herunterzugehen. Langsamer erschien ihr besser. Alison schien es nicht zu bemerken.

Nichts als das Summen des Motors und das Rauschen der Heizung unterbrach die Stille im Fahrerhaus.

»Das ist ja wirklich ein dunkles, einsames Stück Straße hier.« Molly versuchte, zur Seite zu sehen, ohne den Kopf zu bewegen.

Keine Antwort.

»Wie haben Sie sich heute abend gefühlt, Alison, als Sie Louie sterben sahen? Keine schlechten Gefühle?«

Ein langes, verächtliches Schnauben war die einzige Antwort.

»Sie können mir die Geschichte auch genausogut erzählen«, sagte Molly. »Dann bleib ich still.«

Nichts als Schweigen.

»Na gut«, sagte Molly und versuchte, ruhig zu sprechen, »dann fang ich eben an. Ich glaube, das erstemal war es ein Unfall. Ihre Mutter muß eine schwierige Frau gewesen sein, keine gute Mutter, eine, die Sie vernachlässigt hat und nur auf sich selbst fixiert war. Aber was dann geschah, war im Grunde eher ein Unfall als sonst etwas, habe ich recht?«

Die einzige Antwort war das erneute Nagen. Molly merkte, wie ihre Handflächen auf dem Lenkrad feucht wurden. Sie hätte sie gerne abgewischt, erinnerte sich aber an Alisons Warnung und glaubte ihr. Sie umklammerte das Lenkrad fester.

»Ich will sehen, wie nah ich an die Sache herankomme.« Molly hielt den Blick starr geradeaus auf das dunkle Band der Straße gerichtet. »Sie wollten an jenem Morgen mit den Jungs mitgehen. Kaninchen wildern. Aber die ließen Sie nicht. Also gingen Sie nach draußen, um Schießübungen zu machen. Als Sie zum Haus zurückkamen, fragten Sie sich, wo Ihre Mutter sein könnte. Sie haben nach ihr gesucht. Ein bißchen nervös vor dem Alleinsein. Sie war weder im Haus noch im Garten, also beschlossen Sie nachzusehen, ob ihr Auto noch in der Garage stand. Das Tor war geschlossen, deshalb schauten Sie zur Seitentür hinein. Drinnen war es dunkel, und Sie müssen sich gefürchtet haben und verwirrt gewesen sein, als sie die beiden dort so zusammen fanden. Ich kann mir vorstellen, wie aufwühlend so etwas sein muß.«

Molly versuchte sie aus den Augenwinkeln zu beobachten, konnte aber im Dunkeln nur den Umriß ihres gebeugten Kopfes sehen. Alison kaute schon wieder auf einem Finger, als hätte sie es darauf angelegt, sich selbst zu zerfleischen. Wie die Tiere, die ihr Bein abbeißen, wenn sie in einer Falle festsitzen.

»Sie hatten Ihr Gewehr dabei, eines dieser kleinen .22er Gewehre, mit denen Kinder oft schießen lernen. Und aus einem Moment der Panik heraus erschossen Sie sie. Sie wurde im Rücken getroffen und starb. Ein Versehen. Ein Unfall. Liege ich sehr falsch, Alison?«

Es kam keine Antwort. Diesmal schwieg Molly ebenfalls.

Endlich sagte Alison etwas. »Sie wußte genau, daß ich es nicht leiden konnte, wenn sie mich allein ließ, aber sie hat es trotzdem ständig getan. Deswegen hatte Daddy David geholt, damit er bei uns wohnt, weil sie andauernd irgendwo unterwegs war. Dann rief Stuart an. Aus Marks Haus. Er war total außer sich und weinte so doll, daß er kaum sprechen konnte. Er meinte, er wolle mit ihr reden. Ich rief und rief und suchte im Garten, aber ich konnte sie nicht finden. Stu erzählte mir, was passiert war. Mark hatte ihm gerade erzählt, daß Mom all diese schmutzigen Sachen mit David machen würde. Mark meinte, er hätte sie beobachtet. Er erzählte Stu all diese widerlichen Einzelheiten, und Stuart erzählte sie mir am Telefon weiter. Ich wollte nicht glauben, daß Leute, die ich kannte, solche Dinge taten. Stu meinte, er würde nach Hause kommen und sie danach fragen.«

Alison hielt den Pistolenlauf weiter hart gegen Mollys Hals gedrückt. »Nachdem er aufgelegt hatte, dachte ich, daß ich in der Garage nachsehen könnte, ob ihr Auto da war. Die haben mich noch nicht einmal bemerkt. Sie waren halb ausgezogen und machten all diese komischen Geräusche. Ich wußte nicht, ob er ihr weh tat oder sie ihm oder was. Es war dunkel. Ich weiß nicht wie, aber der Schuß traf sie im Rücken. Nur der eine Schuß. Als David zurückwich und sie auf den Boden fiel, das war ein Moment, so ... so etwas hatte ich noch nie erlebt. Eine Sekunde, und sie war tot. Man brauchte nichts weiter dazu als die winzigste Bewegung eines Fingers. Ich hatte es noch nicht mal willentlich getan. Nicht wirklich.

Es war so einfach. Das ist der Punkt. Die ganze Zeit denke ich daran, wie einfach es war. Wie heute nacht. Die Leute meinen alle, es wäre so eine große, dramatische Sache, aber im Grunde ist es einfacher, als das Licht auszuknipsen.«

»Ja«, sagte Molly sanft, »das Gefühl bekam ich heute nacht auch. Doch was danach geschah, muß schwierig gewesen sein.«

»O nein. Das war genauso einfach. Ich hatte in der Zeitung von dem Skalpierer gelesen und es im Fernsehen gesehen. Ich wußte alles darüber – die kahlgeschorenen Köpfe und das Auto, von dem vermutet wurde, daß er es fuhr. Ich befahl David, was er tun sollte, und er tat es. Ich hätte alles alleine machen sollen. Wenn ich sie selbst geschoren hätte, wären da keine Schnittwunden gewesen.«

»Weil David Angst hatte, und Sie nicht«, sagte Molly.

»David hatte nicht nur Angst. Der war ein heulendes Häufchen Elend. Wovor er sich allerdings am meisten fürchtete, war, daß mein Vater herausfinden könnte, was er und Mom getan hatten. Also machte er, was ich ihm befahl.«

»Was haben Sie mit dem ganzen Zeug gemacht – ihrer Uhr und den Ohrringen und den Sachen aus dem Haus?«

»Ach, das haben wir alles verbuddelt, ganz hinten in unserm Garten, in dem Zederndickicht, wo nie jemand hingeht. Ihre Haare auch.«

»Und das Gewehr?«

»Das auch. Das fiel mir schwer. Ich wünschte, ich hätte es noch.«

»Sie müssen doch Angst gehabt haben, während Sie das alles getan haben.«

»Nein. Wirklich nicht. Ein bißchen in Eile, weil Stu auf dem Nachhauseweg war. Nichts weiter. Es war wie ein wundervolles Abenteuer. Ich hatte noch nie soviel Spaß gehabt. Die Jungs machten nichts weiter als diesen dummen Kinderkram, Kaninchenschießen, aber ich, ich machte etwas Richtiges, etwas viel Wichtigeres und Aufregenderes. Etwas, was ich ihnen niemals verraten würde.«

Molly hielt die Augen starr auf den gelben Mittelstreifen gerichtet, der sich in ihrem Scheinwerferkegel abrollte. Alison war gar nicht so verschieden von Louie Bronk, dachte sie. Beide lebten in derselben Art von Kaninchenloch, wo das Umbringen anderer Menschen der schönste Zeitvertreib ist.

»Stuart wußte nichts davon, oder?«

»Nein. Als er nach Hause kam, waren wir schon fertig, und David hatte die Polizei verständigt.«

»Weiß er es jetzt?«

»Glaub ich nicht. Aber er will es auch nicht wissen.«

»Mark?«

»Mein Gott, nein. So etwas würde man Mark niemals erzählen. Der ist solch ein Plappermaul. Ein richtiges Baby.«

Molly verdrehte die Augen zur Seite und versuchte angestrengt, Alisons Gesicht im Dunkeln zu erkennen. »Wann hat Ihr Vater es herausgefunden?«

Alison atmete scharf ein. Das nagende Geräusch füllte wieder das Fahrerhaus und Molly knirschte deswegen mit den Zähnen. Sie konnte es richtiggehend an ihren eigenen Fingern spüren, wie das Fleisch von den Nägeln gerissen wurde.

»Das war das Schlechte an der Sache«, sagte Alison. »Das gefiel mir gar nicht, und es war so überflüssig. Er hätte es nie zu erfahren brauchen. Die ersten paar Tage wußte er es auch nicht.

Aber dann brach David zusammen und erzählte es ihm. Da hatte er schon mehr Schiß vor der Polizei als vor meinem Vater.«

»Und dann hat Louie gestanden. Das muß ja eine Überraschung gewesen sein.«

Alison gab ein kleines Lippenschnalzen von sich, das sich wie eine Freudenäußerung anhörte. »Das war der schönste Augenblick meines Lebens. Es war wie Magie. Als hätte ich das mit meinem Willen gemacht. Als ob es einen übersinnlichen Draht zwischen ihm und mir gäbe. Als ob sich von vornherein alles so zum Guten hätte wenden sollen. Er tauchte genau im richtigen Moment auf, und er hatte schon so viele Morde verübt, daß es nichts ausmachte, ob er noch einen mehr auf sich nahm. Es war einfach perfekt.« Die Stimme des Mädchens war lebhafter, als Molly sie je zuvor gehört hatte.

»Besonders nachdem Ihr Vater Frank Purcell dazu gebracht hatte, Louie mit den wichtigsten Informationen über den Mord zu versorgen, damit sein Bekenntnis wasserdicht wurde.«

»Wahrscheinlich. Damit hatte ich nichts zu tun. Daddy hat das für sich selbst gemacht, glaube ich. Um einen Skandal zu vermeiden. Vielleicht auch ein bißchen für mich. Er glaubte, daß es ein Unfall war.«

»Es war ein Unfall«, sagte Molly.

»Mmm. Das kann man nie so genau wissen«, sagte Alison mit träumerischer Stimme.

Molly fing an zu nicken, doch der Revolver an ihrem Kieferknochen ließ sie sehr schnell damit aufhören. »Was war mit David? Wahrscheinlich war die Hinrichtung einfach zuviel für ihn.«

»Oh, der war doch ein feiges altes Weib. Er wollte es rausposaunen. Nach all der Zeit.« Alisons Stimme triefte nur so vor Verachtung. »Gewissen. Religion – das ist doch alles Schwachsinn. Und wen juckt es, ob irgendein mieser Kerl wie Bronk hingerichtet wird oder nicht?«

»Mich schon.«

»Sie und die fette Kirchentante.«

»Und David natürlich. Dem hat es was ausgemacht. Also haben Sie ihn erschossen.«

»Mußte ich ja. Hab ich Dienstag nacht gemacht, mit seiner eigenen Knarre. Und ihn wohin geschafft, wo er so schnell nicht entdeckt wurde.«

»Ich kann natürlich verstehen, daß Sie David töten mußten, damit er nichts ausplaudert. Aber Georgia – das ist eine andere Sache. Für Geld zu töten, Alison!«

»Nein.« Die Waffe grub sich in Mollys Hals. »Nicht für Geld. Wenn Sie das denken, dann verstehen Sie gar nichts.« Ihre Stimme war ernst und bestimmt.

»Sagen Sie's mir«, sagte Molly, »damit ich es verstehe.«

Eine so lange Pause entstand, daß Molly dachte, Alison hätte das Gespräch beendet. Doch schließlich sagte das Mädchen: »Mein Vater und ich waren glücklich miteinander. Eng zusammen. Georgia hat alles kaputtgemacht. Sie brachte ihn dazu, daß er sich wie ein dämlicher kleiner Junge aufgeführt hat. Ich wollte nicht von zu Hause weg. Ich war noch nicht bereit. Ich wollte bei ihm bleiben, aber sie hat mich vertrieben. Sie hat das ganze Geld darauf verschwendet, unser Haus häßlich zu machen, und sie haben albern rumgeturtelt wie in den Flitterwochen. Das war nicht zum Aushalten.« Der Pistolenlauf stach in Mollys Kiefer. »Hier. Nach rechts auf die 980. Genau hier.«

Sehr vorsichtig bog Molly in die schmale Straße ein. Sie kamen dem Ende der Reise immer näher. Sie mußte das Lenkrad sehr fest umklammern, damit ihre Hände nicht zitterten. Sie sah nach unten auf ihren Schlüsselbund, der vom Zündschloß herunterbaumelte. Im Licht des Armaturenbretts glänzte die kleine Tränengasdose, die Grady ihr geschenkt hatte, zwischen den vielen Schlüsseln, nur wenige Zentimeter von ihrer rechten Hand.

»Geld hat also keinerlei Rolle gespielt?« fragte Molly.

»Na ja, richtig wäre es nicht gewesen, wenn sie das Geld meiner Mutter bekommen hätte. Das ist ja wohl logisch. Aber hauptsächlich war es, um sie aus dem Haus zu haben, damit ich zurückkommen und mich um Daddy kümmern kann. Er ist krank.«

Molly stellte einfach immer weiter Fragen, während sie verzweifelt versuchte, sich einen Plan zu überlegen. Sie würden bald am Ende angelangt sein. »Die Sache mit dem Meisterdichter – das sollte es wahrscheinlich so aussehen lassen, als wäre wieder ein durchgeknallter Killer am Werk. Um den Verdacht von Ihrer Familie abzulenken.«

»Die Idee habe ich von Ihnen. Von den Gedichten, die Sie in Ihrem Buch gebracht haben. Also hab ich Ihnen ein paar Reime vorgetragen, Sie mit einem Fluch geschlagen. Jetzt geht's Ihnen wirklich an den Kragen, ich schick Sie heim im Leichenwagen.«

Molly konnte ihr Gesicht nicht sehen, doch sie hatte den Verdacht, daß das Mädchen lächelte.

»Warum mich?« fragte Molly. »Warum haben Sie mich bedroht?«

»Zuerst nur, weil ich Ihre Aufmerksamkeit erregen und den Eindruck erwecken wollte, daß ein mordlustiger Verrückter unterwegs wäre. Ich dachte, Sie würden vielleicht darüber schreiben, es an die Öffentlichkeit bringen, so daß jeder daran glauben würde. Ich hatte eigentlich nicht vor, Sie zu töten. Damals nicht. Nicht, bis mir klargeworden ist, daß Sie nie aufgeben würden. Sehen Sie, Sie sind wie ich – Sie lassen bei einer Sache niemals locker.«

Ein Schild zu ihrer Linken zeigte Point Blank an. Ihr Ziel. Zu schnell, zu früh. Sie war noch nicht bereit. Vielleicht konnte sie das Mädchen aus der Ruhe bringen, ihre Konzentration stören. »Nun ja, wie sich nun herausstellt, war da ja tatsächlich ein mordlustiger Verrückter unterwegs, nicht wahr, Alison? Ihr Plan hat nicht funktioniert, da die Verhaftung Ihres Vaters kurz bevorsteht.«

Das Keuchen sagte Molly, daß sie einen Volltreffer gelandet hatte.

»Das wagt niemand«, sagte Alison.

»O doch«, sagte Molly. »Das tun sie. Ich habe es heute abend von Lieutenant Traynor erfahren, direkt bevor ich in Austin losgefahren bin.«

»Das glaube ich nicht. Okay. Hier ist das Schild. Biegen Sie nach links ab, auf den Schotterweg hier.«

Molly fuhr langsamer und schlug das Lenkrad ein. »Es ist wahr. Sie werden ihn verhaften, und es ist ihnen scheißegal, daß er sterbenskrank ist. Er wird Ihre Schuld auf sich nehmen.«

Heftig wurde der Revolver in ihren Kieferknochen gerammt. Molly biß die Zähne zusammen.

»Woher wissen Sie, daß er todkrank ist?« Zum ersten Mal wurde Alisons Stimme laut und ärgerlich. »Woher wissen Sie das?«

Molly vollendete die Linkskurve. Schotter spritzte gegen den Boden des Pickup. »Er hat es mir gesagt.«

»Er hat es *Ihnen* gesagt?«

»Ja. Und ich wette, daß Sie es von Stuart gehört haben, der es von seinem Arzt weiß.«

Alisons Stimme wurde wieder eisig. »Biegen Sie hier nach links auf den Rasen ab und fahren Sie weiter, an den Bäumen vorbei.«

Im Strahl der Scheinwerfer konnte Molly eine Gruppe hoher Kiefern erkennen und hinter ihnen eine schmale, grasbewachsene Landspitze, die ins Dunkel abzufallen schien. Sie konnte ihn nicht sehen, aber der See mußte in dieser Dunkelheit liegen, irgendwo dort unten. Vorsichtig bog sie vom Schotterweg ab. Der Wagen rumpelte über das Gras. Gott, die Pistole war entsichert. Jeder Stoß konnte sie losgehen lassen. Sie fuhr langsam in Richtung der Bäume. Als sie bei ihnen angekommen war, bremste sie sehr vorsichtig und kam sanft zum Stehen.

»Weiterfahren«, sagte Alison.

Molly trat ein klein wenig auf das Gaspedal. Der Pickup kroch vorwärts und rumpelte hinaus auf die schmale Landzunge. Der Rasen vor ihnen war matschig. Ungefähr sieben Meter vor dem Punkt, an dem das Land im schwarzen Nichts verschwand, blieb sie stehen.

Alison stieß ihr den Revolver in die Haut. »Noch nicht.« Ihre Stimme war wieder so monoton, als ginge es jetzt nur noch um langweilige Logistik. »Weiterfahren. Direkt bis an die Kante.«

»Das funktioniert nie, Alison.«

»Alles andere hat funktioniert.«

Langsam fuhr das Auto auf den Abgrund zu. Ungefähr anderthalb Meter von der Kante entfernt bremste Molly wieder.

»Noch ein paar Zentimeter«, befahl Alison.

Molly fuhr Zentimeter um Zentimeter nach vorne und kam dann zum Stehen. Im Licht der Scheinwerfer, unterstützt von dem kalten Glanz der dünnen Mondsichel, sah sie tief unten das Glitzern des Wassers.

Sie hob den linken Fuß, um auf das Bremspedal zu treten.

»Nein!« befahl Alison. »Schalten Sie in den Leerlauf. Und lassen Sie den Motor laufen.«

Molly umklammerte das Lenkrad. Das war also der Plan. Das Auto würde im Lake Livingston landen. Mit Molly darin. Wahrscheinlich bereits tot, mit einer Kugel durch den Kopf. Oder sollte es nach einem Unfall aussehen? Molly würde ertrinken, genau wie ihr Vater. Das Gesicht in ihren Träumen, das grün durch das dunkle Wasser schimmerte und hinter dem das Fleisch wie Seetang herschwamm – das würde ihr eigenes Gesicht sein, ihr eigenes Schicksal.

Sie zögerte mit der Hand über der Gangschaltung. Kalte Schauder liefen ihr den Rücken hinunter. Der Revolver war immer noch in ihren Nacken gedrückt, in ihre Halsschlagader, ihr Rückenmark – ihr Leben. In wenigen Sekunden würde es zerfetzt werden. Sie mußte etwas unternehmen.

Sie könnte einfach den Fuß vom Bremspedal nehmen, das Gaspedal durchtreten und sie beide ins Nichts stürzen lassen. Sehen, was dann geschah. Doch die Erschütterung würde den Revolver auslösen, direkt in Mollys Hals. Sie legte die Hand auf die Schaltung und bewegte sich vorsichtig in den Leerlauf. Mit dem Fuß über der Bremse wartete sie, ob sie weiterrollen würden. Der Pickup ruckte einen Zentimeter vorwärts, dann noch einen, und blieb dann stehen. Die Neigung des Hangs war eindeutig abwärts, aber das hohe Gras schien sie zu halten.

»Legen Sie Ihre Hände wieder aufs Lenkrad.«

Langsam und widerwillig befolgte Molly es.

»Jetzt bleiben Sie genau so.« Zum ersten Mal bewegte Alison die Pistole von Mollys Hals weg. Molly warf einen Blick zur Seite. Alison hielt die Pistole jetzt in der linken Hand. Sie öffnete die Beifahrertür und rutschte vorsichtig rückwärts hinaus, wobei sie die Waffe ständig auf Mollys Kopf gerichtet hielt.

Molly sah schnell hinunter auf den Tränengasbehälter, der zwischen ihren Schlüsseln hing. Jetzt oder nie. Aber zuerst würde sie den Motor abstellen und den Schlüssel herausziehen müssen.

Alison lehnte sich vor in das Fahrerhaus und sagte: »Schieben Sie Ihre Hände nach oben auf das Lenkrad, wo ich sie sehen kann.« Molly zuckte zusammen. Jetzt. Sie würde es jetzt tun. Ihre Schläfe hämmerte an der Stelle, wo die Kugel einschlagen würde. Sie fing an, mit den Händen nach oben zu rutschen. Dann tat sie zwei Dinge auf einmal. Sie drehte den Schlüssel im Zündschloß herum und duckte sich. Sie riß den Schlüssel heraus und warf sich flach auf den Beifahrersitz. Der Schuß knallte durch den Wagen. Das Fahrerhaus bebte. Glas zersprang.

Molly fingerte nach der Spraydose und bekam sie zu fassen. Mit zitternder Hand zielte sie nach oben und drückte darauf. Ein Sprühnebel zischte heraus. Er traf das Armaturenbrett und sandte eine Wolke zurück zu Molly. Verdammter Mist. Ihre Augen brannten. Durch die Tränen warf sie einen Blick nach oben. Alison stand in der offenen Beifahrertür, die Pistole mit beiden Händen haltend, um auf sie zu zielen. Doch Alisons Augen liefen auch, und ihr Gesicht war verzerrt. Molly sprang vor und schlug den schweren Schlüsselbund hoch gegen die Hand mit der Pistole. Er traf sein Ziel mit einem Krachen splitternder Knochen. Das Mädchen kreischte und riß die Hand zurück.

Durch ihren Sprung wurde Molly gegen das Armaturenbrett geschleudert. Das Auto begann, vorwärts zu rollen. Sie krabbelte zur offenen Tür. Bevor sie dort war, fiel die Tür ins Schloß und warf sie zurück auf den Boden unter das Armaturenbrett. Durch die Gewichtsverlagerung gewann der Pickup an Tempo.

Der Sturz ging geradewegs nach unten, hinab in ein schwarzes Loch. Dann der Aufprall – ein Krachen mit der Schnauze voran auf etwas Festes. Ihr Körper wurde gegen den Sitz geschleudert. Dann nichts mehr. Kein Atem, kein Herzschlag, kein Licht. Ein Moment des gedehnten Nichts. Ein Stillstand von Zeit und Raum. Dann aus dem Dunkel das Gurgeln von Flüssigkeit. Schwarzes, eisiges Wasser sickerte zu ihr herein, dann strömte es. Eine Wendung des Erdballs, ein Ruck, und das Auto sank wie ein Stein.

Molly streckte die Hand nach oben aus und griff nach dem Sitz, um vom Boden hochzukommen. Doch im Dunklen wußte sie nicht, ob er oben oder unten oder auf der Seite war.

Überall rauschte und wirbelte das Wasser. Dann brach es über sie herein, eine brüllende Flutwelle. Woher kam es? Ein offenes Fenster. Ja, der Schuß hatte ein Fenster durchschlagen. Sie konnte hinausklettern. Aber wo war es in dieser Finsternis? Sie spürte die Gewalt des Sturzbaches und bewegte sich darauf zu, doch er drückte sie zurück gegen etwas Hartes. Die Tür. Sie faßte hinter sich und tastete die harte Oberfläche entlang – Metall oder Glas. Das Wasser war bis zu ihrer Taille gestiegen. Sie mußte den Türgriff finden. Alles passierte so schnell. Ihre tastenden Finger fanden etwas. Sie faßte nach und bekam es in die Hand. Der Türgriff. Sie rüttelte daran und drückte mit der Schulter. Doch nichts bewegte sich. Es fühlte sich an, als wäre sie zugeschweißt. Sie versuchte es wieder, warf sich wieder und wieder mit dem gesamten Körper dagegen. Der Druck von der anderen Seite war wie ein bösartiges Ungeheuer mit übernatürlichen Kräften. Sie konnte es gurgeln und rauschen hören, wie es sich zu ihr hereinzwängte.

Irgendwo hatte sie doch mal etwas gelesen, nach dem Vorfall mit Kennedy. Wie man herauskam. Wie war das gewesen? Etwas über Druckausgleich. Etwas über Warten. Doch sie hatte keine Zeit. Das tintige Wasser wirbelte unter ihren Achseln und schwappte hoch in ihr Gesicht.

Sie drehte den Kopf und sah die schwache Ahnung grünlichen Lichts in der Schwärze. Die Scheinwerfer. Gütiger Himmel. Sie hatte sie nicht ausgestellt, und sie funktionierten hier unten immer noch. Ein stotterndes Geräusch kam über ihre Lippen. Eine verdammt gute Batterie. Das würde ihr Daddy jetzt sagen. Diese Chevy Pickups, die sind einfach nicht kleinzukriegen. Kauf dir einen Chevy, Liebling, du wirst es nicht bereuen. Oh, wie recht du hattest, Daddy. Aber was ist mit mir? Was soll ich tun? Sag's mir. Sag's mir *jetzt*.

Wasser spritzte in ihren offenen Mund, so daß sie sich verschluckte. Voller Panik schnappte sie nach Luft und bekam noch mehr Wasser in die Kehle. Es stand ihr jetzt bis zum Hals, umwirbelte sie, drückte hoch in ihre Nase, in den Mund. Sie ertrank. Das war das Ende. Gib schon auf, dachte sie. Hör auf, dich zu wehren. Bring's hinter dich.

Das wirbelnde Wasser drang in ihre Ohren. Es grollte und gurgelte. Liebling, sagte es. Liebling. Du bist aus Wasser gemacht. Es ist dein Element. Du hast das Sternzeichen Fische. Wie ein Fisch im Wasser. Halt den Kopf hoch. Oben ist, wo die Luft ist. Unten ist das Wasser. Halt den Kopf hoch. Und warte. Du kannst warten. Du bist in deinem Element. Ein Fisch. Eine Meerjungfrau. Ohne jede Angst vor dem Wasser. Du doch nicht. Weißt du noch? Selbst das erste Mal, damals am offenen Meer. Wart ab. Es gibt genügend Luft. Auch hier. Atme die Luft im Fahrerhaus. Atme ein und aus. Höre auf deinen eigenen Atem. Ganz ruhig. Streck den Kopf nach oben. Wart auf den richtigen Augenblick. Jetzt bald.

Molly streckte ihr Gesicht hoch in die Dunkelheit. Sie schnappte nach dem letzten bißchen Luft, das noch übrig war. Sie wurde vom Sitz hochgetrieben. Ihre Nase stieß gegen etwas. Nur noch ein Atemzug Luft übrig.

Das Wasser toste in ihren Ohren. Jetzt. Finde jetzt den Türgriff. Jetzt wird er sich öffnen lassen.

Sie holte noch einmal tief Luft, lang und schaudernd, und tauchte unter. Ihre Hände tasteten nach der Tür. Sie strichen über glattes Metall. Vielleicht Glas – sie stellte sich den versenkten Türgriff vor, aber sie konnte ihn nicht finden. Dann verfing sich ein Finger an etwas Glattem, Schmalem. Sie umfaßte es mit beiden Händen und zog. Sie drückte mit der Schulter dagegen. Nichts geschah. Sie paddelte mit den Füßen umher, bis sie etwas fand, gegen das sie sie stützen konnte. Dann drückte sie noch einmal und warf jedes Gramm ihres Gewichtes gegen die Tür. Sie wurde weicher und gab ein wenig nach. Wieder drückte sie, stemmte sich – noch stärker – dagegen, bis sie ein paar Zentimeter nachgab. Dann noch ein paar, dann gerade weit genug, daß sie sich hinauszwängen konnte. Sie schlüpfte hindurch, floß hindurch, glitt hindurch, aus Wasser gemacht. Sternzeichen Fische.

Frei schwamm sie in dem pechschwarzen Wasser. Doch ihre Luft war verbraucht, ihre Lungen brannten. Sie wußte nicht, wo oben war. In alle Richtungen erstreckte sich schwarzes Nichts. Sie hörte auf zu schwimmen. Ein leichtes Kitzeln perlte an ihrem Bein empor. Blasen. Luftblasen auf dem Weg zur Oberfläche. In dem schwachen, dämmriggrünen Licht aus den Scheinwerfern konnte sie es sehen – eine Kette silbriger Bläschen, die nach oben schoß und nach ihrem eigenen Element suchte. Es war der letzte Atemzug, der dem Auto entwich. Sie folgte ihnen. Höher und höher. Mit einer verzweifelten, letzten Anstrengung erreichte sie die Wasseroberfläche. Luft. Gierig sog sie die kalte Nachtluft in ihre Lungen und sah hinauf zur schlanken Sichel des Mondes.

Sie ließ sich vom Wasser tragen, während sie keuchend ein- und ausatmete. Das Wasser murmelte besänftigend in ihren Ohren. Reinigend fühlte es sich an, und nach dem, was sie heute abend gesehen und gehört hatte, war etwas Reinigung sicher angebracht. Neben ihr perlte eine Kette von Luftblasen an die Oberfläche und hörte dann ganz plötzlich auf. Sie sah hinab in das Wasser und meinte, ein fernes grünliches Leuchten zu sehen – die Scheinwerfer brannten immer noch. Ach, wie ihm das gefallen würde. Eine verläßliche Batterie. Wie ihm das gefallen würde.

Sie hörte einen Schuß, doch er klang Meilen entfernt. Betraf sie nicht.

Nach einer Weile tauchte sie wieder unter und schwamm hinaus zur Mitte des Sees, so weit, wie ein Atemzug sie trug. Das kalte Wasser tat ihr in den Augen weh. Als sie auftauchte, hörte sie einen weiteren Schuß. Doch sie lächelte nur und legte sich auf den Rücken, um sich vom Wasser tragen zu lassen. Nichts, worüber man sich Sorgen machen müßte.

Wie der Vogel in der Luft war sie direkt in ihr ureigenstes Element geworfen worden.

Das Dröhnen der Musik war unbarmherzig.

»Fünf«, rief Michelle von vorne. »Sechs. Die Bauchmuskeln weiter anspannen.«

Die Liegestütze waren qualvoller als je zuvor, dachte Molly. Das war die Strafe für fünf mickerige Tage Pause. Fünf Monate, um die Muskeln aufzubauen, und fünf Tage, um sie wieder zu verlieren.

»Aber, Mutter«, sagte Jo Beth, während sie sich mit Leichtigkeit hoch und runter stemmte, »diese Gefängnisseelsorge ist eine christliche Gruppe – das ist doch normalerweise ganz und gar nicht dein Geschmack.«

Molly drückte sich hoch und stöhnte. »Sie leisten gute Arbeit. Außerdem kriegen sie ja nur die Hälfte. Die andere Hälfte – und wir gehen hier von der unbewiesenen Annahme aus, daß es überhaupt Tantiemen geben wird – geht an das Hilfszentrum.«

»Kommt mir reichlich extrem vor«, sagte Jo Beth, »aber wenn du dich damit besser fühlst, setz ich morgen so was auf. Und du willst das Geld aus Japan wirklich miteinbeziehen?«

Molly grunzte. »Ja. Jeden miesen, vermaledeiten Penny. Ich will nichts davon sehen. Tu's einfach, Schatz. Bringen wir's hinter uns.«

»Na gut. Es ist dein Geld.«

»Zehn«, brüllte Michelle. »Und weiteratmen.«

»Dad sagt, daß Alison auf Unzurechnungsfähigkeit plädieren will«, sagte Jo Beth.

»Ja, das hab ich auch gehört.« Molly keuchte. »Find ich in Ordnung. Sie ist unzurechnungsfähig. Das war Louie natürlich auch. Aber sie ist reich und unzurechnungsfähig, und er war arm und unzurechnungsfähig. Ein großer Unterschied.« Schweiß tropfte ihr in die Augen.

»Dreizehn ... vierzehn«, kam es von vorne.

»Was ist mit ihrem Vater?« fragte Jo Beth.

»Sie überlegen, ob sie ihn wegen Anstiftung einer Straftat und Verschwörung zur Behinderung der Justiz anklagen sollen. Er liegt jetzt im Krankenhaus, also weiß ich's nicht.« Sie unterbrach sich einige Sekunden lang, um wieder zu Atem zu kommen.

»Jetzt will ich aber das wirklich Wichtige hören«, sagte Jo Beth. »Was ist mit dir und Dad?«

»Ach, Jo Beth, wenn ich das nur wüßte. Als er kam, um mich auf diesem Zeltplatz am Lake Livingston abzuholen, habe ich mich über seinen Anblick mehr gefreut als jemals in meinem Leben. Und irgendwie ist es jedesmal so, wenn ich ihn sehe. Wenn er an meiner Tür erscheint, habe ich das Gefühl, einen Herzinfarkt zu bekommen.« Molly schaute hoch zu Jo Beth. Ihre Tochter hatte Tränen in den Augen.

»Wie steht's mit dir, mein Schatz?« fragte Molly.

Sie schüttelte den Kopf. »Oh, Mom, frag nicht.«

»Siebzehn ... achtzehn ... neunzehn.«

Mollys Arme zitterten, und ihr Rücken brannte. »Verdammt noch mal«, murmelte sie. »Ich habe eine Hinrichtung mit angesehen ... ich bin einer gemeingefährlichen Mörderin entkommen ... und einem nassen Grab ... ich bin im Stockdunkeln durch den gesamten Lake Livingston geschwommen ... da werde ich doch wohl fünfundzwanzig beschissene ...« Sie hatte keine Luft mehr.

Molly japste und mühte sich ab. Ihre Arme zitterten, und ihre Schultern fühlten sich an, als würden sie aus den Gelenken brechen. Sie sah auf und bemerkte, daß Jo Beth sie mit großen, aufgeregten Augen ansah.

»Vierundzwanzig... fünfundzwanzig.«

Molly machte den letzten Liegestütz und brach mit einem triumphierenden Quieken zusammen.

»Mom«, flüsterte Jo Beth, »du hast es geschafft. Und wie steht es jetzt mit deiner Louie-Bronk-Story? Hast du schon damit angefangen?«

»Heute abend«, sagte Molly. »Richard hat mir soviel Seiten versprochen, wie ich brauche. Zum Teufel mit den höheren Gewalten, meinte er. Ich werde heute abend damit anfangen.«

Von vorne brüllte Michelle: »Sehr schön. Und weil's so schön war, machen wir gleich noch mal fünfundzwanzig. Fertig? Bauch rein. Und los!«

Ohne zu duschen oder ihre Gymnastiksachen auszuziehen, setzte Molly sich an den Computer. Mit einem Tippen auf die Leertaste verbannte sie die fliegenden Toaster und fing an zu schreiben. Ihre Hände flogen nur so über die Tastatur, als ob die Ideen in ihrem Kopf aus den Fingerspitzen herausflössen. Die Worte schienen wie von selbst auf dem hellen Bildschirm zu erscheinen.

Um Mitternacht am neunundzwanzigsten September versammelten sich siebzehn von uns, allesamt brave Bürger, hinter hohen Gefängnismauern in Huntsville, um einen Mord zu begehen – so kaltblütig und geplant, wie man sich einen Mord nur vorstellen kann. Schweigend standen wir dabei, wir Zeugen – Journalisten, Strafvollzugsbeamte, Politiker und gewöhnliche Mitbürger –, während Louie Bronk auf eine Bahre geschnallt und ihm eine hohe Dosis Sodium Thiopental in die Venen injiziert wurde.

Wenn man bedenkt, daß er ein Mann mit einer Neigung zu tödlicher Gewalt war, und außerdem bedenkt, daß er des Mordes unschuldig war, für den er hingerichtet wurde, ging er recht sanft von uns in die osttexanische Nacht.

Niemand versuchte, es aufzuhalten. Nicht einer von uns. Ich

wußte, daß er unschuldig war, doch ich tat nichts. Ich machte keine Einwände oder schrie Mord! Oder überließ mich dem roten Schrei – diesem gellenden Schrei des Grauens und der Wut, über den die Insassen der Todeszellen sprechen. Ich stand nur da und sah zu – eine passive Zeugin.

Doch nun nicht mehr.

Hier ist mein roter Schrei.

Um zu verstehen, wie es zu solch einem fürchterlichen Justizirrtum kommen konnte, müssen wir elf Jahre zurück zu jenem heißen Julitag gehen, an dem …

Sie schrieb bis tief in die Nacht, ohne zu bemerken, wie die Zeit verging. Der Bildschirm füllte sich einfach immer weiter mit Worten.